Agatha Christie

Los cuadernos secretos

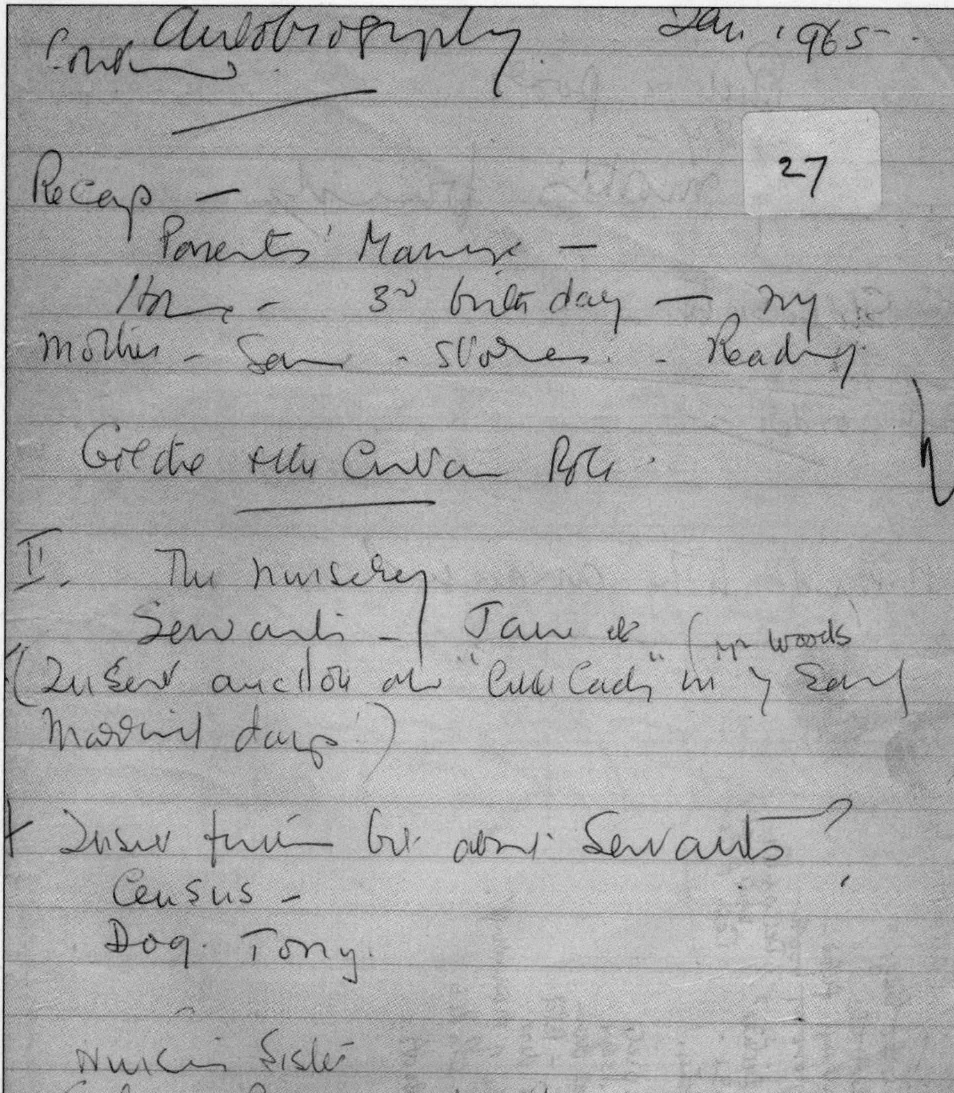

Contd Autobiography Jan. 1965.

27

Recap —
Parents' Marriage —
Home — 3rd birthday — My
Mother — Games — Stories — Reading

Goldie + the Canary Book.

II. The Nursery
Servants — Jane etc (Mr Woods
(Insert anecdote on "Cuckoo Cards" in my Early
Married days?)

Insert further bit about Servants?
Census —
Dog. Tony.

Nursing Sister
Early — Games with Granny

Notas fechadas en 1965, tomadas del Cuaderno 27, en las que se resumen los primeros capítulos de su Autobiografía, *publicada en 1977.*

Agatha Christie

Los cuadernos secretos

Y dos novelas inéditas de Poirot

JOHN CURRAN

SUMA de letras

Título original: *Agatha Christie's Secret Notebooks*

Santillana Ediciones Generales, SA de CV
Av. Universidad 767, col. del Valle
CP 03100, Teléfono 5420 7530
www.sumadeletras.com.mx

Diseño de cubierta: © Harper Collins*Publishers* 2009
Fotografía de cubierta: © Popperfoto / Getty Images (retrato de Agatha Christie), Christie Archive Trust (notas manuscritas); Shutterstock (márgenes del papel).

Primera edición: abril de 2010

ISBN: 978-607-11-0514-1

Impreso en México

Para
Joseph, Conor,
Francis, Oisin y Lorcan

Índice

Agradecimientos

Este libro se ha beneficiado sobremanera de todo el ánimo y del respaldo que me han prestado muchas personas cuyos nombres no figuran en la página de créditos.

Ante todo, quiero dejar constancia de mi agradecimiento a Mathew Prichard y a su esposa, Lucy. La existencia misma de este libro se debe a la generosidad de Mathew. Sin la menor vacilación, estuvo de acuerdo en que me pusiera a escribir sobre los cuadernos cuando lo abordé por vez primera. Y no sólo me garantizó acceso completo y sin restricciones de ninguna clase a todos los papeles de su abuela, sino que Lucy y él también me ofrecieron su hospitalidad ilimitada en las muchas ocasiones en que acudí a estudiar los papeles.

También doy las gracias a David Brawn, de HarperCollins, por la fe que siempre tuvo en el proyecto, y a Steve Gove por su trabajo de edición, que llevó a cabo con ojo de águila.

Mi hermano Brendan leyó uno de los primeros borradores del libro, y sus palabras de ánimo me sirvieron de gran apoyo en la empresa; junto con su esposa, Virginia, me proporcionó un hogar lejos del hogar, aunque con una provisión técnica muchísimo mejor.

Mi amigo y compañero, también devoto de Christie, Tony Medawar me hizo muchas sugerencias de utilidad, además de compartir conmigo los resultados de sus investigaciones.

Han sido asimismo indispensables Felicity Windmill, archivista en HarperCollins; la doctora Christine Faunch y sus adjuntos en la Biblioteca de la Universidad de Exeter, así como Tamsen Harward y Jemma Jones, de Agatha Christie Ltd.

Agradezco a David Headley, de Goldsboro Books, su valiosísima ayuda y sus consejos.

A mis muchos colegas y amigos del Dublin City Council les agradezco todo su apoyo, en especial a Michael Sands, jefe de prensa, y a Jane Alger, bibliotecaria responsable de Servicios a los Lectores.

Por razones muy variadas, quiero también dejar constancia de mi gratitud a Eurion Brown, Pete Coleman, Julius Green, John Perry, John Ryan, John Timon, Andy Trott y Nigel Wollen.

Notas aclaratorias

He «arreglado» las notas originales de Agatha Christie en la mínima medida de lo posible. Cada una de las páginas de cada uno de los cuadernos está salpicada de guiones, corchetes y signos de interrogación; una frase completa es más la excepción que la regla. He suprimido algunas mayúsculas, así como paréntesis y guiones de inciso, pero sólo en aras de una mayor legibilidad. En algunos casos he hecho enmiendas en un párrafo en el que las palabras, separadas por medio de guiones, más bien formaban distintas frases. Todos los signos de interrogación que se conservan, así como los subrayados, las tachaduras, los signos de exclamación y los guiones, amén de algunos errores gramaticales, están igual a como se encuentran en los cuadernos. Si he omitido algún pasaje dentro de los textos citados lo indico por medio de puntos suspensivos.

No he corregido ninguna peculiaridad ortográfica, sino que he optado por señalarlas con [sic].

Los corchetes se emplean para indicar aclaraciones o comentarios de tipo editorial.

Las fechas de publicación hacen referencia a la edición británica. Se han tomado en su mayor parte de los catálogos de la época que se conservan en los archivos de Collins. Tradicionalmente, los títulos de la serie «El Club del Crimen» se publicaban el primer lunes de cada mes; en los contados casos en los que no se dispone de la fecha real de manera fehaciente, me he basado en esta directriz.

A lo largo de todo este libro he vuelto a hacer uso del título *Diez negritos,* en vez del que hoy se tiene por más políticamente correcto: *Y no quedó ninguno.* En este aspecto sigo con escrupulosa fidelidad tanto los cuadernos como el libro tal como se publicó con el visto bueno de Christie en noviembre de 1939.

Al comienzo de cada capítulo he incluido una lista de títulos cuyas soluciones se revelan en el capítulo correspondiente. Desde el comienzo supe que era imposible comentar un título de manera inteligente, o bien compararlo con la versión contenida en los cuadernos, sin desvelar algunos de los finales, y, de todos modos, en muchos de los casos en las notas aparece el nombre esencial o el mecanismo crucial de la trama. La implacable creatividad de la que hace gala Christie cuando decide quién es el asesino forma parte consustancial de su genio, y tratar de evitarla por medio de rodeos diversos o de ambiguos ejercicios de gimnasia verbal es un empeño con el que no se le puede hacer justicia.

Al decidir qué títulos incluir y qué otros omitir, he renunciado con toda intención a un listado alfabético o cronológico. El primero carece de sentido en el contexto de este libro; el segundo dio por resultado que todos los títulos clásicos apareciesen juntos en los años de madurez, en los años centrales de la trayectoria de Christie. Opté en cambio por una disposición temática, dotándola por consiguiente de variedad al mismo tiempo que me sirve de ilustración del modo en que Christie explotaba un determinado motivo. El agrupamiento de títulos por categorías es un tanto arbitrario. Algunos títulos podrían corresponderse con varios encabezamientos: por ejemplo, *Misterio en el Caribe* podría aparecer en el epígrafe titulado «Vacaciones de misterio» o en el que reza «Asesinato en el extranjero»; *Cinco cerditos* podría encajar perfectamente en «Canciones de cuna y muerte» y también en el apartado que titulo «Asesinato en retrospectiva». Los he seleccionado y los he clasificado procurando tener en cuenta la variedad y el equilibrio.

Son relativamente pocas las novelas cortas de las que se conservan notas detalladas. He escogido aquellas de las que tenemos notas suficientes para que la inclusión de las mismas realmente valga la pena.

En un libro de estas dimensiones no es posible dar cabida a todos los títulos, por lo que en caso de que esté ausente el preferido del lector es mi deber pedirle disculpas; tengo la esperanza de poder remediar esta circunstancia en una posterior edición ampliada.

Es importante que los lectores reparen en que los cuadernos no están disponibles para su consulta. Es de esperar, sin embargo, que en unos cuantos años se conceda acceso restringido a los mismos, cosa que en la actualidad no es posible.

Prólogo

MATHEW PRICHARD

Hace ya unos cuantos años hice mi primer viaje a Calgary, al oeste de Canadá, en compañía de Angela, mi primera mujer. Nuestra intención era asistir al estreno mundial de una obra teatral, todavía muy temprana, de Agatha Christie titulada *Chimneys,* que nunca se había puesto en escena. En el transcurso de la primera recepción que se ofreció con motivo del estreno conocimos a un irlandés tranquilo, un hombre que usaba lentes llamado John Curran. Se tomó con su inveterado buen humor el modo en que lo abordé cuando le dije que tenía que estar loco de remate para haber viajado de Dublín a Calgary sólo para ver una obra teatral de Agatha Christie. Desde entonces no hemos dejado de ser buenos amigos.

Desde la muerte de mis padres, que tuvo lugar en Greenway, condado de Devon, en la misma casa que recientemente ha pasado a la tutela del National Trust (y que se acaba de abrir de nuevo al público), John nos visitó con frecuencia. La mayoría de las personas que hacen una visita a Greenway se quedan embelesadas con los jardines y con los paseos a la orilla del río. No fue el caso de John. Pasó todo el tiempo que estuvo allí encerrado en el «cuarto del fax», una habitación de la primera planta de poco más de tres metros de largo en la que se conservaba entonces el archivo de Agatha Christie.

Había que sacarlo de allí con verdadero esfuerzo a la hora de la comida y la cena; a veces pasaba hasta doce horas al día inmerso en la historia de las numerosas obras de Agatha Christie.

Fue en ese cuartito donde floreció la historia de amor que John ha tenido y tiene con los cuadernos de Agatha Christie, y ni él ni yo dimos crédito a nuestra suerte (que es una suerte también para el lector) cuando HarperCollins acordó la publicación del libro de John sobre los cuadernos. Creo que cualquiera descubrirá que su fascinación y entusiasmo por los cuadernos es patente en todo el libro. De propina ha incluido dos relatos breves de Agatha Christie que eran realmente desconocidos hasta la fecha.

Nunca ha dejado de asombrarme que a lo largo de los más de treinta años que han pasado desde su fallecimiento el interés que existe por todos los aspectos de la vida y la obra de Agatha Christie se mantenga a un nivel tan fervoroso. De John conviene decir que siempre se ha concentrado en su obra, dejando en manos de otros la morbosa fascinación por la persona que hay detrás de los libros. Éste es un volumen que detalla todos los entresijos, la materia prima de todas sus grandes obras. Es un libro sumamente personal y es sin duda un fragmento de la historia literaria. John nos ha hecho un obsequio a todos nosotros; confío firmemente que el lector lo disfrute.

Mathew Prichard es nieto de Agatha Christie
y presidente de Agatha Christie Limited

PREFACIO

Sombras a pleno sol.
Interludio en Greenway, verano de 1954

Mientras contempla el río que fluye a sus pies, un barco de recreo aparece resoplando con rumbo a Dartmouth. El sol arranca destellos del agua en la estela que deja a su paso. Las risas de los veraneantes que viajan en el barco alcanzan el punto elevado desde el que contempla el panorama, el mirador del Battery, y el perro adormilado a sus pies levanta la cabeza y se asoma con un gesto inquisidor por el pretil, mirando hacia el río. Sólo hay otro ruido que altere su paz: el zumbido de una abeja abotargada. En algún otro lugar de ese refugio de ensueño, Frank, el jardinero, se afana en preparar las flores para la muestra veraniega, y Mathew ha iniciado la búsqueda del tesoro cuyas pistas ha dispuesto su abuela, aunque en ese mirador semicircular, en la linde de los jardines, con una vista perfecta del río, ella está completamente en paz. Y aprovecha ese rato de soledad que no será dilatado para pensar en su siguiente libro después de un magnífico periodo de asueto, dedicado a comer las excelentes verduras que se cultivan en el huerto, a nadar en la playa, a salir de picnic por los páramos cercanos y a pasar el rato tumbada sobre la hierba y disfrutar de la compañía de familiares y amigos.

Sabe que con sólo dejar que su imaginación se desboque a su antojo le llegará la inspiración; a fin de cuentas, a lo largo de treinta y cinco años nunca le ha fallado la imaginación, por lo cual no hay razones para suponer que en ese apacible escenario vaya a dejarla en la estacada. Mira perezosamente en derredor. A su izquierda, visible por muy poco, se encuentra el tejado de la casa del embarcadero; más allá, a la derecha, los jardines ascienden en una suave pendiente hacia la imponente casa georgiana que domina el terreno. Oye, espaciados, algunos susurros entre los matorrales; es Mathew, que sigue las pistas que ella ha colocado.

Si ha seguido las pistas sin equivocarse, ahora mismo tendría que ir en dirección a la cancha de tenis... Me pregunto si podrá descubrir la pelota de tenis... Es lo que contiene la pista siguiente... La verdad es que resulta muy similar a una novela de detectives, sólo que más entretenida, con menos planificación... y sin tener que hacer correcciones ni leer galeradas... Y luego nadie escribe para señalar los errores en que haya incurrido una... Pero... si fuesen más los participantes aún sería mejor la cosa, más divertida, más disputada. Puede que la próxima vez sea capaz de conseguir que algunos de los sobrinos de Max se le sumen, de modo que sea más emocionante. Pero también puedo organizar la próxima vez una fiesta en el jardín para los chicos del colegio del pueblo... Podría trabajar en el mirador del Battery y en la casa del embarcadero..., aunque ésta en concreto resultaría un tanto siniestra..., sobre todo si una tiene que estar sola...

Ahora mira sin ver el río e imagina todo lo que la rodea bañado por una luz más siniestra...

Si en el césped se organizase un festejo ligero..., una reunión familiar... No, sería necesario que viniese más gente... ¿Una fiesta en el jardín? ¿Una ocasión para recaudar fondos que destinar a una obra de caridad? Por ejemplo, para los boy scouts *o para las* girl guides... *Siempre están escasos de fondos... Sí, eso tiene algunas posibilidades... Se podrían montar unos puestos en el césped, servir el té y los bocadillos en una carpa, tal vez donde está el magnolio... La gente entraría y saldría de la casa a su antojo... Una adivina, un puesto donde se venden refrescos..., gran confusión a la hora de saber en dónde está cada uno de los presentes... Y en otro punto de la finca una fuerza más tenebrosa en pleno funcionamiento... que nadie ha reconocido, de la que nadie recela... ¿Y si fuese aquí, en el Battery? No, es demasiado abierto y demasiado..., demasiado... poco amenazador, además de que aquí no se podría ocultar un cadáver; en cambio, en la casa del embarcadero... Ahí sí que hay posibilidades, está tan lejos que queda aislada, hay que bajar esas escaleras destartaladas, pero sigue siendo fácilmente accesible para cualquiera. Y se puede cerrar la puerta con llave..., se puede acceder desde el río... ¿Qué tal la señora Oliver? Es perfecta para planear la búsqueda del tesoro como si fuera un juego... Podría torcerse por la razón que fuera, y entonces muere alguien. Veamos... ¿Qué tal un asesinato en vez de una búsqueda del tesoro? Sería como el Clue, sólo que en una casa y una finca auténticas, no sobre el tablero de juego. Veamos: Poirot o Marple... Marple o Poirot... A la señorita M no la veo recorriendo los terrenos de Greenway, un escenario que tampoco es del todo bueno para Poirot, aunque en el caso de ella no sería verosímil que... Y tampoco tiene trato con la señora Oliver, y tengo que utilizarla de todos modos... Así... La señora O tendría que invitar a Poirot por la razón que fuera... Tal vez podría hacerle llegar a la casa por medio de algún pretexto... ¿Necesita su ayuda para interpretar algunas de las pistas...? ¿O acaso Poirot ya sabe que el comisario jefe...? No, eso ya lo he utilizado en unas cuantas ocasiones. ¿Qué tal si fuese él quien hiciera entrega del premio al ganador de la búsqueda del tesoro?*

Busca en el bolso y saca un cuaderno rojo de buen tamaño.

No es que sea muy adecuado para llevarlo de un lado a otro, pero si pienso en el lema de los scouts*... hay que estar siempre prepa-*

rado. A ver, seguro que aquí tiene que haber una pluma... Mejor será apuntar todo esto mientras lo tengo fresco en la memoria; ya lo cambiaré más adelante. Sigo pensando que la idea elemental tiene claras posibilidades.

Abre el cuaderno, encuentra una página en blanco y se pone a escribir.

Ideas elementales y aprovechables
La señora Oliver cita a Poirot
Está en Greenway... por razones de trabajo... ha tenido que planificar una búsqueda del tesoro o una búsqueda del asesino para entretenimiento de los participantes en la feria benéfica que se ha de celebrar en la finca...

Se encuentra en esos momentos completamente absorta, llenando las páginas con su caligrafía, con su letra característicamente grande, apuntando ideas aun cuando vaya a desecharlas en una etapa más avanzada. La realidad de Greenway ha desaparecido a medida que va poblando la finca de personajes nacidos de su imaginación: estudiantes extranjeras, algunos *boy scouts* y las chicas del grupo de *girl guides,* participantes en la solución del asesinato propuesto como juego, junto con los policías... y Hércules Poirot.

Algunas ideas
Una excursionista (¿chica?) alojada en el albergue
de al lado... en la realidad, el de lady Bannerman

Sí, la verdad es que al albergue para jóvenes que hay al lado se le podría sacar un buen rendimiento... Estudiantes extranjeras..., posibilidades de disfrazar a una de ellas de..., ¿de qué? Siempre van y vienen, nadie sabe en realidad quiénes son. Es más fácil disfrazar a una chica que a un hombre... A lo mejor podría ser la doble de la señora que regenta el albergue. Mmm, eso entrañaría que alguien, al menos uno, la conozca realmente bien... A lo mejor podría estar enferma, o a lo mejor ser inválida, una persona que siempre está en su habitación, o bien una retrasada mental en la que nadie se fija... O bien recién casada, nueva por tanto para todo el vecindario. Pero entonces llega alguien que ha tenido trato con ella en el pasado... El marido, por ejemplo, o tal vez un amante, o un pariente... Y ella tiene que librarse de ese recién llegado como sea...

La recién casada es reconocida por alguien que sabe que
en realidad ya estaba casada... ¿chantaje?

Podría adaptar una de las búsquedas del tesoro que he confeccionado para Mathew y trabajar de alguna manera en la casa del embarcadero... e inventar la búsqueda de la señora Oliver... Podría aprovechar la idea típica del Clue, el emparejamiento de armas y sospechosos..., pero con un cadáver de verdad, no con uno fingido...

El plan de la señora Oliver
Las armas
Revólver... Cuchillo... Cuerda del tendedero de la ropa

¿A quién asesino? La estudiante extranjera... No, es necesario que forme parte del plan... Entonces, alguien inesperado... ¿Y qué tal el señor de la mansión...? No, es demasiado tópico, necesito que tenga más impacto... ¿Y un desconocido...? En tal caso, ¿quién? Y eso me ha de acarrear un montón de problemas... A lo mejor lo dejo para la próxima... ¿Y qué tal un niño...? Hay que manejarlo con mucho cuidado, pero podría ser una novedad. Un niño bueno... A lo mejor el presunto cadáver podría ser uno de los boy scouts: *desaparece y resulta que ha muerto... O, mejor aún, una* girl guide... *Podría ser una entrometida y haber visto algo que no*

debería saber... Creo que hasta ahora nunca ha sido un niño o una niña la víctima...

Cuestiones por dilucidar: ¿quién es el primer elegido para ser la víctima?
(?a) «El cadáver» ha de ser un boy scout y ha de estar en la casa del embarcadero... de ello ha de haber una clave entre las «pistas»

En ese momento mira distraída a lo lejos, sin ver la panorámica del río y de la ladera boscosa de la otra orilla. En ese momento es Poirot y se está tomando el té de las cinco en el salón, antes de salir con cuidado por el cancel que se abre al jardín y caminar despacio. En ese momento es Hattie, resuelta a mantener por todos los medios la posición social que disfruta y el dinero que tiene. Es la señora Oliver, que sin mucha concentración urde la búsqueda del tesoro, descarta posibilidades, enmienda opciones, las cambia...

Trozos siguientes... P en la casa... Va caminando hacia el templete... ¿y qué encuentra?

Hattie entra tal cual es, sin disfraces... Se ha cambiado de ropa y sale (¿de la casa del embarcadero? ¿Del templete? ¿Del puesto de la adivina?) convertida en la estudiante alojada en el albergue, lo que es

Ahora necesitaría sin duda a algunos miembros más de la familia... ¿Qué tal una madre de avanzada edad...? Podría vivir en la casita de Gate Lodge. Si le doy un aire de misterio, los lectores pensarán que ya han dado en el clavo... Las señoras de avanzada edad siempre funcionan bien como sospechosas. ¿Podría tal vez saber algo de muchos años atrás...? Tal vez conoce a Hattie, la ha visto en otra situación... O le parece que la conoce...

O hace creer a Poirot que la conoce, que es casi igual de bueno... Veamos...

¿La señora Folliat? Personaje sospechoso... Sí que encubre algo que ha visto, o un delito de tiempo atrás... Una esposa que abandonó a su marido y se largó.

Deja de escribir y aguza el oído al percibir una voz que se acerca al Battery y la llama:

—Nima, Nima.

—Estoy aquí, Mathew —responde, y un chaval de doce años con el pelo revuelto baja corriendo las escaleras.

—¡Encontré el tesoro, encontré el tesoro! —exclama muy excitado, con voz melodiosa y una moneda de media corona en el puño.

—Bien hecho. Espero que no te haya sido muy difícil...

—La verdad es que no. La pista que estaba en la pelota de tenis sí me llevó un rato, pero por fin la vi pegada a la red.

—Vaya, y yo que pensé que ésa te iba a despistar... —dice con una sonrisa. Cierra el cuaderno y lo guarda en el bolso. El interrogatorio al que somete Hércules Poirot a la señora Folliat y la identidad de la posible segunda víctima van a tener que esperar—. Ven —añade—, vamos a ver si podemos merendar algo rico.

Agatha Christie, Reina de la Novela de Detectives, da el día por bueno; Agatha Christie, abuela, sube los escalones que ascienden desde el Battery para ir en busca de un helado que tomarse con su nieto.

Y la novela de Christie que se publicó en la Navidad de 1956 fue *El templete de Nasse House.*

Introducción

Julia se echó hacia atrás y se quedó boquiabierta. Miraba atónita lo que tenía ante los ojos, atónita...

Un gato en el palomar, capítulo 17

Vi por vez primera los cuadernos de Agatha Christie el viernes 11 de noviembre de 2005. Mathew Prichard me había invitado a pasar el fin de semana en Greenway para que valorase el estado en que se encontraba antes de que el National Trust comenzara a realizar las amplias obras de restauración que iban a ser necesarias para devolverle la gloria de antaño. Me recogió en la estación de ferrocarril de Newton Abbot, escenario en el que se desarrolla *Personal Call [Llamada personal]*, una obra de teatro radiofónico, y fuimos en coche cuando ya atardecía hasta el pueblo de Galmpton, pasando por delante del colegio público de cuyo consejo escolar fue miembro Dame Agatha y por delante de la casa de campo en la que tuvo su residencia su amigo Robert Graves, a quien dedicó *Hacia cero.* Recorrimos una carretera asfaltada y negra como el carbón hasta pasar el pueblo, y no llegué a fijarme demasiado bien en la panorámica del río Dart, ya próximo a su desembocadura al mar, de la que muchos años antes había disfrutado Hércules Poirot cuando tomó el camino que lo llevaría a descifrar el asesinato cometido en Nasse House. Llovía en abundancia; un detalle tan tópico como es «una noche oscura y de tormenta» se hizo por completo realidad, lejos de ser una simple nota ambiental. Pasamos ante la entrada del albergue juvenil, donde se refugiaban las estudiantes extranjeras en *El templete de Nasse House,* y poco más adelante atravesamos la imponente verja de Greenway House, ascendiendo entonces por las curvas que conducen hasta la mansión en sí. Estaban encendidas las luces y había un buen fuego de bienvenida en la chimenea de la biblioteca, en donde tomamos el té. Me senté en el sillón predilecto de Agatha Christie y me olvidé de los buenos modales, poniéndome a escrutar con avidez los anaqueles que me rodeaban, precisamente a la muy oportuna altura de la Edición Greenway de sus novelas completas, las versiones en numerosas lenguas extranjeras, las primeras ediciones muy sobadas, ya sin sobrecubierta; las novelas detectivescas de sus contemporáneos y los libros baqueteados por el uso que databan de su feliz infancia, pasada en Ashfield y rememorada con afecto en *La puerta del destino.*

Mathew me acompañó en una visita guiada por toda la casa: el impresionante vestíbulo, en el que estaba el gong con el que se llamaba a cenar («El espejo del muerto»), un baúl con refuerzos de latón («El misterio del cofre español») y varios retratos de familia, todos ellos imponentes *(Navidades trágicas);* una colección incompleta de equipamiento deportivo en un rincón, bajo las escaleras, compuesta entre otros elementos, o al menos así lo quise imaginar, por el palo de golf para zurdos («Asesinato en las caballerizas»), unas cuantas raquetas de tenis *(Hacia cero* o, de un modo menos truculento, *Un gato en el palomar)* y un bastón de cricket de aspecto completamente inocente. Dominaban el salón un piano de cola *(El truco de los espejos)* y una puerta que se obstinaba en no permanecer abierta del todo a no ser que se la sujetase con un objeto *(Se anuncia un asesinato);* en la vitrina en que se exhibían las piezas de porcelana estaba el conjunto de figurillas de «El cadáver de Arlequín» que sirvieron de inspiración a *El enigmático Mr. Quin.* Más allá del piano, el ventanal era el mismo por el que sale con delicadeza Hércules Poirot tras tomar el té de las cinco en *El templete de Nasse House.*

En el piso de arriba, subiendo por una escalera de caracol hecha de madera, estaban los cuartos de baño que aún ostentan los nombres de los niños refugiados *(Inocencia trágica)* tras la Segunda Guerra Mundial, cada uno de ellos pegado a las estanterías, además de un librero en el que se conservaban ejemplares dedicados y firmados de algunos escritores («Para Agatha, con sonrojo, de Ngaio Marsh»). A la mañana siguiente disfruté de las vistas panorámicas del río y de los montes del condado de Devon, además de atisbar la casa del embarcadero *(El templete de Nasse House)* y el mirador del Battery *(Cinco cerditos).*

En el descanso de la primera planta había una estantería giratoria *(Telón)* con multitud de ediciones de bolsillo; siguiendo por el pasillo, al final, se encontraba el dormitorio de Dame Agatha, requisado por su propia creación mientras duró la escritura de *El templete de Nasse House.* A la vuelta de la esquina estaba colgado de una percha el vestido para tomar el té que había llevado la madre de Dame Agatha en una fotografía reproducida en *Una autobiografía,* y más adelante, por el mismo pasillo, estaba el comienzo de las escaleras de la parte posterior, muy similares a las que usa la señorita Marple en el momento culminante de *Un crimen dormido.*

En lo alto de la escalera había dos habitaciones cerradas, custodios silenciosos de un tesoro literario inimaginable y máximo objeto del deseo de cualquier entusiasta de Agatha Christie (aunque en realidad sean accesibles a muy pocas personas). En la mayor de los dos se encontraba la totalidad de las ediciones inglesas y norteamericanas en tapa dura, todas ellas firmadas, muchas con anotaciones personales, así como los libros que se han publicado sobre la Reina de la Novela de Misterio y sobre sus obras. La segunda habitación era alargada y estrecha, y estaba literalmente forrada de anaqueles y cajones en los cuales se conservaban más libros, en tapas duras y en bolsillo, primeras ediciones y ediciones del Club del Libro, muchas de ellas autografiadas, así como mecanografiados y manuscritos, cartas y contratos, carteles y anuncios de obras teatrales, fotografías y sobrecubiertas, cuadernos de notas, agendas y diarios. En una de las estanterías más bajas había una caja de cartón normal y corriente, dentro de la cual se guardaba una colección de sus viejos cuadernos escolares...

Desplacé la caja para dejarla en el suelo, me arrodillé y retiré el primero de los cuadernos de ejercicios. Tenía unas tapas rojas y una minúscula etiqueta blanca en la que ostentaba el número 31. Lo abrí. Éstas fueron las primeras palabras que leí: «El cadáver en la biblioteca... Personajes... Mavis Carr... Laurette King». Fui hojeando las páginas al azar... «Muerte en el Nilo... Puntos destacados todavía por introducir... el 8 de octubre... La secuencia de Helen desde el punto de vista de la chica... Sangre en la piscina... El inspector visita a sir Henry... Le pregunta por el revólver... El misterio del cofre de Bagdad, 24 de mayo, 1951... Obra teatral, acto primero... Un desconocido llega a una habitación a oscuras, encuentra la luz, la enciende, ve a un hombre muerto... Se ha anunciado un asesinato... Letitia Bailey a la hora del desayuno».

Todos estos hipnóticos encabezados se encontraban sólo en uno de los cuadernos, y había más de setenta apilados con total discreción, con recato incluso, en aquella caja que no hubiera llamado en modo alguno la atención de nadie. Olvidé que estaba arrodillado y algo incómodo en el suelo de una habitación desordenada, polvorienta, y olvidé que en la planta baja me estaba esperando Mathew para cenar conmigo; olvidé que fuera de la casa, en la oscuridad de noviembre, llovía con fuerza, y que la lluvia salpicaba las ventanas. Ya sabía en cambio cómo iba a pasar el resto de la velada y la mayor parte del fin de semana. En realidad, según marcharon las cosas, fue así como pasé los cuatro años siguientes…

Era muy tarde cuando por fin, y a regañadientes, me fui a acostar esa noche. Había repasado sistemáticamente todas las páginas de todos los cuadernos, y cuando subí por las escaleras angulosas de la casa en total silencio traté de retener el máximo de toda la fascinante información que me fue posible recordar después de una lectura exhaustiva, pero a la fuerza veloz y abreviada. El hecho de que *Muerte en el Nilo* estuviera en principio destinada a ser un relato para la señorita Marple... El hecho de que hubiera más de diez personajes en las primeras fases de la elaboración de *Diez negritos*... El hecho de saber de repente qué intenciones tenía la autora con el final de *La venganza de Nofret*... El hecho de que hubiera sopesado distintas soluciones para *La casa torcida*…

A la mañana siguiente, Mathew me acompañó a dar un paseo por los jardines de la finca de Greenway. Comenzamos por lo que habían sido en otro tiempo los establos (el edificio en que después se alojaría la oficina del National Trust y la tienda de regalos y souvenirs), pasamos por delante de la cancha de tenis *(El templete de Nasse House)* y por el jardín cercado que tenía vistas a los amplios invernaderos; pasamos por delante de la extensión de césped en la que se jugaba al croquet y por detrás de la casa, para tomar el camino del jardín de la parte alta y disfrutar de espléndidas vistas del río Dart. Luego bajamos serpenteando hacia la casa del embarcadero, escenario de la desventurada muerte de Marlene Tucker en *El templete de Nasse House*, y terminamos en el mirador del Battery, contemplando el río frente al muro en el que la vibrante Elsa Greer *(Cinco cerditos)* posó para Amyas Crale, ya moribundo, muchos años antes (véase página 153).

Volvimos a la casa por el camino que toma la infortunada Caroline Crale en esa misma novela. A medida que nos acercábamos a la fachada principal recordé que ésa era la casa en la que Agatha Christie pasaba sus vacaciones, la casa a la que iba a descansar con su muy numerosa familia. No me fue difícil imaginar los veranos de medio siglo antes, en los que se servía el té en esa misma extensión de hierba bien cuidada, se oían los raquetazos desde la cancha de tenis, el clic de la bola al ser golpeada con la maza de croquet; allí mismo se tumbaban los perros perezosos a tomar el sol de la tarde, y los grajos levantaban el vuelo y graznaban en los árboles; allí arrancaba el sol destellos del río Dart y la música de Cole Porter se esparcía por el jardín desde el tocadiscos a la vez que el mayordomo ponía la mesa para cenar; allí se oía también el tenue tecleo de una máquina de escribir que llegaba por una de las ventanas de la primera planta...

Pasé casi veinticuatro horas en aquel fin de semana encerrado en la fascinante habitación de la primera planta, de la que salía sólo para comer (únicamente por insistencia de Mathew) y dormir. Rechacé varias propuestas para ir a comer a Dartmouth y para tomar el té en la biblioteca con algunos amigos de la familia; me escabullí de las cortesías necesarias en la conversación de sobremesa, después de cenar y después de un prolongado desayuno, aunque justo es decir que la indulgencia sazonada con un punto de humor con que me trató Mathew fomentó tácitamente un comportamiento tan maleducado de mi parte. Con la misma escrupulosidad que Hércules Poirot en el despacho de Roger Ackroyd, examiné a fondo los mecanografiados de *Telón* y de *Un crimen dormido,* las escenas originales y las suprimidas en el primer borrador de *La ratonera,* el manuscrito copiosamente anotado de *Noche eterna,* la publicación original en formato de revista de «La desaparición de Mr Davenby» [sic], los programas de mano para el estreno de *Muerte en el Nilo* y de *Cita con la muerte,* el libro oficial en el que se recogieron los recortes y las fotos de prensa para conmemorar el quincuagésimo aniversario de la publicación de *Se anuncia un asesinato,* los recuerdos del estreno en el Royal de la adaptación de *Asesinato en el Orient Express,* y en todo momento, igual que la señorita Lemon a sus archivadores,[1] volvía una y otra vez a los hipnóticos cuadernos.

Entre los papeles que se conservan de Agatha Christie sigue habiendo mucho material que data de sus comienzos de escritora: algunas novelas que no son propiamente de misterio, algunas novelas ligeras, algunas incursiones en el terreno del género de misterio y su novela anterior a *Styles,* titulada *Snow Upon the Desert [Nieve sobre el desierto].* Entre los mecanoscritos originales de sus relatos cortos (que contienen algunas diferencias textuales con respecto a las versiones publicadas) también estaba «El incidente de la pelota del perro». La existencia de este relato era ya conocida entre los expertos en Christie, entre ellos mi buen amigo y colega Tony Medawar, entusiasta de Agatha Christie y editor de la antología *While the Light Lasts [Mientras dure la luz],* si bien sus semejanzas con una obra ya publicada siempre habían obrado en contra de toda posible inclusión en sus colecciones póstumas. No tardé en convencerme de que precisamente esta semejanza, si bien con una diferencia de mucho peso, le daba un interés muy particular. Ahora podrá juzgar el lector por sí mismo.

En la visita que hice a la mansión al año siguiente tuve la fortuna de hacer lo que ahora denomino «el descubrimiento». Pasé el mes de agosto de 2006 en Greenway dedicado a clasificar y organizar los papeles de Dame Agatha de cara a su traslado, puesto que iban a salir de la casa antes de que comenzasen las obras de restauración. Los días laborables eran con frecuencia escenas de frenética y constante

[1] «¡Primero la vida, señorita Lemon! ¡Ya la archivará después!», dice Poirot a su ansiosa secretaria en *El increíble robo.* (N. del T.)

actividad; los obreros y los arquitectos, voluntarios y contratados, se encontraban prácticamente en todos los rincones de la casa. Los fines de semana, en cambio, tendían a la tranquilidad; aunque los jardines ya estaban abiertos al público los sábados, la vida en la casa era más sosegada; de hecho, era tanto el sosiego que resultaba imposible imaginar que hubiera nadie más en toda la finca. La tarde del sábado 19 de agosto estaba repasando la colección de manuscritos y mecanoscritos para ultimar el inventario antes de proceder a almacenarlos. El único mecanoscrito cosido de un relato, claramente distinto de las novelas, era *Los trabajos de Hércules;* desocupado, me puse a pensar en qué sentido resultaría diferente de la versión publicada, en caso de que realmente lo fuera, a sabiendas de que los relatos que habían visto la luz por vez primera en las revistas con frecuencia eran objeto de enmiendas de mayor o menor bulto antes de que se publicaran en formato de libro. El prefacio y los relatos de la primera época se correspondían casi al detalle con las versiones publicadas y de sobra conocidas, pero cuando llegué al duodécimo, «La captura de Cerbero», vi que la línea con que arranca («Hércules Poirot dio un sorbo a su aperitivo y miró hacia el lago de Ginebra...») no me resultaba ni mucho menos familiar. A medida de que seguí leyendo me di cuenta de que estaba ante algo inimaginable, porque en verdad era único: era algo hasta el momento desconocido, un relato sobre Poirot que nunca había visto la luz, un relato que había permanecido en silencio, entre una cubierta y una contracubierta, olvidado durante más de sesenta años, si bien había estado en manos de otros, había sido transportado de un sitio a otro, colocado varias veces en otras tantas estanterías a lo largo de todo ese periodo; de hecho, lo habían tenido varias personas entre las manos y a pesar de todos los pesares había logrado esquivar la atención de todas ellas hasta una tarde de verano, casi setenta años después de que fuera escrito. Abandoné la tarea de clasificación e inventario que me había impuesto llevar a cabo y me senté a leer por primera vez desde octubre de 1975, desde las conmovedoras palabras con que pone punto final a *Telón* («Sí, hemos disfrutado de días muy buenos...»), una aventura desconocida y olvidada de Hércules Poirot.

A comienzos de 2006, cuando abordé a Mathew para sondearlo en torno a la posibilidad de escribir un libro basado en los cuadernos de su abuela, con su generosidad de siempre se mostró de acuerdo nada más al conocer mi propuesta. Poco después, la editorial HarperCollins manifestó el mismo entusiasmo. Seguía en el aire la cuestión relativa al tratamiento que podríamos dar a los dos relatos inéditos. Había repasado a fondo los cuadernos, leyéndolos despacio y con esmero, y había encontrado notas relativas a ambos relatos en las páginas de varios cuadernos. Mathew estuvo de acuerdo en que se publicaran, y yo le agradezco que me haya hecho el honor de que esa primera publicación de los dos nuevos relatos de la Reina de la Novela de Misterio me haya sido encomendada.

Al final de *El misterioso caso de Styles*, Poirot dice a Hastings: «No importa. Consuélese, amigo mío. Tal vez algún día podamos salir a cazar juntos, quién sabe. Y ese día...». Quién iba a saber, desde luego, que casi un siglo después de que se escribieran esas palabras íbamos a reunirnos con Hércules Poirot para participar en una cacería más... Y entonces, por increíble que pudiera parecer, aún en otra más...

1

Se anuncia un asesinato: Los comienzos de una trayectoria

Ahí fue donde empezó todo. De pronto vi con toda claridad cuál iba a ser mi camino. Y resolví no cometer sólo un asesinato, sino cometerlo a gran escala.

Diez negritos, epílogo

SOLUCIONES QUE SE REVELAN

Muerte en el Nilo • *Maldad bajo el sol* • *Sangre en la piscina* • *La muerte de lord Edgware* • *Muerte en la vicaría* • *El misterioso caso de Styles* • *Inocencia trágica* • *Testigo de cargo*

Se suele considerar que la Edad de Oro de la ficción de detectives en Gran Bretaña es la que se comprende entre el final de la Primera Guerra Mundial y el final de la Segunda, es decir, la época que va de 1920 a 1945. Es la época de esplendor de la casa de campo y de los fines de semana animados por la presencia de un asesino, las evidencias que aporta la criada de voz gangosa, el césped de la entrada que cubre la nieve, el policía desconcertado que acude en busca de ayuda a un aficionado que tiene verdaderas dotes de detective. El ingenio alcanzó cotas nunca vistas por medio de la letal embolia causada por una inyección de aire con una jeringuilla hipodérmica, el sello de correos con la superficie adhesiva impregnada por un veneno, la daga en forma de carámbano de hielo que se desintegra después de ser utilizada.

En estos años dieron comienzo a sus carreras literarias todos los nombres que hoy relacionamos estrechamente con la novela policiaca clásica. Es la época que dio lugar a la endiablada brillantez de John Dickson Carr, que inventó más formas de entrar y salir de una habitación cerrada de las que nunca se habían inventado ni seguramente se inventarán jamás; presenció la irrupción del ingenio que desplegaron Freeman Wills Crofts, el maestro de la coartada irrebatible, y Anthony Berkeley, pionero de las soluciones múltiples. En esta época nació lord Peter Wimsey, creación de Dorothy L. Sayers, autora cuyas obras de crítica y de ficción ayudaron mucho en la mejora del nivel literario y de la aceptación del género; apareció Margery Allingham, quien demostró por medio de su personaje, Albert Campion, que un buen relato de detectives también podía ser una novela de verdadera calidad; surgió también Ngaio Marsh, cuyo héroe, Roderick Alleyn, acertó a combinar la profesión de policía con el talante de un caballero. En Estados Unidos apareció Ellery Queen con su característico penúltimo capítulo, titulado «Desafío al lector»: en él retaba al detective de salón a resolver el rompecabezas planteado; se coronó S. S. Van Dine con su pomposo personaje, Philo Vance, que pulverizó diversos récords editoriales; hizo eclosión Rex Stout con una creación de auténtico peso, Nero Wolfe, que resolvía los crímenes mientras cuidaba su colección de orquídeas.

Tanto los ministros como los arzobispos cantaron las alabanzas de una buena novela de detectives; los poetas (Nicholas Blake, también conocido como Cecil Day Lewis), los profesores universitarios (Michael Innes, también conocido como el profesor J. I. M. Stewart), los sacerdotes (el reverendo Ronald

Knox), los compositores (Edmund Crispin, también conocido como Bruce Montgomery) y los jueces (Cyril Hare, también conocido como el juez Gordon Clark) hicieron sus aportaciones y expandieron la forma del género. R. Austin Freeman y un científico como el doctor John Thorndyke plantaron las semillas de la moderna novela de crímenes desde el punto de vista forense; Gladys Mitchell introdujo a un detective y psicólogo en una creación tan chocante como la señora Bradley; Henry Wade, por su parte, abonó el terreno para las novelas policiacas de procedimiento judicial con su inspector Poole. Hubo libros que adoptaron la forma epistolar, como es *Los documentos del caso,* de Sayers, o de interrogatorios transcritos escrupulosamente en busca de las pruebas concluyentes, como hizo Philip Macdonald en *El laberinto;* en definitiva, hubo hasta informes policiales tomados de la realidad, incluidas las pistas físicas, en forma de telegramas y de billetes de tren, como hizo Dennis Wheatley en *Asesinato cerca de Miami.* Los planos de una casa, los acertijos, los horarios, las notas al pie empezaron a proliferar; los lectores fueron teniendo conocimiento profundo de las propiedades del arsénico, de la interpretación de los horarios de tren, de los intríngulis de la Ley de Legitimidad aprobada en 1926. Se iniciaron series por entregas como «El Club del Crimen», de la editorial Collins, y el «Detection Club»; Ronald Knox publicó un «Decálogo del relato de detectives» y S. S. Van Dine escribió un conjunto de «normas» del género.

Y Agatha Christie publicó *El misterioso caso de Styles.*

Poirot investiga...

En su *Autobiografía,* Christie da una detallada relación de la génesis de *El misterioso caso de Styles.* A estas alturas se conocen de sobra los hechos más relevantes: el desafío inmortal —«Apuesto cualquier cosa a que no logras escribir un buen relato de detectives»— que le lanzó su hermana Madge, o los refugiados belgas de la Primera Guerra Mundial a los que se dio asilo en Torquay, que fueron los que inspiraron la nacionalidad de Poirot, o el conocimiento avezado que tenía Christie de los venenos gracias a su trabajo en un dispensario local, así como su dedicación intermitente al libro y su consiguiente terminación durante dos semanas de encierro en el hotel Moorland, precisamente a instancias de su madre. No fue éste su primer empeño en el campo de la literatura, ni fue tampoco ella la primera de la familia que tuvo aspiraciones literarias. Tanto su madre como su hermana Madge escribían ocasionalmente, y su hermana había logrado mucho antes que Agatha que se estrenase una obra teatral suya, *El pretendiente,* en un teatro del West End londinense. Agatha había escrito una novela larga y tediosa (son las palabras con que ella la calificó) y unos cuantos relatos y esbozos. Había publicado incluso un poema en un periódico local. Si bien la anécdota de la apuesta que su hermana cruzó con ella es verosímil, está claro que ese acicate por sí solo no pudo espolearla en la creación de la trama, en la redacción del borrador y en la corrección de éste para que llegara a ser un libro de éxito. Es evidente que poseía un don innato y una facilidad enorme con la palabra escrita.

Aunque comenzó a escribir la novela en 1916 (*El misterioso caso de Styles* de hecho se desarrolla en 1917), no se publicó hasta pasados otros cuatro años. Y su publicación iba a exigir una determinación y una contumacia poco habituales por parte de la autora, puesto que fueron más de uno los editores que rechazaron el manuscrito. Y así hasta que en 1919 John Lane, de la editorial The Bodley Head, le propuso que se reuniera con él con vistas a la publicación. Sin embargo, aún en ese momento la lucha entablada estaba lejos de terminar.

El contrato que le propuso John Lane, fechado el 1 de enero de 1920, se aprovechó de su ingenuidad y desconocimiento del medio editorial. (Es digno de mención que en el contrato se redacte el título con una anomalía: *The Mysterious Affair of Styles,* en vez de *at Styles,* en un posible descuido del editor.) Percibiría un diez por ciento sólo después de que se vendieran dos mil ejemplares en el Reino Unido, y se comprometía a escribir y entregar otros cinco títulos más. Esta cláusula dio lugar a una nutrida correspondencia a lo largo de los años siguientes. Es posible que fuese por estar tan entusiasmada ante la publicación, o bien porque no tenía entonces ninguna intención de dedicarse profesionalmente a escribir, pero también es muy probable que no leyese con el debido detenimiento la letra pequeña del contrato.

Cuando comprendió qué era lo que había firmado, insistió en que con ofrecer sólo un libro ya había cumplido su compromiso contractual, al margen de lo que John Lane aceptara o no. Cuando éste le manifestó sus dudas en lo referente a que *Poirot investiga,* un volumen de relatos breves y no una novela, pudiera considerarse parte del contrato por el cual se obligó a entregar seis libros, la escritora, ya entonces rebosante de confianza, apuntó que ya les había ofrecido una novela titulada *Visión,* que no era de detectives, en tanto que tercer título de la serie. Que los editores no la aceptasen como tal, en lo que a ella respectaba, era asunto de su exclusiva incumbencia. Si John Lane no hubiera tenido la pretensión de aprovecharse del descubrimiento literario que había hecho por casualidad, es muy probable que Christie hubiese permanecido durante más tiempo con la editorial. Sin embargo, la espinosa correspondencia que se conserva de aquella primera época de su carrera demuestra que fueron duros años de aprendizaje en los que se familiarizó con las mañas de los editores, además de ser cartas en las que se demuestra que Agatha Christie era una alumna aventajada. En relativamente poco tiempo se transforma y deja de ser una neófita temerosa e inexperta, nerviosa cuando se sienta al borde de la silla en el despacho de John Lane, para ser una profesional con plena confianza en sus posibilidades, que va directa al grano y tiene un resuelto interés en todos los aspectos relativos a sus libros: el diseño de cubierta, el marketing y la promoción, los porcentajes de derechos, la publicación por entregas, los derechos de traducción y adaptación cinematográfica, incluso la ortografía que se emplea a uno y otro lado del Atlántico.

A pesar de los informes de los lectores, que fueron favorables en el año anterior, en octubre de 1920 Christie escribió al señor Willett, empleado de John Lane, preguntándose si su libro «se iba a publicar alguna vez» y señalando que prácticamente ya tenía terminado el segundo. Esto dio por resultado que recibiera la propuesta de cubierta para el libro, a la que dio su visto bueno. Al final, en 1920, tras aparecer *El misterioso caso de Styles* por entregas en *The Weekly Times,* se publicó también ese mismo año en Estados Unidos. Y casi a los cinco años de haber empezado a escribirlo, el primer libro de Agatha Christie se puso a la venta en el Reino Unido el 21 de enero de 1921. Incluso tras su publicación hubo mucha correspondencia en torno a la declaración de ventas y los cálculos incorrectos de las regalías, así como en torno a los diseños de cubierta. Por hacer justicia a John Lane, es preciso decir que los diseños de cubierta y los textos de contracubierta y de solapas fueron en adelante uno de los temas recurrentes en la correspondencia que mantuvo con Collins a lo largo de toda su vida.

Veredicto...

Los informes de los lectores editoriales sobre el manuscrito de *Styles,* a pesar de algunas aprensiones, fueron prometedores. Uno de ellos va derecho a las consideraciones comerciales: «A despecho de sus defectos manifiestos, Lane podría vender la novela francamente bien... Tiene cierta frescura». Hay un segundo informe aún más entusiasta: «Está en conjunto bien contada y bien escrita». Y un tercero especula sobre el potencial futuro que atesora «si es que sigue escribiendo novelas de detectives, pues es evidente que tiene verdadero talento para el género». A todos gustó mucho el personaje de Poirot, y alguno reseña «la exuberante personalidad de monsieur Poirot, una variación sin duda bienvenida sobre el "detective" de las novelas románticas», «un hombre bajito y plácido, encarnado en la persona de un detective belga que ha sido famoso en el pasado». Aunque Poirot podría tomarse a mal esa referencia al «pasado», porque sigue teniendo fama, queda claro que su presencia fue un factor de peso en la aceptación de la novela. En un informe fechado el 7 de octubre de 1919, un lector muy perspicaz comenta que «de no ser por el relato del juicio a que se somete John Cavendish, yo diría que se trata de una novela escrita por una mujer». (Como en el manuscrito apareció su nombre con las iniciales A. M. Christie, otro de los lectores habla en su informe del señor Christie.) Todos los informes se muestran de acuerdo en que la aportación de Poirot al juicio de Cavendish no era convincente y que estaba necesitada de una revisión.

De este modo hacían referencia al desenlace del manuscrito original, en el que la explicación que da Poirot del crimen aparece en forma de pruebas que se aportan desde el banquillo de los testigos durante el juicio de John Cavendish. Sencillamente era un mecanismo narrativo que no funcionaba, como reconoció la propia Christie, y que Lane le exigió reescribir. Ella cumplió con su parte y, si bien la explicación que se da del crimen sigue siendo la misma, en vez de exponerla en forma de declaración de un testigo, Poirot la desgrana en el salón de la casa de Styles, en un tipo de escena que habría de reproducir en muchos de sus libros posteriores.

En la historia de la novela de detectives que publicó en 1953 —*Blood in their Ink* [*Sangre en su tinta*]—, Sutherland

Scott considera perspicazmente *El misterioso caso de Styles* «una de las mejores primeras novelas que nunca se han escrito». Contenía algunos de los rasgos que iban a ser distintivos de muchos de sus títulos posteriores.

Poirot y Los cuatro grandes

Hércules Poirot

No deja de ser irónico que, si bien Agatha Christie está considerada como la quintaesencia del escritor británico, su creación más famosa sea un extranjero, un belga. La existencia de figuras detectivescas con las que tal vez estuviera familiarizada posiblemente haya sido un factor de peso en la elección. El Chevalier Dupin de Poe, el Eugène Valmont de Robert Barr, el Arsène Lupin de Maurice Leblanc y el inspector Hanaud de la Sûreté, invención de A. E. W. Mason, ya eran en 1920 figuras consolidadas en el mundo de la ficción policiaca. Y uno de los títulos que Christie reseña específicamente en su *Autobiografía* es una novela de Gaston Leroux publicada en 1908, *El misterio de la habitación amarilla,* en la que aparece un detective, Monsieur Rouletabille. Aunque hoy en gran medida ha caído en el olvido, Leroux también fue el creador de *El fantasma de la ópera.*

En aquel entonces se consideraba imprescindible asimismo que la figura del detective tuviera una idiosincrasia propia que lo distinguiera del resto de los personajes o, mejor incluso, unos cuantos rasgos idiosincrásicos. Holmes tenía su violín, su jeringuilla de cocaína y su pipa; el padre Brown tenía su paraguas y su engañoso aire de distracción permanente; lord Peter Wimsey tenía su monóculo, su ayuda de cámara y su colección de libros antiguos. Otras figuras de menor enjundia tenían también sus rasgos distintivos: el anciano de la baronesa Orczy se pasaba los ratos muertos sentado en un salón de té de la cadena ABC haciendo y deshaciendo nudos;

Max Carrados, creación de Ernest Bramah, era ciego; el profesor Augustus S. F. X. Van Dusen, de Jacques Futrelle, tenía por sobrenombre «la Máquina de Pensar». Así las cosas, Poirot fue desde el primer momento un belga de poblado bigote, provisto de lo que él llama «sus células grises», una inteligencia considerable, de una vanidad desmedida, tanto en lo intelectual como en la indumentaria, y de una inapelable manía por el orden. El único error de Christie consistió en hacer de él en 1920 un miembro ya jubilado de la policía belga, lo cual significa que en 1975, con *Telón,* iniciase su trigésimo tercera década de vida. Como es natural, en 1916 mal podía saber Agatha Christie que su menudo belga de ficción iba a vivir incluso más que su autora.

Legibilidad

Ya en su primera novela es evidente uno de los grandes dones de Christie: su legibilidad. En el nivel más elemental, se trata de la capacidad de lograr que los lectores empiecen y sigan leyendo desde la primera línea hasta la última, toda la página, y que al llegar al final pasen a la página siguiente, y lograr por añadidura que lo hagan a lo largo de doscientas páginas en todos y cada uno de sus libros. Esta facilidad sólo la perdió en el ultimísimo capítulo de su trayectoria literaria, siendo *La puerta del destino* el único tropiezo en su carrera. En el caso de Christie, éste era un don innato; es en todo caso muy dudoso que se trate de una capacidad que sea posible aprender. Treinta años después de *El misterioso caso de Styles,* el lector contratado por Collins para redactar una valoración sobre *Intriga en Bagdad* escribió al final de un informe más bien desfavorable: «Es sobresalientemente legible, y pasa con creces la prueba del ácido: no decae el interés en ningún momento».

La prosa de Christie, aunque bajo ningún concepto sea distinguida, fluye con gran facilidad; los personajes son verosímiles, se diferencian unos de otros, gran parte de cada libro se relata por medio de diálogos. No hay escenas muy prolongadas a base de preguntas y respuestas, no hay explicaciones científicas detalladas, no hay descripciones hinchadas ni palabrería vana al referirse a los personajes y a los escenarios en que transcurre la acción. Pero sí se recoge siempre lo suficiente de todos estos apartados para que la secuencia y sus protagonistas se fijen con toda claridad en el imaginario del lector. Cada capítulo y prácticamente todas y cada una de las escenas agilizan el avance del relato hacia una solución preparada con todo esmero, hacia el clímax. Y Poirot nunca distancia al lector por medio del humor irritante que derrocha Dorothy L. Sayers en el personaje de lord Peter Wimsey, por medio de la arrogancia pedante del Philo Vance de S. S. Van Dine ni por medio de las enmarañadas situaciones emocionales de Philip Trent, el personaje de E. C. Bentley.

Una comparación con la práctica totalidad de los títulos de la novela detectivesca de la época pone de manifiesto la inmensa distancia que existía entre Christie y los demás escritores del género, la mayor parte de los cuales han visto cómo sus títulos llevan mucho tiempo agotados. A manera de ilustración, la aparición de otros dos libros del género detectivesco coincidió con la publicación de *El misterioso caso de Styles*. Freeman Wills Crofts, dublinés, publicó *The Cask [El ataúd]* en 1920; H. C. Bailey publicó *Call Mr. Fortune [Llamad al señor Fortuna]* el año anterior. El detective de Crofts, el inspector French, hace gala de una minuciosa atención a la hora de seguir todas las pistas que le salen al paso, especializándose en el mecanismo de la coartada irrebatible. Con todo y con eso, esa misma meticulosidad militó en contra de una experiencia lectora de veras apasionante. H. C. Bailey, por su parte, comenzó su trayectoria de escritor dedicándose a la novela histórica, pero se pasó al género detectivesco y publicó su primera colección de relatos, *Call Mr. Fortune,* en la que aparece su detective, Reginald Fortune, ya en 1919. Los dos escritores, pese a ser muy hábiles en la elaboración de la trama tanto de la novela como del relato corto, carecen de ese ingrediente esencial que es la legibilidad. Hoy en día conocen y admiran su nombre y sus obras sólo los muy aficionados al género.

La trama

Las tramas de Christie, junto con esa legibilidad extraordinaria, iban a demostrar a lo largo de los cincuenta años siguientes que son una combinación sin igual. Tengo la esperanza de demostrar, mediante el examen de sus cuadernos, que aun cuando el don de confeccionar la trama fuese en ella innato y abundante, además de haberlo explorado con enorme asiduidad, elaboraba las ideas, las destilaba, les sacaba punta y las perfeccionaba; asimismo, aspiro a demostrar que incluso sus títulos más inspirados (por ejemplo, *La casa torcida, Noche eterna, El misterio de la guía de ferrocarriles)* son resultado de una planificación trazada con suma escrupulosidad. El secreto del ingenio con que desarrolla la trama radica en el hecho de que su destreza no resulta sobrecogedora. Sus soluciones dan la vuelta a una serie de informaciones cotidianas, corrientes; hay nombres que pueden ser masculinos o femeninos; hay un espejo que refleja lo que tiene delante, pero también lo invierte; hay un cuerpo despatarrado que no a la fuerza tiene por qué ser un cadáver; un bosque es el mejor lugar del mundo para esconder un árbol. Sabe que puede fiarse de que interpretemos de manera errónea el triángulo amoroso y eterno, una discusión que se ha oído de lejos, una relación ilícita. Cuenta con nuestros prejuicios; por ejemplo, nuestra presuposición de que un militar jubilado es siempre un bufón inofensivo, o de que las esposas calladas, las que son poquita cosa, son dignas de compasión, o que todos los policías son honrados y que los niños son inocentes. No nos embauca por medio de datos mecánicos o técnicos; no insulta la inteligencia del lector recurriendo a lo obvio o a lo tópico; no nos distancia por medio de lo aterrador o lo grotesco.

Prácticamente en todos los títulos de Christie hay una puesta en escena que consta de un círculo cerrado de sospechosos, un número rigurosamente limitado de asesinos potenciales, entre los cuales es preciso escoger al asesino. Una casa de campo, un barco, un tren, un avión, una isla: ésos son los ambientes en los que encuentra el escenario idóneo que limita el número de asesinos en potencia y garantiza que no se desenmascare a un perfecto desconocido en el último capítulo. En efecto, Christie dice: «He aquí un rebaño de sospechosos entre los cuales he de escoger al malvado. Vea el lector si es capaz de detectar a la oveja negra». Pueden ser a veces cuatro *(Cartas sobre la mesa)* o cinco *(Cinco cerditos)* e incluso un vagón lleno de viajeros, como sucede en *Asesinato en el Orient Express. El misterioso caso de Styles* es una novela característica del género del asesinato en una casa de campo que tanto proliferó y tanto gustó entre escritores y lectores de la Edad de Oro; un grupo de personajes variados comparten un escenario aislado del mundo durante el tiempo suficiente para que se cometa un asesinato, se investigue y se resuelva.

Aunque uno de los elementos de la solución a *El misterioso caso de Styles* resulta un hecho científicamente comprobable, no es ni mucho menos injusto, pues desde que comienza la investigación se nos dice cuál ha sido el veneno empleado. Es preciso reconocer que todo el que posea ciertos conocimientos de toxicología tiene una clara ventaja sobre los demás, si bien la información está siempre disponible para todos. Dejando a un lado esta cuestión, un tanto polémica, se nos da escrupulosamente toda la información precisa para llegar a la solución del caso: la taza de café, el fragmento de tela, un fuego encendido en el mes de julio en plena ola de calor, el frasco de medicamento. Y, cómo no, es la pasión que tiene Poirot por la nitidez de las cosas lo que le brinda la prueba definitiva, que en cierto modo había de ser utilizada de nuevo, diez años después, en la obra teatral *Café solo.* Ahora bien: ¿cuántos lectores se percatan de que Poirot ha de limpiar en dos ocasiones la repisa de la chimenea, descubriendo de esa manera un eslabón crucial en la cadena de la culpa? (capítulos 4 y 5).

Juego limpio

A lo largo de toda su trayectoria, Christie se especializó en dar a sus lectores las pistas necesarias para llegar a la solución del crimen. Nunca rehusó dar las pistas precisas e incluso lo hizo con gusto, con la firme convicción de que, según dijo uno de sus grandes contemporáneos, R. Austin Freeman, «es el lector quien se desencaminará por sí solo». A fin de cuentas, ¿cuántos lectores son capaces de interpretar como es debido la pista del calendario en *Navidades trágicas,* o la presencia de la estola de piel en *Muerte en el Nilo,* o las cartas de amor en *Peligro inminente*? ¿Quién es capaz de apreciar correctamente el sentido que tienen las flores de cera en *Después del funeral,* o el ojo de cristal del comandante Palgrave en *Misterio en el Caribe,* o la llamada telefónica en *La muerte de lord Edgware,* o la botella de cerveza en *Cinco cerditos*?

Aunque no se trate de la misma clase de «solución sorpresa» que se da a *Asesinato en el Orient Express, El asesinato de Roger Ackroyd* o *La casa torcida,* la que se da a *El misterioso caso de Styles* todavía logra causar una sorpresa muy considerable. Ello se debe al empleo que hace Christie de una de las estratagemas más eficaces: el doble farol. Es el primer ejemplo que aparece en su obra de esta poderosísima arma de la novela de detectives, indispensable en el arsenal del escritor. En este caso, la solución más obvia, a pesar de una primera aparición con trazas de imposibilidad, resulta ser a fin de cuentas la solución correcta. En su *Autobiografía,* Christie explica que «todo lo que importa en un buen relato de detectives es que el culpable ha de ser alguien obvio, aunque al mismo tiempo, por la razón que sea, uno descubra al final que no era tan obvio, que era imposible que fuese él quien cometió el crimen. Pero lo cierto es que lo había cometido, cómo no». A lo largo de toda su trayectoria retomó este tipo de solución, en especial cuando la explicación gira en torno a una alianza asesina, como es el caso de *Muerte en la vicaría, Maldad bajo el sol* o *Muerte en el Nilo.* Dejando a un lado las asociaciones letales, *La muerte de lord Edgware* y *Sangre en la piscina* también aprovechan este recurso. Además, Christie es capaz de llevar ese farol todavía un paso más allá, como en *Inocencia trágica* y, de manera devastadora, en *Testigo de cargo.*

En *El misterioso caso de Styles* nos damos por satisfechos al comprobar que Alfred Inglethorp es a un tiempo demasiado obvio y demasiado improbable para ser el asesino; a un nivel más prosaico y rutinario, estaba fuera de la casa la noche en que murió su esposa. Por eso lo descartamos de entre los sospechosos posibles. Para reforzar aún más la estrategia del doble farol, una parte de su plan depende de que sea en efecto sospechoso, de que se le detenga, se le juzgue y se le exonere de toda culpa, con lo cual se le garantiza la libertad a perpetuidad. A menos que se maneje con exquisito cuidado, esta solución corre el riesgo de provocar un anticlímax. Esto se evita aquí con gran habilidad, al descubrir la presencia de un conspirador adicional e inesperado en la persona de la corajuda Evelyn Howard, quien a lo largo de la novela ha denunciado a quien contrata a su marido (y que es su amante, del cual nadie sospecha) por ser un cazador de dotes, como en efecto resulta ser.

Productividad

Aunque nadie lo supiera en su día, y menos aún lo pudiera imaginar la propia Agatha Christie, *El misterioso caso de Styles* iba a ser tan sólo el primero de un ingente corpus de libros que irían saliendo de su máquina de escribir a lo largo de los cincuenta años siguientes. Cosechó el mismo éxito con la novela que con el relato breve, y es la única, entre sus coetáneos, que conquistó también el teatro. Creó dos detectives famosos, hazaña que no han igualado otros escritores de novela policiaca. En sus años de mayor apogeo era difícil que sus publicaciones se mantuvieran a la par del ritmo marcado por su creatividad: en 1934 se publicaron nada menos que cuatro títulos de detectives y un libro de Mary Westmacott, el seudónimo con el cual escribió seis novelas policiacas entre 1930 y 1956. Y esta producción tan notabilísima es otro de los factores de peso en su dilatado éxito. Es posible leer un título distinto de Christie cada mes durante siete años seguidos, al final de lo cual es posible empezar de nuevo con la certeza de que uno habrá olvidado los primeros. Y es posible asimismo ver una dramatización distinta de una obra de Agatha Christie cada mes durante dos años. Muy pocos autores, sea en el campo que sea, pueden igualar este récord.

Así las cosas, la obra de Christie continúa transcendiendo todas las barreras geográficas, culturales, raciales, religiosas, de edad y de sexo; se leen sus libros con idéntica avidez en las Bermudas y en Balham, la leen por igual los abuelos y los nietos, se la lee en libro electrónico y en el formato de la novela gráfica en el siglo XXI, y se la lee con la misma fruición con que se la leía en los Penguin de tapas verdes y en la revista *The Strand* en el siglo pasado. ¿Por qué? Porque no hay otro autor de novela detectivesca que lo haya hecho tan bien, que haya publicado tanto y durante tantos años; nadie ha igualado su combinación de legibilidad, trama elaborada a fondo, juego limpio y productividad. Y es poco probable que nadie llegue ni de lejos a igualar semejante hazaña.

2

El testigo mudo: La prueba de los cuadernos

Como un mago, sacó de pronto de un cajón del escritorio dos desgastados cuadernos de ejercicios.

Los relojes, capítulo 28

Aunque sus dos biógrafas, Janet Morgan y Laura Thompson, han reseñado su existencia, los cuadernos de Agatha Christie siguen siendo un tesoro celosamente protegido y en gran medida desconocido. A la muerte de su madre, Rosalind Hicks se cercioró de que estuvieran a salvo en Greenway House; con la excepción del Museo de Torquay, nunca se han expuesto en público. Sin embargo, la propia Christie los menciona en su *Autobiografía:*

Como es lógico, es preciso elaborar y resolver todos los detalles prácticos, y los personajes han de ir entrando sigilosamente en mi conciencia, pero siempre apunto mis deslumbrantes ideas en un simple cuaderno escolar. Hasta ahí todo marcha bien, pero siempre sucede algo que no cambia, y es que suelo perder ese cuaderno escolar. Por lo común tengo media docena a mano, y los utilizo para tomar nota de las ideas que se me ocurren, o algún apunte sobre un veneno o un medicamento, o bien una jugada inteligente en una estafa de la que he tenido noticia gracias al periódico. Lógicamente, si hubiese conservado todos estos elementos bien ordenados, clasificados y etiquetados, me habría ahorrado muchas complicaciones. De todos modos, es un gran placer encontrar algo garabateado deprisa y corriendo cuando repaso sin demasiado interés un montón de viejos cuadernos escolares, por ejemplo: «Trama posible... Hágalo usted mismo... Una chica que en realidad no es la hermana... Agosto...» y una especie de esbozo esquemático de una trama. Ahora mismo no logro recordar de qué trataba todo ello, pero a menudo me sirve de estímulo, si no para escribir una novela con una trama idéntica, sí al menos para escribir otra cosa.

Un examen más detallado de algunos de estos comentarios nos permitirá hacernos una idea más precisa de lo que quiere decir la autora. Empleando a manera de plantilla las palabras de la propia Christie, podemos comenzar a ver cuál es el papel que desempeñaron los cuadernos en su proceso creador.

... ideas en un simple cuaderno escolar...

Si se consideran en tanto que notas previas, borradores y esbozos del corpus más grande de ficciones de detectives que nunca se haya escrito (y de muchos casos de obras que no se llegaron a escribir), estos cuadernos son un material literario de primerísima magnitud y de valor incalculable. En su condición de objetos físicos resultan bastante menos impresionantes. Los tengo delante de mí ahora que escribo estas palabras, y mirándolos de pasada recuerdan un montón de cuadernos escolares recogidos al finalizar la clase por cualquier profesor en cualquier parte del mundo. Y es que la inmensa mayoría son justamente eso, meros cuadernos de ejercicios escolares: rojos y azules, verdes y grises, cuadernos sin tapas, con páginas rayadas en azul, o bien pequeños cuadernos negros de bolsillo, de las marcas típicas en la Inglaterra de entonces y de mucho tiempo después: The Minerva, The Marvel, The Kingsway, The Victoria, The Lion Brand, The Challenge, The Mayfair, con precios que oscilan entre uno de la marca The Kingsway (Cuaderno 72) comprado por dos peniques hasta otro de The Marvel (Cuaderno 28), por un chelín (cinco peniques); el Cuaderno 5 resultó especialmente barato, pues por cuatro unidades se pagaron siete peniques y medio. Las guardas suelen llevar información «de utilidad»: por ejemplo, un mapa del Reino Unido, las capitales del mundo, las tablas de conversión al sistema decimal (evidentemente comprados poco antes o justo después de la introducción del sistema decimal en la moneda de cambio en el Reino Unido, en febrero de 1971). Algunas cubiertas llevan como ilustración el perfil de los rascacielos de Nueva York (Cuaderno 23) o un volcán de México (Cuaderno 18).

Algunos son más dignos receptores del contenido que se volcó en ellos: son cuadernos de tapas duras, con las páginas numeradas y las cubiertas de papel de aguas, o bien encuadernados en espiral, con las cubiertas en relieve. Otros ostentan con cierta altanería la palabra «Manuscrito» en cubierta. El Cuaderno 7 se describe en el interior de la contracubierta como «cubierta esponjosa de PVC hecha especialmente para WHS», y el Cuaderno 71 es un *cahier* en cuyo interior de cubierta se lee: «Agatha — Miller 31 Mai 1907»; contiene en parte sus ejercicios de francés, que datan de la época de juventud que pasó en París. El Cuaderno 31 es un volumen impresionante, en tapas duras, de color burdeos, comprado en la papelería de Langley and Sons Ltd., en Tottenham Court Rd., por un chelín y tres peniques.

En muy pocos casos la disponibilidad de los cuadernos y su absoluta falta de pretensiones son un inconveniente, puesto que han sufrido la erosión natural del viaje que han hecho a través de los años: algunos han perdido la cubierta (y acaso algunas páginas, es imposible saberlo), en otros se han oxidado las grapas, se ha borrado el trazo del lápiz, y a veces la propia calidad del papel, junto con el uso de un bolígrafo defectuoso, implica que las notas escritas en el anverso hayan traspasado al reverso de una hoja. Por otra parte, muchos datan de los años de la guerra, y en aquel tiempo la calidad del papel era ciertamente ínfima.

Da la impresión de que algunos de los cuadernos pertenecieron originalmente a Rosalind, la hija de Christie, o que al menos estuvieron temporalmente en sus manos, puesto que el nombre y dirección figuran con su letra clara en el interior de la cubierta (Cuaderno 41). Y el Cuaderno 73, que está casi en blanco en su totalidad, ostenta el nombre de su primer marido, Archie Christie, en el interior de la cubierta. El nombre y la dirección que aparecen en la cubierta del Cuaderno 19, en la casilla reservada a tal fin, es éste: «Mallowan, 17 Lawn Road Flats».

El número de páginas que utilizó Christie en cada uno de los cuadernos presenta grandes variaciones: el Cuaderno 35 tiene 220 páginas de notas, mientras el Cuaderno 72 tan sólo tiene cinco. El Cuaderno 63 tiene abundantes notas a lo largo de más de 150 páginas, pero en el Cuaderno 42 sólo se emplean 20. La media suele estar entre las 100 y las 120.

Aunque en su conjunto se denominen «los Cuadernos de Agatha Christie», no todos ellos tienen relación con su producción literaria. Los Cuadernos 11, 40 y 55 constan exclusivamente de fórmulas químicas, y parecen datar de sus tiempos de aspirante a empleada de farmacia; el Cuaderno 71 contiene los citados deberes en francés y el 73 está completamente en blanco. Por si fuera poco, muchas veces los utilizó para tomar notas casuales, a veces en las guardas: así, hay una lista de «muebles para el nº 48» [de Sheffield Terrace] en el Cuaderno 59; el Cuaderno 67 contiene notas en las que se recuerda a sí misma que ha de llamar a Collins para concertar una cita; el Cuaderno 68 contiene una lista de trenes de

Stockport a Torquay. Y su esposo, Max Mallowan, ha escrito con caligrafía apretada y clara «El misterio de Pale Horse» en la cubierta del Cuaderno 54.

... suelo perder ese cuaderno...

En una trayectoria literaria que abarca más de 55 años a caballo entre dos guerras mundiales es inevitable que sobrevengan algunas pérdidas, aunque en este caso tenemos confianza en que hayan sido muy pocas. Como es natural, no podemos estar del todo seguros de cuántos cuadernos tendría que haber en total, aunque los 73 que se conservan siguen siendo un legado impresionante.

No obstante, no existe nada en formato de notas previas o borradores en el caso de *Asesinato en el campo de golf* (1923), *El asesinato de Roger Ackroyd* (1926), *Los cuatro grandes* (1927) o *El misterio de las siete esferas* (1929). En lo tocante a los años veinte sólo se conservan las notas previas de *El misterioso caso de Styles* (1920), *El hombre del traje marrón* (1924), *El secreto de Chimneys* (1925) y *El misterio del Tren Azul* (1928). Si se tiene en cuenta que *El asesinato de Roger Ackroyd* se publicó justo antes de la traumática desaparición de Christie y de su posterior divorcio, tal vez no sea de extrañar que esas notas ya no se conserven. Esto mismo es lo más probable en el caso de *Los cuatro grandes,* a pesar de que esta novela en episodios había aparecido con anterioridad en forma de relatos breves. Y no hay nada que apunte a la génesis de la primera aventura de Tommy y Tuppence en *El misterioso señor Brown* (1922); en el caso de una colección de 1929, *Matrimonio de sabuesos,* tan sólo se conservan notas muy esquemáticas. Ésta es una decepción un tanto especial, ya que de haberse conservado nos hubieran aportado una visión profunda de los pensamientos de Agatha Christie acerca de otros escritores, a los cuales parodió afectuosamente en esta colección.

A partir de los años treinta, en cambio, los únicos títulos que no tienen antecedentes en los cuadernos son *Asesinato en el Orient Express* (1934), *Cartas sobre la mesa* (1936) y *Matar es fácil* (1939). (De esta última novela existe tan sólo una referencia de pasada en el Cuaderno 66.) Esta situación parece dar a entender que se han perdido en efecto muy pocos cuadernos. Aparte de *Matar es fácil,* el resto de los títulos datan de mediados de los años treinta, y es posible que los hubiera escrito en un mismo cuaderno. Sin embargo, puesto que las novelas inmediatamente anteriores y posteriores a *Matar es fácil* están documentadas en los cuadernos, la razón de que este título no figure en ellos no deja de ser un misterio por sí misma.

En algunos casos, las notas son esquemáticas y constan de poco más que una lista de personajes *(Muerte en el Nilo,* en el Cuaderno 30). Algunos títulos tienen notas en abundancia: *Intriga en Bagdad* (100 páginas), *Cinco cerditos* (75 páginas), *La muerte visita al dentista* (75 páginas). Otros títulos perfilan el desarrollo del libro terminado de manera tan exacta que tengo la tentación de suponer que debieron de existir notas preliminares más esquemáticas aún, pero que no han sobrevivido. Uno de estos casos es *Diez negritos* (también conocida como *Y no quedó ninguno).* En su *Autobiografía* escribe lo siguiente: «Había escrito *Diez negritos* porque me resultó tan difícil de confeccionar que la idea llegó a fascinarme. Tenían que morir diez personas sin que aquello resultara ridículo y sin que el asesino fuese obvio. Es un libro que escribí tras un tremendo esfuerzo de planificación». Por desgracia, no se conserva ni rastro de este trabajo preliminar. Lo que se conserva en el Cuaderno 65 (véase capítulo 4) sigue casi al pie de la letra el desarrollo de la novela. Es difícil creer que lo pudiera haber escrito como está directamente sobre la página, con tan pocas supresiones y tan pocos comentarios y deliberaciones de las posibles alternativas. Tampoco existe, por desgracia, ninguna nota con vistas a la adaptación teatral de esta novela tan famosa. De cara al resto de su trayectoria sí tenemos la suerte de contar con notas relativas a todas las demás novelas. En el caso de los títulos de la última época, las notas son extensas, detalladas y relativamente fáciles de descifrar.

Son menos de cincuenta, entre los casi ciento cincuenta relatos cortos en total, los que se documentan en las páginas de los cuadernos. Es posible que esto indique que muchos de ellos Christie los escribió directamente a máquina sin ayuda de notas preliminares, o bien que trabajó a partir de hojas sueltas de las que posteriormente se deshizo. Cuando escribió los primeros relatos breves no se consideraba una escritora profesional. Sólo tras el divorcio, cuando tuvo la consiguiente necesidad de ganarse la vida, se dio cuenta de que la escritura era en efecto una «profesión». Así pues, las primeras aventuras de Poirot que se publicaron en 1923 en la revista *The Sketch* no figuran en ninguno de los cuadernos, aunque por fortuna tenemos notas detalladas en lo referente a su mayor colección sobre Poirot, *Los trabajos de Hércules* (véase capítulo 11). Y muchas de las ideas que esbozó de cara a los relatos cortos no llegaron a materializarse más allá de las páginas de los cuadernos (véase «La casa de los sueños», página 348).

Existen notas relativas a la mayoría de sus obras teatrales, incluidas algunas que son desconocidas porque no se representaron o no llegó a terminarlas. Son sólo dos las páginas de notas que se conservan de la más famosa y de la mejor de sus obras dramáticas, que son respectivamente *Tres ratones ciegos* (tal como se encontraba en el momento en que escribió esas notas) y *Testigo de cargo.* Sin embargo, son notas decepcionantes, porque contienen poca información y apenas algún detalle sobre la adaptación escénica; a lo sumo se trata de un borrador de las escenas desprovistas de las especulaciones habituales.

Y hay muchas páginas dedicadas a su *Autobiografía,* a sus poemas y a las novelas que publicó con el seudónimo «Westmacott». La mayor parte de los poemas son de natu-

Es una gran decepción que no se conserve nada acerca de la creación de los dos títulos más famosos de Christie, *Asesinato en el Orient Express* y *El asesinato de Roger Ackroyd.* Estas dos novelas se cuentan entre las más audaces de sus construcciones narrativas, y verlas entre bambalinas hubiera sido sin duda apasionante.

De la primera no sabemos absolutamente nada, puesto que ni siquiera aparece mencionada de pasada. El Cuaderno 67 sí contiene una lista de personajes de *El asesinato de Roger Ackroyd,* pero nada más. Existe sin embargo cierta información adicional sobre su creación, que se encuentra en una intrigante correspondencia cruzada con lord Mountbatten de Birmania.

En una carta fechada el 28 de marzo de 1924, Mountbatten se dirige a la «Sra. Christie, autora de "El hombre que fue el nº 4", a la atención de *The Sketch*» (se trata de una referencia a la publicación por entregas en dicha revista, recién concluida, de *Los cuatro grandes).* En tercera persona, manifiesta su admiración por Poirot y por Christie, a la que solicita permiso para proponerle una idea de cara a un relato detectivesco. Le explica que, si bien ha publicado algunos relatos con seudónimo, su dedicación al almirantazgo apenas le ha dejado tiempo para escribir.

De manera muy resumida, su idea consiste en que Hastings, antes de emprender el viaje a Sudamérica, debería presentar a una amiga, Genny, a Poirot. Cuando se descubre un asesi-

raleza personal; a menudo escribía versos que regalaba a los miembros de la familia por su cumpleaños. En el caso de estos poemas, al tener muy exiguo conocimiento previo de la materia de que tratan, no disponemos de mucha ayuda a la hora de descifrar una caligrafía poco menos que ile-

nato, Poirot escribe a Hastings para informarle del mismo, y le explica que Genny habrá de escribirle posteriores cartas para mantenerlo al corriente de los acontecimientos que se produzcan. La trama contempla la administración de un fármaco a la víctima para que parezca que ha muerto; cuando «se descubre» el cadáver, el asesino la apuñala. La coartada de Genny parece impecable, ya que se encuentra con Poirot hasta el momento del descubrimiento. Sólo en el último capítulo se desenmascara que Genny es la asesina. Como bien se puede ver, Christie conservó la sugerencia subyacente, la idea de que el narrador sea el asesino. Todos los detalles que rodean el relato, sin embargo, están tejidos según su patrón básico.

El 26 de noviembre de 1969 Mountbatten volvió a escribir a Christie para felicitarle por el decimoséptimo aniversario de *La ratonera.* Ella le contestó en menos de una semana y pidió disculpas por no haber hecho mención de su sugerencia cuarenta y cinco años antes (él había de tranquilizarla más adelante, asegurándole que sí lo había hecho), dándole las gracias por sus amables palabras y adjuntándole un ejemplar de su último libro, *Las manzanas* («que no es tan bueno como *Roger Ackroyd,* aunque no está mal del todo»). También le comunicó que su cuñado, James, le había propuesto una trama semejante, en la que el narrador sería el asesino, más o menos en la misma época, aunque entonces le pareció que sería muy difícil de desarrollar.

gible. Son cuarenta en total las páginas dedicadas a los títulos de Westmacott, sin que conste en detalle la planificación de los mismos. De ese número, relativamente escaso, muchas están llenas de citas de las que habría sido posible extraer un título. Muchos en efecto no se llegaron a utilizar, aunque son

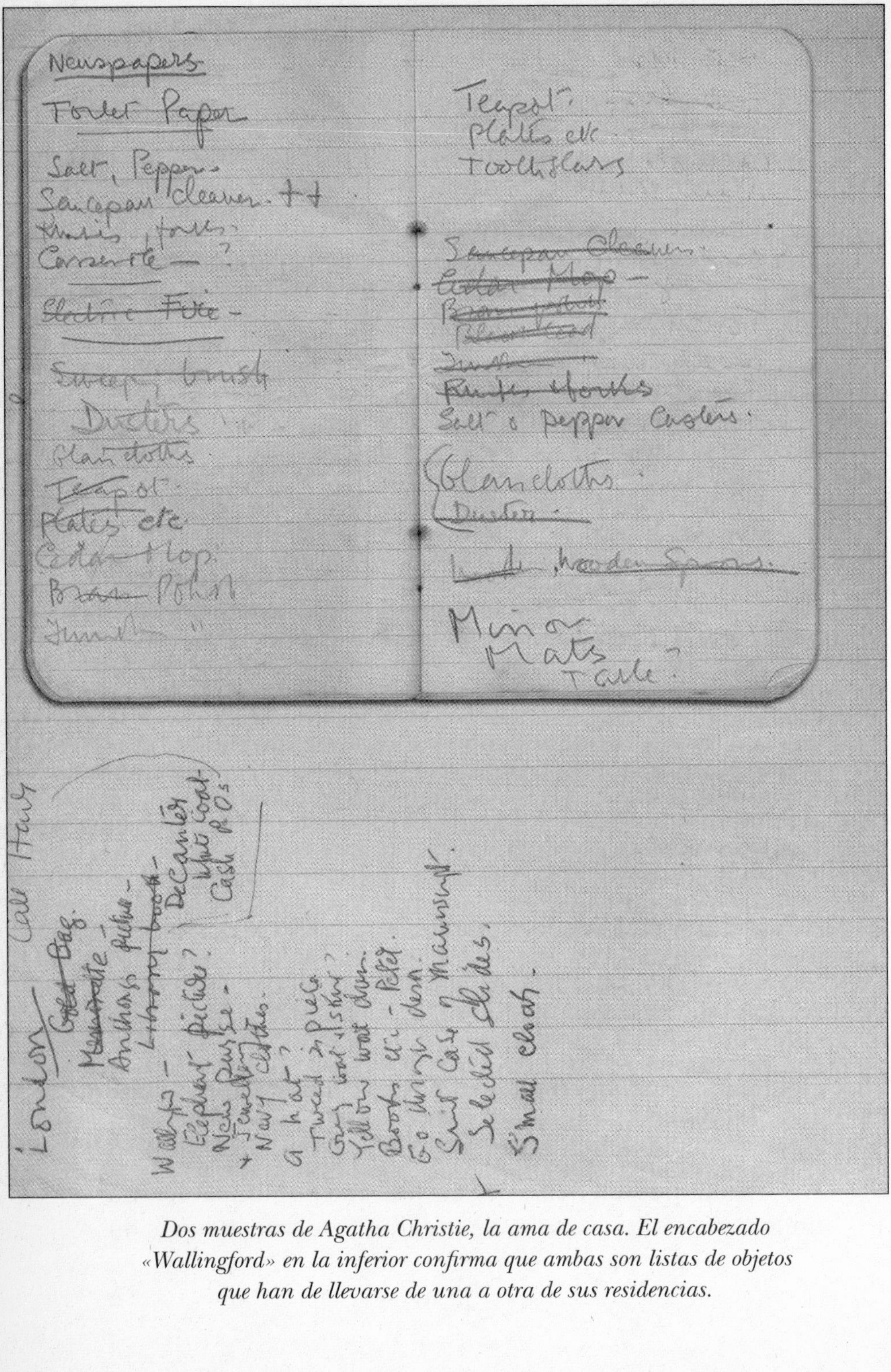

Dos muestras de Agatha Christie, la ama de casa. El encabezado «Wallingford» en la inferior confirma que ambas son listas de objetos que han de llevarse de una a otra de sus residencias.

una lectura fascinante. Y las notas para su *Autobiografía,* en su mayor parte, resultan difusas, inconexas, meros recordatorios destinados exclusivamente a sí misma.

... por lo común tengo media docena a mano...

Podríamos suponer razonablemente que cada título de Agatha Christie dispone de su propio cuaderno. Por eso es importante recalcar que no es así. En sólo cinco casos se dedica un cuaderno a un solo título. Los Cuadernos 26 y 42 se dedican por entero a *Tercera muchacha;* el Cuaderno 68 se refiere sólo a *Peligro inminente;* el Cuaderno 2 está consagrado a *Misterio en el Caribe;* el Cuaderno 46 contiene nada más que el trasfondo histórico y un bosquejo preliminar de *La venganza de Nofret.* En todos los demás casos, cada cuaderno es un registro fascinante de la actividad de un cerebro productivo, de una profesional aplicada e industriosa.

Con los siguientes ejemplos debería quedar claro este patrón.

El Cuaderno 53 contiene:

Cincuenta páginas de notas detalladas para *Después del funeral* y *Un puñado de centeno* que alternan una con otra por espacio de unas cuantas páginas.

Notas del borrador para *Destino desconocido.*

Un breve esquema de una novela no escrita.

Tres intentos separados, distintos los tres, de trazar el esquema de la obra de teatro radiofónico titulada *Llamada personal.*

Notas para una novela de Mary Westmacott.

Notas preliminares para *Testigo de cargo* y *Una visita inesperada.*

Un esquema para una obra teatral no publicada y no estrenada, *La señorita Perry.*

Algunos poemas.

El Cuaderno 13 contiene:
La venganza de Nofret: 38 páginas.
Pleamares de la vida: 20 páginas.
Cianuro espumoso: 20 páginas.
Mary Westmacott: 6 páginas.
Diario de viaje por el extranjero: 30 páginas.
Sangre en la piscina, *Telón* y *El misterio de Sans Souci:* 4 páginas cada una.

El Cuaderno 35 contiene:
Cinco cerditos: 75 páginas.
La muerte visita al dentista: 75 páginas.
El misterio de Sans Souci: 8 páginas.
Un cadáver en la biblioteca: 4 páginas.
25 páginas de ideas.

... si hubiese conservado todos estos elementos bien ordenados...

Uno de los aspectos más atractivos y más frustrantes a la vez de los cuadernos es la total ausencia de orden, y en particular la ausencia de fechas. Aunque son 73 los cuadernos, sólo tenemos un total de 77 fechas. Y en muchos casos las fechas que tenemos son incompletas. Una página puede llevar por encabezado «20 de octubre» o «28 de septiembre» o únicamente «1948». Únicamente hay seis casos de fechas completas (día, mes y año), y todos ellos datan de los últimos diez años. En el caso de las fechas incompletas es a veces posible averiguar el año a partir de la fecha de publicación del título de que se trate, pero en el caso de las notas de cara a una idea inédita o que no se llegó a desarrollar esto resulta poco menos que imposible. Esta incertidumbre se agrava por diversas razones.

En primer lugar, el uso que dio Christie a los cuadernos fue completamente producto del azar. Christie abría un cuaderno (o, como ella misma dice, elegía cualquiera de los que tuviera abiertos al mismo tiempo, a veces media docena), encontraba una página en blanco y se ponía a escribir. Era una mera cuestión de encontrar una página en limpio, incluso una entre dos páginas ya utilizadas. Y, como si esto no fuera ya suficientemente complicado, en la mayor parte de los casos daba la vuelta al cuaderno que tuviera entre manos y, con admirable sentido de la economía, escribía empezando por el final. En un caso extremo, mientras planificaba la trama de «Manx Gold» [«Oro en la isla de Man»], llegó a escribir en varias páginas no a lo ancho, sino longitudinalmente. (Recordemos que muchas de estas páginas se escribieron en los años de racionamiento, durante la Segunda Guerra Mundial.) Al compilar este libro tuve que idear un sistema que me permitiera identificar si la página era o no una a la que hubiese dado la vuelta.

En segundo lugar, como muchas de las páginas están llenas de notas destinadas a relatos que nunca se llegaron a terminar, no existen fechas de publicación que nos sirvan de guía. A veces es posible hacer alguna deducción a partir de las notas que preceden y siguen inmediatamente a éstas, pero este método no siempre es infalible. Un examen más detenido del contenido del Cuaderno 13 (antes detallado) ilustra bien uno de los aspectos de esta azarosa cronología. Dejando a un lado *Telón*, la novela más antigua de las que se enumeran es *El misterio de Sans Souci*, publicada en 1941, mientras que la última es *Pleamares de la vida*, que se publicó en el año 1948. Sin embargo, muchos de los títulos que se publicaron entre una y otra no figuran en este cuaderno: *Cinco cerditos* está en el Cuaderno 35, *Maldad bajo el sol* en el 39 y *Hacia cero* en el 32.

En tercer lugar, es posible que en muchos casos las anotaciones para un libro se hayan realizado bastantes años antes de la publicación del mismo. Las notas más antiguas que se

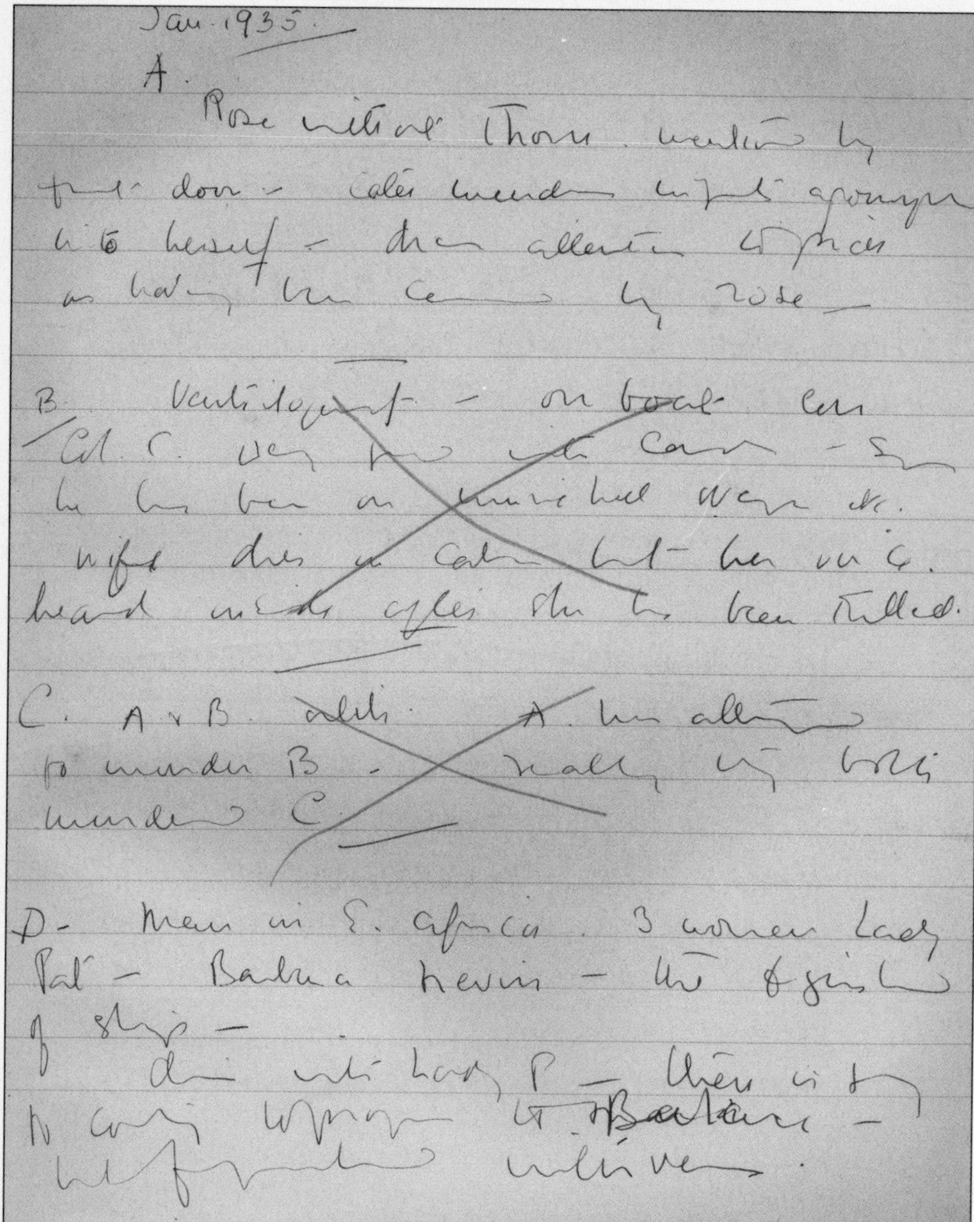

Esta página, del Cuaderno 66, está tomada del periodo más prolífico e ingenioso de Agatha Christie, y en ella se recogen ideas para lo que había de ser Un triste ciprés, *«Problema en el mar» y* El truco de los espejos. *Es una de las contadas páginas de los cuadernos que ostentan una fecha, y los relatos se publicaron entre 1936 y 1952.*

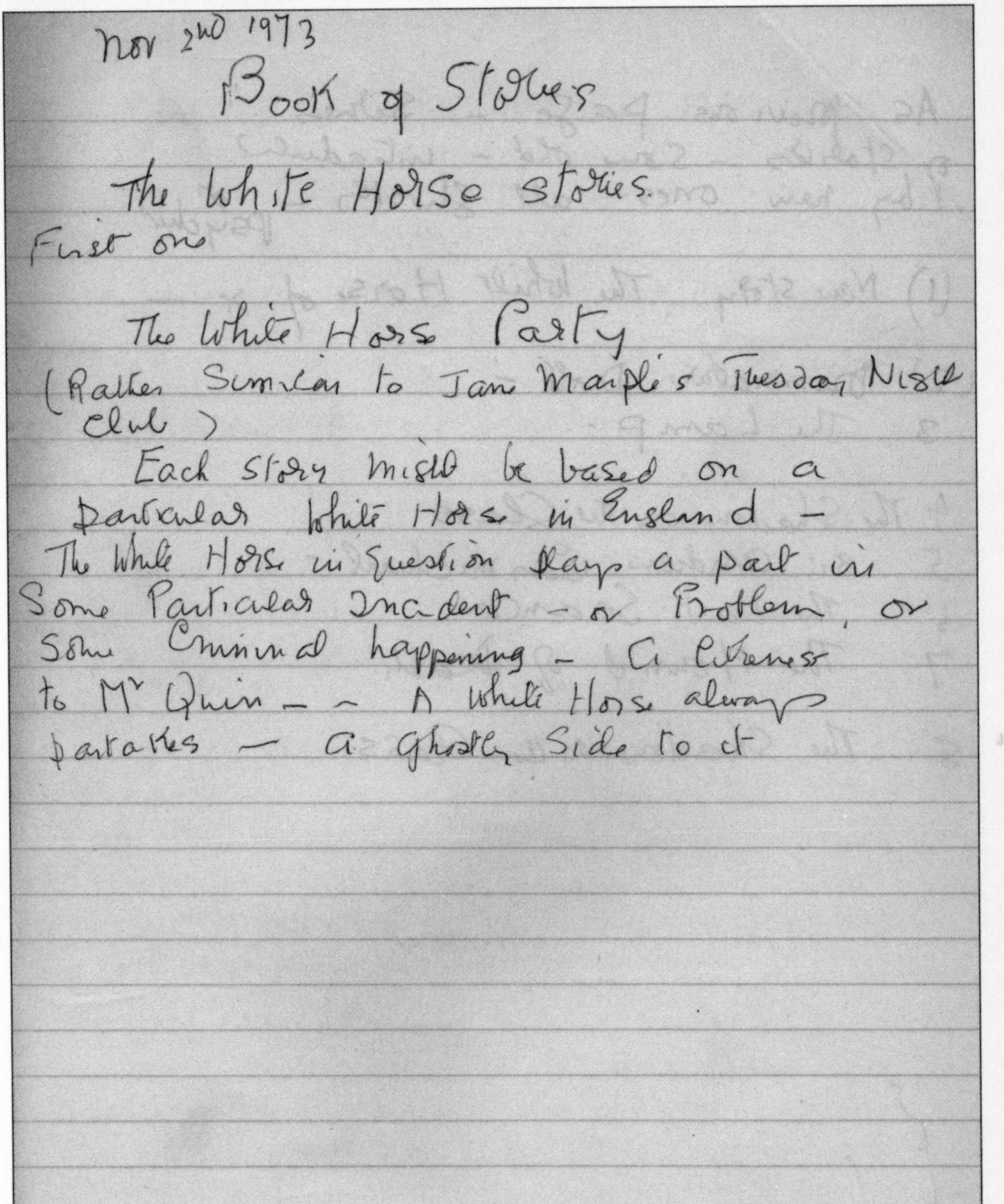

Nov 2nd 1973

Book of Stories

The White Horse stories.

First one

The White Horse Party

(Rather Similar to Jane Marple's Tuesday Night Club)

Each story might be based on a particular White Horse in England — The White Horse in question plays a part in Some Particular Incident — or Problem, or some Criminal happening — A likeness to Mr Quin — A White Horse always partakes — a Ghostly Side to it

Otra de las pocas páginas fechadas, en la que se pone de manifiesto un marcado cambio de la caligrafía. Corresponde a las últimas anotaciones que tomó Christie y se halla en el Cuaderno 7. Aunque siguió tomando notas, no se publicó ningún material nuevo después de La puerta del destino, *publicada en octubre de 1973.*

conservan de *Una visita inesperada* llevan por encabezado «1951» en el Cuaderno 31, es decir, datan de siete años antes de la primera representación de la obra; el germen de *Noche eterna* aparece por vez primera seis años antes de su publicación, en una página del Cuaderno 4, con fecha de 1961.

Las páginas que siguen a una página fechada con toda claridad no tienen por qué haberse escrito al mismo tiempo. Por ejemplo:

> La página 1 del Cuaderno 3 dice: «Proyectos generales, 1955».
> La página 9 dice: «5 Nov. 1965» (y publicó diez libros entre un año y otro).
> La página 12 dice: «1963».
> La página 21 dice: «6 Nov. 1965, continúa».
> La página 28 tiene este encabezado: «Notas sobre *Pasajero a Frankfort* [sic] 1970».
> La página 36 dice: «Oct. 1972».
> La página 72 dice: «Libro Nov. 1972».

A lo largo de setenta páginas hemos recorrido diecisiete años y muchas novelas, además de que entre las páginas 9 y 21 hemos ido y vuelto varias veces entre 1963 y 1965.

El Cuaderno 31 lleva por fecha, en distintas páginas, 1944, 1948 y 1951, pero también contiene algunas notas para *Un cadáver en la biblioteca* (1942), escrita muy al comienzo de la Segunda Guerra Mundial. El Cuaderno 35 lleva páginas fechadas en 1947, en las que se esboza *La señora McGinty ha muerto,* y también en 1962, en lo que es una de las primeras semillas de *Noche eterna.*

... clasificados...

Aunque los cuadernos van numerados del 1 al 73, esta numeración es completamente arbitraria. Algunos años antes de morir Rosalind, la hija de Agatha Christie, dispuso a manera de primer paso hacia el análisis de sus contenidos que se numerasen todos ellos y que se confeccionase una lista de los títulos que se mencionan en cada uno. El análisis nunca llegó más allá de esa primera fase, pero, entretanto, durante ese proceso se adjudicó un número a cada cuaderno. Esta numeración está confeccionada totalmente al azar; un número bajo no indica que se trate de un año anterior a un número alto, ni tampoco que sea un cuaderno más importante. El Cuaderno 2, por ejemplo, incluye notas para *Misterio en el Caribe* (1964) y el Cuaderno 3 para *Pasajero a Frankfurt* (1972), mientras el Cuaderno 37 contiene un largo y detallado resumen de *El misterioso caso de Styles* (1920). Por tanto, como bien puede verse, los números no son nada más que una forma de identificar cada cuaderno.

... y etiquetados...

En algunos de los cuadernos se nota por parte de una Agatha Christie ya anciana ciertos intentos de poner algún orden en medio de todo este caos. El Cuaderno 31 tiene un listado de varias páginas sueltas en el interior de cubierta; otros tienen marcapáginas a máquina en los que se indica dónde se comenta cada uno de los títulos. Estos intentos, valiosos y valerosos, son pese a todo rudimentarios, además de que el compilador de los mismos (que probablemente no fue la propia Christie) pronto se fatigó ante la enormidad de la tarea. La mayoría de los cuadernos contienen notas para varios libros, y como a veces son hasta tres las novelas que compiten por un mismo espacio en tan sólo una veintena de páginas, esos marcapáginas pronto resultan más bien un estorbo y a la postre terminan por ser inservibles. Por dar cierta idea de la cantidad de información que contienen al azar, con vistas a la composición de este libro confeccioné una tabla mediante la cual indexar los contenidos de todos los cuadernos. Una vez impresa, tenía diecisiete páginas.

... algo garabateado deprisa y corriendo...

Antes de comentar la caligrafía de los cuadernos, es de justicia recalcar que todas estas anotaciones las escribió Agatha Christie para no olvidarse de detalles muy concretos. Nunca tuvo ningún motivo para esforzarse por mantener una caligrafía fácil de leer, toda vez que nadie, salvo la propia Christie, estaba destinado a leer las notas. Tal como se pone de manifiesto en el capítulo 3, todos estos cuadernos son diarios y agendas personales, no escritos con otra intención que la de aclarar sus pensamientos.

La caligrafía de cualquier persona evoluciona con la edad. Los apuntes que uno toma en el instituto o en la universidad pronto vencen aquellos esfuerzos caligráficos de los cuadernos pautados que hacíamos en nuestra infancia. Los accidentes, la condición médica de cada cual y la edad nos pasan factura muy visible en la escritura. En la mayoría de los casos no es arriesgado señalar que a medida que envejecemos nuestra caligrafía se deteriora. En el caso de Agatha Christie se da curiosamente un cambio en sentido opuesto. En su momento de máximo apogeo creativo, más o menos entre 1930 y 1950, su escritura es casi indescifrable. En muchos casos más bien parece taquigrafía, y es discutible incluso que ella misma pudiera descifrar algunos pasajes. No tengo ninguna duda de que la razón de que escribiera defectuosamente, por así decirlo, durante estos años tan sumamente prolíficos es que en su muy fértil cerebro bullían numerosas ideas para libros y relatos. Se trataba de ponerlas por escrito tan deprisa como fuera posible. La claridad de la presentación era una cuestión más bien secundaria.

La conversión de los cuadernos en un formato fácil de leer, de cara a la redacción de este libro, costó más de seis meses. Un conocimiento detallado de toda la producción de Dame Agatha no fue sólo de enorme ayuda, sino más bien un requisito indispensable. Sirvió para saber, por ejemplo, que una referencia a la «apomorfina» no es una errata, un error, una falta ortográfica, sino una parte fundamental en la trama de *Un ciprés triste.* Pero no valió de mucho en el caso de las notas tomadas para un título que luego quedó inédito, ni para las ideas destinadas a una obra publicada y posteriormente desechadas. Según iban pasando las semanas me sorprendió en qué medida me acostumbraba a su caligrafía, y comprobé que la conversión del último bloque de los cuadernos me resultaba considerablemente más llevadera y rápida que la de los primeros. También descubrí que si dejaba una página en apariencia indescifrable y regresaba a ella al cabo de unos días, con frecuencia lograba entenderla. Pero algunas palabras y algunas frases siguieron resistiéndoseme, de modo que tuve que conformarme con una mera suposición.

A partir de finales de los años cuarenta, su caligrafía fue «mejorando» sin descanso, tanto que a comienzos de los cincuenta y, por ejemplo, en los apuntes para *Después del funeral,* en el Cuaderno 53, las notas se pueden leer con toda naturalidad incluso en el caso de alguien que las vea por vez primera. De esto ella tuvo conciencia con un punto de arrepentimiento. En noviembre de 1957, en una carta en torno a *Inocencia trágica,* escribe: «Voy a pedir a la señora Kirwan [su secretaria, Stella Kirwan] que le pase esto a máquina, pues ya sabe qué letra tengo», y en agosto de 1970 describe su letra diciendo que es «extremadamente grande y, con franqueza, poco menos que ilegible». ¡Y esto lo escribe después de haber mejorado mucho!

Durante algunos años se ha sostenido una teoría, sobre todo en la prensa popular, según la cual Agatha Christie padecía dislexia. No tengo ni idea de cuál es el origen de esta conjetura, pero basta con echar un vistazo somero a los cuadernos para desmentir esta presunción. El único ejemplo que se podría aportar es la vacilación que hay entre «Caribbean» y «Carribean» a lo largo de las notas que tomó para *Misterio en el Caribe.* Y no creo que sea ella la única persona en tener esa vacilación.[1]

... y una especie de esbozo esquemático de una trama...

Esparcidas de manera irregular a lo largo de los cuadernos se hallan breves anotaciones a menudo rematadas por un guión,[2] y no desarrolladas más adelante, al menos por el momento. A esas enumeraciones se refiere Christie cuando habla de «esbozo esquemático de una trama»; esas anotaciones eran todo cuanto necesitaba para estimular su muy considerable imaginación. Las ideas que recoge en ellas se reproducen exactamente como aparecen en las páginas de los cuadernos, y hay algunas que aparecen en más de un cuaderno (en este libro, más adelante, se ofrecen ejemplos de enumeraciones semejantes). Todas ellas iban a aparecer en mayor o menor medida en sus títulos. Las dos primeras son estratagemas importantes en la trama; las otras dos son rasgos secundarios de la trama:

---

[1] La primera grafía es la correcta. Muchos anglohablantes nativos tienen con la ortografía problemas bastante mayores que los hispanohablantes, y el caso de las dobles consonantes suele ser habitual motivo de tropiezo. (N. del T.)

[2] En esta edición, de acuerdo con los usos en castellano, hemos convertido los guiones que rematan la frase en puntos suspensivos. Asimismo, se dan los títulos con que se conocen popularmente las obras de Agatha Christie. (N. del T.)

Poirot pide que lo lleven al campo... Encuentra una casa donde alojarse y ve varios detalles fantásticos [véase *Sangre en la piscina* en el capítulo 12]

Le salva la vida varias veces [véase *Noche eterna* en el capítulo 12]

Fármacos peligrosos, robados del coche [véase «Prueba F: La casa de los sueños»]

Inquire enquire...[3] ambos términos en la misma carta [véase *Se anuncia un asesinato,* en el capítulo 5]

... a menudo me sirve de estímulo, si no para escribir una novela con una trama idéntica, sí al menos para escribir otra cosa.

A lo largo de toda su trayectoria, uno de los mayores dones de los que hace gala Agatha Christie es la capacidad de entretejer variaciones prácticamente infinitas sobre ideas en apariencia elementales. Las alianzas asesinas, el triángulo eterno, la víctima como asesino, el disfraz... A lo largo de los años utilizó y reutilizó todas estas argucias y estratagemas para confundir al lector y desbaratar sus expectativas. Por eso, cuando señala ese estímulo «para escribir otra cosa» sabemos que es algo que hacía sin el menor esfuerzo. Algo en apariencia tan carente de importancia o tan poco inspirado como la palabra «dientes» podía servirle de inspiración, y de hecho empleó esa idea al menos en dos novelas, en *La muerte visita al dentista* y, como elemento secundario de la trama, en *Un cadáver en la biblioteca.*

---

[3] La diferencia, de una sola letra y apenas perceptible auditivamente, distingue el verbo «indagar», primer término, del sustantivo «indagación», el segundo. (N. del T.)

Los gemelos idénticos (uno perece en un choque de trenes) el sobreviviente afirma ser el adinerado (¿los dientes?)

La pobre niña rica... Una casa en una colina... Artículos de lujo, etc. El dueño original

La idea del sello... El hombre forja su fortuna... Lo pone en una carta antigua... Un sello de Trinidad en una carta llegada de las islas Fiji

La anciana señora en un tren, variante... Va con ella una joven... A ésta se le ofrece un trabajo en el pueblo... Lo acepta

Como veremos más adelante, «la idea del sello» figura en un relato corto y en una obra teatral con más de quince años de diferencia; «la anciana señora en un tren» aparece en dos novelas, con casi veinte años de diferencia; «la pobre niña rica» inspiró un relato y, veinticinco años después, una novela.

PRUEBA A:
EL «CLUB DE LA DETECCIÓN»

—Ya sé que es demasiado temprano para llamar por teléfono, pero es que deseo pedirle un favor.
—Sí, dígame.
—Se trata de la cena anual de nuestro Club de Autores de Novela Detectivesca.

Tercera muchacha, capítulo 2

El llamado Detection Club, como su propio nombre indica, es un club en el que se reúnen los autores de novelas detectivescas. Aunque se desconoce la fecha exacta, probablemente se fundó en 1929. Anthony Berkeley y Dorothy L. Sayers fueron dos de los miembros fundadores; a comienzos de los años treinta, todos los grandes escritores de novela detectivesca del momento, entre ellos Agatha Christie, eran miembros del club. Sólo estaba permitido el ingreso a escritores de ficción de detectives en el sentido estricto y más clásico, diferenciándolos de los escritores de novela negra en general. No era una corporación colegial o profesional que hiciera campañas por mejorar la suerte de los autores de novela detectivesca; más bien era un club de carácter social, un tanto exclusivo y laureado, cuyo primer presidente fue G. K. Chesterton, creador del padre Brown. Le sucedió en 1936 E. C. Bentley, autor de la famosa *Trent's Last Case [El último caso de Trent]*. Desde 1958 hasta su muerte, en 1976, Agatha Christie fue la presidenta. Aceptó el cargo con la condición de que nunca tendría la obligación de pronunciar un discurso. Sólo se podía ingresar en el club mediante invitación previa, y todos los nuevos miembros debían someterse a una ceremonia de iniciación (ideada por Dorothy L. Sayers) en la que el presidente aparecía con ropajes solemnes, había una procesión con velas encendidas y el iniciado debía prestar juramento poniendo una mano sobre Eric, la Calavera, por el cual se comprometía a cumplir las normas del club.

Aunque se trataba de normas no escritas y aunque el ritual en sí, ideado por Sayers, era de carácter ameno, las intenciones de fondo eran serias y admirables. En un esfuerzo por elevar el nivel literario del relato detectivesco y por distinguirlo de los *thrillers* de la época. Tendentes a provocar asombro, los candidatos se comprometían a:

* honrar el llamado «inglés del Rey» en su nivel de máxima corrección;
* no ocultar jamás una pista esencial al lector;
* adherirse a las tareas de indagación e investigación diferenciándolas de la «revelación divina, la intuición femenina..., las coincidencias o las intervenciones de Dios»;
* observar una «moderación modesta y oportuna en el uso de bandas de delincuentes, rayos mortíferos, fantasmas y demás espectros, chinos misteriosos y no menos misteriosos venenos desconocidos para la ciencia»;
* jamás robar ni revelar las tramas que hubiese urdido cualquier otro de los miembros.

En sus primeros tiempos, en el Detection Club se escribieron novelas colectivamente; en tiempos más recientes se escribieron entre varios de los miembros algunas colecciones de relatos. En los primeros ensayos se escribían los capítulos sucesivos repartiéndolos entre diversos escritores, de manera que cada autor tuviera conocimiento del desarrollo de la trama llevado a cabo por su antecesor. Agatha Christie colaboró en tres de las primeras publicaciones de esta índole: *The Scoop [Primicia]* en 1930, *Behind the Screen [Tras el biombo]* al año siguiente y una novela extensa, *The Floating Admiral [El almirante flotante]*, en 1932. Las dos primeras empresas conjuntas, más breves, se emitieron por entregas en la BBC y después se publicaron en *The Listener*, para aparecer por fin en formato de libro en 1983. Aparte de Christie, otros colaboradores de *Primicia* fueron Dorothy L. Sayers, Anthony Berkeley, E. C. Bentley, Freeman Wills Crofts y Clemence Dane; Ronald Knox y Hugh Walpole sustituyeron a Crofts y a Dane en *Tras el biombo.*

En el caso de *El almirante flotante,* cada uno de los colaboradores tuvo que aportar una propuesta de solución además de un capítulo, en un intento por impedir que se introdujeran nuevas complicaciones tan sólo para ponerle las cosas más difíciles al colaborador que les siguiera en el orden establecido. La aportación de Christie es por desgracia la más breve del libro, aunque la solución que propuso es buena muestra de su ingenio. De todos modos, llegó a la conclusión de que el tiempo y el esfuerzo dedicados a estas producciones podría emplearlos de manera más provechosa escribiendo por su cuenta, y con la debida cortesía declinó otras invitaciones a participar en nuevos títulos colectivos.

El Detection Club en los cuadernos

La principal referencia al Detection Club que existe en los cuadernos se encuentra en el Cuaderno 41, la primera página del cual lleva por encabezado «Ideas 1931» (a pesar de la incertidumbre sobre su fecha de fundación, cuando se escribió esta nota el club estaba consolidado):

Los trece a la cena

Relato para el «Detective Club» (?)

La señorita Sayers y su marido... Venenos
El señor Van Dine y...
El señor Wills Crofts y su esposa... Coartadas
La señora Christie
El señor Rhode
El señor y la señora Cole
El señor Bentley
La señorita Clemence Dane
El señor Berkeley y su esposa; escritor de temas fantásticos

Es mera coincidencia que el título *Los trece a la cena* se utilizara en Estados Unidos dos años después para designar una novela que publicó Christie en 1933, *La muerte de lord Edgware.* El título estadounidense hace referencia al capítulo 15 del libro, en el que un personaje comenta que son trece los comensales sentados a cenar la noche en que muere lord Edgware, con lo cual lady Edgware dispone de doce testigos. Es improbable, no obstante, que fuese esto lo que tenía Christie en mente cuando esbozó la idea para el Detection Club.

De las trece personas que enumera, y que hubieran sido los comensales de esa cena, la mayoría son sus colegas escritores: «la señorita Sayers» es Dorothy L. Sayers, novelista, dramaturga, antóloga, teóloga y erudita, gran contemporánea de Christie y una de las fundadoras del Detection Club. Aunque aparece en el Cuaderno 41 como «señorita», Sayers se había casado con Oswald Fleming en abril de 1926, si bien conservó el apellido de soltera en sus actividades profesionales.

«El señor Van Dine» era conocido del público lector: se trata de S. S. Van Dine, creador de Philo Vance. La ausencia que hay tras su nombre da a entender que Christie no estaba segura de que estuviese casado (lo estaba), pero la incorporación de su pareja habría dado por resultado un total de catorce invitados a la cena, lo cual tal vez explique la incertidumbre. Es extraño que Christie hubiese incluido a Van Dine. Había leído sin duda sus novelas —hay unas cuantas en los anaqueles de Greenway House—, puesto que fueron tremendos éxitos de ventas en sus tiempos, pero no era miembro del Detection Club, ya que residía en Estados Unidos.

«El señor Wills Crofts» era Freeman Wills Crofts, creador del inspector French, de Scotland Yard, un policía meticuloso y concienzudo cuya especialidad (como ya se ha señalado) era la coartada irrebatible. Al igual que en el caso de Christie, publicó su primera novela, *El ataúd,* en 1920, y se le sigue considerando un clásico del género. Siguió escribiendo hasta su muerte, en 1955, y publicó un total de cuarenta novelas.

«El señor Rhode» es John Rhode, cuyo verdadero nombre era el de comandante Cecil John Charles Street, que también publicó con el seudónimo de Miles Burton. Como Christie, fue autor del Club del Crimen durante la mayor parte de su vida, y en total publicó casi 150 novelas con ambos nombres.

«El señor y la señora Cole» eran un tándem marido y mujer, compuesto por G. D. H. y Margaret Cole, novelistas del género detectivesco y socialistas. Aunque fueron prolíficos y publicaron una treintena de novelas, sus libros son de prosa hinchada, artificiosa, inerte, y llevan años agotados sin que se reimpriman.

«El señor Bentley» era E. C. Bentley, cuya reputación como novelista de detectives se debe casi exclusivamente a una sola novela: el clásico *El último caso de Trent.* También publicó un libro de relatos y coescribió otro título, *Trent's Own Case [El propio caso de Trent],* en los que aparece Philip Trent.

Clemence Dane es una autora de novela negra casi del todo olvidada. *Enter Sir John [Entra sir John],* que Hitchcock llevó al cine con el título de *Asesinato* (1930), es su libro más conocido.

«El señor Berkeley» es Anthony Berkeley, que también publicó con el seudónimo de Francis Iles. Escritor muy influyente, predijo la ascendencia que había de tener la novela negra por oposición a la novela estrictamente detectivesca, y su aportación a las dos ramas del género es de hecho impresionante. Alfred Hitchcock hizo una memorable adaptación cinematográfica de su novela *Before the Fact as Suspicion [Antes de los hechos, la sospecha],* con el título *Sospecha.*

Además de esta lista, Christie hace diversas alusiones a sus colegas del Detection Club en varias obras. En *Matrimonio de sabuesos,* la colección de relatos que Christie dedicó en 1929 a Tommy y Tuppence, aparecen los Beresford investigando sus casos al estilo de diversos detectives. Hace un pastiche de Berkeley en «La hija del clérigo» y de Crofts en «La coartada irrebatible», aunque, y no deja de ser extraño, no aparece ningún otro de los autores mencionados en el Cuaderno 41.

También es digno de reseñar un artículo que escribió Christie para el Ministerio de Información en 1945, «Escritores de ficción detectivesca en Inglaterra». En él aparecen Dorothy L. Sayers, John Dickson Carr, H. C. Bailey, Ngaio Marsh, Austin Freeman y Margery Allingham, siendo Sayers la única en común del artículo y el Cuaderno 41, por más que todos fuesen miembros del Detection Club. Podría deberse a que Christie tuvo más trato con Sayers que con los demás, sobre todo durante la planificación de los títulos escritos en colaboración, como *El almirante flotante, Primicia* y *Tras el biombo,* todos los cuales fueron ideados y orquestados por Sayers.

En el capítulo 6 de *Un cadáver en la biblioteca* también aparece citada Sayers, al igual que H. C. Bailey y John Dickson Carr (y la propia Christie); en «El ganado de Gerión», el décimo de *Los trabajos de Hércules,* menciona a Sherlock Holmes, al señor Fortune, creación de Bailey, y a sir Henry Merrivale, creación de Dickson Carr. Dickson Carr y su novela *The Burning Court [El patio en llamas]* es una de las pistas secundarias en *Maldad bajo el sol,* y el mismo autor aparece citado en *Los relojes.* Hay una sola frase en el Cuaderno 18 y otra en el 35, y en ambas también aparece citado el Detection Club, en los dos casos con la misma idea:

> Noche de gala en el Det[ection] Club durante un ritual de ingreso... Los seis invitados de la señora O[liver]

> Asesinato en el Detection Club... La señora Oliver... Sus dos invitados... alguien es asesinado cuando comienza el ritual

La noche de gala, no es de extrañar, era una noche en la que los miembros del club podían invitar a otras personas a la cena. El «ritual» era la ceremonia de iniciación de los nuevos miembros, en el que había que prestar «juramento» sobre Eric, la Calavera, en lugar de la Biblia. Al ser una novelista de género detectivesco, la señora Oliver lógicamente habría sido miembro del club.

3

El caso de los anónimos: Agatha Christie en la mesa de trabajo

Es decir... ¿Qué puede decirnos del modo en que escribe sus libros? Lo que quiero saber es si antes que nada necesita pensar en algo, y si cuando ya lo tiene bien pensado se pone a escribirlo, obligándose a tomar asiento y a escribirlo de un tirón. Eso es todo.

El templete de Nasse House, capítulo 17

SOLUCIONES QUE SE REVELAN

La casa torcida • *Noche eterna* • *La señora McGinty ha muerto* • *Se anuncia un asesinato* • *Asesinato en Mesopotamia* • *La muerte visita al dentista*

¿Cómo es posible que Agatha Christie produjera tantos libros de tantísimo nivel y durante tantos años? Un examen a fondo de sus cuadernos nos puede revelar algunos de sus métodos de trabajo, aunque, como hemos de ver, el «método» no era precisamente uno de sus puntos fuertes. Pero es que ése, según defiendo, era su secreto..., aun cuando ella misma no estuviera al tanto de esa paradoja.

El testigo mudo

En febrero de 1955, en un programa de radio de la BBC titulado *Close-Up,* cuando se le preguntó por su procedimiento al trabajar, Agatha Christie reconoció: «La verdad, aunque sea decepcionante, es que no trabajo con mucho método». Mecanografiaba sus propios borradores «con una antiquísima y fiel máquina de escribir que tengo desde hace años», aunque se servía de un dictáfono para los relatos cortos. «El auténtico trabajo se hace al pensar en el desarrollo de la narración, al desvelarse uno hasta que todos los detalles encajan como tienen que encajar. Y eso a veces lleva su tiempo.» Y es justo en ese punto donde intervienen sus cuadernos, cuya existencia no se menciona en la entrevista. De un simple vistazo se comprueba que es en ellos donde «pensaba» y «se desvelaba».

Hasta mediados de los años treinta, sus cuadernos contienen sucintos resúmenes de las novelas, además de notas y bosquejos elementales en los que apenas hay evidencia de sus especulaciones, de las supresiones, de las enmiendas. Al contrario que en años posteriores, en los que cada cuaderno contiene notas para varios títulos, en esta etapa temprana el grueso de las notas para cualquier título se contiene dentro de un solo cuaderno. Estos esbozos y resúmenes se asemejan mucho a la novela terminada, lo cual parece indicar que la tarea de «pensar» y «desvelarse» la llevaba a cabo en otra parte que en su día se destruyó o se perdió. Las notas de *El misterioso caso de Styles* (Cuaderno 37), *El hombre del traje marrón* (Cuaderno 34), *El misterio del Tren Azul* (Cuaderno 54), *Muerte en la vicaría* (Cuaderno 33), *El misterio de Sittaford* (Cuaderno 59), *Peligro inminente* (Cuaderno 68) y *La muerte de lord Edgware* (Cuaderno 41) son reflejo exacto de las novelas. En cambio, desde mediados de los años treinta y a partir de *Muerte en las nubes,* los cuadernos incluyen todos sus pensamientos e ideas, tanto los aceptados como los rechazados. Empezó entonces a llevar a cabo todas sus especulaciones en las páginas de los cuadernos, hasta que por fin averiguaba en su fuero interno hacia dónde se encaminaba una trama, aunque no siempre sea evidente, al menos a juzgar tan sólo por el cuaderno, cuál es el plan que ha terminado por adoptar. Elaboraba minuciosamente las variantes, las posibilidades; escogía y desechaba; exploraba y experimentaba. Volcaba sobre la página todos sus pensamientos, como en una tormenta de ideas, y los clasificaba en función de su potencial aprovechamiento, desestimando los que probablemente fuesen inservibles. Las notas de los distintos libros se superponen, se intercalan; a veces un solo título recorre tan sólo un cuaderno, pero hay casos extremos en los que aparecen incluso en doce cuadernos.

En una entrevista de 1974, cuando lord Snowdon le preguntó cómo le gustaría ser recordada, Agatha Christie respondió: «Me gustaría que me recordasen como una escritora bastante buena de novelas de detectives». La modestia de esta réplica, al cabo de una vida entera entre los autores más vendidos tanto en formato de libro como en la taquilla de los teatros, es una confirmación desinhibida de otro de los aspectos de Christie que son evidentes en los cuadernos: su total falta de egolatría, el hecho de no ser una persona pagada de sí misma. Para ella estas libretas, faltas por completo de toda pretensión, no tenían más valor que el de ser una herramienta de su oficio, como lo eran la pluma, el lápiz o el bolígrafo que empuñaba para ir llenándolos de anotaciones. Empleaba sus cuadernos como si fueran agendas, como soporte de notas sueltas, como bloc donde anotar los mensajes telefónicos, diarios en los que documentar sus viajes, como libros de asiento y de cuentas domésticas; los utilizaba para redactar el borrador de una carta, para hacer la lista de los regalos navideños, para no olvidarse de hacer un regalo de cumpleaños, para garabatear un recordatorio, para dejar cuenta de los libros leídos y de los que deseaba leer, para anotar indicaciones de viaje. En ellos hizo croquis esquemáticos del páramo de Warmsley *(Pleamares de la vida)* y del prado de St. Mary, que se halla en él; dibujó por aproximación la cubierta de *Un triste ciprés* y el escenario de *Tarde en la playa;* trazó varios diagramas del compartimento del avión de *Muerte en las nubes* y mapas de la isla de *Maldad bajo el sol.* Sir Max los usó para hacer cálculos, Rosalind los empleó para practicar su caligrafía; todos ellos los utilizaron para llevar el marcador de las partidas de bridge.

El palomar entre los gatos

Parte del placer que se experimenta al trabajar en los cuadernos proviene del hecho de que cuando se pasa una página nunca sabe uno qué va a leer. La trama de la novela más reciente de Poirot en ese momento se puede interrumpir con un poema escrito para el cumpleaños de Rosalind; una página encabezada con optimismo, con un epígrafe que reza «Tareas por hacer», queda comprimida entre la última novela de la señorita Marple y una obra teatral inacabada. Un número de teléfono y un recado trastornan el fluir de las notas para una nueva obra de teatro radiofónico; una lista de nuevos libros interrumpe las intrincadas notas sobre el horario que sigue un asesino; una carta al director del *Times* altera el desarrollo de la nueva novela de Westmacott.

Se podría descubrir el final que originalmente puso a *La venganza de Nofret* o bien ponerse a tratar de resolver una pista en forma de crucigrama («– I – T – –»); se puede tropezar uno con el borrador de un relato inacabado sobre Poirot o con un listado de tipos de tulipán («granadero... escarlata real, don Pedro, púrpura con tonalidades de bronce»); se puede leer una carta al director del *Times* («He leído con enorme interés el artículo del doctor A. L. Rowse en torno a su descubrimiento de la identidad de la dama oscura que aparece en los sonetos de Shakespeare») o un esbozo para *La ratonera II*.

Una ojeada al azar a través de los cuadernos ilustra algunos de estos aspectos. Una página de anotaciones, una breve lista de libros (publicados todos ellos en 1970), disposiciones para las compras navideñas y una cita que le ha llamado la atención interrumpen sucesivamente las notas que ha ido tomando para *Némesis:*

> En algún lugar (¿Irlanda?) (¿Escocia?) (¿Cornualles?) vive una familia... él le escribe para pasar uno o dos días, o un fin de semana... se suma más tarde al viaje... (¿Tal vez ella ha enfermado, una fiebre pasajera, una afección producida por un fármaco que le ha sido administrado?)
>
> Notas sobre libros
> *Deliverance [Libramiento],* de James Dickey
> *The Driver's Seat [El asiento del conductor],* de Muriel Spark
> *A Start in Life [La vida continúa],* de Alan Sillitoe
>
> Ir a Syon Lodge Ltd. (Crowthers)... a 20 minutos en coche desde Hyde Park Corner... por el camino del aeropuerto... ¿Compras de Navidad? Collingwood en Conduit Street
>
> Comentario de McCauley: «Que a uno lo gobierne un entrometido es algo que no puede la naturaleza humana soportar»
>
> Cuál es el punto en que se concentra (un acusado que ha sido encarcelado) el hijo de R... un fracaso... R siempre supo cuándo le estaba mintiendo

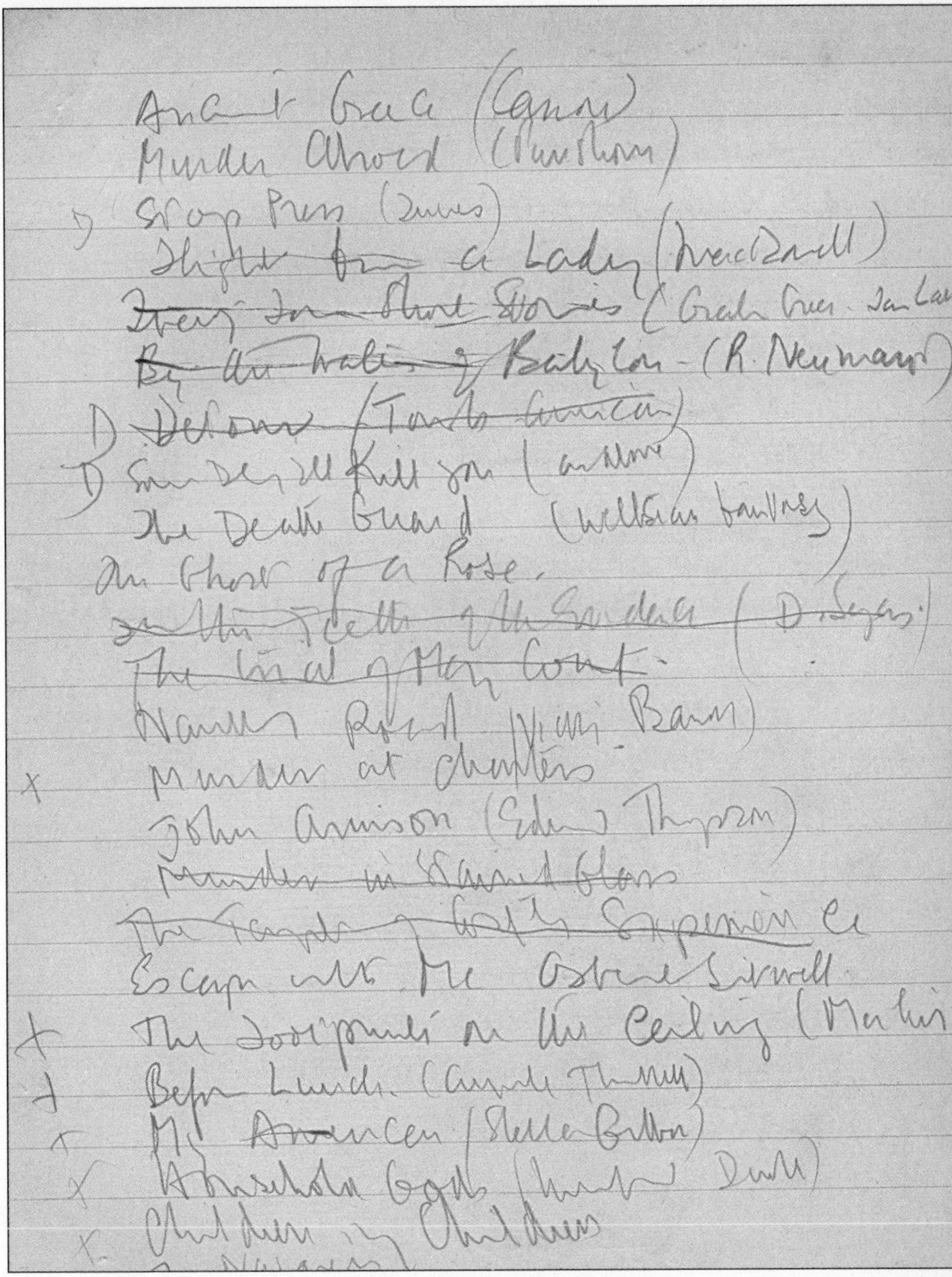

Una de las muchas listas de libros esparcidas a lo largo de los cuadernos; ésta en concreto en dos páginas en las que se enumeran novelas negras de finales de los años treinta y comienzos de los cuarenta, con títulos de Simenon, Wentworth, Innes, Ferrars y Sayers, entre otros.

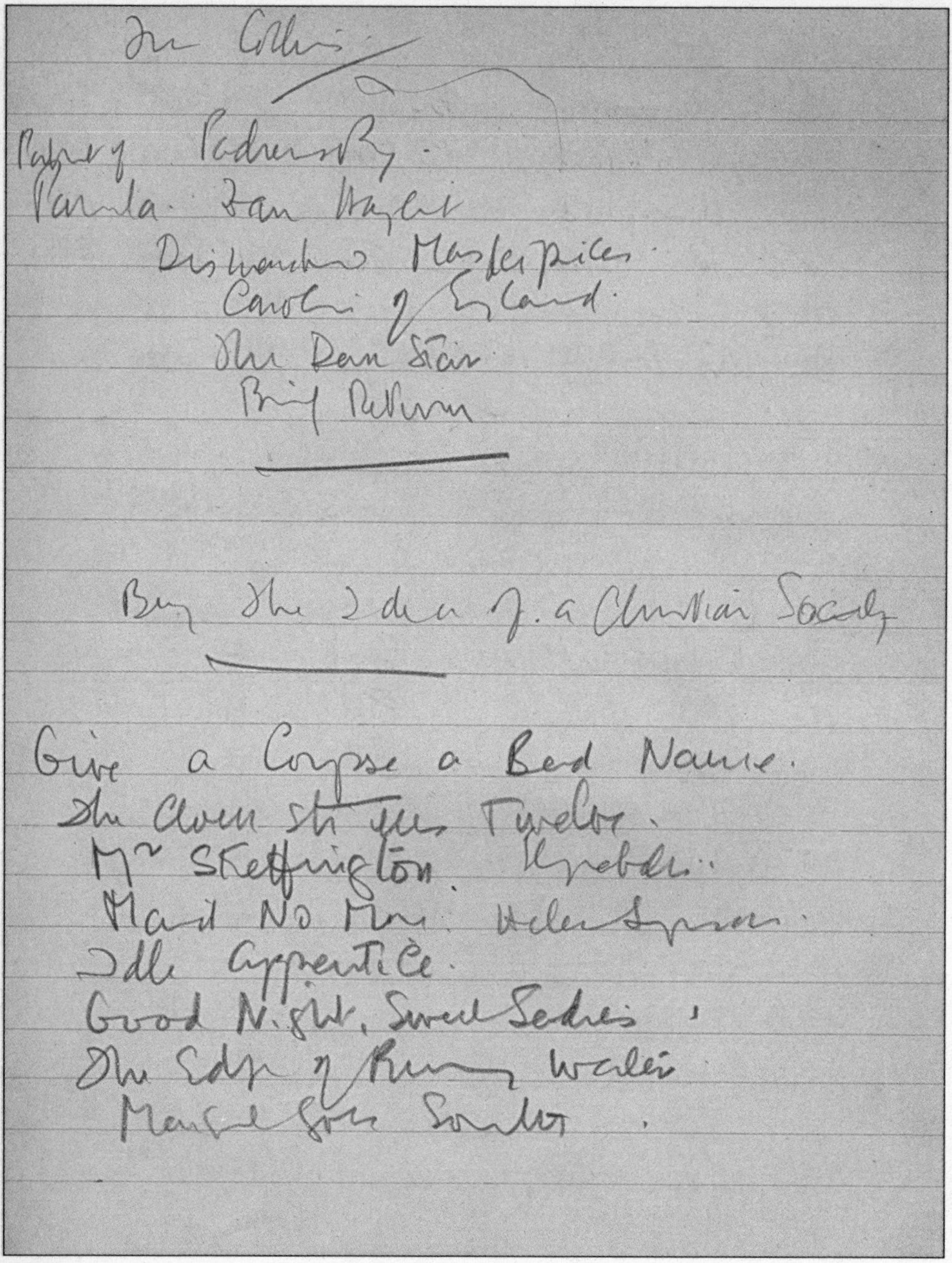
From Collins

[illegible] [illegible]
Parnell. Joan Haslip
[illegible] Masterpieces.
Caroline of England.
The Dark Stair
[illegible]

[illegible] The Idea of a Christian Society

Give a Corpse a Bad Name.
The Clock Strikes Twelve.
Mr Skeffington. Elizabeth.
Maid No More. Helen [illegible].
Idle Apprentice.
Good Night, Sweet Ladies.
The Edge of Running Water
[illegible]

Sus editores enviaban a Agatha libros para que los leyera; esta página, en efecto, lleva por encabezado: «De parte de Collins».

La trama de *La muerte visita al dentista* y un listado de posibles ideas para relatos cortos quedan interrumpidos por un mensaje de carácter social que le ha transmitido su gran amiga Nan Gardner:

> H. P. no se da por contento... Inquiere sobre los cadáveres... al menos uno aparece... Todo el fin de semana fuera...
> Podemos ir el jueves, Nan
>
> <u>Ideas (1940)</u>
> A. 2 amigas, dos solteronas mañosas, una de ellas malvada (la otra, camuflada), aportan sus pruebas, seguramente ante la señorita Marple

Una lista de ideas, algunas de las cuales formaron parte de *Muerte en las nubes*, *El misterio de la guía de ferrocarriles* y «Problema en el mar», queda en suspenso para dar lugar a tres páginas sobre los regalos de Navidad:

> C. Asaeteado por una flecha, alcanzado por un dardo (envenenado) lanzado con una cerbatana
>
> Jack [su cuñado]... ¿perro?
> La señora E... Las fundas de la carta o del menú
> La tía Min... El secante y el contenedor del papel con membrete
> Barbara... El bolso y el pañuelo
> Joan... ¿Un cinturón?
>
> D. Ventrílocuo
>
> E. Serie de asesinatos... P recibe una carta de un tipo al parecer demente
> Primero... una anciana en el condado de York

Tragedia en tres actos viene precedida por una dirección y un número de teléfono:

> Toby, 1 Granville Place, Portman Street, Mayfair 1087
>
> P sugiere que Egg aborde a la señora Dacres

En medio de «La captura de Cerbero» aparecen detalles sobre un viaje («Robin» es posiblemente Robin McCartney, dibujante encargado de las cubiertas de *Muerte en el Nilo, Asesinato en Mesopotamia* y *Cita con la muerte):*

> Viuda joven... marido desaparecido, supuestamente muerto; P lo ve en «el Infierno»
>
> Cualquier jueves, en el tren de la tarde, ver a Robin
>
> Combinar con la idea del hombre que se ha hundido...
> ¿Muerto?
> ¿Un camarero en «el Infierno»?

Como bien se puede ver, la creatividad de Christie no era excluyente: era capaz de urdir la trama de un asesinato a la vez que concertaba una cita de carácter social, o bien consideraba un arma asesina a la vez que confeccionaba una lista de lectura, o bien sopesaba a fondo un móvil al tiempo que transcribía unas instrucciones de viaje. A lo largo de los cuadernos es en todo momento Agatha Christie, Reina de la Novela de Detectives, sin dejar de ser nunca Agatha, miembro de su familia.

Móvil y oportunidad

Una de sus creaciones más personales, Ariadne Oliver, suele considerarse a grandes rasgos el álter ego de la propia Christie. La señora Oliver es una escritora de ficción detectivesca de mediana edad que ha cosechado bastante éxito y es prolífica, además de haber creado a un detective extranjero, el finlandés Sven Hjerson. Detesta las cenas y los festejos de carácter literario, tener que pronunciar discursos, colaborar con un dramaturgo; ha escrito *Un cadáver en la biblioteca* y no fuma ni bebe. Las similitudes son muy notables. No puede quedar ningún resquicio a la duda de que cuando habla la señora Oliver en realidad oímos a Agatha Christie. En el capítulo 2 de *El templete de Nasse House*, la señora Oliver resta importancia a su ingenio:

> *—Nunca es tan difícil pensar a fondo en las cosas —dijo la señora Oliver—. Lo malo es que piense una en demasiadas cosas, y que entonces todo se complique más de la cuenta, de modo que al final sea preciso renunciar a más de una, lo cual siempre es una agonía.*

Y posteriormente, en el capítulo 17, dice:

> *—Quiero decir... ¿qué se puede decir en verdad sobre el modo en que escriba una sus libros? Me refiero a que primero hay que pensar en algo, y cuando se ha pensado a fondo una tiene que obligarse a sentarse y escribirlo. Eso es todo, no hay más.*

Así de sencillo era: por espacio de cincuenta y cinco años, así fue exactamente como lo hizo su creadora.

El proceso de producción, como ya hemos visto, era azaroso y estaba sujeto a toda clase de incidencias. Sin embargo, es precisamente esa especie de intervención del azar lo que se transformaba en un gran éxito de ventas cada año, que en el caso de muchos años fue bastante más que el típico éxito de ventas. Durante más de cincuenta años entregó a su agente por Navidad el consabido «Christie para las Navidades»; a lo largo de veinte años estrenó en los teatros del West End londinense una obra teatral tras otra, algunas con un enorme éxito de taquilla; tuvo ocupados casi en todo momento a los directores de las publicaciones periódicas con el proceso de edición de sus últimas colaboraciones. Y todo ello, las novelas, los relatos y las obras teatrales, fluía con la precisión armónica y la puntualidad del cambio de la guardia.

Así pues, si bien es cierto que no seguía un método en particular, o no al menos en el sentido de poner en funcionamiento un sistema cuya validez estuviera demostrada, refinado a lo largo de sus muchos años de dedicación a la literatura, sabemos que esta apariencia indiscriminada que muestran las anotaciones y la construcción de las tramas es precisamente eso, mera apariencia. Y llegado el momento terminamos por entender que, en realidad, esa manera de avanzar a merced del azar es justamente su método: ésa es su manera de trabajar, de crear, de escribir. Era capaz de sacar un gran partido mental del caos, que la estimulaba más que la rigidez del orden; a decir verdad, la rigidez ahogaba su proceso creativo. Y así se explica que los cuadernos se puedan leer al derecho y al revés, que salten de un título a otro en una misma página, que en cuadernos distintos se repitan y se desarrollen las mismas ideas, y que su caligrafía a veces sea imposible de leer.

El Cuaderno 15 y la trama de *Un gato en el palomar* ilustran algunos de estos puntos. Habla consigo misma sobre la página:

> ¿Cómo convendría abordar todo esto? ¿En una secuencia, o remontándose de la mano de Hércules Poirot, a partir de la desaparición... en el colegio, posiblemente un incidente trivial, pero que de algún modo está relacionado con el asesinato? De acuerdo, pero... ¿el asesinato de quién? ¿Y por qué?

Sopesa las posibilidades, especula, las enumera:

> ¿Quién es asesinado?
> ¿Una muchacha?
> ¿La profesora de educación física?

¿Una criada?
¿En el extranjero, en Oriente Medio? ¿Quién podría conocer a la muchacha de vista?
¿Y a quién conocería la muchacha?

La señora U ve a alguien por la ventana... Podría ser...
¿Una nueva amante?
¿Alguien del personal de servicio?
¿Una alumna?
¿Un padre?

El asesinato...
¿Podría ser Una chica (parecida a Julia/parecida a Clare?
¿Un padre, el día de visita del colegio?
¿Una profesora?

¿Alguien que recibe un disparo o es acosado en el campo de deportes?
Está la princesa Maynasita...
o... una actriz que se hace pasar por una alumna
o... una actriz que se hace pasar por la profesora de educación física

Se recuerda el trabajo que aún le queda por hacer:

Poner orden... final del capítulo

Capítulo III... Queda mucho por hacer...

Capítulo IV... Queda mucho por repasar (seguramente, terminar el capítulo con «Adam el Jardinero»... Lista de profesoras... (o siguiente capítulo)
Capítulo V... Cartas más extensas

Notas sobre la revisión... un poco sobre la señorita B

Prólogo... Mecanografiar los añadidos

Capítulo V... Algunas cartas nuevas

Y, para aliviar la perspectiva, se dedica a resolver un crucigrama. Se trata de un pasatiempo de sobra conocido, consistente en utilizar todas las letras del alfabeto en una sola frase. En su personal solución, aporta una versión alternativa, aunque le falta la Z.

A D G Ɉ L ~~M P S~~ V Y Z

THE QUICK BROWN FOX JUMPS over gladly[1]

Muertes rememoradas

En *Cartas sobre la mesa,* a la señora Oliver se le pregunta si se ha servido dos veces de la misma trama.

> *—En* El asesino del loto *—murmuró Poirot— y* La pista de la cera de la vela.
> *La señora Oliver se volvió hacia él, resplandeciente en los ojos un destello de apreciación.*
> *—Muy inteligente por su parte. De veras, muy inteligente. Y es que, en efecto, esas dos son exactamente la misma trama…, sólo que nadie más ha reparado en ese detalle. En una son los papeles robados durante una fiesta informal, un fin de semana, del gabinete, y el otro es un asesinato que tiene lugar en el bungaló de un agricultor de Borneo.*
> *—Pero el meollo de ambas historias resulta que es el mismo —dijo Poirot—. Es uno de sus trucos más finos.*

Igual sucede con Christie. Utilizó y volvió a utilizar estratagemas propias de la trama a lo largo de toda su trayectoria; recicló relatos breves para darles forma de novelas, cor-

[1] La frase, empleada para probar las linotipias y los teclados de las antiguas máquinas de escribir, es en inglés «The quick brown fox jumps over the lazy dog» («El zorro marrón y veloz salta sobre el perro perezoso»). La solución de Christie significa «El zorro marrón y veloz salta contento». (N. del T.)

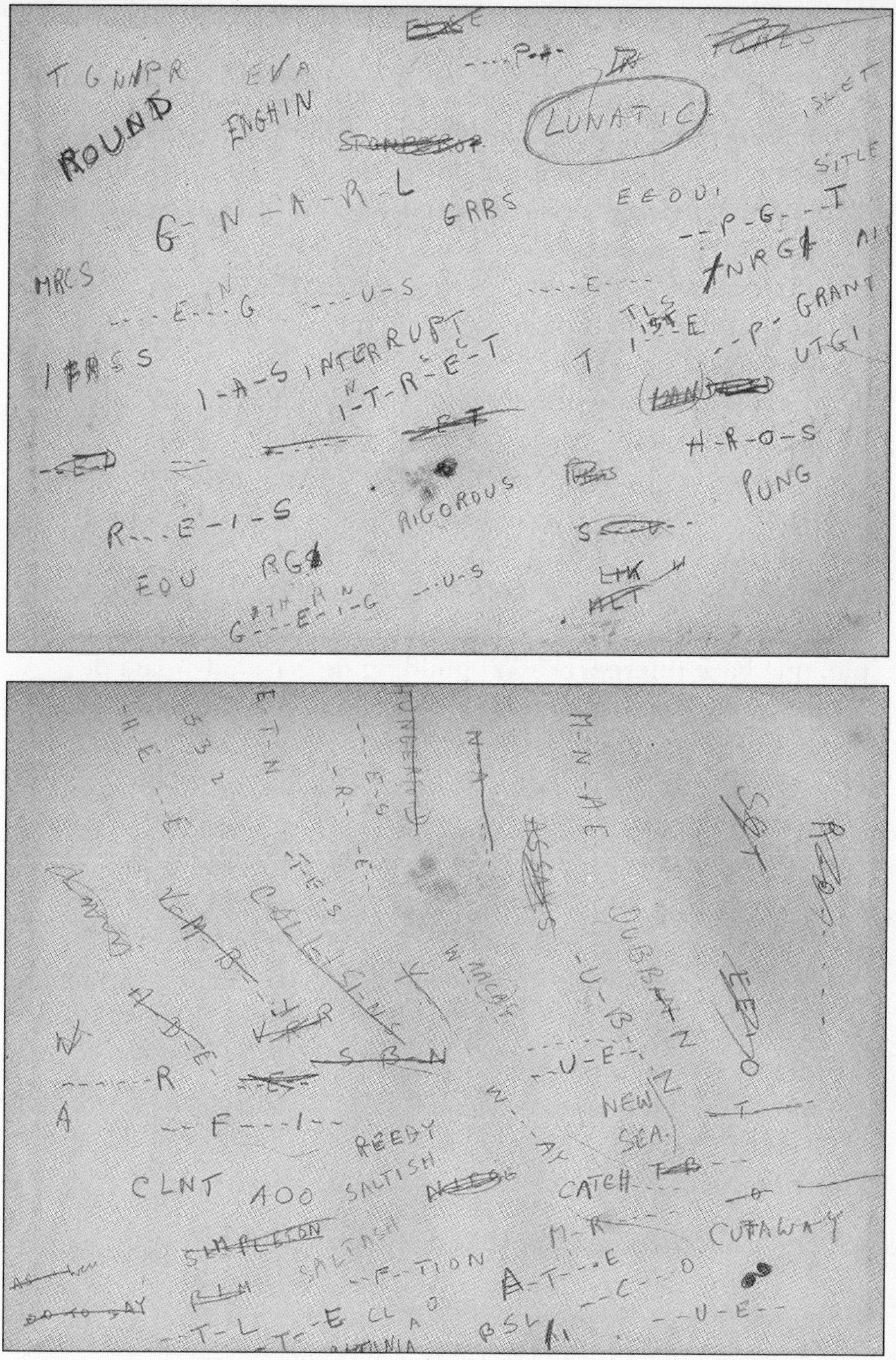

Dos páginas de ejercicios probablemente preparatorios para un crucigrama.

tas o no; es frecuente que en los cuadernos especule acerca de la ampliación o la adaptación de un título anterior. Los cuadernos son buena muestra del modo en que, si bien descartaba una idea por el momento, lo dejaba todo al alcance de la mano, para echarle un vistazo en una etapa más avanzada. Y cuando hacía eso, como dice en su *Autobiografía:* «Ahora mismo no consigo recordar qué era exactamente, pero a menudo me sirve de estímulo». Se servía de los cuadernos como recordatorio y agenda, a la vez que los utilizaba como caja de resonancia.

El primer ejemplo que tenemos data de mediados de los años cincuenta y está relacionado con estos relatos: «El apartamento del tercer piso» y «El misterio del cofre de Bagdad»; aparece rodeado en el cuaderno de notas tomadas para «La locura de Greenshaw» y *El tren de las 4:50.* El segundo ejemplo, que hace referencia a «El pudding de Navidad», data de comienzos de 1960, mientras el último, relativo a «La sombra en el cristal», seguramente es de 1950:

Desarrollo de los relatos

El apartamento del tercer piso... asesinato cometido antes...
vuelve a recoger el correo y huellas, etc., explicación...
¿el ascensor? Se equivoca de piso

¿El cofre de Bagdad o un biombo?
¿Idea? A persuade a B de que esconda a B
Cofre o biombo cuando la señora B... que tiene un lío con
C... C da una fiesta... B y A llegan de pronto... B esconde
a A... lo mata... y se marcha

Versión ampliada de El pudding de Navidad... Puntos
de importancia
Un rubí (propiedad de un príncipe de la India... ¿o de un
gobernador que se acaba de casar?) en el pudding

Un libro o una obra teatral a partir de La sombra en el cristal
¿La idea del vidrio? (Señor Q)

El ABC del asesinato[2]

Uno de los sistemas de creación que utilizó Christie durante la mayor parte de su periodo más prolífico es la enumeración en forma de lista de una serie de escenas, bosquejando tan sólo aquello que deseaba incluir en cada una y adjudicando a cada escena individual un número o una letra; esta idea de ordenamiento, en los tiempos en los que era imposible soñar siquiera con las computadoras y con las teclas para «cortar y pegar», posiblemente se inspira en su experiencia de dramaturga. Con posterioridad reordenaba los apartados correspondientes a esas letras para que se acoplaran a las intenciones de la trama. Pese a mantener ese proceso creativo y caótico, no siempre seguía este plan alfanumérico al pie de la letra, e incluso cuando empezaba por él lo abandonaba en ocasiones para optar por un enfoque más lineal (véase el ejemplo de *La casa torcida,* más adelante). Y en ocasiones el patrón del libro terminado no seguía con exactitud la secuencia originalmente planeada, debido tal vez a razones posteriores, de edición y corrección.

Lo que sigue, tomado del Cuaderno 32, es un perfecto ejemplo de cómo pone en práctica ese método. Forma parte de la trama de *Hacia cero* (véase también el capítulo 10).

[2] Tenga en cuenta el lector que el epígrafe *The ABC of Murder* recuerda mucho a *The ABC Murders [Los asesinatos del abecedario],* título que corresponde a una de las novelas más conocidas de Christie, que en español se publicó como *El misterio de la guía de ferrocarriles.* El autor «juega» con los títulos de Christie para poner nombre a los capítulos y epígrafes de este libro; en todo momento hemos conservado los títulos «acuñados» de las obras de Agatha Christie, aunque tengan un irredimible sabor de época y no se compadezcan del todo —y muchas veces en nada— con los originales. (N. del T.)

A continuación se muestran ejemplos de cómo reelaboraba Christie sus ideas, muchas de las cuales se comentan con detalle en otros pasajes de este libro. Algunas de las reelaboraciones son obvias:

«El caso de la mujer del portero»/*Noche eterna*
«El misterio de Plymouth»/*El misterio del Tren Azul*
«El misterio de Market Basing»/«Asesinato en las caballerizas»
«El robo de los planos del submarino»/«El increíble robo»
«El misterio del cofre de Bagdad»/«El misterio del cofre español»
«Aventura por Navidad» /«El pudding de Navidad»
«El capricho de Greenshore» (inédito)/*El templete de Nasse House*

En otros casos se impuso un desafío al adaptar y expandir la idea y cambiar el asesino por otro:

El secreto de Chimneys/ *Chimneys*
«El segundo gong»/«El espejo del muerto»
«Iris amarillos»/ *Cianuro espumoso*
«El incidente de la pelota del perro»/*El testigo mudo* (véase «Apéndice»)

Algunas versiones escénicas difieren de las novelas que toman por fuente...

Cita con la muerte presenta a un nuevo malvado por medio de una apasionante y osada solución.

El secreto de Chimneys introduce muchas variaciones sobre la novela original, entre ellas un nuevo asesino.

Diez negritos desenmascara al asesino original por medio de un final muy distinto.

Asimismo, existen otros vínculos más sutiles entre determinadas obras:

El misterioso caso de Styles, Muerte en el Nilo y *Noche eterna* tienen en lo esencial la misma trama.

El hombre del traje marrón, El asesinato de Roger Ackroyd y *Noche eterna* comparten una misma estratagema esencial en la trama.

Maldad bajo el sol y *Un cadáver en la biblioteca* tienen una estratagema común.

Después del funeral y *El truco de los espejos* se basan en un mismo truco al engañar en el seguimiento de las pistas.

Asesinato en el Orient Express, En el hotel Bertram y, en menor medida, *Sangre en la piscina* se construyen sobre los mismos cimientos.

Tragedia en tres actos, Muerte en las nubes y *El misterio de la guía de ferrocarriles* ocultan al asesino en un entorno similar.

Y existen otros ejemplos de similitudes entre novelas cortas y novelas que han pasado inadvertidas en estudios anteriores sobre la Reina de la Novela de Detectives:

«El club de los martes» / *Un puñado de centeno*
«Tragedia navideña» / *Maldad bajo el sol*
«Un cantar por seis peniques» / *Inocencia trágica*
«Los detectives del amor» / *Muerte en la vicaría*

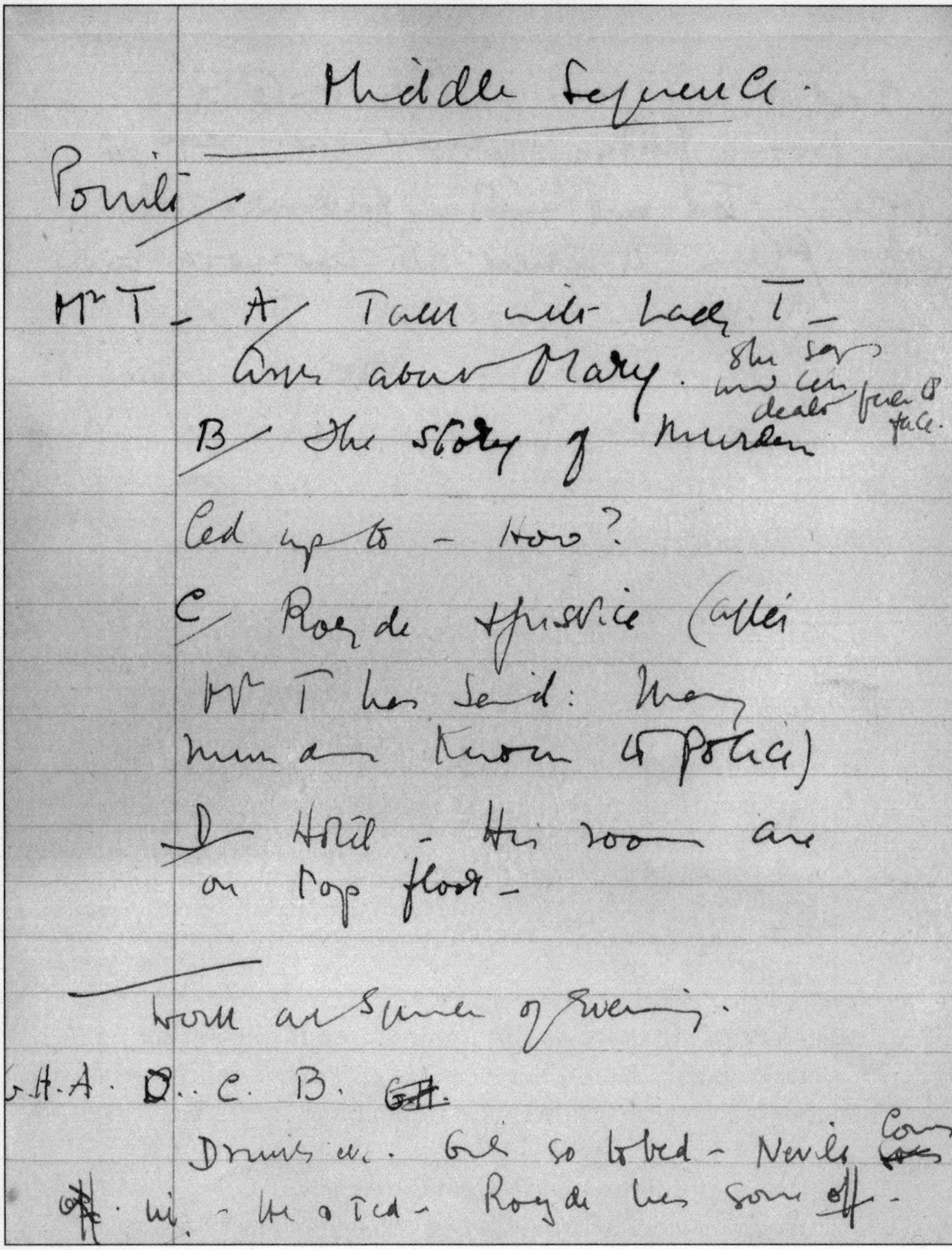
Middle Sequence.

Points

Mr T – A/ Talk with Lady T – Asks about Mary. She says

B/ The story of murder

Led up to – How?

C/ Royde & his story (after Mr T has said: Many men are known to police)

D Hotel – His rooms are on top floor –

Work at Series of Evening.

G.H.A. D.. C. B. G.H.

Drinks etc. Get so to bed – Nevile Comes

Royde lies some off –

Trama detallada de Hacia cero; *véase página 101.*

E. Thomas y Audrey... ¿qué sucede? Ella no se lo puede decir. Él insiste... ya lo sé, cariño, ya lo sé... Pero tienes que volver a vivir tu vida. Algo que tenga que ver con «murió», «muerte» (en referencia a Adrian... alguien como N[evile] tendría que morir)
F. Mary y Audrey... sugerencia de frustración femenina... «Los criados están nerviosos»
G. El incidente de los botones del abrigo
H. La belleza de Audrey a la luz de la luna

Puntos destacados

El señor T A. Habla con lady T... le pregunta por Mary
B. La historia del asesinato... ¿a qué conduce?
C. Royde y la justicia (después de que el señor T diga: Son muchos los asesinatos de los que tiene noticia la policía)
D. Hotel... Tiene las habitaciones en la última planta

Elaborar la secuencia del acontecimiento
G. H. A. D. C. B. ~~G. H.~~

Es notable que las escenas E F G H aparezcan ya en una página anterior y que las escenas A B C D figuren en una página posterior. Una vez tabuladas todas ellas, las dispone en orden para que formen la secuencia que desea que sigan. Al principio pretendía que las escenas G y H siguieran a las escenas A D C B, pero cambió de opinión, las tachó y las traspuso, apretándolas delante, en el margen izquierdo de la página. Un estudio de la sección relevante en la novela titulada «Blancanieves y la rosa roja» demuestra que siguió su plan con total exactitud:

G. Botones del abrigo	V
H. Luz de luna	V
A. Lady T	VI
D. Hotel	VI
C. Royde	VI
B. Conducen a	VI
F. Mary y Audrey	VII
E. Thomas y Audrey	VIII

Elaborar la secuencia de la velada G. H. A. D. C. B. ~~G. H.~~ [F. E.]

Sigue este mismo esquema en la construcción de la trama, por ejemplo, de *Cianuro espumoso, La muerte visita al dentista* y *La casa torcida.* Sin embargo, con su caótico enfoque de la tarea creativa y su creativo enfoque a la hora de abordar el caos, a veces prescinde de estos esquemas.

En el Cuaderno 14 se muestra que este esquema hasta cierto punto es el mismo que se emplea en *La casa torcida* (véase también el capítulo 4). Sin embargo, esta vez añadió Christie ulteriores complicaciones, AA y FF. Al final prescindió de la ordenación de las letras y se limitó a reordenar las escenas sin la guía alfabética establecida. Y AA y FF fueron meras ideas añadidas a última hora, que había de insertar en un momento posterior.

A. Indaga en Ass[ociated] Cat[ering]... al principio con discreción... El contable de la empresa nos dará lo que queremos [capítulos 10/11]
AA También Brenda... femme fatale... lamenta mucho que etc. [capítulo 9]
B. ¿Después? En su... *In Queer St.*[3] Llevar allí a Roger... Historia de Roger... etc. [capítulo 11]

[3] Literalmente «en la calle Queer», «en la calle Extraña». Pero fonéticamente también indica «calle de la indagación»: *Inquire St.* se pronuncia igual. (N. del T.)

C. La prueba de la niña... La mejor de las pruebas... Nada bueno... En el tribunal... A los niños no les gusta que les hagan preguntas directas...
Contigo sólo estaba dándose aires [capítulo 12]

D. Charles y Josephine... pregunta por las cartas... Era todo invención, no te lo diré... Tendrías que habérselo dicho a la policía... [capítulo 13]

E. Charles y Eustace (escucha al otro lado de la puerta... la verdad es que es un profesor tedioso)... Eustace... su manera de ver las cosas... Desdén por Josephine [capítulo 16]

F. Charles y Edith... poco menos que idólatras... pregunta a Philip... No te dejes disuadir por su frialdad... De veras le importaba su padre... Philip está celoso de Roger [capítulo 14]

FF. Cuestión relativa al salvamento de la empresa, Ass. Cat. Roger se niega... Clemency respalda su postura... No tiene ninguna reserva [capítulo 14; hay indicios en el Cuaderno 14 de que pretendía que esto formase parte de H, véase más adelante]

G. Magda y Charles... Edith no lo detestaba... Estaba enamorada de él... Le hubiera gustado casarse con él [capítulo 15]

H. Charles y Clemency... Felicidad total de ella en el matrimonio... Roger hubiera sido feliz muy lejos de todo esto... Josephine escribe en su cuaderno [capítulo 14]

I. A. C. dice... cuidado con la niña... Hay un envenenador suelto [capítulo 12]

J. El peso sobre la puerta (si J) o definitivamente muere... falta el cuadernito negro [capítulo 18]

K. Asesinato de Charles y Sophia... ¿Cómo afecta el asesinato a todos? [capítulo 4]

Las notas para *La casa torcida* también ilustran un aspecto a primera vista contradictorio e incluso engañoso de los cuadernos. Es relativamente corriente encontrarse con páginas escritas en las que se han superpuesto una serie de rayas diagonales. A primera vista podría parecer, y es comprensible, que se trata de ideas rechazadas, pero tras un examen más atento se descubre que sucede exactamente todo lo contrario. Una línea que cruza una página, o varias, indica que se trata de un trabajo realizado o de una idea utilizada. Éste es un hábito que tuvo a lo largo de su periodo más prolífico, aunque más avanzada su vida tendiese a dejar sin marcar las páginas, tanto las usadas como las desechadas.

Diez pequeñas posibilidades

En «El caso del bungaló», escrito en 1928 y recogido en *Miss Marple y trece problemas* (1932), la señora Bantry halla las razones por las que alguien ha robado las joyas que le pertenecen:

> *De todos modos, se me ocurren centenares de razones para una cosa así. Es posible que quisiera disfrutar de todo el dinero de golpe..., por eso finge que se han robado las joyas y las vende en secreto. También es posible que alguien la haya chantajeado y que amenazara con revelar a su marido... Y puede ser que ya hubiese vendido las joyas..., por eso tenía que hacer algo. Es algo que en los libros se hace muchas veces. O a lo mejor él tenía pensado engastarlas de nuevo y ella obtuvo unas malas copias. O..., y ésta es una muy buena idea, que no aparece a menudo en los libros, ella finge que las han robado, se pone furiosa y él le regala otro nuevo juego de joyas.*

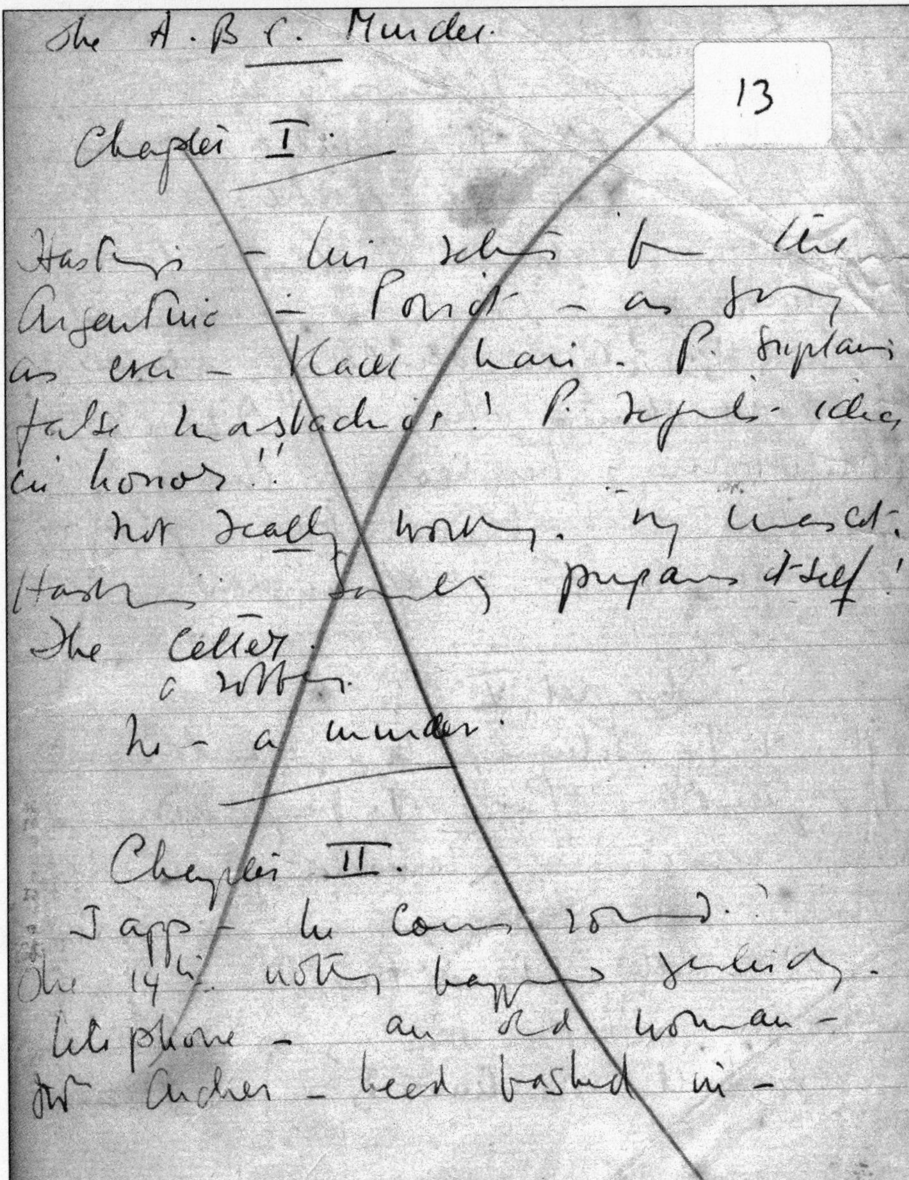
The A.B.C. Murder

13

Chapter I.

Hastings – his return from the Argentine – Poirot – as young as ever – black hair. P. explains false moustaches! P. delighted – idea, in honour!!
Not really working. My uneasiness? Hastings – Surely perhaps itself!
The letter.
a robbery.
No – a murder.

Chapter II.
Japp – he comes round.
The 14th. Nothing happens seemingly.
Telephone – an old woman – Mrs Ascher – been bashed in –

El arranque de El misterio de la guía de ferrocarriles *(nótese que «murder», «asesinato», aparece en singular)*[4] *ilustra el empleo de las tachaduras como indicación de que la obra está ya realizada.*

[4] Véase nota en p. 97. (N. del T.)

En *Tercera muchacha* (1966), Norma Restarick acude a ver a Poirot y le cuenta que podría haber cometido un asesinato. En el capítulo 2, la señora Ariadne Oliver, la muy conocida autora de novelas detectivescas, imagina algunas situaciones en las que se podría dar esta posibilidad:

> *La señora Oliver comenzó a iluminarse a la vez que ponía en marcha su fecunda imaginación. «Podría haber atropellado a alguien con el coche y no haberse detenido. Podría haber sufrido una agresión por parte de un hombre, estando en un acantilado, y haber logrado que cayese al precipicio el agresor. Podría haber administrado a alguien un fármaco nocivo por error. Podría haber ido a una de esas fiestas en las que la gente toma drogas y haber tenido una pelea con alguien. Al regresar, podría haber descubierto que había apuñalado a alguien. Podría... tratarse de una enfermera que en la mesa del quirófano hubiese administrado al paciente un anestésico contraindicado...».*

En el capítulo 8 de *El templete de Nasse House* (1956), de nuevo la señora Oliver deja que se le desboque la imaginación cuando considera los posibles motivos para el asesinato de Marlene Tucker, la estudiante:

> *«Podría haberla asesinado alguien a quien le divierte asesinar a chicas jóvenes... O tal vez supiera algunos secretos sobre la vida amorosa de otra persona, o tal vez ha visto a alguien enterrar a otro de noche, o es posible que haya visto a alguien ocultar su identidad, o tal vez sepa un secreto sobre el lugar en el que se enterró un tesoro durante la guerra. O bien el hombre que iba a bordo de la lancha ha arrojado a alguien al río y ella lo vio desde la ventana de la casa del embarcadero, e incluso es posible que se hubiese apoderado de un mensaje importantísimo, cifrado en una clave secreta, y no supiera ella de qué se trataba...». Estaba claro que podría haber seguido especulando de esta forma durante bastante*

más tiempo, aunque al inspector le pareció que ya había sopesado todas las posibilidades, las probables y las improbables.

Estos extractos, tomados de distintos relatos, escritos a cuarenta años de distancia, ilustran por medio de sus personajes cuál era el punto fuerte de Christie, esto es, su capacidad de entretejer variaciones en apariencia inagotables en torno a una sola idea. Poca duda puede caber: es la propia Agatha Christie quien habla de esta manera; la señora Oliver, a fin de cuentas, es una novelista de género detectivesco que ha cosechado un éxito considerable. Y como bien podemos ver ahora en los cuadernos, eso era exactamente lo mismo que hacía Christie. A lo largo de su trayectoria tomó a conciencia las ideas del mundo con el que estaban familiarizados sus lectores —dientes, perros, sellos (véase más adelante), espejos, teléfonos, medicamentos—, y a partir de estos cimientos elementales construyó con ingenio sus ficciones. Exploró los temas universales en algunos de sus libros posteriores (la culpa y la inocencia en *Inocencia trágica,* el mal en *El misterio de Pale Horse,* el malestar internacional en *Un gato en el palomar* y en *Pasajero a Frankfurt),* aunque todo ello siguiera teniendo firmes raíces en lo cotidiano.

Aunque no es posible tener total certeza, no existen razones para suponer que la enumeración de sus ideas con sus variaciones estuviera escrita en momentos distintos; personalmente no me cabe ninguna duda de que sondeaba y sopesaba las variaciones y las posibilidades a toda la velocidad que lograba escribir, lo cual posiblemente explique su difícil caligrafía. En muchos casos es posible mostrar que la lista se ha escrito con la misma pluma y con una misma caligrafía. El esbozo de *La muerte visita al dentista* (véase también el capítulo 4) proporciona un buen ejemplo. En este punto considera los posibles móviles para poner en marcha la trama.

Un hombre se casa en secreto con una de las gemelas
O
Un hombre en realidad ya está casado [ésta es la posibilidad por la que optó]
O
La «hermana» del abogado que vive con él (en realidad es su esposa)
O
Doble asesinato, es decir... A envenena a B... B apuñala a A... aunque en realidad debido a un plan que es obra de C
O
La esposa chantajeada se entera... y aparece muerta
O
En realidad le gustaba su mujer... se marcha a reiniciar la vida con ella
O
Dos dentistas asesinados, uno en Londres, otro en el campo

Pocas páginas más adelante, en ese mismo cuaderno, y también en relación con *La muerte visita al dentista,* Christie prueba nuevas variaciones sobre el mismo tema, introduciendo esta vez «ideas secundarias».

Pos[ibilidad] A. La primera esposa sigue viva...
A. (a) lo sabe todo... coopera con él
(b) no lo sabe... él pertenece al servicio secreto

Pos[ibilidad] B. La primera esposa ha muerto... Alguien lo reconoce a él... «Yo tuve una gran amistad con su esposa, no sé si usted lo sabe»
En un caso y en otro, el crimen se lleva a cabo para que no se llegue a saber la realidad del primer matrimonio y los complejos preparativos que se han tomado

C. Por sí solo

D. En cooperación con la esposa, que es su secretaria

Idea secundaria C

Las «amigas», la señorita B y la señorita R... una va al dentista
O
¿~~Va la esposa a un determinado dentista~~?
La señorita B concierta una cita... con el dentista...
La señorita R es la que acude
La dentadura de la señorita R queda archivada con el nombre de la señorita B

También en el Cuaderno 35, aunque esta vez en relación con *Cinco cerditos*, encontramos algunas cuestiones elementales y las posibilidades sujetas a consideración:

¿Asesina la madre a...
A. Marido?
B. Amante?
C. Tío rico, o tutor?
D. Otra mujer (por celos)?

¿Quiénes eran los otros?

Durante la planificación de *La señora McGinty ha muerto* (véase también el capítulo 7), los cuatro asesinatos acaecidos en el pasado, en torno a los cuales se construye la trama, proporcionaron a Christie un número casi infinito de posibilidades, en torno a las cuales trabajó metódicamente, haciendo un seguimiento a fondo de casi todas ellas. Más que ninguna otra de sus novelas, este guión pareció ser un auténtico desafío para su fertilidad mental, puesto que llegó a considerar a todos los personajes residentes en Broadhinny, escenario en que se desarrolla la novela, como posibles participantes

Facilitar el asesinato

A lo largo de los cuadernos aparecen docenas de intervenciones escritas que demuestran que junto a la Agatha Christie creadora infatigable y plena de recursos, la profesional y crítica, aparece codo con codo otra Agatha Christie: la irónica humorista. En muchos de estos casos «pensaba» directamente sobre la página; son varios los ejemplos en los que se interpela de esta forma a sí misma.

A veces es mera especulación mientras acaricia diversas ideas antes de decantarse por una:

«¿Y esto otro qué tal?», anota mientras elabora el horario de «La locura de Greenshaw».

«Sería buena idea...», apunta de manera hipnótica en una página que, por lo demás, está en blanco.

«... o incluso un poco mejor», reseña cuando afianza el móvil de *Asesinato en la calle Hickory,* que está a punto de investigar Hércules Poirot.

«¿Y si las chicas encontrasen un trabajo?», dice en las primeras notas que tomó para *Misterio en el Caribe.*

«¿Quién? ¿Por qué? ¿Cuándo? ¿Cómo? ¿Dónde? ¿Cuál?», la esencia del relato detectivesco según aparece en *La muerte visita al dentista.*

«¿Hacia dónde nos dirigimos?», se dice en medio de la trama de *Tercera muchacha.*

«Una persona de gran renombre... (¿del tipo de Aneurin Bevan?) ¿de vacaciones? Sería difícil, porque no sé nada de la vida de los ministros...», dice meditabunda mientras trata de dar con una idea novedosa en los años cuarenta.

Cuando se ha decidido por una trama, a menudo medita a fondo sobre los intríngulis y las posibilidades de una variación:

«¿Y, entonces, tiene que estar Jeremy allí en ese momento?», se pregunta al meditar los movimientos del personaje de *La telaraña.*

«¿Qué contiene la carta? O no...», apunta en el transcurso de *Un gato en el palomar.*

«¿Cómo propicia que...? ¿Qué fármaco emplea...?», mientras planifica *Misterio en el Caribe.*

«Sí, es mejor si muere el dentista...», decisión a la que llega mientras urde la trama de *La muerte visita al dentista.*

«¿Por qué? ¿¿¿Por qué??? ¿¿¿¿¿Por qué?????», revela su frustración durante *La muerte visita al dentista.*

«Podría ser el asesino... si es que hay asesinato», posibilidad que consigna para *Fiddlers Three [Tres violinistas].*

Como todo profesional que se precie, es autocrítica:

«no es buena la idea de los gemelos... la mujer, criada de uno de los dos... ¡¡NO!!», es una decisión tomada cuando esboza *Los trabajos de Hércules.*

«N. B.: Todo es muy improbable...», se dice mientras se aproxima al final de *La señora McGinty ha muerto.*

«De acuerdo... Un poco más de elaboración... ¿más profesoras?», reflexiona cuando no está muy contenta con el desarrollo de *Un gato en el palomar.*

No faltan los recordatorios que se hace a sí misma:

«Verificar el envenenamiento por datura... y releer *El toro de Creta*», se dice mientras escribe *Misterio en el Caribe.*

«Hallar el relato sobre el niño y los niños que juegan con él», anota seguramente aludiendo a un relato corto, «La lámpara».

«Posible variante... (Leer un libro de un detective antes de mecanografiar)...», recordatorio anotado durante la elaboración de *Los relojes.*

«Una buena idea... pero hay que trabajarla a fondo...», se dice a sí misma en las notas de *Némesis.*

«Cosas por encajar...», reseña durante la redacción de *El templete de Nasse House.*

Y tiene algunos destellos de humor:

«Van D. estalla...», apunta cuando piensa *Misterio en el Caribe.*

«Pennyfather se lleva un golpazo...», en una descripción poco caritativa de *En el hotel Bertram.*

«Sugestiones elefantinas...», evidentemente de *Los elefantes pueden recordar.*

«Las sospechas del lector (¡qué inteligente!) se dirigirán hacia la enfermera», en una observación, con su astucia característica, tomada de *Telón,* en donde la enfermera es completamente inocente (¡nótese el signo de exclamación en el paréntesis!).

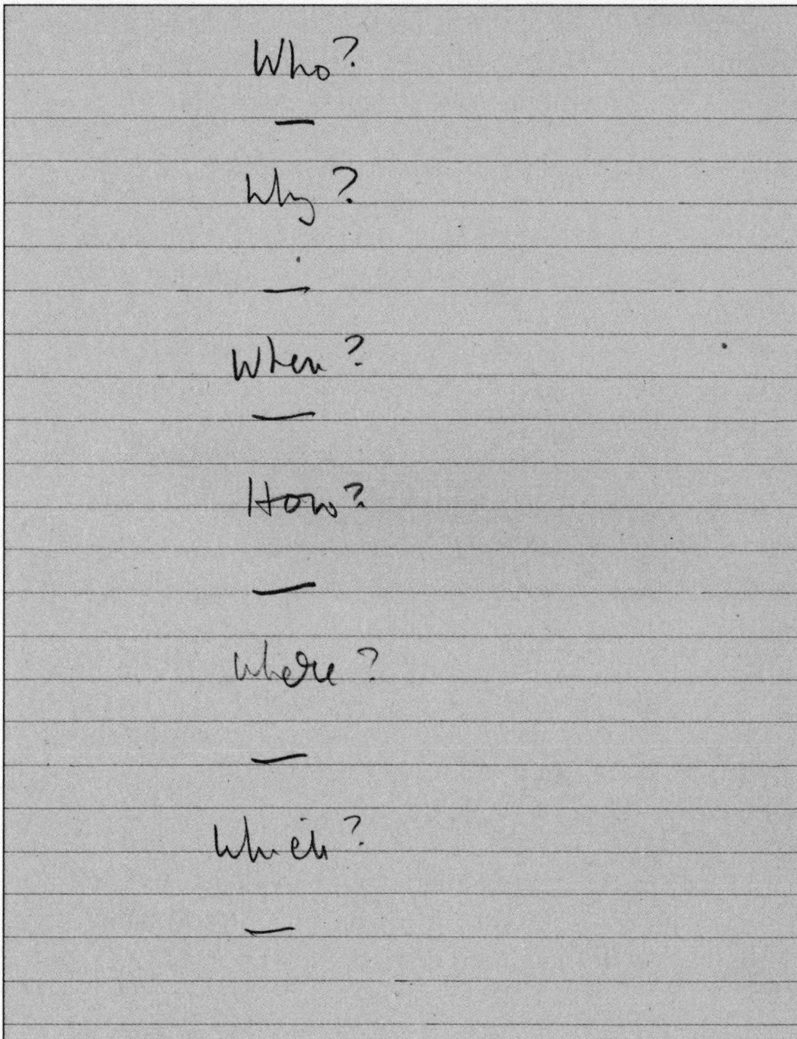

Del Cuaderno 35, correspondiente a La muerte visita al dentista: *la esencia de la ficción detectivesca destilada en seis palabras.*

en los antiguos asesinatos. En este extracto del Cuaderno 43 aborda varios guiones posibles, en los que se subraya el posible asesino (el subrayado es de Agatha). Como ya sabemos, la idea por la que finalmente optó es la marcada como 1B.

¿Cuál?

1. A. Falso... los ancianos Crane... con la hija (Evelyn, chica)[5]
   B. Verdadero... Robin... el hijo con la madre el hijo [Upward]
2. A. Falso... Madre inválida (o no inválida) e hijo
   B. Verdadero... La aburrida esposa de un esnob, la hija de A. P. (Carter)
3. A. Falso... Una mujer artista con su hijo
   B. Verdadero... Mujer de mediana edad, pareja aburrida, o los Carter, más vistosos (la hija inválida)
4. A. Falso... Viuda que pronto se ha de casar con un hombre rico
5. [A] Falso... Hombre con perros... Hijo adoptivo... Apellido distinto
   [B] Verdadero... madre inválida e hija... es la hija quien lo hace [Wetherby]

Más adelante, en el mismo cuaderno, considera cuál de los personajes encajaría mejor en los perfiles de los crímenes antiguos, el caso del asesinato de Kane:

Podría ser
La madre de Robin (E. Kane)
Robin (hijo de E. K.)
La señora Crane (E. K.)

[5] Evelyn en inglés puede ser indistintamente nombre de varón o de mujer. (N. del T.)

Su hija (hija de E. K.)
La señora Carter (hija de E. K.)
El joven William Crane (hijo de E. K.)
La señora Wildfell (hija de E. K.)

En el Cuaderno 39 Christie sopesa seis ideas para la trama (¡a pesar del encabezado!), y las cubre con breves esbozos relativos al secuestro, la falsificación, el robo, el fraude, el asesinato y la extorsión:

4 ideas repentinas para relatos

¿Secuestro? [La aventura de] Johnnie Waverley una vez más... Una rubia platino... ¿se secuestra ella sola?

¿Testamento invisible? Testamento escrito en otro documento distinto

Robo en el museo... ¿Célebre profesor toma una serie de objetos y los examina? O lo hace uno de los integrantes del público

Sellos... Una fortuna escondida en ellos... Consigue el concurso de un comprador que se los adquiera

Un suceso en un lugar público... ¿El Savoy? ¿Una sala de baile? ¿Un té para debutantes? ¿Las madres son asesinadas en rápida sucesión?

El pequinés desaparecido

Al decir «repentinas» da a entender que las fue anotando mientras esperaba, por ejemplo, a que hirviese el agua, y es probable que así fuera. Es discutible la datación de este extracto. La referencia al «pequinés desaparecido» remite a «El león de Nemea», recopilado en el volumen *Los trabajos de Hércules,* aunque se publicó por primera vez en 1939. Todo esto, considerado conjuntamente con la referencia al «té para debutantes», probablemente indica que se trata de una fecha a finales de los años treinta, cuando Rosalind, la hija de Christie, habría tenido edad para debutar en sociedad. Sólo dos de las ideas llegaron a publicarse («el testamento invisible» en «Móvil versus oportunidad», recogido en *Miss Marple y trece problemas,* y «sellos», en «Una extraña broma» y en *La telaraña),* aunque no exactamente en la forma en que se presentan aquí.

En el Cuaderno 47 Christie aparece dedicada de lleno a la planificación de un nuevo relato breve, probablemente un encargo, ya que especifica el número de palabras que ha de tener. Lo siguiente aparece en una sola página, y seguramente fue escrito de un tirón:

Ideas para un relato de 7.000 palabras de extensión
¿Una idea de «Ruth Ellis»?
Dispara a un hombre... No es una herida mortal... Otro hombre (o mujer) la presiona

Decir que esta segunda persona fue...

A. ¿Una cuñada? La esposa de un hermano... Cuyo hijo se quedaría con ese dinero y no sería enviado a un internado, lejos de su influencia... Una persona afable, blanda, maternal

B. Una hermana un poco hombruna, decidida a que no se case el hermano con Ruby

C. Un hombre (con influencia sobre Ruby) que la mortifica a fondo aunque finge sosegarla. X tiene algún conocimiento que le afecta. Quiere casarse con la hermana de X

D. Un hombre que ha sido amante/esposo de Ruby... Se la tiene guardada a ella y a X

Por desgracia, no siguió trabajando en esta idea, que no dio por resultado ningún relato; cuatro páginas después vuelve a urdir la trama de la obra teatral *Una visita inesperada,* de modo que el extracto probablemente data de mediados de los años cincuenta. (Ruth Ellis fue la última mujer condenada a morir ejecutada en la horca en el Reino Unido, en julio de 1955, convicta por haber matado de un disparo a su amante, David Blakely.)

Destinos desconocidos

Cuando se paraba a considerar cuál iba a ser su próximo libro, antes incluso de llegar a la fase en la que urdía la trama, Christie sondeaba las posibles ambientaciones de la narración. El siguiente extracto se halla en el Cuaderno 47, pocas páginas antes de las notas correspondientes a *El tren de las 4:50* (y este listado contiene el germen de ese libro), por lo que parece datar de mediados de los años cincuenta:

Libro

Escenario
¿Bagdad?
Hospital
Hotel [*En el hotel Bertram*]
Piso Idea del apartamento del tercer piso
Idea del cofre de Bagdad [«El misterio del cofre español» y *Las ratas]*
Pequeña casa en Londres marido y mujer, niños, etc.
Parque Regent's Park
Escuela Escuela de señoritas *[Un gato en el palomar]*
Barco ¿El *Queen Emma?* El *Western Lady*
Tren ¿visto desde un tren? ¿Por la ventana de una casa o a la inversa? *[El tren de las 4:50]*
Playa Y pensión [seguramente, *Tarde en la playa]*

Aunque sea difícil de fechar con precisión, el siguiente extracto parece que data de finales de los años cuarenta. Se encuentra justo después de las notas tomadas con vistas a *La señora McGinty ha muerto* (aunque con un resumen de la trama completamente distinto) y las que corresponden a *El truco de los espejos* (también con una trama completamente distinta), y lo sigue una lista de sus libros con su propia caligrafía, el último título de los cuales es *Sangre en la piscina* (1946).

¿Ideas para la puesta en escena?
Condiciones como las de El cuervo blanco. Comenzar por el asesinato... Una persona prominente, por ejemplo un ministro (¿del tipo de Aneurin Bevan?)... ¿de vacaciones? Interrogatorio del personal a su servicio... Su mujer... Una secretaria...
Varón [secretario]... Dificultades: no sé nada de la vida de los ministros
¿ Jefe de farmacia en un hospital? ¿Un médico joven que investiga sobre la penicilina?
¿Un grupo de expertos? ¿Local? La señora AC, de la BBC, llega a emitir su programa... Muere... ¿No es la verdadera señora AC?
¿Un gran hotel? ¿Imperial? No, ya está hecho
¿Tienda? Worth's en pleno desfile de modelos... Selfridges... Un departamento de unos grandes almacenes en plenas rebajas

Algunas de las referencias de este extracto tal vez requieran una aclaración. *El cuervo blanco* es una novela de 1928, de Philip MacDonald, miembro del Club del Crimen; hace referencia al asesinato de un influyente hombre de negocios cometido en su propio despacho (como en *Un puñado de centeno)*. Aneurin Bevan fue ministro de Sanidad del Reino Unido entre 1945 y 1951. El puesto del jefe de farmacia era un cargo del que Christie tenía un profundo conocimiento tanto por su vida de aprendiz de farmacia como por su experiencia en la Segunda Guerra Mundial *(El misterio de Pale Horse* contiene un gesto que apunta en esta misma dirección). «Imperial» es una referencia a *Peligro inminente,* aunque el hotel aparece con el nombre de Majestic. Y Worth's, como Selfridge's, es una famosa cadena de grandes almacenes.

El detalle de que «la señora AC llega a emitir su programa» nos recuerda que, aunque Christie rechazó infinidad de peticiones a lo largo de su trayectoria para que compareciese en la radio o en la televisión, al menos una vez participó en un programa en el que se comentaban los discos que uno se llevaría a una isla desierta, titulado *In the Gramophone Library,* emitido en agosto de 1946. Y el compungido comentario «Dificultades: no sé nada de la vida de los ministros» —que es mi comentario preferido en todos los cuadernos— demuestra que respetaba a pie juntillas la antigua máxima que afirma: «Escribe sobre aquello que conozcas».

¡Sorpresa, sorpresa!

Sin embargo, el elemento más inesperado que hay en los cuadernos, al menos para mí, es el hecho de que muchas de las mejores tramas de Christie no brotan forzosamente de una sola idea de magnitud devastadora. Consideraba todas las posibilidades cuando delineaba la trama y no se circunscribía a una idea, por buena que pudiera parecerle. En muy contadas ocasiones la identidad del asesino se da ya desde el comienzo del relato.

El ejemplo más dramático es *La casa torcida* (véase también el capítulo 4). Con la sobrecogedora revelación de que el asesino es un niño, sigue siendo al día de hoy una de las grandes sorpresas de Christie, y pertenece por derecho propio a la misma categoría que *El asesinato de Roger Ackroyd, Asesinato en el Orient Express, Telón* y *Noche eterna.* (Para ser justos, preciso es señalar que al menos otras dos escritoras, Ellery Queen en *La tragedia de Y* y Margery Allingham en *El misterio de la casita blanca,* ya habían explotado esta idea, sólo que con mucha menos eficacia.) A esas alturas ya había utilizado la estratagema de que el narrador fuera el asesino, otro ardid en el que el policía era el asesino, la maniobra según la cual el asesino son todos los personajes y la treta de que todos son víctimas. Antes de leer los cuadernos, me había imaginado a Agatha Christie sentada ante su máquina de escribir, sonriente, astuta y aplicada a su tarea en el momento de ponerse a mecanografiar el siguiente «Christie para Navidades», en 1948, tejiendo una novela en torno al elemento de que una niña de once años pudiera ser una asesina a sangre fría. No fue así, ni mucho menos. Basta con echar un somero vistazo al Cuaderno 14 para comprender que Christie consideró la posibilidad de que fueran Sophia, Clemency y Edith, además de Josephine, las asesinas en este caso. No se trató de disponer la totalidad de la trama en torno a Josephine como si ella fuese el único hecho inalterable de la misma. No era ésa la razón de ser de su novela; la espeluznante identidad del asesino había de ser tan sólo uno más entre los muchos elementos sujetos a consideración, y no por fuerza el elemento clave.

Una vez más, en ningún momento de las notas tomadas con vistas a su última y sobrecogedora sorpresa, *Noche eterna* (véase el capítulo 12), aparece la menor indicación de que el narrador sea el asesino. No fue cosa de que pensara: «Voy a probar otra vez el truco de *Ackroyd,* sólo que esta vez usaré un narrador de la clase obrera. Además, voy a empezar por el encuentro y el noviazgo, que forman parte de la trama, en vez de comenzar después de la boda». Hay desde luego una breve mención en el Cuaderno 50 a que uno de los personajes es amigo de Poirot, quien presumiblemente había de investigar el caso; sólo en una ocasión se habla de la idea de contar la historia en primera persona. La inspiración de ese final sorprendente le vino mientras trabajaba en la trama, y no a la inversa.

Podría decirse que la última de las novelas de detectives que sigue una serie de pistas ingeniosas, *Se anuncia un asesinato* (véase el capítulo 5), parece dejar lugar a una única solución, aun cuando haya un momento en el que Letitia Blacklock parezca ser la segunda víctima de Mitzi, quien ya ha asesinado a su esposo, Rudi Sherz. No era cuestión de escribir una novela en la que apareciese una presunta víctima que en efecto asesinara a quien la chantajea durante un juego cuidadosamente ideado. Tampoco nació *Asesinato en Mesopotamia* (véase el capítulo 8) con la idea de que un marido matase a su mujer teniendo la coartada perfecta; Christie también sopesó la posibilidad de que hubiera sido la señorita Johnston y, de hecho, la propia señora Leidner llegó a ser una firme candidata al papel de asesina durante gran parte de la urdimbre de la trama. La ambientación en una excavación arqueológica parece haber sido la única idea fija en la construcción de la novela, mientras el resto de la trama se tejía en torno a ese lugar, y no a la inversa.

Aunque aún nos pueda parecer sorprendente, se trata de una forma de elaborar la novela que está acorde con su método de trabajo en general. Su punto fuerte radica en la fertilidad mental sin trabas de ninguna especie y en su falta de sistema. Su inspiración inicial podía ser la maldición de unos gitanos *(Noche eterna)*, una excavación arqueológica *(Asesinato en Mesopotamia)* o un anuncio de prensa *(Se anuncia un asesinato)*. Después, dejaba rienda suelta a su nada desdeñable imaginación para que se adueñase de la idea, y de manera infalible, al cabo de un año, aparecía la última novela de Christie en las estanterías. Y algunas de las ideas que no llegaban a formar parte de dicha obra maestra bien podían volver a la superficie en una novela publicada al año siguiente, o diez años después.

Así nos hacemos una idea más clara del modo en que abordaba Christie la construcción de sus relatos. Utilizando los cuadernos como una mezcla de caja de resonancia y bloc de bosquejos literarios, ideó y desarrolló sus narraciones, seleccionó y rechazó, afiló y pulió, rehízo y recicló. Y, según tengo la esperanza de demostrar por medio de un análisis detallado en los capítulos siguientes, a partir de este caos aparente logró producir una serie de obras únicas e inmortales.

PRUEBA B: OTROS AUTORES DE NOVELA POLICIACA EN LOS CUADERNOS

A usted le gustan las novelas de detectives. A mí también. Las leo todas. Tengo autógrafos de Dorothy Sayers y de Agatha Christie y de Dickson Carr y de H. C. Bailey.

Un cadáver en la biblioteca, capítulo 6

Aparte de «los trece a la cena», la lista ya citada del Cuaderno 41, Agatha Christie hace varias referencias a sus colegas los escritores a lo largo de los cuadernos. A continuación ofrecemos una selección de los citados:

✳ E. C. Bentley

Además de su mención en relación con el Detection Club, se hace referencia a este autor en el Cuaderno 41. Se trata de una colaboración en la antología de Bentley titulada *A Second Century of Detective Stories,* que se publicó en 1938, en la cual se representa a Christie por medio de «El caso de la dama acongojada», de *Matrimonio de sabuesos;* no escribió un relato específico para su inclusión.

Un relato de HP para Bentley

✳ G. K. Chesterton

Creador del padre Brown, el inmortal sacerdote y detective, y primer presidente del Detection Club, Chesterton hizo una aportación a la novela colectiva del club, *El almirante flotante,* novela escrita en colaboración con otros. La referencia que hay en el Cuaderno 66 es un recordatorio para proporcionarle un relato corto, seguramente para la antología que confeccionó en 1935, *A Century of Detective Stories*. Christie no escribió uno nuevo ex profeso, sino que le proporcionó «Un cantar por seis peniques».

Ideas para G. K. C.

✻ John Creasey

En el Cuaderno 52 aparecen dos referencias, ambas muy similares, a John Creasey, escritor británico de novela negra, con casi seiscientos libros en su haber. Inmensamente prolífico, con gran variedad de seudónimos, también fue uno de los fundadores de la Crime Writers Association. En *Los relojes*, en la agencia de mecanógrafas en la que se concentra buena parte de la novela se hacen trabajos para autores de la misma línea que Creasey. No escribió ficción puramente detectivesca.

La señorita M[artindale] es agente jefe... Secretaria de Creasey... que escribía relatos de espías...

✻ Rufus King

En el Cuaderno 35 y en dos ocasiones, durante el trabajo en la trama de *La señora McGinty ha muerto*, Christie menciona *Asesinato por latitud*, título de una novela de este escritor hoy olvidado, aunque su nombre no figura en los cuadernos. *Asesinato por latitud* consta de una ambientación típica de Christie, pues trata de un barco que ha dejado de tener todo contacto con tierra. Hay pocos títulos de King en la biblioteca de Greenway House.

Ambiente como el de *Asesinato por latitud*... algunos personajes, uno de ellos el asesino

✳ A. E. W. Mason

Mason fue el creador del inspector Hanaud. La referencia que contiene el Cuaderno 35 remite a *En Villa Rose,* publicado en 1910, un caso en el que se habla de la muerte de una mujer de edad avanzada y las sospechas que se centran en su acompañante. Mientras elaboraba la trama de *La muerte visita al dentista,* Christie se acuerda de esta novela:

Se descubre a un asesino (¿mujer? ¿De edad avanzada? ¿Como *Villa Rose?)* Pista... la hebilla de un zapato

✳ Edgar Allan Poe

El «inventor» del relato de detectives con la publicación de «Los asesinatos de la Rue Morgue» en 1841; «La carta robada» es otro de los casos famosos que resuelve su detective, Auguste Dupin, a partir de la idea de que algo se pueda esconder a la vista de todos. La referencia que hace Christie se halla en relación con la fortuna escondida no en un sobre, sino en los propios sellos. Empleó este ardid en un relato, «Una extraña broma», y mucho más tarde en *La telaraña.* El concepto de la ocultación a plena vista también se emplea en «El león de Nemea».

Los sellos... Valen una fortuna... Están en las viejas cartas que hay en el escritorio...
Se menciona «La carta robada»... Miran uno de los sobres, con sellos de verdad

✳ Dorothy L. Sayers

Lord Peter Wimsey, la creación de Sayers, debutó en 1923, en la novela titulada *Whose Body [Un cadáver con lentes].* Además de la propia autora, Wimsey aparece citado en el Cuaderno 41; se trata de una referencia a Ronnie West, en *La muerte de lord Edgware.* También es posible que el nombre del doctor Peter Lord, en *Un triste ciprés,* sea un homenaje que rinde Christie a su gran contemporánea.

Ronnie West (un aire desenvuelto, como Peter Wimsey)

4

Un gato en el palomar:
Canciones de cuna y muerte

Adoro las canciones de cuna, ¿tú no? Siempre tan trágicas y macabras. Por eso gustan tanto a los niños.

La ratonera, I, I

SOLUCIONES QUE SE REVELAN

La casa torcida • *Cinco cerditos* • «La tarta de zarzamoras» • *Asesinato en la calle Hickory* • «¿Cómo crece tu jardín?» • *Inocencia trágica* • *Un puñado de centeno* • «Un cantar por seis peniques» • *Diez negritos* • «El club de los martes»

La atracción que ejerce la literatura infantil, tanto por los títulos como por los temas, en no pocas ocasiones ha servido de inspiración a los escritores de novela policiaca. *El crimen de las mil y una noches,* de Dickson; *Los crímenes del monóculo,* de Douglas Browne; *Blancanieves y la rosa roja* y también *Trenzas de oro,* de McBain; *Había una vez una anciana,* de Ellery Queen; *Ésta es la casa,* de Smith; *Había un malvado,* de Witting, y *Con mis ojitos,* de Fuller, son todas ellas novelas tomadas del cuarto en donde juegan los niños, mientras que *Los crímenes del obispo,* de S. S. Van Dine, utiliza las rimas infantiles de Mamá Oca como tema recurrente. La atracción es obvia, por la yuxtaposición de la inocencia infantil y lo espeluznante, el giro de lo cotidiano hacia lo macabro.

Sin embargo, fue Agatha Christie quien la hizo propia y la explotó de una manera más exhaustiva que cualquier otro autor. Existen numerosas referencias a canciones de cuna dispersas a lo largo de los cuadernos. En algunas ocasiones la idea no se desarrollaba más allá de una escueta nota (ver «Miscelánea», página 155); en otras le suministraron el material para alguna de sus obras más importantes: *Diez negritos*, *Cinco cerditos* y *Tres ratones ciegos/La ratonera*. En algunos casos sólo fue un título, como *Asesinato en la calle Hickory* y *La muerte visita al dentista;*[1] en otros, como *Diez negritos* y *Un puñado de centeno*, aportan al libro un esquema general; asimismo, la utilización de *La casa torcida* y *Tres ratones ciegos* es más simbólica que real. Los que más éxito han cosechado son sin duda *Cinco cerditos* y *Diez negritos*, en donde se sigue la rima de manera convincente e ingeniosa. El impacto dramático de una inocente canción de cuna que se transforma en la tarjeta de presentación de un asesino es irresistible para una escritora de novela policiaca tan imaginativa como Agatha Christie.

Un cantar por seis peniques, un puñado de centeno
veinticuatro mirlos cocidos en un pastel;
cuando se abrió el pastel se pusieron a piar:
¿no era un plato delicioso para servírselo al rey?

El rey en su contaduría, contando sus dineros;
la reina en el salón, comiendo miel con pan;
la criada en el jardín, tendiendo la ropa a secar;
cuando bajaron los mirlos y le picotearon la nariz.

---

[1] En el original, *One, Two, Buckle my Shoe [Uno, dos, átame el zapato]*, que sí es una rima popular; véase más adelante, p. 140. (N. del T.)

La cantinela infantil más fructífera fue «Un cantar por seis peniques», que le aportó no menos de tres títulos: la novela *Un puñado de centeno* y dos relatos cortos, «Un cantar por seis peniques» y «La tarta de zarzamoras».[2] En el caso de los relatos cortos sólo inspiró los títulos, mientras que la novela sigue el patrón de la canción de manera realmente fiel.

Un cantar por seis peniques
Diciembre de 1929

Una moneda de seis peniques ayuda a resolver un asesinato atroz que ha dejado a una familia dividida por las sospechas mutuas.

Aunque no han sobrevivido las notas en relación con la composición de «Un cantar por seis peniques» —lo cual no es sorprendente si se piensa que apareció muy temprano, en la edición navideña de *Holly Leaves [Hojas de acebo]* de 1929—, sí existe una referencia al mismo en el Cuaderno 56. Al aparecer entre las notas para *Un puñado de centeno*, resulta poco corriente, y para añadir aún más desconcierto también parece hacer referencia a una obra ya publicada, *La casa torcida.*

Canta un cantar por seis peniques
Se encontró la moneda torcida (un hombre torcido, avieso; una esposa torcida; La casa torcida o aviesa)

[2] En el original «Four and Twenty Blackbirds», es decir, «Veinticuatro mirlos». (N. del T.)

Un aspecto de este relato corto que ha pasado inadvertido entre los comentaristas que se han ocupado de Christie es la similitud que presenta con *Inocencia trágica* (véase el capítulo 7). «Un cantar por seis peniques» anuncia la llegada de un investigador venido de fuera, sir Edward Palliser, a la casa de la señorita Crabtree, que ha sido asesinada de un golpe en la cabeza, seguramente asestado por un miembro de su propia familia. No se ha detenido a nadie por el asesinato, y la familia describe cómo «se pasan el día sentados y observándose furtivamente, sumidos en las dudas». En este ambiente cargado de mutuos recelos, el detective llega a una solución que prefigura explícitamente la novela de 1958.

¿Cómo crece tu jardín?

Agosto de 1935

A Poirot le llega demasiado tarde una llamada de auxilio para salvar a Amelia Barrowby, pero está decidido a averiguar la verdad.

María, María, pura rebeldía,
¿cómo crece tu jardín?
Con campanas de plata y conchas de hojalata
y bonitas chicas todas en fila.

Esta breve canción de cuna aparece no menos de cinco veces a lo largo de los cuadernos, si bien estos versos inspiraron tan sólo el título de un relato corto: «¿Cómo crece tu jardín?». No obstante, parece haber causado una honda impresión en la mente de Christie, puesto que a menudo se refería a ella mientras urdía la trama de otros títulos. Es más, existen similitudes entre este relato corto y una novela que planeó pero que nunca llegó a escribir. El relato se publicó por primera vez en el Reino Unido en *The Strand*, aunque había aparecido meses antes en el *Ladies' Home Journal* de Estados Unidos. La conexión del relato con la canción de cuna es más estrecha que en el caso de «Un cantar por seis peniques» o «La tarta de zarzamoras», puesto que incluye las conchas, el jardín y el nombre de la asesina. Mary Delafontaine envenena a su tía y esconde las conchas de las fatídicas ostras entre otras conchas utilizadas para decorar el jardín. Intenta, sin éxito alguno, incriminar a la extranjera que hacía compañía a su señora tía:

> La señora mayor... La chica extranjera... Mary... el marido pusilánime

La trama final está sintetizada en el Cuaderno 20:

> Historia de la ostra... Hombre muere tras la cena... Estricnina en la ostra... Se la traga... En el jardín una caja con conchas... Se analiza la comida... nada. Posiblemente alguna complicación con las medicinas ingeridas... o que alguien le dio... Si es así, injustamente acusado

Éste es otro ejemplo de los recursos preferidos de Christie en la construcción de la trama de sus primeras obras: la llegada de Poirot al escenario de lo que se sospecha que es un asesinato, pero sólo para descubrir que cuando llega ya es demasiado tarde. Ya en 1923 utilizó esta idea por primera vez en *Asesinato en el campo de golf*, y luego en «El misterio de Cornualles», *El testigo mudo* y «El incidente de la pelota del perro» (véase «Apéndice»). Se puede entender por qué: tiene un impacto emocional y práctico. El convocado, que ha prometido explicar toda la situación en detalle, ya no es capaz de hacerlo, y Poirot se encuentra ante un imperativo moral, además de práctico, consistente en resolver el crimen. La trama a su vez alberga el recurso de la víctima «que sabía demasiado», una manera siempre convincente de comenzar una narración de corte policiaco. En «¿Cómo crece tu jardín?» la aparición de un personaje de nacionalidad rusa tuvo que ser muy extraña para la novela detectivesca de la época. De hecho, la aparición de cualquier forastero (incluido Poirot) se observa siempre con recelo por parte de los habitantes de los pequeños pueblos, algo que ocurre a menudo en todo el canon literario de Christie. Y, por supuesto —como bien puede observarse en *El testigo mudo*—, esto permitió a Christie subvertir una vez más los prejuicios de los lectores.

El personaje principal, Mary Delafontaine, se convirtió en un comodín en la taquigrafía de Christie; aparece abreviado en el transcurso de la construcción de la trama de *Tercera muchacha* e *Inocencia trágica*, respectivamente, aunque al final no la utilizase en el argumento de ninguna de las dos novelas:

> Mary Del.
> Arthur (el marido inocente)... Katrina... Desconfiada, apasionada... Cuida del hombre mayor por dinero.
>
> Olivia (la esposa tipo Mary Delafontaine)

El nombre también se utilizó para designar a una de las víctimas de *El misterio de Pale Horse;* en el capítulo primero es una amiga de la señora Oliver y en el capítulo siguiente aparece en la lista de sentenciados del padre Gorman.

Diez negritos
6 de noviembre de 1939

A diez desconocidos se les invita a pasar un fin de semana en una isla en la costa de Devon. El anfitrión no aparece por ninguna parte y comienzan a producirse una serie de muertes entre los invitados. Descubren que uno de ellos es un asesino y que se guía por la macabra canción de cuna que cuelga a manera de adorno en cada uno de los dormitorios.

Diez negritos salieron a cenar,
uno se atragantó y quedaron nueve;
nueve negritos se quedaron despiertos,
uno durmió de más y quedaron ocho;
ocho negritos viajando por Devon,
uno dijo que se quedaba y quedaron sólo siete;
siete negritos cortando la leña,
uno se cortó por la mitad y quedaron seis;
seis negritos jugando con una colmena,
un abejorro a un negrito picó y quedaron cinco;
cinco negritos van a la justicia,
uno se enredó con la ley y quedaron cuatro;
cuatro negritos se hacen a la mar,
un arenque rojo[3] *a uno se tragó y quedaron tres;*
tres negritos caminando por el zoo,
a uno un gran oso lo abrazó y quedaron dos;
dos negritos sentados al sol,
uno se achicharró y otro aún quedó;

[3] Un arenque rojo, o *red herring,* es la designación habitual en inglés de una pista falsa. (N. del T.)

un negrito solo y abandonado se sintió,
y fue y se ahorcó y ninguno quedó.

Diez negritos (también conocida como *Y no quedó ninguno*) es la novela más famosa de Agatha Christie, su mayor logro técnico y la novela policiaca más vendida de todos los tiempos. De todos los títulos inspirados en el campo de las rimas infantiles o la canción popular, éste es el que más fielmente se mantiene con respecto a su origen. Aunque Christie adoptase por verso final el que dice: «Y fue y se casó y ninguno quedó» en el caso de la adaptación teatral de la novela, sí utilizó el final convencional de la canción para el momento culminante de la novela. La existencia de la canción popular es un tema constante a lo largo de la novela, en especial cuando los personajes se dan cuenta de lo que está pasando. El modo en que se produce cada una de las muertes contiene una resonancia discordante de los versos de la canción, aunque no termina de encajar del todo la muerte de Blore, puesto que la compleja idea del zoológico aparece un tanto forzada.

Con la escritura de este libro Christie se marcó un desafío. En su *Autobiografía* describe cómo le atraía la dificultad de la idea central: «Tenían que morir diez personas sin que aquello resultara ridículo y sin que el asesino fuese obvio. Es un libro que escribí tras un tremendo esfuerzo de planificación... Era una trama clara, sencilla, desconcertante y al mismo tiempo encerraba una explicación perfectamente razonable... La persona que estaba realmente satisfecha era yo misma, puesto que sabía mejor que cualquier crítico lo difícil que me resultó escribirla».

Como ya vimos en el capítulo 2, ese «tremendo esfuerzo de planificación» no es evidente si nos ceñimos a los apuntes del Cuaderno 65, el único que concierne a esta novela. Este cuaderno, no obstante, contiene detalles interesantes sobre varios personajes que no consiguieron llegar a la versión

En julio de 1939, cuando Collins comenzó a anunciar la publicación de *Diez negritos* en la revista *Booksellers Record,* dijeron simplemente que era «la mejor novela jamás escrita por Agatha Christie». Pero el artículo que apareció en el *Crime Club News* provocó la ira de la escritora, que escribió una carta de protesta a William Collins el 24 de julio desde Greenway House. Consideró que «cualquier libro se verá abocado al fracaso si uno sabe exactamente qué va a suceder a lo largo del mismo», pues pensaba que se había desvelado una parte demasiado extensa de la trama. Asimismo, incluyó una amenaza velada cuando recordó a su editor que estaban a punto de firmar un contrato para los próximos cuatro libros y que no lo haría a menos que le garantizasen que no iban a incurrir en ese mismo error de apreciación. A pesar de que Collins dijo que era «con toda certeza el mejor relato policiaco que jamás se haya publicado en el Club del Crimen, y creemos que, probablemente, el mundo entero proclamará que es el mejor relato policiaco de todos los tiempos», lo cierto es que difundieron demasiadas revelaciones. Es bastante obvio lo que quiso decir Christie. Se publicaron detalles, como la isla, la canción, las figurillas de porcelana que desaparecen; se dio a entender que el asesino se encontraba entre los personajes y, aún más censurable, revelaron que el último personaje que muere no es a la fuerza el malvado. Estamos completamente de acuerdo con Agatha Christie; lo único que omitieron en la publicidad fue revelar el nombre del asesino.

final del libro. Si nos guiamos únicamente por las evidencias que exponen los cuadernos, parecería que fueron los propios protagonistas los que más problemas plantearon. En ningún momento aparecen listados los diez personajes. En un principio hubo ocho (he añadido posibles nombres a las dos listas, aunque Vera Claythorne, Emily Brent, Philip Lombard y el general MacArthur aparecen en la novela tal como se enumeran en el cuaderno, sin bien se cambiaron algunos detalles de poca importancia en relación con el trasfondo de los personajes):

> Diez negritos
>
> Doctor... Borracho en una op... O negligente [el doctor Armstrong]
> Juez... Recapitulación injusta [el juez Wargrave]
> Hombre y mujer... Los criados (liquidaron a la señora mayor) [El señor Rogers y señora]
> Chica... ~~cuyo amante se pegó un tiro~~ [Vera]
> Marido y mujer... Chantaje
> Allenby... Hombre más bien joven... Alerta peligrosa [Lombard]

En una fase posterior, a juzgar por el cambio de lápiz a bolígrafo y la letra algo diferente, lo intenta de nuevo. Esta vez incluye doce personajes:

> 1. Vera Claythorne... Secretaria de colegio... Va a una agencia a solicitar un trabajo en vacaciones
> 2. El señor juez Swettenham en un vagón de primera clase [el juez Wargrave]
> 3. El médico... Telegrama desde Gifford... ¿Podría reunirse con nosotros...? Etc. [el doctor Armstrong]
>
> 4-5. El capitán Winyard y señora... Cartas... Amiga común, Letty Harrington... Venga a pasar el fin de semana

6. Lombard... Lo visita un abogado o agente confidencial... Le ofrece cien guineas... O lo tomas o lo dejas
7. Estudiante universitario que atropella a los niños... Muy borracho... Llega en coche [Anthony Marston]
8. Llewellyn Oban... Cometió perjurio en un caso de asesinato... Hombre ejecutado [Blore]
9. Emily Brent... Vestida de criada... Más adelante bebió ácido oxálico... Carta de un amigo que ha montado una casa de huéspedes... Estancia gratuita

10-11. Hombre y mujer, criados los dos [el señor y la señora Rogers]

12. El general MacArthur... Durante la guerra mató innecesariamente a treinta hombres.

Cada una de las listas incluye una combinación de marido y mujer, como es la del capitán Winyard y señora en esta última, aunque fueron descartados al final. La segunda lista se encuentra mucho más cerca de la de la novela, aunque es posible discernir el germen de los personajes en la primera tentativa de lista.

Entre los personajes ocho y nueve del cuaderno se encuentran dos ajustes aún más finos de la trama. La mayoría de los huéspedes que acuden a la isla llegan por medio de invitaciones que les han extendido el señor y la señora Owens, algunas veces con las iniciales «U. N.», o, tal como apunta el juez Wargrave al final del capítulo 3, «echándole un poco de imaginación e incluso de fantasía, DESCONOCIDO».[4] Las iniciales sufren algunas alteraciones y la primera nota que aparece debajo es con toda probabilidad la semilla de la idea. La segunda nota se refiere a la desaparecida colección de figuras de porcelana de la mesa del comedor:

---

[4] Efectivamente, «U. N. Owen» tiene una fonética muy similar a *unknown*, es decir, «desconocido». (N. del T.)

Ulick Noel Nomen

Diez negritos en la mesa del comedor

Después de una página en blanco, las notas comienzan con el capítulo IX, y a lo largo de las seis páginas siguientes se traza el desarrollo del resto de la novela, incluida la escena en Scotland Yard. Esto significa que los últimos siete asesinatos (a partir del de Rogers) se tratan en un espacio relativamente corto, proporcionando por tanto aún más respaldo a la teoría de que la trama del libro se construyó en otro lugar y, en consecuencia, el Cuaderno 65 presenta la trama prácticamente terminada.

Capítulo IX
El juez se hace cargo... Exhibe una buena dosis de rapidez de ingenio... Armstrong y Wargrave... El juez tiene una idea. Arrecia la tormenta... Todos se juntan en una habitación... Nervios a flor de piel. A la mañana siguiente... Desaparece Rogers... No hay ni rastro de él... El desayuno no está servido. Los hombres buscan por la isla... Durante el desayuno... Vera observa... ~~Siete~~ Seis negritos. Crecen las sospechas sobre Emily... Un rostro la observa... Le pica una avispa... Abeja muerta en el suelo. Todos están aterrorizados... Se quedan todos juntos. Dónde está el viejo Wargrave... Lo encuentran vestido con una bata roja y una peluca. Él y Blore lo llevan a cuestas... En el comedor... Todavía quedan 5 negritos. Ellos son 3... El criminal tiene que ser Armstrong. Al final: ¡el cadáver que arrastra la corriente es Armstrong! Blore es aplastado por una roca que se desprende y cae sobre él. Vera y Lombard... Uno de nosotros... Los temores de ella... En defensa propia... Ella toma el revólver de él... Finalmente ella le pega un tiro... Al fin... A salvo... Hugo

La investigación...
Las otras muertes... ¿Owen? ¿V y L los últimos? La señora R[ogers] y AM [Marston] han muerto...
Morris también ha muerto... Él hizo todos los arreglos...
Se suicida... Muerto...
El joven sugiere que fue Wargrave... Edward Seton fue declarado culpable... El viejo Wargrave era homosexual

Epílogo... Mensaje en una botella... Él describe cómo se hizo

Una idea descartada fue la de introducir a un «observador» a lo largo del desarrollo de la trama. Después de la muerte de Emily Brent leemos en el cuaderno que «un rostro la observa», y en el punto culminante de la narración, cuando Vera sube a su cuarto y en las notas se lee: «Sube a su habitación... La soga... Aparece un hombre que sale de la oscuridad», en retrospectiva el lector puede imaginar al asesino «observando» el desarrollo de su plan, tanto antes como después de la supuesta muerte, aunque a partir de estas breves referencias parece ser que Christie estuvo dándole vueltas a la idea de mencionar al «observador» anónimo. Bastante más efectivo y menos melodramático, en cambio, es el punto de vista que adoptó al final del capítulo 11, y que repitió en el capítulo 13, lo que nos permite compartir los pensamientos de los seis personajes sobrevivientes, incluidos los del asesino, pero sin identificar al actor intelectual.

Uno de los grandes escritores de novela policiaca de Estados Unidos, contemporáneo de Christie y que firmaba con el seudónimo de Ellery Queen, aporta una interesante nota a pie de página. En su obra *En el salón de la Reina* (1957) revela cómo, en dos ocasiones durante su carrera literaria, tuvo que abandonar un libro que había comenzado a escribir tras leer el último de Agatha Christie. En el estudio que ha dedicado a Ellery Queen, *Royal Bloodline [Linaje real]*, Francis M. Nevins confirma que uno de esos libros esgrimía un argumento basado en la misma idea que *Diez negritos*.

La muerte visita al dentista

4 de noviembre de 1940

La cita de Hércules Poirot para ir al dentista coincide con el asesinato de su odontólogo. Una hebilla de zapato y una desaparición seguida de otras muertes antes de que tenga tiempo de decir: «Diecinueve, veinte, mi plato sigue vacío».[5]

Uno, dos, abróchame el zapato;
tres, cuatro, cierra la puerta;
cinco, seis, coge los palos;
siete, ocho, ponlos en orden;
nueve, diez, una gallina gorda;
once, doce, los hombres han de escarbar;
trece, catorce, las doncellas pelan la pava;

[5] Véase nota en p. 128. (N. del T.)

quince, dieciséis, las sirvientas en la cocina;
diecisiete, dieciocho, las criadas observan;
diecinueve, veinte, mi plato sigue vacío...

Las notas tomadas de cara a esta novela se encuentran en cuatro cuadernos, la mayoría (más de 75 páginas) en el Cuaderno 35, en el cual se alternan en gran medida con las notas para *Cinco cerditos. La muerte visita al dentista* es la novela más compleja de Christie. Muestra una triple suplantación de identidad y trenza una complicada trama que gravita alrededor de un asesinato cuyos orígenes se hallan en el pasado remoto. La novela gira en torno a la identidad de un cadáver, aunque, a diferencia de *El tren de las 4:50*, antes que exasperante es más bien un enigma sugerente y atractivo.

El único aspecto de esta novela que no resulta verosímil es, irónicamente, la utilización de la canción infantil. Aflora de una manera un tanto forzada y poco convincente y, aparte de la importancia crucial de la hebilla de zapato, la canción tiene más bien poca o ninguna trascendencia, con la salvedad de que aporta los títulos de los capítulos. Así se confirma en el siguiente extracto del Cuaderno 35, donde Christie anota apresuradamente la canción e intenta conectar ideas a cada sección. Como se puede ver, no son muy persuasivas, y de hecho son muy pocas, aparte de la hebilla de zapato, las que acabaron formando parte de la novela:

Uno, dos... Abróchame el zapato... La hebilla de zapato...
Piénsalo...
El comienzo de este caso

La puerta cerrada... Algo ocurre con esa puerta... La habitación está cerrada con llave o algo no se escucha del otro lado de la puerta que debería haberse escuchado

Cogiendo palos... Conectando pistas

Ordenarlos... Orden y método

Una gallina bien gorda... El testamento... La lectura... La difunta era una mujer rica... Una mujer asesinada... Una vieja gorda... Dos chicas... ¿Un hombre que hace poco ha llegado para vivir con un pariente?

Los hombres han de escarbar... Cavar el jardín... Otro cadáver... Enterrado en el jardín... ¿El dueño equivocado de la hebilla de zapato?

Muchachas en el cortejo... 2 chicas... ¿Herederas de la gallina gorda? ¿O puestas en relación por el marido de la gallina gorda? ¿En connivencia con la criada?

Sirvientas en la cocina... Habladurías del servicio

¿Criadas de servicio?

Mi plato está vacío
Final

Clave... Una hebilla de zapato

Un ejemplo del tipo de lista organizada que se encuentra a lo largo de los cuadernos es la trama de *La muerte visita al dentista,* que se desarrolla como «idea H» en una lista que va desde la A hasta la U. Esta lista parece escrita de golpe, con tres o cuatro ideas por página, la misma letra y el mismo bolígrafo. La mayoría están más detalladas, pero la «idea H» de abajo está exactamente como aparece en la novela (no prosperó la posibilidad de combinarla con la idea de los gemelos o la camarera; véase también «La casa de los sueños», página 348).

Ideas

A. Último caso de Poirot... La historia se repite... Styles es ahora una casa de huéspedes [Telón]

B. Muerte rememorada... Rosemary ha muerto *[Cianuro espumoso]*
C. Peligrosa droga robada del coche del doctor [véase *Asesinato en la calle Hickory,* más adelante, y «La casa de los sueños»]
D. Hombre sin piernas... Unas veces alto... Otras bajo
E. Gemelos idénticos (uno muerto en accidente de tren)
F. No son gemelos idénticos
G. Se ejecuta a un asesino... Luego se descubre que es inocente *[Cinco cerditos/Inocencia trágica]*
H. ¿Cuál es el motivo del asesinato del dentista? ¿Sustitución del trazado? ¿Combinar con E? ¿O F? ¿O J?
I. Dos mujeres... Amigas que se las dan de artistas... Ridículas... una es la malvada
J. La camarera en el hotel es cómplice del hombre
K. Los sellos... pero sellos en la carta [«Una extraña broma»]
L. Ácido prúsico
M. Potasa cáustica en el botiquín
N. Pinchan el ojo con alfiler de sombrero
O. Testigo en caso de asesinato... Carece de importancia... Se le ofrece un puesto en el extranjero
P. Idea del tercer piso
Q. Mascarón de proa de la idea del barco
R. Ácido prúsico... «Grito» en baño
S. Idea del diabético... Insulina (sustituye otra cosa) *[La casa torcida]*
T. Cadáver en la biblioteca... La señorita Marple *[Un cadáver en la biblioteca]*
U. Idea de la sangre almacenada, sangre equivocada

Algunas páginas después, como se puede establecer por los signos de interrogación, aunque surge el germen de la trama, la idea aún era vaga y confusa. Como ya vimos en el capítulo 3, Christie consideró multitud de posibilidades a la hora de desarrollarla. No obstante, aparte de un cambio de nombre, esta pequeña reflexión es la base de la novela:

> ¿Se supone que la mujer muerta es una actriz? Rose Lane... (realmente es Rose Lane) pero se demuestra que el cuerpo mostrado es de otra persona...
> ¿Por qué?
> ¿¿¿Por qué???
> ¿¿¿¿¿Por qué?????

A partir de la evidencia (la cual se reconoce que carece de base científica) de que la palabra «dentista» aparece sesenta y cinco veces en los cuadernos frente a las escasas trece de la palabra «hebilla», parecería como si los antecedentes fuesen anteriores a la pista crucial, anteriores incluso a la canción de cuna. Pero esta combinación del dentista —su familia, pacientes, consulta y, de vital importancia, los expedientes— con la canción infantil y la pista crucial con la que concurre dio a Christie la situación ideal para crear confusión en relación con la identificación de un cadáver imposible de identificar. En ese momento ya pudo poner manos a la obra para desarrollar una trama seria:

> Asesinato del dentista
> H. P. en el sillón del dentista... Conversación posterior mientras hace limpieza con la lima
> Puntos:
> (1) Nunca olvida una cara... Paciente... No me acuerdo en dónde lo he visto antes... Ya me acordaré más adelante
> (2) Otras perspectivas... Una hija... Relacionado con la estafa a un hombre joven... El padre en desacuerdo
> (3) Carácter profesional... Su socio
>
> Mucho depende de la evidencia de los dientes (muerte del dentista)

Dentista asesinado... H. P. en la sala de espera durante el asesinato... Los expedientes de los pacientes desaparecen o son sustituidos por otros

Dentista... HP en la sala de espera... Le dicen que se marche

Llama a Japp... O lo llama más tarde

¿Recuerda usted quién estaba en la sala de espera?

Al esbozar mediante notas provisionales tanto los nombres como los escenarios y los antecedentes, Christie comienza a desarrollar los personajes de la novela en una lista de escenas bien ordenada, a modo de introducción de cada uno de ellos:

Últimas ideas relacionadas con el dentista

Pequeñas siluetas de las personas que ese día visitan al señor Claymore

1 El propio señor Claymore durante el desayuno
2 La señorita D... menciona un día libre o en ese momento recibe una llamada telefónica
3 La señorita Cobb o la señorita Slob durante el desayuno... La señorita C dice estar mucho mejor... No tiene dolores
4 El señor Amberiotis... Habla de su casera... De su dentadura... inglés esmerado
5 Caroline... (¿joven estafadora?) o el señor Bell (el amante de la hija del dentista... ¿Estadounidense? Intenta ver al padre)
6 El socio del dentista... Llama... Puede subir a verlo... ascensor del servicio... ¿Conducta poco profesional?
7 El señor Marron Levy... Reunión del comité... Un poco irascible... Admite al final... un dolor de muelas... Entra en el Daimler... El nº 29 de Harley Street
8 H. P. Su muela... Su conversación con el dentista... Se encuentra en la escalera... ¿Mujer con los dientes muy blancos?

Más tarde Japp... forastero sospechoso

No todos los personajes esbozados acabaron formando parte de la novela, y los que sí aparecen lo hacen con nombres diferentes. La víctima, el dentista, se convirtió en Morley en vez de Claymore; la señorita D se transformó en Gladys Neville y Marron Levy en Alistair Blunt. El señor Bell posiblemente acabó siendo Frank Carter, el novio de Gladys, y la convicción que tenía la señorita Cobb de que su dolor de muelas estaba mejorando es similar a la presentación final que se hace de la señorita Sainsbury Seale. La señorita Slob y Caroline fueron descartadas después de confeccionar este listado. De manera harto extraña, en ningún momento se menciona la hebilla de zapato, y la mujer de los dientes blancos a la que se alude en el punto 8 fue sustituida por la señorita Sainsbury Seale, a la que seguramente sirvió de precedente.

A lo largo de las notas, Christie continuó intentando encajar su ingeniosa trama en el esquema de la canción de cuna:

1 - 2
La señorita S va al dentista
El señor Mauro
La señorita Nesbit
El señor Milton
H. P. en la sala de espera... Hebilla de zapato... Está suelta... Le muestra aversión

3 - 4
Viene Japp... P. va con él... ¿entrevistar a la mujer del socio? La secretaria, etc.

5 - 6
El cadáver... Evidencia de destrucción de identidad... Pero identificado a partir de las ropas. El piso de la señora Chapman... Los zapatos... o falta una hebilla o se encuentra una en ese lugar

9 - 10
Julia Olivera... Casada, pero no enamorada... Tía Julia... «La hija es atractiva»

11 - 12
Los hombres han de escarbar... La secretaria del dentista había llorado porque el joven había perdido su trabajo. En el jardín, a la mañana siguiente... El jardinero... P va detrás de un arbusto... Frank Carter... está excavando

13 - 14
La señora Adams... Esa conversación... Entonces... En el parque Jane y Howard

15 - 16
Final... Las criadas en la cocina tocan... Una de las sirvientas en el piso de arriba miró hacia abajo... Vio entrar a Carter... Ve al dentista muerto

17 - 18
La señorita Montressor... oscura... llamativa... jardinería... su huella en el lecho de las flores

19 - 20
P esboza el caso... Nuevo y elegante zapato de charol... Correa que sujeta el pie y el tobillo... Hebilla arrancada. Más tarde, la mujer encontró el zapato y la hebilla cosida. Era un zapato de mujer desgastado... el otro estaba nuevo

Sin embargo, la cosa simple y llanamente no acaba de funcionar. Las primeras secciones —la hebilla, la recolección de los palos (las pistas), la ordenación (interpretándolas)— son aceptables. No obstante, el motivo de la jardinería («los hombres deben escarbar») y el de las doncellas que miran desde la balaustrada son más bien poco convincentes. La trama, que por otra parte es sobrecogedora e ingeniosa, no necesita de falsas apariencias, y el libro se sostiene como un ejemplo sobresaliente de ficción detectivesca sin referencia ni alusión alguna a la cantinela infantil.

No obstante, si en todo caso fuese necesaria alguna prueba fehaciente para demostrar el ingenio y la fertilidad de Agatha Christie, bastaría con echar un vistazo a cualquier página del Cuaderno 35. Las siguientes ideas están esparcidas a lo largo de las notas tomadas de cara a *La muerte visita al dentista.* Ninguna se utilizó.

> Idea de las dos mujeres... Una criminal que trabaja con un hombre que visita al dentista... Simplemente para darle al hombre una coartada
>
> Harvey... Rico, sin escrúpulos... Casado con una joven esposa... Viuda cuando se casaron... ¿Había asesinado a su primer marido?
>
> O doble suicidio, hombre y mujer... Uno de ellos no es la persona... Luego es un suicidio, no un asesinato... El dentista podría haberla identificado
>
> M. quiere deshacerse de alguien (¿de su esposa?)... Luego mata a su esposa y a otro hombre, pero se demuestra que no es su esposa, sino otra mujer

La tarta de zarzamoras
Marzo de 1941

Poirot investiga la misteriosa muerte de un anciano cuya dieta le suscita sospechas.

El título «La tarta de zarzamoras» aparece por primera vez en el Cuaderno 20:

La tarta de zarzamoras[6]

Se encuentra justo antes de una nota que escribe Christie para no olvidar un detalle («añadir... esbozo de la trayectoria de Leatheran... capítulo II») que estaba pendiente de corregir en *Asesinato en Mesopotamia;* esto fija la fecha a mediados de los años treinta, al menos seis años antes de que apareciera la narración por vez primera. Un esbozo en bruto de la misma aparece en el Cuaderno 66, justo delante de un borrador de «Triángulo en Rodas»:

> Suplantación de la identidad del anciano... Come algo diferente el martes... Nada más destacable. Muere más tarde.
>
> El señor P Parker Pyne... Hablan... Apunta hacia un anciano testarudo y ~~gafas~~ monóculo... Cejas tupidas
>
> El anciano ha venido... El camarero dice que estaba enfermo... Lo notó por primera vez hará unas dos semanas... Como no quiso bollo de mermelada... En cambio comió tarta de moras. Observa el cadáver... Dientes... No hay restos de tarta de moras. La casa está vacía... Cayó por las escaleras... Muerto... la carta abierta

[6] Véase nota en p. 129 (N. del T.)

Existe un aspecto particularmente sorprendente de las anotaciones en el Cuaderno 66: la asignación de este caso a Parker Pyne en vez de a Hércules Poirot. De hecho, no es algo tan extraño, y no es difícil de imaginar la razón, pues no se trata de uno de esos relatos densos en los que solía aparecer Poirot, y con toda probabilidad fueron las fuerzas del mercado editorial las que decidieron la sustitución del belga. Como veremos, éste no es un ejemplo aislado de personajes intercambiados.

Hay que reseñar que el vínculo con la canción de cuna es muy débil. Para los propósitos que importan en el relato, los mirlos de la canción se convierten en moras:[7] la pista principal es que los dientes de la víctima no están descoloridos («Observa cadáver... Dientes... No hay restos de tarta de moras») a pesar de que se le vio comer tarta de moras poco antes de la supuesta hora de su muerte. El engaño, además de bastante obvio, es el otro elemento crucial del relato. Un título más acorde sería «El caso del cliente habitual», el que se utilizó cuando se publicó por primera vez en Estados Unidos, en la revista *Colliers*, en noviembre de 1940.

[7] Además de explicar el título elegido en español, en inglés son términos muy cercanos: *blackbirds* son «mirlos»; *blackberries*, «moras». (N. del T.)

Cinco cerditos
11 de enero de 1943

Un cerdito fue al mercado,
un cerdito en casa se quedó,
uno comió rosbif,
otro no lo comió;
un cerdito bua, bua, bua,
todo el camino de vuelta a casa lloró.

Carla Lemarchant aborda a Hércules Poirot y le pide que limpie el nombre de su madre, que murió dieciséis años antes en prisión mientras cumplía sentencia por el asesinato del marido. Poirot aborda a los otros cinco sospechosos y les pide que escriban un informe de los eventos que condujeron a ese día fatal.

Publicada en Gran Bretaña en enero de 1943 y seis meses antes en Estados Unidos, *Cinco cerditos* es la cúspide de la carrera de Christie en el género de la novela detectivesca; de todas las que escribió, quizá sea la combinación más perfecta entre este género narrativo y la novela convencional. Los personajes están cuidadosamente trazados y el enredo de las relaciones está hilvanado de manera más concienzuda que en ningún otro título de Christie. Es una novela de detectives formal e ingeniosa, escrupulosamente construida por medio de las pistas, una elegiaca historia de amor y un ejemplo magistral de técnica narrativa con cinco versiones individuales y distintas de un acontecimiento devastador. En esta novela al menos, la utilización reconocida de una breve canción infantil no es forzada. Cada uno de los cinco personajes principales está reflejado perfectamente en las palabras tomadas de la letrilla. Y tal vez porque no hay más versos en la cantinela, la analogía no resulta forzada (como ocurre, por ejemplo, en el caso de *La muerte visita al dentista).* No obstante, tal como ponen de relieve los cuadernos, el camino por el que su autora llegó al libro que conocemos no fue ni recto ni obvio.

Desde el punto de vista técnico, la prueba a la que se somete Christie en esta novela es de proporciones sobrecogedoras. Además de respetar el lapso de dieciséis años que media entre el crimen y la investigación, se limita sólo a cinco posibles asesinos. Siete años antes ya experimentó por primera vez con el recurso de un reducido círculo de sospechosos; así, en *Cartas sobre la mesa* se ciñe sólo a cuatro jugadores de bridge. Intenta abordar un problema similar en *Cinco cerditos,* aunque esta vez se permite algunas pistas físicas en forma de vaso, botella de cerveza y una pipeta aplastada.

En cualquier caso, de todas las tramas que Christie construye por medio de un «asesinato que acontece en el pasado», ésta es la más conseguida. Ciertamente, sin contar *El testigo mudo* —la investigación de un asesinato acontecido dos meses antes—, también es ésta la primera trama que toma este sesgo de rememoración. Alderbury, el escenario del crimen, recuerda mucho a la propia Greenway House de Christie, y la geografía de la historia corresponde exactamente con ese terreno y con la finca. El mirador del Battery, donde Elsa posa sobre las almenas para su amante y lo ve morir, tiene vistas al río Dart; el camino en donde se encuentra la pipeta aplastada conduce de vuelta a Greenway House.

La canción de cuna se cita por extenso en el Cuaderno 35, encabezando 75 páginas de notas:

5 cerditos
Un cerdito fue al Mercado (Market Basing)

Este mapa tomado del Cuaderno 35 muestra la escena del asesinato en Cinco cerditos *con la casa del embarcadero a la izquierda (también escena de un asesinato en* El templete de Nasse House*), Greenway House en la esquina superior derecha y las posiciones de la señorita W(illiams) y C(aroline). En la foto del mirador del Battery, de la época en que fueron escritas ambas novelas, aparece el pretil sobre el que posó Elsa.*

1 cerdito en casa se quedó
1 cerdito comió rosbif
1 cerdito no comió
1 cerdito bua, bua, bua

No obstante, el proceso que siguió antes de conseguir componer una trama magistral fue largo y frustrante. Tuvo que escribir sesenta páginas de la trama para que adquiriese seriedad y consistencia. Antes había considerado un método de asesinato diferente, un asesino diferente, sospechosos diferentes; de hecho era una historia completamente diferente.

Sus «cinco cerditos» son el próspero hombre de negocios Philip Blake y su hogareño hermano Meredith, ambos amigos de la infancia de la víctima, el artista Amyas Crale; Elsa Greer, la modelo y amante de Amyas; Angela Warren, hermana de la convicta Caroline, y la señorita Williams, la institutriz de Angela. Al comienzo de las notas es posible distinguir con claridad los precursores de estos cinco personajes principales, aun cuando Christie todavía no había decidido quién sería la víctima, y menos aún el malvado:

Chica... (Nueva Zelanda) descubre que su madre ha sido juzgada y condenada por asesinato... Posiblemente condenada a trabajos f[orzados]... Cadena perpetua y luego muere

Gran impacto... Ella es la heredera de un tío que le ha dejado todo su dinero... Se compromete... Le dice al hombre su verdadero nombre y le cuenta los sucesos... Observa los ojos con que él la mira... Decide entonces hacer algo para remediarlo... Su madre no es culpable... Visita a H. P.

El pasado... ¿hace dieciocho años? 1920-1924

Si su madre no es culpable, ¿quién lo es?

4 (o 5) personas estaban en la casa (¿ligero parecido con los Borden?)

¿Asesinó la madre a...
A. Marido
B. Amante
C. Tío rico o el tutor
D. Otra mujer (celos)?

Quiénes eran las otras personas... Posibilidades

Sirvienta... Una chica irlandesa algo bobalicona... Ellen
Ama de llaves... Mujer reservada... Práctica... otra Carlo
Chica... 15 años en aquel entonces (ahora unos 30) (¿una Judy?)
Hombre... Caballero inglés... Le gusta la jardinería, etc.
Mujer... ¿Actriz?

Miscelánea

De las numerosas referencias a canciones infantiles que se hallan diseminadas a lo largo de los cuadernos, algunas veces la idea no se desarrollaba más allá de unas breves anotaciones, y en algunos casos es como si la canción consiguiera incluso doblegar la fértil imaginación de Christie. En el Cuaderno 31 encontramos la siguiente lista:

Un relato de 1948 para *Nash* [revista]

A. Asesinato en la calle Hickory
Un complejo sobre la palabra *Dock*... Historia de terror... Peligro... Chica en el trabajo... Descubre algo... (Las personas que quieren derribar el salón) comienza en el hotel... Gente adinerada... Unos bribones
B. Pastorcillo
¿Dónde vas, mi hermosa doncella?

continúa en la página siguiente

C. Así es como cabalgan los caballeros
Pequeña jarra marrón... (A mi esposa le gusta el café y a mí el té, pero en el fondo me prefiere a mí)
D. *Ding Dong Dell*
E. Gatito, gatito, ¿dónde has estado?
F. Ratón de ciudad y ratón de campo
G. *Lucy Locket*

Éste es uno de los escasos ejemplos en el que la página está fechada. Por desgracia sólo aparece el año, y no existe indicación alguna de la época en que fue escrita la lista de rimas. Es probable que Christie anotara de un tirón la lista de canciones infantiles junto con algunas notas rápidas, un tanto crípticas, con la intención de trabajar sobre ellas más adelante. La referencia a *Nash* es un misterio, puesto que Christie no publicó nada en *Nash* hasta después de 1933, cuando esta revista publicó los seis relatos finales de *Parker Pyne investiga.* Es obvio que estaba trabajando sobre algo que giraba alrededor de las canciones infantiles, aunque, como veremos, la idea en gran medida acabó en nada. Es posible que ella misma, o tal vez *Nash,* cambiara de parecer, y en consecuencia acabó desechando esa idea.

Las únicas canciones que aparecen de formas muy diferentes son las dos primeras. *Hickory Dickory Dock,*[8] como aparece arriba, parece no tener, si es que la tiene, conexión alguna con la canción. Un «complejo» es una idea intrigante, pero, aparte de Helen en *Un crimen dormido* y su aterradora asociación de ideas en la representación de *La duquesa de Malfi,* no existen ejemplos de ese tipo de «complejos» en la narrativa de Christie. La novela que conocemos

[8] La novela, titulada en inglés como la canción, se publicó en castellano como *Asesinato en la calle Hickory.* (N. del T.)

con el título de *Hickory Dickory Dock* es bastante distinta de las especulaciones planteadas más arriba. Es posible que las últimas palabras («comienza en el hotel... Gente adinerada... Unos bribones») prefiguren *En el hotel Bertram.*

El término «pastorcillo» aparece a la sazón, aunque en una versión bastante alterada y más breve, en *Pleamares de la vida.* Adela, la mística de la familia Cloade, recibe de su médium el mensaje «pastorcillo». Lo interpreta como una señal de que Robert Underhay aún está vivo. Esta lógica enrevesada se debe a la última línea de la canción: «Bajo un montón de heno, profundamente dormido». Poirot se pregunta, como es lógico, por qué el médium no le transmitió ese mensaje de manera más directa.

A pesar de que *Ding Dong Dell* aparece en el Cuaderno 18 y de nuevo en el Cuaderno 35 con la nota añadida (ver más adelante), nunca se llegó a utilizar esta referencia. Además de una escueta alusión a «Gatito, gatito, ¿dónde has estado?» en la página final de la *Autobiografía,* tampoco aparece ninguna de las otras. Existen tres referencias más a las canciones infantiles diseminadas en los cuadernos:

> Uno, dos, 3... 4-5 Pescando vivos pececitos
>
> *Ding Dong Dell...* ¿El gatito está en el pozo...? Vieja criada asesinada
>
> ¿El viejo rey Cole?

Aunque a primera vista parece que ninguna de ellas llegó a utilizarse, una mirada minuciosa sobre la última revela que el último verso de la cancioncilla proporcionó a Christie el título de la última obra de teatro que escribió, *Tres violinistas.* La complicada génesis de esta última creación teatral se comenta en el capítulo 9.

Las primeras notas son un plan relativamente preciso de lo que iba a seguir, pero existen pequeñas diferencias. Carla Lemarchant («la chica») es canadiense, no neozelandesa; y de los esbozos de los cinco posibles personajes, uno de ellos, el de Ellen, que es la sirvienta irlandesa «algo bobalicona», se cae por completo al final. La «chica» y el «hombre» finalmente se convirtieron en Angela y Meredith, respectivamente; el «ama de llaves» es el prototipo de la señorita Williams, y la «mujer» se convierte en Elsa Greer, que, si bien no es una actriz profesional, sí es en gran medida una artista consumada.

Existen tres alusiones que pueden necesitar cierta explicación. La referencia a los «Borden» remite al caso de asesinato, de infausta memoria, relacionado con Lizzie Borden, que tuvo lugar en Fall River, Massachusetts, en agosto de 1892. El señor y la señora Borden fueron asesinados a hachazos en el domicilio familiar mientras su hija, Lizzie, y la criada irlandesa, Bridget, estaban en la casa. Aunque Lizzie fue juzgada por los brutales asesinatos, acabó absuelta y nadie fue condenado por el doble asesinato. Hasta hoy en día su culpabilidad o inocencia son todavía motivo de debates y polémicas. «Carlo» es Carlo Fisher, la secretaria de Agatha Christie y, en última instancia, su amiga. Empezó a trabajar para ella en 1924 y siguió con ella durante el resto de su vida profesional. «Judy» es con toda probabilidad Judith Gardner, la hija de Nan Gardner (de soltera Kon), amiga de Agatha.

De inmediato podemos distinguir un problema de enorme relevancia en relación con la organización antes expuesta. Existen cuatro personajes femeninos y sólo uno masculino. Como los tres últimos son obviamente Angela, Meredith y Elsa, respectivamente, los dos primeros nombres son los descartados. Por tanto, los intentos subsiguientes la acercaron más a la disposición definitiva:

Las 5 personas

La señorita Williams, el viejo Caro... muy unidos a Caroline

La señora Sargent... La hermanastra mayor de Caro... Casamiento dinero... Etc.

Lucy... Hermana del marido... Violentamente en contra de Caro

A. (Idea)... Caro hirió a una hermana o hermano cuando era niño debido a su ingobernable temperamento... Ella cree que esta her[mana] o este her[mano] cometió el crimen... Por tanto, siente que ella está pagando las culpas y se aprovecha

La her[mana] o el her[mano] nº 5... Bua, bua

Y al final llega a tener a los cinco sospechosos en la propia novela. Las siguientes notas, de carácter breve, reflejan con exactitud, aparte del cambio de nombre de Carslake a Blake, los «cinco cerditos» y las relaciones que hay entre ellos:

Philip Carslake... Georges Hill... Próspero... Su mejor amigo... Amyas... Violento contra Caro... Describe cómo hirió a su hermanastra... Debido al fuerte carácter de ella... Se ve inducido a escribir sobre ello...

Meredith... Su hogar... Lleva a P a la casa... (ahora es un albergue juvenil)... Fantasmas... explica... le escribirán... Problemas con Elsa... Muestra un retrato de ella... Vi que era muy posible que ella lo hiciera... Su hija

Elsa... Mujer rica... Muy cambiada respecto al retrato... Fría... violenta contra Caro...Vengativa... Habla un poco... envía su versión. ¿Quieres la verdad? La tendrás (dice dramáticamente y dejándose arrastrar por la ira)

La señorita Williams... Anciana... Habitación en Londres... Violentamente a favor de Caro... Pero admite <u>saber</u>... algo sobre Angela... P la convence de que su versión es la mejor... Ella está de acuerdo... Escribirá...

Bua bua es una mujer inteligente... de carácter... arqueóloga de éxito... Da bienvenida a la intervención de P... bastante convencida... Explica por qué Caro no podría haberlo hecho... Debido a lo que ella le hizo

Todos los detalles del crimen se esclarecieron únicamente tras numerosos intentos. A lo largo de muchas de las notas, el método empleado en la comisión del asesinato iba a ser un disparo en vez de un envenenamiento, e incluso aunque al final no lo es tiene interés comprobar que mantuvo los detalles relacionados con la primera intención:

A. Pistola... (Amyas) limpia de huellas excepto las suyas... Pero están equivocados... También están sus huellas en sangre sobre la mesa... ¿Encubre la señorita W a Angela? La vio hacerlo... ¿Angela en el barco? Pero vuelve)

¿Suplantó alguien a Bua bua? Se acerca sigilosamente por detrás y usa su voz... Presiona la pistola contra su cabeza y dispara... C piensa que es B[ua bua]... Ha escuchado su voz... Recoge la pistola y la limpia

Caro escuchó a Angela... Hablando con Amyas le apunta con el revólver a la espalda... Histrionismo... (ella tenía una cerbatana)... al llegar ella lo encontró muerto. Recogió la pistola... la limpió... La colocó en la mano de él... Pero el suicidio no es posible y una de sus huellas dactilares está en la culata

Caroline bajó para avisar a Amyas de que el almuerzo estaba listo... Disparo... Pero antes de que ella llegara... Se había visto a Caro coger una pistola del cajón del escritorio

> Llega Caro... Aparece Elsa, le arrebata el revólver... y le dispara... Se marcha presurosa... Caroline... la ve... piensa que es Angela... Horrorizada... Atónita por el hallazgo... Elsa visita la casa... Se le cae un suéter por el camino... Baja la señorita Williams... recoge el suéter... y escucha un disparo... Continúa... Ve a Caro... Se aferra con la mano a un revólver

En la novela, la clave fundamental que convence a Poirot de la inocencia de Caroline es, en el transcurso de los interrogatorios, la limpieza de la botella de cerveza y la posterior superposición de las huellas de Amyas en la misma, tal como lo vio la señorita Williams. Como se puede observar en cuatro de los extractos, esta limpieza en un principio estaba destinada a un arma de fuego. Y el detalle de que se viera a Caroline coger una pistola permanece en la novela cuando se la ve llevarse el veneno del laboratorio de Meredith. En tres de estos extractos también observamos un hecho crucial: la creencia errónea —por parte de Caroline— de que la culpable es Angela, que de ese modo allana el camino para el sacrificio supremo después de que se proceda a su detención.

El rechazo de un arma de fuego sustituida por veneno no es una sorpresa, puesto que Christie tenía un conocimiento escaso de las armas de fuego, mientras que poseía los amplios conocimientos de una profesional en materia de venenos. El método de asesinato que más utilizó fue el envenenamiento, y lo hizo mucho más que cualquiera de sus contemporáneos. Recurrió a las armas de fuego con poca frecuencia. Cuando se decide por el veneno, la fertilidad de su inventiva es una vez más muy evidente, por la variedad tanto en el tipo como en su método de administración:

> Núcleo... Veneno en el oporto... El marido tenía una copa en su cuarto (repleta de veneno cuyo contenido se analiza)... Caro ve lavar el decantador de oporto (a la criada)

Veneno... Jerez... Alguien lo sirvió, Caro le llevó una copa a Am... Más tarde se encuentra cianuro en la copa, o puede que belladona

Posibilidades del veneno
A - Veneno introducido en el jerez en el momento adecuado, cuando se dice «cierra los ojos, etc.». C le trajo el jerez... Ella lo encuentra (habiendo escuchado a Bua bua) muerto más tarde... Limpia la copa... Coloca sobre la copa los dedos del hombre muerto... (lo ve la señorita Bua bua)

B - Jerez puro... cianuro en una fresa... Caro aun así lleva a cabo la acción... El asesino añade cianuro al jerez... Posos con pipeta... se encuentra más tarde

C - Medicamento... HCN... añadido al jerez por Caro... La cápsula ya se ha ingerido

D - Cápsula para AC alterada por PC

Coniína... ¿en la cápsula?
Resultado... Él parece borracho... Se tambalea... Visión doble... (la prueba de P)... E se sienta y lo observa morir... Alguien viene... Ella se levanta y habla con visitante... Se une otra persona... Él mueve la cabeza... o... se le ve sentado en una mesa

Un decantador... ¿De oporto?... Caroline lo lava después

Botiquín, caja de medicamentos... antes de las comidas

HCN y mezcla de bismuto... ¿dosis extra de HCN? ¿Cerveza?

Es llamativo que incluso cuando ella se decide por la coniína no utilice la idea de la cápsula que aparece en la lista anterior.

Se mencionan otros puntos importantes de la trama. El peligro que comporta una interpretación errónea de los comentarios ajenos se recalca en los dos primeros extractos; la emotiva carta final, escrita por Caroline en la celda para su hija, en el tercer extracto, es otro ejemplo de interpretación equivocada. La afición de Angela por los engaños ridículos, como demuestra el uso que hace de la babosa y más tarde de la valeriana, es un factor importante en la suposición de Caroline en relación con su culpabilidad. Y emerge de nuevo el hecho fundamental de la limpieza del vaso (botella de cerveza en el libro):

> Caso en contra de Caroline... Pelea con su marido aquella mañana...Dijo «me encantaría matarte. Algún día lo haré»
>
> No te preocupes... Le haré las maletas (me desharé de ella)... Lo escuchó entre Caro y Amyas
>
> En relación con A... Incluida nota de partida de C en prisión querido mío estoy bastante contenta... Va a ver a Amyas... Es importante también el amante de C... ¿Meredith?
>
> La señorita Bua... re: Angela y la babosa
>
> La señorita Bua <u>vio</u> a Caro limpiar la copa o limpió las huellas del revólver

Tras una reprobación que se hace ella misma, Christie finalmente llega a la trama que conocemos:

> Repaso de nuevo la mañana
>
> Almuerzo con Meredith la noche anterior... Las drogas... Valeriana... Coniína, etc. Caroline toma la coniína... Elsa la ve... Conversación entre Meredith y Amyas... Un día más... Trifulca entre Angela y Amyas... Escuela... Al día siguiente, Meredith descubre que se ha tomado la coniína... Llama a Philip (¿está Philip en alguna parte y está Elsa con él? ¿Ella

lo escucha?)... Elsa está sentada ~~Con~~ hacia M... Dice que tiene frío... Sube a la casa (recoge la coniína)... (¿Se pelearon Caroline y Amyas después del desayuno? ¿Los escuchó Elsa... Le dijo a Philip «pelea conyugal»)? Se sienta... Sale... En ese momento sale A y dice baja y siéntate.

Elsa lo pone a prueba... Baja Caroline... Elsa tiene frío... Se marcha para tomar un suéter (coge la coniína)... Caro y Amyas se pelean... P y M escuchan algo (pero su prueba... «Te mataré», etc., la escucharon Philip y E). «No te he dicho que me desharé de ella.» Sale... Los ve y menciona la escuela... Angela, etc. Reaparece Elsa y esta vez lleva un suéter... Él se termina la cerveza... Dice (después de mirar hacia el mar)... Se dan la vuelta... Elsa está ahí... Él se termina la cerveza... Dice que está caliente y repugnante... Caro ~~se marcha~~ dice que bajará algunas cervezas heladas... Ella puede ir a buscarlas... Se encuentra con Angela en el refrigerador... Haciéndole algo a la cerveza... Caro toma una botella... Caro baja con la botella... Se la sirve a él... él se la bebe.

~~La señorita Williams~~– Meredith mira a Elsa... ahí sentada... Sus ojos... Dice una o dos cosas... (ha puesto algo de coniína en los restos de una copa... No en una botella)... Nos vamos a casar, ¿no? Alza la mirada y ve a Meredith... Cumple con su parte. M ve a A desde la puerta... Expresión de extrañeza... No dice nada... Uno de sus momentos de extraño humor... M dice oí que estuviste en mi casa esta mañana... A dice que sí... Quería... ¿algo?

Caroline y la señorita W lo encuentran... C manda a la señorita W a buscar al médico... Ella rompe la botella de cerveza y la sustituye por otra. Conclusiones... La cerveza en el vaso contenía coniína... Y sus huellas superpuestas a las de ella... Pero no como tendrían que haber estado

De manera extraña, Poirot interviene poco en la escena final: la explicación de los eventos ocurridos hace dieciséis años y la revelación del verdadero asesino de Amyas Crale. En relación con detalles prácticos, los pormenores necesarios para esta escena se incluyen en el extracto anterior, y Christie probablemente se sentía con la confianza necesaria para escribir el capítulo de cierre sin necesidad de más notas detalladas. Y la conclusión es un tanto ambivalente. Aun cuando es seguro que Poirot ha llegado a la verdad del asunto, se da cuenta de que no existe prueba alguna...

> Última escena
>
> Ph y M están ahí... Entra Angela... Luego Bua bua... Por fin lady D... M está consternada. Caroline tenía un motivo... Ella tenía los medios... Ahora que la tiene a mano toma la coniína y tiene casi la total certeza de que la tomó... Interroga a Meredith para saber si una persona podría tomarla con facilidad con otras 5 personas en la habitación... Pero ella fue la última y M en la entrada estaba de espaldas a la habitación... Entendemos que esto es una prueba de que la tomó

Tres ratones ciegos
(Obra de teatro para la radio, 30 de mayo de 1947;
relato corto, 31 de diciembre de 1948;
obra teatral, 25 de noviembre de 1952)

Tres ratones ciegos, tres ratones ciegos
mirad cómo corren, mirad cómo corren.
Van todos tras la mujer del granjero
que les cortó las colas con el cuchillo carnicero.
¿En vuestra vida visteis nada igual
que lo de los tres ratones ciegos?

La casa de huéspedes de Monkswell Manor da la bienvenida a sus primeros visitantes, entre los que se encuentran la imponente señora Boyle y el misterioso señor Paravacini, al igual que el divertido Christopher Wren y la enigmática señorita Casewell. Sin embargo, el sargento Trotter llega para advertirles de la existencia de un posible asesino entre ellos justo antes de que uno de los invitados sea asesinado.

La *Autobiografía* de Christie resulta indefinida hasta la exasperación en lo tocante a las fechas, razón por la cual cuando escribe: «Por aquel entonces me llamaron de la BBC y me preguntaron si me gustaría preparar una pequeña obra radiofónica para una función que iban a emitir en relación con el *Queen Mary*» debemos suponer que fue en 1946, ya que dicha «función» no fue otra que el octogésimo aniversario del *Queen Mary*, el 30 de mayo de 1947. Tal como estaba previsto, presentó *Tres ratones ciegos*, una obra de teatro para radio de media hora de duración. El 21 de octubre siguiente se emitió como obra teatral televisiva de treinta minutos, con el mismo título y guión. Posteriormente, trabajó de nuevo sobre el texto para convertirlo en un relato largo, que se publicó en una revista de Estados Unidos en 1948 y en otra del Reino Unido a principios de enero de 1949. Se recopiló, aunque sólo en Estados Unidos, en el volumen titulado *Tres ratones ciegos y otros relatos*, de 1950. Cuando estaba aún en fase de planificación la recopilación que apareció en última instancia en el Reino Unido con el título *El pudding de Navidad*, Christie dejó claro que no quería que se incluyera *Tres ratones ciegos*, puesto que «mucha gente todavía no lo había visto» y no quería estropearles la diversión.

Según continúa diciendo en su *Autobiografía*, «cuantas más vueltas le daba a *Tres ratones ciegos*, más sentía que podría expandirse, y de ser una obra radiofónica de veinte minutos de duración pasar a una obra de suspenso en tres actos». Por ello, la adaptó para convertirla en una obra teatral, pero cuando llegó el momento del estreno tuvo que darle un título nuevo, pues ya se llamaba así otra obra teatral. A su yerno, el erudito Anthony Hicks, se le ocurrió *La ratonera* (tomándolo del acto II, escena 2ª, de *Hamlet*), y así se estrenó en Londres el 25 de noviembre de 1952. Lo demás es historia...

Las principales diferencias que existen entre las distintas versiones se hallan muy al principio. En las versiones de radio y televisión se muestra el primer asesinato, el de la señora Lyon, en Culver Street; en la versión teatral también se incluye, sólo que con efectos de sonido y sobre un escenario a oscuras. El primer borrador del guión incluía una escena de apertura con dos trabajadores sentados alrededor de un brasero que le piden un cerillo a un tipo que pasa; resulta que es el asesino, que vuelve de matar a la señora Lyon en la cercana Culver Street, y es entonces cuando se le cae la libreta que contiene la dirección de Monkswell Manor. En la versión

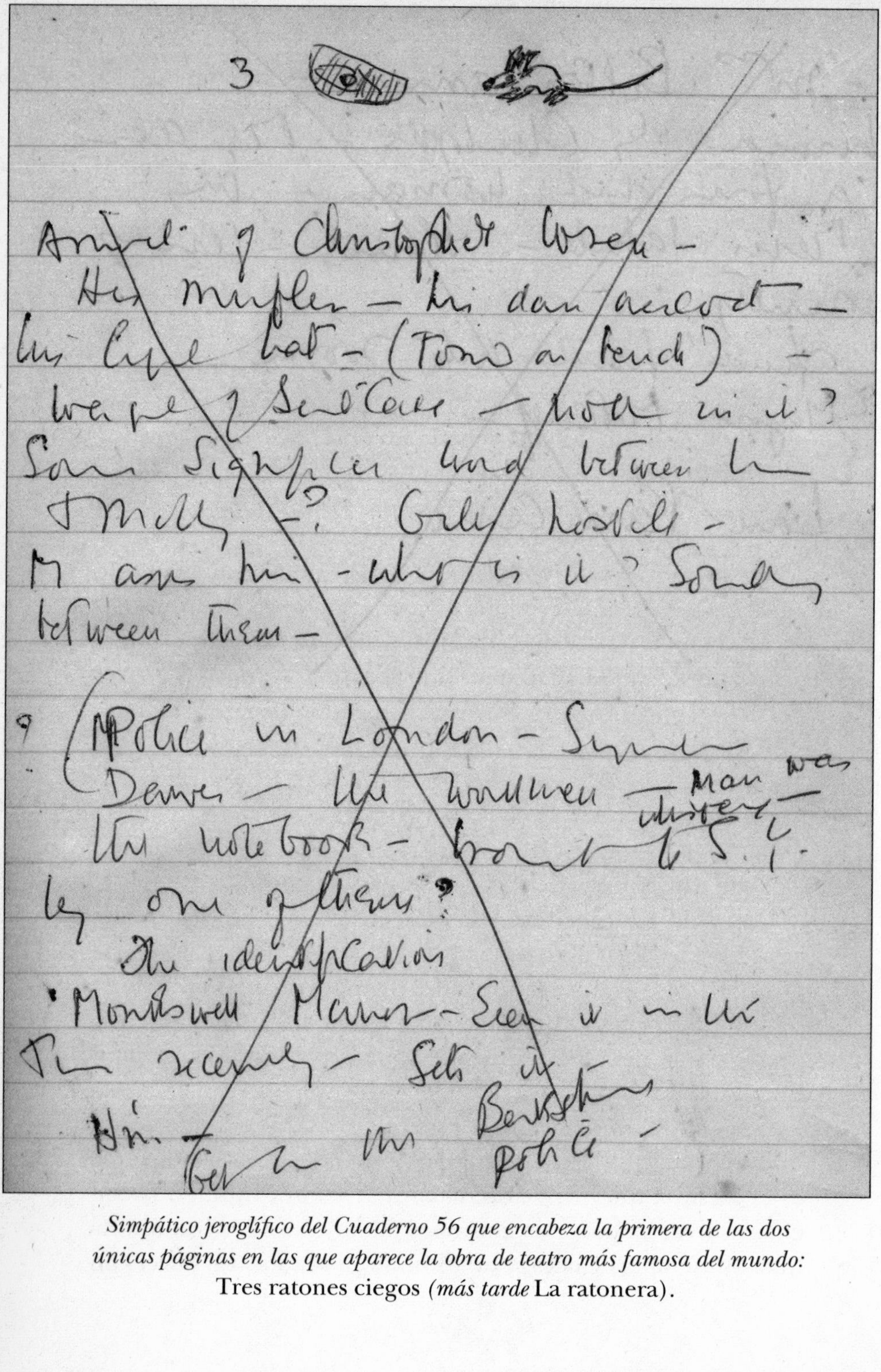

Simpático jeroglífico del Cuaderno 56 que encabeza la primera de las dos únicas páginas en las que aparece la obra de teatro más famosa del mundo: Tres ratones ciegos *(más tarde* La ratonera*).*

novelada, esta escena la reemplaza otra que se desarrolla en Scotland Yard, donde los trabajadores describen los acontecimientos ocurridos aquella tarde.

Apenas existe nada que muestre la génesis de esta famosa obra teatral como obra radiofónica. En el Cuaderno 56, no obstante, sí hay dos páginas encabezadas, de manera curiosa, por *3 (un ojo tachado) (un ratón)* (véase ilustración de la página 168). Como se aprecia en el siguiente pasaje, las escasas notas se refieren tanto a la novela corta como a la versión teatral:

> Llegada de Christopher Wren... Bufanda... Abrigo oscuro... Sombrero de color claro (lo tira sobre el banco)... El peso de la maleta... ¿No lleva nada dentro? Alguna palabra de más entre él y Molly. Policía en Londres... Sargento Dawes... Los trabajadores... El hombre era anodino. La libreta... ¿Se la trajo uno de ellos a Scotland Yard? La identificación... Monkswell Manor. Mmm... Llame a la policía de Berkshire. Llega la señora Bolton... Querido, una mujer imponente... Muy europea, muy señora.

La referencia a la sospechosa maleta de Christopher Wren aparece en la novela, al igual que la frase «llame a la policía»; la combinación de estas dos ideas respaldaría la teoría de que el cuaderno se refiere a la versión novelada. También es notable la extraña referencia a la señora Bolton y no a la señora Boyle, el nombre con el que es conocida en todas las versiones.

La casa torcida
23 de mayo de 1949

Charles Hayward se enamora de Sophia Leonides durante la guerra, y termina además fascinado con su familia, que vive en una casa torcida, aviesa, a las órdenes de su adinerado abuelo. Cuando éste aparece envenenado, es obvio que un miembro de la familia está torcido y es avieso en el sentido criminal.

La casa torcida sigue teniendo uno de los mejores finales de Christie, uno de los más impactantes. Tan impactante fue que Collins quiso que lo cambiara (entrevista en el *Sunday Times*, 27 de febrero de 1966), pero ella se negó. Sería razonable, por tanto, suponer que la solución por la que se decidió fue en todo momento la razón de ser del libro. A juzgar por los cuadernos que se conservan, no es éste el caso. Como ya se vio en el capítulo 3, varios personajes fueron considerados los posibles asesinos antes de que Christie alcanzara la solución perfecta.

En un prólogo escrito especialmente para la edición de Penguin conmemorativa de un millón de ejemplares de *La casa torcida,* Agatha Christie escribe: «Este libro es especial, es uno de mis favoritos. Lo guardé durante años, meditándolo, trabajando su desarrollo, diciéndome: “Un día, cuando tenga mucho tiempo y quiera divertirme de verdad, comenzaré a escribirlo”. Debo decir en relación con la producción de libros que se deben escribir al menos cinco para que uno sea puro placer. La escritura de *La casa torcida* fue puro placer».

Si bien es cierto que trabajó en esta obra durante años y la meditó a fondo, ninguna de esas supuestas notas ha sobrevivido. El Cuaderno 14, que contiene la mayoría de las notas para este título, también incluye de manera excepcional dos ejemplos de fechas. Pocas páginas antes de *La casa torcida* se delimitan las fechas «sept. 1947» y «20 de oct. [1947]». La novela salió a la luz por vez primera y por entregas en una publicación norteamericana en octubre de 1948, y en el Reino Unido apareció en mayo de 1949. A partir de las evidencias internas (una referencia a la opulencia de Aristide se esbozó «el año pasado», escrito en noviembre de 1946) y de las pruebas que aportan los cuadernos, el libro se completó a finales de 1947 o a comienzos de 1948. Por tanto, los años que estuvo «meditándolo» y «trabajando su desarrollo» son, con toda probabilidad, aquellos que pasó inmersa en el proceso mental, antes de que el bolígrafo rozara el papel. Las más de 20 páginas de notas cubren el desarrollo de la novela por completo.

La primera página de notas en el Cuaderno 14 también lleva el encabezado «La casa torcida», por lo que parece haber sido el título desde el principio. Y, de hecho, es difícil pensar uno mejor. Sin embargo (como vimos antes, en este mismo capítulo), el Cuaderno 56 enumera ya en la primera página el germen de *Un puñado de centeno,* que incluye una referencia inequívoca a *La casa torcida,* si bien es posible que la intención fuera la de poner a un retorcido, avieso, deshonesto hombre de negocios, sin que pretendiera hacer la menor referencia a la novela que lleva ese título.

Canta un cantar por seis peniques
Se encontró la moneda torcida (un hombre torcido, avieso; una esposa torcida; la casa torcida o aviesa)
De vuelta a casa... La criada de salón... Criada e hijo... Complicidad... Criada asesinada para acallarla

Algunas páginas antes de comenzar la construcción en serio de la trama de este título encontramos dos referencias al mismo:

> La casa torcida
> Soldado lisiado... Con una cicatriz en el rostro... Un anciano le cura las heridas de guerra... pero <u>no son</u> heridas de guerra... En realidad es un asesino
>
> Planes, sept. de 1947
>
> ~~La casa torcida (Las Alt[eraciones]).~~ Hechas

No es posible fechar la primera entrada, puesto que el guión que hace referencia al «soldado lisiado» no aparece en ningún otro título de Christie. Sin embargo, el siguiente, en la página que sigue, está encabezado de manera inequívoca, lo cual demuestra que el grueso de la novela, si no la novela completa, la terminó en esta fecha, de tal modo que sólo quedaban pendientes las alteraciones de turno. Como ya se vio en el capítulo 3, la tachadura representaba el signo convencional que empleaba Christie para indicar que había completado algo; aquí, con la misma tinta, tenemos añadida la palabra «Hecho».

Dos páginas más tarde comienza a urdir la trama. Las familias se detallan un poco, al igual que la disposición Sophia/Charles:

> El viejo Aristide Kriston... Un gnomo, aunque atractivo... Vitalidad... Tiene un restaurante... Se casa luego con la hija de un caballero que se dedica a la caza del zorro... Apuesto...Muy rubio y muy inglés.
> Roger... Griego... Astuto... Muy unido al padre
> Clemency... mujer científica
> Leo... Rubio, apuesto [posiblemente un precursor de Philip]

Penelope... Buen humor... Motivada [posiblemente precursora de Magda]
Sophia
Su segunda esposa... Dorcas (Tabitha) [Brenda]
Laurence... El tutor cojo

[Relatado en] Primera persona... (¿Charles?) En el Ministerio de Asuntos Exteriores... Sophia Alexander está en su mismo departamento... Su conversación... Atracción... Oh, vivimos todos juntos en una pequeña casa torcida... Consulta la canción infantil... La ve en Londres... o planea hacerlo... Asesinato del abuelo. Ella se niega a casarse con él... debido al asesinato. ¿Será porque no sé quién de nosotros lo perpetró? Cualquiera de nosotros pudo cometerlo. Su padre es subinspector. Charles se mete en todo... El viejo... Su casamiento

Hay una sucinta afirmación inicial en la segunda página de las notas, en la que se dice: «Harriet mata al viejo». Sin embargo, después presta atención a los otros cinco personajes —Brenda, la segunda esposa; Clemency, la segunda esposa de Roger; el tutor, Laurence; la formidable Edith de Haviland, cuñada de Aristide, y Sophia— antes del retorno final a la estratagema del niño como asesino. «Laurence... en realidad no tiene piernas» es una idea que no sigue, a pesar de la fascinación de Christie con este posible desarrollo de la trama (véase «La casa de los sueños», página 348), y Laurence es inválido únicamente en el sentido emocional. Y aunque al final llamó Josephine a la asesina, este nombre no aparece sino hasta la trigésima página de las notas. Con anterioridad se refiere a ella (como antes) llamándola Harriet y/o Emma:

Dorcas... No [Brenda]
¿Clemency? Sí, su motivo... Fanático... algo loco

¿O será Clemency...? Ninguna recompensa... Se quedarán a la intemperie
¿Lo hace Laurence...? Es cojo... Laurence... en realidad no tiene piernas... Por lo tanto siempre parece que tiene diferente estatura
Edith... Sí... Es posible
Sophia, posible falta de fibra moral

Christie explora esta idea más a fondo, aunque cuando dice «Sí... interesante» en el primer extracto, y «(si J)», cinco páginas más tarde, en el segundo, es posible inferir que a esas alturas no se había centrado definitivamente en Josephine (como se llamaría a partir de entonces) para que fuese la asesina:

Emma [Josephine]... Sí... interesante... no es normal... Pretende el poder... Odiaba a su abuelo por algo muy particular... (¿no le permitió tomar clases de ballet, y eso que hay que comenzar muy joven?): Motivo... ajustar <u>su</u> método... Una inteligencia anormalmente alta. Si es así, habría un segundo asesinato... Sí... la vieja enfermera (si es Emma)

El peso sobre la puerta (si J) o muere definitivamente... Pequeño libro negro enfermería.
Final de la niña... La mejor prueba que existe... No sirve en un juicio... A los niños no les gustan las preguntas directas... para ti ella estaba alardeando.
Charles y Josephine... Preguntan sobre cartas... Lo estaba inventando... No te lo diré... No deberías habérselo dicho a la policía.
Josephine escribiendo en su libro. El subinspector dice... Ten cuidado con el niño... Acecha un envenenador

Aunque no se menciona a Josephine en las primeras páginas, cuando la cita le otorga una página entera, así como al trabajo detectivesco que lleva a cabo. A lo largo de la novela se nos comenta su morbosa curiosidad, las escuchas a escondidas, el conocimiento de la ficción detectivesca, y, con gran perspicacia, el pequeño libro negro que contiene, supuestamente, sus notas de detective aficionada:

> ¿Sabe Harriet que el tío Roger ha estado haciendo esto? Una odiosa niña que siempre está metida en todo
> Josephine... la morbosa... Ella lo sabe... He estado haciendo trabajo de detective
> Descubre que Roger se iba a marchar... porque pienso que desfalcó dinero
> Y Edith odia a Brenda... se escribían... sé dónde guardaban las cartas
> No me gustaba el abuelo... Ballet... ¿Bailar? Nada de eso, de ninguna manera.

Aunque es un título importante de Christie debido a su impactante desenlace, *La casa torcida* no es en el plano estrictamente formal un relato policiaco. Aunque la respuesta al enigma es muy evidente en retrospectiva —Josephine afirma con seguridad quién es el asesino; carece de todo temor; las marcas en el suelo del lavadero de los experimentos con el tope de mármol con que se sujeta la puerta—, no es posible llegar a ella por deducción lógica. A pesar de todo, la novela demuestra que, incluso después de una carrera literaria de treinta años, Christie aún conservaba la habilidad para sorprender y entretener.

Un puñado de centeno
9 de noviembre de 1953

Rex Fortescue es envenenado en la contaduría; su esposa es envenenada durante el té de la tarde tomando pan y miel; la criada es estrangulada mientras está tendiendo la ropa. Una macabra interpretación de la canción de cuna lleva a la señorita Marple hasta Yewtree Lodge para investigar la presencia de mirlos.

Las notas para esta novela están contenidas en cinco cuadernos; el grueso se encuentra en el Cuaderno 53, con referencias más escuetas en los otros cuatro. Si en un principio nos guiáramos por evidencias externas, parecería que esta trama estuvo cociéndose durante algún tiempo antes de que Christie la refinara para la novela. *Un puñado de centeno* apareció por vez primera en octubre, por entregas, en el *Daily Express*. El informe de lectura oficial de Collins, fechado en abril de 1953, la describe como «muy amena, excitante, desconcertante e inteligente; la construcción y el manejo de la trama lo realiza con una habilidad al lado de la cual gran parte de las narraciones de detectives que se escriben hoy en día parecen un trabajo de burdos aficionados». Aunque consideraba los medios del primer asesinato demasiado exagerados, lo calificó en términos generales como una «buena» novela de Christie, algo que parece un tanto tibio tras una descripción inicial tan efusiva.

La siguiente y críptica referencia, en el Cuaderno 56, nos proporciona la génesis de la trama del primer relato —«El club de los martes», incluido en *Miss Marple y trece problemas*—, que había aparecido veinticinco años antes, en diciembre de 1927:

> Patrón general como cientos y miles

Aquí la criada doméstica, a instancias del amante casado, espolvorea «cientos y miles», refiriéndose al azúcar dulce de colores que se utiliza para decorar la cobertura de los postres y los pequeños bizcochos, rociando en abundancia uno de ellos no sin antes haberlo mezclado con arsénico y haberlo espolvoreado a conciencia para eliminar a una esposa inconveniente. Y para rematar, la criada, tanto en el relato como en la novela, se llama Gladys.

Como se puede ver a partir de la siguiente nota del Cuaderno 14, las tramas de *Un puñado de centeno* y *El truco de los espejos* estaban entrelazadas en sus primeras fases de construcción (esta nota parece ser de finales de los años cuarenta, puesto que se halla con los apuntes tomados con vistas a *La casa torcida*):

> Espejos
> Percival y Lancelot son hermanos... P es buen chico... L es el malo... violento antagonismo entre los dos... ¿En realidad se conchabaron para eliminar al padre y a su joven esposa? El truco... P y L simulan una pelea... Escuchada en la planta baja (en realidad P lo hace arriba)... L vuelve y le deja sin sentido... Llama pidiendo ayuda

La pelea simulada se convirtió en el principal recurso para la trama de *El truco de los espejos*, mientras que los hermanos Lancelot y Percival permanecieron en *Un puñado de centeno*.

Algunas páginas más adelante, Christie esboza una trama:

> El Rey estaba en su contaduría
> Presuntuoso magnate muerto en (a) el despacho (b) la casa de las afueras... Minas del Mirlo

El buen hijo Percival... El mal hijo Lance... Enemigos a muerte (¿realmente confabulados?) Motivo... ¿Estafado por uno de los hijos? Sirvienta (una chica que trabajaba en los Institutos de las Fuerzas Armadas)... asociada con Lance... Pudo alterar todos los relojes. La chica lleva el café al estudio del padre... ¿Sale gritando? Lance es el primero en llegar (lo mata entonces)... Los demás aún están subiendo. Al viejo lo drogan primero... Debió de ser en la cena (Lance no está). La chica es sospechosa... Pudo haberlo drogado, y luego apuñalado, e introdujo centeno en el bolsillo del hombre. Se pelean... La encuentran muerta... Con una pinza de la ropa

Esto se encuentra mucho más cerca de la trama que al final escogió, aunque cambiarían muchos de los detalles: por ejemplo, no existen los cambios de reloj ni el apuñalamiento en la novela, y los hermanos no están «confabulados». Aquí es cuando se mencionan por primera vez las Minas del Mirlo, esas minas supuestamente sin valor que resultan ser una fuente de uranio, y que aportan la motivación del asesino. Este aspecto de la trama recuerda mucho al modo en que Simeon Lee estafó a su compañera, la víctima en *Navidades trágicas.* La referencia al trabajo de la chica remite al Instituto de la Marina, la Armada y las Fuerzas Aéreas, fundado en 1921 para organizar las actividades recreativas que fueran necesarias para las fuerzas armadas y vender artículos diversos a los militares y sus familias.

Sin embargo, encontramos la base de la trama de este libro en el Cuaderno 53. Aunque sigue estrechamente el patrón de la novela, advertimos que se barajaron otras posibilidades antes de su eventual descarte. Tanto Percival como su esposa, además de Lance y Adele, fueron considerados posibles asesinos; Lance pudo ser tanto «chico bueno» como «malo», y Christie se planteó la utilización de estricnina o arsénico como veneno antes de decidirse por la taxina:

> Percival se casa con una chica (deshonesta) en el extranjero. Ella viene a quedarse con el otro hermano, Lancelot... Pasa por su esposa... ella y Percival son los que cometen el asesinato
>
> Lance está implicado en connivencia con Adele... Adele, comprometida con el padre... Consigue que mate al padre... Llega justo a tiempo para envenenarle el té
>
> Lance vuelve en avión de Oriente. Es un buen hijo... Su esposa es Ruby Mackenzie
>
> El buen hijo, Percival... El mal hijo, Lance... enemigos a muerte (¿realmente asociados?)
>
> Estricnina y arsénico encontrados más tarde en armario del salón o en estantería superior de la hornacina del comedor en sopera estantería más alta

Tras estas especulaciones comienza a surgir la trama. El material de los siguientes extractos, todos procedentes del Cuaderno 53, aparece en la novela:

> Lance (chico malo) vuelve en avión... El padre ha mandado buscarlo. Antes de que llegue a casa muere el padre... La esposa de [Perci] Val es Ruby Mackenzie... Lance encontró a Marlene en el campamento de vacaciones. Le da unos polvos para el primer té de la mañana... Dice que harán que su padre enferme... Luego lo mandarán llamar... Marlene está en un estado deplorable... Lance llega a casa... A tiempo para envenenar a Adelaide... (¿el té?) Luego lo añade a la miel
>
> Capítulo I
> El té a las 11... Lo prepara la taquígrafa más novata
> Oficina... Secretaria rubia... Lleva el té al jefe
> «El señor Fortescue está en reunión...»
> Grito... Enfermo... La rubia entra presurosa... Sale... Llama al médico... por teléfono... Hospital

Té... A[dele] come miel de un panal... El hijo se la da en el té... muere. O el hijo la envenena al introducir algo en la comida antes de que regrese oficialmente... Se encuentra con una chica afuera

Criada en el jardín... La pinza de la ropa en la nariz. La señorita M señala más tarde... ¿No saldrías a tender la ropa en ese momento? Pero te encontrarías con un hombre joven

Después de la muerte de la chica, Gladys... La señorita M llega al salón... El sargento perplejo... El inspector la recuerda... La señorita M muy positiva respecto a Gladys... Muerta... Debe detenerse... La nariz y las pinzas de la ropa... Dignidad humana

Asesinato en la calle Hickory

31 de octubre de 1955

En un hostal de estudiantes regentado por la hermana de la señorita Lemon en Hickory Road sucede una serie de misteriosos robos que culminan con la muerte de uno de los estudiantes. La incongruencia de los objetos robados capta la atención de Hércules Poirot, quien visita el hostal justo antes de la primera muerte.

Hickory Dickory Dock:
el ratón subió al reloj,
el reloj la una dio,
el ratón abajo corrió,
Hickory Dickory Dock.

Las notas para *Asesinato en la calle Hickory* están diseminadas a lo largo de cincuenta páginas del Cuaderno 12, con dos breves e infructuosos intentos de resolver la trama, de lograrla, en otros dos cuadernos (véase más adelante; asimismo, véase «Miscelánea», en la página 155, una nota fechada seis años antes). A pesar de desestimar estas otras ideas, Christie no abandonó la utilización de la canción, aunque sólo aporta el título, e incluso eso resulta más bien tenue. Aparte de la dirección (que cambió de Gillespie Road), no existe intento alguno en la novela de seguir la letra de la rima infantil; una de las contadas referencias aparece en las líneas finales, cuando la cita Poirot.

El siguiente extracto del Cuaderno 12 muestra que el libro estaba terminado ya el año anterior a su publicación:

> Sugerencias para ampliar y mejorar *Asesinato en la calle Hickory*. Mayo, 1954.

Se repiten algunos temas de novelas anteriores. La señora Nicoletis mantiene una conversación con su asesino sin nombre, como ya lo hiciera Amy Murgatroyd en *Se anuncia un asesinato;* la llamada telefónica de Patricia Lane a Hércules Poirot cuando el asesino la ataca recuerda a la de Helen Abernethie en *Después del funeral* y la de Donald Ross en *La muerte de lord Edgware.* Y aquí existe otra inverosímil e innecesaria relación que se revela hacia el final de la novela. Sigue un patrón similar al de *El tren de las 4:50* y *El espejo se rajó de lado a lado.* Tanto Morgan como Osborne se refieren al hecho de que a principios de los sesenta hubo planes de transformar este título en un musical. Por extraño que pueda parecer, se compuso parte de la partitura y se decidió el título, *Death Beat [Ritmo mortal].* Sin embargo, el proyecto se quedó en nada.

La incongruencia de los objetos robados se les presenta a Poirot y al lector como un rompecabezas intrigante cuyas explicaciones son satisfactorias. Pero posiblemente existen demasiados personajes, además de que algunos de los estudiantes extranjeros son poco más que estereotipos.

Cada una de las primeras cinco páginas de notas para el libro llevan por encabezado «Tarea para vacaciones», lo cual hace pensar que se escribieron en un momento en el que Christie estaba descansando. Y la construcción de la trama no fue sencilla, puesto que incluye infinitas permutaciones y mucha repetición. Se tiene la sensación de que no hubiera tenido una idea muy clara de la trama cuando comenzó la redacción. En las primeras páginas de las notas parece que destella una trama, gran parte de la cual luego permaneció en la novela, aunque habían de sucederse muchos cambios antes de que se diera por satisfecha con ella. Al final de la primera página alcanzó un posible punto de partida con ciertos ecos —«una cosa necesitaba el camuflaje de las otras»— de *El misterio de la guía de ferrocarriles:*

> Han desaparecido cosas... una chica bastante estúpida llamada «Cilly» (para Celia o Cecilia)... Muy enamorada de un adusto estudiante... en tratamiento psiquiátrico... que no le presta atención. Valerie, una chica lista, la embauca en robos; «te prestará atención con cosas tontas como éstas... una cosa buena de verdad»
>
> Robos... siguen desapareciendo cosas... realmente sólo una cosa necesitaba el camuflaje de las otras

Algunas de las primeras ideas, por fortuna, no dieron fruto...

> Asesinato en la calle Hickory
> Complejo con la palabra Dock... un relato de terror... peligro... chica en el trabajo... descubre algo
>
> H. P. en tren... la chica le embauca para que robe

Tarea para vacaciones (continuación) nº 23 de Gillespie Road
¿Decide la señorita Lemon trabajar de comadrona?
Aburrida por la jubilación... pide consejo a Poirot

Otras ideas más tardías que parecían prometedoras también fueron descartadas:

~~Asesinato en la calle Hickory~~
Primera muerte a la una en punto... Segunda a las dos en punto

Importante... 2 asesinatos
[Primero] ocurre poco después de la conferencia de P

1. ¿La señora Nicoletes? ¿Por qué? ¿Chantajes? ¿Uno de la banda y poco de fiar?
2. ¿Johnston...? Su mente bien afinada la lleva a cierta deducción... Etc. Posiblemente encuentra después el asunto... Una advertencia: guardar silencio...
3. ¿Aka bombo?
4. ¿Nigel?
5. Patricia

Aunque jugó con la idea de que otros personajes fueran el malvado, Valerie siempre anduvo a la cabeza del resto, ya fuera sola o en combinaciones con varios estudiantes:

1. Valerie... Mente rectora de todo el tinglado... utiliza a los estudiantes... se lo propone a C... ¿Nigel está con ella? O la chantajea o más tarde... N es una de las víctimas
2. Nigel... descubre el tinglado... o está implicado con Valerie... excitable infantilmente

Son fundamentales para la trama las distintas posibilidades de obtener el veneno, y debe admitirse que algunas de las tácticas sugeridas son horriblemente verosímiles, o lo eran al menos a mediados de los años cincuenta. La idea del «coche del médico» fue una de las que surgieron en varias ocasiones a lo largo de los cuadernos, y la bata blanca utilizada en la novela como camuflaje para acceder al armario del hospital donde se guardaban las drogas está obviamente inspirada en las experiencias personales de Christie en el University College Hospital durante la Segunda Guerra Mundial:

> Los 4 métodos... se hace una apuesta... Discusión
> Nigel
> Valerie
> Len
> Angus
> Traen de vuelta
> P[eligrosas] D[rogas] de coche... Tubo de morfina
> Paciente de hosp... Fenobarbital
> Veneno armario... Estric. ¿O digi?
>
> Frasco de bicarbonato para guardar los polvos...
> ¿se sustituye el bicarbonato?
>
> Luego se destruyen todas las drogas menos una...
> ¿la del hospital?

Al alcanzar la página 50 del Cuaderno 12, Christie ya domina la trama. El siguiente extracto contiene gran parte de los elementos de la versión definitiva:

> <u>Principales argumentos</u>
> V. organizador de contrabando en este país (¿joyas?) (¿drogas?) A través de estudiantes. La señora N está implicada... compra casas para alojar estudiantes... también una tienda en una esquina cercana... allí se venden mochilas... con doble fondo (piedras insertadas con

> pegamento (o heroína en polvo de *rouleau* [rollo] de lona). La policía sigue la pista a V... ella le pasa algo a Nigel... Sales de baño... él las examina... encuentra heroína... la sustituye por bicarbonato... la introduce en su frasco de bicarbonato. La policía llega a la casa... V. destruye la mochila, la despedaza... después trabaja sobre Celia.

Y algunas páginas después juega con ciertos refinamientos (la sacarina, las ideas de las mochilas y la implicación de Elizabeth Johnson fueron desechadas a posteriori):

> Puntos por resolver
> Morfina (¿acetato?) sustituida por ácido bórico... luego muestra llama verde cuando se quema (¿Reconocida por Celia?) [Por tanto] C. sabe que se llevaron el bórico para sustituir la morfina.
>
> Pat encontró morfina... tomó Á[cido] B.[órico] del cuarto de baño.
>
> ¿Sacarina? ¿La utilizó C. en el café? Tabletas de morfina sustituidas por sacarina
>
> Val. se encarga de asunto de contrabando (¿asesina a C?)
>
> E[lizabeth] J[ohnson] está implicada con Val en el contrabando
>
> Akibombo... vio... ¿qué? ¿Relacionado con bórico...? ¿Relacionado con la mochila?
>
> ¿Gemas de contrabando? ¿Droga? ¿La señora Nic, madre de V? ¿Mera figura decorativa?

Y, por supuesto, de fondo está la historia de Nigel —fue responsable de la muerte de su mujer y su padre ha dejado una carta a este efecto, que debe abrirse después de su muerte—, que desempeña un papel fundamental en la trama. Hasta acercarnos al final de las notas, sin embargo, no aparece esbozada:

> Argumento
> N., mal tipo... necesita dinero... trata de obtenerlo de su madre... falsifica su nombre... le administra un somnífero bebedizo... ella muere... él hereda... investigación... sobredosis... accidente. Pero el padre lo echa... él reclama el dinero de su madre. (¿Lo despilfarra?) Se asocia con Valerie... en asunto de contrabando... por entonces tiene otro nombre... diplomático arqueólogo... amigo de estudiantes, etc. Llega la policía... piensa... ¿el padre ha muerto...? Carta dejada al abogado... saca los bulbos... (o hay bulbos... nuevos... robados... y se los han llevado del salón)
>
> Nigel suministra veneno a la madre (por dinero)... Padre farmacéutico... lo prueba o encuentra... echa a Nigel... firma una renuncia... en el banco en caso de que muera... O si Nigel hace algo deshonroso... N. se cambia de apellido

Una de las ideas que aparecen después de «Sugerencias para ampliar y mejorar» la novela, según se señalaba antes, es el asesinato de Patricia:

> Nigel va a la comisaría de policía... Pat (?) llama por teléfono... habla con Nigel... sin aliento, voz asustada... Nigel... Creo saber... quién debe haber tomado la morfina, porque recuerdo que estaba aquí aquella noche... No quiero decirlo... Bien... Se van Nigel y la policía... Pat ha muerto. Nigel llora como un niño pequeño

Sin embargo, al aparecer tan avanzada la novela, ésta parece un añadido, y es una idea que se amplía y no mejora. De hecho, diez páginas antes ya existía un esbozo:

> Secuencia final
> Después de la escena de Nigel y Pat... Nigel va a la comisaría de policía. Pat (en apariencia)... en realidad Valerie... llama por teléfono... Sabe quién se lo llevó. Van ahí... Pat ha muerto... Profunda pena de Nigel... real... llega H. P.

Este asesinato es similar a los últimos asesinatos de *El tren de las 4:50* e *Inocencia trágica*, que aparecerían en años venideros. La señora Oliver, en el capítulo 8 de *Cartas sobre la mesa,* dice: «¡Lo que realmente importa es que haya muchos cadáveres! Si las cosas se ponen sosas, algo más de sangre lo anima todo. Alguien va a contar algo, si no lo asesinan primero, claro. Y eso siempre cae bien. Aparece en todos mis libros...». Y en el capítulo 17 de la misma novela: «Cuando hago recuento y descubro que sólo he escrito treinta mil palabras, y no sesenta mil, entonces tengo que meter otro asesinato...». Es difícil no tener en cuenta esos comentarios, con todo lo jocosos que sean, cuando leemos *Asesinato en la calle Hickory.*

PRUEBA C: AGATHA CHRISTIE EN LOS CUADERNOS

Y luego están los favoritos de siempre.

Los relojes, capítulo 14

Christie anota en los cuadernos varias referencias en relación consigo misma y con su trabajo. Por la razón que sea, lo hace dos veces en los Cuadernos 72 y 39, en donde enumera algunos de sus libros, aunque las listas no son exhaustivas. Asimismo, no es ni mucho menos obvio lo que tengan en común esos títulos. A menudo se refiere a títulos anteriores a modo de recordatorio rápido.

> ✳ Análisis de libros hasta ahora
> Hoteles... Un cadáver en la biblioteca, Maldad bajo el sol
> Trenes y aviones... Tren Azul, Orient Express, Muerte en nubes, Nilo
> Vida privada (campo)... Hacia cero, Sangre en la piscina,
> Navidad, Tragedia en tres actos, Un triste ciprés
> (pueblo) Vicaría, El caso de los anónimos
> Viajes... Cita con la muerte

Esta lista aparece justo después de las notas para *La señora McGinty ha muerto.* Y el hecho de que *Pleamares de la vida* no aparezca en ella tal vez indica que la compiló a finales de 1946, después de *Sangre en la piscina,* o a principios de 1947, antes de terminar *Pleamares de la vida.* A partir de los encabezados, da la sensación de que estuviera considerando escenarios utilizados con anterioridad.

* Ackroyd
Asesinato en el Nilo
Muerte en las nubes
Asesinato en Mesopotamia
Orient Express
Cita con la muerte
Tragedia en tres actos
El espejo del muerto

Y esta otra lista, a duras penas embutida en la esquina de la página, cuando trabajaba en la trama de *Maldad bajo el sol*, es incluso más enigmática. Aparte de que son todas narraciones de Poirot, es difícil ver qué puedan tener en común.

La siguiente cavilación aparece en las notas tomadas para *Hacia cero*. Con prudencia, Christie decidió excluirla, ya que otra misteriosa muerte en un hotel en un lapso de tres años podría parecer, como la famosa frase de Oscar Wilde, una falta de cuidado:

* El hotel debe ser igual que en Maldad bajo el sol...
N[eville] debe cruzar en trolebús por las aguas desbordadas

La siguiente referencia a un asesino anterior, extraña e inexacta, aparece en las notas que tomó con vistas a *Los elefantes pueden recordar*. Es extraña porque Poirot no estaba relacionado con ese caso y nunca conoció a Josephine:

* Llama a Poirot... Pregunta por Josephine (La casa torcida)

Esta otra se encontraba entre las últimas notas que aparecieron, escritas de hecho poco antes de la publicación de *La puerta del destino:*

> * 2 de noviembre de 1973 Libro de relatos
> Relatos del caballo blanco
> Primero... La fiesta del caballo blanco (bastante similar al Club de los Martes de Jane Marple)

En el capítulo 25 de *El tren de las 4:50* se incluye una breve y críptica referencia a *Se anuncia un asesinato,* pero sin mencionar el título...

> * Alguien codicioso... un poco sobre Letty Blacklock

Mientras que esta referencia aparece durante el trabajo en la trama de *Tercera muchacha:*

> * Poirot preocupado... Viejo amigo (como en McGinty) viene a tomar el té

Finalmente, consideró brevemente la idea de rescatar al sargento Fletcher, de *Se anuncia un asesinato,* durante la construcción de la trama de *Un puñado de centeno:*

> * Capítulo II... Transversal... El inspector Harwell... o Se anuncia un asesinato... Hombre joven

5

Jugando a la gallina ciega: Un asesinato en forma de juego

El restallar de dos balas hizo trizas la complacencia reinante en la sala. De pronto, el juego había dejado de ser un juego. Se oyó un grito...

Se anuncia un asesinato, capítulo 3

SOLUCIONES QUE SE REVELAN

El misterio de la guía de ferrocarriles • *El templete de Nasse House* • «Oro en la isla de Man» • *El espejo se rajó de lado a lado* • *Se anuncia un asesinato* • *La muerte visita al dentista* • *Peligro inminente* • «Una extraña broma» • *La trayectoria del bumerán*

«Hacer trizas la complacencia»: he ahí el impacto dramático que tiene el hecho de que un simple juego se tuerza y se vaya sin dirección en tres títulos de Christie; los otros dos son juegos reales, uno intelectual y el otro físico. El más mortífero de los tres títulos es *El misterio de la guía de ferrocarriles,* mientras en los otros dos, *El templete de Nasse House* y *Se anuncia un asesinato,* aparecen sendos juegos que se han ido al traste debido a la intervención de un asesinato real. «Una extraña broma» y «Oro en la isla de Man» son competencias de carácter intelectual en las que participan los personajes con vistas a ganar un premio sustancial. Esta última fue un juego que en efecto se disputó en la isla de Man en 1930, mientras que el primer título guarda relación con la interpretación de un testamento. Y el juego en el que participa Clarissa en *La telaraña* demuestra ser mucho más peligroso de lo que llega a sospechar. En la totalidad de la producción de Christie, el concepto del juego que se va al traste no es un recurso de gran peso, pero el impacto que tiene la escena desarrollada en el salón de Little Paddocks, en *Se anuncia un asesinato,* resulta innegable.

Oro en la isla de Man

Mayo de 1930

Juan y Fenella, primos carnales, compiten en una búsqueda de un tesoro a la vez que miden su ingenio con el de su difunto tío y con el de un asesino.

Es posible encontrar la historia detallada de este relato en una colección de 1997, *Mientras dure la luz,* gracias al finísimo trabajo de detective que ha llevado a cabo el director de dicha publicación, Tony Medawar. En pocas palabras, el presidente de una comisión para el fomento del turismo en la isla de Man propuso a Christie, a finales de 1929, que tomara parte en la organización de una búsqueda del tesoro, artimaña con la cual tenía la esperanza de fomentar el incremento de los turistas que visitaban entonces el lugar. Tras hacer una visita a Man en abril de 1930, escribió «Oro en la isla de Man» por 65 libras (aproximadamente 1.300

libras o 1.500 euros de hoy), y el relato se publicó en cinco entregas, junto con las pistas pertinentes, en el *Manchester Daily Dispatch,* a lo largo de la tercera semana de mayo del mismo año, además de aparecer en un folleto que se distribuyó por la isla. El «tesoro» constaba de cuatro cajitas de tabaco escondidas en diversos puntos de la isla. (Es precisamente en una exposición de cajitas de tabaco donde conoce Hércules Poirot al señor Shaitana en *Cartas sobre la mesa.)*

En el Cuaderno 59 constan veinte páginas de notas de cara a este encargo tan poco corriente. Por desgracia, dichas páginas contienen algunas de las notas más indescifrables que hay en cualquiera de los cuadernos, además de muchas tachaduras, dibujos sin sentido aparente y esquemas de aproximación. El relato es un texto menor dentro de toda su producción literaria, destacable sólo por los detalles únicos que rodean su creación y por la cantidad de ideas que iban a volver a salir a la superficie en otro libro cuatro años después: una fotografía instantánea y las últimas palabras de un moribundo, así como un malvado médico, son rasgos también presentes en *La trayectoria del bumerán.* Y, efectivamente, Juan y Fenella, la pareja que une sus fuerzas para dilucidar un misterio, podrían ser antecesores de Bobby Jones y lady Frances Derwent, personajes de esa misma novela. (Es un tanto extraño, pero Juan y Fenella son al mismo tiempo novios y primos carnales.) La idea de la tinta invisible aparece por vez primera en «Móvil versus oportunidad», dos años antes, y como elemento secundario de la trama en el capítulo 20 de *El misterioso señor Brown.*

Las notas reflejan con toda exactitud el relato tal como se publicó. Hubo sin embargo algunos cambios de nombre: Ronald y Celia pasaron a ser Juan y Fenella, y Robert pasa a ser Ewan, al tiempo que la caída desde el acantilado y la pista del gemelo de una camisa se descartaron al final:

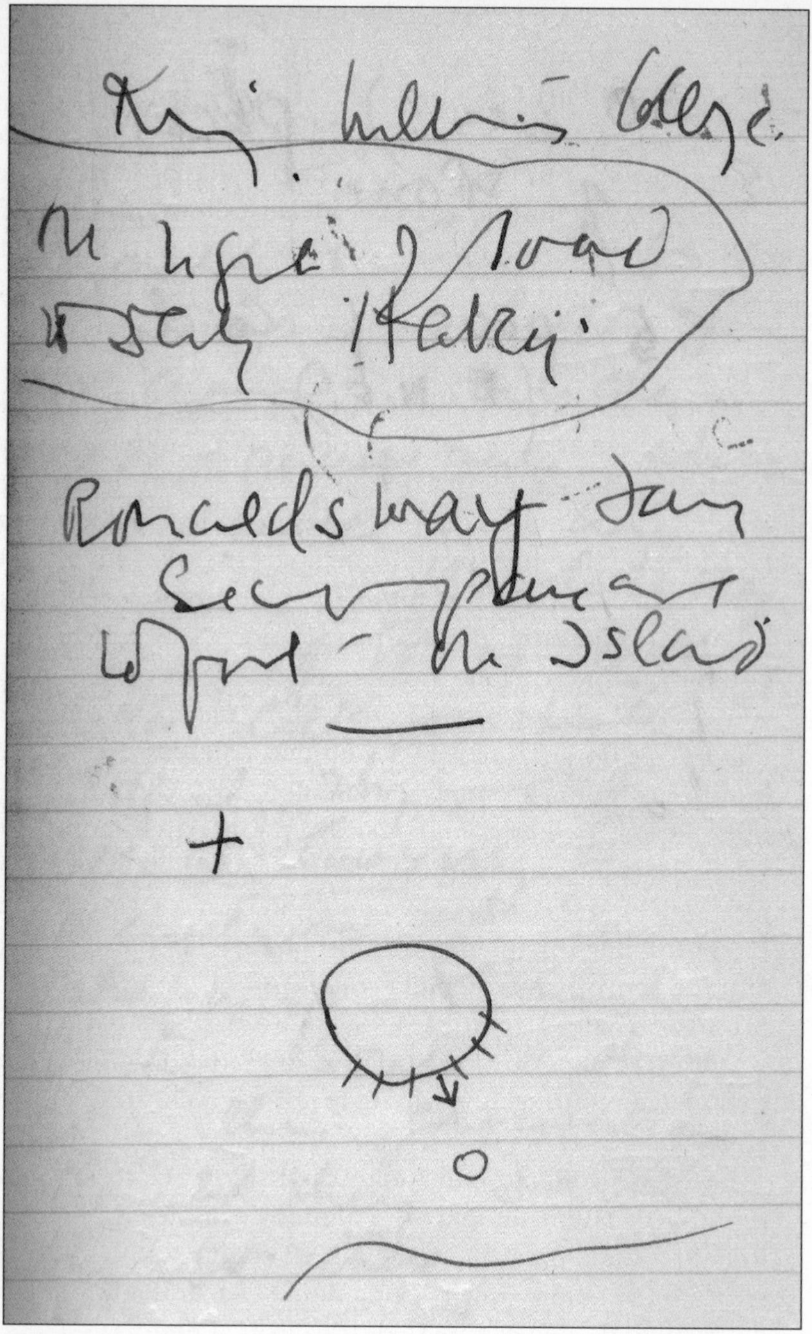

Un esquema muy aproximativo (¡y en una caligrafía especialmente tosca!) de una de las pistas que guían la búsqueda en «Oro en la isla de Man», del Cuaderno 59.

> Relato
> Ronald y Celia... Primos carnales... Una carta de un difunto tío. Ella está molesta con el tío... Llegan... El ama de llaves... Hacen falta 4 cajas de rapé. Se les deja una carta con unos versos a base de ripios... Llaman a los abogados. Emprenden entonces la búsqueda... Lo encuentran al regresar... Conocen a los demás personajes... El doctor Crook [¡Crookall se apellidaba el presidente del Comité de Turismo!], MacRae... Alan... Robert Bagshawe... no le agrada su sonrisa. Deciden unir fuerzas con los demás. Al día siguiente... las pistas... El ama de llaves va a buscarlas... Alguien las ha robado... Ella reconoce que le preguntaron por las pistas y que se negó a responder... un gemelo de una camisa... era Robert. Salen a toda velocidad... encuentran a R en la finca... moribundo... asesinato... Un golpe en la cabeza, o en el hospital... Ha caído por el acantilado. Se acercan... Puede que al final haya recuperado la conciencia... Abre los ojos y dice «¿Lo saben?»...[1] y muere

Los «ripios» a que hemos hecho referencia aparecen en el Cuaderno 59 de dos formas distintas, la que en efecto se utilizó y la segunda, anterior, empleada sólo en el borrador:

> Sean los 4 puntos cardinales, sur y oeste, este y norte.
>
> Una doble S... Para mí no hay este. Adelante, seguid,
> ya verán qué listos son.

También aparecen otras dos de las pistas:

> Disculpen que me extienda... Estoy confundido, y salen
> de mis labios las palabras por la fuerza del fuego

[1] Conste que no lo dice a la manera usual, *Do you know?*, sino en una transcripción del dialecto escocés, y más en concreto de Glasgow: *D'ye ken?* (N. del T.)

Otro punto de interés en este cuaderno consiste en un tosco dibujo de la única pista que se halla fuera de los límites de la isla: una cruz y un círculo con una flecha que señala un detalle, unas pequeñas líneas en un lado del círculo, como apunta Fenella (véase ilustración de la página 14).

El misterio de la guía de ferrocarriles
6 de enero de 1936

Una serie de cartas que ha recibido Hércules Poirot lo desafía a tomar parte en un juego mortífero. A pesar de estas advertencias, el autor de las cartas logra asesinar a Alice Ascher en Andover, a Betty Barnard en Bexhill y a sir Carmichael Clarke en Churston. El país entero está pendiente de lo que pueda ocurrir a partir de ese momento. ¿Podrá Poirot impedir que se produzca el asesinato correspondiente a la D?

Gracias al Cuaderno 13 disponemos de la fecha exacta en que se escribió esta novela. En un relato de quince páginas de extensión sobre un viaje se lee lo siguiente, aunque por desgracia no haya posteriores referencias en dichas notas de viaje acerca del progreso de la novela:

> Martes, 6 de noviembre [de 1934] Comencé *El misterio de la guía de ferrocarriles.*

A partir de una idea sumamente imaginativa —una serie alfabética en la que coinciden las víctimas de los asesinatos y los lugares en que se producen—, llevada a cabo con destreza consumada y con altas dosis de osadía, *El misterio de la guía de ferrocarriles* estaba llamado a ser uno de los tres títulos más conocidos y mejores de Christie. Y hoy en cambio se suele olvidar que fue una de las primeras versiones de lo que se ha dado en llamar «el asesino en serie», una idea que en la actualidad es fundamental en numerosas ocasiones, tanto en novelas como en películas. Cuando se escribió el libro, la expresión ni siquiera existía, lo cual es un nuevo ejemplo del modo en que Christie anticipa, aun cuando no sea del todo consciente, determinados temas que habían de ser dominantes en la novela negra de los años venideros. (Otra de sus grandes anticipaciones fue *La venganza de Nofret,* ambientada en el Egipto de la Antigüedad, en la que se presagia otra de las tendencias de la novela negra en distintas épocas recientes.)

Por lo tanto, es una decepción que sólo sobrevivan quince páginas de notas para *El misterio de la guía de ferrocarriles,* esparcidas a lo largo de tres cuadernos. Sospecho que tuvo que haber algunas notas anteriores, más elementales, que no han sobrevivido, y lo pienso porque las intrincadas premisas de que parte el libro precisaban de una detallada planificación y las notas que conservamos son relativamente claras, organizadas, escuetas.

Debido a la complejidad de la trama y al amplio elenco de personajes, la caracterización es más superficial que de costumbre. Al tratar en efecto de tres investigaciones por sendos asesinatos, todas ellas distintas entre sí, la atención que se presta al dibujo de los personajes ha de ser un tanto somera. Los únicos que se hallan trazados con cierto detalle son los que forman parte del grupo de investigadores que encabeza Poirot.

La anotación más temprana parece ser la del Cuaderno 66. En él aparece listado como punto E de una enumeración en la que se trata de las tramas respectivas de «Problema en el mar», «El sueño», *Muerte en las nubes, El testigo mudo* y *Un triste ciprés,* y que también incluye un germen todavía rudimentario de lo que había de ser, casi veinte años más tarde, *Un puñado de centeno:*

> Serie de asesinatos... P recibe una carta enviada por un demente.
>
> Primero... una anciana del condado de York... Segundo... un hombre de negocios... Tercero... una muchacha (¿de viaje?)... Cuarto... sir McClintock Marsh (que no llega a ser asesinado, y sale con vida del intento)... Quinto... Muriel Lavery
>
> Análisis de una fiesta en un domicilio particular... Una persona conoce a la muchacha, pero tiene una coartada absolutamente a prueba de toda pesquisa.
>
> La idea del libro... Demostrar que la coartada es falsa, aunque en realidad sir MM... asesinó a la ~~segunda y~~ tercera víctima por razones propias... Primero y segundo, camuflaje... La idea es atribuir la culpabilidad a quien tenía una coartada a prueba de bomba

Es interesante reseñar algunos elementos de semejanza, incluso en esta temprana anotación, con respecto a la novela concluida. Entre ellos se encuentra la idea de que la anciana será la primera de las víctimas. La segunda víctima de la novela es una muchacha joven —«¿de viaje?»— en un lugar costero, en el que se refleja la posible tercera víctima. El mecanismo de los dos asesinatos previos como mero camuflaje de un tercero —cometido «por razones propias»— también se ha conservado. Y quien tiene una «coartada a prueba de bomba» parece ser el predecesor de Alexander Bonaparte Cust, aunque una coartada irrebatible no sea uno de los elementos de los que consta su defensa.

En contraste con las semejanzas, la divergencia más sorprendente que hay con respecto a la novela acabada es el desenmascaramiento de la cuarta y presunta «víctima» del demente, que resulta ser el asesino. Esta idea, según la cual «la víctima es el asesino», no es un concepto original; ya se había empleado con gran efectividad en otra de las obras de Christie, *Peligro inminente,* y aún había de emplearla más adelante, con el mismo efecto de sorpresa, en *La muerte visita al dentista, Se anuncia un asesinato* y *El espejo se rajó de lado a lado.* Nunca llegaremos a saber por qué la descartó, ya que no se trataba de un elemento especialmente trabajado dentro de su producción.

La referencia a la «fiesta en un domicilio particular» no es menos desconcertante. No aparece un ambiente festivo en *El misterio de la guía de ferrocarriles,* aunque la idea sí tiene ciertos ecos de los análisis de sir Bartholomew Strange y de la fatal fiesta que celebra en su casa en *Tragedia en tres actos.* Y, por descontado, no aparece una sola mención de la secuencia alfabética, que constituye toda la razón de ser que sostiene la novela. Si la quinta víctima es Muriel Lavery, la secuencia no es desde luego alfabética.

En el Cuaderno 20 también existe un breve resumen de la trama; a estas alturas sí se ha establecido del todo la secuencia alfabética. Los detalles del muy significativo asesinato C se han acercado más a los de la novela. Pero sigue habiendo diferencias de peso, sobre todo al final de la nota:

Aberystwyth... la anciana señora Ames... su marido es sospechoso
Bexhill... Janet ~~Taylor~~ Blythe
Cottersmarch... Sir Morton Carmichael Clarke... También muy adinerado... Su hermano Rudolph... ansioso por ayudar... Como también el amigo o la hermana de Janet Taylor
Doncaster... James Don... asesinado en un cine
P. recibe un telegrama... E. se lo envía en persona... se pone

al hombre en libertad... R[udolph] afirma que ése debe de ser otro asesinato

Se conservan en gran medida los detalles de los cuatro primeros asesinatos. El asesinato A es el de una anciana cuyo marido es el principal sospechoso; la ubicación sin embargo es distinta (¡tal vez porque Andover sea más fácil de escribir y de pronunciar que Aberystwyth!). El asesinato B tiene lugar en la misma ubicación, aunque cambia el nombre de la víctima. Nótese el paso a una B como inicial, aunque sea Barnard el apellido finalmente escogido. El asesinato C tiene ese mismo entorno: sir Morton Clarke, un hombre adinerado (nótese que el nombre, tal como aparece en el libro, es Carmichael, y que aquí se halla tachado, lo cual no deja de ser interesante). El hermano y la hermana de dos de las víctimas están muy deseosos de ayudar en las investigaciones, una idea ya contemplada por el grupo de los ayudantes de Poirot. El asesinato D tiene lugar en Doncaster, en efecto, y en un cine, aunque en la novela sea en realidad una víctima cuyo apellido empieza por E.

En cambio, una de las grandes sorpresas, y por desgracia ha de quedar sin la explicación pertinente, es la referencia al asesinato E. Yo aventuraría una suposición: al enviarse una carta con un ABC a sí mismo, Poirot orquesta la puesta en libertad de un sospechoso encarcelado (posiblemente Alexander Bonaparte Cust), de cuya inocencia está convencido. También podría haber forzado la mano del asesino, precipitando de esa manera un desenmascaramiento más impactante aún en el último capítulo.

El Cuaderno 66, unas cincuenta páginas después de la primera referencia, reanuda las notas sobre la novela, que comienzan por la posible ubicación de los asesinatos. De ahí se pasa a considerar dos de las teorías, las cuales contienen algunos elementos —la existencia de una víctima «real», con un avaricioso heredero, en la secuencia de las víctimas «de camuflaje»— que Christie a la sazón adoptó en la novela. Por último, se enumeran las preguntas que formula Poirot a sus cinco ayudantes en el capítulo 32 de la novela:

El misterio de la guía de ferrocarriles
Poirot recibe una carta
Viaje a Aberystwyth
Brixham o Bexhill
~~Cheadle~~ o Croydon
~~Dartmouth~~ Daneshill

Teoría A
Presunta víctima, sir Lucas Oscar Dane...
Causa conmoción... Su fortuna va a parar a manos de su hermano, Lewis Dane

Teoría B
Presunta víctima, Janet King
La 3ª víctima es sir Oscar Dane... pero sobrevive al apuñalamiento... No sufre heridas mortales... Ella en su testamento se lo deja todo a su prima Vera, que es la enfermera que atiende a Oscar... Vera y Oscar sienten mutua atracción

P les formula una pregunta a todos ellos
Megan... la pasión por la verdad... ¿Quiere saber la verdad? NO... ¡Tal vez no quiera saber la verdad, pero sabe dar una respuesta que se ajuste a la verdad!
Thora... ¿se habría casado con sir C si hubiera muerto su esposa?
F[ranklin] ¿Recuerda usted qué noticias tenía el periódico el día en que aterrizó, o bien [una pregunta sobre] los sombreros de Ascot
J. ¿Dispone usted de un joven que le eche una mano?
D[onald] ¿Cuándo se tomó las vacaciones?

Sólo una de las ubicaciones posibles, Bexhill, se llegó a utilizar en efecto en el libro. Christie rechazó la cercana localidad de Dartmouth y las dos aproximaciones de C, decantándose al final por otro sitio que conocía muy bien, Churston, escenario del asesinato C. Sigue siendo posible tomar el tren, como hacen Poirot y Hastings, hasta Churston y regresar de allí a pie a Greenway House, aunque en ese momento, en 1934, Christie aún no era propietaria de la mansión.

La teoría A fue la elegida al final como trama principal, aun cuando la teoría B encierra algunas posibilidades interesantes. Sir Oscar Dane finge haber sido víctima de una agresión con el fin de asesinar a otra víctima y heredar a través de su matrimonio una gran fortuna, todo lo cual es un concepto muy propio de Christie, que sin duda hubiese producido además una considerable sorpresa al final. En todo ello se aprecian varios ecos de *Peligro inminente* (en donde Nick Buckley finge haber sufrido un ataque con el fin de matar a su prima y heredar una fortuna), lo cual es probable causa de que se rechazase en última instancia.

En este punto, la mayor de las sorpresas consiste en que las víctimas no han sido elegidas alfabéticamente a pesar de que pocas páginas antes Christie enumera Brixham/Cheadle/Dartmouth. La tercera «víctima» es Dane y la cuarta es King. Si bien hubiera sido necesaria cierta relación entre las víctimas, la secuencia alfabética resulta inspirada. Y, como sucede con tantas otras inspiraciones, es de una brillante sencillez. Por desgracia, nunca llegaremos a saber ni qué ni quién la inspiraron. Es posible que Christie se acordase de *La trayectoria del bumerán*, publicada en septiembre de 1934, dos meses antes de comenzar la escritura de *El misterio de la guía de ferrocarriles*, en la que se menciona una guía alfabética de ferrocarriles en el capítulo 24, que se utiliza como pista para dar con el paradero de un personaje.

Por último, las cinco preguntas del capítulo 32 aparecen en el cuaderno igual que en el libro, dejando a un lado una inicial (J) que designa la pregunta dirigida a Mary Drower y el cambio del breve y sutil «sombreros de Ascot» en el caso de Franklin Clark.

Uno de los temas principales de los capítulos 32 y 35, el del asesino que es cazado como un zorro, queda recogido en la última nota, algo críptica sin ese cotejo:

El trozo sobre el zorro

Una extraña broma
Julio de 1944

Cuando muere el adinerado tío Mathew y deja muy poca cosa en su testamento, sus presuntos herederos acuden a la señorita Marple en un intento por descubrir el paradero de la fortuna que se echa en falta.

Este relato de la señorita Marple, «Una extraña broma», se publicó por vez primera en Estados Unidos en noviembre de 1941, pero no apareció en el Reino Unido sino hasta pasados casi tres años. Se trata de un relato de tono ligero, en el que no hay un asesinato, construido sobre un único mecanismo, la interpretación de las pistas que conducen a una fortuna extraviada. Su brevedad, pues consta de tan sólo diez páginas, confirma su similitud con un jeroglífico o un acróstico literario.

La interpretación de un testamento aparece en algunos otros relatos de Christie. Poirot se enfrenta a uno en «El caso del testamento desaparecido», mientras Tommy y Tuppence lo abordan en «La hija del clérigo»/«El misterio de la Casa Roja».

«Una extraña broma» es una de las versiones que le da la señorita Marple, siendo la otra «Móvil versus oportunidad», recogido en *Miss Marple y trece problemas.*

Una página del Cuaderno 62, con un encabezado que dice «Relatos breves de la señorita Marple», consta de un listado de ideas que a la sazón aparecen en «El caso de la criada perfecta», «El caso de la mujer del portero», «El asesinato de la cinta métrica», «El caso de los anónimos» y, de un modo un tanto extraño, en *Noche eterna.* También hay algunas ideas no utilizadas, entre ellas dos que aparecerán una y otra vez: los gemelos y la criada (véase «La casa de los sueños», página 348). Un poco más adelante hay tres páginas de notas para «Una extraña broma», incluido un resumen completo de la trama:

> Se encuentra en unas cartas de amor llegadas del extranjero... ¿Un criptograma en una de las cartas? No... Los sellos de los sobres.
>
> El viejo tío Henry muere... tenía dinero, pero ¿dónde lo ha escondido? ¿Invirtió en oro, en diamantes? ¿En acciones? Sus últimas palabras... Da unos golpecitos en el ojo de cristal (tiene un ojo de cristal como Arsène Lupin). Revisan a fondo el escritorio... Cajón secreto que encuentra un experto en mobiliario... Cartas de amor de Sierra Leona, firmadas por Betty Martin

La idea de los sellos valiosísimos que nadie ha sabido reconocer y que están en un sobre aparece de nuevo en *La telaraña* casi quince años después. La principal pista del relato, la expresión «todo mi ojo y Betty Martin», es exactamente la misma que la pista principal en «Los cuatro sospechosos», recogido en *Miss Marple y trece problemas.* La referencia a Arsène Lupin alude a un relato negro, «El bloque de cristal», en el que aparece el detective francés. Es obra de Maurice Leblanc.

También es digna de mención la idea misma del ojo de cristal. Christie decidió no utilizarla en este relato, adoptando en cambio la idea de que el tío Henry (Mathew en la versión publicada) se diera unos golpecitos en el ojo. Pero es perfectamente posible que el ojo de cristal, ardid esencial en la trama de *Misterio en el Caribe*, casi veinticinco años después, tenga aquí sus orígenes.

Se anuncia un asesinato

5 de julio de 1950

Un anuncio publicado en el periódico local
que anuncia un asesinato lleva a muchos de los habitantes
de Chipping Cleghorn a Little Paddocks,
residencia de la señorita Blacklock, en donde se entabla el
juego del asesino, dando por resultado varias muertes.
La señorita Marple, que visita al vicario de la localidad,
investiga un triple asesinato.

Se anuncia un asesinato fue el título número 50 de Agatha Christie (aunque fue preciso recurrir a una colección publicada en Estados Unidos en 1939, *The Regatta Mystery [Problema en Pollensa]*, para alcanzar este número redondo), y fue motivo de un gran lanzamiento y de una fiesta de celebración en el hotel Savoy de Londres, en junio de 1950. Christie posó encantada para las fotografías con sir William Collins junto a una tarta en la que se había reproducido el diseño de la cubierta del libro. Entre los invitados se encontraban la escritora de novela negra Ngaio Marsh y la actriz Barbara

Mullen, que entonces encarnaba en un teatro del West End a la señorita Marple en *Muerte en la vicaría.*

Se anuncia un asesinato sigue siendo una de las mejores novelas de detectives que escribió Christie. Entra sin ninguna duda entre las diez mejores, y es casi con toda seguridad el mejor de los títulos de la señorita Marple. Siendo la última de estas novelas de detectives construidas con ingenio, con osadía en la colocación de las pistas y con un ritmo perfecto, además de ser un maravilloso título de mediados de siglo, comparte un ardid importante de la trama con «La señorita de compañía», recogido en *Miss Marple y trece problemas,* y «La casa de Chiraz» (véase el capítulo 8), en *Parker Pyne investiga.* Aunque no contamos con notas extensas sobre este título —son sólo diez páginas en total—, sí tenemos ideas interesantes que anduvo sopesando antes de decidirse por la trama final. La siguiente referencia, en el Cuaderno 35, es la idea J en una lista alfabética que data de 1947:

> J. Se ha producido un asesinato (combinar con H)
>
> La gente que se va a reunir en una casa de campo ~~O en una cena de gala en Londres~~ – Como en [Diez] Negritos... cada una piensa de antemano... unas 6 personas en total... todas tienen motivos para matar a un hombre determinado... por eso se les invita... la víctima es la última en aparecer... los anfitriones (una tal señora North)... se suele alquilar... para festejos particulares o una casa en Londres... se han vuelto a pintar los números en toda la calle
>
> Se ha dispuesto la comisión de un asesinato que tendrá lugar el lunes 6 de febrero en el 20 de Ennerly Park Gardens... Se ruega a las amistades que tomen buena nota, ya que será el único aviso... Se solicita expresamente que no se lleven flores

Como hemos de ver, el lugar del crimen cambió varias veces antes de que se decidiera por Chipping Cleghorn, al igual que el texto de la invitación. Y en la novela tal como se publicó encontramos en efecto a un grupo de personas que acuden a una casa de campo, aunque no todas ellas tienen un móvil para cometer el crimen y la razón por la que se les extiende una invitación es muy distinta. «La señora North» es posiblemente una amiga de Christie, Dorothy North (a quien dedica *La muerte visita al dentista).* La referencia a que «se combine con H» remite a una anotación anterior acerca de una trama, en la que nunca llegó a trabajar, que implicaba a una divorciada, madre de dos hijas, cuyo primer marido hereda una fortuna. Las hijas se llaman Prímula y Lavanda, y los asesinatos subsiguientes parecen hacer referencia a las flores que se dejan junto a los cadáveres; de ahí que en la invitación se especifique que «no se lleven flores».

En el Cuaderno 31 se ve cómo va tomando forma la trama tal como la conocemos. Estas notas se insertan en cuatro páginas, en medio de las extensas notas que tomó para *Intriga en Bagdad,* fechadas pocas páginas antes del «24 de mayo». Se trata seguramente de 1948; el 8 de octubre de 1948 Edmund Cork, agente literario de Christie en el Reino Unido, le escribió para asegurar a su agente en Estados Unidos que si bien Christie no había escrito una sola palabra en todo el año estaba próxima a comenzar un relato sobre la señorita Marple. De hecho estuvo trabajando en él a lo largo de 1949.

El argumento I, más abajo, es la trama con la que estamos familiarizados, aunque en ese momento aún estaba falta de ajustes finos; por ejemplo, Harry (Patrick Simmons en la novela) no es la víctima, ni tampoco está en posesión de una información peligrosa para la señorita Blacklock. Aparte de otros cambios de nombre, como se indican, ésta es la trama tal como se publicó finalmente.

El pasaje que realmente tiene interés, de todos modos, es el argumento II. Aquí se nos presenta una trama por completo distinta, con otro asesino, en la que Letitia es la víctima, no quien perpetra el asesinato:

Se anuncia un A [sesinato]

Letitia Bailey a la hora del desayuno lee en voz alta [Letitia Blacklock]
Amy Batter... alguien la llama Lottie [Dora Bunner]
Joven llamado Harry Clegg... hijo o sobrino ¿de un viejo amigo del colegio? [Patrick Simmons]
La inquilina, Phillipa Hedges [Phillipa Haymes]
El coronel y la señora Standish [el coronel y la señora Easterbrook]
«Hinch» y «Potts» [Hinchcliffe y Murgatroyd]
Edmund Darley y su madre [Edmund y la señora Swettenham]
Mitzi... ¿criada?

Los acontecimientos

Argumento I
L[etitia] es el deus ex machina... La hermana «Charlotte» es en realidad ella... La hermana «tuberculosa» en realidad actúa e[n] s[u] l[ugar]

Pista
1 Belle delata todo esto
2 Amy la llama Lotty en vez de Letty

[por lo tanto] L. tiene que liquidar ¿a Harry? Él lo sabe gracias a una instantánea...
(¿la ha visto en un álbum?)...
(¿encajar con la desaparición del álbum?)...
(o por un espacio en blanco en el álbum) después hay fotos bien visibles de P y E... o de su madre... Phillipa es «Pip»

Reconocida por L., que sin embargo se muestra benévolo con ella y propone la teoría de que H. es Pip. L. le pega un tiro a ~~Pip~~ H... Posterior envenenamiento... Amy muere en vez de ella... Se estrecha el círculo en busca de Emma o el marido de Emma... O del marido de Phillipa (desaparecido)... Importa la carta anónima de «Pip» (escrita por L) enviada a Belle.

3ª emoción... el peligro que corre quien ha descubierto algo (¿Phillipa?) su novio (¿interés amoroso?) Edmund o más bien el misterioso amigo de Edmund

Argumento II

Mitzi es el principal de los móviles... Es quien se hace pasar por «Emma»... El joven que sufre el disparo es su marido... Esto se descubre más adelante... Ella sigue fiel a su plan... Harry y Phillipa acuerdan una emboscada juntos...
El segundo asesino es
Letitia – ~~(¿Mitzi muy enferma?) Envenenamiento...~~ Mitzi es sospechosa... Una muchacha polaca que ha sufrido persecución... triste y malhumorada... complejo o manía persecutoria... Por poco muere... ¿Hace Leticia un nuevo testamento?

No hay una elaboración detallada del modo en que Harry y Phillipa iban a llevar a cabo la emboscada, a menos que esta secuencia estuviera destinada a ser parte del juego. Es un detalle que nunca llegaremos a conocer.

En una nota dirigida a Collins, sin fecha, Christie llama la atención sobre las galeras y la ortografía correcta de «Lotty» y de *enquiries,* recordando a su editorial que tiene gran importancia asegurarse de que algunas veces ambos términos aparezcan de manera incorrecta: «La trama depende de este detalle». En los cuadernos hay una sola referencia a este detalle; en el Cuaderno 30 aparece lo siguiente como mera

Idea
inquire enquire...[2] ambos términos en la misma carta
(parte de ella falsificada)

Cuando lo incorporó a *Se anuncia un asesinato* se ve de qué modo lo utilizó, por ser mucho más inteligente que una mera falsificación. Al incluir las distintas grafías del término en páginas casi consecutivas del capítulo 18, en documentos presuntamente escritos por un mismo personaje, desafía al lector a que descubra esa anomalía y, por consiguiente, le presta un indicio importante sobre la identidad del asesino. Sigue siendo una de las pistas más audaces de cuantas incluyó en sus novelas. El empleo de ambas formas del vocablo en la misma carta hubiera sido excesivamente osado, y el enfoque que adopta es mucho más sutil.

Aunque en los cuadernos escasean los detalles sobre *Se anuncia un asesinato,* tenemos la suerte de contar con el mecanoscrito auténtico —es uno de los pocos de cuya existencia se tiene constancia—, plagado de copiosas notas manuscritas. Una página manuscrita e insertada en el mecanoscrito acaricia la posibilidad de cambiar el nombre del pueblo —«¿Chipping Burton? ¿Chipping Wentworth?»—, en vez de dejar el original, Chipping Barnet, e igual sucede con el nombre del inspector —«¿Cary? ¿Craddock?»— en vez del original, Hudson, y con el nombre de la víctima —«¿Wiener?»— en vez del original, Rene Duchamps. La formulación original del anuncio en el periódico también se modificó: «Se anuncia un asesinato, que tendrá lugar el viernes, 13 de octubre, en Little Paddocks. Se ruega a las amistades tomen buena nota, ya que éste será el único aviso». Y el título de este mecanoscrito es un tanto más recargado: en vez de «se anuncia», reza «se ha anunciado». Es desconcertante que el nombre de

[2] Véase nota en p. 73 (N. del T.)

«Laetitia» aparezca a lo largo del texto, y que todos los ejemplos se hayan corregido a mano, para simplificar y dar más precisión, poniendo «la señorita (Blacklock)», lo cual conduce al lector a la suposición de que este cambio fue fruto de una inspiración de última hora, a pesar de que aparece ya en las notas —«La hermana "Charlotte" es en realidad ella»—, como se ha señalado antes. Christie habría considerado injusto llamarla «Laetitia» en caso de que, en efecto, el personaje sea realmente Charlotte; de ahí que haya enmendado la manera de llamar al personaje, pasando al preciso «señorita» Blacklock, aunque sea más impersonal.

La única nota discordante en esta novela detectivesca, que por lo demás raya en la perfección, es el improbable desenlace que tiene lugar en la cocina de Little Paddocks cuando la señorita Marple pone en práctica sus dotes de ventrílocua, hasta ese momento desconocidas. Uno de los rasgos comunes en casi todos los títulos de la señorita Marple es el dramatismo del capítulo final. Al igual que *Se anuncia un asesinato, Un cadáver en la biblioteca, El caso de los anónimos, El truco de los espejos, El tren de las 4:50, Misterio en el Caribe, En el hotel Bertram, Némesis* y *Un crimen dormido* culminan todas ellas en una secuencia de acción marcadamente teatral en la que el asesino se incrimina, por lo general a raíz de un intento mal calculado de perpetrar otro asesinato. La mayoría de las veces se debe a que el caso que ha delimitado la señorita Marple anda un tanto escaso de verificación y depende en exceso de su intuición, que por infalible que sea nunca equivale a una prueba con valor legal. Por extraño que sea, en *Se anuncia un asesinato,* por encima de todas las demás, hay pruebas en abundancia y hay numerosas pistas que complementan la extraordinaria perspicacia de la señorita Marple. Como ha señalado Robert Barnard en su magistral estudio sobre Dame Agatha, *A Talent to Deceive [Un talento para el engaño],* la reputación que tiene la señorita Marple de ser una gran

Además de su sublime trama detectivesca, *Se anuncia un asesinato* es también un convincente retrato de una Inglaterra que aguantaba a duras penas saliendo paso a paso de la austeridad de posguerra. Ya no estamos en el mundo de los mayordomos y las recepciones, los cocteles y los trajes de etiqueta; no existe de hecho una etiqueta con arreglo a la cual vestirse para cenar, no se interroga a la doncella de la señora; no hay invitados los fines de semana, no existe la coartada de la noche en la ópera. La sombra del racionamiento, del trueque, de los desertores y de la «ayuda» extranjera, de las cartillas y las tarjetas de identificación se proyecta sobre todo el libro. En realidad algunas de las pistas provienen justamente de ese medio: el uso en apariencia extravagante de la calefacción central, la nota con la ortografía incriminatoria, la facilidad del acceso a las casas precisamente por motivo del trueque. En el capítulo 10, sección III, se incluye también una reveladora conversación entre la señorita Marple y el inspector Craddock en torno al cambio que se vive con respecto al viejo orden: «Hace quince años sabía uno quién era quién... Pero ya no es así... Ahora ya nadie sabe quién es nadie». Y, con el acostumbrado ingenio de Christie, este detalle también se subsume en la trama.

detective no mejora cuando sale del armario de las escobas en el momento culminante de la novela. Esa breve escena de dos páginas se podría haber enmendado con facilidad para omitir esa vergüenza.

Otro aspecto de la novela que merece nuestra atención es la presencia apenas insinuada de la pareja lesbiana, la señorita Hinchcliffe y la señorita Murgatroyd. Hasta este momento eran muy pocos los ejemplos de personajes homosexuales que aparecían en las novelas, siendo más bien figuras irrisorias (el señor Pye en *El caso de los anónimos* o el señor Ellsworthy en *Matar es fácil)* o amenazantes (el mayordomo de lord Edgware, que es como un dios griego, y, años más tarde, Alec en *Las ratas).* El retrato de la pareja de Chipping Cleghorn se traza con toda naturalidad; por lo que atañe a los lugareños, no llama la atención. Tras el asesinato de Murgatroyd es incluso conmovedora. Se trata de una notable mejora con respecto a la representación que hace de Christopher Wren en *Tres ratones ciegos,* tres años antes, que es una de sus creaciones más afectadas, descrito en el guión original como un hombre «con voz meliflua de marica». Y no se rebajó esta imagen en la versión escénica, dos años después de *Se anuncia un asesinato,* en la que comenta lo atractivos que son los policías (primer acto, segunda escena). Poco después de publicarse *Se anuncia un asesinato,* cuando Christie planificaba *La señora McGinty ha muerto,* quiso que dos de los sospechosos fuesen «2 jóvenes que viven juntos», pero abandonó la idea.

La telaraña

Estrenada el 14 de diciembre de 1954

Cuando descubre un cadáver que ha sido asesinado en su tocador, poco antes de que su marido llegue a casa con un político de gran importancia, Clarissa idea un plan para engañar a la policía. Cuenta con la ayuda de tres de sus invitados, sin darse cuenta de que el asesino está mucho más cerca de lo que ella piensa.

Hay una veintena de páginas de notas para *La telaraña,* todas ellas en el Cuaderno 12. El personaje de Clarissa, escrito específicamente por petición de la actriz Margaret Lockwood, es la más espléndida creación de comedia lograda por Christie. La obra en sí es un *thriller* en clave de comedia, con ambos ingredientes en cantidad suficiente para que la combinación resulte irresistible. Es también una lograda mezcla de novela policiaca en la que se aspira a saber quién es el asesino y de novela en clave de «¿se saldrán con la suya?». Se desvela la identidad de un asesino sorprendente en los últimos minutos de la pieza, con lo que se mantiene la reputación que tiene Christie por lograr revelaciones asombrosas, y son numerosos los giros inesperados de la trama secundaria. El guión del «¿se saldrán con la suya?» no era un rasgo habitual en la producción de Christie, pero también aparece en mayor o menor medida en sus tres obras siguientes para el teatro: *Una visita inesperada, Veredicto* y *Las ratas.*

La primera página de notas lleva este encabezado:

Acto III La telaraña ¿Laura encuentra un cadáver?

Christie adopta su método habitual de asignar letras a las diversas tramas que siguen, aunque a pesar del encabezado no hay ninguna que haga referencia al acto III. Algunas, como se especifica, aparecen en el acto II, escena 2ª, lo cual inspira la sospecha de que los actos fueron objeto de una reordenación posterior (tal vez en el transcurso ya de los ensayos y el montaje de la obra), y el acto III originalmente incluía una escena previa. No hay ninguna sorpresa en las notas y no hay inesperados desarrollos de la trama; los que se han conservado reflejan con exactitud el curso que había de tomar la obra. Con la excepción de sir Rowland Delahaye, que aparece en las notas con el nombre de sir M, también los nombres se han conservado. Doy por supuesto que la desaparición de las notas tomadas para los primeros actos es resultado del paso de los años.

La telaraña está plagada de ideas que aparecen en obras anteriores:

- La señorita Peake oculta el cadáver tras la cabecera de la cama del cuarto de invitados, como hace el malvado en «El número 16, desenmascarado», el último de los relatos recogidos en *Matrimonio de sabuesos.*
- El naipe que falta en la baraja es un detalle de la trama tomado de «La aventura del rey de tréboles».
- La idea de los sellos valiosos en un sobre aparece en «Una extraña broma».
- Cuando Pippa crea un muñeco de cera hace lo mismo que hizo Linda Marshall en *Maldad bajo el sol.*
- Clarissa asume la responsabilidad del asesinato cuando parece que es Pippa la responsable, en lo cual hay ecos de las acciones que acomete Caroline Crale en beneficio de su hermana Angela en *Cinco cerditos.*

continúa en la página siguiente

✻ «La aventura del departamento barato» también contiene la argucia de que una propiedad inmobiliaria se ponga en venta con un descuento a la persona adecuada.
✻ Hay aún otra inteligente variación sobre una pista en la que están implicados los nombres (véase *Se anuncia un asesinato,* así como *La señora McGinty ha muerto* y *Peligro inminente).*
✻ Hay referencias solapadas a *Diez chicos negritos* [sic] en el acto II, escena 2ª, y a «un cadáver en la biblioteca» en el acto I.

Puntos destacados

A. La señorita Peake está en una cama en el cuarto de invitados
B. La señorita Peake aparece... «El cadáver ha desaparecido»... Guiña el ojo
C. Sir M dice... «No crezcas nunca» [Acto I]
D. El inspector y sir M... Éste plantea la idea de los narcóticos [Acto II, escena 2ª]
E. El inspector da a entender que en realidad ha encontrado algo en el escritorio [Acto II, escena 2ª]
F. Clarissa (a sir M) ¿Lo ha movido alguno de ustedes? No... Todos están juntos en el comedor
G. Cl. pregunta a sir M (o a Hugo) por el nombre de algunos anticuarios
H. El libro... Sir M dice «¿Qué es lo que consulta el inspector? Un "Adivina quién" [Acto II, escena 2ª]
I. Sir M. relata la historia de un amigo y unos sellos o un sobre con unos autógrafos
J. Clarissa pide a Elgin las referencias [Acto II, escena 2ª]
K. Aparece Pippa... Un bostezo poderoso... Tiene hambre
L. Clarissa acusa a la señorita Peake de ser la señora Brown

La principal preocupación de las escenas en las que interviene Pippa era la presencia o ausencia de Jeremy, que retrospectivamente obedece a razones obvias. Estas escenas aparecen en el acto I.

Los trozos de Pippa

1. Velas según el libro de recetas, ¿se pueden comer? Presente (sir M, sí. ¿Jeremy? ¿Clarissa?)
2. El agujero del sacerdote... Un lugar donde colocar un cadáver. Presente Jeremy y ??? [sic]
3. Los autógrafos... Pippa los muestra... Los guarda en una caja lacada
4. Luego, el trozo sobre los sellos... Jeremy no está presente. De los demás, cualquiera

Uno de los elementos más interesantes que se conservan entre los papeles de Christie es una propuesta de adaptación cinematográfica, que data de 1956, para rodar una posible película sobre esta obra teatral. No es del todo seguro que sea de mano de la propia Christie, y más bien parece un documento «oficioso», es decir, realizado por alguien que no tuvo nada que ver con la posterior película rodada en 1960. En él se esbozan los acontecimientos que han tenido lugar antes del comienzo de la obra teatral, como el encuentro de Clarissa con Henry, la desesperación de Miranda por encontrar drogas, el posterior divorcio y el nuevo matrimonio y la aceptación de Clarissa por parte de Pippa; también incluye la venta del sobre en el que está el sello, que adquiere el señor Sellon...

El templete de Nasse House
5 de noviembre de 1956

La señora Oliver organiza un juego llamado «la búsqueda del asesinato» en la finca que rodea la mansión de Nasse House. Cuando el «cadáver» que se encuentra resulta completamente real, Hércules Poirot está cerca para descubrir quién mató a la muchacha, a Marlene Tucker, y qué le sucedió a lady Folliat.

Aunque fue publicada en noviembre de 1956, *El templete de Nasse House* tuvo una complicada génesis a lo largo de dos años. En noviembre de 1954, el agente de Christie escribió al Comité de Finanzas Diocesanas de Exeter para explicar que a su cliente le gustaría que se pusieran vidrieras en el presbiterio de la iglesia de Churston Ferrers (la parroquia de Christie), y que ella estaba dispuesta a costear la obra asignando los derechos de un relato a una fundación que se crease para tal fin. El Comité Diocesano y la iglesia local se mostraron encantados con el acuerdo, y en una carta del 3 de diciembre de 1954 Hughes Massie confirmó «las intenciones de la señora Mallowan de asignar los derechos de publicación en revistas de un relato que ha de titularse "El capricho de Greenshore"» para costear las obras. La cantidad presupuestada rondaba las mil libras (unas 18.000 libras o 40.000 euros de hoy).

En marzo de 1955, el Comité Diocesano empezó a mostrarse intranquilo, o deseoso al menos de saber cómo habían ido las ventas. Pero por vez primera en treinta y cinco años, con gran embarazo por parte de todos los implicados, se dio el caso de que no se procedió a la venta del relato. El problema radicaba en su extensión; era demasiado largo, casi más que una novela corta, es decir, tenía una extensión delicada, pues no era ni novela ni relato apto para el mercado de las revistas. A mediados de julio de 1955 se tomó la decisión de retirar la oferta de vender el relato, ya que «Agatha estima que está lleno de material muy bueno, que podría aprovechar en su próxima novela». A modo de solución de compromiso se acordó que escribiera otro relato para la iglesia, que también habría de titularse, por razones legales, «El capricho de Greenshore», «aunque es probable que se publique, llegado el caso, con otro título distinto». Así pues, la novela corta original y desestimada, «El capricho de Greenshore», se reelaboró hasta que terminó por ser *El templete de Nasse House*, y Christie escribió otro título más breve y similar, «La locura de Greenshaw», cuyas ganancias destinó a las arcas de las autoridades eclesiásticas. «La locura de Greenshaw» se publicó por vez primera en 1956 y se recogió posteriormente en *El pudding de Navidad*, colección publicada en 1960.[3]

Las notas tomadas con miras a *El templete de Nasse House* se encuentran en los Cuadernos 45 y 47. A resultas de su historia textual es difícil precisar a partir de los cuadernos si las notas se refieren a la novela corta o a la versión más larga, aunque parece probable que el Cuaderno 47 contenga los esbozos previos de la narración original y el Cuaderno 45 la versión más elaborada; el Cuaderno 47 plantea una discusión de puntos elementales que no habría sido necesaria si el relato ya estuviese escrito. En quince páginas, Christie esbozó la totalidad de la trama de «El capricho de Greenshore», de

[3] Como en todos los demás casos, damos la traducción de los títulos de Christie que existen en el mercado editorial en español. «El capricho de Greenshore» no llegó a publicarse como tal. La vacilación entre «capricho» y «locura» la admite el original inglés, *folly*, que en este caso hace referencia no a una locura, sino a un capricho arquitectónico como es el «templete» de Nasse House. (N. del T.)

modo que cuando llegó la hora de ampliarlo sólo tuvo que elaborar con más detalle las escenas preexistentes: la trama estaba completa en la versión de la novela corta.

En el Cuaderno 47 se esboza la situación básica y se bosquejan algunas ideas, todas las cuales, con cambios de poca magnitud —en vez de una feria benéfica habrá una fiesta en los jardines; la víctima será una chica de las *girl guides* y no un chico de los *boy scouts*—, se incluyeron en el relato:

> La señora Oliver cita a Poirot... Ella se encuentra en
> Greenway... Por motivo de un encargo profesional...
> Ha de orquestar la búsqueda del tesoro o la búsqueda del
> asesinato en la feria benéfica que se celebre en la finca
>
> «El cadáver» ha de ser un boy scout y ha de estar en la casa del embarcadero... de ello ha de haber una clave entre las «pistas»
>
> O bien un cadáver de verdad aparece enterrado en donde se arrancó de raíz un árbol, en donde se ha de construir el templete
>
> Algunas ideas
> Una excursionista (¿chica?) del albergue cercano...
> En realidad, lady Bannerman [Stubbs]

Es significativo que desde el primer momento la narración fuese a estar ambientada en Greenway. Tal vez por tratarse de un proyecto personal, escrito para el lugar por el que tenía verdadera adoración, Christie se desvivió por conservar el color local. Había utilizado Greenway anteriormente, en *Cinco cerditos*, y utilizaría el transbordador que opera al pie de los jardines al cabo de pocos años, en *Inocencia trágica*, pero *El templete de Nasse House* representa un empleo amplio y detallado de su amada Greenway. Además de la mansión en sí, y de la historia de la misma, que relata la señora Folliat, también aparecen en el relato la casita de la entrada, llamada Gate Lodge; la otra edificación, Ferry Cottage; la casa del embarcadero; el mirador del Battery, la cancha de tenis y el albergue juvenil que hay al lado de la finca, al tiempo que la geografía interna de la casa refleja la realidad incluso hasta en el dormitorio que ocupa Poirot y el cuarto de baño que hay al fondo del pasillo. El magnolio que se encuentra junto a la puerta de entrada, en donde se paran a conversar la señora Folliat y Hattie, el camino de entrada con sus muchas curvas y su pendiente empinada, que termina en el gran cancel de hierro, el camino también en pendiente que comunica el mirador del Battery y la casa del embarcadero... todo ello sigue existiendo hoy en día.

Las notas que se reproducen a continuación, tomadas del Cuaderno 47, forman la base de *El templete de Nasse House.* Christie se decidió por una versión de B, más abajo, para dar motivación a la historia. No hay nadie que se llame Lestrade en ninguna de las versiones:

Quién quiere matar a quién

A. La esposa quiere matar al adinerado P Lestrade tiene una amante... los dos son pobres

B. La joven esposa es reconocida por alguien que sabe que ya está casada... ¿Chantaje?

C. P Lestrade... tiene una primera esposa que no ha muerto (¿en Sudamérica?)... es la hermana de la primera esposa la que lo reconoce
¿Una muchacha de Checoslovaquia en el albergue?
P comenta que ha visto a una de las chicas del albergue en la propiedad y sin permiso... Una colérica conversación entre los dos, que alguien ve, aunque no llega a oír... Decide matarla

D. La señora Folliat... un poco tibia... ¿o el joven Folliat en el albergue?

> La señora Folliat, de la familia original que construyó la mansión, pero que ahora es propiedad de sir George Stubbs, que tiene además una esposa joven y bella... ¿Una chilena? Madre italiana... ¿Criolla? Gente que se ha hecho rica con el azúcar... la chica es retrasada mental. Se extiende el rumor de que sir G hizo su fortuna gracias a los contratos que firmó con el Ejército... En realidad sir G (que está en la ruina) planea matar a su esposa y quedarse con toda su herencia

Las referencias que hay a Greenshore en el siguiente extracto parecen confirmar que el Cuaderno 47 contiene las notas originales de la novela corta:

> ¿Se casa sir George con Hattie Deloran? Ella es débil mental... Él compra la finca llamada «Greenshore» y allí va con su esposa... La noche en que se prepara una broma... Ella es enterrada. El capricho se comienza a construir al día siguiente... Otra lady Dennison [Stubbs] ocupa su lugar... Los criados no ven nada... Salen a dar un paseo... Vuelve con otra muchacha (desde la casa del embarcadero). Luego, durante un año sir George y lady Dennison se dan a conocer a sus invitados. Llega entonces la hora de que lady D desaparezca... Se marcha a Londres, se despiden los dobles haciéndose pasar por estudiantes

Sally Legge sigue estando en la novela; la razón de que cambiase de nombre de pila (antes se llamaba Peggy) la aclara la propia Christie en estas notas que siguen. ¡Sin duda, una idea excelente!

> Puntos por decidir
> A. ¿A quién escoger como primera víctima? ¿Peggy Legge? Alguna cosa acerca de Old Peg Leg[4]

---

[4] Peggy, o Peg, es el diminutivo de Margaret. Pero *peg* también significa «estaca, clavija», y *Old Peg Leg* vendría a ser «vieja pata de palo». (N. del T.)

B. ¿Qué sabía, o qué hizo Maureen [Marlene]? ¿Oyó a su abuelo hablar del cadáver y supo que sir George en realidad era James?
O
¿Anda fisgoneando? ¿Trata de enterarse de lo que sucede?
¿Ve en realidad a lady S convertirse en una excursionista?
O
¿Ve juntos a sir George y a su pareja?
¿Qué escribe Maureen en la historieta?
¿Y la pista de la señora O?
¿La casa del embarcadero?
¿El embarcadero? ¿Una casa en un barco?
El garabato de Maureen en la historieta... G[eorge] S[tubbs] sale con una chica que está alojada en el albergue

Los siguientes extractos, tomados del Cuaderno 45, llevan referencias a las páginas, seguramente a las galeras, de «El capricho de Greenshore». Los comentarios que los acompañan son recordatorios que se hace la propia Christie a medida que va ampliando el relato original. También experimenta con los detalles de la búsqueda del asesinato que ha organizado la señora Oliver y aclara, al menos para sí, la cronología de la tarde fatal:

P. 119... Elaborar los recuerdos de la señora F
P. 21... Una escena mucho más elaborada, en el salón, a la hora del té
P. 24... Pasar a Legges después de «Hattie»

Rehacer el orden de los siguientes acontecimientos
P. 38... Elaborar la escena del desayuno...
P. 47 Tal vez una entrevista con Michael Weyman en el pabellón de tenis
Aclarar el punto relativo a la tienda en la que está la adivina

P. 61 Muchos más detalles tras el descubrimiento del cadáver

El plan de la señora Oliver

Las armas
Revólver
Cuchillo
Ropa de tendedero

Huella (en el cemento)
¿Gladiolas rosas o catálogo de bulbos? ¿Marcados?
Zapato
Instantánea

¿Quién?	Víctima
¿Por qué?	Arma
¿Cómo?	Móvil
¿Dónde?	Hora y día
Cuándo	Lugar

Esquema del desarrollo de la tarde...

16:00 P[eggy] L[eggy] sale de la tienda
16:05 H[attie] dice a la señorita B que vaya a tomar el té
16:10 H entra en la tienda... Entra por la trasera de la choza... Se viste de excursionista... Sale camino al embarcadero
16:20 Llama a Marlene... la estrangula y vuelve y llega disfrazada de muchacha italiana... Habla con un joven con tortugas [el competidor que lleva una camisa con un estampado de tortugas]
16:30 Sale con la muchacha holandesa y la mochila a la espalda o con el de las tortugas... La muchacha holandesa va a Dartmouth... la muchacha italiana va a Plymouth

PRUEBA D: ASESINATOS REALES EN LOS CUADERNOS

Últimamente me he entretenido leyendo varios misterios sin resolver que se dieron en la vida real. Les aplico mis propias soluciones.

Los relojes, capítulo 14

Agatha Christie escribió acerca de dos casos de asesinato tomados de la realidad, los dos muy similares a los de sus ficciones. «La trágica familia de Croydon», publicado en el *Sunday Chronicle* el 11 de agosto de 1929, es un artículo acerca del caso de envenenamiento de Croydon, entonces pendiente de resolver y foco de atención del público, en el que los tres miembros de la familia Sidney fueron asesinados casi con toda seguridad por alguien de la propia casa; los asesinatos se produjeron en el intervalo de unos cuantos meses; por otra parte, en octubre de 1968 se publicó un breve artículo de Christie en el *Sunday Times.* Trataba sobre el asesinato de Charles Bravo, otro drama doméstico con una muerte por envenenamiento. Y dejando a un lado los crímenes de ficción y los asesinos de ficción, Christie también hace referencia en sus cuadernos a unos cuantos casos de asesinato tomados de la realidad. Algunos son de sobra conocidos; otros son prácticamente un secreto:

Lizzie Borden

En los Cuadernos 5, 17 y 35, la tristemente famosa Lizzie Borden aparece mencionada durante el trabajo en la trama de *Los elefantes pueden recordar, El truco de los espejos* y *Cinco cerditos,* respectivamente. En 1892, en Fall River, estado de

Massachusetts, el señor Andrew Borden y su esposa fueron brutalmente asesinados en su propio hogar. Aunque se juzgó a su hija Lizzie por los asesinatos de ambos, fue declarada inocente, y aún al día de hoy su culpabilidad o su inocencia es motivo de acaloradas discusiones y especulaciones intensas. En uno u otro caso, como bien se ve, lo que atrae a Christie es la posibilidad de emplear un escenario similar al del caso de los Borden, un asesinato doméstico cuyo autor es con toda probabilidad uno de los miembros de la familia:

> O la familia de Lizzie Borden... El padre y la madre asesinados... 2 hijas... Una afectuosa cuñada...
> Un chico (sobrino)... Harriet, la criada irlandesa
>
> Una mujer ambiciosa... rica (en realidad, una Lizzie Borden), casada con un tercer marido
>
> Si no fue la culpable, ¿quién lo hizo? 4 (o 5) otras personas en la casa (¿parecida a la de los Borden?)

Constance Kent

En los Cuadernos 5 y 6, durante el trabajo en la trama de *Los elefantes pueden recordar* y *Némesis*, respectivamente, se hace referencia a este notorio caso criminal. Constance Kent cumplió veinte años de condena por el asesinato de su hermanastro, que tenía tres años y medio, el 13 de junio de 1860. Fue puesta en libertad en 1885.

> Tipo de relato como el de Constance Kent, la chica, Emma... Una institutriz que la adora... Muere la madre. La institutriz que la adoraba en apariencia se vuelve contra ella
>
> El caso de Constance Kent... Tenía una institutriz a la que adoraba... Murió la madre. La institutriz se casa con el padre. Tiene un hijo... Constance tiene gran cariño por el hermano... Aparece muerto en un armario, asesinado

Crippen y Le Neve

En el Cuaderno 43, Eva Crane, personaje de *La señora McGinty ha muerto,* es comparada con Ethel Le Neve, cómplice del famoso doctor Crippen. La referencia al propio Crippen, en el Cuaderno 56, se da durante la planificación de un libro que no se llegó a escribir, basado en el descubrimiento de un cadáver unos cuantos años después de cometerse el crimen. Crippen fue ahorcado en 1910 por el asesinato de su esposa, Cora, cuyo cuerpo apareció enterrado en el sótano del domicilio conyugal, aunque por recientes indagaciones forenses se tienen ciertas dudas en torno a esta sentencia.

> Janice [en el libro, Eva] Crane... De soltera, Ethel Le Neve... El marido... Crane es un abogado más bien mequetrefe al que ella adora
>
> Asesinato descubierto después (5 años) (2 años) ¿como el de Crippen?

Charles Bravo

En los Cuadernos 27 y 36, durante el trabajo en la trama de *Tercera muchacha* y de *El cuadro,* aparece una referencia a este asesinato todavía por resolver. En abril de 1876, a los cuatro meses de casarse con Florence Ricardo, Charles Bravo murió tras una dolorosa agonía por envenenamiento con antimonio. La indagación posterior del forense dictaminó que las pruebas eran insuficientes para identificar al asesino.

Una vez más, Christie empleó la situación elemental como punto de partida:

> Arthur (esposo inocente)... Katrina... recelosa, apasionada por el dinero... Cuida de un niño ya mayor... Tiene novio... Investigación química... o médico... El planteamiento de Bravo

> La idea de Bravo... entrañaría que la mujer (viuda) tuviese un amorío con un médico. Ella corta la relación, él vuelve con su mujer, ella se casa de nuevo

Por último, en el Cuaderno 2, y en las notas para *Misterio en el Caribe,* en un diálogo finalmente no utilizado entre la señorita Marple y el comandante Palgrave, que comenta la historia de un asesino al que conoció en persona, se enumeran cuatro asesinos de perfil alto, los cuatro de Gran Bretaña:

> No, no... Es un patrón como debe ser... Smith... Armstrong... Buck... Haig[h]... El tío se larga con la primera y le parece que todo va como la seda, se cree muy listo

Joseph Smith, que ahogó a tres «esposas», es el tristemente famoso asesino de «Las esposas en el baño», que fue condenado a la horca en agosto de 1915. El comandante Herbert Rowse Armstrong fue condenado en mayo de 1922 por el asesinato de su esposa, aunque en principio se le detuvo por el intento de asesinato de un rival de profesión. En septiembre de 1935, el doctor Buck Ruxton asesinó a su esposa y a la criada y descuartizó los cadáveres; su condena fue debida en gran parte a los avances de las técnicas forenses. John Haigh, el asesino del baño en ácido, fue condenado por el asesinato de seis personas y ahorcado en 1949.

6

La muchacha en el tren: Asesinato a bordo

Confíe en el tren, señorita, que el maquinista es el buen Dios.

El misterio del Tren Azul, capítulo 23

SOLUCIONES QUE SE REVELAN

Muerte en las nubes • «Muerte en el Nilo» (relato corto) • *El tren de las 4:50* • «Problema en el mar»

Los medios de locomoción siempre fueron un escenario atractivo para Christie a lo largo de su carrera literaria. En una etapa aún temprana, como es la redacción de *El misterioso señor Brown,* el hundimiento del *Lusitania* es el punto de partida para una compleja trama; dos años más tarde, en 1924, gran parte de *El hombre del traje marrón* transcurre en un barco. Algunos de sus títulos más famosos se desarrollan a bordo de medios de locomoción: trenes *(Asesinato en el Orient Express),* barcos *(Muerte en el Nilo)* y aviones *(Muerte en las nubes).* Las ventajas que reportan esta clase de ambientaciones son obvias: aportan un medio creíble para identificar a los sospechosos, además de eliminar la necesaria pericia técnica que conlleva la aparición de Scotland Yard, detalles que en algunos casos llegan a bloquear la trama. En el caso de Agatha Christie también le permiten dar buena salida a sus experiencias personales. Proporcionan una gran variedad de escenarios y antecedentes, que en aquella época tendían a gravitar sólo en torno a las casas de campo, las oficinas y los pueblos.

Muerte en el Nilo (relato corto)
Julio de 1933

A bordo del *Fayoum,* lady Grayle se aproxima a Parker Pyne y le cuenta que su marido la está envenenando. Ahora bien, ¿es sólo un cuento?

Las notas tomadas para «Muerte en el Nilo» se encuentran en el Cuaderno 63:

> Esposa confiesa a P (... o a un sacerdote)
> Que piensa que su marido está envenenándola. Ella tiene dinero... Aparentemente hay un duelo entre el marido y P... En realidad el marido es la víctima... La esposa es engañada... El joven que presta atención a la sobrina está maquinándolo todo... Flirtea con la tía

En la escena de la muerte resuenan en este relato ecos potentes de *El misterioso caso de Styles.* El argumento en conjunto presenta marcadas similitudes con «El misterio de Cornualles». Es más: las semejanzas son tales que este extracto podría señalar directamente esa procedencia. La esposa de «Muerte en el Nilo» tiene dinero; en cambio, la señora Pengelly, de la anterior, no lo tiene. Por lo tanto, creo que éste es un esbozo previo a la versión exótica de la trama.

Una notable revelación que aporta el extracto recién reproducido es que Christie ideó el relato pensando en Hércules Poirot (P. P. era la abreviatura que utilizaba para designar a Parker Pyne). De hecho se publicó como un relato de Parker Pyne; la idea de Poirot la abandonó probablemente porque ya había aparecido en «El misterio de Cornualles» casi diez años antes.

Asimismo, las notas del Cuaderno 63, dos páginas más adelante, revelan que Christie llegó a sopesar una versión dramática del relato:

Versión teatral PP *Muerte en el Nilo*

Lady Grayle... Ambigua... 45
Sir George... 50, buen tipo... Deportista
La señorita McNaughton... Enfermera de hospital
Pam... encantadora, sobrina
Michael... Secretario de sir G
El doctor Crowthorne

Acto II
Ella es envenenada... La señorita M piensa que es sir G...
Se encarga el médico... Se encuentra estricnina que tiene sir G... La señorita M pierde la cabeza
Acto III
Los jóvenes... Pam dice que lo hizo la señorita M...
Se lo cuenta al doctor... Él comienza a incitarla... Michael y el médico

Estas notas siguen fielmente el relato, pero no incluyen indicación alguna sobre el proceso de elaboración que es necesario para urdir la trama de un relato de diez páginas. La razón de esto podría deducirse a partir de otras páginas del cuaderno, en las que Christie experimentó con otros posibles guiones dramáticos. Antes y después de este esbozo existen bosquejos breves y muy similares para sendas adaptaciones teatrales (ninguna de las cuales se llevó a cabo): de *Tragedia en tres actos*, de «Triángulo en Rodas» y de «La casa de Chiraz», al igual que un guión original, *Command Performance* [*Actuación por encargo*]. Además, en el mismo cuaderno, poco antes y poco después existen notas detalladas para la dramatización de *Muerte en el Nilo*. Curiosamente, con la excepción de *Tragedia en tres actos*, todos los títulos comparten una ambientación en el extranjero.

Muerte en las nubes

1 de julio de 1935

La misteriosa y silenciosa muerte de Madame Giselle mientras sobrevolaba el Canal de la Mancha en un avión procedente de París supone todo un desafío para Hércules Poirot, especialmente por ser uno de los sospechosos. La investigación entraña una visita a París, una cerbatana, una novelista de género detectivesco y una avispa.

Todas las notas tomadas de cara a este título están incluidas en el Cuaderno 66 y abarcan treinta páginas acompañadas de algunos diagramas fascinantes. Las notas siguen con bastante fidelidad el plan de la novela, aunque existen algunos cambios menores que se mencionan más adelante. A pesar de que sea extraño, la lista de las pertenencias de los pasajeros 'elemento crucial que contiene la clave de la novela' y que es lo primero que llama la atención de Poirot y lo encamina hacia el asesino, no está incluida en las notas.

La primera página expone brevemente la trama:

> Asesinato en el avión... Un cuchillo especial con hoja de punta fina. El hombre se levanta... Va al lavabo (suéter azul), vuelve con una bata blanca... Actúa como auxiliar de vuelo... Se inclina y habla del menú y apuñala a un hombre... Estornudo leve al mismo tiempo... Vuelve... Regresa con el suéter azul y se sienta otra vez

Desde el principio de las notas, el asesino es un hombre; acaso sorprenda que incluso se mantenga el detalle del suéter azul. La idea de un leve estornudo (un eco de *Muerte en la vicaría)* fue sin embargo desechada, y la víctima pasó a ser una mujer. En páginas posteriores la trama se elabora más:

> Capítulo II
>
> El auxiliar de vuelo... descubre el cuerpo... Pide un médico. B[ryant] viene
>
> HP está muy cerca... Las maneras... Lo sugieren los Dupont... El señor Ryder está de acuerdo... Marca en el cuello... P recoge una espina... El señor Clancy... Cerbatana... Flecha envenenada.
>
> Llegada a Croydon... Todos en el primer coche... Inspector... En ropa de calle... Otro inspector... Japp... Vaya, vaya, si es el señor Hércules Poirot... O bien pregunta al auxiliar de vuelo quién es él... Dicen que lo conocen de vista, etc.

Pocas páginas antes consideró la idea de la cerbatana o de una flecha como el arma asesina, pero debido al inconfundible ingenio de Christie ambas se utilizaron como arma para apuñalar:

> Apuñalado por una flecha
> Apuñalado por dardo (veneno) de cerbatana

Ésta es la idea C en un listado de posibles argumentos. La idea H, en la misma lista, es «Asesinato en el avión». Cuando se dispuso a construir la trama de *Muerte en las nubes,* Christie incorporó la idea del dardo de cerbatana, mientras que la idea de la flecha se utilizó muchos años después en «La locura de Greenshaw». En *La señora McGinty ha muerto,* la señora Oliver se queja con amargura de los pedantes lectores que le escriben para señalarle los errores que contienen sus libros. Menciona por ejemplo la cerbatana que utilizó en la novela *El que murió fue el gato,* «en donde dije que una cerbatana medía unos cuarenta centímetros cuando en realidad casi alcanza los dos metros» (capítulo 12). Desde luego, suena a una Agatha Christie un tanto atribulada...

La mayoría de los personajes estaban construidos desde mucho antes, aunque, como ocurre con la mayoría de los títulos, los nombres habían de cambiar. Algunos se descartaron por completo. Indico más abajo los cambios probables:

Personajes en el avión

El señor Salvey y el señor Rider... Conocidos de negocios [James Ryder y, posiblemente, Daniel Clancy]
El señor Ryder Long... Dentista [Norman Gale]
Lady Carnforth... Jugadora profesional... Su marido no pagará sus deudas [condesa de Horbury]
Jane Holt... Una muchacha con un monótono historial que acaba de ganar un premio en la lotería de Irlanda [Jane Grey]
M. Duval... Padre e hijo... Arqueólogos [los Dupont]
Venetia Carr (que quiere casarse con Carnforth) [Venetia Kerr]
James Leslie... hermano menor de Carnforth [posiblemente sustituido por el doctor Bryant]
Madeleine Arneau... Criada de lady Carnforth [«Madeleine»]

Y durante la investigación posterior se observan los desarrollos del argumento, aunque no la secuencia final:

> Entonces lady Carnforth... Japp y P– P se queda atrás y consigue que ella sugiera que él se quede atrás... Le cuenta la verdad y la atemoriza [capítulo 19]
>
> Venetia Carr... ¿P y J?... P se centra en su aversión por lady C [aparte de una breve aparición en el capítulo 12, Venetia Kerr no vuelve a aparecer]
>
> El señor Ryder... Bastante franco... Dificultades en los negocios etc. [capítulo 18]
>
> Los Dupont... M. Dupont debe dar una conferencia ante la Sociedad de Anticuarios, pero quizá los ven en París [capítulo 22]
>
> Bryant... Japp lo entrevista... P va como paciente... Puede ser traficante de drogas... O alguien que ha hecho algo ilegal... culpable de una conducta poco profesional [capítulos 20/23]
>
> Clancy... Recibió al hombrecillo de manera muy hospitalaria... Muy parlanchín [capítulo 15]

Un punto extraño en el interrogatorio de los testigos es que Venetia Kerr no sea interrogada ni por Poirot ni por ninguno de sus colegas en la investigación. Nótese también su dirección, Little Paddocks, que quince años más tarde será el escenario de un dramático asesinato en *Se anuncia un asesinato.* Y el subterfugio adoptado por la condesa de Horbury para ocultar la cocaína —etiquetándola como «polvos bóricos»— es la misma que adoptaría veinte años más tarde el criminal en *Asesinato en la calle Hickory.*

Con su acostumbrada fertilidad para la creación de argumentos, Christie sopesó algunas posibilidades para el cómplice de Gale:

Móvil

Herencia de dinero por la hija Anne

A. Anne es Jane Holt... Jane Holt y Angell [Norman Gale] plan de asesinato
B. Anne es Jane Holt... Ella no lo sabe... Pero Angell está resuelto a casarse con ella
C. Angele Morisot es Anne... Está coludida con Angell... Crea problemas al venir y hablar con la amante en el momento del asesinato... También hay pruebas perjudiciales contra ella
D. Angele Morisot es Anne... Pero no es culpable... Comprometida con Angell, pero nunca lo ve cuando viaja. Él se compromete con un nombre falso... James Clare... Novelista... Tiene departamento en Londres
E. ~~La auténtica~~ La falsa Angele Morisot se presenta con pruebas de identidad para recuperar la fortuna (La verdadera es Jane)

La idea más impactante es la de que Jane Grey sea cómplice, puesto que aportaría un importante y atractivo elemento de sorpresa, aunque fue sin embargo desestimada en favor de la criada, y se utilizó la idea C.

Las notas no van más allá del capítulo 16, aunque los capítulos de las notas no se corresponden punto por punto con los de la novela. Además, y es extraño, a Norman Gale nunca se le designa en las notas como el asesino.

Las notas de *Muerte en las nubes* muestran unos diagramas que ilustran la disposición de los pasajeros en los asientos del avión. Considerando las notas y la novela, se percibe que el interior de una cabina de avión en los años treinta era diferente al de un avión moderno. Sólo hay dieciocho asientos y son sólo once los pasajeros, y de los posibles nueve asientos de pasillo sólo se ocupan dos. Un aspecto común de los tres esbozos es la disposición de Jane y Angell (nombre con el que se conocía a Norman en esta fase de la elaboración). Siempre aparecen sentados uno frente al otro, en asientos de ventanilla, lejos del pasillo, como dicta la trama. Las posibilidades de que Gale fuese identificado cuando se levanta con osadía antes y después de cometer el crimen son más bien remotas; como predijo con criterio, lo hace mientras Jane con toda probabilidad se está mirando en el espejo. Un peligro aún mayor, y del que no se ha comentado nada, era el de los otros auxiliares. Es muy probable que hubieran detectado la presencia de un auxiliar de vuelo «extra».

La efectividad de *Muerte en las nubes* depende, como método de asesinato y como novela detectivesca, de una táctica que se expone a críticas adversas. Christie fue acusada de esnobismo porque el asesino (y, por extensión, el autor) da por hecho que «nadie mira a un criado». Este ardid, en mayor o menor grado, es un rasgo propio, y en ocasiones va asociado a un giro similar en *Tragedia en tres actos, Después del funeral, Cita con la muerte, El misterio del Tren Azul, Cianuro espumoso* y *La muerte visita al dentista.* Christie logra desmontar esta acusación con el siguiente diálogo en el capítulo 24, II, de *Después del funeral:*

—Tuve que verlo antes... Sentí vagamente que lo había visto antes... Pero, claro, uno nunca mira con demasiada atención... —Calló—. No, es cierto que no se preocupa uno de mirar al servicio..., mera bestia de carga, ¡una bestia de carga doméstica! Poco más que un sirviente.

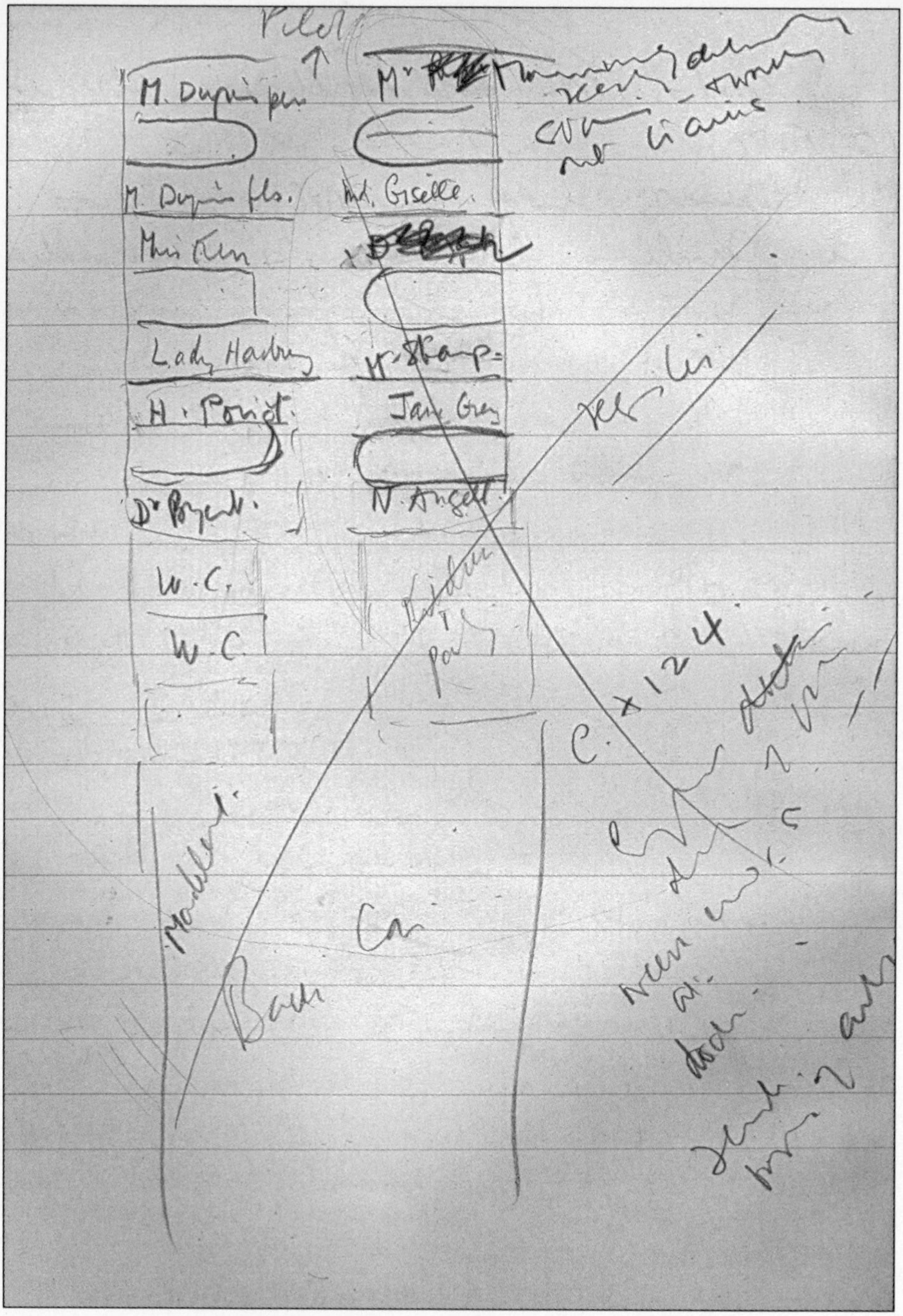

Estos esbozos de páginas consecutivas del Cuaderno 66 demuestran gran atención al detalle durante la elaboración de Muerte en las nubes. *De vital importancia: el asiento de Norman Angell en los dos esbozos anteriores está al lado de los cuartos de servicio…*

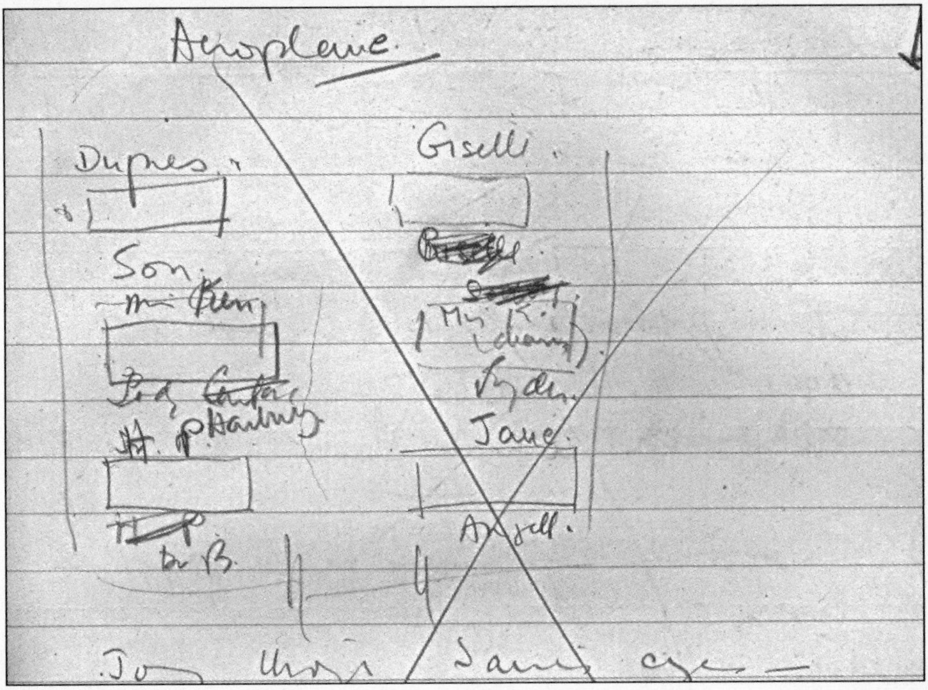

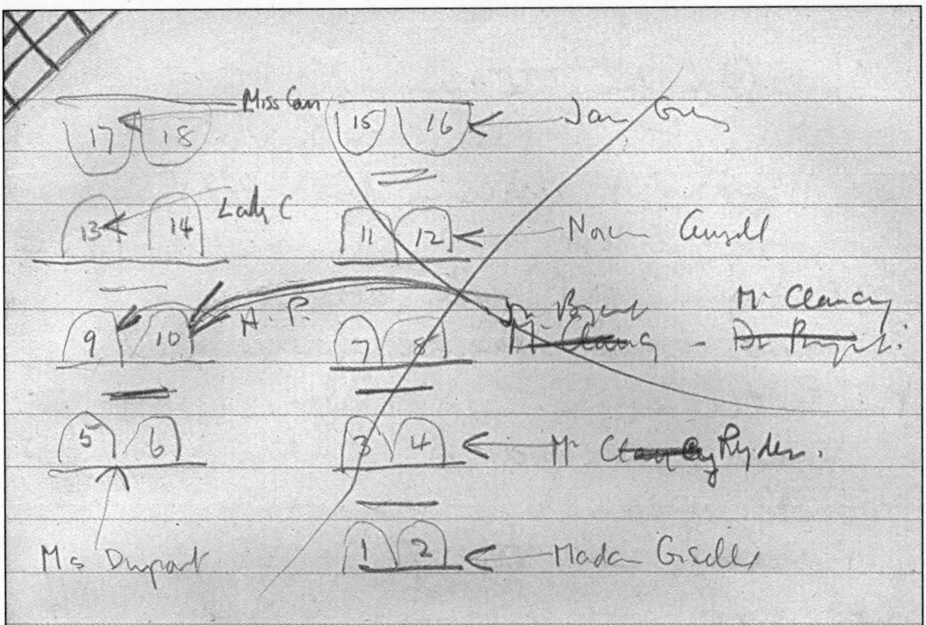

...pero luego lo desplaza al extremo opuesto de la cabina, como dictaba la trama. Nótese la inclusión de la cabina del piloto, la cocina y despensa, el cuarto de servicio y el hecho de que haya asientos enfrente de otros.

Problema en el mar

Febrero de 1936

La señora Clapperton aparece muerta en el camarote
durante unas vacaciones en crucero
y la solución que alcance Poirot dependerá
del testigo más extraño de todos sus casos.

La primera nota para este relato aparece en el Cuaderno 66 y está fechada en enero de 1935, un año antes de su publicación. La elaboración posterior, en el mismo cuaderno, incluye muchos de los detalles del relato ya completo:

> Ventrílocuo... En barco... El coronel C... muy bueno con las cartas... Dice que ha trabajado en musicales, etc. La esposa muere en un camarote, aunque escucharon una voz dentro después de que ella hubiese muerto
>
> El hombre dice a un camarero que cierre con llave el camarote... El cuerpo ya está dentro... Luego vuelve y ~~Camarote con llave~~ Llamadas a la esposa... Ella contesta al parecer (el ventrílocuo). Una jeringuilla hipodérmica al lado... Pinchada en el brazo desnudo

Una diferencia que se da entre las notas y el relato final es que la hipodérmica es sustituida como arma homicida por el apuñalamiento. Si bien la idea del ventrílocuo, aunque sea inteligente, no hubiera sostenido una novela, Christie estuvo acertada al utilizarla sólo en un relato corto.

Muerte en el Nilo (novela)
1 de diciembre de 1937

Cuando Simon Doyle se casa con la adinerada Linnet Ridgeway, y no con Jacqueline de Bellefort, la consiguiente sucesión de eventos culmina en un triple asesinato a bordo de un barco de vapor que navega por el Nilo. Hércules Poirot, que también viaja en el *Karnak*, ha observado cómo se ha ido fraguando la tragedia e investiga uno de sus casos más famosos.

Aunque publicado a finales de 1937, este clásico título de Poirot fue escrito dos años antes. En una carta fechada el 29 de abril de 1936, Edmundo Cork expresa su satisfacción por la buena nueva de Christie: *Muerte en el Nilo* estaba terminada. Desafortunadamente, no existe el cuaderno con las notas tomadas para la trama de este famoso título. No obstante, en el Cuaderno 30 sí disponemos de una lista de potenciales personajes —incluido uno muy significativo— y una breve nota sobre un posible desarrollo de la trama. La mayoría de las ideas que en principio se iban a incluir las abordó en otros títulos.

Planes

Muerte en el Nilo

¿La señorita Marple?
La señora P (antigua funcionaria de prisiones en Estados Unidos)
Mathew P, hijo... Bueno

La esposa de Mathew P... Buena
La señorita P... nerviosa e histérica muchacha
Master P... Chico de 20... Excitable
El doctor Pfeiffer... Médico y toxicólogo
La señora Pfeiffer... Recientemente casado con él... 35... Atractiva... Con un pasado
Marc Tierney... Arqueólogo... Un poco apartado del resto
La señora Van Schuyler... Aburrida mujer de cierta edad, estadounidense y esnob
La señora Pooper, novelista de baja categoría
La señorita Harmsworth... Sirvienta de la señorita Van Schuyler
La señorita Marple
Rosalie Curtis... una muchacha enfermiza
La señora Gibson... Habladora compulsiva

La primera y más grande sorpresa que reporta esta lista es la (doble) inclusión de la señorita Marple —primero con y luego sin signo de interrogación— en vez de Hércules Poirot. Antes de ésta, la única novela en que apareció la señorita Marple fue *Muerte en la vicaría*, de 1930, y no aparecería de nuevo sino hasta cinco años después, en 1942, con *Un cadáver en la biblioteca.* Por otra parte, en la colección de relatos de 1932 titulada *Miss Marple y trece problemas*, ambientada en las habitaciones de St. Mary Mead, apenas se anticipó que alguna vez pudiera ser la antesala de una exótica aventura en Egipto. En 1937, el Nilo representaba algo tan exótico para la mayoría de los lectores de Christie como puede ser Marte para su público de hoy en día. Muy pocos viajaban al extranjero durante las vacaciones, si es que tenían vacaciones, y la época de los paquetes turísticos era todavía un lejano espejismo. Por consiguiente, transportar a la señorita Marple desde la seguridad (cierto que relativa) de St. Mary Mead hasta las orillas del Nilo y al templo de Karnak, Abu Simbel y Wadi Haifa podría resultar un viaje demasiado lejano;

por lo tanto, la sustituyó Poirot. A su debido tiempo, la señorita Marple consigue resolver un caso en el extranjero, aunque será casi treinta años después, cuando su sobrino Raymond la lleva de vacaciones a la imaginaria isla de St. Honore. Allí resuelve *Misterio en el Caribe*, su único caso extranjero.

Por el contrario, en ese momento Poirot era un viajero ya curtido, sin olvidar, por supuesto, que a fin de cuentas también era extranjero. Desde su llegada a Gran Bretaña resolvió casos en diversos lugares más bien lejanos: Francia *(Asesinato en el campo de golf, El misterio del Tren Azul, Muerte en las nubes)*, Yugoslavia *(Asesinato en el Orient Express)*, Italia *(Los cuatro grandes)* y Grecia («Triángulo en Rodas»). Su caso más reciente lo llevó a resolver nada menos que un *Asesinato en Mesopotamia*. En efecto, ya había visitado Egipto y el Valle de los Reyes en 1923, mientras resolvía «La aventura de la tumba egipcia». Si se tiene en cuenta todo esto, Poirot era un detective mucho más adecuado para subir a bordo del *Karnak* y realizar un particular crucero por el Nilo, encharcado en sangre.

Algunos de los nombres que se conservaron también aportan material para la especulación:

La señora P (antigua funcionaria de prisiones en Estados Unidos)
Mathew P, hijo... Bueno
La señora de Mathew P... Buena
La señorita P... nerviosa e histérica muchacha
Master P... Chico de 20... Excitable

En estos cinco personajes se aprecian las semillas de la familia Boynton, que aparecerá en *Cita con la muerte*, de 1938 (véase el capítulo 8). De la señora P se dice que fue funcionaria de prisiones en Estados Unidos, exactamente igual que dos años después lo será la monstruosa señora Boynton; el «buen» hijo, Mathew, y su esposa, la señora Mathew, son los precursores de Lennox y Nadene Boynton, mientras que la «nerviosa e histérica» señorita P se corresponde con Ginevra. Raymond es el último varón de la familia Boynton, aunque apenas podría describirse como un «chico excitable». Es interesante que, si bien Christie decidió no utilizar a esta familia en *Muerte en el Nilo,* cuando sí la utilizó lo hizo en otro escenario extranjero, esta vez Petra.

> La señora Van Schuyler... Aburrida mujer de cierta edad, estadounidense y esnob

Y en una nota posterior:

> La señora Van Schuyler... Una reconocida estafadora
> La señorita Harmsworth... La sirvienta de la señorita Van Schuyler

El único personaje que siguió tal como se la había descrito de entrada —con la única modificación de que pasó de señora a señorita— es la señorita Van Schuyler, aunque su idiosincrasia cambia de estafadora a cleptómana. La señorita Harmsworth se convirtió en Cornelia Robson, la desafortunada sobrina de esa esnob tan desagradable.

> La señorita Pooper, novelista de baja categoría

La señorita Pooper, de nombre tan desdichado, al final se convirtió en Salome Otterbourne, especialista en novelas sin tapujos sobre amor y sexo. Uno de sus títulos, «Nieve en el rostro del desierto», por muy poco no es el mismo que el de una de las primeras novelas de Christie, que no pertenecía al género detectivesco, *Nieve sobre el desierto.* Probablemente se trata de un guiño de Christie, una broma para diversión de su familia.

> Rosalie Curtis, una muchacha enfermiza

Rosalie Curtis posiblemente pasó a ser Rosalie Otterbourne, hija de la infortunada Salome.

Algunos de los desarrollos posibles de la trama están esbozados en las siguientes páginas, siguiendo este reparto. Nótese que «P» es Poirot («pero P prueba que...»), que ha sustituido con todas las de la ley a la señorita Marple:

> Se identifica a la esposa del doctor Pfeiffer... Decide marcharse con la señorita Oger
>
> La propia esposa del (doctor Pfeiffer) es la ladrona o asesina, etc. Se inventa que alguien ha robado el anillo o el veneno, etc., y el broche... Ha visto a A. M. reflejado en el cristal. Sabe que A. M. está en el salón con los demás, pero P demuestra que lo correcto es M. A.
>
> o
>
> Idea M. A. y vestido amarillo M. A. no tiene un vestido amarillo... La mujer del vestido amarillo no tiene las iniciales A. M.
>
> El doctor Elbes... Hombre muy enfermo... La conoció en la prisión de St. John... Pfeiffer menciona sus pesquisas en la planta aceite de ricino...
>
> Luego
>
> A. ¿Quién la mató?
>
> B. ¿Por qué?

Aunque los Pfeiffer nunca llegaron a figurar en un libro de Christie, algunas de estas ideas resurgirían en otros: el anillo robado en *Asesinato en la calle Hickory* y la funcionaria de prisiones en *Cita con la muerte.*

Sin embargo, la idea principal es la de las letras simétricas y el modo en que pueden confundirse dependiendo de que se vean directamente o bien reflejadas en un espejo. En media página del Cuaderno 30 aparecen enumeradas todas estas letras: «H M A W I O T U V Y», y hay una lista más amplia con nombres femeninos que comienzan con cada una de ellas.

(Omite la X seguramente por ser infrecuentes los nombres que comienzan con esta letra.) Christie al final se decidió por Isabel Oger, de ahí la referencia anterior a la señora Oger. Esta idea al final se incorporó a *El testigo mudo,* publicada también en 1937, aunque con nombres completamente diferentes. Es discutible que se tratara de un mecanismo hecho que fuese a formar parte de la trama de *Muerte en el Nilo,* a pesar de que el ambiente que esbozó Christie situaba a los Pfeiffer en la lista de personajes para la novela. A esta duda se añade el hecho de que no existen en la lista personajes que respondan a ninguna de las dos iniciales, AM o MA.

La penúltima nota de este título, en el Cuaderno 30, dice así:

> El Plan
> A Nellie se le escucha decir «desearía verla muerta... Nunca seré libre hasta que ella muera».

Nellie es uno de los nombres que aparecen en la lista de iniciales revocables («Helen, Wilhelmena»), pero las palabras que pronuncia son muy similares a la línea de arranque que escucha de refilón Hércules Poirot en *Cita con la muerte:* «¿Sabe usted? Estoy segura de que sí, que la van a matar». Y esto, unido a la antigua profesión de la señorita P y a la composición de su familia, se puede considerar el fundamento de la futura novela.

El tren de las 4:50
4 de noviembre de 1957

Mientras viaja para ir a visitar a su amiga, la señorita Marple, Elisabeth McGillicuddy es testigo de un asesinato cometido en un tren que viaja en paralelo al suyo. Durante la búsqueda del cadáver, la atención se centra en Rutherford Hall, residencia de la familia Crackenthorpe. La señorita Marple y su ayudante, Lucy Eylesbarrow, investigarán lo ocurrido.

Todas las notas para este título se encuentran en cuatro cuadernos —los números 3, 22, 45 y 47— y suman cuarenta páginas. Collins recibió *El tren de las 4:50* a finales de febrero de 1957. Por tanto, son coetáneas la escritura y la fecha en que transcurre. La narración comienza el 20 de diciembre (1956) —«Estaba bastante oscuro, era un día oscuro, gris y neblinoso, un día de diciembre. Faltaban sólo cinco días para la Navidad» (capítulo 1)—, pero aparte de la señorita Marple, que asiste a la cena de Navidad en la vicaría, en donde charla con Leonard Clement, el hijo del vicario, sobre los mapas de la región, no existe ningún otro apunte relacionado con el ambiente o las vacaciones.

Este libro experimentó más cambios de título que ningún otro. En varios momentos fue 4:15, 4:30 y 4:54, antes de convertirse por fin en *El tren de las 4:50.* El manuscrito está encabezado por «4:54, salida de Paddington», en esencia porque, como ya explicó Christie a Edmund Cork en una carta del 8 de abril (1957), en realidad no había un tren que saliera a esa hora. Estuvo de acuerdo en que «El tren de las 4:50» o incluso «Desde Paddington a las 5 en punto» eran títulos mejores.

El extracto siguiente, procedente del Cuaderno 47, parecería el precedente de otras notas similares, ya que éste no contiene nombres (aparte de la señorita Marple), pero la idea básica es la que siguió al final en la novela. El final en cuestión, con tintes de humor negro, es una de las clásicas cavilaciones de Christie, la gran maestra de las tramas. Algunas páginas después prosigue con otras notas relativas a «La locura de Greenshaw» y *Una visita inesperada,* y la idea del tren queda al margen. Como «La locura de Greenshaw» se publicó por primera vez en diciembre de 1956, así se sostiene la opinión de que las notas para *El tren de las 4:50* no precedieron demasiado tiempo a su composición.

> Tren... ¿Vista desde tren? A través de la ventana de una casa. ¿O viceversa?
>
> Idea del tren
>
> Una chica que llega a St. Mary Mead en tren presencia un asesinato en otro tren paralelo... Una mujer estrangulada. Llega a casa... Habla con la señorita Marple... ¿Policía? No hay nadie estrangulado... no aparece el cadáver.
>
> ¿Por qué? 2 posibles trenes, uno de Manchester... El otro un suburbano lento. ¿Dónde se puede tirar un cuerpo desde el tren?

En el Cuaderno 3 se esboza la idea fundamental (con la señorita Bantry en lugar de la señora McGillicuddy), pero el Cuaderno 45 contiene una sucinta y precisa versión del capítulo de apertura de la novela:

> El tren
>
> La señora McGillicuddy... Amiga de la señorita Marple... Iba a alojarse con ella... En el tren de Paddington... Otro tren en otra línea... Pero en la misma dirección... Lo adelanta... En paralelo un momento, a través de la ventana ve el

compartimiento del otro... Un hombre que estrangula a una muchacha rubia... Entonces... El tren prosigue su marcha.

La señora MG, muy afectada... Se lo dice al revisor... ¿Jefe de estación? ¡Oh! ¡Jane, he visto un asesinato!

De manera excepcional entre todos los libros de Christie, en *El tren de las 4:50* se nos informa que el asesino es un hombre. Cuando han transcurrido sólo cuatro páginas del capítulo 1, el lector ya sabe que... «de espaldas a la ventanilla, vio a un hombre atenazando con ambas manos el cuello de una mujer que se hallaba de frente a él; de forma lenta y despiadada la estaba estrangulando». Con una afirmación tan inequívoca, la posibilidad de que la figura vista fuese una mujer disfrazada nunca se consideró con seriedad, puesto que Christie conocía de sobra a sus lectores y sabía que se sentirían completamente defraudados si ésa fuera la solución. Por otra parte, quitando a Emma Crackenthorpe (el móvil) y a Lucy Eylesbarrow (la investigadora), todos los personajes principales son varones. El problema consistía en crearlos de modo que fueran físicamente similares, y que al mismo tiempo se les distinguiera como personajes. Ella lo tiene en cuenta en el Cuaderno 22:

Aclarar el tema de los hombres

Tres hombres morenos... Todos entre 1,80 y 1,90 de estatura, flexibles, delgados
Personajes
Cedric, ¿el mayor?
Harold, casado sin hijos
Alfred
Bryan Eastley, antiguo piloto... Marido de Edith (muerta)
¿Padre o padrastro de Alistair?

2 hijos del viejo... El bueno (trabaja en un banco)
El artista... Escenógrafo o productor

Cedric... Un Robert Graves... Una veleta, desinhibido... (al final se casa con Lucy Eylesbarrow)

Sir Harold Crackenthorpe... Hombre ocupado... Director de Crackenthorpe S. A. Acomodado... ¿No es verdad? ¿Sin un centavo?

¿Bryan? ¿Del mando del Ala D de la RAF? Indeciso

Alph[red] Moreno, delgado... El corrupto... Mercado negro en la guerra... Ministerio de Aprovisionamiento

La referencia a «Robert Graves» remite a su amigo en la vida real, además de vecino, autor de *Yo, Claudio,* entre otras obras. Graves fue siempre un admirador crítico y Christie le dedicó *Hacia cero.* Esta referencia también aclara la cuestión que se queda sin respuesta al final de la novela: ¿con cuál de los hombres se casará Lucy al final?

Eran puntos en apariencia secundarios, pero que influyeron en la trama: cómo asegurar la oscuridad necesaria para la comisión del crimen y cómo justificar la presencia en la casa de los dos chicos. La cuestión relacionada con las posibles fechas se considera en los dos cuadernos:

Puntos por aclarar

Fecha de viaje, posiblemente el 9 de enero más o menos
Puntos por introducir... Vacaciones (chicos) Año Nuevo (Cedric)
Está anocheciendo (tren)

Fechas

¿Vacaciones? Abril... Stobart-West y Malcolm están ahí
Así, ¿el asesinato es a finales de febrero? Digamos... el ~~24~~ 26

Todos los problemas se aclaran al tomar la decisión final y situar el asesinato justo antes y la investigación justo después de Navidad: la oscuridad temprana, al igual que la presencia de los dos jóvenes y Cedric.

Sin embargo, el gran problema de *El tren de las 4:50* es la identidad del cadáver. Es un problema para la señorita Marple, para la policía, para el lector y, mucho me temo, también lo fue para la propia Agatha Christie. Hasta las páginas finales de la novela no averiguamos con certeza qué asesinato se está investigando realmente. Hay que admitir que esto da a lo que de otro modo hubiera sido una novela espléndida de Christie un aire un tanto decepcionante. También se plantea la cuestión del cómo, dejando a un lado la divina intervención, conoce la señorita Marple la historia que existe tras el asesinato. El primer lector profesional de Collins, el que redactó el informe sobre el manuscrito, admitió que «a menos que yo sea muy estúpido, no consigo ver que nadie pudiera conocer el móvil del asesino». No estaba pecando de cortedad, puesto que no es posible deducir la identidad del asesino, ni tampoco el móvil, aunque en retrospectiva ambos sean perfectamente aceptables. La siguiente nota indica que Christie tenía dos ideas en relación con la posible identidad del cadáver —Anne, la bailarina, o Martine— y que, reacia a renunciar a una de las dos, al final utilizó aspectos de ambas:

¿Es la mujer muerta Anne la bailarina o no?
¿Es Anne = la señora Q... O es Anne una pista falsa que idea Q?
¿Es la mujer asesinada por ser Martine y por tener un hijo
o porque es la esposa de Q y él planea casarse?

Sin embargo, la devoción incluso del más ardiente admirador de Christie queda sujeta a una dura prueba cuando finalmente se identifica a Martine.

7

Los elefantes pueden recordar: Asesinato en retrospectiva

Pero en ese momento ella se dio cuenta de que necesitaba recordar. Tenía que pensar despacio en el pasado... Recordar lo vivido con todo esmero, hasta cada uno de los incidentes en apariencia carentes de importancia.

Cianuro espumoso, capítulo 1

SOLUCIONES QUE SE REVELAN

La señora McGinty ha muerto • *Inocencia trágica* • «Un cantar por seis peniques» • *Un crimen dormido* • *Cianuro espumoso*

Algunos de los títulos más potentes de Agatha Christie contienen un asesinato que se cometió en el pasado; se trata de la investigación de un caso en el que el detective depende de los recuerdos de los implicados, en el que las pistas se han enfriado y se han difuminado, en el que el desvelamiento de la verdad a menudo despierta a un asesino dormido. Experimentó por vez primera con esta argucia en *Un testigo mudo,* en la que Poirot investiga una muerte acaecida dos meses atrás; seis años después, el mayor de sus triunfos es aquel en que Poirot examinó un caso que tenía dieciséis años de antigüedad en

Cinco cerditos (véase el capítulo 4); en otros dos casos, *La señora McGinty ha muerto* e *Inocencia trágica,* el veredicto está ya resuelto, y en cinco de sus seis últimas novelas aparece de nuevo esta clase de trama. Asimismo, en esta categoría nos encontramos con su relato de detectives de ambientación histórica, *La venganza de Nofret,* un experimento atrevido aunque no del todo logrado que data de la mitad de su trayectoria.

El testigo mudo

5 de julio de 1937

Emily Arundell escribe a Hércules Poirot el 17 de abril, pero no recibe la carta hasta el 28 de junio. Para entonces ella ha muerto. Poirot viaja a Market Basing para investigar su muerte. Allí el caso entraña sesiones de espiritismo, un broche y una pelota de un perro, así como admite otra muerte.

La mayor parte de las notas para *El testigo mudo,* unas 25 páginas más o menos, se encuentran en el Cuaderno 30 junto con notas tomadas con vistas a *Muerte en el Nilo* y el relato recién descubierto, «El incidente de la pelota del perro»; la relación que existe entre la novela y su anterior encarnación en forma de relato (si bien contiene una diferencia crucial) se considera con el debido detenimiento en el «Apéndice». *El testigo mudo* se publicó a finales de 1936 en Estados Unidos, por entregas, en el *Saturday Evening Post.* Se tituló *Poirot pierde un cliente,* mientras que la publicación por entregas en el Reino Unido, a partir de febrero de 1937, se tituló *Misterio en Littlegreen.* En relación con la publicación por entregas en Estados Unidos se conserva una carta fechada en junio de 1936 de Edmund Cork a Christie, en la que le agradece la versión revisada que envió al *Saturday Evening Post* (revista que pagó 16.000 dólares, 2.000 más que por *Cartas sobre la mesa).* A juicio de Cork fue «una tremenda mejora»; le sugirió «utilizarla también con Collins». Es probable que así hiciera referencia a los cuatro primeros capítulos, en los que «el pueblecito inglés» en que se ambienta participa de un relato en tercera persona, mientras que el resto del libro, por el contrario, lo narra Hastings. Retrospectivamente, la idea de que esos capítulos se añadieron en una etapa posterior parece tener pleno sentido.

El testigo mudo es el arquetípico misterio que Christie emplaza en un pueblo: una muerte misteriosa en una residencia de gente acomodada, una retahíla de parientes en la miseria, el médico del pueblo y el abogado, y la llegada de Poirot, cuyas preguntas desatan las lenguas de todos los lugareños. Una vez más se arrastra a lo largo de la investigación la pista falsa del espiritismo. Ya en «La aventura de la tumba egipcia», de 1923, los asesinos de Christie emplearon esta estratagema para borrar sus huellas. Y todavía en 1961, con *El misterio de Pale Horse,* en una versión más siniestra de las hermanas Tripp que aparecen en *El testigo mudo,* el espiritismo es uno de los principales mecanismos de la trama.

De manera un tanto insólita, sabemos gracias a las pruebas internas —el final del capítulo 7— cuál es la cronología exacta de la novela. Emily Arundell murió el 1 de mayo de 1936 y la investigación de Poirot comienza el 28 de junio, aunque durante la mayor parte de la investigación no hay nada que indique que se ha cometido un asesinato. Se juega con los prejuicios al uso del lector, y se vuelven a subvertir con la aparición de un extranjero sospechoso, el doctor Tanios. Se mencionan otros cuatro asesinatos anteriores —*Muerte en las nubes, El misterioso caso de Styles, El asesinato de Roger Ackroyd* y *El misterio del Tren Azul*—, y existe una referencia oblicua a *Asesinato en el Orient Express* en el capítulo 25. La descripción de Market Basing, en el capítulo 6, corresponde a la de Wallingford, donde años antes Christie adquirió Winterbrook House.

Las notas, encabezadas por un título provisional, enumeran a los miembros de la familia y recogen la información de fondo, aunque los nombres y otros detalles —Charles no está casado y su hermana es Theresa, no Bella— habían de cambiar:

> La muerte de Martha Digby [Emily Arundell]
>
> Los Digby... Historia de la familia
> La señorita Martha... La señorita Amelia... La señorita Jane... La señorita Ethel y el señor Thomas
> Matrimonio del señor Thomas... ¿con una camarera de bar?
> El señor John [Charles] y la señorita Daphne (hijos de T)
> John... Agente de cambio y bolsa... casado... Su mujer es una mujer inteligente
> Daphne [Bella] ¿se casa con un armenio? El doctor Mendeman
> [Tanios]... un hombre encantador. Su esposa es una mujer callada, fría

Los primeros capítulos de la novela se hallan esbozados con exactitud y sólo con diferencias menores: la aparición del farmacéutico se retrasa hasta el capítulo 21 y hay una referencia críptica a la conexión con Theresa:

> Plan general
> P. recibe una carta... Él y H[astings]... escribe... Hace trizas
> la carta... No, debemos ir a Market Basing... The Lamb...
> Un cartel en el que la casa se alquila o se pone en venta...

Visita a los agentes de la inmobiliaria... Conversación con Ellen... tac, tac, tac... Una pelota cae por los peldaños de la escalera... Un terrier que menea el rabo

El farmacéutico... Sus recuerdos... fingen estar escribiendo una historia del pueblo... Ella es arqueóloga aficionada... la historia de la familia. P va al medico... en calidad de paciente (y arqueólogo)... El médico acude a cenar... Bastantes chistes locales... ¿Pequeño misterio en torno a esa muerte? El médico se indigna... causas perfectamente naturales... dice... Bueno, yo diría que ahora ya se dará por satisfecho. P. dice: «Pero ella ha muerto»

Theresa... piso en Chelsea... el cuadro... su compromiso matrimonial con Dick Donaldson... Luego quiere especializarse... infección... Terapia con antitoxinas para el hígado

Es extraño, pero hay referencias a Peggy, más que a (Ara) Bella, en los dos extractos que siguen. Es probable que fuese uno de los primeros nombres elegidos para el personaje, en tanto pista de la carta simétrica que se ve en el espejo, pues la M de Margaret seguiría funcionando así. Como ya hemos visto, es una estratagema que se consideró en conjunción con la urdimbre de la trama de *Muerte en el Nilo* (véase el capítulo 6).

Otra visita al terrier... a las señoritas Tripp... Alucinaciones, etc. las pruebas que aporta la cocinera... La señorita Theresa estaba esa noche en las escaleras... Un trozo de hilo... sí, Ellen lo ha encontrado. La señorita Lawson de nuevo... falta dinero del cajón... Sabe quién se lo llevó... Se indigna... Habla de la pobre Peggy... que ha abandonado a su marido

Peggy de nuevo... En torno al marido... Se niega a decir algo... P. le dice que se lo cuente... Voy a estar en peligro...

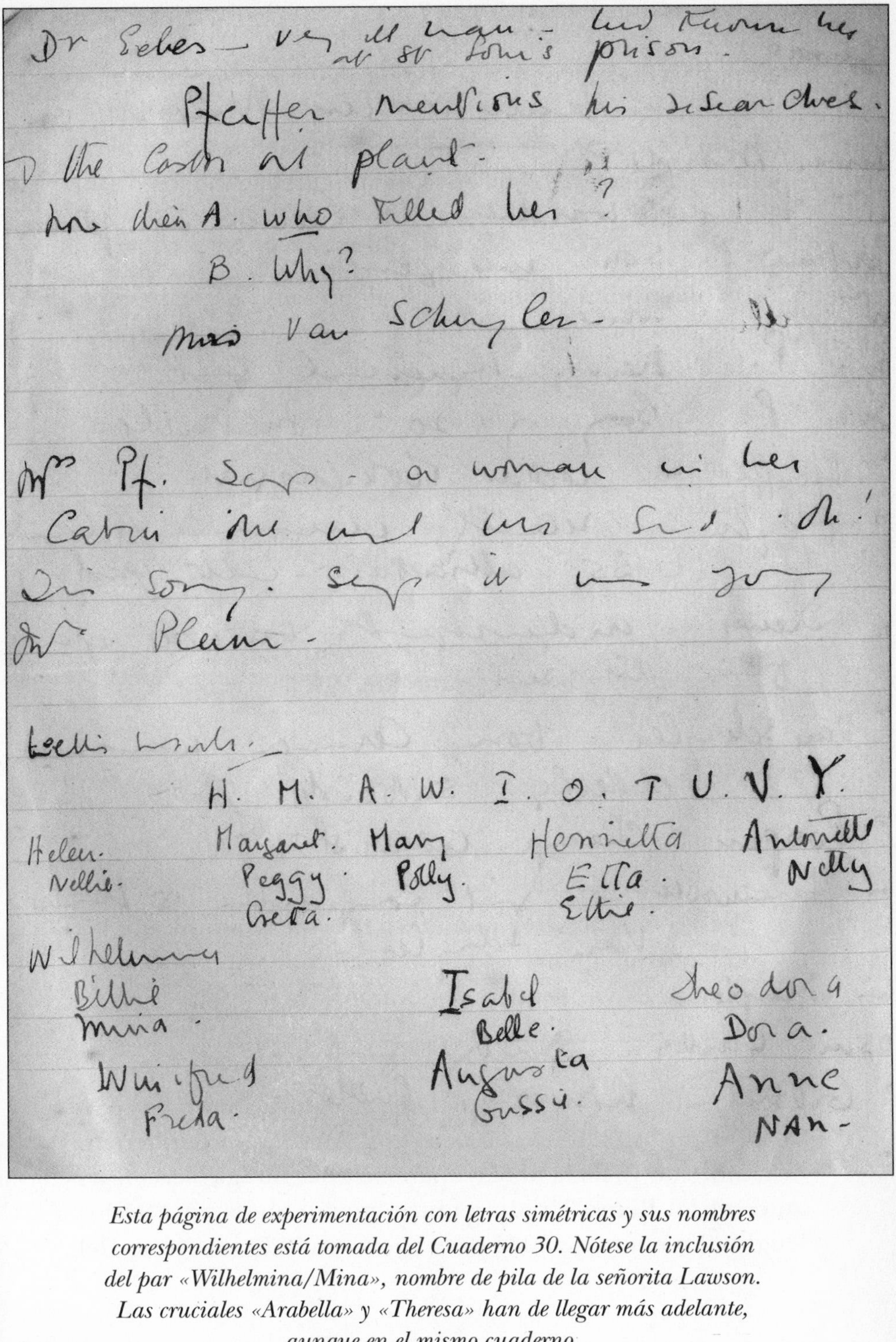

Dr Sebes — very old man — had known her at St Louis's prison.

Pfeiffer mentions his discoveries.

to the Castle at plant -

And then A. who killed her?

B. Why?

Miss Van Schuyler -

Mrs Pf. says - a woman in her

Cabin [illegible] [illegible] [illegible] [illegible] · Oh!

I'm sorry. Says it [illegible] [illegible]

Mrs Pleum -

Letters [illegible] -

H. M. A. W. I. O. T. U. V. Y.

Helen. Margaret. Mary Henrietta Antoinette

Nellie. Peggy. Polly. Etta. Netty

Greta. Ettie.

Wilhelmina

Billie Isabel Theodora

Mina. Belle. Dora.

Winifred Augusta Anne

Freda. Gussie. NAN -

Esta página de experimentación con letras simétricas y sus nombres correspondientes está tomada del Cuaderno 30. Nótese la inclusión del par «Wilhelmina/Mina», nombre de pila de la señorita Lawson. Las cruciales «Arabella» y «Theresa» han de llegar más adelante, aunque en el mismo cuaderno.

Se niega a decir algo. H. dice que «ella sabe algo»... Se le pregunta por el vestido... Dice que sí... Tiene un vestido azul oscuro, de seda... Se lo regaló Theresa. ¿Cuándo? Cuando estuvimos todos allí, el fin de semana. ¿Qué día? No lo recuerdo

Y sigue una página de letras y de nombres en los que se experimenta con las simetrías, la pista crucial que no interpreta bien la señorita Lawson, que por fin llega a la solución que se precisa:

ARABELLA A.T.
BELLA T.A. Arundell

Cianuro espumoso
3 de diciembre de 1945

Un restaurante elegante, una vistosa fiesta de cumpleaños y la bella Rosemary Barton, que es envenenada durante el brindis. Un año después, en una macabra reconstrucción de los hechos en el mismo restaurante, casi con los mismos asistentes a la fiesta, se produce otra muerte. ¿Quién era la víctima a la que se pretendía asesinar? El coronel Race se encarga de la investigación.

Las notas tomadas para *Cianuro espumoso* se encuentran repartidas en un total de diez cuadernos. Aunque se publicó en diciembre de 1945, la novela apareció por entregas seis meses antes en el Reino Unido y año y medio antes en Estados Unidos. En enero de 1944 ya se había remitido una copia del mecanoscrito al agente estadounidense de Christie, de modo que este título estaba ya terminado a finales de 1943. Se trata de una versión muy compleja del relato corto (y la posterior obra de teatro radiofónico) titulado «Iris amarillos», que se publicó por primera vez en julio de 1937. La trama de fondo es la misma en ambos casos, aunque al final de la novela se desenmascara a un asesino distinto.

Cianuro espumoso es otro buen ejemplo de una de las estrategias preferidas de Christie: el drama que se desarrolla en torno a un caso de envenenamiento. Lo inesperado, lo dramático de la situación que surge en un acontecimiento importante en sociedad, recuerda una escena similar y diez años anterior, la que se da en *Tragedia en tres actos,* además de ser precursora de otra que se dará muchos años después en *El espejo se rajó de parte a parte.* De todos modos, hay que manifestar ciertas reservas respecto a la viabilidad real del esquema, sobre todo a la vista de la posterior investigación, puesto que es difícil que alguien repare en que la incorrecta disposición de los comensales en torno a la mesa sea un hecho crucial para que se desarrolle la trama. Los preparativos y la mecánica de este ardid son magistrales, y la narración es sencillamente osada (quien relea el Libro I, capítulo 2, ha de admirar la audacia del nombre incluso), aunque si bien el concepto es sin duda inteligente, la aplicación práctica es un tanto más dudosa.

Hay similitudes estructurales en *Cinco cerditos* con las reminiscencias de las seis personas que tomaron parte en un envenenamiento anterior, aunque, al contrario que en aquella novela, no se encuentran en forma de una crónica que se haya puesto por escrito. Descubrimos a Rosemary Barton a través de los ojos de los sospechosos, incluidos los de su asesino, aunque en cada una de las versiones surge una imagen distinta del caso. Por medio de los recuerdos individuales, en las primeras setenta páginas del libro la vemos como esposa, hermana, sobrina, amante, amiga y adúltera, y al final la vemos como víctima. Si bien el retrato no es tan completo como el de la novela anterior, sigue estando hecho con un trazo admirable.

Las notas más concentradas aparecen en los Cuadernos 13 y 63, cada uno con 18 páginas. Los otros ocho cuadernos en los que aparece *Cianuro espumoso* oscilan entre dedicarle una sola página y un total de seis, siempre de notas inconexas, entre ellas algunos comienzos finalmente abandonados y algunas repeticiones. A pesar de los cambios de nombre, los personajes esbozados en el Cuaderno 35 son reconocibles de inmediato. Como bien se puede ver, el título alternativo (con el cual se publicó en Estados Unidos) subraya el aspecto de «asesinato en retrospectiva» que tiene la novela:

Muerte rememorada «Aquí está Rosemary... Eso se rememora»
Libro I
«Dulce como los besos que se recuerdan tras la muerte»
¿Qué habré de hacer para que mis miradas no caigan en el recuerdo?

Comienzo de *In Memoriam*
<u>Rosemary</u>
Iris... sombras... Al principio de todo...

Libro
Muerte rememorada... la muchacha se llama Rue

Muerte rememorada
Rosemary (muerta)... El marido... George Barton... actúa de manera muy sospechosa... es un empresario
Stephen Fane [Faraday]... el amante de R
Lady Mary Fane... su esposa... fría, orgullosa, posesiva, celosa

Tony Getty [Tony Morelli, alias Anthony Browne]... antiguo amante de R, aparentemente enamorado de Viola [Iris]
Ruth Chambers [Lessing]... secretaria de George Barton... una muchacha eficiente... Podría estar enamorada de él
Lucilla Drake... Una vieja ñoña... prima... Vive con ellos... tiene un hijo en Sudamérica... un alocado
Asesinato (¿de George o de V[iola]?) por parte del hijo que en secreto se ha casado con Ruth
El coronel Race inicia sus trabajos

En el Cuaderno 63 vemos cómo comienza a tomar forma la novela, con un total de seis personajes que piensan acerca de Rosemary:

Muerte rememorada   Seis personas recuerdan a Rosemary Blair [Barton], que murió el pasado noviembre

Sandra... R., el odio que le tenía... Sus sospechas de que su hermana no le tiene ningún afecto

Iris... desconcertante... las cartas, etc. Los modales de George... Llega Anthony... Los Faraway [Faradays]

Stephen... es la vida... conocer a... S... un avance hecho de forma calculada... el matrimonio... Rosemary... sorpresa... enamoramiento... el despertar... su actitud... después del cumpleaños

Anthony Browne... piensa en R... se pregunta cómo pudo sentirse atraído... por su fácil carácter, por ser tan adorable. Su nombre... «Un bonito nombre»... ante todo respetable... es el nombre del chambelán de Enrique VIII

Ruth
Todo empezó con Victor... entrevista con George en su despacho. Su indeseable relación... mi esposa... una chica de corazón tan tierno... un afecto adolescente por él... Él tiene que salir del país... El crash en Argentina.

George
Piensa en su esposa... (¿bebiendo?)... sentimental... Qué hermosa era ella... Él siempre ha sabido que no era suficientemente joven para ella. Se obligó a tomar la decisión... con todo, cuando tuvo la primera sospecha... la carta... el papel secante... escrita, sí, ¿a quién? ¿A ese tal Browne? ¿O a ese mequetrefe de Stephen Faraday?

El Cuaderno 21 contiene un esbozo de la mesa en la primera de las cenas (incluida Rosemary); al igual que la referencia que hay en la versión del relato corto a la disposición de la primera cena, parece ambientada más en Nueva York que en Londres. Es posible que Boyd Masterson fuera un predecesor del coronel Race:

George ha recibido una carta... «Su esposa ha sido asesinada»

El más antiguo de sus amigos, Boyd Mastersón... después lo consulta con Iris... Iris conoce a Tony... Se aloja en casa de Stephen Fane, parlamentario, y lady Mary Fane.

Asistentes
* George Barton
* Iris
* Tony
* Stephen
* Mary [Sandra]

? Carolyn Mercer (novia de R) [descartada, seguramente a favor de Ruth]
? Boyd Masterson
? Lucilla Drake (prima de edad avanzada)

N .Y.

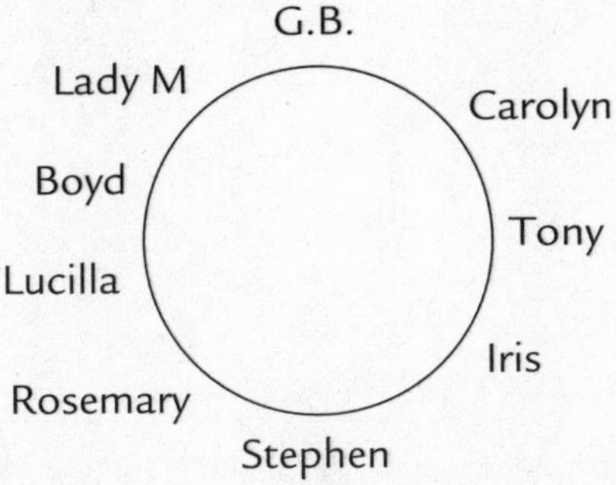

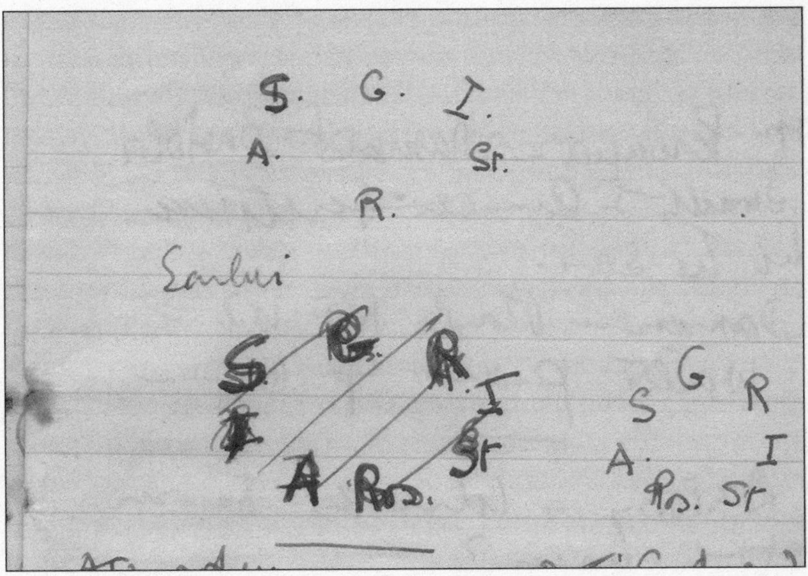

Estos tres borradores apretados en una página del Cuaderno 25 muestran la disposición de la mesa en Cianuro espumoso *y cómo «Rosemary» aparece en dos de ellos, indicando la fatal primera cena de gala.*

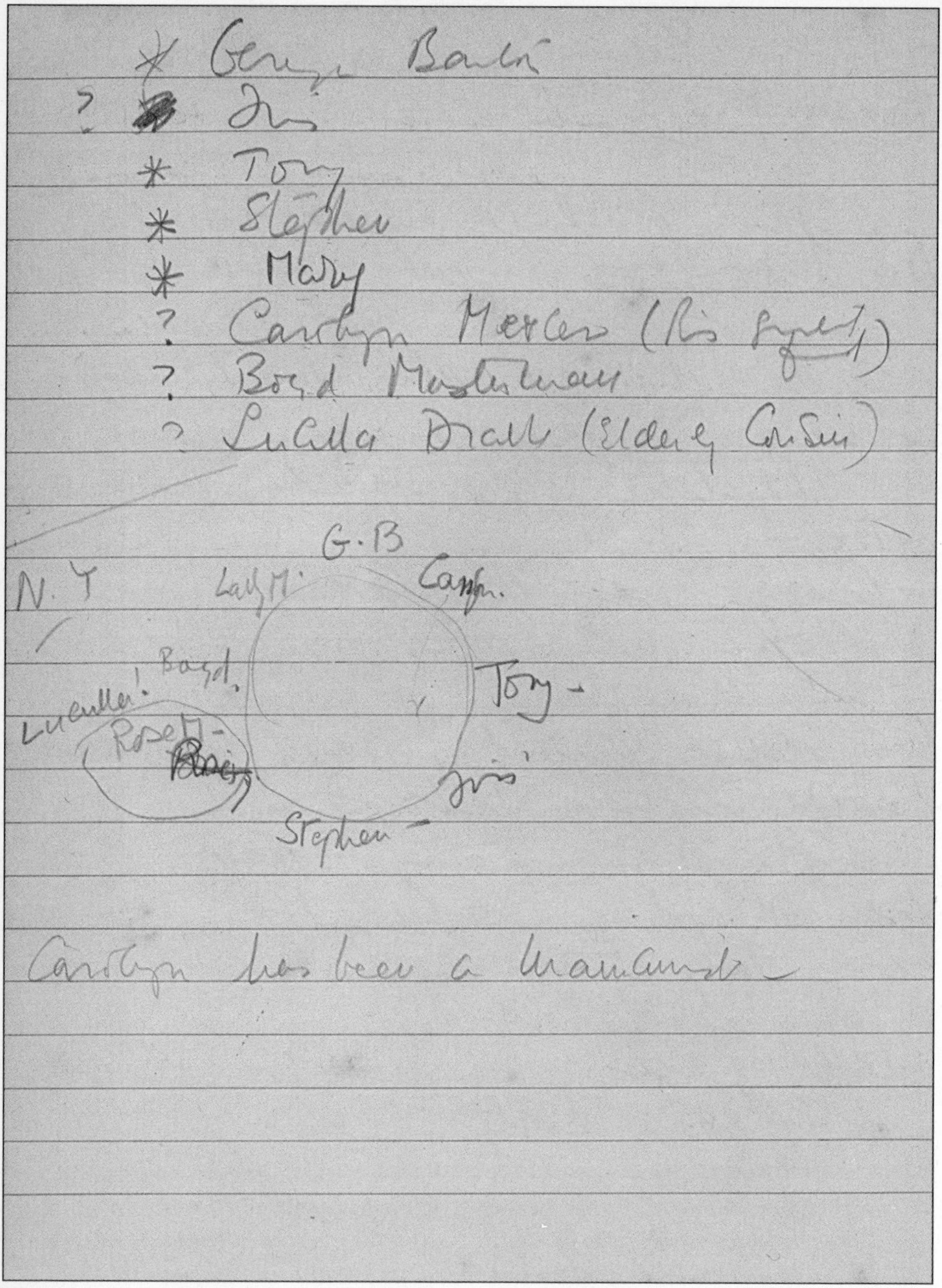

La fatal disposición de los comensales en Cianuro espumoso
(véase la página anterior).

Es extraño, porque la siguiente página se encuentra en medio de la trama que urdió para *Cinco cerditos,* y da la impresión de que la anotó velozmente, a medida que se le iba ocurriendo. Median dos años entre las dos publicaciones, aunque conviene recordar que a Christie le bastaba con una página en blanco para poner por escrito una idea. La cronología no era un factor de peso.

> Muerte rememorada Posibles desarrollos
>
> Apagón... ¿Fuegos artificiales, buscapiés? En el Savoy... Los intérpretes... una canción indecente... Todos escuchan conteniendo la respiración... para no perderse ni una palabra de la letra. Camarero, copas. Se encienden las luces...Viola [Iris] sale a bailar... deja el bolso... Un joven lo cambia por otro... En el asiento de al lado, por consiguiente, muere un hombre... George Barton

Aunque Ruth y Victor todo el tiempo fueron los máximos candidatos a malvados, siempre y cuando aportasen, como es el caso, una solución inesperada, hubo otros personajes sujetos a consideración. En el segundo de estos extractos, de un borrador anterior, Charles es George Barton y Pauline es Iris Marle:

> A. George... mata a Rosemary... Mantiene el control sobre el dinero... Ella lo va a dejar. Luego Iris, porque también le exigirá dinero... Lucilla Drake lo dejará todo en sus manos. Él prepara la carta... Trabajar en la «idea» asesinada... los hilos están en manos de Race
>
> B. Victor Drake... lo arregla todo con Ruth... Ruth ha de casarse con George... R. cuela el cianuro en el bolso de R. Victor, camarero en ese momento, lo vierte en su copa. Iris hereda el dinero... <u>no</u> George... está interesada por Gerry...

Ruth y Victor (casados) deciden pasar a la acción... Victor está aparentemente en Sudamérica. Ruth pone el cianuro en el bolsillo de Stephen... La carta en el bolso de Iris (de Stephen a Rosemary)... el bolso cambiado por error sobre la mesa... Por tanto Iris se sienta donde no debe... George bebe el veneno

C. Victor es el hombre y es a la vez Gerry Wade [Anthony Browne], relacionado con Ruth... Los dos tienden la trampa

El asesino podría ser
Charles... (primera muerte por suicidio)... Se ha apropiado con ventaja del dinero de P [Pauline, después Iris]
O
Anthony (¿de veras el amante de V?)... la mata... Charles lo descubre, se propone separarlos... Charles es asesinado
O
¿Pauline? Ha matado a su hermana

La venganza de Nofret
29 de marzo de 1945

En Egipto, en el año 2000 antes de Cristo, un acaudalado terrateniente llamado Imhotep asombra a su familia al llegar a casa con una nueva esposa, Nofret, que entabla una abierta enemistad con toda la familia. Pronto se producirá el asesinato, aunque el mal que anida en el seno de la familia no se aplaca con una sola muerte, y el asesino vuelve a asesinar, y vuelve y vuelve.

Mucho antes de la actual moda de las novelas de misterio situadas en el pasado histórico, Agatha Christie fue una de las pioneras del género. *La venganza de Nofret,* escrita en 1943, fue un experimento creado por instigación de Stephen Glanville, catedrático de egiptología y amigo de Max Mallowan. Fue él quien le proporcionó gran parte de la información básica y quien le dio una serie de libros para que se documentara y dispusiera de los detalles exactos.

Si se considera exclusivamente como una clásica novela de detectives, este relato no pasa con holgura la prueba clave. No existen pistas diseminadas en la novela que el lector pueda detectar e interpretar para alcanzar una solución lógica. En cambio, si se examina como simple novela policiaca, cargada de tensión y sumamente legible, aprueba con creces. Y en tanto que retrato de familia, tratándose de una familia cuyos miembros no saben del todo en qué otros integrantes del clan familiar pueden confiar, resulta totalmente creíble. Fue preciso renunciar a la mayoría de los ingredientes al uso en sus demás novelas: los recursos policiales, las autopsias y los análisis, los teléfonos y los telegramas, las huellas dactilares o las simples huellas del calzado, las indagaciones policiales. Así las cosas, sin llegar a ser una de sus obras de primerísima fila, sigue siendo un triunfo de consideración.

Parte de la dificultad que comporta la interpretación de los cuadernos en el caso de este título radica en el hecho de que los nombres de los personajes cambian a lo largo de las ochenta páginas, poco más o menos, que se le dedican en cinco cuadernos distintos. En diversas ocasiones el personaje llamado Nofret en la novela también es llamado Ibunept, Nebet, Ibneb y Tut. Por supuesto, nunca es del todo seguro que los nombres hagan referencia a personajes masculinos o femeninos.

Christie escribe en su *Autobiografía* que «fue más difícil documentarse en lo referente a las casas particulares que en lo tocante a los palacios y los templos». Y en el Cuaderno 9 encontramos 16 páginas de notas sobre «vida y costumbres en el antiguo Egipto», llenas de detalles sobre la vida cotidiana (los números de página hacen referencia a algunos de los volúmenes que le prestó Stephen Glanville):

> Brazaletes de cuentas o anillos de oro con escarabajos de cristal verde, p.110. También en p. 46
>
> Embalsamamiento 21° D., pp.111 y 55
>
> La fabricación del papiro, p.114
>
> Descripción del arco y la flecha, p.127
>
> Descripción del traje del escriba, p.14
>
> Descripción de la dinastía fundacional, p. 51
>
> Descripción de la momificación, etc., p. 55 y p. 57

El Cuaderno 46 contiene el esbozo inicial de la familia. Aunque algunos de los nombres no se corresponden con los de la novela, los personajes siguen siendo reconocibles:

> Personajes en el ambiente del Imperio Medio
> Ipi (la madre de edad avanzada) ¿Tirana? ¿Malvada? ¿Sabia? [Esa]
>
> El padre, un viejo liante, amable, molesto [Imhotep]
>
> Meru (el primogénito) El chico bueno de la familia, un poco zoquete, ¿tal vez en su fuero interno resentido? [Yahmose]
>
> ¿S...? El chico malo de la familia, nunca en casa, el pendenciero [Sobek]
>
> H... El joven hijo mimado... precoz [Ipy]

Concubina... ¿Víctima? La bella frente al Mal... Poderosa [Nofret]

La esposa de M... taimada [Satipy]

La esposa de S... amable, ¿o tal vez una Emilia? [Kait]

Una hija... La energía... Resolución [Renisenb]

N... amigo de la familia... Astuto... Un abogado, a lo mejor en primera persona [Hori, aunque la idea de la «primera persona» no se conservó]

Hepshut, el que trae complicaciones [Henet]

La situación básica se describe en el Cuaderno 13:

Llega Nofret...Todos se muestran crueles con ella... Ella, feroz con todos... Sus cuentos sobre ciudades extranjeras... El modo en que siembra discordia y cosecha enfrentamientos.... Escribe por medio del escriba a Imhotep... Éste responde enfurecido a la familia... Regresa... Asentamiento en la tierra de ella. Ella muere, una picadura de escorpión... Todos lo sabían... Renisenb está trastornado... Y recuerda una escena entre Nebet y Seneb

Las notas tomadas para esta novela incluyen otro ejemplo del sistema que empleaba Christie para disponer las escenas adjudicándoles una letra a cada una. Resulta interesante observar la página siguiente, tomada de los cuadernos, y compararla con la novela. Aunque el encabezado indica el capítulo 15, las escenas en realidad se distribuyen entre los capítulos 15, 16 y 17. Pero la decisión definitiva («A.C.D y luego B.B») se sigue a cabalidad. He añadido los encabezados relevantes a cada capítulo en cada una de las escenas:

Capítulo XV

A Esa y Henet [15 iii]
B Henet e Imhotep [16 i]
C Renisenb y «El miedo lo es todo»... Conoce a Aapene... ¿Por qué me miras de un modo tan raro? Ve entonces a Yahmose... Riñe con él... ¿Quién podrá ser? [15 iv]
D ~~Renisenb~~ Yahmose y su padre... Y con más autoridad [15 v]
E Kait y Renisenb [15 vii]
F Renisenb. Teti y Kameni... le ha echado el ojo... Es fuerte, tiene hijos fuertes [15 vii]
G Renisenb y su padre... Matrimonio [17 i]
H Ren. y Kameni... palabras de amor... el amuleto... roto... ella se marcha a casa... mira en la caja... Henet la encuentra con la caja... H y sus insinuaciones [17 ii y iii]

¿Quién muere a continuación?

A. A. Esa... por un ungüento... o aceite perfumado
B. B. Aahene [Ipy]
Sí, B. B. después de engañar a Henet [15 vi], quien se queja a Imhotep
Así pues: A. C. D. y luego B. B.

Y éste es el orden tal como se suceden los acontecimientos en la novela publicada:

A Esa y Henet [15 iii]

C Renisenb y «el miedo lo es todo»... conoce a Aapene... ¿Por qué me miras de un modo tan raro? Entonces ve a Yahmose... riñe con él... ¿Quién podrá ser? [15 iv]

D ~~Renisenb~~ Yahmose y su padre... Y con más autoridad [15 v]

B.B. Aahene [Ipy]. Sí, B. B. después de engañar a Henet [15 vi]

Los cuadernos contienen la solución al menos de uno de los rompecabezas más tentadores de esta novela. En su *Autobiografía* Christie escribe lo siguiente:

> *Stephen [Glanville] estuvo conversando mucho rato conmigo sobre uno de los detalles de mi desenlace y lamento decir que al final cedí a lo que tanto insistía en decir... Si creo que tengo en determinado libro una cosa que es acertada, que es como tiene que ser, no es nada fácil disuadirme de que la emplee como está. En este caso, y en contra de mi criterio, sí que desistí. Era una cuestión discutible, pero sigo pensando ahora, cuando releo el libro, que me gustaría reescribir el final... aunque me lastraba la deuda de gratitud que habia contraído con Stephen por todas las molestias que se había tomado y por el hecho de que la idea, de entrada, había sido suya.*

No está del todo claro a qué se refiere cuando dice «el final»: ¿se trata de la identidad del asesino o del modo en que se nos revela? Si se refiere a una escena final de mayor carga dramática, es evidente que nunca lo sabremos, aunque esto parece cuando menos improbable, ya que la ambientación del desenlace es un evidente eco de los asesinatos que antes han cometido tanto Nofret como Satipy. Pero si tenía en mente a un asesino distinto sí que había pensado ya en algunos candidatos:

> Henet... la esposa aborrecida... y todos los hijos... apremia
> a Ibneb... entonces la mata
>
> Henet... ama al mayor... mató a su primera esposa...
> y segunda «hermana»... resuelto a destruir a Ibneb...
> finge seguirle la corriente
>
> Hori... ¿coaligado con Ib? Ella ha de tener mayor influencia
> sobre la mujer mayor... Hori ha especulado... Hay que
> culpar a Meru

Hori e Ibneb son camaradas... Él dispone que ella conozca al mayor de los hermanos... Le encarga a él el asentamiento cuando finge poner objeciones... Ella se amedrenta, o se va a espantar... Él la mata... luego finge... que ella se ha vengado sobre la familia... escena final... con Renisenb... el jo... Hori... El joven primo la rescata

Hijo (el malo)... Llega... habla con la concubina... Ella le gusta... La idea es que los dos están juntos en ello

Y aún hubo otra idea fascinante que nunca llegó a plasmarse en la página impresa. En el Cuaderno 13, Christie acaricia la idea de crear un paralelismo moderno a lo largo de la acción histórica. En efecto, no es difícil ver, incluso en estas sucintas notas, que existen similitudes entre los personajes antiguos y los modernos. El anciano profesor y su joven esposa son Yahmose y Nofret, Julie es obviamente Henet, Regina es una Renisenb de la actualidad y Edward y Silas podrían ser Sobek e Ipy:

Arranque moderno... El anciano profesor e incluso el rector... su joven esposa... Se lleva al hijo y al hijo de la esposa... Hija que ha enviudado y su hijo

Julie (señorita chapada a la antigua que ha seguido con ellos)... El joven arqueólogo que ha seguido con ellos

Descubrimiento de las cartas en la tumba... Incluida una ~~de~~ a la esposa muerta, acusada de asesinar a Tut

La segunda esposa del autor de la carta murió de repente... tomó una droga por error

La joven esposa muere... Trifulca entre padre, hijo y esposa... El P[adre] dice que testamento nuevo... todo para Ida

Julie y el retrato de Eleanor (primera esposa) que iba a regresar

Elaborado

El doctor ~~Elinor Solomon~~ Oppenheim
Ida... su joven esposa
Julie, la fiel criada, dama de compañía y ex institutriz
Edward Mervyn Oppenheim... depende de su padre, es arqueólogo
Charlotte... escultora... o música (pianista)... o escritora de historia o de política
El hermano de Charlotte... Richard... el arqueólogo
Regina Oppenheim, una viuda con hijos... Oscar Walsh
Jeremy Walsh... un escritor joven... poderes psíquicos... deductivo... sabe demasiado de todo el mundo
El otro hijo, Silas

A partir de la frase «la esposa joven muere», paralelismo con la muerte de Nofret, la joven esposa de Imhotep, da la impresión de que los paralelismos se extienden más allá de las meras relaciones de parentesco. Sin embargo, la idea no se llevó adelante, y se quedó en estas breves notas; es obvio que de haberse desarrollado habría implicado que las historias de uno y otro periodo fuesen más cortas.

Estos dos aspectos, el final alternativo y la narración en paralelo, dan a esta novela un aire de fascinación aún mayor de lo que hasta ahora era posible suponer, incluso sin que entre en la discusión el rasgo pionero de la ambientación histórica. En su apariencia de artefacto completo, cerrado, que encaja a la perfección, tal como es, diríase que Christie estaba dispuesta a entretejer aún nuevos hilos en su narración. Es muy probable que de haber buscado al máximo el paralelismo con la actualidad hubiera revelado otra solución distinta; a fin de cuentas, si ambas ramas del relato hubiesen llegado a un mismo punto de destino se habría apreciado una clara percepción de anticlímax. Un trasfondo tan inigualable dio paso a una solución, la que tenemos, pero también generó otra solución deseada y posiblemente una tercera.

La señora McGinty ha muerto
3 de marzo de 1952

Por petición expresa del superintendente Spence, Poirot accede a investigar de nuevo el asesinato de la señora McGinty, la mujer de la limpieza que fue encontrada muerta de una paliza dos meses antes. Aunque se ha declarado culpable del asesinato a James Bentley, hay alguien en Broadhinny que parece dispuesto a asesinar de nuevo. Sin embargo, todos ellos son gente muy amable...

Continuando un patrón creado dos años antes en *Se anuncia un asesinato, La señora McGinty ha muerto* es una novela que resueltamente huye de todo lo glamuroso y que refleja las penurias y estrecheces de la posguerra; es una de las pocas aventuras de Poirot entre la clase trabajadora. En este terreno, su experiencia anterior se dio en «La aventura de la cocinera de Clapham», de 1923. El asesinato de una mujer de la limpieza, un alojamiento en penosas condiciones, un atentado contra la vida de Poirot y un acusado que carece de todo carisma son factores que se combinan para hacer de *La señora McGinty ha muerto* un caso especialmente siniestro.

Se conservan más de setenta páginas de notas sobre esta novela. Los nombres, los motivos, los sospechosos, los casos anteriores, las posibilidades de la trama aparecen en caótica profusión. Como ya se vio en el capítulo 3, las permutaciones y combinaciones de los cuatro casos iniciales, de vital importancia, y sus posibles reencarnaciones en los habitantes de Broadhinny son casi ilimitadas, y todas ellas se someten a consideración.

En la primera página, Christie marca las premisas de la novela, dejando por decidir tan sólo el nombre del superintendente:

> ¿Inspector? [sic] un viejo amigo que se ha jubilado y se preocupa por un caso que se acaba de juzgar en el Old Bailey (o ya ~~sentenciado~~ previsto para juicio).
>
> No es correcto... Ahí están las pruebas... Móvil versus oportunidad y pistas... Todo es erróneo... Su deber es desentrañar los hechos del caso... los envía a la fiscalía... Ahí termina su responsabilidad. Ya no puede hacer nada más...
> ¿Podrá P hacer algo?
> <u>Los hechos</u>?
> No hay hechos. Nadie más tiene un móvil para cometer el crimen... De hecho, todos son personas amables

Al final se decidió por el superintendente Spence, socio de Poirot en la investigación del caso anterior, *Pleamares de la vida,* cuatro años antes. Se trata de una distancia considerable, y en la cubierta de la primera edición de *La señora McGinty ha muerto* se destacó debidamente: «¡Poirot ha vuelto!».

Más de treinta años después de su primera novela, los poderes de invención no parecen haber abandonado a Christie. Esboza al menos siete desarrollos posibles antes de decantarse por el cuarto de los que se reproducen a continuación. Diríase que el título ya estaba decidido, probablemente porque es el nombre de un juego de niños, aunque no sea demasiado conocido. Se cita y se describe en el capítulo 1, aunque al final sólo se utiliza el título y no se hace ningún intento por seguir el resto de la letra de la canción. Éste fue el hecho inalterable en torno al cual sin el menor esfuerzo construyó estas ideas, cualquiera de las cuales hubiera dado lugar a una trama aceptable. Como bien se ve, las notas preliminares de este caso aparecieron ya en 1947, cinco años antes de que se publicara el libro:

La señora McGinty ha muerto
La señora M es la mujer de la limpieza... Mediana edad, limpiadora de oficinas... Debido a algo que hay en la papelera... ¿Hila unas con otras algunas cartas? Se ha llevado algo a casa
Morfina con el té del desayuno
¡Los pisos! Lawn Road... sólo el encargado... La señora M es una de las limpiadoras

1947
A. La señora McGinty ha muerto
Empezar por la mujer de la limpieza a la que encuentran muerta en un despacho... Colocada en un sofá... Después aparece estrangulada
Alguien va a dar la noticia a la casa a la que se ha mudado... La verdadera señora M murió seis meses antes... A ésta la conocen la demás mujeres de la limpieza por ser su cuñada
¿Por qué?
¿Quién?
Una mujer de unos 50 o 60... Manos callosas, pero las uñas de los pies cuidadas, buena ropa interior

La señora McGinty ha muerto
A. La señora M es la mujer de la limpieza. Cuando se investiga, se descubre que no tiene una historia personal... Sobornó a la antigua mujer de la limpieza

y ocupó su puesto... Sus referencias laborales estaban falsificadas... n° 17 de Norton Street, Birmingham... una dirección en la que se aloja... ¿Qué estaba haciendo en el despacho de Eleanor Lee...? ¿Pruebas para un chantaje?

B. La señora M es una mujer de la limpieza... «Hace la casa» a la familia Remington... Vive en una casita junto a correos... Admite a un subalquilado (James McBride)... sus ahorros desaparecen... O se lleva un golpe en la cabeza... hay sangre en la ropa de James... Trata de quemarla en la caldera.

C. La señora M ~~anciana~~ de mediana edad... Vivía con su anciano esposo, James McGinty. Aparece asesinada... JM relata una historia muy peculiar... (Al igual que Wallace) o bien es el sobrino y hereda el dinero. En realidad, el joven cultiva una relación con ella... La adula... Al final la mata de una manera tal que J por fuerza es sospechoso... ¿Por qué?

Ideas para HP (la señora McGinty)

4 o 5 personas en una misma casa... Una de ellas es peligrosa... La única pista que tiene P... Ha de acudir velozmente a una reunión bajo la herradura de un caballo o en un tren, etc., citado por uno de ellos. La señora McGinty (¿el ama de llaves?) sale... ¿Es despedida? ¿Por qué? Después él la descubre... Está muerta

En el punto C, «Wallace» es una referencia a la famosa Julia Wallace, asesinada en Liverpool en 1931. Su marido, cuya coartada nunca se pudo respaldar de manera convincente, fue condenado por su asesinato, pero después fue puesto en libertad. Al igual que la señora McGinty, Julia Wallace fue encontrada en el salón de su casa con heridas mortales en la cabeza.

Todas las pistas que aparecen en el libro se encuentran en el Cuaderno 43: el frasco de tinta y la carta, el recorte de prensa con su error crucial, la taza de café, el triturador de azúcar y el osado comentario que hace Maureen Summerhayes durante la fiesta:

> Una mancha de tinta en el dedo de la muerte. El frasco de tinta lo compró esa misma tarde en correos... No encontró la carta. Periódico... El Daily Newshound o el Evening Paper
>
> El triturador de azúcar... El juez y su mujer los devuelven... En la vicaría hay una venta benéfica de objetos antiguos...
>
> Pista real Robin
>
> E. Kane se cambió el nombre por el de Hope... Evelyn Hope... una chica, pero <u>no</u> es chica, es chico.[1] La «madre» de Robin <u>no</u> es su madre... Encontró su nombre en el registro civil... Se le pagó para que le diera un apellido... Después la mata... No quiere que hable del pasado
>
> El método de Robin para el segundo asesinato... una taza de café con restos y manchas de carmín
>
> El desliz en el papel... El niño no ha nacido aún... Por tanto, <u>no</u> se sabe el sexo
>
> No te gusta ser hijo adoptivo, ¿es eso? (Un comentario que hace Maureen Summerhay en la fiesta)

Y entonces considera a los posibles sospechosos...

> Ahora consideremos cada uno de los domicilios
>
> 1. Pareja casada, de treinta y tantos años... muy inconcretos... como R y A [Rosalind y Anthony, la hija y el yerno de Christie]... Cultivan un huerto y venden los productos en el mercado (él es hijo... o ella es hija de X) [seguramente los Summerhay]

---

[1] Véase nota en p. 114 (N. del T.)

2. Mujer inválida con hijo... El hijo es artista... o pinta muebles, o es escritor (¿de relatos detectivescos?) [la señora Upward y Robin]

3. Los Vaughan... marido inestable (banquero o abogado)... mujer callada, apenas visible... ¿hijos? ¿Un hijo de ella, de un matrimonio anterior?

4. ~~Una mujer adinerada, esposa muy vistosa~~... 2 jóvenes... viven juntos... (uno es el hijo de X) contó a la muchacha rica y estúpida que es el hijo de un gran duque de Rusia

No todos los casos anteriores que aportan una motivación para el asesino, la de intentar encubrir un pasado criminal, aparecen en el cuaderno tal como lo harían después en la novela:

Edith Kane [Eva Kane/Evelyn Hope]

Salió ese día... envenenó a la esposa... una sarta de tonterías en la prensa... Todas se refieren a una niña inocente... traicionada... Ella y la niña... La niña nació después... La hijita que nunca supo cómo se llamaba su padre. La nueva vida de Edith Kane... Fue a Australia... o Sudáfrica... Una nueva vida en un mundo nuevo. Se marchó... Sí, pero regresó hace veinticinco años

Janice Remington, declarada inocente de la muerte de su marido o de su amante, como Madeleine Smith [Janice Courtland]

Lily Waterbrook es la que mató a la tía... Detenida... sólo quince años, puesta luego en libertad... ¿Harris? [Lily Gamboll]

Caso de Greenwood... la hija... se ha cambiado el nombre... Su declaración salvó al padre... Treinta y pico...

Sospechosos del periódico... Edades
55 Eva Kane (? Se cambió de nombre por el de Hope... Se fue al extranjero... Tuvo un h[ijo] o una h[ija]
45 Janice Crale... o la esposa trágica... El marido murió a causa de la morfina... o en el baño... lo hizo el amante... un hombre desagradable... perverso... tomaba drogas [Janice Courtland]
30 Lily Gamboll... mató a la tía

La referencia a Madeleine Smith, antes citada, remite al caso de una mujer que fue juzgada por envenenar a su amante, Emile L'Engelier, hecho acaecido en Glasgow en 1857. El veredicto contra Smith se quedó en «no demostrado»; en realidad fue equivalente a una declaración de inocencia. Al igual que el caso de Wallace, sigue siendo motivo de acaloradas especulaciones.

Al aparecer todo junto en una sola página del Cuaderno 43, lo siguiente da la impresión de que se añadiera cuando la trama ya estaba bien avanzada. Con la excepción del punto B, todos estos sucesos tienen lugar en los capítulos 13 y 14:

Puntos por trabajar y resolver
A. La señora Upward ve una foto... familiar
B. La señora Rendell fue a visitar a la señora Upward esa misma noche... No logró que la oyera
C. Maureen habla sobre el hecho de ser hija adoptiva
D. La señora O rememora la edad de Maureen y su aspecto físico
E. La señora Rendell pregunta a P por las cartas anónimas... falso
F. A Poirot le dice la señora O... que fue el doctor Rendell

En concreto, el punto C es la pista principal que incrimina al asesino, aunque pocos lectores se darán cuenta de ello, por estar insertada con tanta sutileza. Y el punto A emplaza el segundo asesinato en Broadhinny, ya que la señora ha decidido jugar a un juego muy peligroso con Poirot.

Inocencia trágica
3 de noviembre de 1958

Jacko Argyle murió en la cárcel mientras cumplía condena por el asesinato de su madrastra. Su afirmación de que tuvo una coartada para la noche fatal jamás llegó a sustanciarse en las pruebas... hasta ahora. Arthur Calgary llega al domicilio familiar y confirma la coartada de Jacko. Esto significa que el verdadero asesino sigue vivo, continúa en la familia y está listo para matar de nuevo.

El Cuaderno 28 contiene todas las notas de esta novela, equivalentes casi a cuarenta páginas. El 1 de octubre de 1957 Agatha Christie escribió a Edmund Cork pidiéndole que verificara la situación legal de una persona en el supuesto de que A fuese juzgado y condenado por el asesinato de su madrastra a pesar de su afirmación de que se encontraba con B en el momento crucial en que se produjo el asesinato. La persona B nunca llega a aparecer, y A muere en prisión, a los seis meses de ser condenado. Entonces B, que había estado un año en el extranjero, aparece y acude a la policía para confirmar la veracidad de lo que había dicho A y así corroborar su coartada. Christie quiso esta aclaración de la situación con respecto a una «libertad condicional» y a la posible reapertura del caso. Aseguró a Cork que si le diera una rápida respuesta podría ponerse «laboriosamente» a trabajar en «este nuevo libro en proyecto». La fecha, «6 de octubre», aparece en la página 20 del Cuaderno 28, confirmando que la novela se planificó y se escribió el año anterior a su publicación.

«Esta novela es de lejos la mejor Christie no etiquetada [es decir, sin Poirot ni Marple] que hemos leído en mucho tiempo... *El inocente* [pues así se llamaba entonces la novela] se aproxima mucho a lograr una mezcla perfecta de la clásica novela de detectives con la moderna concepción de la novela negra.» Tal es la entusiasta sentencia del 1 de mayo de 1958, cuando Collins recibió la última novela de Christie. El lector profesional consideró que no le irían nada mal algunos cortes, y señaló que Agatha Christie se había propuesto hacerlos en persona. Sus demás reservas fueron las relacionadas con el título, y sugirió algunas alternativas: «Punta de víbora», «El diente de la serpiente», «La carga de la inocencia» y, proféticamente, «Un gato en el palomar». Aunque nadie lo supiera en aquellos momentos, ése había de ser el título del libro del año siguiente.

El relato titulado «Un cantar por seis peniques» (véase el capítulo 4), recogido en *El misterio de Listerdale,* contiene claras similitudes con esta novela. Al igual que en el relato, un investigador ajeno al entorno llega al domicilio de la víctima asesinada, cuyos parientes recelan los unos de los otros, y descubre que el asesino es un joven que tiene relaciones emocionales con el anciano criado de la familia. Cámbiese el «hijo» del relato por el «amante», y son asombrosas las similitudes con Kirsten Lindstrom y Jacko en *Inocencia trágica,* donde Arthur Calgary llega a la casa de los Argyle. Aunque el relato se publicó por vez primera en diciembre de 1929, casi treinta años antes, los paralelismos que tiene con *Inocencia trágica* son demasiados para que sean mera coincidencia: el detective que llega de fuera, la anciana matriarca que muere a palos por el dinero, la corrosiva sospecha y la desconfianza mutua, la eventual revelación de una sociedad emocional y criminal de la que no se sospechaba nada.

Inocencia trágica sigue siendo una de las mejores novelas de la última etapa de Christie. Es una novela negra, a diferencia del clásico relato detectivesco, con una serie de profundas convicciones sobre la verdad y la justicia, la culpa y la inocencia. La estropea tan sólo en parte la inclusión, en las últimas veinte páginas, de dos crímenes sin trascendencia, un intento de asesinato y otro que sí se lleva a cabo. En efecto, al producirse ya cerca del final de la novela, no resultan convincentes ni como ilustración del pánico del asesino ni como ejercicio que aumente el suspenso; los cuadernos, sin embargo, nos proporcionan una visión más ajustada sobre la inclusión de estos asesinatos.

Con su sempiterno ingenio, Agatha Christie resolvió la espinosa cuestión de la justicia legal y la justicia moral. Cuando escribió *Inocencia trágica*, eran muchos los aspectos de la vida cotidiana que estaban dibujados con más nitidez de lo que están en tiempos posteriores. Si un personaje de una novela de Christie era desenmascarado y era el asesino, el lector tenía la certeza de que había de pagar el precio exigido por su delito. Con la muerte de Jacko en la cárcel mientras cumple condena por un crimen que no ha cometido, Christie pudo ser acusada de deslealtad a la justicia tanto natural como legal. Quince años antes, en *Cinco cerditos,* Caroline Crale es condenada por error, pero lo es por su connivencia en la expiación por un delito anterior. Y también muere estando en la cárcel. Y en *La señora McGinty ha muerto* (1952) el arisco James Bentley también es erróneamente condenado, aunque lo salva Poirot antes de que se proceda a su ejecución. En cambio, en *Inocencia trágica* Jacko finalmente es tenido por responsable moral sin remisión, por más que no fuera él quien asestó el golpe mortal.

El arranque de la novela sigue con toda precisión las anotaciones más antiguas del Cuaderno 28, incluso en la cantidad que es preciso pagar al barquero. El transbordador que toma Arthur Calgary es el que hoy en día aún hace el trayecto desde el final de Greenway Road, pasando por el impresionante cancel de la residencia veraniega de Dame Agatha.

> Arthur Calgary... travesía en transbordador... comienza
>
> El transbordador se detuvo ruidosamente al rozar con los guijarros del fondo... A. C. pagó los cuatro peniques y desembarcó
>
> En fin, eso había de ser... Supuso que aún estaba a tiempo de volver sobre sus pasos, etc.

Una de las primeras páginas del Cuaderno 28 va directo al grano, al crimen. Sigue siendo en gran medida el mismo, con la excepción de que se emplea un hierro de chimenea en vez de un saco de arena. En esta etapa el personaje de Jacko que aparece en el libro sigue llamándose Albert en el cuaderno:

> Violenta discusión entre Albert y la señora A... Él la agrede... Ella no muere por muy poco... K. le manda irse para dar con una coartada. A las 8 en punto está de nuevo con ella y la mata, la apuñala tal vez... Ella se incorpora... le habla de su historia.
>
> Posible curso de los acontecimientos reales...
>
> Albert... resuelto a sacarle el dinero a la señora Argyle, trata de ganarse los favores de Lindstrom... Quiere casarse con ella... Ella está de acuerdo... La señora A no está a favor... Leo tampoco... Se la va ganando... el saco de arena bajo la puerta... A las 8:15 una forma que no logra entender...
> La señora A se agacha... K la liquida

Los miembros de la familia experimentaron distintos cambios en sus nombres, pero siguen siendo reconocibles, a la vez que el señor Argyle, Kirsten y Maureen siguen siendo en esencia los mismos que en la novela ya terminada. El cálculo de la edad que tiene Tina demuestra que estas notas se escribieron en 1958:

> Tina, una muchacha mestiza... (5 en 1940, 23 ahora) ¿se casa con el cartero de la localidad? ¿Con un albañil? ¿Con un granjero?
>
> Linda... se casa con un hombre que es paralítico... vive allí [Mary]
>
> Johnnie... trabajo en Plymouth, viene a la casa con frecuencia
>
> Albert... mala persona... inestable, ~~ahorcado~~ condenado por el asesinato de la señora Argyll [Jacko]
>
> El señor Argyll, un erudito
>
> El Argyle – (o señor Randolph) ¿Randolph Argyle? ¿Ambrose Randolph?
> Fino... etéreo... rodeado de libros
>
> ¿Kirsten?
> Un rostro hogareño, como un panqué... la nariz rodeada por un cabello teñido de rubio intenso
> ¿No sería mejor que fuese morena, pelo corto, con hoyuelos? No como una monja contemplativa... sino de las que te inspeccionan por la rejilla antes de franquearte el paso al salón, o dejarte en presencia de la madre superiora
>
> Calgary entra y ve... a Maureen (¿casada con él?)... Es una muchacha corriente, una tontuela... pero es astuta... Acudió

> a la familia cuando la detuvieron... Nadie sabía que estuviera casada.
>
> Mary... casa de vecinos en Nueva York... Odia a todos y odia todo... Madre en la calle... pasa un coche... La señora A... adopción... planes para ella... Conoce a Philip... No tiene información de fondo... Se marcha para casarse con él... Él monta un negocio... Fracasa... Luego polio... La señora Argyle quiere que estén allí, con ella... Él está dispuesto a ir... va al hospital... Mary va a hospedarse en Sunny Point

También se analiza a fondo a las dos víctimas subsiguientes. Como se ve en las notas que siguen; sin embargo, la intención original no era que Philip ni Tina fuesen víctimas:

> ¿A quién se asesina? Philip envenenado... No se despierta, o Tina es apuñalada... va caminando desde donde está Kirsty hasta donde está Mickey... Se desploma

El envenenamiento de Philip se desestimó en favor del apuñalamiento. A la vista de la apremiante situación en que se encuentra el asesino, era una solución más expeditiva y más al alcance de la capacidad que tiene el personaje en cuestión. Y una de las posibles razones para que se incluyese el frustrado intento de asesinar a Tina es que aporta un testigo crucial a falta de cualquier otra prueba que incrimine al culpable. Para los lectores que duden de la viabilidad médica del intento de asesinato de Tina, que sigue caminando a pesar de la puñalada que ha sufrido, hay dos números del *British Medical Journal*, del 28 de enero y del 18 de febrero de 1956, entre los papeles de Christie, y en ambos hay páginas que tratan de este tipo de acontecimientos. Los dos artículos están subrayados. Una lectura atenta del muy atrevido capítulo 22 debiera ser suficiente para descartar todas las acusaciones de que pudiera haber trampa.

También hubo algunas ideas que nunca fueron más allá de las páginas del Cuaderno 28:

> Testamento falsificado... en favor del verdadero asesino... pero ¿mal falsificado? O bien ¿mal falsificado en favor de Albert?
>
> Al marido no le agrada la mujer y odiaba a los hijos. ¿Quiso casarse con otra? O bien tenía un hijo propio.
>
> Ella iba a cambiar el testamento en favor de una fundación de ayuda a los huérfanos, dejando al margen al marido.

Por último, dos ideas intrigantes, ambas en realidad variaciones sobre un mismo tema...

> ¿O bien era Albert su hijo [es decir, el hijo de la señora Argyle]?
>
> ¿Es Kirsten la verdadera madre de Albert?

Cualquiera de las dos habría funcionado y, además, habría tenido perfecto sentido desde un punto de vista psicológico. La primera hubiese compuesto un guión sumamente inquietante; la segunda tal vez hubiera sido más eficaz en tanto que móvil de Kirsten (como ya sucedió en su semejante «Un cantar por seis peniques»), más que el finalmente empleado. De todos modos, las posibilidades de una paternidad no reconocida como estratagema de la trama e incluso móvil tienen plena exploración en *Asesinato en la calle Hickory, Un triste ciprés, La señora McGinty ha muerto* y «El espejo del muerto», entre otras, de modo que tal vez intentó evitar repeticiones innecesarias.

Un crimen dormido
11 de octubre de 1976

La casa en la que se ha instalado Gwenda Reed evoca inquietantes recuerdos, y cuando asiste a una representación de *La duquesa de Malfi* ve confirmadas sus sospechas de que, cuando era niña, allí mismo presenció un asesinato. El consejo de la señorita Marple para que no remueva un crimen dormido no es seguido por Gwenda, razón por la cual el asesino se dispone a matar de nuevo.

Aunque publicada diez meses después de la muerte de Christie, *Un crimen dormido* la escribió durante la Segunda Guerra Mundial y, al igual que *Telón,* la dejó en lugar seguro, con la condición de que se publicara sólo después de su muerte. Al menos esto es lo que pensábamos hasta el descubrimiento de los cuadernos...

Las notas relacionadas con el desarrollo de *Un crimen dormido* se encuentran en los Cuadernos 17, 19, 33, 44, 63 y 66, indicio de una génesis harto compleja: experimentó al menos dos cambios de título, y la trama está relacionada con *Pleamares de la vida* (véase el capítulo 12), que a su vez se vincula con *El truco de los espejos.* En los cuadernos también se puede verificar que en diversas etapas estuvo implicado el motivo del relato sobre el enigmático señor Quin, «El cadáver de Arlequín», en el que una persona contempla un cadáver en el suelo; podría haber sido un título de Poirot, y más sorprendentemente pudo haber sido una novela con Tommy y Tuppence. A pesar de la afirmación de que fue escrita durante el bombardeo de Londres, los cuadernos revelan una cronología distinta en su creación.

La primera página del Cuaderno 19 va encabezada así:

Cúbranle la cara
La difunta señora Dane
El truco de los espejos

El prometedor título *La difunta señora Dane* se descartó enseguida, aunque el nombre aparece en los primeros bosquejos de *Un triste ciprés* y *El misterio de la guía de ferrocarriles. Cúbranle la cara,* mientras tanto, fue el título que se barajó para lo que fácilmente sería *Un crimen dormido.* Originalmente se llamó *Asesinato en retrospectiva,* tal como aparece en uno de los mecanoscritos que se conservan, y en el capítulo 5 de la novela se reafirma esta idea. Luego los editores norteamericanos de *Cinco cerditos* se apropiaron de este título en 1942, de modo que Christie dejó en reserva el manuscrito, titulado *Cúbranle la cara.* Todo iba como debiera hasta el momento en que P. D. James utilizó ese mismo título en 1964 para su primera novela de detectives. La propia Agatha Christie, en una carta de 1972, sugirió a su agente que se titulara *Murió joven.* Finalmente, la novela definitiva con la señorita Marple se publicó en 1976 como *Un crimen dormido.* Sin embargo, tal como se reconoce en ciertos detalles del extracto que sigue —la casa familiar, el papel pintado, la puerta—, *Cúbranle la cara* aparece a menudo en los cuadernos en relación con *Un crimen dormido:*

Cúbranle la cara

La Casa... reconocimiento... la puerta... la escalera, etc. Poirot y la muchacha en representación de la duquesa de M... el relato de ella

Cúbranle la cara

... en el tren... luego en la casa... la sensación de que la conoce... el papel pintado en esa estancia (el armario por dentro)... la puerta, aunque en realidad fue la puerta lo que la sobrecogió

La compleja historia de esta novela se ejemplifica mejor, si cabe, por medio de una breve cita tomada del Cuaderno 63:

Helen... Comienza por la casa y la muchacha y Tuppence (?) o una amiga... Raymond West y su mujer... Las cosas van ocurriendo una por una... Luego, el teatro... Malfi... ¿un cuento con T y T? ¿Un relato para la señorita M? ¿Un relato para HP?

Helen Rendall... suicida... se ahorca... su marido vendió la casa y se fue al extranjero.

¿Quién la mató? Su hermano... un cirujano eminente... ¿El médico? ¿El marido? Traumatizado por la guerra... ¿el marido de la muchacha? H es la segunda mujer de P... Joven, amiga del flirteo... Un amante... Fergus... chofer o amante

La única y verdadera certeza que hay en la urdimbre de esta trama es que una muchacha compra una casa que contiene recuerdos procedentes de su propia vida, de su pasado, y por el extracto anterior es fácil comprobar que Christie no estaba muy decidida y no sabía a quién atribuir el caso, si a la señorita Marple, a Poirot o incluso a Tommy y Tuppence. Aparte de eso, no tenía una idea muy clara del modo de proceder; seguramente, en función del detective que eligiera se habría escrito un libro distinto con una trama diferente. Esta vacilación en torno al detective plantea también cuestiones acerca del modo en que se escribió el libro específicamente para que fuese el último caso de la señorita Marple;

de haberse creado pensando en que fuera su última investigación, la señorita Marple habría sido un elemento dado desde el comienzo.

En el Cuaderno 17 se contiene un claro resumen de la trama, al menos de sus cuatro primeros capítulos. El nombre de la heroína, que luego había de ser Gwenda, aquí es Gilda, aunque el de su marido sigue siendo el mismo:

> Gilda... una mujer joven, casada, llega a Plymouth o a Southampton... se siente enferma... se queda a pasar la noche, alquila un coche, conduce despacio por el sur de Inglaterra. Sensación de regresar a su hogar... Cae la tarde... Abajo, en el valle... un cartel... Visita a un agente inmobiliario (¿antiguos propietarios?). Adquiere la casa... escribe a su marido (¿la compra con muebles o sin amueblar?) Incidentes... El camino... la puerta... el papel pintado... Envía un telegrama a Londres... ¿a la tía de Giles, la señorita M? ¿O a la prima de Giles? La señorita M es su tía, de ella... O a los Crest... Teatro... gente joven... etc. Cúbranle la cara... Sale corriendo y vuelve a casa. Joan le pregunta... La señorita M. llega con unas bolsas de agua caliente, con café caliente y azúcar. A la mañana siguiente... Gilda le cuenta todo... Helen etc.

El Cuaderno 66 comienza como el Cuaderno 17, pero aparece una breve divergencia que remite a una idea distinta antes de retornar al tema de la duquesa de Malfi. Este apunte también recoge la idea de que hay un padre en un sanatorio psiquiátrico, por un asesinato que puede haber cometido o no, motivo que reaparece en *Un crimen dormido:*

> Cúbranle la cara
>   Comenzar por la muchacha y su amiga (m[ujer])
> Encuentran la casa [en] Sidmouth... Cosas extrañas, etc.

> Llega el marido (o va a llegar)... Los temores de A... consulta a un médico local... ¿de veras un malvado? Le aconseja que se marche de la zona... Después le cae encima una maceta desde una ventana... («Esa casa me odia») La obra teatral... La duquesa de Malfi, etc., etc. Helen. ¿Su padre está en el manicomio porque intentó asesinar a su joven esposa?

En el Cuaderno 44 se confunde la cuestión con una mención a un militar y a Poirot:

> Fiesta en el teatro
>
> La duquesa de Malfi... Cúbranle la cara... Exclama la muchacha... la llevan fuera... No quiere ir a casa con su prometido... un joven militar... se marcha con Poirot. Un hombre que mira un cadáver... el hombre con la mano... no sólo eso... La casa es conocida... Todo lo ha visto antes y no sabe

Y el Cuaderno 33 pone de relieve la potencial conexión con Arlequín:

> ¿Continuación de Arlequín y Helen?
>
> La muchacha (Anne) baja las escaleras y ve a la muchacha muerta y a un hombre/mujer inclinado sobre ella... (manos grises) Helen

A la sazón, con la trama ya bien delineada y la señorita Marple instalada como detective del caso, Christie es capaz de seguir uno de sus planes alfabéticos:

> A. ¿Una carta de amor en el escritorio, a Musgrave? [aparece en el capítulo 17, III, la menciona Erskine]
> B. Anuncio de prensa que ve el antiguo criado [capítulo 12]

C. ¿Criado 1? ¿2? Oye que H. tiene miedo de alguien [capítulo 14]

D. 3 criados
   1. Una enfermera huidiza... ha salido esa noche... (Es C [arriba])
   2. Cocinera... criada de la señora F, muy joven entonces
   3. Lily, muy joven entonces, digamos que una doncella... viste de manera equivocada... ¿vio caer algo de una ventana? [capítulo 14]

E. Fane en su despacho... Amable, contenido, soltero empedernido... Una madre posesiva [capítulo 13]

F. La señorita M y la madre... se entera de lo del chico de Jackson... Además, el hombre va a salir... El comandante M [capítulo 16]

G. Jackson [Affleck]... se queda a la intemperie (¿en el despacho de Fane?) aprovecha la ocasión... pasa a formar parte de la empresa de asesoría... 2° asesino... ¿Lily? ¿La enfermera? [capítulos 21 y 22]

H. El comandante Musgrave y su señora [Erskine]... Gwenda habla con él... una muchacha encantadora, sí, me enamoré de ella... Mi esposa... Los niños son pequeños... Supongo que hice lo que tenía que hacer... Vine a Dilmouth porque quería ver el lugar en el que viví hace mucho tiempo [capítulo 17]

I. La señorita M dice... Un cadáver siempre se puede poner donde una quiera... En el jardín... Después de J. [capítulo 23]

J. El doctor Kennedy con G. Gil y la señorita M... los 3 hombres... ¿Cuál? Vida posterior... La señorita M. pregunta cómo puede sentirse un hombre... tan sólo... quiere conversar [el capítulo 23 es el que más se aproxima]

En un libro un tanto deslucido, la coartada que se da por el asesinato de Lily Kimble destaca por ser un ejemplo sensacional del ingenio de Christie. Y en el libro aparece de manera muy similar al modo en que se plasma en el Cuaderno 17. Como siempre sucede con las mejores estratagemas de Christie, lo mejor es la sencillez misma:

> Circunstancias del asesinato de Lily
>
> Escribe (en contra de lo que aconseja su marido) al doctor K... Cuando acude a ver a G[iles] y G[wenda] encuentra a Marple... Luego la lleva... Dice que le ha pedido que vaya el martes en el tren de las 4.30, con transbordo en el enlace de Dillmouth. G y G llegan a las 4.30. En realidad le dice que vaya en el tren de las 2.30... Dos cartas idénticas, de no ser por la hora

En líneas generales, sin embargo, *Un crimen dormido* no está a la altura de otros títulos escritos a comienzos de los años cuarenta, como *La muerte visita al dentista, Maldad bajo el sol* o *Un cadáver en la biblioteca.* Y gracias a los cuadernos ahora conocemos una de las posibles razones.

El Cuaderno 14 contiene la primera referencia a una fecha en relación con este libro: septiembre de 1947.

> Planes, sept. de 1947
>
> El cadáver de Arlequín
> Cúbranle la cara (Helen)
> ~~La casa torcida (Las alt~~[eracione]~~s~~) hecho

Y esta fecha contradice por completo todas las teorías formuladas en torno a la fecha de creación del libro. No hay ninguna otra novela que pudiera acomodarse a la descripción «Cúbranle la cara (Helen)», de modo que ha de tratarse sin lugar a dudas de una referencia al libro que hoy conocemos como *Un crimen dormido.* Pero si en esa fecha, septiembre de

1947, sólo se encontraba en fase de planificación (y en una fase aún muy temprana, a juzgar por la brevedad de la nota), la escritura de la misma se tuvo que dar mucho después de lo que hasta ahora se suponía.

Esta complicación se subraya en la página siguiente, cuando descubrimos una fecha que nos señala que más de un año después la trama aún está en fase muy esquemática:

> Planes, nov. de 1948
>
> Cúbranle la cara
>
> La muchacha (o joven esposa) tiene recuerdos... Retorna...
> Lo apunta...«Helen» está muerta al pie de la escalera...
> «Dedos grises».
> Anuncio para encontrar a Helen Gilliat (nombre que
> aparece en un libro) al que responde el doctor Gilliat...
> un cirujano plástico... ¿era su hermana?

Y se esboza aquí parte de la trama (el «nombre que aparece en un libro... al que responde el doctor Gilliat... un cirujano plástico») que no tiene ninguna relación con la de *Un crimen dormido,* aunque la referencia a los «dedos grises» aquí y al «hombre con la mano» antes se refleja en la confrontación final del libro, en la que resulta del todo claro su inquietante significado. Es evidente que aún le quedaba mucho por planear. Así las cosas, podemos desplazar la fecha de escritura acercándola más a 1950, es decir, casi diez años después de la que se suponía, 1940.

Hay todavía ulteriores indicios de que este libro se escribió varios años después de terminada la guerra. En el siguiente extracto del Cuaderno 19 («la muchacha en el teatro... sale dando tumbos», que identifica con claridad *Un crimen dormido),* hallamos una referencia a «los años de la guerra» que seguramente sólo se pudo escribir mucho después de que la guerra hubiese terminado:

> Jimmy Peterson viaja desde Estados Unidos para ver a Val (que estuvo allí en los años de la guerra). La muchacha en el teatro... sale dando tumbos... el joven la sigue

Son dos los últimos detalles que respaldan la teoría de que *Un crimen dormido* no se escribió durante la guerra. En primer lugar, ¿por qué escribir a comienzos de los años cuarenta un «último» caso de la señorita Marple, cuando en ese momento los únicos casos plenamente desarrollados en los que había tomado parte eran *Muerte en la vicaría,* publicado en 1930, y *Un cadáver en la biblioteca,* que no se publicaría sino hasta 1942? Por otra parte, en el capítulo 24, sección I, de *Un crimen dormido,* el inspector Primer menciona «el problema de la pluma con veneno cercano a Lymstock», referencia directa a *El caso de los anónimos,* publicado en 1943. En conjunto, *Un crimen dormido* representa una culminación un tanto decepcionante para la trayectoria de la señorita Marple. Aun siendo una novela de detectives perfectamente adecuada, no está a la altura del gran logro del año anterior, *Telón: el último caso de Poirot,* ni, desde luego, a la altura de *Se anuncia un asesinato,* auténtica culminación de la carrera de la señorita Marple. La posibilidad de que haya sido escrito mucho después de lo que hasta ahora se suponía explicaría en gran parte el porqué.

PRUEBA E:
UN CUESTIONARIO SOBRE LOS TÍTULOS

Los dos elementos esenciales en un relato eran un título y una trama. El resto es únicamente preparación. A veces el título conduce a una trama, conduce por sí solo, por así decirlo, y luego todo es navegar con viento en popa. Pero en este caso el título siguió adornando el margen superior de la página sin que asomara ningún vestigio de la trama que estaba por llegar.

«La aventura del señor Eastwood»

Todos los títulos siguientes se consideraron en su momento, pero terminaron por descartarse en favor de otros títulos para las obras de Christie. Están tomados de los cuadernos, de los mecanoscritos o manuscritos, de los informes de los lectores y de la correspondencia. Algunos son más obvios que otros; entre ellos hay novelas, relatos, obras teatrales y una novela firmada como Mary Westmacott.

1. Fin de semana trágico
2. Justicia en la autopsia
3. Muerte retrospectiva
4. En recuerdo
5. La muerte de una profesora de educación física
6. El inocente
7. Consecuencias
8. Festín sangriento
9. La mano
10. Se ha dispuesto una muerte
11. Operación «Fecha Límite»
12. Viaje de regreso
13. La muerte es un capricho
14. Muerte fácil
15. El punto de la víbora
16. Segunda entrada
17. Telaraña enmarañada
18. Laura encuentra un cadáver
19. Marea creciente/La resaca
20. El diente de la serpiente
21. Un gato en el palomar
22. Un alma en el asiento de la ventanilla
23. La telaraña
24. El olvido del mundo
25. El misterio de la casa solariega
26. Sombra al sol

Las respuestas, en la página siguiente

Respuestas

1. *Sangre en la piscina*
2. *Cinco cerditos*
3. *Cinco cerditos*
4. *Cianuro espumoso*
5. *Un gato en el palomar*
6. *Inocencia trágica*
7. «Santuario»
8. *Asesinato en la calle Hickory*
9. *Un crimen dormido*
10. *Se anuncia un asesinato*
11. *Tres violinistas*
12. *Sangre en la piscina*
13. *El templete de Nasse House*
14. *Las manzanas*
15. *Inocencia trágica*
16. *El misterio de Sans Souci*
17. *El caso de los anónimos*
18. *La telaraña*
19. *Pleamares de la vida*
20. *Inocencia trágica*
21. *Inocencia trágica*
22. *La rosa y el tejo*
23. *El caso de los anónimos*
24. «La casa de Chiraz»
25. *Tragedia en tres actos*
26. *Misterio en el Caribe*

8

Destino desconocido: Asesinato en el extranjero

Todos los días es todo igual. Aquí nunca pasa nada. No es como en St. Mary Mead, donde siempre pasaba algo.

Misterio en el Caribe, capítulo 1

SOLUCIONES QUE SE REVELAN

Cita con la muerte (obra teatral) • «La casa de Chiraz» • *El hombre del traje marrón* • *Asesinato en Mesopotamia* • «Triángulo en Rodas»

En mayor medida que cualquiera de sus contemporáneos, Agatha Christie se sirvió del «extranjero» como telón de fondo a lo largo de toda su carrera. Ya en su tercer título, *Asesinato en el campo de golf,* envió a Poirot a Francia. En su primera década de escritora profesional otros tres títulos comparten esta característica: *El hombre del traje marrón, Los cuatro grandes* y *El misterio del Tren Azul.* En todos ellos predomina la ambientación en el extranjero, y todavía en 1964 se llevó la señorita Marple sus agujas de tejer al Caribe. Muchas de las novelas de misterio que escribió Christie tienen una ambientación similar: *Intriga en Bagdad, Destino desconocido, Pasajero a*

Frankfurt. Y Poirot resuelve algunos de sus casos más famosos muy lejos de Whitehaven Mansions: *Muerte en el Nilo, Asesinato en el Orient Express, Asesinato en Mesopotamia* y *Cita con la muerte.* Todo ello es reflejo de la afición a los viajes que tuvo Christie durante toda su vida.

El hombre del traje marrón
22 de agosto de 1924

Al quedar huérfana de repente, Anne Beddingfeld viaja a Londres y presencia una muerte sospechosa en una estación de metro. Una muerte posterior que tiene lugar en Mill House convence a Anne para que emprenda una investigación, con lo que toma un barco con rumbo a Sudáfrica, en donde se ve envuelta en una aventura apasionante.

Para su cuarta novela, Christie se basó ampliamente en las experiencias que tuvo cuando viajó con su primer marido, Archie, dando la vuelta al mundo en 1922. Aunque comienza en Inglaterra, buena parte de la novela se ambienta en un barco que navega hacia Sudáfrica, y el clímax de la trama tiene lugar en Johannesburgo. Estrictamente hablando no es un relato detectivesco, aunque contiene elementos de misterio. Es un libro emocionante en el que hay asesinatos, robos de joyas, un criminal que es un maestro en su oficio, mensajes misteriosos y un tiroteo, por todo lo cual se podría considerar un trabajo de aprendiz previo al momento en que Christie halló su verdadera vocación como novelista del género detectivesco. No obstante, se trata de una lectura que produce un gran disfrute en el lector y que contiene una solución sorprendente. Y por eso supone un elemento importante en el canon de Christie, ya que presagia sus trucos más pasmosos y se adelanta en dos años, haciéndolo además de una manera sumamente sutil e ingeniosa. Asimismo, adopta la técnica que consiste en emplear varios narradores, planteamiento que de diversos modos volveremos a ver, a lo largo de su trayectoria, en novelas tan diferentes como *El misterio de la guía de ferrocarriles, Cinco cerditos* o *El misterio de Pale Horse.*

El auténtico comandante Belcher, que fue quien contrató a Archie como gerente para dar la vuelta al mundo, convenció a Christie de que lo incluyese como personaje en su próxima novela. Y no se conformó con ser cualquier personaje, sino que quiso además ser el asesino, al cual consideraba el más importante de los personajes de una novela negra. Llegó a sugerirle un título, *Misterio en Mill House,* que es como se llamaba su propia casa. En su *Autobiografía* Christie dice que, si bien creó a sir Eustace Pedler utilizando algunas de las características de Belcher, en realidad no era Belcher.

También relata en su *Autobiografía* que cuando se vendieron los derechos de la publicación por entregas de *El hombre del traje marrón* al *Evening News* le cambiaron el título por *Anne, la aventurera.* A ella le pareció «la mayor tontería que he oído nunca», y sin embargo la primera página del Cuaderno 34 tiene por encabezado «Anne, la aventurera».

La docena de páginas de notas que ha sobrevivido del cuaderno refleja el transcurso del relato y representa todo lo que se conserva sobre la elaboración de la trama. Su exactitud nos lleva a pensar que se trata de una sinopsis hecha a partir de apuntes anteriores más elementales, aunque, como Christie comenzó a tomar las notas para preparar este libro estando en Sudáfrica, es comprensible que ya no se conserven.

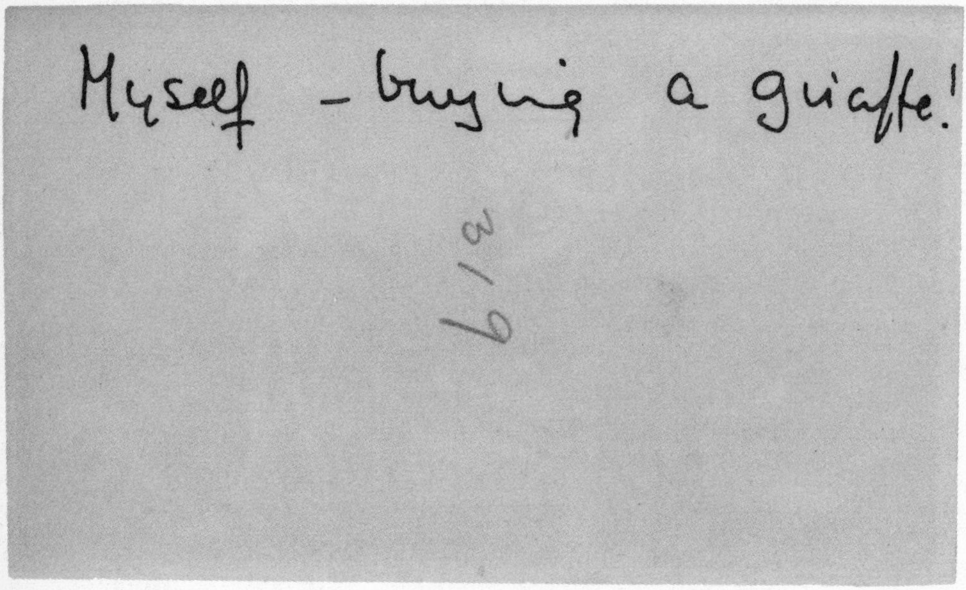
Myself - buying a giraffe!

En esta fotografía inédita de su viaje alrededor del mundo, en 1922 en compañía de Archie, aparece Agatha Christie comprando una jirafa de madera al lado de un tren, exactamente igual que Anne, su heroína, en el capítulo 23 de El hombre del traje marrón.

Capítulo I... Anne... su vida con su padre... sus amistades... su muerte... A se queda sin blanca... Entrevista con el abogado; le quedan 95 libras.

Capítulo II... Accidente en el metro... El hombre del metro... Anne vuelve a casa.

Anuncio en un periódico... «Se busca información»... Solicita Scotland Yard... Un inspector acude a entrevistar a Anne... Su tranquilidad... Braquicéfalo... No es un médico. Sugiere que pueda ser un detective... Saca un pedazo de papel... Huele a alcanfor... se da cuenta de que el papel le fue hurtado al muerto 17 / 1 / 22

III... Visita al director del periódico (lord Northcliffe)... Toma una tarjeta influyente... Su recepción... si es que lo hace bien. La orden de que vea... ¿Ha encontrado algo? ¿Tal vez un rollo de películas?

V... Castillo de Walkendale... las indagaciones de Anne... El Castillo de Arundel... Anne logra entrar

VI – El mayor sir Eustace Puffin [Pedler]... cambio de camarotes... del 13 al 17... gran embrollo... Eustace, Anne y el doctor Phillips y Pratt afirman que es el suyo

O bien entra un hombre corriendo para pedir ayuda... Cuando llega la azafata descubre que le han dado una puñalada en el hombro... Entra el médico... «Permítame»... Recela de él... Sonríe... Llevan al hombre al camarote del médico y lo atiende el médico oficial del barco

La referencia a lord Northcliffe, el famoso magnate de la prensa, parece sugerir que Christie quiso basar en él al personaje de lord Nasby, al cual visita Anne en el capítulo 5 para pedirle un empleo. Los dos guiones alternativos en los que tenía parte el cambio de camarotes y el hombre apuñalado se encuentran en la novela.

La casa de Chiraz
Junio de 1933

¿Por qué se ha encerrado lady Esther Carr en la casa que tiene en Persia? ¿Qué le sucedió en verdad a su criada? Parker Pyne lo investiga.

Este relato breve, de *Parker Pyne Investiga,* refleja una Christie menor, pero incorpora pese a todo un mecanismo de la trama similar al de «La acompañante» en *Miss Marple y trece problemas* y, mucho después, y de forma mucho más elaborada, *Se anuncia un asesinato.* Hay referencias en el Cuaderno 63, todas ellas, de manera sorprendente, a una adaptación escénica que nunca llegó a materializarse. Parece muy poco probable que exista en realidad una hipotética transformación al lenguaje teatral, aunque también es cierto que igual sucedió en *Testigo de cargo.* Christie juguetea aquí con varios títulos, todos los cuales tienen relevancia en el relato:

> El olvido de los mundos (¿Obra teatral? La casa en Chiraz)
> La dama del desierto

Las notas que tomó para la adaptación incluyen un esbozo de dos actos y tres escenas:

Hotel... Cambio veloz de sitio... Lady Esther Carr... Una escena entre ella y una vieja dama o un anciano caballero... Un trotamundos que era amigo de su madre... El chofer... Ella se enfurece... Se escapa con él... El viejo amigo dice que el hombre está loco.
Conversación entre lady E y la muchacha... Muriel... agradable, una chica normal... O ha sido institutriz... Tiene compromiso matrimonial con un chofer... Un piloto, un joven fortalecido por la adversidad. En la entrevista habla con otra chica... Le gusta... Se llevan bien, se entienden.

Acto II... La casa en el desierto... Los criados nativos... Lady E... Todos con atuendos árabes. Lo manda a que haga un recado en Damasco... Estará todo un mes fuera... Luego se vuelve a su esclava... Dice a la chica que no se le permitirá ver a Alan... M replica... se vuelve contra ella... Tan alta y tan fuerte como tú... Va caminando hacia atrás... Cae. Está prevista la visita del nuevo cónsul británico... Ella arroja la bandeja del desayuno... se pone el anillo... lo recibe... Lo recibe como si fuese lady E.

La principal diferencia que existe entre el original y la adaptación propuesta es que la información que se nos da en el relato por medio de la conversación entre Pyne y el cónsul británico se representa en escena. La primera escena enmarca el trasfondo de la narración, y la segunda expone el accidente que precipita la farsa. Esto supone que el público habría tenido plena conciencia de la revelación al terminar la obra. Pero no es posible averiguar si Christie aún tenía en mente otra sorpresa... No se conservan las notas del último acto.

Problema en Pollensa

Noviembre de 1935

La señora Adela Chester pide a Parker Pyne que convenza
a su hijo, Basil, de que abandone a su novia, Betty,
a la cual considera inapropiada.

Hay breves notas en los Cuadernos 66 y 20 sobre este relato ligero de Parker Pyne. La única cuestión pendiente era el contexto. Como se trataba de una bagatela sin relación con la novela negra, lo escribió evidentemente para el mercado de las revistas:

> Una mujer muy nerviosa pretende que el señor PP impida que su hijo se case con una muchacha... No serán felices... El hijo pregunta a PP si le va a ayudar en su empeño.
>
> ¿Córcega? ¿Mallorca?
> Madre e hijo... Una chica que le gusta a él... Los padres...
> pantalones... Aparece Madeleine... esta escena...
> El muchacho está inquieto

Triángulo en Rodas
Mayo de 1936

A pesar de advertir a los protagonistas, Hércules Poirot es incapaz de impedir que se cometa un asesinato en el hotel de Rodas en que está pasando las vacaciones. Pero sí podrá resolverlo interpretando correctamente el «Triángulo en Rodas».

La génesis de este relato es compleja. Hay variantes textuales en las ediciones americana e inglesa, además de que existen copiosas notas para su posible dramatización. Y como se expandió y alteró para la novela titulada *Maldad bajo el sol,* algunas de las notas se solapan y se entrecruzan. No es posible fechar los cuadernos con exactitud, pero este sucinto extracto del Cuaderno 20 refleja bastante bien la trama:

> El Triángulo en Rodas... Valerie C., a la que aman el comandante C. y Douglas Golding

Experimentó una serie de cambios antes de llegar a ser la versión que conocemos. Estas notas, en las que están completos los esbozos que hizo Christie sobre varios «triángulos eternos», se encuentran a uno y otro lado de las destinadas a «Problema en Pollensa». Para complicar aún más la cosa, hay dos ambientes y se enumeran dos conjuntos de personajes completamente distintos:

> La Rusia soviética
>
> Habitación de hotel
> En el tren

El triángulo

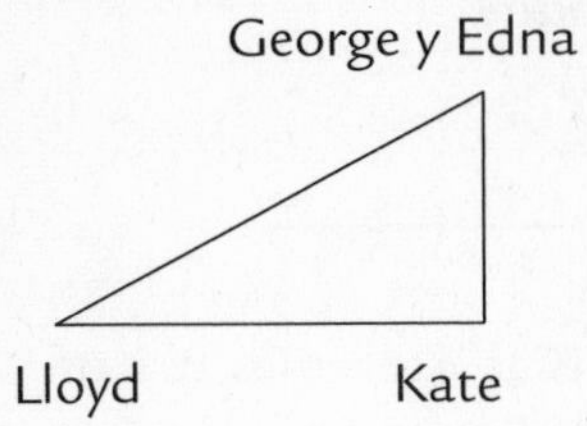

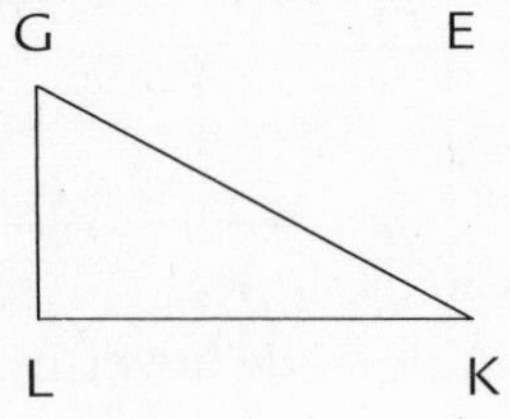

Anna e Ivan
Los Gordon... Lloyd y Jessica

Rodas... Baño... Emily Renault (Joan Heaslip)
Los Courtney... de buen ver... ajados... cabezas huecas
Llegan los Golding... hombre... mujer sencilla... gran sorpresa al descubrir que están en su luna de miel... Él está enamorado de la señora C... Rendidamente... Antagonismo entre él y C... Una riña en la cena... Todo el mundo habla de ello.

La mujer callada acude a PP... ¿Qué podría hacer ella? Él le dice que se vaya enseguida de la isla... corre usted peligro (PP se lo dice a sí mismo en donde la ha visto... recuerdo de un juicio por asesinato). Lee es farmacéutico... Golding se toma su copa de costumbre, un gin tonic con jengibre... La bebe en cambio la señora Golding y muere

La ambientación en la Unión Soviética (inspirada tal vez por haber pasado allí unos días a su regreso de Ur, en 1931) habría sido algo sin precedentes en Christie, algo sumamente insólito en la ficción de género negro de la época. Tal vez no sea de extrañar que esta versión no llegara a desarrollarse. El otro guión se asemeja más a la versión publicada, pero aún había de experimentar ajustes posteriores. Nótese también que este borrador aún temprano representa un caso para Parker Pyne.

Llegado el momento, en el Cuaderno 66 encontramos la versión «auténtica». El breve resumen de la trama que se da a continuación se halla en medio de las notas tomadas para preparar *El misterio de la guía de ferrocarriles,* ubicación que encaja con las fechas de publicación de ambas. El hecho de que esta trama y este contexto aparezcan de pronto y completamente formados al mismo tiempo en que Christie urdía una de sus novelas más grandes no es sino una nueva muestra de su fertilidad creadora.

> El relato de Poirot... Chantries... Ella es hermosa, pero un
> poco tonta, él es un hombre de personalidad fuerte,
> pero callado... Los Golding... G se ha enamorado de la
> señora C... La señora G, desesperada, acude a Poirot...
> Corre usted peligro. Diversas escenas si es libro...
> En realidad Chantries y la señora G son amantes...
> el gin tonic... Gold... supuestamente quiere matar a C...
> Es la señora C la que se lo bebe... y muere

Nótense las palabras que hay en medio de esta anotación: «Diversas escenas si es libro». Es evidente que pensó, y con acierto, que esta situación encerraba un gran potencial de cara a su elaboración. Y es lo que hizo años después en *Maldad bajo el sol,* aunque ambas tramas sean muy distintas. En ambas se da una situación de triángulo amoroso, ambas se desarrollan en una playa, y ninguno de los dos triángulos es el que el lector hubiera esperado, aunque el móvil de los dos asesinatos es distinto y el tema del triángulo eterno aún experimenta una nueva variación en la segunda de las novelas. Existe también una clara similitud con el método de envenenamiento que adopta el asesino en *El espejo se rajó de lado a lado,* más de veinticinco años después.

Por último, las siguientes notas del Cuaderno 58 podrían parecer un borrador aún primerizo de «Triángulo en Rodas», aunque en realidad aparece en medio de las anotaciones de *Misterio en el Caribe:*

> Idea del Triángulo (Rodas)
>
> Adorable sirena... Su marido... cariñoso, siniestro, cínico... Un ratoncillo de medio pelo, una bonita mujer, una esposa... un marido sencillo, un simple... El marido siniestro en realidad tiene relación con el ratoncillo de medio pelo. El plan consiste en liquidar a la sirena... Y que su estúpido marido sea el sospechoso

Hay similitudes entre las dos: el cuarteto formado por las dos parejas en un ambiente de playa exótica. Pero lo cierto es que en este punto se incluye en el cuaderno como resumen de una trama, para su propio uso, a la vez que consideraba nuevas posibilidades para su nuevo cuarteto caribeño.

Asesinato en Mesopotamia
6 de julio de 1936

Cuando Amy Leatheran acepta un trabajo de enfermera en una excavación arqueológica para cuidar a la neurótica señora Leidner, apenas puede sospechar que estará involucrada en la investigación sobre el asesinato de su paciente. ¿Cómo tuvo el asesino acceso a su víctima si la habitación estaba permanentemente vigilada?

Desde que se casó con Max Mallowan, Christie lo acompañó anualmente en sus expediciones arqueológicas a Irak.

Estos viajes le proporcionaron el trasfondo de una novela en el extranjero, aunque la que más a fondo se corresponde con sus propias experiencias es *Asesinato en Mesopotamia.* La ambientación es una excavación arqueológica; aparte de la trama detectivesca, hay muchos detalles sobre la vida del día a día tomados de primera mano.

Las notas que se conservan no son extensas, menos de quince páginas en total esparcidas en cuatro cuadernos. El Cuaderno 66 contiene una anotación con el resumen dentro de una lista fechada en enero de 1935; escribió la novela a lo largo de ese año, y la edición comercial se publicó en julio de 1936.

> ¿Asesinato en una excavación, una enfermera en primera persona?

En el Cuaderno 20 aparece una lista de personajes que coincide con la novela publicada (aunque algunos de los hombres no sean del todo reconocibles), al igual que la situación básica que se perfila a continuación:

> Los personajes
> 1. El doctor L[eidner]
> 2. La señora L[eidner]
> 3. El arquitecto B., un hombre de 35, taciturno y atractivo [Richard Carey]
> 4. P., experto en epigrafía, hombre un tanto hipocondriaco... o un sacerdote (¡en realidad no es un sacerdote!) [padre Lavigny]
> 5. El joven R., parlanchín o ingenuo [David Emmott]
> 6. La señorita Johnson... de mediana edad, afectuosa con L.
> 7. Una esposa —no la del arqueólogo— bella y frívola [la señora Market]
> 8. Un hombre joven y amargado, G. [Carl Reiter]

La esposa... muy rara... ¿La están drogando sin que ella lo sepa? El ambiente se desarrolla con gradual intensidad... Podría estallar una bomba en cualquier momento

Es una lástima que no existan notas más detalladas sobre la mecánica de la trama, sobre todo a la vista del recordatorio que anotó Christie al comienzo del siguiente extracto:

¿Podemos trabajar con la idea de la ventana?

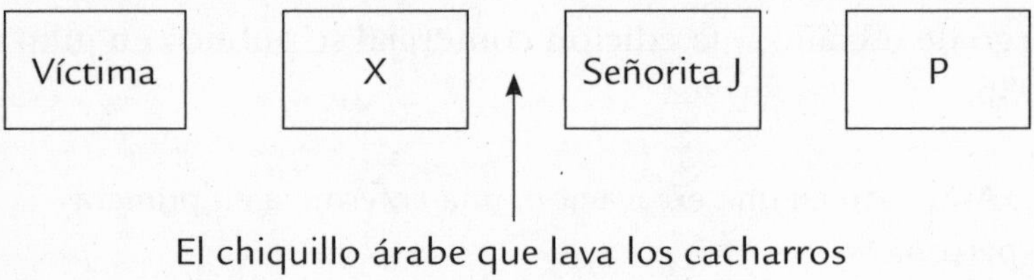

«La idea de la ventana» es sin duda una de las estratagemas más ingeniosas y originales, y como todas sus mejores argucias es muy sencilla si se mira retrospectivamente. Dicho esto, cuando la señorita Johnson sale al tejado en el capítulo 23 y afirma: «Ya he visto cómo puede entrar alguien desde fuera, y es de una manera que nadie imaginaría jamás» no está diciendo exactamente la verdad. Habría sido más rigurosamente cierto si hubiera dicho: «He visto cómo alguien puede cometer un asesinato, y es de una manera que nadie imaginaría jamás». El asesino no vino desde fuera: ya se encontraba presente. Y aunque la señorita Johnson se dio cuenta de cómo había logrado cometer el asesinato sin ni siquiera abandonar el tejado, en realidad no es lo mismo.

Y a pesar de la referencia a la crucial «idea de la ventana», el diagrama que la acompaña no es en realidad relevante en ella, ya que representa la planta baja de la Casa de la Expedición, aunque sea distinto del que se incluye en la novela tal como se publicó. Aunque Christie experimentase brevemente con otros asesinos posibles, el principal candidato parece haber sido siempre el que al final es desenmascarado.

> Posibles estratagemas... La señora L y su vida anterior... Algún hombre al que ha herido... El marido o alguien al que traicionó... La odia... La persigue... Ella se pone cada vez más nerviosa
>
> Desarrollo
> A. La señora L es asesinada
> B. Es otra la asesinada al confundirla con ella...
> En realidad es ella quien lo ha orquestado, y la historia de la persecución es mero invento suyo
>
> El doctor L asesina a la señora L
> Luego hay un segundo asesinato... ¿Alguien que sabía algo...? ¿La señorita Johnson?
>
> La señorita J es la esposa original... ¿su venganza?
> O bien... una historia manipulada por la esposa... ¿resultado de la cual muere el marido?
> O bien... es el doctor L el malvado

Por último, en el Cuaderno 47 se revela que Christie sopesó la posibilidad de utilizar *Asesinato en Mesopotamia* como base para una pieza teatral. Sin embargo, rechaza la idea de utilizar los personajes o la trama de la novela como base de la obra teatral (a pesar de «la mujer atractiva y problemática», personaje similar a la señora Leidner) cuando esboza un posible guión:

Asesinato en Mesopotamia no llega a ser un Christie de primerísima fila debido a la revelación increíble, durante la explicación que da Poirot, de una relación cuya existencia nadie podía sospechar. La mecánica del asesinato es sumamente ingeniosa, la ambientación y los personajes están mejor trazados que de costumbre y la identificación del asesino es sin duda una gran sorpresa. Pero la razón del crimen en sí es lo que resulta difícil de creer; cuesta incluso imaginar cómo Christie (o su editor) llegó a pensar que fuese un desarrollo probable o incluso verosímil. Aparte de la insatisfacción intrínseca que esto supone, también se estropea uno de los pocos ejemplos de los intentos que hizo Christie por escribir «el crimen imposible». Éste es un subgénero de la novela detectivesca cuyo interés radica no sólo en la identidad del asesino, sino también en los medios a través de los cuales se ha cometido el crimen. En la novela detectivesca del «crimen imposible», las víctimas suelen hallarse en medio de un césped que cubre la nieve y en ella no hay huellas, o bien las víctimas estaban sometidas a observación constante durante su asesinato en una habitación (éste es el caso), o en una habitación con puertas y ventanas cerradas por dentro. John Dickson Carr, contemporáneo de Christie y gran maestro de la habitación cerrada, fue quien lo exprimió al máximo. Cuando es un rasgo más en una trama de Christie más bien parece un añadido de última hora; ese concepto nunca fue el eje de la trama ideada. Lo empleó tan sólo en otras tres novelas —*Navidades trágicas, La trayectoria del bumerán* y *Telón*—, así como en un puñado de relatos.

¿Obra teatral en una excavación? Personajes posibles de Asesinato en Mesopot[amia]

Un director norteamericano ~~con una esposa problemática~~ enamorado de una mujer atractiva y problemática... Viuda de un inventor... o de un científico experto en física atómica... encarcelado por su militancia comunista (¿según la idea de Hiss?) Hace diez años que está en prisión... Ella se ha divorciado... ¿Enamorado de Deirdre? ¿Casada con él? Está a punto de tener una aventura con un arquitecto de mediana edad... aparecen dos médicos que están en un congreso en Bagdad... Uno es amigo de la expedición... El otro es un cirujano plástico... es asesinado. Entonces ella sí

Alger Hiss fue un funcionario del Departamento de Estado de Estados Unidos acusado de espionaje y encarcelado en 1950, aunque por cometer perjurio. Su culpabilidad o su inocencia en el caso de espionaje aún sigue debatiéndose. Murió en 1992.

El resumen anterior parece improbable material para una obra de teatro, pero algunas de estas ideas a la sazón sí aparecieron en *Destino desconocido.*

Cita con la muerte

2 de mayo de 1938

La abominable señora Boynton aterroriza a su familia incluso cuando están de vacaciones en Petra. Cuando aparece muerta en el campamento, más de uno siente un gran alivio. Hércules Poirot, si bien muestra su simpatía por la familia, dispone de veinticuatro horas para hallar al asesino.

Existen notas para la novela y para la versión teatral de este título. Más de sesenta páginas de notas de esta última se encuentran en cuatro cuadernos, mientras que hay otras veinte que corresponden a la novela en el Cuaderno 61, poco antes de las notas preliminares para *Navidades trágicas* y las extensas notas para *Akenaton.* Se imprimió en mayo de 1938, pero hubo una publicación por entregas anterior, en el mes de enero en el *Daily Mail,* en donde se tituló *Encuentro con la muerte,* y aún otra antes, también por entregas, a finales del año anterior en Estados Unidos. En un ensayo que prologó la publicación por entregas de la novela, Christie escribió que los tres puntos fundamentales de este caso resultaron atractivos para Poirot: el plazo de veinticuatro horas, la psicología de la muerta y el hecho de que se le pidiera investigar a un hombre poseído por una pasión en verdad equiparable a la suya, el coronel Carbury.

En *Cita con la muerte,* Christie se plantea un nuevo desafío técnico. La investigación tiene lugar en tan sólo veinticuatro horas (aunque todo el montaje de la trama requiere mucho más tiempo) y en el espectacular enclave de Petra, muy lejos de las instalaciones de Scotland Yard. No hay huellas dactilares, no hay nadie llegado de fuera, no está Hastings; tan sólo Hércules Poirot y los sospechosos, aunque justo es decir que partes de la solución únicamente se pueden explicar por intervención divina. Por ejemplo, ¿cómo es posible que Poirot estuviera al tanto de la vida anterior del asesino? Es revelador que cuando Christie adaptó la obra para la escena cambió por completo el final y ofreció al público una solución más verosímil y psicológicamente más atrayente.

La primera página del Cuaderno 61 lleva por encabezado «El asesinato de Petra». Inmediatamente después figura una lista de personajes con breves descripciones, cuyos antecesores se pueden ver con claridad en las notas tomadas para *Muerte en el Nilo* (véase el capítulo 6). El apellido Boynton no aparece en esta fase, y a la familia se la llama los Platt:

Personajes
Roy... joven, neurótico (¿26?)
Nadine (¿22?)
Lucia... ¿La hija de la señora P?
Jefferson... el hijo mayor
Prunella (su esposa... clara, equilibrada, pelo
Sarah Grant (Sybil Grey) una joven doctora... interesada por la psicología mental [Sarah King]
Lady Westholme, parlamentaria (una posible primera ministra en el futuro)
La doctora Gerard (¿francesa?)
¿La señora Gibson (charlatana, consternada)? [la señorita Price]

Cuando vuelve, seis páginas después (tras un rápido rodeo para consignar algunas notas destinadas a «El espejo del muerto», *Un ciprés triste* y *Telón),* Christie enmienda los personajes —como de costumbre, a algunos les cambia de nombre, mientras que hay otros que no salen en la novela— y procede con su sistema de costumbre, asignando letras a cada una de las escenas. Urde la trama yendo de la A a la L sin titubeos, sin desviarse (lo cual podría indicar que ya había trabajado todo este material en otra parte), aun cuando el orden cambiará muy considerablemente. La frase con que se abre la novela, la más fascinante de todas las que sirven de comienzo a las novelas de Christie («Ya lo ve usted, ¿o no lo ve?, que es necesario matarla»), no aparece hasta la escena L en las notas. El hecho de que Poirot aparezca mencionado en conjunción con esta frase podría explicar que tenga el protagonismo en la novela.

Asesinato de Petra

La familia Platt en Mena House... luego en el barco a Palestina

Personajes
La señora Platt [La señora Boynton]
Jefferson Platt [sustituido por Lennox]
Nadine, su esposa
Marcia [Carol]
Lennox [pasa a ser Raymond en la novela]
Ginevra
Sarah Grey [Sarah King]
Amos Cope (enamorado de Nadine) [pasa a ser Jefferson Cope en la novela]
Lady Westholme, parlamentaria
Doctora Gerard, doctora francesa
Sir Charles Westholme [no aparece]

A. Sarah Grey y Gerard hablan de la señora Platt... S dice que es una sádica [parte I, capítulo 6]
B. Marcia y Lennox... «No puedo continuar... ¿Por qué no iba a ser así?
Siempre ha sido así... Algún día morirá... Nadie hay que nos ayude. [Parte I, capítulo 1]
C. La señora Platt y Ginevra... Esta noche está usted cansada, querida... Enferma... La fuerza a enfermar [parte I, capítulo 4]
D. Nadine y Amos... ¿Por qué estás aquí? Déjalo todo [parte I, capítulo 5]
E. Nadine y Jefferson... ella le suplica... Él exclama... ¡No me abandones! [parte I, capítulo 8]
F. Nadine y la señora Platt... Ella no siente el embrujo [parte I, capítulo 8]

G. N y Marcia, que ha oído la conversación... Yo no lo culparía si se fuera

H. Amos y la señora P... ésta dice que se encuentra indispuesta... Sólo puede contar con su familia... un desaire [parte I, capítulo 5]

I. Marcia y Sarah Grey [parte I, capítulo 7]

J. Lennox y Sarah... Ella le dice que se marche... No puedo... Soy débil... No estoy a tu altura... [parte I, capítulo 9]

K. Sarah y Gerard... Ella reconoce que está enamorada de él [parte I, capítulo 9]

L. Lennox y Marcia... Tenemos que matarla... Eso nos daría... Nos daría a todos la libertad... HP escucha esta última frase sin que nadie lo sepa [parte I, capítulo 1]

Es interesante que tanto en *Cita con la muerte* como en la novela siguiente, *Navidades trágicas,* publicada seis meses después, aparezcan dos de las creaciones más monstruosas de Christie, la señora Boynton y Simeon Lee, respectivamente. Ambos abusan de sus familias, aunque en ninguno de los dos casos sea su tiránico comportamiento el móvil de sus asesinatos. La solución alternativa que se propone en la versión teatral de *Cita con la muerte* lleva ese dominio abominable a nuevas cotas. Esta novela también contiene un ejemplo aún temprano de una mujer joven que vive de su profesión, la doctora Sarah King. En algunas novelas anteriores hubo mujeres independientes —dejando a un lado a Tuppence Beresford, están Emily Trefusis en *El misterio de Sittaford,* Frankie en *La trayectoria del bumerán* y Anne Beddingfeld en *El hombre del traje marrón*—, pero la doctora King es la primera en ejercer la profesión de médico.

En las notas abundan las especulaciones sobre el método para cometer el asesinato, lo cual da fuerza al argumento de que éste es un libro que depende de los personajes mucho más que de la trama. Y no es un detalle insignificante que en la versión escénica no sólo sea distinto el malvado que se desenmascara, sino que también es completamente diferente el método que adopta el malvado. Como bien se puede ver, Christie consideró unos cuantos venenos antes de inclinarse por la digitoxina:

Método del asesinato, etc.

El fármaco que ha robado Sarah

Abricina... Robada por Sarah... Muerte súbita y violenta
de la señora Pl[att]
¿Ácido prúsico en unas sales de olor?
Digitalina
Un narcótico con el almuerzo

Una de las criadas le lleva algo de beber (¿un té?)... Lady M toma un té que no lo es
Si es veneno... Coniína... Digitoxina... Coramina
Si es coniína o coramina... ¿Fueron lady MacMartin y la señorita Pierce a hablar con ella? Ella no contesta
Si es insulina, la señora P se la inyecta ella misma
Lo que importa de la coniína (o la coramina) es la parálisis muscular
La anciana está sentada... Todos los miembros de la familia se acercan a hablar con ella... Todos ven que ha muerto, pero nadie lo dice

La adaptación escénica, hasta el momento del desenlace, es en gran medida similar a la novela. Sin embargo, como ya sucede en otras obras teatrales —*Sangre en la piscina, Muerte en el Nilo, Vuelta a asesinar/Cinco cerditos* y *Cartas sobre la mesa* (aunque no adaptadas por Christie)—, se prescinde de Poirot. La principal diferencia es la novedad del final, aunque también hay una discusión en el acto II, escena 1ª, acerca de la trayectoria que ha tenido la señora Boynton como funcionaria de prisiones. Una y otra cosa se comentan en las notas. Y es la señorita Price, en apariencia tan insignificante, la que aporta la vital información que desemboca en la solución, tal como esboza Christie en este diálogo sumamente revelador:

> ¿Sabe usted...? ¿Ha hecho usted tal vez algún trabajo de rescate? Una funcionaria de prisiones. La señorita P está incómoda... Se levanta, se dispone a marcharse. Sarah, que está sentada cerca de ella, interrumpe... «Eso explicaría muchas cosas... ¿No renunció usted a su trabajo cuando se casó? Ha seguido al pie del cañón. La necesidad de dominar, etc.»
>
> Ser drogadicto... qué triste debe de ser para la familia
> S: Señorita Pierce, ¿qué está usted diciendo?
> Señorita P: Nada... No es nada.
> S: ¿Está usted insinuando que la señora Boynton tomaba drogas?
> Señorita P: Lo descubrí... por puro accidente, claro está. Sabía que era mucho peor.
> S: Pero entonces eso significa... Que la señora Boynton era drogadicta.
> Señorita P: Sí, querida. Lo sé.
> S: Dígame... Me tiene que decir...
> Señorita P: No, no diré nada. La pobre mujer ha muerto, y...
> S: Dígame... ¿Qué es lo que vio, qué es lo que oyó...?
> La señorita P cuenta lo que vio... porque se encuentra entre la espada y la pared. Sarah llama al coronel Carbury... Acuden todos... La sacan del aprieto.

Misterio en el Caribe

16 de noviembre de 1964

Estando de vacaciones en las Antillas, la señorita Marple se ve sujeta a los inacabables recuerdos que le cuenta el comandante Palgrave. Tras morir éste de pronto, ella lamenta no haber prestado más atención cuando le habló de un asesino al que había conocido. ¿Es posible que ese mismo asesino esté planeando la comisión de otro crimen en St. Honore?

En *Misterio en el Caribe,* Christie utilizó los recuerdos de unas vacaciones en Barbados del año anterior. Es el único caso de la señorita Marple en el extranjero, aunque Christie había pensado enviarla fuera del Reino Unido poco antes de empezar *El tren de las 4:50:*

> La señorita Marple... en algún sitio, de viaje... o en la playa

Las notas para *Misterio en el Caribe* están esparcidas en un total de catorce cuadernos, aunque muchas apenas pasan de ser apuntes pasajeros o ideas aisladas que Christie fue incorporando a la trama cuando comenzó a escribir la novela, en 1963. El Cuaderno 4 muestra algunas meditaciones tempranas y en el Cuaderno 48 hallamos ya especulaciones en torno a las dos parejas:

> <u>1961, proyectos</u>
>
> En el Carribe [sic]... La señorita M... tras una enfermedad... Raymond y su esposa... Hija... ¿o hijo? El falso comandante

Taylor... como un sapo... entorna los ojos
Idea A Parejas Lucky y Greg Evelyn y Rupert [Edward]
Greg es un norteamericano muy rico... Lucky quiere casarse con un joven... Sin embargo, el que la pretende es Rupert... tiene una aventura con él. La cuestión es si R. mata a Greg o si Evelyn mata a G por error, tomándolo por R. En realidad es el jovenzuelo el que mata a Greg

A pesar de la presencia de las dos parejas con nombres casi idénticos en la novela, ninguna de las diversas combinaciones y permutaciones aquí consideradas hallaron cabida en *Misterio en el Caribe.* Y en el Cuaderno 35 enumera lo que habían de ser tres novelas, aunque la secuencia alfabética resulte extraña. Tal vez sea el orden en el cual se propuso escribirlas, aunque en realidad se publicaron en el orden que se expone a continuación:

1962, Notas para 3 libros
Y. Los relojes (?)
Z. Misterio en el Carribe [sic]
X. El Terreno de los Gitanos

Algunas de las ideas que Christie anotó en sus diversos cuadernos —el comandante con cara de sapo, alguien que cuenta interminables relatos sobre un asesinato, la administración de una droga alucinógena y un marido que «salva» a su esposa unas cuantas veces, aunque «fracasa» y no la salva en un momento posterior— aparecen en efecto en la novela. También se recuerda en varias ocasiones los detalles de «El toro de Creta», de *Los trabajos de Hércules,* y el empleo de las drogas alucinógenas:

Mirar el envenenamiento por datura como lo administraban las mujeres de los indios a sus maridos... y releer El toro de Creta

Libro sobre la idea del toro de Creta... La locura inducida por dosis sucesivas de belladona

Obra teatral o libro... según sea la idea crucial de Matar es fácil o El toro de Creta... Todo se va acumulando poco a poco en una persona que termina acorralada... Pero orquestado por otra

Una mujer casada se ahorca... Él corta la cuerda a tiempo. En realidad, el marido está allanándole el camino del suicidio... ¿Lo hace confabuldo con un médico? O tal vez otro oficial recuerda otro caso parecido... es el mismo hombre

Historia sobre... la mujer que se ahorcó... El marido cortó la cuerda a tiempo... Se calló lo sucedido

Uno de los hechos más pasmosos que revelan los cuadernos es lo distinta que podría haber sido *Misterio en el Caribe.* En los primeros borradores del Cuaderno 3 vemos nacer el germen de una idea estrafalaria, que no se cultivó y que se elabora en el Cuaderno 18. Nótese también la posibilidad inicial de incluir a Hércules Poirot. Tan sólo puedo especular sobre la posibilidad de que prescindiera de Poirot en favor de la señorita Marple porque Christie, ya tan anciana como su personaje, había pasado unas felices vacaciones en el Caribe:

(Idea feliz) Libro sobre las Antillas... ¿La señorita M? Poirot
Chica lisiada por la polio... ha abandonado a su novio... se marcha a donde fueron de luna de miel... Lleva consigo una enfermera... Un personaje un tanto dudoso...
La muchacha mata a todo el que es feliz

Las Antillas
La señorita Marple y seguramente Jean Brent... Víctima de la polio y una enfermera, Doran Watson (¿señorita? ¿Señora?)

Podríamos empezar por la muchacha... Jean... lisiada... dice a su novio que ha de abandonarlo... él rechaza la idea, protesta, todos los demás aplauden a la muchacha... hace entonces un viaje porque desea alejarse de lo vivido. Raymond tal vez ha de cerrar un acuerdo previo con la señora Watson, que se marcha con el viejo señor Van Dieman (rico)... (a darle tal vez un masaje todos los días)...

Si es una Jean perversa, que detesta tener noticia de la felicidad ajena, si es la asesina... ¿cómo lo lleva a cabo?

¿Veneno? ¿Narcóticos? ¿Tranquilizantes? ¿Sustitución de las mismas pastillas para la digestión...? ¿Qué droga...?

Combinar la polio de Jean... (o un accidente de coche) con un sacrificio con el comandante cara de sapo (en las Antillas)

Hay tres páginas seguidas en el Cuaderno 3 que contienen tres elementos importantes de *Misterio en el Caribe:*

Idea del libro sobre el toro de Creta... La locura inducida mediante dosis sucesivas de belladona.

2 matrimonios... B y E aparentemente encariñados... En realidad, B y G (Georgina) tienen una relación amorosa desde hace años... Brian, el marido de G, ¿lo sabe de verdad? En realidad son un marido y una mujer distintos... El marido es el que mata a la mujer. El viejo comandante «cara de sapo» lo sabe... Lo ha visto antes... Aparece asesinado

Y es en el Cuaderno 18 donde hallamos la principal fuente de información errónea (aun cuando se mencione con frecuencia), la idea del ojo de cristal.

Una historia distinta que cuenta el comandante P... el ojo de cristal ¿dónde se apoya? (1)?
(2) pero en realidad se apoya sobre Jean y la enfermera Boscombe

Es interesante que en el mecanoscrito original, al final del capítulo 23 y después de «mal de ojo… ojo… ojo…», lo cual es una pista clara, aparezca la frase «La señorita Marple se quedó boquiabierta». Podría deberse a que se consideró demasiado atrevido y no aparece en la versión publicada. Y en el Cuaderno 23 hallamos un improvisado esbozo, literalmente, de esta escena crucial, cuando el comandante se acerca a mirar por encima del hombro de la señorita Marple. Christie aquí se inspira, seguramente para aclararse ella también, en el marco físico de la acción, ya que la señorita Marple escucha la historia que cuenta el comandante e interpreta erróneamente su mirada:

> Después de almorzar la señorita Marple habla con el Com…
> En las escaleras del porche
>
> La señorita M   Mollie Tim
>
> Cuarteto   Com.
>
> Tim hace cuentas con Mollie… El com. está hablando…
> se lo saca de repente y ve al hombre y se lo coloca
>
> Ojo izquierdo   Ojo D

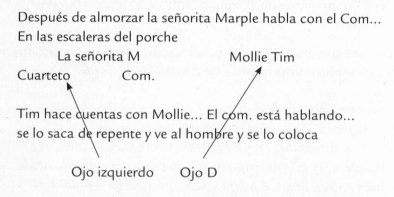

El Cuaderno 58 sigue contemplando una ambientación y unos personajes muy elementales, y una versión ligeramente distinta de la historia que cuenta el comandante Palgrave. Aquí, el hombre del Departamento de Investigación Criminal que investigó los crímenes cuenta la historia directamente a la señorita Marple. En esta etapa de la planificación no se dice nada de los dueños del hotel, sólo se habla del cuarteto. Pero faltaba por introducir un efecto típico de Christie, que no se incluye en la novela, a pesar incluso del campo limitado de los sospechosos.

Misterio en el Carribe [sic]

Un cuarteto [de] amigos
El señor y la señora R. Rupert y Emily... ingleses... amigos desde hace muchos años... una pareja par[ece] muy encariñada. Un día... la esposa confía a otro que nunca se hablan en privado... El marido (a la muchacha) dice que llevan una vida maravillosa los dos juntos... ¿Cuál es el que miente?

El hombre del D. I. C. está en los alrededores de Londres... El teléfono se ha estropeado... Llega caminando a un pueblo (coche en el garage) a buscar al médico... Vuelven... La esposa ha muerto... ¿El corazón? El hombre está terriblemente trastornado... Tanto que preocupa seriamente al hombre del D. I. C... recuerda al hombre... Lo ha visto antes... Recuerda... En Francia... Y su esposa ha muerto... Lo mismo sucedió en Canadá... Se casa entonces con una norteamericana... Llega a Tobago... El hombre del D. I. C. aparece muerto

Pero en realidad es la mujer... El perro es el que murió
Muere el hombre o la mujer que no debiera... de un problema de corazón... de manera que se sospecha de la pareja errónea... En realidad es la señora Rupert la que tiene manías y achaques... Y es la que tiene una aventura con el otro

Al final podemos verificar la cantidad de pensamientos que se han dedicado al comandante y a su historia, elementos de la cual aparecen en tres cuadernos:

Problema del comandante P

Puntos ¿Por qué no reconoció el comandante a su asesino con anterioridad?

No hay recién llegados en la isla... Edward, Greg, Van D Jackson... todos le son conocidos

¿Respuesta que da la señorita M? El comandante no había visto al hombre en persona... Es una historia que le contaron... Tan sólo miró de repente... Lo mantuvo en secreto por ser algo curioso... Saca el ojo en preparación del momento en que se lo muestre a los demás y ella lo ve... Levanta la mirada y de pronto ve al hombre de la fotografía, y apresuradamente se lo guarda

Posibilidades (1) El comandante tenía varias historias de asesinatos que contar, escogidas de todos sus viajes

(2) ¿Podría haberlo entendido mal la señorita M... o Esther?

(3) (¡No se sostiene!) Esther mintió... ¿por qué?

La historia del asesino es distinta... podría ser igual un hombre o una mujer.

¿Cuenta Kelly a la señorita M... cómo Palgrave le contó una historia? Eso indicaría que es una mujer

La señorita M con Jenny en las Antillas

El comandante de cara de sapo... sus cháchara... el ojo de cristal... parece estar mirando hacia otro sitio, no hacia donde mira en realidad... 3 maridos y sus esposas, cualquiera puede ser... Chuck y Patty (¿una aventura?)... Greg y Sarah Evelyn

Una vez más es posible comprobar cómo la fertilidad imaginativa de Christie podría haber creado una novela muy distinta de la que tenemos.

9

A través del espejo: Christie, la desconocida

... dicho de otro modo, UN Owen. O, echándole un poco de imaginación e incluso de fantasía, DESCONOCIDO.[1]

Diez negritos, capítulo 3

Aparte de la enorme producción de Agatha Christie, existen también unas cuantas obras que son casi desconocidas, salvo en el caso de los admiradores más fervorosos. Todos estos títulos son guiones, bien para el teatro, bien para la radio, y todos ellos se han representado o bien se han publicado. Y todos estos títulos aparecen en los cuadernos, algunos en gran medida.

Agatha Christie sigue siendo la única novelista de misterio que tuvo una carrera igual de brillante como dramaturga. De hecho, seguramente el mayor monumento a sus éxitos es una obra teatral, *La ratonera.* La mayoría de sus obras teatrales son de sobra conocidas, aunque sigue habiendo unas cuantas sorpresas.

Akenaton es un guión que no pertenece al género de misterio; data de 1937 y se basa en el faraón egipcio Akenaton. *Rule of Three [Regla de tres]*, muy poco conocida, consta de tres piezas teatrales en un solo acto cada una, que se hallan en marcado contraste, siendo la única aventura que emprendió

[1] Véase nota en p. 137 (N. del T.)

Christie en este género dramático. Y el título final de este capítulo corresponde a la última obra teatral que escribió, *Tres violinistas.* Ninguna de sus obras teatrales cosechó reseñas elogiosas, aunque contienen mucho material de gran interés.

Quedan pendientes de futuras consideraciones las obras de teatro radiofónico aún completamente desconocidas, *Llamada personal* y *Manteca en un plato señorial,* así como *Chimneys.* Esta última es la adaptación, en la que rehace una novela anterior e introduce una nueva figura de un villano, de *El secreto de Chimneys,* su novela de 1925; las otras dos obras de teatro originales las escribió directamente para la radio. Ninguna de las tres se encuentra actualmente disponible en ninguno de los soportes al uso.

Regla de tres
20 de diciembre de 1962

Más de cuarenta años después de dar comienzo a su carrera literaria, Christie seguía experimentando cuando se estrenó *Regla de tres* en el Duchess Theatre de Londres. Las reseñas no fueron halagüeñas; aparte de *Tres violinistas,* obra que nunca se llegó a estrenar en los teatros del West End, supuso el telón con que concluye su época dorada en el teatro. Hoy es una de las obras más desconocidas de Christie, porque pocas veces se ha representado desde entonces. Sin embargo, en *Regla de tres* se muestra que incluso al cabo de una vida entera dedicada a engañar a su público aún era dueña de una capacidad insólita para la sorpresa y el entretenimiento. Cada una de las tres piezas teatrales representa un aspecto distinto de Christie y, por si fuera poco, contiene características que son muy inesperadas, e incluso atípicas. De las tres piezas, *Tarde en la playa* es de largo la obra teatral más improbable de cuantas podrían haber salido de la pluma de Agatha Christie; *Las ratas* no es una trama de misterio, sino un relato claustrofóbico en el que prima la sensación de que los malvados se saldrán con la suya, mientras *The Patient [El paciente]* resume la esencia de Christie.

Ya en 1955, siete años antes de que por fin se estrenase, en el Cuaderno 3 Christie incluyó *Regla de tres* en una lista de «Proyectos». En esa misma lista se incluyen lo que había de ser *El tren de las 4:50* («¿Nuevo libro de la señorita M?», véase más adelante) y el siguiente título de Westmacott, una novela a la sazón titulada *The Burden [La carga]*. En esta etapa de su carrera, las tres obras teatrales proyectadas iban a ser sendas adaptaciones de relatos ya existentes, que formaban un marcado contraste entre sí; tanto «Accidente» como «La esmeralda del rajá» están tomados de «El misterio de Listerdale», y «S.O.S.» se incluye en *The Hound of Death [El lebrel de la muerte]*. Vale la pena reseñar que «La esmeralda del rajá» tiene una conexión temática —la desaparición de las joyas en una playa— con la obra teatral por la que al final se decantó, *Tarde en la playa,* y que ambas son de tono ligero. El relato breve titulado «Accidente», más áspero y con un envenenamiento, lo había adaptado a la escena Margery Vosper en 1939 con el título de *Té para tres.*

Proyectos generales, 1955

Desde el ángulo de enfoque de Mary Westmacott

Una visita inesperada, obra teatral en tres actos

Tres obras teatrales (¿Regla de tres?)

1. ¿Accidente?
2. ¿La esmeralda del rajá?
3. ¿S.O.S.?

Nuevo libro... ¿de la señorita M? ¿De P?

En el Cuaderno 24, dos de los títulos provisionales, C y B más abajo, se incluyeron en la siguiente anotación, aunque «S.O.S.» aún se conserva (cierto que entre interrogantes) y sigue siendo el tercero. De manera inexplicable, aparecen enumerados en la página en orden alfabético inverso; cuando se presentaron, la primera en estrenarse fue *Las ratas,* seguida por *Tarde en la playa,* hasta culminar con *El paciente.*

Regla de tres: tres obras teatrales en un solo acto para P. S.

C. El paciente
B. Vacaciones en la playa... Me gusta la playa
A. ¿S.O.S.? [sic]
El guardapelo
Rosas de Navidad
Pintura verde o Llamada telefónica...

«P. S.» era Peter Saunders, que durante años fue el director escénico de sus obras teatrales. Aunque el resto de las referencias son elusivas, la «Llamada telefónica» de la segunda lista probablemente sea el germen de *Las ratas,* en la que es el teléfono lo que genera la trampa a la que son atraídas las ratas; «Pintura verde» podría ser una críptica referencia a la innovación que tenía en mente para el final de *El paciente* (véase más adelante).

Las ratas

Sandra y David, amantes adúlteros, reciben cada uno una llamada telefónica en la que se les invita al departamento de un conocido de ambos. Cuando pretenden marcharse descubren que están encerrados en el piso, y que hayun cadáver en el cofre de Kuwait.

Las ratas no es una obra con punto de partida en una trama de misterio, si bien contiene algunas muertes misteriosas que se explican al final de la obra teatral. Presenta similitudes obvias con un relato de Poirot, «El misterio del cofre de Bagdad», y su posterior versión, más elaborada, «El misterio del cofre español». En ese relato, un marido suspicaz se esconde en el cofre con la esperanza de sorprender a su esposa y al amante de ésta en flagrante adulterio; en *Las ratas,* cuando Sandra y David se dan cuenta de que han caído en una trampa al ir a ese departamento, sospechan una emboscada semejante. Pero la obra se desarrolla por derroteros más macabros. Conserva la pista del montoncito de aserrín bajo el cofre, que es la que a Poirot «le da qué pensar con furia» en el relato. El Cuaderno 24 contiene casi cinco páginas de notas:

Las ratas

El departamento es propiedad de los Torrance... Bastante espartano... Un cofre de Kuwait en el centro... elevado hacia el techo... abundantes cajones... un diván oscuro y cubierto por cortinajes, tapices, etc. Una larga mesa de madera chapada... sillas modernas... Una o dos piezas de cerámica persa... Una cafetera árabe, de pico alargado

Cadáver en ~~armario~~ Cofre de Bagdad... ¡Oh! Dios mío, si es Robert... Acude la policía... El hombre y la muchacha han descubierto el cadáver de su marido... Llega Alec... Una persona como Mischa... dice que recibió una llamada de teléfono

Aunque es posible que aparecieran personajes gays en anteriores obras de Christie (el señor Pye en *El caso de los anónimos,* Murgatroyd y Hinchcliffe en *Se anuncia un asesinato* y Horace Bundler en «La locura de Greenshaw»), Alec, en *Las ratas,* es el ejemplo más inequívoco y estereotipado, y es mucho más siniestro que, por ejemplo, Christopher Wren en *La ratonera*. En el guión se le describe como «tipo maricón, muy elegante, divertido, inclinado al rencor», y el amor que tiene por el antiguo marido de Sandra se comenta abiertamente. La referencia a Mischa, en cambio, es desconcertante.

Tarde en la playa

Una excursión familiar, una tarde en la playa, culmina con la captura de un ladrón de joyas y con algunas revelaciones inesperadas... y también con la resolución de ir a otro sitio en las vacaciones del año siguiente.

De las tres obras de que consta *Regla de tres, Tarde en la playa* es la más improbable de las que pudo haber escrito Agatha Christie. Se ha comparado con la típica postal veraniega, picante y anodina, al estar ambientada sólo en una playa, donde en un momento determinado un personaje femenino ha de cambiarse el traje de baño en el escenario. Para ser de Christie, la trama es ligera, y el humor en ocasiones resulta forzado. Es sin lugar a dudas un Christie escrito con el piloto automático, aunque contiene una sorpresa, una ligera variación sobre un viejo tema de Christie. Irónicamente, las notas que se conservan son extensas, casi cuarenta páginas, aun cuando sea con muchas repeticiones. Hay bastante especulación sobre los apellidos de ambas familias (el señor y la señora Agrio, adecuadamente descritos como «los quejumbrosos», pasan a ser el señor y la señora Crum) y las chozas que ocupan en la playa:

Vistamar	(Mon Repos)	El refugio
La señora Montressor	El señor y la señora Wills	Genevieve Batat

En la playa

Iniskillen	Bide a Wee	Mon Repos
Señor Agrio	Wilkinson	~~Arlette~~
Niño	~~El señor Robbins~~	~~Incognita~~
La señora Agrio	~~La señora Robbins~~	Yvonne
(Los quejumbrosos)	Wilkinson	

Pero adentrándonos más en las notas aparecen algunos destellos en los que la Reina de la Novela Detectivesca desenmascara no al malvado, sino al policía o, por ser más precisos, a la mujer policía:

> Leído en el periódico... El Aga Khan sufre un robo...
> Esmeraldas/zafiros...
>
> Playa
> Mon Desir
> La mujer policía Alice Jones actúa como una vampiresa
> Un joven y su novia tienen una riña... Otro joven, con ellos, saca las tumbonas...

Algunas ideas recuerdan a la Christie de antaño, incluso siendo ésta una obra breve y nada característica. Obviamente, su capacidad para entretejer variaciones sobre un tema no ha desaparecido. La idea del «cambio de pantalones» tiene un eco inequívoco de «La esmeralda del rajá», del volumen titulado *El misterio de Listerdale:*

> ¿Llegan los detectives... registran las chozas? ¿Encuentran las esmeraldas?

¿O más bien las encuentra el viejo Grubb en una cubeta?
¿O un niño da una patada a una montaña de arena... y Grubb se pone a sacar las esmeraldas diciendo Dios me bendiga?

Ideas posibles, razonables
O el cambio de pantalones... Percy se pone los que no son suyos
Somers (débil, caballeroso... en realidad, un ladronzuelo de poca monta)
O dinero falsificado
O colocado en la choza que no es
¿Se lleva Percy un balonazo?
O chantaje

El paciente

La señora Wingfield queda paralizada después de una caída del balcón de su casa. Su médico ha descubierto una manera de comunicarse con ella y está a punto de hacerlo en presencia de su familia. Pero hay alguien que no desea que cuente la verdad sobre aquella tarde fatal.

Es una lástima que sean tan pocos los admiradores de Christie que tienen familiaridad con *El paciente*, ya que en múltiples sentidos contiene la esencia de Christie: una ambientación cerrada, asfixiante incluso; un círculo familiar de sospechosos limitados; una hábil distribución de las sospechas... Y todo ello en cuarenta minutos. También contiene una de sus pistas más diestramente escondidas. Al contrario que las otras dos obras teatrales de esta trilogía, es un puro misterio en el que se trata de averiguar quién lo hizo, con un cierre y un telón asombroso. En efecto, es artificiosa (una paciente inmovilizada se comunica por medio de un interruptor, una vez para decir sí, dos para decir no), pero también lo son muchas otras tramas detectivescas, incluidos algunos de sus mejores títulos. Las notas para la obra teatral aparecen en los Cuadernos 22 y 24:

El paciente

El sanatorio... médico y enfermera (¿está la paciente, o es llevada después en camilla?)
Es ésta la que ha establecido la comunicación...

Habla el inspector... han desaparecido unas joyas
La señora X, gravemente herida... paralítica... incapaz de comunicarse... Una ingeniosa enfermera hace presión en los dedos... Un aparato con una bombilla roja... Llevan a la paciente en camilla

Entra la paciente en la camilla... La enfermera a su lado
Las preguntas son Asesinato
Espejo
Cuarto de baño
Vio a alguien Sí
Alguien conocido Sí
¿Está en la habitación esa persona? Sí
Deletree el nombre: A... B...
B... Sí
¿La enfermera informa de un colapso? ¿El médico?

Quitar la máscara... Sé de sobra quién eres
Telón... Dios mío... ¡usted!

Final alternativo... guantes... Cubiertos de pintura fosforescente... Arriba las manos... Se apagan las luces... ¡Manos culpables!

Incluso en esta etapa ya avanzada de su trayectoria teatral, Christie quiso seguir experimentando, y bien se ve en las dos últimas notas. De manera increíble, quiso que cayese el telón, o que se apagasen las luces, antes de que se desenmascarase al asesino. De haberse permitido este efecto, hubiera sido el definitivo golpe de mano de Agatha Christie, aunque el sobresalto se mitigase en parte gracias a una grabación de su propia voz en la que preguntaría al público asistente quién creía que era el asesino.

Sin embargo, no es de extrañar que la idea no fuese ganadora. Se abandonó después de un presuroso intercambio de telegramas mientras la autora estaba de viaje, durante el preestreno de la obra en Aberdeen, antes de estrenarse en Londres. Teniendo en cuenta el historial de éxitos teatrales que había cosechado, parece un experimento ciertamente extraño; habría sido como leer una de sus novelas y descubrir al final que falta el último capítulo.

Tres violinistas
3 de agosto de 1972

Es de suma importancia que un empresario como Jonathan Panhacker siga vivo hasta el miércoles 18, ya que tiene un acuerdo financiero con su hijo, Henry, para heredar cien mil libras de aquel entonces. Cuando muere de forma inesperada, los tres violinistas conspiran para cerciorarse de que siga «vivo» durante unos días más.

Ésta es la última obra teatral que escribió Agatha Christie y la única que no tuvo un estreno en los teatros del West End

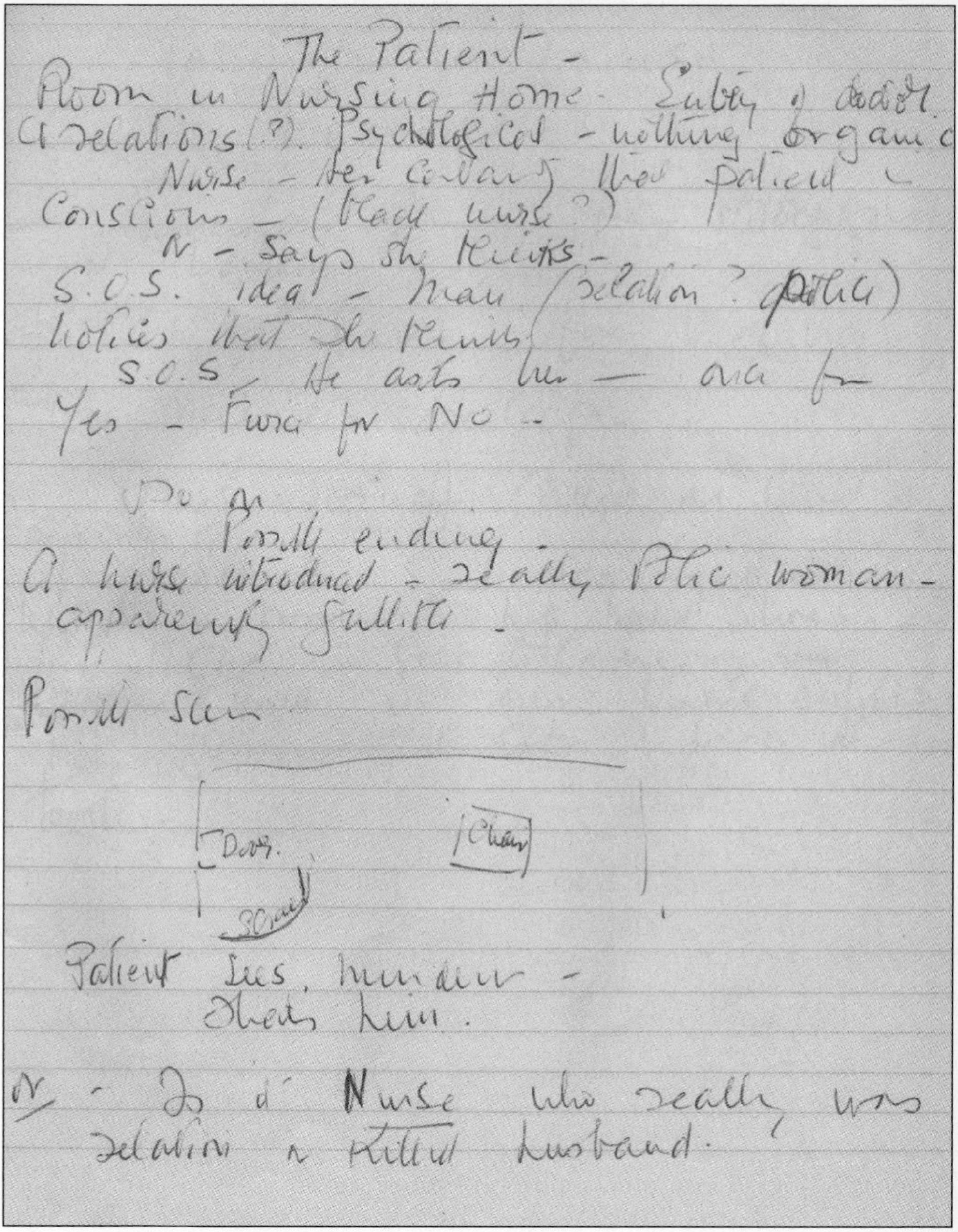

The Patient –
Room in Nursing Home – Entry of doctor
(relations?). Psychological – nothing organic
Nurse – her contact with patient –
conscious – (black nurse?)
N – says she thinks –
S.O.S. idea – Man (relation? police)
notices that she thinks
S.O.S. He asks her – once for
Yes – twice for No –

Do or
Possible ending –
A nurse introduced – really Police woman –
apparently gullible –

Possible scene

Patient sees murderer –
shows him.

N – to a Nurse who really was
relation of killed husband.

Esbozo y notas para El paciente, *del Cuaderno 64. Nótese la referencia a «S.O.S.», el relato de* El lebrel de la muerte *en el que, al igual que en* El paciente, *también aparece un método de comunicación poco habitual.*

londinense. Tras una carrera teatral plagada de momentos gloriosos, con la que batió no pocos récords, esta última obra supuso un triste telón. Su oferta dramática anterior, *Regla de tres* (véase más arriba), no tuvo una buena acogida, y pasaron diez años antes de que se sintiera tentada a probar suerte de nuevo en la escena. *Tres violinistas* es una comedia en dos actos basada en la intriga, aunque por desgracia no contiene ni elementos cómicos ni una intriga potente, al menos en una mezcla que funcione, con lo que se queda a caballo de uno y otro extremo sin ser una cosa ni la otra. Su historia es complicada. En su primera encarnación, *Cinco violinistas,* se estrenó el 7 de junio de 1971; al año siguiente, el 3 de agosto, se presentó una versión rehecha con el título de *Tres violinistas.* En el año que pasó entre una y otra, Christie amalgamó algunos de los personajes para reducir el número de violinistas.

El planteamiento es bastante directo. Si Jonathan Panhacker sobrevive hasta el miércoles 18, se validará el acuerdo financiero que tiene con su hijo Henry para que herede cien mil libras de aquel entonces. A su vez Henry ha prometido invertir el dinero en un plan empresarial con Sam Fletcher y Sam Bogosian. Cuando Jonathan de pronto aparece muerto, Henry, Sam y su secretaria, Sally, los tres violinistas del título, urden un plan para mantenerlo «vivo» hasta el 18. Para ello es necesario una doble impostura, un dudoso certificado de defunción y una revelación acerca de un asesinato anterior. Surgen las complicaciones en el segundo acto, cuando varias personas que conocieron a Jonathan llegan al escondite, en un hotel, y exigen verlo.

Al igual que muchos de los títulos posteriores de Christie, más flojos, contiene buenas ideas, pero el genio que había demostrado tener para explotarlas parece haberla abandonado; si hubiese escrito esta obra teatral veinte años antes habría desarrollado la trama de manera más convincente. Existe una impostura inverosímil y un asunto poco creíble con relación a unos frascos de píldoras antes de que la obra culmine con el desenmascaramiento de un asesino poco o nada probable. No puede ser mera coincidencia que en muchas de las obras teatrales de la época tardía —*La telaraña, Una visita inesperada, Veredicto, Las ratas* y *Tres violinistas*— se repita esta situación en la que uno se pregunta si se saldrán con la suya, aun cuando a menudo logre también revelar quién es el asesino.

No es pues de extrañar que su productor, Peter Saunders, no estuviera demasiado deseoso de estrenar la obra en el West End, suponiendo con buen criterio que la crítica se iba a ensañar con ella. En realidad, la prensa local no fue nada amable; algunos comentarios del estilo de «entretenida, divertida, pero nada exigente», «en vena ligera, al borde de la farsa» o «de trama previsible, sin ingenio, superficial» salpimentaron las críticas que recibió.

Ya en octubre de 1958 encontramos las primeras semillas de la obra plantadas en el Cuaderno 15, aunque habían de pasar más de doce años para que comenzara a cultivarlas en serio. Obviamente, en esta época tan avanzada se dedicó a visitar de nuevo sus fieles cuadernos para hallar ideas susceptibles de explotación:

Oct. de 1958

Proyectos

Una obra teatral... de tono ligero (¿del estilo de La telaraña?) ¿En dónde? ¿En una escuela de señoritas?

¿O una fiesta en la que se juega a «hacer trampas a la muerte»? ¿O fingir una muerte? ¿O escurrirse de una muerte natural... una secretaria reverencial e hinchada? ¿Una tontuela elegida a propósito? Sala de juntas... K. se hace pasar por esposa y por cadáver... peluca, etc. Un gran lío...

La «escuela de señoritas» aparecería en *Un gato en el palomar*, publicada al año siguiente. Y los «juegos con la muerte» es una idea que se prolonga un tanto en el Cuaderno 39 (véase más adelante). «Escurrirse de una muerte natural» es la idea en la que se basa *Tres violinistas.*

El Cuaderno 4 contiene la mayor parte de la trama, aunque, como sucede en otros títulos posteriores, las propias notas son vagas, imprecisas, faltas de concentración, si bien la lista de personajes es exacta. Uno de los misterios secundarios de esta obra teatral es el nombre de los dos personajes principales: Panhacker y Bogosian son dos de los nombres más insólitos que se dan en el amplio elenco de Christie.

Escena... un despacho
El señor Willis Stanley empieza un trozo
Su amigo, el señor Bogosian
Nellie (M), entregada, cariñosa, parlanchina, distraída

El dueño del ático... Un hombre muy rico que vive
en las Antillas
¿Su hijo o su sobrino? Se trata de todas sus pertenencias
en Inglaterra
Ha consultado con los financieros... quince días antes

Aparece después de comer y sube... O se ha estropeado el ascensor... Así que llega... se sienta en la otra sala... aparece muerto

M. dice que será su marido o su hermano... Ve a comprarme una cebolla [para echarse a llorar]
Jeremy ~~Brooker~~ Brown

No hay problema... Tiene que seguir vivo... Geraldine...
Adelante, sigamos arriba con todo esto

Gina
Sally Lee
Sam Fletcher
Jan Bogosian
Henry Panhacker
Solomon Panhacker
Una azafata
El inspector Wylie, detective
El señor Moss

Se consideraron varios títulos, y *This Mortal Coil [Esta carga mortal]* aparece en uno de los primeros guiones:

Esta carga mortal
Operación «fecha límite»
Seis peniques menos
Fecha límite
El violín de Muerte

En el Cuaderno 39, bajo un encabezado misterioso como es «Pieza teatral de M y J», encontramos dos intentos de obra teatral sobre «deberes de muerte». El primer esbozo contiene ciertos ecos de «Jane busca trabajo», publicado originalmente en agosto de 1924 y recopilado diez años después en *El misterio de Listerdale:*

Deberes de muerte... La muchacha ha muerto... Iba a heredar una gran fortuna... La idea consiste en que parezca que está viva durante una semana más. El hombre anuncia que precisa de una joven... metro sesenta y cinco, rubia, de complexión delgada, ojos azules, etc. primera escena, muchachas interesantes, rebajada de tono... Se elige a una para que suplante a la muchacha... J

La segunda está más cerca de la que sería la trama final, aunque no se desarrolló hasta el Cuaderno 4, en donde empieza a ser reconocible la trama de *Tres violinistas:*

> Deberes de muerte... una muerte natural, el cadáver debe ser escondido durante una semana... Suplantación por parte de M o J... el enterrador echa una mano. Despacho... M y sus dos jefes... El señor Leonard, grande, agradable, corriente
> El señor Arkwright, melancólico, temeroso
> Están en grandes problemas sin saber qué hacer...
> ¡Sally!

Akenaton

Publicado el 14 de mayo de 1973

Extendida a lo largo de un periodo de dieciséis años, la obra teatral versa sobre los intentos del joven rey Akenaton por introducir una nueva religión en Egipto. Su fracaso representa una tragedia para él, para su reina y, en definitiva, para Egipto.

Son casi cincuenta las páginas de notas para este título, sobre todo en el Cuaderno 61. Según sir Max Mallowan, el marido de Christie, es «la obra teatral» más bella que escribió. Se basa en el faraón egipcio Akenaton y transcurre en el año 1375 a. de C. Aunque escrita en 1937, no se publicó hasta 1973, con un texto de presentación escrito por la propia Agatha Christie. Poco después de terminarla, Christie se la envió al actor (y más tarde sir) John Gielgud. Su respuesta, que ella conservó, fue una muestra de admiración por la obra teatral, al tiempo que declinó la oferta de implicarse en la producción. De hecho, *Akenaton* nunca se llegó a montar profesionalmente, pero se vio en el Agatha Christie Theatre Festival de Westcliff en 2001; en una representación única se empleó el mínimo de decorado y de atrezo, y fue en lo esencial una lectura escénica.

Aunque bajo ningún concepto sea una obra teatral típica de Agatha Christie, sí contiene algunos de sus elementos característicos: hay una muerte por envenenamiento que orquesta un malvado del que nadie sospecha, sirviéndose de una inocente fiesta de celebración.

Hay cuarenta páginas de notas de esta pieza teatral. En ellas se incluye un extenso material de fondo, además de algunos esbozos para la obra teatral en sí. La primera página de las notas comienza por una lista de personajes (en la versión publicada, Mutnezmet, la hermana de Nefertiti, pasa a ser Nezzemut) y a este elenco sigue un esbozo de la escena inicial:

Reina Tyi
Horemheb
Ojo
Nefertiti
Mutnezmet
Tutankamon
El padre de Tyi
El matrimonio Tyi
El sumo sacerdote de Amon
El sumo sacerdote de Re
Un sacerdote de Ptah

Acto I, escena 1ª
Amenhotep el Magnífico está próximo a morir... el rey de Mitanni envía a Egipto la imagen de Ishtar de Nínive (es la

segunda vez que se lleva a efecto el traslado) con la esperanza de que la diosa exorcice a los espíritus del mal que causan la enfermedad del rey. La diosa es la que pasa entonces. ~~Horemheb habla con~~ el padre y la madre de Tyi, juntos los dos. El sumo sacerdote de Amon habla con Horemheb... sobre los males de casarse con extranjeros... la reina Tyi aparece con su hijo.

Las primeras páginas del Cuaderno 61 muestran hasta siete escenas para el acto I, cuatro para el acto II y dos para el acto III. Un nuevo borrador, diez páginas más adelante, nos acerca más a la versión publicada, que tiene tres escenas en cada uno de los dos primeros actos y cuatro en el tercero, además de un epílogo. Las notas demuestran que este epílogo había de ser la última escena de la obra teatral.

Entre un borrador y otro hay notas sobre:

Indulgencias... Una garantía de inocencia que venden los escribas... el perdón, los nombres insertados en los espacios en blanco.

Escarabajo en el corazón... «Oh, mi corazón no se alzará contra mí por testigo»

Collares de oro, regalos...

Se menciona asimismo el libro *De fetiche a dios,* obra de Budge, ya en la primera página, y hay referencias a sus páginas a lo largo de las notas. La investigación es similar a la que emprendió Christie para *La venganza de Nofret* a partir de los libros que le prestó Stephen Glanville, a quien dedica la novela (véase el capítulo 7):

Visita de Tyi en el 12° año del reinado de A... Descripción de las ropas, p.155
¿Tributo? Una escena en la que se muestre cómo se lleva, p.151
Descripción del palacio para la escena, p.138

Una de las primeras citas, supuestamente de este libro, se reproduce con pocas variaciones formales casi al final de la pieza teatral. Se borran las últimas huellas de Akenaton, pronto sustituidas por «el divino Amon, rey de los dioses»:

> Qué fértiles son las posesiones de quien conoce los dones de ese dios (Amon). Sabio es quien lo conoce. Favorecido es quien le sirve, protección encuentra quien lo sigue.

PRUEBA F: LA CASA DE LOS SUEÑOS. IDEAS NO UTILIZADAS

A menos que vea caer un bosquejo de mi idea, tendrá que seguir en pie.

La señora McGinty ha muerto, capítulo 24

SOLUCIONES QUE SE REVELAN

El tren de las 4:50 • «Robo de joyas en el Grand Metropolitan» • «La señorita Marple cuenta una historia»

Hay una anécdota, seguramente apócrifa, según la cual el detective y novelista Nicholas Blake (en la vida real, el poeta laureado Cecil Day Lewis) quiso comprar a Agatha Christie ideas para alguna trama, a lo que ella respondió que tenía la intención de utilizar todas las que se le ocurriesen. Los cuadernos están plagados de ideas de esta especie, y lo que sigue no es sino una muestra de algunas de las que no llegó a utilizar más allá de la página en la que las consignó. Algunas la obsesionaron, como son la de los gemelos no idénticos, la de la doncella, la de los amigos mañosos y bohemios, que aparecen una y otra vez.

> Los gemelos... lo crucial es que no sean idénticos... Gemelos idénticos (¿uno perece en un choque de trenes?)
>
> Gemelas idénticas... La pretendiente asume la identidad de la hermana (que ha muerto en un choque de trenes), una viuda adinerada

Éstas sólo son dos de las diez versiones de la idea de los «gemelos» que pueblan los cuadernos. Un choque de trenes y la falsa identidad son rasgos menores en *Asesinato en Mesopotamia.* En *Los elefantes pueden recordar* aparecen unas hermanas gemelas, y en un tono más ligero se da el caso de que los gemelos son la solución a uno de los misterios que afrontan Tommy y Tuppence en *Matrimonio de sabuesos.*

Espejos

Hombre o mujer... recibe por correo o se colude con otra mujer... llegan juntos a un hotel.

El trasfondo de uno es correcto; ciudad obispal, etc. Han estado juntos en una congregación presbiteriana... dan una coartada a un hombre

El encabezado «Espejos» confirma que *El truco de los espejos* fue un relato realmente difuso. La única y muy tenue conexión que tiene la nota con esa novela es la idea de proporcionar una coartada a alguien.

Nitrobencina... la cuestión es... que se hunde hasta el fondo del vaso... La mujer da un sorbo... luego se lo ofrece a su marido

Alcanfor en una cápsula

Asesinato mediante el lápiz labial... primero, los labios quemados... un cigarrillo que se ofrece por la brasa

Estricnina o droga que se absorba por la piel

Virus de la gripe... ¿robado? ¿Un ministro del gobierno?

¿Veneno por lanolina? ¿Estricnina? El veneno que lo pone todo amarillo (aplicado a un vestido... muy engañoso, porque otra muchacha llevaba un vestido amarillo) (1931)

Lanolina frotada en la piel

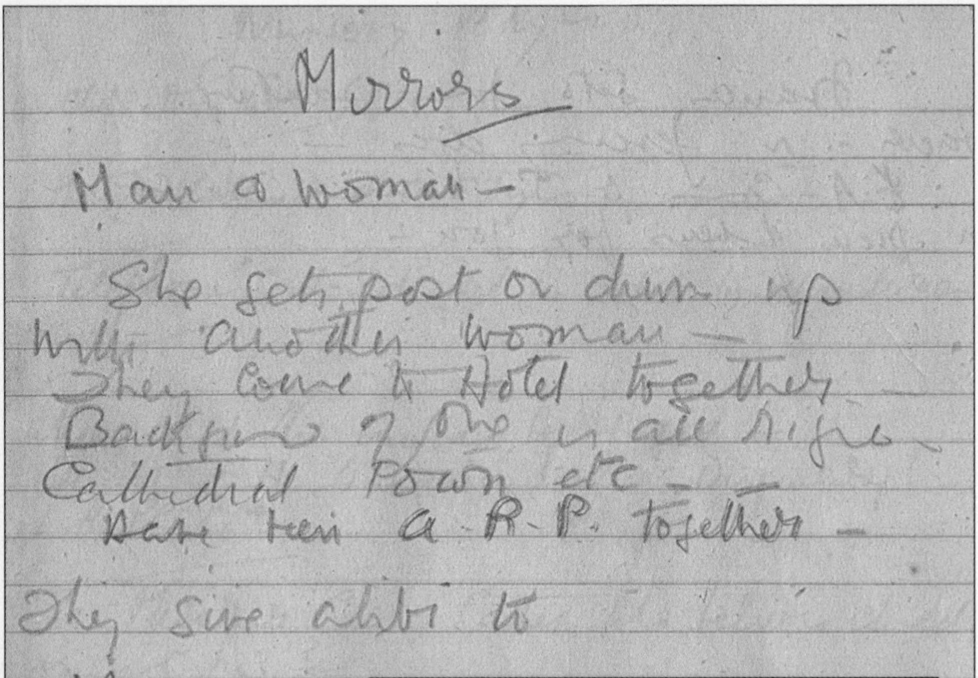

Mirrors

Man a woman—

She gets post or drum up
with another woman—
They come to Hotel together
Background of one is all right
Cathedral Poison etc—
Have been a R.P. together—

They give alibi to

Man—

A pesar de su encabezado, esta página del Cuaderno 19 no guarda ninguna relación con el título «Espejos». Es la misma página que Christie tiene abierta sobre el regazo en esta fotografía de 1946.

Éstas son tan sólo unas cuantas ideas sobre las diversas formas que existen para usar los venenos, el método favorito de Christie a la hora de acabar con alguien. Es particularmente imaginativa la que recoge el «asesinato mediante el lápiz labial».

Camarera de hotel, cómplice de un hombre... la prueba siempre se acepta y se cierra el caso

Relato de la camarera... un hotel... ¿Torquay? ¿La Riviera? ¿España? ¿Mallorca? En inglés mejor

La idea de la camarera, de la que éstos sólo son un par de ejemplos, aparece diez veces en los cuadernos. Es evidente que la idea de una camarera deshonesta era una de las que encerraban más posibilidades para Christie, puesto que la utilizó tanto en «Robo de joyas en el Grand Metropolitan» como en «La señorita Marple cuenta una historia». Pero ninguna de las dos encaja con el mecanismo de la trama descrito arriba. La segunda es tan vaga que podría encajar con cualquier cosa.

El hombre sin piernas... unas veces alto, otras veces bajo

El motivo del «hombre sin piernas» es otra de las ideas que aparece en diez cuadernos, aunque nunca llegó a plasmarse en nada. La idea de fondo en este mecanismo era que una persona con esas características pudiera alterar su apariencia física de manera muy drástica, por lo que su identificación resultaría muy difícil. John Dickson Carr, colega de Christie en el género de la novela detectivesca, empleó esta estratagema de manera magistral en una novela de 1938, *La casa en el codo de Satán.*

Apuñalado en el ojo con un alfiler de sombrero

Esta grotesca idea no es muy característica de Christie, siendo su atractivo probablemente la dificultad de desentrañar el medio por el que se ha producido la muerte. También aparece en otros tres cuadernos.

Idea del isótopo... Carbono 14... Inyección hipodérmica (¿para el tifus?)... procedimiento normal. Él (?) marcha al extranjero... Cita con un médico... Ocupa su sitio un impostor que le administra dicha inyección.

Esta idea, inspirada en una visita a un laboratorio durante un viaje por Estados Unidos en los años sesenta, presenta un claro eco de *La muerte visita al dentista* por la suplantación de un médico para envenenar a un paciente.

Comisión del crimen... El señor Llewellyn... Mujer fatigosa... hace un discurso... Bebe un vaso de agua

Vaso de agua... El doctor Haydock... ¿Suicidio por una carta anónima? En Harton Parva... la hermana del vicario... mujer avinagrada... el profesor del colegio... En la tienda del pueblo la hermana del vicario compra los víveres y echa las cartas al correo... La muchacha mete una de ellas en...

Estas anotaciones aparecen en el mismo cuaderno, las primeras de una lista de relatos proyectados para la señorita Marple. Y de hecho parece que estamos en territorio de la señorita Marple. Las semillas de *El caso de los anónimos* se pueden detectar en la idea del «suicidio por una carta anónima» y el método de insertar una carta en un fajo en apariencia inocente aparece en el capítulo 13 de esa novela.

Desaparición de una actriz... Extraño comportamiento del jardinero jefe

Esta combinación de ideas tan maravillosamente enigmática aparece en el Cuaderno 65 junto con las notas tomadas para *Diez negritos,* aunque data de una fecha muy anterior en la carrera de Christie. El jardinero jefe, sospechoso y muy propio del territorio de la señorita Marple, hace una breve aparición en «Lingotes de oro», de *Miss Marple y trece problemas.*

Una rubia, hija de un millonario, simula su propio secuestro para marcharse y casarse con un joven

Esto es algo que aflora en tres ocasiones en los cuadernos, y las tres veces es una rubia quien lleva a cabo la maniobra. Suena a una conducta relativamente poco delictiva, y tal vez tuviera por intención un relato de tono ligero, no muy distinto de las primeras aventuras de Tommy y Tuppence en «El debut».

Tom, Dick o Harry llegan al puente... el quid... ¡es que ninguno de los tres existe!

Por tentador que sea creer que se trata de una referencia a *Cartas sobre la mesa,* aparece en una lista encabezada por «Ideas, 1940», cuatro años después de publicarse ese título. Resulta difícil conjeturar lo que tenía en mente aquí Agatha Christie.

Fotografía por infrarrojos

Esta idea insólita podría haber tenido inspiración en su interés por la fotografía durante sus trabajos arqueológicos con sir Max Mallowan. Aparece en una lista de posibles relatos para la señorita Marple, aunque no llegaría a figurar en ninguno de aquellos en los que aparece la señorita Marple con conocimiento de causa.

Medicamentos peligrosos robados de un coche... El médico se enoja... Gran excitación en el pueblo

Medicamentos peligrosos robados de un coche... X va de viaje en coche... sigue a un médico por una ciudad desconocida... o el propio médico es un criminal... después se casa con la mujer o la hija del paciente muerto

Aunque nunca aparece como estratagema en una trama por derecho propio, este planteamiento es uno de los que se mencionan en *Asesinato en la calle Hickory* como medio para apoderarse del veneno. Nuestro amigo el médico (ésta es la profesión estadísticamente más homicida en Christie) vuelve a aparecer aquí, y la idea quedó anotada a finales de los años treinta; la segunda nota podría estar en la inspiración para el doctor Quimper de *El tren de las 4:50.* Esta idea aparece en cinco cuadernos.

Un falso Hércules P... se encuentra en un hotel almorzando, dejando que le crezca una de las guías del bigote, que se le ha quemado... un sitio completamente fuera de los caminos trillados

El «sitio completamente fuera de los caminos trillados» podría ser el lugar en que transcurre «El jabalí de Erimanto», una montaña suiza cerrada por las nieves, pero la idea de que se dejara crecer el bigote nunca se terminó de explorar a fondo, por más que aparezca en otros dos cuadernos.

10

Santuario: Vacaciones de misterio

—Bueno, por decirlo con toda sencillez... ¿viaja usted esperando que tendrá unas vacaciones libres de crímenes... y en cambio se encuentra con que los cadáveres no cesan de aparecer?

—Pues sí, me ha sucedido... Sí, más de una vez.

Cita con la muerte, parte II, capítulo 1

SOLUCIONES QUE SE REVELAN

En el hotel Bertram • *Maldad bajo el sol* • *Las manzanas* • *Navidades trágicas* • *Peligro inminente* • *Un triste ciprés* • *Hacia cero*

Las vacaciones y los festivos han proporcionado el trasfondo de unas cuantas de las narraciones de Christie. Algunas —*Peligro inminente, Maldad bajo el sol*— interrumpen las vacaciones de verano de Poirot; otras importunan sus Navidades —*Navidades trágicas*—, mientras que otros festejos populares, como Halloween y la noche de Guy Fawkes, también han aportado un escenario idóneo para el asesinato. Algunas de sus vacaciones más exóticas, por ejemplo en Petra —*Cita con la muerte*— y en Egipto —*Muerte en el Nilo*—, se hallan comentadas en los capítulos 8 y 6, respectivamente, mientras que las vacaciones de la señorita Marple en el Caribe se comentan en el capítulo 8. Las otras vacaciones que tienen inconfundible sabor familiar, *Tarde en la playa,* se comentan en el capítulo 9.

Peligro inminente

7 de febrero de 1932

Mientras están de vacaciones en St. Loo, Poirot y Hastings conocen a Nick Buckley, dueña venida a menos de End House. Cuando ella les dice que ha tenido tres momentos en los que ha visto de cerca la muerte, Poirot comienza a investigar, aunque es incapaz de evitar una tragedia que se produce en End House.

Peligro inminente se publicó a uno y otro lado del Atlántico a comienzos de febrero de 1932, aunque meses antes se publicó por entregas también en los dos países. Esto significaría que con toda probabilidad se escribió entre finales de 1930 y comienzos de 1931. La urdimbre de la trama se encuentra en dos cuadernos, el 59 y el 68. El Cuaderno 68 es una agenda de bolsillo muy pequeña y, excepto una detallada lista de trenes de Stockport a Torquay, se dedica por entero a esta novela. El Cuaderno 59 también contiene extensas notas para el relato sobre el señor Quin, «El pájaro con el ala rota», que se publicó por vez primera en *Mysterious Mr. Quin,* en abril de 1930, y en «Oro en la isla de Man» (véase el capítulo 5), el relato sobre la búsqueda del tesoro y la competencia concomitante que se publicó en mayo de 1930.

Peligro inminente es un magnífico ejemplo de la Edad de Oro de la novela detectivesca. Rara vez sale a relucir en algún comentario sobre los mejores títulos de Christie, si bien plasma todas las virtudes de la narración de detectives en sus momentos de mayor apogeo: está narrada con sucinta claridad, es de una legibilidad envidiable y demuestra un juego limpio escrupuloso en la revelación de las pistas. Todos y cada uno de los hechos aislados que ha de conocer el lector con el fin de alcanzar la solución correcta se le dan con un soberbio truco de prestidigitación. Al igual que en las mejores narraciones detectivescas, el secreto de la trama (un mero error en los nombres) es muy sencillo... cuando uno lo llega a conocer. En la página 3 del Cuaderno 59, Christie emplea una expresión —«conversación sin sentido»— en la que hace referencia a la conversación anterior que han mantenido Poirot y Hastings en los jardines del hotel. En este punto de su trayectoria prácticamente todas las conversaciones de una novela tenían a la fuerza un «sentido», trazar un importante rasgo de un personaje (el episodio de las medias de seda en *Cartas sobre la mesa),* una insinuación sobre el móvil (el mal humor con que el comandante Burnaby comenta el crucigrama y los acrósticos en el capítulo 1 de *El misterio de Sittaford),* una pista de importancia (la dificultad que se establece en el capítulo 2 para conseguir un vagón dormitorio en el Orient Express, que por lo general tiene plazas disponibles) o la confirmación de un hecho previamente merecedor de sospechas (el picnic en *Maldad bajo el sol).* Y aunque hace referencia a una conversación que no tiene sentido, se menciona al piloto desaparecido (el móvil) en la auténtica conversación a la que aluden las notas.

Peligro inminente tiene interés no sólo por sus propias virtudes, sino también por el número de temas e ideas cuya explotación prosiguió Christie en títulos posteriores:

* El asesinato de *Peligro inminente* tiene lugar durante una exhibición de fuegos artificiales, donde el disparo de un arma de fuego queda encubierto por el ruido de los cohetes; esta idea había de ser un importante rasgo de la trama en una novela corta de 1936, «Asesinato en las caballerizas». De hecho, es uno de los refinamientos añadidos a la versión original de este relato, «El misterio de Market Basing» (véase más adelante).
* El empleo de los nombres como medio para despistar al lector tiene una temprana aparición en esta novela. Había de reaparecer en *Un testigo mudo, La señora McGinty ha muerto, Se anuncia un asesinato* y, ya con un sabor internacional, en *Asesinato en el Orient Express.*
* El método homicida que entraña el envío de bombones envenenados a un paciente ingresado en el hospital reaparece tres años más tarde en *Tragedia en tres actos,*

Como es costumbre, cambian algunos de los nombres: Lucy Bartlett pasa a ser Maggie Buckley, mientras Walter Buckhampton es Charles Vyse y los Curtis se convierten en los Croft, aunque gran parte de las notas concuerdan con la novela terminada, lo cual nos lleva una vez más a la sospecha de que hubo unas notas anteriores que no se han conservado. Es interesante que en el Cuaderno 59 se haga referencia al personaje de Nick Buckley llamándolo Egg, futuro apodo de Mary Lytton-Gore en *Tragedia en tres actos,* aunque es extraño que se elija el apellido Beresford, que ya se había utilizado con Tommy y Tuppence.

cuando se emplea para liquidar a la infortunada señora de Rushbridger.

* Una pista crucial y conmovedora sobre el contenido de una carta que la víctima ha dado al correo poco antes de morir y que posteriormente llega al destinatario se halla de nuevo (y seguramente de forma aún más ingeniosa) al año siguiente, en *La muerte de lord Edgware.*
* El empleo de la cocaína entre la clase más pudiente en los años treinta reaparece en *Muerte en las nubes,* cuando se descubre que lady Horbury lleva cocaína en el bolso de mano.
* Aparte de la pista de la carta antes reseñada existen otras similitudes de peso con *La muerte de lord Edgware:* una mujer atractiva y despiadada atrae a Poirot por sus propias razones para que tome parte en el caso.
* El subterfugio que hace referencia a los testamentos había de ser uno de los rasgos cruciales de *Un triste ciprés, Se anuncia un asesinato, Pleamares de la vida* y *Las manzanas.*

Poirot y Hastings se encuentran en el Imperial Hotel... H lee en un un periódico una noticia sobre una expedición al Polo... una carta del Ministerio del Interior en la que se pide a Poirot que haga algo. H lo incita a que lo haga... P se niega... No tiene ya ningún deseo de aumentar su prestigio. El jardín... la muchacha... Alguien llamado «Egg»... Poirot baja las escaleras... Cae... La muchacha lo sujeta... Ella y Hastings le ayudan a llegar al porche... Él se lo agradece y le sugiere tomar un coctel. H va a buscar las copas... regresa con dos buenos amigos

Personajes de la trama
Egg Beresford... dueña de End House
La prima Lucy... una prima lejana, segunda o tercera... Lucy Bartlett
El primo de Egg, Walter Buckhampton... hijo de la hermana de la madre... Es abogado en un bufete de St. Loo... Ama a Egg
El señor y la señora Curtis... viejos amigos y vecinos entrañables... Él es inválido desde hace años... Parecen cordiales, de buen humor
Freddie... Frederica Rice... una amiga... un parásito que vive gracias a Egg y lo reconoce con toda franqueza
Lazarus... tiene un gran coche... Visita a menudo la casa... Socio de un anticuario de Londres

El hotel en que se encuentran Poirot y Hastings es un auténtico hotel de Torquay, el Imperial, con un cobertizo que tiene amplias vistas de la bahía de Torquay; en el libro se evoca con el nombre de hotel Majestic en St. Loo. El resto del elenco es fácil de reconocer, y el arranque del libro sigue con exactitud el plan antes expuesto.

La trama se desarrolla más aún en el Cuaderno 68; he indicado los capítulos en los que transcurren las escenas siguientes:

En End House pasan por la casa de la entrada y la casa de campo... un jardinero... calvo, anticuado, con gafas... se queda mirando... se le franquea la entrada en End House... esperan a Nick... Cuadros antiguos... ambiente lúgubre... Humedad, podredumbre. Entra Nick... ligera sorpresa... Poirot habla con ella... Le enseña la bala [capítulo 2]

Regresan al hotel... Freddie Rice habla con Poirot... Sugiere que Nick es una mentirosa increíble... Que le gusta inventarse las cosas. Poirot la presiona... por ejemplo... habla de los frenos del coche [capítulo 2]

P le pregunta si mandaría recado a una amiga... Ella sugiere que «mi prima Maggie»... Está previsto que llegue al mes siguiente... Podría pedirle que viniese ahora... En realidad es prima segunda, la familia es muy extensa... Maggie es la segunda... Buena chica, a lo mejor un poco lenta para entender [capítulo 3]

Llamada al señor Vyse... Referencia a un asesoramiento legal... P comenta que fue ayer de visita a las doce de la mañana... pero que el señor Vyse no estaba en el despacho... El señor Vyse está de acuerdo [capítulo 6]

Los fuegos artificiales... Se llevan a cabo... Nick y Maggie han de ir después... Ven los fuegos durante mucho tiempo. Poirot y H regresan... tropiezan con un cadáver cubierto con un chal de color escarlata... Ven venir a Nick... es Maggie... Nick tiene restos de lágrimas en las mejillas [capítulo 7]

Asesinato en las caballerizas/ El misterio de Market Basing
7 de febrero de 1932

Una pluma de ganso, un botiquín, una partida de golf y el gemelo de una camisa, de oro, se combinan para que Hércules Poirot sospeche que en la noche de Guy Fawkes se ha producido un suicidio.

La argucia del asesinato disfrazado de suicidio aparece en el tratamiento que da Christie al tema en una novela corta, «Asesinato en las caballerizas», prueba aún temprana de su ingenio para exprimir al máximo una trama un tanto tópica. La argucia había aparecido por vez primera más de diez años antes, en el relato titulado «El misterio de Market Basing», y cuando comenzó a elaborarla a mediados de los años treinta conservó la idea original y le añadió detalles más refinados. Sigue siendo imprescindible en un manual para escribir relatos de detectives, junto con el hecho de que la pista principal esté a la vista de los lectores una y otra vez.

Tal como revelan los cuadernos, el trasfondo del 5 de noviembre[1] iba a estar destinado en principio a una trama muy distinta. Entre una lista de ideas posibles que figura en el Cuaderno 20, y que incluía *Un triste ciprés*, «Triángulo en Rodas» y «Problema en el mar», encontramos lo siguiente:

> El asesino abandona el cadáver antes de encontrarlo (¡oficialmente!) Lleva dos horas muerto, así que tiene coartada
>
> El 5 de noviembre... Explotan los fuegos artificiales. ¿Libro?

Pero el único aspecto de esta anotación que empleó posteriormente se encuentra en «Asesinato en las caballerizas», que es donde adopta la conexión con el festejo de Guy Fawkes; haciéndose eco de *Peligro inminente*, de cuatro años antes, se emplea como camuflaje de la detonación del disparo. La mayor parte de la trama se encuentra en el Cuaderno 30:

---

[1] Es la noche de Guy Fawkes, en que se conmemora en Inglaterra con hogueras y fuegos artificiales el hecho de que en 1605 este individuo introdujera una gran cantidad de pólvora en el Parlamento con la intención de volarlo y eliminar a los protestantes del poder. No llegó a explotar. (N. del T.)

Adaptación del Misterio de Market Basing
La señora Allen... una joven que vive en las antiguas caballerizas... Prometida, se va a casar; su amiga, Jane Petersham, una muchacha callada, morena

Asesinato en las caballerizas
P y Japp el día de Guy Fawkes... Un niño pequeño... Vuelve a la habitación de Japp... una llamada... han disparado contra una mujer... en Mayfair
La señora Allen... La señorita Jane Plenderleith... Llegó a casa esa mañana... Encontró muerta a su amiga

Armario cerrado (lleno de palos de golf)... Pelotas de tenis... y dos maletas vacías.

Pistola en mano, pero sin apretar... el reloj de pulsera en la mano derecha... Papel secante desgarrado... Dos colillas de dos cigarros distintos

Es característico que las páginas se hallen salpimentadas en el cuaderno con ideas para otros relatos, en este caso con un trasfondo ambientado en el British Museum y en la National Gallery, con la muerte de una adivina y gran parte de la urdimbre de la trama de *Un testigo mudo.* No es de extrañar que en una novela corta, que es más de seis veces más larga que el original esbozado, la mayor parte del material antes expuesto sea nuevo; sólo la pista del reloj de pulsera y los cigarrillos están importados del relato anterior. Y los personajes y la ambientación de las dos versiones son completamente distintos.

Navidades trágicas
19 de diciembre de 1938

Simeon Lee es un viejo adinerado y espantoso que disfruta atormentando a su familia. Cuando los reúne a todos por Navidad pone en marcha una sucesión de acontecimientos que culminará con su propio asesinato. Por fortuna, Hércules Poirot se encuentra con el jefe de policía y está listo para investigar.

Publicada originalmente en la semana de Navidad, además de publicarse por entregas a uno y otro lado del Atlántico un mes antes, aquí encontramos a Christie en uno de sus mayores despliegues de ingenio. Las pistas falsas y los engaños sembrados con mano experta, las pistas verídicas y escrupulosas, además del asesinato inesperado, se mezclan con destreza para dar lugar a uno de los títulos clásicos de siempre. A pesar del título y a pesar de la fecha de publicación, no hay ni rastro de ambiente navideño antes de que se produzca el asesinato. «El pudding de Navidad», un relato inferior desde cualquier punto de vista, es de carácter mucho más festivo. Un caso anterior, *Tragedia en tres actos,* se comenta en la parte III, «24 de diciembre», y se prefigura *El truco de los espejos* en la parte VI, «27 de diciembre», mientras que las referencias bíblicas a Jael, dos páginas después, son la base de *Manteca en un plato señorial.*

Hay dos páginas del Cuaderno 61 que contienen las notas en bruto de lo que había de ser *Navidades trágicas.* Las páginas en cuestión siguen inmediatamente a las de *Cita con la muerte,* publicada seis meses antes:

Festín de sangre
El inspector Jones... acude a visitar al viejo Silas ~~Faraday~~
Chamberlayne... magnate de los diamantes de Sudáfrica

Personajes

Una familia como por ejemplo
Arthur... el bueno, el que se queda en casa
Lydia... la esposa inteligente, nerviosa
Mervyn... hijo que vive en casa, el artista diletante
Hilda... su muy joven esposa... muy corriente
David... mezquino... sensato
Dorothy... su esposa, don de la palabra
Regina... una mujer desdichada, separada de su marido
Caroline... la hija... fascinante... mala fama
Edward... el devoto esposo... mala gente

Aunque algunos nombres sean exactos —Lydia, Hilda, David—, los rasgos de personalidad no se reflejan en los personajes que finalmente cuajaron; los últimos tres que se enumeran carecen de equivalente. El nombre del policía cambia, aunque Simeon Lee sí hizo una gran fortuna en Sudáfrica.

De las 65 páginas de notas que se conservan, sin embargo, la mayoría se encuentra en el Cuaderno 21. Christie lo abre con una cita de *Macbeth*, tal vez prevista para que fuera el título, y rápidamente continúa con una serie de bosquejos de la familia Lee. Se interrumpe con una serie de notas para lo que había de ser *Telón* y *Un triste ciprés* y luego regresa a la trama de *Navidades trágicas*. El primer borrador de los personajes es reconocible de inmediato, al margen de la enfermera, que no llega a aparecer en la novela:

A. ¿Quién lo hubiera dicho? [Que el viejo tenía tanta sangre]

El viejo Simeon Lee... un viejo repugnante
Alfred... el buen hijo... (un mojigato)... aburre a su padre
Lydia... la amargada, inteligente, educada esposa de Alfred... se dedica a la jardinería
¿Harry? El hijo pródigo... Vuelve a casa y el viejo le toma cariño
Stephen Fane... Un joven de Sudáfrica... Hijo del socio de Simeon... (¡lo engañó!) S es en realidad hijo de Simeon
Juanita... nieta de Simeon [Pilar]... ha vuelto de España... Su hija se fugó con un español y J no es en realidad su nieta, su auténtica nieta murió en la revolución... J era su amiga
La enfermera... dice que el viejo iba a dejarle todo su dinero en herencia... que quería casarse con ella. Ya estaba casada... su marido está en Nueva Zelanda

El transcurso de la narración se perfila en el extracto que sigue, pues la novela se acerca mucho a esta sinopsis:

Posible desarrollo de la narración

1. Stephen viaja en tren a Midcourt... gente tediosa... Su impaciencia... él viene del sol... Ve por vez primera a Pilar... exótica... distinta... lee la etiqueta
2. Pilar en el tren... va pensando... Está agitada... Su nerviosismo... Un hombre muy apuesto... Conversación... sobre España... la guerra... por fin él lee la etiqueta
3. Alfred y Lydia... Conversación... Ella es como un lebrel... habla de sus jardines... Llamada telefónica... Patterson... Horbury... Ese hombre no le agrada
4. George y Magdalene... o David e Hilda, una mujer fuerte y maternal
   Si G y M... su suntuosidad, su seriedad excesiva... la impaciencia de su mujer... Su vaguedad en algún momento sobre la carta (tiene un amante)... Él dice que estará mucho mejor cuando muera su padre... Han de ir por Navidad, es importante no ofender al viejo... Ha

escrito diciendo que le gustaría tener a toda su descendencia a su alrededor por Navidad... suena bastante sentimental

5. David y H
   Se pone nervioso cuando recibe la carta... Tiene un cariño apasionado y neurótico por su madre... No irá a la casa... Ella es sabia, maternal, lo convence... Él se marcha a tocar el piano bruscamente
6. Llega Harry Hugo... dice palabras de ánimo al viejo Patterson... el hijo pródigo... No me vendría mal una copa... Saludos de Lydia, ella le tiene afecto
7. El propio viejo... Horbury... pregunta por su familia... Luego sale a buscar los diamantes... En su semblante se nota una alegría demoniaca

Entrevista con Alfred

Entrevista con Harry

Charla sobre el hijo pródigo con Horbury

Aún faltaban pistas significativas por insertar, además de estar pendiente la descripción del «chillido» que dan varios personajes, el chillido que establece la hora de la muerte —al menos eso es lo que se nos conduce a pensar— en la habitación en que ha tenido lugar:

Escenas por elaborar
(A) Retrato del viejo Lee... P lo mira... Lo ha encontrado otro
(B) Pasaporte que cae por la ventana
(C) Estatuas en las hornacinas
(D) P. compra un bigote
(E) Globo

<u>Chillidos</u>
Alfred... Un hombre que agoniza

Lydia... Como un condenado al infierno
Harry... Como un cerdo en la matanza
David... Como un condenado al infierno

Aunque la trama se ciñe estrechamente al transcurso de la novela y hay relativamente pocos desvíos, Christie sí trató de sopesar algunas variaciones, siendo las principales la presencia de una enfermera que toma parte en la conspiración o un marido y su mujer que son también criminales. En esta etapa es «Drew» el predecesor de Sugden, el oficial a cargo de la investigación, aunque no se dice que sea policía:

¿Quién es el asesino?

~~Enfermera... una joven de muy buen ver... unos treinta años (en realidad es su hija)... deseo de venganza~~

Drew es el hombre en cuestión... ¿Por qué? Hijo ilegítimo... Luego la enfermera es su hermana... Los dos lo han planeado

o... como en Macbeth... son un hombre y su mujer quienes lo hacen... ¿El hijo de un matrimonio anterior?

Es posible que este segundo matrimonio no fuese legal... redacta un testamento de tal manera que los hijos de su segundo matrimonio hereden su fortuna aunque no sean legítimos... Ese testamento se destruye... la enfermera aporta un borrador por el que todo se lo lega a ella.

Una nueva idea... ¿se casa la enfermera con uno de los hijos? ¿El alegre hijo pródigo? Él logra maniobrar en el momento oportuno

Tal como sugiere la tachadura anterior, Christie no utilizó a la enfermera en esta novela. Sin embargo, la enfermera homicida iba a reaparecer dos años más tarde en *Un triste ciprés.*

Maldad bajo el sol
9 de junio de 1941

Arlena Marshall, una bella vampiresa, es asesinada mientras se aloja en el mismo hotel de lujo, en la isla del Contrabandista, en el que Hércules Poirot está de vacaciones. Investiga el asesinato, del cual forman parte una máquina de escribir, un frasco de loción bronceadora, una manta de lana y un paquete de velas.

Maldad bajo el sol se escribió en 1938 y fue recibida y leída por Edmund Cork ya el 17 de febrero de 1939. Se publicó por entregas en Estados Unidos a finales de 1940. A primera vista, *Maldad bajo el sol* y «Triángulo en Rodas» (véase el capítulo 8) parecen ser el mismo relato. En ambos aparece Hércules Poirot, así como una playa y dos parejas que son los protagonistas de la trama. En los dos casos, una de las parejas consta de una vampiresa y un marido callado y apocado, mientras que la otra la forman un hombre encantador y «una rata» (es la palabra que emplea la propia Christie). Y ambos relatos ejemplifican a la perfección la fertilidad de Christie en la invención de la trama, porque al margen de estas similitudes, que no son insignificantes, las soluciones y los asesinos son completamente distintos. En el caso del triángulo, el lector se siente animado a deducir que es un completo error, y que las cosas son del todo distintas. En ambos casos, la destreza en el manejo de los personajes obliga al lector a inclinarse por la solución errónea, si bien en la novela son abundantes las pistas que apuntan hacia la verdad.

Hay sesenta páginas del cuaderno en las que se muestran sus orígenes, y gracias a ellas podemos ver la detallada elaboración que experimentó una de las novelas más ingeniosas de Christie. El lugar en que se desarrolla la acción en realidad existe: es Burgh Island, frente a la costa de Devon, un lugar de sobra conocido para Christie, que se alojó en un hotel en varias ocasiones. La isla queda alejada de tierra firme dos veces al día, con la marea alta, y se llega a ella por medio de un sistema de tracción. Christie se sirve de la geografía acomodándola a sus intenciones para crear una coartada perfecta.

El almacén ingente de argucias de la trama que es el libro titulado *Miss Marple y trece problemas* vuelve a proporcionar la base elemental de esta novela. En «Tragedia navideña» aparecen dos personas, el asesino y un testigo (en este caso la propia señorita Marple), que «encuentran» un cadáver antes de que haya sido asesinado, con lo que proporcionan al asesino una coartada impecable. En el caso del relato, el cadáver es el de una persona que ha tenido una muerte natural, que lleva oportunamente dos horas muerto, aunque en la novela es el cuerpo todavía vivo del cómplice de asesinato. Ambas tramas contienen un sombrero grande, de camuflaje (un rasgo que también aparece en *El templete de Nasse House)*. Es evidente que siempre se pueden introducir ajustes y refinamientos abundantes en el transcurso de una novela, como es ampliar la lista de los sospechosos, o añadir complicaciones al triángulo de la situación, o una playa que sirva para confundir la hora de la muerte, en vez de una habitación de hotel, y en definitiva una coartada más compleja, pero en esencia se trata de la misma trama.

Desde la primera página del Cuaderno 39 Christie parece tener la trama, los personajes principales y la ambientación ya lista y en avanzado proceso de gestación. Tal vez se deba a que estaba desarrollando un relato breve ya escrito antes. Los nombres cambiarían, pero esta descripción iba a formar la base en la que se sustenta el libro:

Misterio a la orilla del mar
H. P. está a la orilla del mar... Comentarios sobre los muchos cuerpos que toman el sol... comentarios anticuados. Idea principal del asesinato... G, un hombre corriente y más bien «simple», queda aparentemente tendido a los pies de una sirena ya entrada en años. Su mujer se siente muy desdichada... inequívocas muestras de celos. Tiene una coartada para toda la mañana (la pasa con H. P.)... sale con una mujer a dar un paseo y descubre el cadáver de la sirena... inequívoco traje de baño... sombrero chino... un cabello rojizo y rizado. Propone a la mujer que se quede con el cadáver... Ésta vacila... Él dice que finalmente se queda él a velarla y ella va en busca de la policía. El papel de la «muerta» lo interpreta (¿la esposa?) o (¿la mujer que de veras le importa?). Inmediatamente después de que la mujer se vaya a buscar ayuda, la sirena aparece por el lado opuesto... Él la mata (¿la estrangula?) y la coloca en la misma posición en que estaba

Por tanto, los personajes son:
George Redfern... tranquilo director de un banco, etc.
Mary Redfern... de piel blanca / no bronceada, ni morena
Gloria Tracy... la sirena, muy adinerada, loca por los hombres
Edward Tracy... el marido
Rosemary Weston... enamorada de Edward
Escenario, el hotel en la isla... Bigbury [Burgh Island]

Si los nombres no eran exactamente los mismos que los de la novela publicada —los Redfern pasaron a llamarse Patrick y Christine, mientras que Gloria y Edward Tracy fueron Arlena y Kenneth Marshall, y Rosemary Weston es Rosamund Darnley—, las diferencias no son tan significativas que impidan el reconocimiento.

Pocas páginas más adelante se han establecido ya algunos detalles:

Comienzo
La casa... construida por un lobo de mar que la vendió cuando llegaron los primeros bañistas
Hércules Poirot... ¿con quién?
El Americano de Cita con la muerte [Jefferson Cope]
El comandante Blount [Barry] o la señorita Tough [Brewster], que miran a todos
Arlena King... la deliciosa pelirroja... Su marido es escritor de novelas y teatro... Arlena heredó una fortuna hace un año o dos
Jean [Linda]... su hija... una muchacha atlética... odia a su madrastra
Una solterona de mediana edad... hermana del marido de Arlena... dice que ésta es una arpía

¿Personajes?
Kenneth ~~Leslie~~ Marshall
Arlena ~~Leslie~~ Marshall
Linda ~~Leslie~~ Marshall
Patrick ~~Desmond Redfern~~
Cristina ~~Desmond Redfern~~ o McGrane
El señor y la señora Gardiner (americanos)
O (Bev) (que se ha ido con Desmond) [Seguramente Irene, la distanciada hija de los Gardiner]
Rosemary Darley
H. P.
O la señora Barrett [no utilizada]
El reverendo Stephen Mannerton [Lane]
Horace Blatt (magnate de cara colorada)
La señorita Porter [la señorita Brewster]
La señora Springfelt [no utilizada]
El comandante Barry

La anterior referencia a *Cita con la muerte* es un tanto equívoca; no hay referencia a este libro en *Maldad bajo el sol* y no hay ningún personaje en común, aparte de Poirot. Christie tal vez consideró la idea de introducir a Jefferson Cope, tomado de la novela anterior, y acaso la abandonó por temor a que estropeara el disfrute del lector en *Cita con la muerte.* Los Gardiner, los personajes americanos que crea en cambio como solución de compromiso, suponen un alivio por su ligereza a lo largo de la novela.

También emplea aquí sus secuencias alfabéticas, elaborando en escenas breves los encuentros entre los personajes más que el desarrollo de la trama. Aunque no sigue la secuencia con exactitud, la única escena que no aparece de ninguna manera es la E. La escena B es la más crucial, la que Poirot recuerda en el capítulo 11, II, cuando medita sobre cinco comentarios de peso:

> Comienzo
> A. La casa construida por... etc. [capítulo 1, I]
> B. H. P. observa los cuerpos de los bañistas... La señora Gardiner... recita a Beverly, etc. Su marido dice... Sí, cariño... El señor Barrett, la señorita Porter y la señorita Springer. Arlena... se desprende de la colchoneta. El comandante Barry... ay, estas pelirrojas... Me acuerdo de que en Poonah [capítulo 1, II y IV]
> C. Llegan los Marshall... Kenneth y Rosemary... un encuentro
> D. Linda piensa... su rostro... el desayuno [capítulo 2, II]
> E. La señorita Porter y la señorita Springer... Ésta cuenta a su amiga lo que ha oído sin que nadie lo sepa. Tú estabas con Desmond y Cristina y H. P. y la señora Kane
> F. Rosemary y H. P. El gusto en materia de esposas [capítulo 2, I]
> G. Christine Redfern y Desmond
> H. Rosamund y Kenneth [capítulo 3, I]

Uno de los elementos intrigantes en particular de las notas tomadas para esta novela guarda relación con las complicadas coartadas que Christie intentó proporcionar a la mayoría de los personajes. Esto la llevó a hacer muchas tachaduras y a reordenar los elementos, llegando a cambiar los detalles de manera muy considerable antes de alcanzar una versión que realmente le gustó. Dos de sus ideas preferidas, y no utilizadas —la camarera deshonesta, en connivencia con alguien, y las dos amigas «mañosas»—, afloraron un momento antes de que las descartase y las devolviese a la categoría de «reservadas», al tiempo que experimentó con otras soluciones ante de volver a los pensamientos con los que había empezado a trabajar:

Plan alternativo
Arlena muere Christine desaparece

Desmond y Christine salen en una barquita... a primera hora... o en un barco... Sombrilla japonesa. Créeme, cariño, si te digo que no hay nada en absoluto. Nadie los ve regresar

Alternativas

A. Desmond mata a Christine
   Primero se deshace del cadáver... Luego la ahoga... Se deshace de la otra mujer... deja el cuerpo de C en las rocas de la orilla, como si hubiese caído desde lo alto... el lugar exacto lo indica con una piedra (de un color peculiar, distinta, etc.) la noche anterior.
B. Desmond y Gladys Springett cometen el asesinato... (¿Christine, tal vez, no es más que la novia?) Gladys y su «amigo» están en la ensenada de la Gaviota —dibujar después—... buscan flores a todas horas (¿o conchas?). Entra en la cueva... hace el papel del «cadáver» y regresa
C. Christine y Desmond son un par de malvados. Dinero... En una cuenta a nombre de ella... Su historial de chantajes sale a la luz cuando la interroga la policía

D. ¿Y si es la camarera la esposa de Desmond? TODAS sus historias falsas... sobre el chantaje... sobre el hecho de ver a Christine... etc., altera el reloj de Linda

¿Dónde están todos?
Blatt... en un bote... luego se encuentran las velas en una de las ensenadas
El comandante Barry... en su coche en Lostwitch... asunto de negocios... Es día de mercado, cierran pronto, mucha gente en la playa
Los Gardiner... en la playa (ella va a buscar una chaqueta de punto o él se la trae)
Babcock... en la iglesia... firma el libro de visitas... pero podría ser el día anterior
¿Kenneth? Escribiendo a máquina en su habitación
¿Rosamund? ¿Ha ido a nadar? Con una colchoneta
Tenis... Christine, Rosamund, Kenneth, Gardiner

Y muchas de las pistas que aparecen en la novela (el baño que nadie reconoce haberse dado, las velas, el frasco de loción bronceadora) figuran también en los cuadernos:

Sobre Linda... un paquete de velas... Un calendario... Otras cosas que recuerda... ¿El verde?
¿El baño?
Kenneth... escribe a máquina en la mesa de enmedio
El frasco sale volando por la ventana

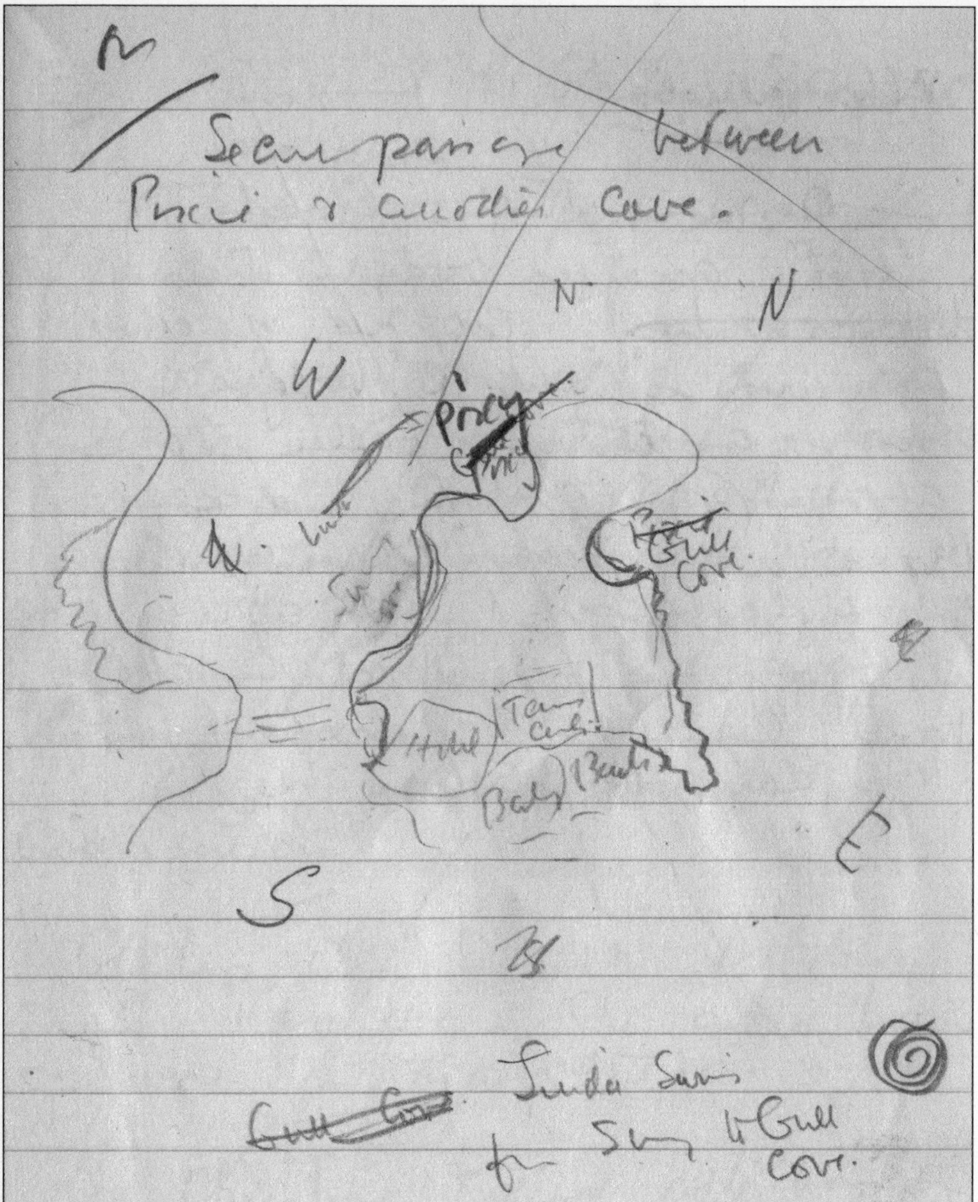

Este croquis del Cuaderno 39 muestra la costa de tierra firme y la isla (junto con los puntos cardinales) y el trayecto entre ambas. También muestra el hotel y la cancha de tenis, la playa de los bañistas, así como la ensenada de Pixy y la de la Gaviota. Nótese que cambió de opinión sobre la localización de estos dos accidentes geográficos.

Hacia cero
3 de julio de 1944

Antes de que un asesinato interrumpa un fin de semana en la casa de lady Tressilian, en el cabo de la Gaviota, encontramos a un grupo dispar de personajes. Sus destinos están indisolublemente unidos cuando se aproxima la hora cero. El superintendente Battle investiga un caso en el que la solución parece demasiado obvia. Pero... ¿lo es?

Hacia cero es una de las novelas más soberbias de Christie. La trama recuerda una serie de muñecas rusas, una oculta dentro de la otra. Al lector se le propone una solución y, dentro de ésta, otra, y dentro de ésta aún otra más. El móvil y la diseminación de las pistas son magistrales, porque la totalidad de la trama se predica sobre el hecho de que se descubra la solución «errónea» y luego se desmienta y se halle otra posterior. Y tras ésta aún ha de haber una solución más.

Nueve meses antes de *Hacia cero* encontramos en una serie de viñetas a un grupo de personas; al principio parece que no tengan ninguna relación entre sí. Entonces nos damos cuenta de que por varias razones han de converger en la residencia de lady Tressilian en el mes de septiembre.

Con un mismo mecanismo de la trama que ya empleó años antes en *Muerte en la vicaría* y más recientemente en «Asesinato en las caballerizas», ésta es una novela detectivesca de tintes siniestros, emotiva, muy inteligente, con una serie de pistas sutiles y una caracterización de los personajes mejor que de costumbre. Doce años después de su publicación, la

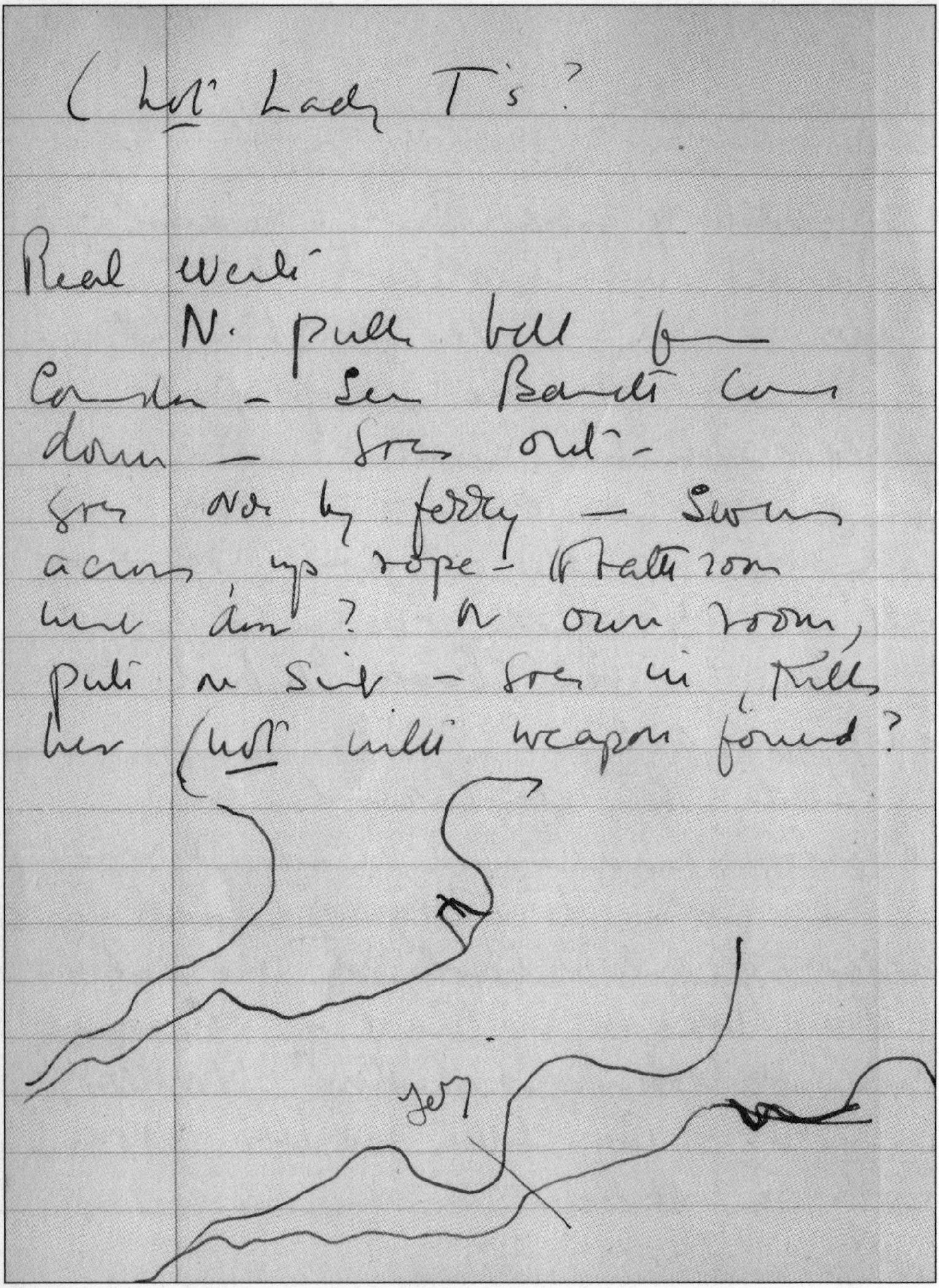

Esta página tomada del Cuaderno 32 muestra tanto los actos de Neville en la noche del asesinato que se produce en Hacia cero *como un elemental diagrama de la geografía local, incluida la escena en la que se va a nadar y desmantela su coartada.*

novela se presentó en escena con un final ligeramente alterado (aunque con el mismo asesino), si bien no fue uno de los mayores éxitos teatrales de Christie.

La trama de esta novela se encuentra en dos cuadernos, la mayoría en el Cuaderno 32 y otras diez páginas en el Cuaderno 63. Su génesis parece haber sido indolora y clara desde el primer momento, ya que las notas se ajustan con fidelidad al libro terminado y es muy poco lo que aparece en los cuadernos de la trama que queda sin incorporarse. Como bien se ve en lo que sigue, las notas son detalladas y precisas. Sin embargo, también aquí Christie formuló una serie de ideas que no llegaron a plasmarse en la versión publicada.

En la primera página de las notas se delimita con toda claridad la crucial historia del señor Treves. Aparte de la importancia de la tendencia homicida del protagonista, también se incluye una pista esencial, el «rasgo físico» (no especificado), una distinción que comparten todos los sospechosos:

> Relato sobre los 2 niños... arcos y flechas... uno mata al otro... ¿O con una escopeta?
> Uno de los niños había ensayado... El narrador... Un viejo... dice que podría reconocer al niño gracias a un rasgo físico
>
> Sí, son muchos los personajes que convergen desde distintos puntos... todos ellos
> Hacia cero

Hay un listado alfabético de escenas, aunque no se corresponde exactamente con la sucesión en la novela. Diríase que tenía que haber un sir Marcus y un tal señor Trevelyan; en la novela se amalgaman en el personaje del señor Treves. No se incluye a ninguno de los participantes en la fiesta doméstica. El listado de «los limpiadores» es al principio desconcertante, hasta que nos acordamos de los empleados de la tintorería, que gracias a sus uniformes mixtos aportan una de las claves cruciales del misterio. Esta omisión, sobre todo en las escenas iniciales, es una lástima: hubiera sido un rompecabezas fascinante para el lector encontrar además el sitio oportuno de los empleados de la tintorería.

A. MacWhirter... Suicidio... El rescate... Cae por el acantilado... Lo salva un árbol
B. Sir Marcus... Encerrado en sus aposentos tras la puesta en libertad de un cliente
D. El asesino... Su mentalidad... La fecha
E. El superintendente Battle
F. El señor Trevelyan... Mira folletos de varios hoteles
G. Los empleados de la tintorería

El listado de los personajes se aproxima mucho al de la novela. Sin embargo, como es costumbre, los nombres cambiarían, aunque no de manera tan radical como en otras novelas (Nevil, Judy y Clare/Audrey Crane pasan a ser Nevile, Kay y Audrey Strange):

Personajes
Lady Tressillian
Mary Aldin o Kate Aldin
Barrett (la criada de la señora)
Thomas Royde
Adrian Royde
Nevil Crane... conocido tenista y atleta
Judy Crane... de soltera Judy Rodgers
Ted Latimer... un tarambana, vive de su ingenio
Clare Crane o Audrey Crane... de soltera Audrey Standish
MacWhirter
Hacia cero

Nevill (o Noel) Crane, tenista, deportista, atleta
Audrey, su primera esposa, «Blancanieves», congelada, fracturada; infancia histérica, etc.
Judy, su segunda esposa... una muchacha glamurosa... llena de vitalidad... pagana... la Rosa Roja

Los acontecimientos de la noche fatal se despliegan:

Noche de la tragedia

Neville y lady T... discusión que oye el mayordomo... Luego sale... Toca la campanilla para llamar a Barret (la vieja criada). Además, ha puesto un narcótico en su vaso de leche... Ella lo ve irse... va con lady T, quien niega haber tocado la campanilla. B se siente muy confusa, vuelve a la cama y pierde el conocimiento. Lady T lo descubre por la mañana.

Unas cuantas ideas de interés que no llegaron a formar parte de la novela demuestran que algunos de los detalles no eran evidentes por sí solos. Hay que recordar, por descontado, que la «víctima» que se cita más abajo no es la verdadera víctima, y que no es sino un medio para alcanzar un fin en esta trama tan laberíntica. Aunque no aparecen los detalles tal como se han delineado, la serie de viñetas fechadas que abre la novela se podría ver retrospectivamente como una sucesión de esbozos de los testigos del caso. La víctima no tiene relación con Judy/Kay, y Audrey no se ha vuelto a casar, allanando de este modo el romance que ha de surgir al final de la novela:

Hacia cero
Serie de viñetas con varios personajes... Testigos de un juicio por asesinato... ¿que tiene lugar en el último capítulo?

¿Quién es la víctima? ¿La madrastra de Judy? Su padre, un hombre muy adinerado, le dejó el dinero a la segunda esposa (una corista o una dependienta)... Se lo queda de por vida... Judy quiere ese dinero

Audrey rápidamente se vuelve a casar con el médico callado, un biólogo, un arqueólogo... Son felices, pero pobres... Ella quiere el dinero de la madrastra para destinarlo a la investigación

Sin embargo, una de las notas más subyugantes que hay en el Cuaderno 63 apunta a un «nuevo final» de *Hacia cero.* Las referencias a las páginas presuntamente remiten a las de las galeras, y una de las cuestiones de mayor interés estriba en que es McWhirter quien lleva a cabo todas las acciones que se habían atribuido a Thomas Royde. Por desgracia, nunca podremos saber cómo era el borrador original; el cuaderno sigue entonces con la lista de los acontecimientos que aparecen en la novela publicada justo antes de la sección titulada «Hora cero»:

Nuevo final para Cero, empezando por p. 243

Thomas y la chiquilla se conocen... Perro y pez... Va a la tintorería, ha perdido el recibo... Discusión por el traje... Royde... Lo siento mucho... Creí que había dicho Boyd... Hotel Easthampton... recupera el traje... Se lo lleva a casa... Nota un olor raro en el hombro... Lo devuelve... O llama por teléfono. Acude al hotel Easthampton... No hay ningún Boyd alojado allí... Va al acantilado... Audrey... temerosa de ser condenada a la horca.

P. 255 Llega la policía... Battle habla con los demás, Royde el último... Mary se lo encuentra en el desván... ¿O es Kay? Una cuerda húmeda

¿269? Royde habla con B en privado... Aparece B...
se ha marchado... Luego, B examina la casa... encuentra la cuerda... ¿Mary? ¿O Kaye? Lo encuentra allí... Tan resistente que podría colgarse un hombre

En septiembre de 1956 se estrenó en Londres una versión escénica, adaptación de Gerald Verner y de Christie. Algunas de las notas para esta adaptación aparecen en los cuadernos, aunque no son exhaustivas y consisten sobre todo en una lista de escenas sin posterior elaboración. Sin embargo, la escena de arranque del Cuaderno 17 se corresponde estrechamente con la propia de la obra teatral:

Acto I
Royde aparece solo en escena... Mira por la ventana... Toma la foto de Audrey... La mira... la deja... Se acerca a la ventana... Entra Kay de repente (con una raqueta de tenis) agitada... Toma la foto de Audrey... La arroja a la chimenea... Regresa Royde... Ella parece una chiquilla que se sinte culpable.

¡Oh! ¿Quién es usted? Ya sé quién es usted. Es el hombre de Malasia

R. Sí, soy el hombre de Malasia

En el hotel Bertram
15 de noviembre de 1965

El sobrino de la señorita Marple la invita a hospedarse en el hotel Bertram, un oasis de decencia de estilo eduardiano en pleno Londres. Mientras disfruta de ese encanto anticuado, y un tanto sospechoso, se ve envuelta en una desaparición, un robo y un asesinato.

En el hotel Bertram fue la segunda novela de la señorita Marple en dos años. Al igual que su antecesora, *Misterio en el Caribe,* en la página de créditos se incluía este aviso: «Con la aparición de la señorita Marple, personaje original creado por Agatha Christie». Se hizo así a resultas de las recientes encarnaciones del personaje en la gran pantalla, en las interpretaciones de Margaret Rutherford.

Si bien el marco de la trama es genuinamente de Christie y de Marple, las expectativas del lector no se cumplen del todo en el desenlace, cuando se revela una conspiración aún más espeluznante que la de *Asesinato en el Orient Express.* Las notas tomadas para esta novela se dividen de forma proporcionada en tres cuadernos. En el Cuaderno 27 hay dos páginas fechadas, «30 de octubre» y «17 de noviembre» (de 1964), y la primera página del Cuaderno 36 está fechada en «octubre de 1964». El Cuaderno 23 al parecer es anterior a las notas de los otros dos, como se ve por el siguiente extracto:

> Hotel Bertram
>
> Descripción del hotel... Mayfair Street, etc. Comodidad de estilo eduardiano... chimeneas, el servicio... el té con magdalenas. «Son únicas las magdalenas del Bertram».

Lo esencial del hotel... «Un núcleo de terratenientes y gente acomodada». Estilo anticuado, señala la señorita Marple más adelante... Uno de los pocos «reductos» que quedan... En realidad ya no queda ninguno como ése... No, el hotel Bertram es propiedad de dos norteamericanos (¡a los que no ha visto nadie allí!). Lo explotan recreando con toda intención ese núcleo (a precios accesibles) para crear el ambiente adecuado... Luego lo visitan los norteamericanos y los australianos y pagan lo que sea.

Meg Gresham [Bess Sedgwick]... ¿su trayectoria? ¿De alta cuna? Se escapó con un novio irlandés. Luego se casó con Parker Whitworth... un hombre descomunal... Luego, con el duque de Nottingham... Luego con el conde Stanislaus Vronsky... Dirk Chester, estrella del cine... o cantante de ópera

Amalgamar todo esto con el comandante Ronnie Anstruther, el de cara de sapo, y la señorita Marple... Se aloja una semana en Londres. Él le habla de asesinatos... El mismo tipo... Lo vi otra vez... con otro nombre distinto... Los médicos parecieron quedar satisfechos... Todo en orden... sólo un nombre distinto la siguiente vez... Vaya, parece que viene alguien

El marco general es el mismo de la novela, pero la mención del «comandante, el de la cara de sapo» (posible antecesor del coronel Luscombe, el custodio de la hija de Bess, Elvira, aunque sin esa descripción tan poco agraciada) y sus frivolidades sobre asesinatos cometidos tiempo atrás ya habían aparecido en una novela de 1964, *Misterio en el Caribe,* de modo que estas notas seguramente se escribieron con anterioridad. También podría ser ésta la descripción genérica que hace Christie de los militares jubilados.

A pesar de todo ello es gran parte de la trama la que se halla esbozada con detalle, aunque pasó por tres borradores al menos a lo largo del proceso de las notas, y cada uno de ellos añade poco o nada al anterior, lo cual seguramente es indicio de que sus poderes para entretejer variaciones sobre un mismo tema empezaban a disminuir.

Ideas
Bertram es el cuartel general... de una organización criminal... ¿sobre todo de robos a bancos? ¿Asaltos armados a trenes? Sin violencia verdadera... El dinero entra en el Bertram en los equipajes más respetables. Determinadas personas lo llevan allí... Se ensaya de antemano... Son actores por lo común... Actores de reparto que doblan a determinadas personas... Canon Penneyfather, el general Lynde, Fergus Mainwaring... La chica llegada del campo... ¿El señor y la señora Hamilton Clayton?
La condesa Vivary... Ralph Winston

Resumen de la trama
Bess Sedgwick... una chica que vive al margen de la ley y ama el peligro... Resistencia... Coches de carreras... Se enamora de un criminal extranjero... Apuesto, atractivo... Stan Lasky. Ella se relaciona con él y planean varios robos a gran escala... Esto es algo que sucede desde hace (¿5 años?) (¿tal vez más?) El cuartel general es el hotel Bertram, que ha cambiado de manos... se ha invertido mucho dinero y la gente de la banda se ha infiltrado en el hotel. Henry es el cerebro que todo lo controla y Bess es su socio... Los norteamericanos son los propietarios oficiales, pero en realidad son una fachada tras la que se esconde Henry... Hay un servicio de taxi rápido... joyas o billetes de banco que pasan por el Bertram gracias a las manos de los «clientes» anticuados, las señoras de edad, los sacerdotes, los abogados... los almirantes y los coroneles...
y desaparecen al día siguiente gracias a los ricos norteamericanos que se los llevan al Continente.

Si bien hay poca cosa en los cuadernos sobre el asesinato de Michael Gorman, el comisionista del Bertram y figura importante en el pasado de Bess Sedgwick, nuestra amiga la camarera del hotel vuelve a tener una nueva aparición. Aunque el marco de un hotel podría parecer perfecto para esta idea, la solución satisfactoria volvió a escapársele… una vez más:

> ¿Circunstancias del asesinato?
> Meg... desayuna en la cama... Riñones, champiñones, tocino, té... La camarera... pruebas... Por ejemplo, de la conversación entre Meg y su marido (¿Chester? ¿Stanislaus?) ¿Sucede alguna cosa? Ella abre el correo. «No, no es nada.» Esta prueba deja las manos libres al marido... También la camarera recoge la bandeja del desayuno, no hay camarero
>
> Puntos en Bertram
> Asesinato... La mujer en la cama... La prueba de la camarera... Le llevó el desayuno a la cama... estaba bien entonces (a las nueve de la mañana)... el cadáver no se encuentra hasta las 12... en realidad fue asesinada a las 8.30. Hombre (con traje de gala, de noche) disfrazado de camarero se lleva la bandeja del desayuno... La estrangula... La apuñala... ¿Le dispara? Y sale. Están implicados la camarera y Richards.

Las manzanas
10 de noviembre de 1969

Un juego que consiste en pescar las manzanas que flotan en una tina de agua, típico de la noche de Halloween, se tuerce de manera espantosa en la fiesta para adolescentes que ha convocado Lucilla Drake. Una de las invitadas, la señora Oliver, aborda a su amigo Hércules Poirot, que visita Woodleigh Common, y, en el transcurso de su investigación, descubre un crimen tiempo atrás olvidado, además de desenmascarar al asesino de la fiesta de Halloween.

Las notas tomadas para *Las manzanas* representan el ejemplo más claro que hay en la totalidad de los cuadernos de un comienzo y un final definitivos. La primera página del Cuaderno 16, que contiene las notas para *Las manzanas,* lleva por encabezado «1 de enero de 1969», y 45 páginas más tarde leemos:

> 7 de julio He terminado Las manzanas
> Capítulo 1 a 21 inc., final en p. 280, enviar a H[ughes] M[assie]. 3 o 4 capítulos para enviar a la señora Jolly [su mecanógrafa] en cintas de dictáfono, 1 al 9. Seguir con las correcciones y revisiones en todos ellos, empezando por p. 281, y enviar a H. M.

Agatha Christie tenía ya 78 años, y aunque no es descabellado pensar que tardara seis meses en escribir una novela de cierta extensión, se encontraba muy lejos de la velocidad crucero de los años treinta y cuarenta, cuando era capaz de terminar dos o tres novelas al año. Es perfectamente posible que la idea original de esta novela se gestara durante una visita a Estados Unidos a finales de 1966, puesto que allí Halloween era una festividad mucho más popular; en aquel viaje estuvo acompañando a sir Max Mallowan en una serie de conferencias. Pensó en la idea de una fiesta para niños de once o doce años, y no específicamente de Halloween, pero la estratagema elemental de la trama estaba preparada ya desde el comienzo. Sin embargo, la señora Oliver aparece al igual que en cuatro de los doce títulos que por fin escribió Christie. Asimismo, reaparece el oficial de policía Spence, de *La señora McGinty ha muerto* y *Pleamares de la vida;* volvería a aparecer tres años más tarde en *Los elefantes pueden recordar.*

Los temas, las ideas y las tramas tomadas de títulos anteriores son abundantes. Hay ecos notables de *El templete de Nasse House.* En ambas novelas nos encontramos con un niño o un adolescente asesinado en el transcurso de un juego, con testigos de un asesinato anterior que representan un peligro para un asesino hasta ese momento a salvo, y con la creación de un objeto de especial belleza que va a ser una tumba. Como veremos, también tuvo en mente un relato de treinta y cinco años atrás, «¿Cómo crece tu jardín?». *El templete de Nasse House, La señora McGinty ha muerto* y *Los trabajos de Hércules* se mencionan específicamente en los capítulos 4, 5 y 11, respectivamente; la inspiración para *Manteca en un plato señorial* se halla en una referencia del capítulo 11, la señorita Bulstrode de *Un gato en el palomar* es recordada en el capítulo 10 y hay una breve alusión hacia el final del capítulo 16 que puede haber proporcionado la base de *Némesis,* que aparecerá dos años más tarde. La señora Drake, cuando mira desde la escalera (capítulo 10), tiene inconfundibles similitudes con Marina Gregg en *El espejo se rajó de lado a lado.* Y la línea con que comienza el capítulo 17 es casi idéntica a la de «El caso de la criada perfecta».

Al igual que en muchos de los títulos de la última época, tanto las notas para *Las manzanas* como el libro en sí son difusos, faltos de concentración. Hay algunas ideas, además de las tomadas de títulos anteriores, pero también son muchas las conversaciones que se prolongan de manera innecesaria. La inestable mezcla final no llega a coaligarse en una novela detectivesca coherente e ingeniosa. Compárese el planteamiento con el de títulos semejantes de décadas anteriores —*Un testigo mudo, Pleamares de la vida* y *La señora McGinty ha muerto*—, en los que Poirot llega a una pequeña comunidad para investigar una muerte sospechosa, y apreciaremos sin dificultad el deterioro que se da en la calidad de los libros escritos a partir de *Noche eterna.* Aparte de *Pasajero a Frankfurt,* todos sus títulos posteriores a 1967 son viajes al pasado, cada uno de ellos más flojo que el anterior. Pero todos ellos se desarrollan a partir de una idea elemental que sí tiene potencia.

Aparte de los cambios de nombre, en los extractos que siguen se perfila la situación básica que pone en movimiento la trama, aunque hay que preguntarse por qué Miranda (llamada Mifanwy en las notas) no admite antes que fue ella, y no Joyce, la testigo original del asesinato. Y la posterior revelación de quién es su padre, en la novela, es poco verosímil.

> Jenny Butcher... Amiga de la señora O en un crucero por el Egeo... viuda... el marido fue víctima (¿de leucemia?) o de la polio... la contrajo en el extranjero... ¿Un erudito? En todo caso intelectual... La niña Mifanwy tiene once o doce años... ¿Murió el padre en Éfeso? ¿Un ataque cardiaco?
>
> ¿Es Mifanwy la que presenció el crimen? ¿El asesinato de su padre? ¿O vio a su padre matar al amante de Jenny? O... su padre... o su madre... o la hermana de la madre que aún vive en Woodlawn Common mata a un hermano (o a una

persona deficiente mental). De todos modos, Mifanwy presenció un asesinato... Se lo cuenta a Joyce, su amiga, algo mayor que ella. Joyce se jacta de ello en la fiesta, como si fuera su gran aventura. Mifanwy no estaba en la fiesta, se enferma ese día... ¿Un catarro?

La señora Oliver está en la fiesta... echa una mano a una amiga. La amiga es: ¿Jean Buckley? ¿O Gwenda Roberts? Su familia consta de: hija de 14, gemelos, Henry y Thomas, de 12... el marido... ¿médico? ¿Un médico de cabecera? ¿Pescar manzanas con la boca? ¿Un espejo? (el futuro esposo) Dragonaria... Hablan de los orígenes de estos ritos... Si es dragonaria tendría que ser por Navidad

El siguiente y muy significativo pasaje está tomado del Cuaderno 16, y se reproduce casi literalmente en el capítulo 1. Aquí se ven las resonancias de una Christie anterior que engaña al lector mediante insinuaciones que apuntan a un asesinato cometido en el pasado:

Joyce: «Allí, allí mismo vi una vez un asesinato»
Adulto: «Joyce, no digas tonterías»
Beatrice: «¿De verdad? ¿De verdad entera y verdadera?
Joan: «Pues claro que no ha visto una cosa así. Se lo está inventando»
Joyce: «Sí que vi un asesinato. Sí que lo vi, lo juro»
Ann: «Y... entonces, ¿por qué no fuiste a la policía?»
Joyce: «Porque no sabía que era un asesinato»

Con los cambios de nombre ya habituales —Mary Drake pasa a ser Rowena y Sonia Karova es Olga Seminoff— confecciona una lista de algunos de los personajes:

Posibles personajes

Mary Drake... la que da la fiesta (?)
Madre o madrastra de Joyce [la señora Reynolds]
Alistair Drake... rubio, apuesto, nada preciso

Sonia Karova... Una chica *au pair* que ha llegado a Barrets Green cuatro o cinco años antes
Los Drake... la anciana señorita o señora Kellway, una tía que vivía con ellos... muere de repente... deja un testamento manuscrito, deja dinero a Sonia...
En los testamentos anteriores dejaba dinero a Alistair
La chica se escapó... Nunca más se supo de ella... No se encontró un cadáver... O bien desapareció la *au pair*... Se fugó con un joven
Una maestra de escuela... La señorita Emlyn... Aparece su cuerpo... Se la ha visto con un hombre

Las notas indican que gran parte de la trama se le escapó a Christie durante mucho tiempo; una y otra vez trata de perfilar un resumen coherente:

Un jardín construido en donde había una cantera por insistencia de la señora Llewellyn Browne... Una mujer de edad avanzada, rica, excéntrica, una loca por los jardines... Jardines hundidos en el suelo... Vio uno en Irlanda del Norte... se ha gastado mucho dinero.

David McArdle, joven y artístico experto en paisajismo... Se rumora que es un capricho para las mujeres de edad... que les saca dinero.

También la chica *au pair* Alenka... cuidaba de una señora mayor... A ella le gustaba David... (referencia a Misterio en Cornualles; cree que el marido le está administrando arsénico)

La chica *au pair*... cuidaba de la señora Wilberforce... Muere la tía... Su testamento se encuentra más tarde... Escondido en un jarrón chino (¿bajo la alfombra?) Deja el dinero a

> Olga... Presuntamente escrito por ella... pero en realidad falsificado
>
> Mary Drake... la mujer adinerada que lleva el lugar... el marido Julian... ha tenido la polio... ¿es la víctima? Debilidad... Trabaja en la junta directiva del hospital... atrae por su encanto... Falsifica... ¿o más bien es el señor Drake su segundo marido? El primero sí tuvo la polio... ¿Ella lo mató? Para casarse con el nº 2

Pero al final se inclinó por un guión que la convenció del todo, y en las páginas que llevan por encabezado «20 de mayo» y «31 de mayo» (de 1969) encontramos lo siguiente:

> Idea... Sonia (Olga) (Katrina) era amiga de John Leslie Ferrier... Convicto antes por delito de falsificación... Michael induce a Leslie a que falsifique el testamento... Le ofrece dinero... Leslie es entonces asesinado... (acuchillado por Michael)... O bien atropellado por un coche que se da a la fuga. Mary con él su marido mató (atropella y huye)... Poco después hereda... Hombre en el coche... El coche alejado unos veintitantos kilómetros, Michael en una reunión en Londres
>
> Secuencia...
>
> A. La señora L. B. hace testamento o añade cláusula... Michael se entera (por Olga)
>
> B. Consigue que Leslie falsifique la cláusula añadida... Le paga por ello... Lo acuchilla después de una pelea entre chicas celosas.
>
> C. Muerte de la señora L. B. (sobredosis)
>
> D. Muerte del sobrino que tenía la polio... Su esposa lo adoraba... La señora Mary tenía invitados jugando bridge.

E. La señora L. B. había escrito un borrador de cláusula en mi testamento. Lo había escrito... o se lo había mostrado a la chica... Luego cambió de parecer (elaborar los detalles). Seguramente en la biblioteca.

Ideas y puntos pendientes, 31 de mayo

A. La mujer de la limpieza va a ver a la señora Oliver para ver la cláusula añadida

B. Poirot abre la carta... de un amigo de Hungría Herzoslovaquia... ha visitado a la familia... Olga Seminova... El joven con el que Olga se iba a casar

C. Poirot y Michael Wright... en el bosque... Estaba con Miranda.

D. La señorita Byways y los setos... El dispensario del médico... ha preparado la receta... un frasquito de píldoras

E. Leonard o Leopold estaba cerca de Michael y Miranda... astucia... sabe algo... tiene una manía, es un entrometido, oye todo... ¿Es Leopold la siguiente víctima? Leopold... inclinaciones científicas... tiene la costumbre de escuchar a escondidas... posible chantajista en su juventud... o su hermana Ann

Ésta, en efecto, es la trama que finalmente adoptó, aunque en la novela nunca se llega a explicar del todo por qué la señora Llewellyn-Smythe tendría que haber escrito una cláusula adicional a su testamento, o por qué la ocultó después. ¿Y es de hecho posible que Leopold, un chiquillo de once años, pudiera chantajear a un doble asesino, convirtiéndose de esa manera en una nueva víctima?

El relato «¿Cómo crece tu jardín?» proyecta una sombra a lo largo de la novela, como demuestra el siguiente extracto. En ambos aparece una señora de edad avanzada que olvida a su familia para legar su fortuna a un acompañante extranjero, con la consiguiente conversión del heredero en chivo expiatorio. La «concha» es una referencia a la trama de un relato aún anterior, en el que se oculta la estricnina en una concha de ostra y las conchas después se ocultan a la vista de todos en una decoración para un jardín:

> ¿Qué vio Joyce? Mary Drake sale por la puerta de atrás... Las conchas... las coloca junto al camino.

11

Poirot investiga: Los trabajos de Hércules

... pasión por alcanzar la verdad. En todo el mundo no hay nada tan curioso, ni tan interesante, ni tan bello, como la verdad...

Tragedia en tres actos, acto tercero, capítulo 5

SOLUCIONES QUE SE REVELAN

«El caso del bungaló» • *Después del funeral* • *Cita con la muerte* • *En el hotel Bertram* • «La dama de compañía» • *Muerte en las nubes* • *Los elefantes pueden recordar* • *Asesinato en el Orient Express* • «El misterio de Hunter's Lodge» • *El misterio del Tren Azul* • *Cianuro espumoso* • *Pleamares de la vida* • *Tragedia en tres actos* • También se revelan detalles de las tramas de casi todos los «Trabajos»

Los trabajos de Hércules
8 de septiembre de 1947

Los trabajos de Hércules no sólo es la mejor de las colecciones de relatos cortos que publicó Agatha Christie, sino que es también una de las mejores colecciones de la totalidad del género negro. Es sencillamente brillante de concepción, de trazado y de ejecución. Cuando una vez más planea jubilarse y dedicarse a cultivar calabazas, Poirot se siente atraído por la idea de resolver unos cuantos casos, no muchos, bien elegidos, que sean su gran despedida. Decide aceptar tan sólo aquellos casos que sean análogos a los que acometió su homónimo de la mitología, con la estipulación previa de que los suyos sean sus equivalentes metafóricos.

Todos salvo uno de los relatos se publicaron originalmente en la revista *The Strand* a lo largo de casi un año entero. «El león de Nemea» se publicó en noviembre de 1939 y el resto de los relatos siguieron el mismo orden que ocupan en el libro hasta «Las manzanas de las Hespérides», que se publicó en septiembre de 1940. El último relato, «La captura de Cerbero», no se publicó en *The Strand,* y tiene una historia más complicada, que se comenta junto con la versión original de dicho relato en el «Apéndice» a este volumen. En agosto de 1948 Penguin hizo historia en el campo de la edición cuando lanzó al mercado en un mismo día un millón de ejemplares de Agatha Christie, cien mil ejemplares de un total de diez títulos. La aventura tuvo tal éxito que se repitió cinco años después. Esta vez fueron títulos que ella misma había escogido, y para cada uno escribió un prefacio especial con alguna información de fondo. En esta segunda tanda se encontraba *Los trabajos de Hércules,* y en su prefacio Christie explica que el nombre de pila de Poirot fue la fuente de inspiración que le indujo a escribir los relatos. Sigue diciendo que algunos, «La hidra de Lerna» y «El toro de Creta», por ejemplo, fueron sencillos de escribir; en efecto, se trata de casos típicos de Christie, en los que Poirot se encuentra con un asesinato en un pequeño pueblo. «El jabalí de Erimanto» y «El cinturón de Hipólita», según confiesa, le dieron más dolores de cabeza, y «La captura de Cerbero» estuvo a punto de derrotarla.

En todo momento se trata de metáforas inspiradas: las lenguas que no paran quietas representan a la víbora de múltiples cabezas en «La hidra de Lerna», mientras un periódico de corte escandaloso representa los contaminados establos de Augías y «Las manzanas de las Hespérides» son las manzanas que no tienen precio, las que adornan un cáliz de Cellini. Los propios relatos oscilan entre el misterio doméstico de «La hidra de Lerna» y el relato de amor nostálgico, aunque con un golpe típico de Christie en «La cierva de Cerinia», pasando por el *thriller* brutal y trepidante en «El jabalí de Erimanto». Las escenas divertidas —Poirot se la pasa muy mal en un hotel del oeste de Irlanda— alternan con otras aterradoras —Poirot se ve desvalido ante el avance de un criminal que esgrime una navaja—, y no faltan las más conmovedoras, como cuando Poirot convence a una bailarina que tiene una enfermedad terminal de que regrese con su verdadero amor.

En muchos de los relatos consigue introducir un segundo ejemplo de simbolismo añadido al principal. En «El jabalí de Erimanto» aparece un peligroso criminal en un lugar que cubre la nieve, con lo que refleja tanto el entorno físico como el animal metafórico; en «El toro de Creta» se ve a un hombre de un físico portentoso, además de que aparecen tinas literalmente llenas de sangre; en «Las manzanas de las Hespérides» a Poirot le ayuda un iluminado, Atlas, quien, como su famoso homónimo, se echa a la espalda el peso de Poirot; las ruidosas colegialas que aparecen al final de «El cinturón de Hipólita» se comparan con las amazonas de la fábula clásica. Las castañuelas de bronce que tiene Hércules en la versión original se truecan por el moderno telégrafo en «Los pájaros de Estínfalo»; los cuernos de oro de «La cierva de Cerinia» son el cabello dorado de Katrina, y así como en la versión mitológica Hércules no mata a la cierva, sino que la devuelve sana y salva, Hércules Poirot hace lo propio con el gran amor de Ted Williamson.

Son muchas las notas que se conservan de esta imaginativa colección, lo cual ya es un tanto insólito si se piensa que son relativamente pocas las que se conservan de la mayoría de los relatos cortos de Christie. Probablemente se deba a que la escritura de esta colección requirió de una investigación adicional en los originales y una elaboración de los detalles mayor de la que se suele relacionar con la escritura de un relato. Asimismo, estos relatos se escribieron para que formaran parte de la colección y no fueran, como en otras ocasiones, relatos individuales para una publicación esporádica. La mayoría de estas notas se incluyen en el Cuaderno 44, aunque algunas de menor importancia figuran en otros tres, los Cuadernos 28, 39 y 62.

El Cuaderno 44 contiene parte de la información básica sobre los mitos griegos que Christie utilizó como soporte de sus relatos:

> La hidra de Lerna... 9 cabezas en llamas... la última cabeza se le corta y se entierra
>
> La cierva con las patas de bronce... los cuernos de oro... las pezuñas de bronce... consagrada a Artemisa... un año para encontrarla
>
> El jabalí de Erimanto... Junto con los centauros de Pholoe... atrapado en un precipicio nevado y capturado vivo
>
> Los establos de Augías... Un río que irrumpe por una brecha en la pared
>
> Los pájaros de Estínfalo... Aves de presa que comen carne humana. H los echa por medio de las castañuelas de bronce y acaba con ellos
>
> El toro de Creta... un toro iracundo
>
> Las yeguas de Diómedes... salvajes, encadenadas a los establos... H las domestica

El cinturón de Hipólita... Hera hace correr el rumor y las amazonas se rebelan

El ganado de Gerión... un gigante con 3 cuerpos
o 3 cabezas... guardado por un perro bicéfalo, las cabezas...
Orto y Euritón

Las manzanas de las Hespérides... H sostiene el cielo mientras A[tlas] recoge las manzanas... A quiere una mesa cuando H le pide un cojín para el hombro... Se las devuelve a A y se marcha. Las manzanas doradas que regala Immo a Júpiter por sus esponsales... se entregan las manzanas... son devueltas a las Hespérides

Cerbero... Descenso al submundo... No hay arma... Cerbero retorna al submundo

Consideró varias ideas antes de urdir en serio las tramas, muchas de las cuales se incorporaron al producto terminado. Ocho de los relatos siguen con variantes menores estas notas iniciales, aunque introdujo cambios en «Las yeguas de Diómedes». Nótese, no obstante, que los dos relatos que reconoció que le causaban ciertas complicaciones, «El jabalí de Erimanto» y «El cinturón de Hipólita», cambian de manera muy considerable, y que el que estuvo «a punto de derrotarla», «La captura de Cerbero», es completamente distinto en la colección que se publicó en su día:

León de Nemea... un pequinés secuestrado

Hidra de Lerna... Una pluma envenenada... o un escándalo en medio del campo... una persona al fondo de todo ello
La hidra de Lerna... La mujer era sospechosa de asesinar al marido... (¡La sentencia es que fue un accidente!)

Los ciervos de Arcadia... La bailarina que desaparece...
Un joven... Podría P encontrarla

El jabalí de Erimanto... Un criminal perseguido y arrestado... ¿Una banda?

Los pájaros de Estínfalo... Un joven es objeto de chantaje... por parte de dos mujeres

Los establos de Augías... Escándalo político... HP tiene que distraer la atención... consigue que un estudiante de Medicina lleve un cadáver... ¿Falso asesinato? ¿Los fondos del partido o un robo arqueológico?

El toro de Creta... ¿Un asesino loco?

Las yeguas de Diómedes... Domesticación de sus hijos... ¿Chicos? Presentándoles el trabajo de la policía

El cinturón de Hipólita... ¿Una directora de colegio? ¿Un profesor de Oxford? ¿Un manuscrito de valor incalculable?

El ganado de Gerión... Una secta extraña... El líder es desenmascarado... Tal vez el rebaño de un pastor... Una nueva secta... Entusiasmo religioso... El ganado de Gerión, de Oriente... Religion oriental

La manzana de las Hespérides... Tesoro en un convento... desaparecido hace muchos años... Robado... Entregado por el ladrón al convento

Cerbero... ¿Un relato sobre un perro? ¿O alguien muerto, regresado de entre los muertos, o bien, asesinado?

El león de Nemea

El secuestro de un pequinés proporciona a Poirot el primero de sus «Trabajos».

Como bien se puede ver, las notas tomadas para «El león de Nemea» son extensas y siguen de cerca la versión publicada. Podría darse el caso de que al ser el primer relato de la serie Christie le concediera tiempo y energía en abundancia, sopesándolo con gran esmero. También es el más largo de los relatos de la colección. Hay una nota solitaria en el Cuaderno 39 que presagia la trama; aunque en líneas generales no recuerda la versión publicada de «El león de Nemea», el relato sí incluye un rasgo importante, como es la herencia que ha recibido la señorita Carnaby en forma de pequinés, que le lega una de sus antiguas empleadas:

> La dama de compañía deja el pequinés... Se marcha para trabajar de criada... ¿Da distintos nombres lugares alternos? Ella y una amiga... después obtiene la recompensa

Este extracto, del Cuaderno 44, es un resumen muy preciso del relato que se publicó:

> HP es citado por Joseph Hoggin... Un tipo ya mayor y muy molesto... Su esposa ha perdido al pequinés... Recibió una demanda de doscientas libras, que la mujer pagó, y se le devolvió el perro. HP se ha entrevistado con la señora J y la señorita Carnaby, la dama de compañía, una mujer estúpida y parlanchina. Las cosas son como siguen: Amy y Ching fueron al parque... A vio a un niño en su cochecito...

Se paró a hablar con la cuidadora, pero Ching desapareció... Estaba cortada la correa... Se la muestra y HP reconoce que ha sido cortada... Las mujeres lo buscan sin descanso... Entonces llega la carta... Habrá que enviar el dinero en billetes de una libra.

Al final, P instruye a Georges para que vaya a localizar un piso dentro de unos límites determinados... pide a sir J... le recuerda al fabricante de Lieja que envenenó a su mujer para casarse con su secretaria, una rubia. P visita el departamento el día en que la señorita A salió... Augustus ladra y trata de impedir que entre. La hermana inválida... P lo sabe todo...Su defensa... No tiene pensión... la vejez... No tiene hogar ni educación... Un sindicato... Ching se queda en el piso, se lleva a Augustus... Siempre sabe encontrar el camino de regreso. ¿Cuántas veces? Diez veces.

En este relato hay bastante más de lo que aparenta. Amy Carnaby es una creación deliciosa, aunque a la vez conmovedora. Su situación —es una dama de compañía ya mayor y sin educación que se enfrenta a un futuro desolador en la vejez— es semejante a la de Dora Bunner en *Se anuncia un asesinato,* cuando la señorita Blacklock la rescata. La mentalidad criminal de la señorita Carnaby es sin embargo su mejor partida, y Poirot, en «El ganado de Gerión», dice de ella que es «uno de los criminales más astutos que nunca he conocido». La trama, muy inteligente, es particularmente rica para tratarse de un relato de veinte páginas. Está por un lado la trama que corresponde al pequinés, o león de Nemea, pero también hay una trama secundaria sobre el fabricante de jabón y envenenador de Bélgica, que actuó años antes. Y no es descabellado ver en la idea de los perros cambiados un precedente de *Maldad bajo el sol,* que se publicó dos años después. Poirot también comenta este caso en el capítulo 14 de *Los relojes.*

La hidra de Lerna

Desagradables rumores conducen a Poirot a un pueblo pequeño para investigar la muerte de la mujer del médico.

La trama de este relato se halla en gran medida en dos páginas del Cuaderno 44, siendo la única diferencia el cambio de nombre de la enfermera Carpenter, que pasa a ser Harrison:

> El médico acude a ver a P... Está azorado... De nada serviría ir a ver a la policía... La esposa ha muerto... Rumores... Empiezan a faltar los pacientes en su consulta... No sabe cómo combatirlo. P le pregunta... ¿quién es la otra mujer? El médico monta en cólera... Se marcha... P dice que ha de averiguar la verdad. La chica del dispensario... reconoce que se casará con ella... La esposa era una inválida de trato difícil... Los detalles de su muerte consisten en un envenenamiento por arsénico. P le advierte que va a averiguar la verdad. P va a ver a la muchacha... Es sincera... Dice que la vieja señorita L es la peor. P. ve a la señorita L, etc., etc. Llega a dar con la enfermera, una bella mujer de mediana edad... ¿La enfermera Carpenter? Fue ella quien lo hizo. Encuentra a la enfermera, su rostro angelical de Virgen renacentista... La presiona... Autopsia... Ella dice que no, ni mucho menos... Fue asesinada... con píldoras de morfina

Y diez páginas después...

> La hidra de Lerna, continuación
> P habla con el Ministerio del Interior... Ella dice que sí... porque la señora O fue asesinada. P logra que anuncien el compromiso

matrimonial... Jean recibe una carta llena de insultos. Las píldoras de morfina... o píldoras de opio. Llegó el médico de visita, recetó píldoras de opio... que Jean le suministra

En las páginas que median entre ambos fragmentos se incluyen las notas preliminares para otros cuatro de los «Trabajos», así como dos páginas de fórmulas químicas, seguramente sobre venenos potenciales. Este resumen en general se asemeja bastante al relato publicado; nótese sin embargo que no se sigue adelante con la idea, en el segundo extracto, de anunciar un compromiso y recibir a continuación cartas insultantes. En muchos sentidos, éste es el más característico de los «Trabajos» por lo que atañe a la idiosincrasia de Christie: Poirot viaja a un pequeño pueblo a investigar una muerte misteriosa, en este caso el posible envenenamiento de una mujer, cuyo marido está bajo sospecha.

Los relatos «El misterio de Cornualles» y «¿Cómo crece tu jardín?», así como las novelas *El testigo mudo* y *La señora McGinty ha muerto,* y una novela de la señorita Marple, *El caso de los anónimos,* tienen un planteamiento similar. Y este relato breve tiene claros paralelismos con un relato anterior, «El geranio azul», de *Miss Marple y trece problemas.*

La cierva de Cerinia

Poirot desarma una impostura en su empeño por lograr la unión y reconciliación de dos amantes antes de que sea demasiado tarde.

«La cierva de Cerinia» es un relato idílico, como corresponde a su ambientación en la Arcadia, y no contiene ningún crimen. Hay sin embargo un giro típico de Christie en las últimas palabras del primer extracto, un giro que empleó en algunas otras ocasiones, aunque por lo general con propósitos más siniestros. La suplantación de un subalterno (criada, mayordomo, camarero, auxiliar de vuelo) se emplea aquí por motivos no delictivos, al contrario del uso que se le da en *Muerte en las nubes, Cita con la muerte, Tragedia en tres actos, Cianuro espumoso, Los elefantes pueden recordar* y *En el hotel Bertram.* Asimismo, el inverso de este ardid (la suplantación de una «persona real» por parte de un doméstico) es un rasgo determinante en *Pleamares de la vida, El misterio del Tren Azul, Después del funeral* y *Asesinato en el Orient Express.* Los relatos «El caso del bungaló» y «La dama de compañía», de *Miss Marple y trece problemas,* así como «El misterio de Hunter's Lodge», de *Poirot investiga,* también contienen este ardid.

Existen dos esbozos para la escena inicial de este relato, el segundo de los cuales es más detallado. Ambas versiones son ajustadas, aunque la amada de Ted, Mary Brown en el primero, tiene en el segundo un nombre más romántico, Marie, y al final es «Nita... Incógnita... Juanita»:

> Un joven en un pueblo... Se estropea el coche... Recurre a él... Ha de encontrar a su amada, Mary Brown... Se fue a Londres y ha desaparecido... Si está en un aprieto quiere acudir en su ayuda. ¿Estaba MB con una dama acaudalada... MB era criada... en realidad la bailarina misma (mantenida por lord Masterfield)? O bien era la esposa de un norteamericano joven y rico que se dedicaba a jugar al polo. P la ve... una joven de rostro endurecido... Le dice que no tiene la dirección de la criada. La criada es una muchacha de aspecto hosco. P sabe que tiene que ser ella
>
> Disculpe, señor... El joven... Un simple... Apuesto y buena persona... Es insistente. Reconoció a HP por una foto en el Tatler... No podría existir otro bigote como ése... P se

ablanda. P cena en la posada... El joven se le acerca... Encuentra a la muchacha... Marie... No la conoce por otro nombre. Suiza... la muchacha... a duras penas la recuerda... Qué cambiada está... Su criada... Sí... La recuerda... La otra... ¿Se refiere a Juanita? Era la criada que sustituyó a la otra cuando tuvo que ausentarse... P dice que sí... ¿Qué fue de ella? Murió aún joven... Arcadia. P explica el misterio sobre la criada... chantajeó a sir George... Su mujer... Nita... Incógnita... Juanita

El jabalí de Erimanto

Un criminal violento y un entorno aislado se combinan para hacer del cuarto de los «Trabajos» un empeño muy peligroso.

Como conviene a sus orígenes, éste es el más sangriento de todos los «Trabajos», y es en múltiples sentidos un relato muy atípico en la producción de Christie. Un gánster que concierta un encuentro en la cumbre de una montaña, en Suiza, no es precisamente un elemento habitual en sus relatos. La imagen de Hércules Poirot cuando salta de la cama para arrebatar a tres malhechores sus armas de fuego mientras alguien los tiene a raya es una imagen que no concuerda demasiado bien con el gran detective presuntuoso y el sirope de mora. Dicho esto, contiene una trama trepidante y múltiples suplantaciones en menos de veinte páginas.

También se utiliza la idea del cirujano plástico, que aparece algunas veces en los cuadernos, incluidas las notas aún tempranas y no utilizadas para *Un crimen dormido,* así como las de *La casa torcida* y la dramatización tentativa de *Asesinato en Mesopotamia.*

Las notas que siguen reflejan con precisión, aunque de una manera un tanto críptica, el transcurso de un relato bastante complejo:

Suiza... HP se marcha del Fin del Mundo... Llega a Zermatt y de allí sube a la cumbre de una montaña... Algo sucede en el funicular. ¿Ha recibido HP antes un telegrama... o una nota... de M. Belex? Éste lo vio... El famoso Marascaud... Se creía que estaba allí arriba... El inspector Drouet... Algunas personas suben con él en el funicular.

Schwab... un norteamericano solitario

El doctor Karl Lutz (médico bastante nervioso) o un médico, un judío austriaco, un cirujano maxilofacial

3 hombres de aspecto caballuno, unos tramposos

Un médico inglés nervioso

¿Ya está allí?

El camarero... Gustave... Se presenta a HP diciendo que es el inspector Drouet

El gerente... sumamente nervioso... Lo ha sobornado Gust[ave]

Un paciente misterioso

El corredor de apuestas de Marascaud... Se llevó el dinero... Imposible de encontrar en este lugar tan solitario. Gustave dijo «Es uno de ellos»... G sufre un ataque de noche... El médico lo atiende... habla con P. P lo ve... Tiene la cara cubierta de vendajes. ¿Quién lo atacó? Tres hombres... se emborrachan... Atacan a P... Schwab lo salva con una pistola

Las notas preliminares de Christie para este relato se utilizan en parte cuando el asesino Marascaud es «localizado y apresado» con vida, detalle importante, como subraya el propio Poirot en la última línea del relato; el elemento de «la banda criminal», en cambio, no se desarrolla.

Los establos de Augías

El quinto de los «Trabajos» propone a Poirot uno de los casos más insólitos de su carrera.

La trama del relato, en la que intervienen algunos elementos tomados de las notas preliminares de Christie, aunque no sea el caso del «cadáver», se resume en el Cuaderno 62:

> Hércules Poirot y el primer ministro... P lo mira... como ya dijo el viejo profesor de Química, es un hombre bueno.
> P explica por qué Dagmar odió siempre a su padre... Limpiar los establos de Augías... P ve a la señora NP... Una mujer aún hermosa... Su reacción... P le dice algunas cosas un tanto crípticas.
>
> P y Dashett (joven periodista)... dice que tendrá usted que dar la vuelta al Támesis y limpiar el edificio del Parlamento. Sydney Cox... director de «La basura semanal»... un hombrecillo desagradable... HP va a verlos... Les pide, los amenaza, les suplica. Párrafo... el concurso de ortografía... en Little Bedchester... en el metro... La señora de NP se marcha de Londres a Escocia. Juicio por difamación... la señorita Greta Handersohn... camarera en un café de Copenhague... la aborda un periodista. P dice que es una idea muy antigua... El collar de la reina... para desacreditar a María Antonieta.

Este relato sigue muy fielmente las notas, aunque hay un rasgo que desconcierta, como es el uso de las iniciales «NP» en todo momento para referirse al primer ministro. No hay equivalente en el relato, en donde el primer ministro se llama

Edward Ferrier. Aunque se trata de un relato convincente, cargado de un simbolismo inspirado, resulta en gran medida improbable tanto por la mecánica de la narración como por su resultado. Es imposible no preguntarse si las desagradables experiencias que vivió Christie a raíz de su desaparición en 1926 pudieron ser en cierta medida las responsables de esta arremetida contra la prensa amarillistas. Este caso se menciona de pasada en el capítulo «Las criadas en la cocina», de *La muerte visita al dentista,* cuando Poirot lo califica de «ingenioso».

Los pájaros de Estínfalo

Una buena acción tiene espeluznantes consecuencias para un inocente que se halla en el extranjero.

El primer intento por escribir este relato, de ambientación doméstica, no figura en la versión publicada, aunque es posible detectar el germen de una idea subsiguiente... Las dos mujeres, el marido abusivo, un joven que sufre chantaje emocional para que eche una mano:

> La señora Garland y la señora Richardson... ésta recién casada, aterrada por su marido... Saca una pistola... Una joven se aloja en el apartamento de Gary... Es joven, está casado, es abogado. Llega el marido y lo intimida... Lo amenaza con el divorcio... un ser femenino... O una madre que también suplica... Un ser que ya envejece

Sin embargo, sigue un segundo resumen de la trama en el que Poirot hace una aparición muy avanzada la misma en las últimas cuatro páginas. El cambio de ambientación, pasando a un país extranjero y ficticio, Herzoslovaquia (en donde se desarrolla *El secreto de Chimneys)*, es acorde con muchos otros de los «Trabajos»:

> Harold... su amistad con Nora Raymond... dos mujeres... polacas, parecen dos pájaros. Su marido estudia Arquitectura... Su madre está preocupada, angustiada. Entra en la habitación de él en busca de ayuda... El marido llega corriendo... Esgrime algo contra ella... Ella lo esquiva... Sale a la carrera, el hombre corre tras ella hasta su habitación... Ella dispara... Él cae... Ella lo saca de la habitación... Podría llegar alguien. Llega la madre... dice que él ha muerto. Aconsega [sic] HP... Que hable con él... o con el gerente del hotel... Y guarda silencio... Él sale y manda un telegrama para pedir dinero... Se lo da... Llega la policía... Todo se mantiene en silencio... La madre vuelve a angustiarse... La mujer de la habitación contigua podría haberlo oído todo

También aquí, a pesar de todo, hay algunas diferencias. En la versión publicada no se menciona a Nora Raymond y es un pisapapeles el instrumento asesino, no el arma que sugieren las notas («ella dispara... él cae»). Este cambio tiene lógica; el relato se desarrolla en un hotel, y un disparo en tal situación habría llamado la atención de otros, con lo que la trama sería inviable.

El toro de Creta

¿Es el séptimo «Trabajo» de Poirot un simple caso de herencia negativa o es algo más siniestro?

Hay relativamente pocas notas sobre el séptimo de los «Trabajos», «El toro de Creta». El principal problema parece haber sido la elección del veneno; Christie se decidió al final por la atropina (que es también el veneno elegido en «La huella del pulgar de San Pedro», incluido en *Miss Marple y trece problemas).* El relato hace un énfasis especial en la sangre —la idea del «asesino loco»—, en lo que coincide con «El jabalí de Erimanto». Pero al igual que en otros títulos de Christie —*Asesinato en la calle Hickory* y «La importancia de una pierna de cordero», de *Los cuatro grandes,* por ejemplo—, ésta es una parte importante de la trama:

> A P se le reclama... un terrateniente y un viejo amigo suyo temen que el hijo del primero esté loco... Hay precedentes de locura en la familia... El chico ha estado en la Armada... (Lo dejó)... El terrateniente nunca llegó a superar del todo la muerte de la esposa... en un accidente náutico o de tráfico... (¿Pregunta HP por el incidente, como si creyera que el coche había sido manipulado por un cómplice?) La esposa sólo estuvo con él tras pensarlo mucho... Cuando se lo pregunta, el amigo habla muy rápido y se atraganta... Dice que es la primera noticia que tiene... parece de poco fiar. El chico es de una parte impresionante... Hay una chica enamorada de él... ¿Cree él mismo que está loco? Droga... ¿Ojos? Escopolamina... hiosciamina... atropina... o acónito... ungüento con el que se embadurna... alucinaciones. Intento al final de matar a la chica

Este relato comparte una argucia de la trama con *Misterio en el Caribe*, y de hecho Christie hace referencia a él cuando trabajaba en la trama de esta novela. Las palabras más interesantes del extracto anterior son sin lugar a dudas «parece de poco fiar». Ésta fue la estrategia sobre la cual construyó Christie su impresionante reputación, esto es, la presentación de un relato de tal manera que los inocentes parecieran culpables y viceversa. Muy pocos de los lectores de este relato no señalarán a George Frobisher considerándolo el malvado, que es precisamente lo que Christie pretendía.

Las yeguas de Diómedes

Poirot se enfrenta a la plaga de los traficantes de drogas.

Existen dos conjuntos de notas bien diferenciados para el octavo de los «Trabajos». A pesar de que el Cuaderno 44 contiene las notas «correctas» para la mayoría de los «Trabajos» restantes, las que son relevantes en este relato son las que están en el Cuaderno 62:

> P sigue la pista de un tinglado de drogas... Un sitio en el Condado (no en el campo)... ricos fabricantes, etc.
>
> El anciano general Boynton... Gota... colérico... las piernas hinchadas.
>
> Las hijas... Unas chicas asalvajadas... Una de ellas se mete en un buen lío... ¿o no es ni siquiera hija suya?
>
> La banda... Un viejo al frente de toda la maquinación... las chicas van a por él
>
> Stillingfleet... Llamada a Poirot... el plan de las drogas... convierte a las personas decentes en poco más que animales

salvajes... Me pidió que fuera con los ojos bien abiertos... Una chica en un incendio... En las caballerizas... Hachís... Él salvo a la chica.

La otra hermana... antes eran unas niñas decentes... el padre es un anciano general. P las ve... Una chica malhumorada... endurecida... dice que Stillingfleet está bien. P dice que buscará a su padre... Mirada de alarma en los ojos de ella... P dice que será discreto.

S[tillingfleet] y P... dice que muy joven... 18 años... qué vergüenza... No las cuidan como debieran... P viaja a Norfolk... El general... Gota... Mal humor... preocupado por sus hijas. P pregunta ¿quiénes son sus amistades?

Dalloway... Un hombre como un caballo... lento, etc. La señora Larkin... en su casa, P ve a los demás... Juegan a los dardos, etc.

Hylda... una chica imprecisa... Cummings... joven médico... ayudante de un viejo... Fiambrera con unos bocadillos (pertenece a Dalloway) en la entrada... P toma nota (mirar en la caja de S.)... Lo hace

Hay cambios de poca entidad: el doctor Stillingfleet (posiblemente el de «El sueño» y *Tercera muchacha)* se transforma en el doctor Stoddart; la cacerola pasa a ser una cantimplora, y no se habla de los dardos. Hay notas relacionadas con este relato en el Cuaderno 44, aunque presentan especulaciones divergentes y en un caso bastante extravagantes:

Las yeguas de Diómedes

Un viejo piloto de carreras... sus «chicas», unas salvajes... ¿Qué podría hacer P?

Bloomsbury... una de ellas dispara contra alguien (¿la señora Barney?)... idea de los gemelos que no son idénticos... la mujer es la criada de uno de ellos... ¡¡NO!!

O

P paga a un joven para que sea «asesinado» por una de ellas... O bien... ¿Servicio secreto? ¿Jacinta?

La idea del «viejo general» y sus «muchachas asalvajadas», según aparece en el primer extracto, se conserva intacta (nótese el cambio de «chicos», según las notas preliminares, a «chicas», aquí), pero la idea más bien estrafalaria de que Poirot pague a alguien para que sea asesinado, seguramente una estratagema, fue descartada. La referencia a la señora Barney remite a un penoso caso de asesinato que se produjo en Londres, por el que fue juzgada la glamurosa Elvira Barney y posteriormente declarada inocente de haber disparado contra su amante, Michael Scott Stephen, en mayo de 1932.

Es innegable el potente simbolismo de los caballos de la mitología que se alimentan de carne humana, y que aquí se transmutan en traficantes de drogas que llevan a cabo un negocio no menos aborrecible. Pero existe en el relato un elemento didáctico y moral que resta potencia a la trama. Una vez más, Christie juega con nuestros errores de apreciación y de percepción; esta vez se trata del aparente estereotipo del militar jubilado, que no es un personaje poco frecuente en sus ficciones: así, el coronel Protheroe en *Muerte en la vicaría,* el comandante Porter en *Pleamares de la vida,* el comandante Palgrave en *Misterio en el Caribe,* el general MacArthur en *Diez negritos* y el comandante Burnaby en *El misterio de Sittaford.* Y hay muchos más ejemplos. Pero no siempre son de toda confianza...

La alusión al gemelo que no es idéntico es una idea que aparece en infinidad de ocasiones a lo largo de los cuadernos (véase «La casa de los sueños», página 348). Como demuestra su constante aparición, Christie nunca llegó a abordarla con éxito, y ésta no es una excepción a la norma. Se percibe cierta exasperación en el «¡¡NO!!» con que se recrimina.

El cinturón de Hipólita

Dos casos en apariencia dispares, un robo de una obra de arte y una colegial que ha desaparecido, se unen en el noveno de los «Trabajos».

Éste es otro relato que cambió de manera considerable a partir de la concepción inicial que tuvo Agatha Christie, aunque siguen siendo visibles algunas huellas de la idea de la «directora del colegio». Como bien se ve, con este relato Christie dio rienda suelta a su más que considerable inventiva.

Hay un buen número de esbozos para el desarrollo del relato y para la interpretación del mito original: un manuscrito, un hallazgo arqueológico y un cuadro fueron algunos de los elementos que sopesó incluir. E incluso tras decidirse por el cuadro aún consideró otras posibilidades:

> P en Oganis o Lestranges... Un internado de señoritas de primerísima clase... la aterradora señorita Beddingfeld
>
> ¿Es de verdad la chica una malvada? ¿O es la hija de un millonario que ha desaparecido, a la cual se busca por todas partes?
>
> ¿Un manuscrito de valor incalculable? ¿Un cuadro? ¿Un hallazgo arqueológico? ¿Un cuadro robado? Una de las chicas (la malvada) pintó algo encima y se lo ha regaló a la directora del internado... Posteriormente
> se transporta al país indicado, pasa la aduana, etc.

Una colegiala secuestrada... Es nueva en el internado... Se presenta a la señorita Nortress... sosa, con trazas [¿trenzas?], aparato dental... Flaca, patética... Viajan a París... La chica desaparece en el tren (en realidad sale del lavabo y se reúne con un hombre... Todo muy estudiado, muy de actriz... Abrigo de visón. Al volver de almorzar en el vagón restaurante se esconde en el lavabo... Sale un hombre... Se encuentra un sombrero en las vías del tren. La chica aparece al día siguiente en Amiens... No le ha pasado nada, sólo está aturdida.
El robo de un cuadro famoso (G o H). Ha de pasar de contrabando a Francia... ¿cae en manos de un comerciante? ¿Un malvado? La ac[triz] encuentra empleo con una «hermana mayor»... Conoce a la niña... y la lleva a la estación de Victoria... se quita el maquillaje... la falsa actriz resulta ser una niña... Una vez en Francia se cambia en el lavabo... Llega con un hombre muy elegante.

Cuadros en una exposición con las obras de otras chicas del internado... P hace de mago... Lo borra con aguarrás... Expone a la luz El cinturón de Hipólita

Éste es otro de los «Trabajos» que tienen una trama intrincada a partir de dos ideas en apariencia disímiles e irreconciliables, la desaparición de la colegiala y el cuadro robado, que se aúnan con toda nitidez en el desenlace. Existe cierta similitud con un libro que iba a escribir veinte años después, *Un gato en el palomar,* al menos en el contrabando de un objeto valioso en el equipaje de una colegiala. El engaño de que una adulta se haga pasar por una niña es otra de las argucias de la trama de ese libro, así como aparece en el relato titulado «Misterio en las regatas».

El ganado de Gerión

Uno de los protagonistas de «El león de Nemea» regresa para ayudar a Poirot en la investigación de una serie de extrañas muertes.

«El ganado de Gerión» es el relato más flojo de toda la serie, lo cual se refleja en la escasez de notas; las que se conservan son tan difusas que se podrían haber desarrollado prácticamente de cualquier manera. Las que siguen están tomadas del Cuaderno 44; la secta insinuada en las notas preliminares es uno de los puntos de partida:

> A P lo visita la señorita? (Amelia)... Dispone de una exigua anualidad... Se dedica a enseñar a los perros de otras personas... ha estado leyendo un libro alemán... Impulsos criminales... Sublimación. ¿Podría trabajar para P? Un caso... su amiga... una extraña secta... en Devon. El joven hijo de un millonario... ¿allí? ¿O una hija de mediana edad, hija de un hombre muy rico? ¿O la viuda de un hombre rico?

No contienen ingenio digno de mención ni la trama del relato ni el simbolismo. Lo rescata tan sólo la presencia de la emprendedora y divertida Amy Carnaby, que ya apareció en «El león de Nemea». Aunque sea extraño, en las notas no aparece en cambio el nombre de Carnaby. «La señorita? (Amelia)» tal vez sea una abreviatura de Christie (¡y eso que no es muy breve que digamos!), o tal vez tan sólo indique que no tenía a la mano un ejemplar de *The Strand*, de los números atrasados, para verificar el nombre que le puso. Hay una breve referencia a Hitler en este relato (véase también «La captura de Cerbero» en el «Apéndice»).

Las manzanas de las Hespérides

En un remoto lugar Poirot encuentra la pista definitiva en un caso que realmente comenzó siglos atrás.

Se conservan menos notas para «Las manzanas de las Hespérides» que para cualquier otro de los «Trabajos». La trama no es compleja, y precisó de poca planificación una vez que supo dar con la pista crucial: la monja. El resumen elemental refleja bastante bien la versión definitiva:

> Un millonario... Le han robado un cáliz de oro... no hay pistas. P habla con un detective norteamericano, Pat Ryan... Un tipo desatinado... La esposa era una mujer decente... pero no es capaz de llevarlo por buen camino... Se volvió a Irlanda... O bien una hija, una monja. Irlanda... El convento... Llega P... Un mendigo con una botella de coñac... tengo el mundo en las manos
>
> Un iluminado en un bar de Irlanda, lo llaman «Atlas»... HP dice que no lo parece (un caballo que llevar a cuestas, el mundo... según el héroe griego de la geografía). No tendrá que sostener el mundo... sólo a Hércules Poirot

Algunos detalles de poca entidad son distintos: el caballo que ha de llevar a cuestas es Hércules, y no el complejo trabajo que se plantea en las notas; además no aparece el mendigo.

Al igual que en «El jabalí de Erimanto», escrito antes, este caso lleva a Poirot a un lejano y hermoso lugar, esta vez en la costa oeste de Irlanda. Además de mencionar un viaje en autobús por diversos jardines de Irlanda en el capítulo 11 de *Las manzanas,* ésta es la única visita que hace a Irlanda, y le resulta memorable aunque sea por razones erróneas.

Como ya sucediera con sir Joseph Hoggin en «El león de Nemea», Emery Power sufre una grave pérdida financiera a resultas de la investigación de Poirot, aunque en su caso encuentre un beneficio espiritual. (Hay un pequeño error en el hecho de que Poirot le prometa que «las monjas dirán muchas misas por su alma». Las monjas no dicen misa; la misa por el alma de una persona sólo se celebra después de su muerte.) La escena final, en el aislado convento que está a orillas del Atlántico, resulta especialmente conmovedora por la sabiduría de un diálogo tan revelador.

La captura de Cerbero

¿El *nightclub* de la condesa Vera es algo más que el escenario de unas juergas inofensivas?

Los siguientes extractos hacen referencia a la versión del relato que está recogida en *Los trabajos de Hércules,* de 1948 (para cotejar con la versión recién descubierta, véase «Apéndice»). Es nueva prueba de la fecundidad de Christie en el manejo de la trama: fue capaz de imaginar una segunda interpretación alegórica del último de los «Trabajos» de Hércules. En el mito original griego, Hércules tiene que entrar en el Infierno, superando al feroz cancerbero que guarda la entrada; en el «Trabajo» de Poirot, el Infierno es un *nightclub* que tiene un gran perro en el vestíbulo de la entrada. Las escaleras por las que se baja al local ostentan dos rótulos: «Mi intención fue buena» y «Puedo dejarlo cuando quiera», una humorística variación sobre el dicho que anuncia: «El camino al Infierno está sembrado de buenas intenciones». Y el perro, que en principio había de ser mero adorno del *nightclub*, desempeña un papel esencial en la trama. Como suele suceder a menudo, los nombres están cambiados, pero el siguiente resumen es por lo demás exacto con respecto a la versión publicada:

Cerbero

Una incursión por sorpresa... Apagón, 2 minutos...
Ha ocurrido en realidad? ¿Se lo dice J a P?

Peinan el local de arriba abajo... Joyas... No, drogas... nada de joyas... pero son 5 o 6 las personas que se dieron cuenta de que no estaban... Una salida secreta... se desplaza toda la chimenea... la casa contigua... Un ministro del gobierno, etc.

No hay moros en la costa... Jimmy Mullins... se busca...
En Battersea

Asesino... Ha hablado mal del local... Pero esta vez tenemos que salir con bien... P habla con el hombre del perro

La noche de los sucesos... ¿Está P presente? ¿O se entera después?

Salta la tapia... Apagón, etc. ¿Cuántas personas salen?
El señor Vitamian Crusoe...
La señorita Sylvia Elkins
~~Giuseppe~~ Martacendi... el pinche de cocina
Paul Varesco
Dos paquetes... Uno, esmeraldas... El otro, cocaína

Ésta es una interpretación más ligera del mito en comparación con la versión original e inédita, ya desde el nombre del *nightclub* y el uso humorístico que se da a las escaleras de entrada. Y también vemos un instante el instinto femenino de la señorita Lemon en las últimas líneas. En «la noche de los sucesos» Poirot se encuentra en el club, pero se marcha temprano, y Christie adopta la idea de que sea Japp quien le relate todos los detalles («¿o se entera después?»). En los cuadernos no hay ni rastro de la parte inicial del relato, el encuentro de Poirot con la condesa en el metro de Londres y la posterior visita a su *nightclub*.

PRUEBA G: MATAR ES FÁCIL. SEMILLAS DE INSPIRACIÓN

Nunca me falta una trama bien a mano.

Cartas sobre la mesa, capítulo 4

SOLUCIONES QUE SE REVELAN

«El caso de la criada perfecta» • *El misterio de Sittaford*

Estas breves anotaciones son perfectos ejemplos del modo en que Christie practicaba un cultivo imaginativo incluso de las menores semillas de una idea para verla transformarse en una floración completa. A menudo, con su sentido común de costumbre, empleaba estas ideas más de una vez. Éstas con frecuencia figuran dentro de una lista de ideas afines, aunque otras veces aparecen en una página, en medio de las notas tomadas para otro título, según le viniera la inspiración. Y todas ellas aparecen desgajadas de la trama del relato en el que finalmente encontraron un sitio.

* La pobre chica rica... La casa en la colina... Artículos de lujo, etc. Dueño original

Este apunte aparece en medio de un listado de una docena de ideas posibles para los relatos de la señorita Marple. Es probable que date de los primeros compases de la Segunda Guerra Mundial, ya que aparece rodeado por las notas tomadas con vistas a *El misterio de Sans Souci* y *Telón.* Esta idea se incorpora a «El caso de la mujer del portero», que apareció por primera vez en enero de 1942. Y, veinticinco años después, gran parte de ese relato fue reelaborado en una novela de 1967, *Noche eterna.*

✻ El caso de Hargreaves... un joven y una muchacha... Ella es sospechosa... A él le jura que es inocente... Él le avisa... Se demuestra su inocencia... Entonces reconoce que es culpable

Esta idea, en la que se notan claros ecos de uno de sus relatos de mayor calidad (y que también tuvo gran éxito en el teatro), «Testigo de cargo», aparece dos páginas después de una página fechada en junio de 1944. Se incluye en el momento en que está esbozando ideas para «una obra teatral sobre un asunto moral en el que participa un matrimonio».

✻ Testigo en un caso de asesinato... Más bien irrelevante... Se le ofrece un puesto de trabajo en el extranjero... Oye indirectamente que es una oferta en falso... ¿Criado? ¿Cocinero?

Dentro de la lista de «Ideas, de la A a la U», que data de comienzos de los años cuarenta, este ardid ya se había empleado en una obra anterior, el relato titulado «El signo en el cielo», incluido en *El enigmático Mr. Quin* y publicado por primera vez en julio de 1924, y también, muy brevemente, en el capítulo 6 de *La trayectoria del bumerán.* Y en los primeros compases de *Los cuatro grandes* esta estratagema se usa en contra del propio Poirot.

✻ Tinta invisible... escrito (¿un testamento?) O bien se imprime un documento distinto

Tanto en «Móvil versus oportunidad», de *Miss Marple y trece problemas,* como en «El caso del testamento desaparecido», de *Poirot investiga,* aparece esta misma idea. Sin embargo, como esos dos relatos se habían publicado originalmente en los años veinte, esta anotación, que data de finales de los años treinta, no puede ser el punto de partida. Aparece en medio de una larga lista, pocas páginas antes de las notas para los relatos que habían de ser *Los trabajos de Hércules.*

> ✳ Gemelas no idénticas... Una hermana finge ser las dos... Una mujer totalmente distinta... (Una inválida) pretende ser la criada... en realidad las dos

La idea de los gemelos no idénticos aparece una y otra vez en los cuadernos —relacionada con ideas utilizadas y con ideas descartadas—, y esta variación en total se da cuatro veces, dos en un solo cuaderno. Tal como se perfila aquí, este ardid es el principal motor de «El caso de la criada perfecta».

> ✳ Mayordomo falso

Esta idea es difícil de fechar, pero parece haber sido una de las posibilidades que Christie consideró para una de las aventuras de Tommy y Tuppence en *Matrimonio de sabuesos,* aunque el resto del Cuaderno 65, en el cual aparece, está dedicado por entero a *Diez negritos.* El relato titulado «El misterio de Listerdale», publicado en diciembre de 1925, hace referencia a un «mayordomo falso», si bien es improbable que esta nota se refiera a un relato tan temprano. Parece más probable que se trate de lo que llegó a ser *Tragedia en tres actos,* en la que un mayordomo de este tipo es uno de los principales mecanismos de la trama de una novela brillante.

> ✳ O Japp... descontento con el fiscal del Estado. Un caso... sí. No está contento. Pide a Poirot que verifique la información. Un joven... amargado, de trato difícil

Esta nota, que aparece justo antes de una página fechada en septiembre de 1947, a la sazón llegó a ser *La señora McGinty ha muerto,* aunque no con Japp (que había desaparecido mucho antes de la trama), sino con el superintendente Spence, tomado de *Pleamares de la vida.* El joven amargado es James Bentley, ya condenado por asesinato.

> ✳ Relatos cortos de Marple A. Pluma envenenada... es una chica muy crecida y animada

Este detalle aparece en una larga lista de ideas similares y crípticas, para relatos cortos de la señorita Marple, emparedada entre la trama de *Cianuro espumoso* y *El misterio de Sans Souci.* Es, evidentemente, el germen de *El caso de los anónimos,* aunque no sea «una chica muy crecida y animada» la que es desenmascarada al final de esta novela.

> ✳ ... con los dientes de conejo, descoloridos, o blancos y regulares (mejor para un relato corto)

Los dientes de la víctima son una de las primeras anomalías en las que repara la señorita Marple cuando ve *Un cadáver en la biblioteca.*

> ✳ La idea del sello, el hombre que hace fortuna, lo dice en una carta antigua... un sello de Trinidad en una carta remitida desde la islas Fiyi

La «idea del sello» aparece con frecuencia, al menos un total de ocho veces, con pequeñas variaciones. Se emplea en el relato de la señorita Marple «Una extraña broma», y es también uno de los rasgos de la trama de *La telaraña.*

* Si ves un alfiler en el suelo, recógelo y llévalo encima todo el día: te dará buena suerte (la modista ya ha estado allí... vuelve... la mujer ha muerto)

En esta idea se basan «Asesinato en el pueblo»/«El asesinato de la cinta métrica» y una de las estratagemas de Poirot en «El inferior». La idea de que un asesino retorne y «descubra» el cadáver también aparece en *El misterio de Sittaford.*

* Anciana señora en un tren... dice a la muchacha (o a un hombre) que va a Scotland Yard... un asesino anda suelto... Sabe que la siguiente víctima será el vicario... La muchacha empieza a trabajar en un pueblo, etc.

Este apunte, dentro de una lista que data de enero de 1935, es la base de *Matar es fácil,* aunque no figuren en la novela ni un vicario asesinado ni una muchacha que empieza a trabajar en el pueblo. Esta novela es una de las muy pocas de las que no se conservan notas.

12

Un cadáver en la biblioteca: Asesinato previa cita

Se oyó un suspiro prolongado, estremecido, y las dos voces hablaron por turnos. Por extraño que fuese, las dos hicieron sendas citas. David Lee dijo así: «Despacio muelen los molinos de Dios...».
La voz de Lydia fue como un susurro aflautado: «¿Quién hubiera pensado que el viejo tenía tanta sangre en las venas?».

Asesinato en la calle Hickory, libro III

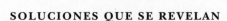

SOLUCIONES QUE SE REVELAN

Muerte en el Nilo • *Noche eterna* • *Sangre en la piscina* • *El hombre del traje marrón* • *El espejo se rajó de lado a lado* • *El asesinato de Roger Ackroyd* • *El misterioso caso de Styles* • *El misterio de Pale Horse* • *Un triste ciprés* • *Pleamares de la vida*

A lo largo de toda su vida, Agatha Christie fue una lectora voraz. Su infancia estuvo plagada de libros, y en *La puerta del destino* los comenta por extenso: *El reloj cucú, La granja de los cuatro vientos, Winnie the Pooh, La gallinita gris, La escarapela escarlata, El prisionero de Zenda.* Sus cuadernos están repletos de listas de libros, que además de muchos títulos de misterio y detectives incluyen novelas de Graham Greene, Alan Sillitoe, Muriel Spark, Rumer Godden, John Steinbeck y Nevil Shute. Por eso no es de extrañar que algunos de sus títulos, incluidos los que publicó con el seudónimo de Mary Westmacott, estén derivados de citas tomadas de diversas fuentes: Shakespeare, Flecker, Tennyson, Blake, Eliot. Además de los títulos en sí, hay extractos a lo largo de sus libros, y hay algunas novelas *(El espejo se rajó de lado a lado* y *Cita con la muerte)* que terminan conmovedoramente con una cita apropiada.

Un triste ciprés

4 de marzo de 1940

Ven a mí, ven a mí, muerte,
y en un triste ciprés entiérrame.
¡Escapa, vida! ¡Huye, aliento!
Me mata una bella, cruel mujer.

Shakespeare, *Noche de reyes*

Elinor Carlisle es juzgada por el asesinato de Mary Gerard. La acusación que pesa sobre ella parece irrebatible, puesto que sólo ella tenía el medio, el móvil y la oportunidad de introducir el veneno en el almuerzo fatal. El doctor Lord opina que no es oro todo lo que reluce y aborda a Hércules Poirot.

Aunque se imprimió en marzo de 1940, *Un triste ciprés* se había publicado por entregas en Estados Unidos a finales del año anterior. Es otro buen ejemplo de novela con personajes trazados con más esmero que muchas otras, y aunque existe un inteligente ardid en la trama, en el fondo se hace menos hincapié en las pistas y la cronología de los sucesos, en los detalles de la investigación. Sin embargo, tal como han señalado otros comentaristas, existe otro defecto en la trama, lo cual plantea un problema de segundo orden.

En el Cuaderno 20 aparece una versión de la estratagema motora de la trama de *Un triste ciprés* que se retoma sin equívocos en el Cuaderno 66, donde está fechada. Ya en 1935 vale la pena reseñar que el asesino debía ser una mujer:

> Rosa sin espinas... Una rosa blanca y sin espinas que se comenta a la puerta de entrada... después la asesina se inyecta apomorfina
>
> Enero de 1935
> A. Rosa sin espinas que se comenta en la puerta de entrada... después, la asesina se inyecta apomorfina... llama la atención sobre el pinchazo, como si se lo hubiera hecho con una espina

Cuatro páginas más adelante, en el mismo cuaderno, encontramos una segunda referencia a este hecho, lo cual demuestra que más de dos años después seguía en fase de planificación:

> Feb. de 1937
> A (igual que antes)
> A. Hija ilegítima... Comienza sus estudios de enfermería ~~anciana~~ mujer adinerada... (se entera de que hay una hija que supuestamente es la h[ija] del jardinero) luego mata a la paciente por medio de unos dulces que le envía una sobrina... luego la sobrina y Mary desarrollan un enfrentamiento por un joven... la enfermera envenena a Mary... Se cree que Evelyn (la sobrina) es quien lo ha hecho.

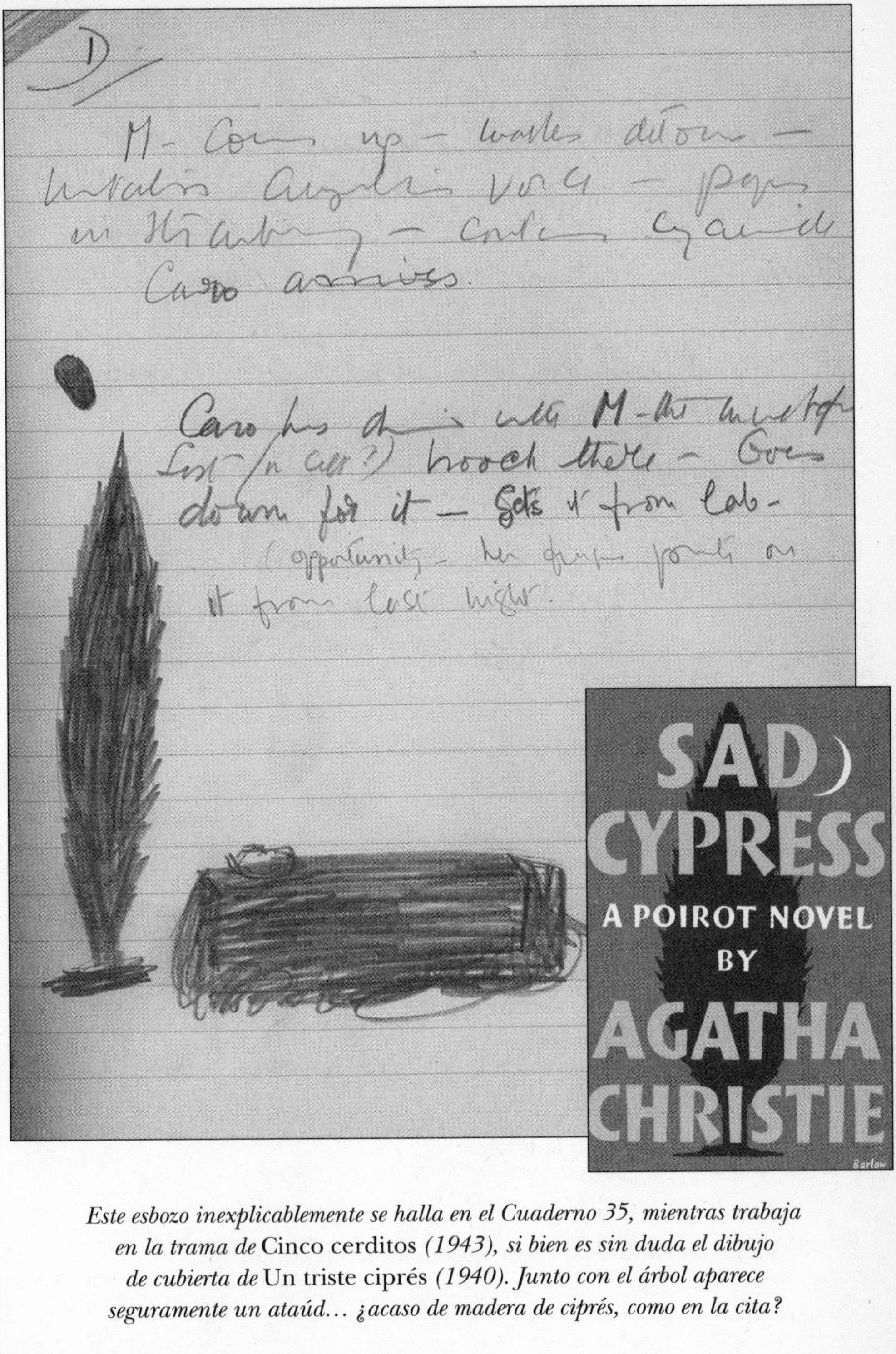

Este esbozo inexplicablemente se halla en el Cuaderno 35, mientras trabaja en la trama de Cinco cerditos *(1943), si bien es sin duda el dibujo de cubierta de* Un triste ciprés *(1940). Junto con el árbol aparece seguramente un ataúd… ¿acaso de madera de ciprés, como en la cita?*

En el Cuaderno 21 se añaden ciertos detalles, al tiempo que el elemento G del listado alfabético que aparece en el Cuaderno 66 incluye un ardid similar de la trama, aunque con un planteamiento muy distinto:

> Enfermera jubilada... la maniobra de la apomorfina...
> Evelyn Dane hereda de la tía... Mary es la verdadera hija... en realidad es su dama de compañía... Jeremy es un primo que estuvo enamorado de Evelyn y ahora lo está de Mary... La enfermera finge una gran sorpresa al ver a la señora.
> La foto de D... es quien la atendió al dar a luz a una hija, etc.
>
> Veneno... un hombre inyecta apomorfina tras compartir un plato... pequeño tubo de morfina que se encuentra después... en realidad es apomorfina. Reunión familiar... el padre es asesinado... ¿quién ha sido? Tomó whisky con soda a la hora de merendar... Los demás tomaron té, un té recién hecho

La reunión familiar que se menciona en este extracto fue transformada, pero la idea consiste en camuflar el veneno en un té recién hecho, y ésta se conservó.

Al igual que en el caso de otras obras, los cuadernos contienen pocas diferencias con la novela terminada, lo cual nos lleva a sospechar que tuvieron que existir notas previas, y descartadas, que ya no se conservan. Aparte de los cambios de algunos nombres —Roger pasa a ser Roddy, la señora Dacres es la señora Welman, y la primera enfermera se convierte en O'Brien—, las notas siguen el desarrollo y los detalles de la novela casi al pie de la letra:

> Comienzo
> Elinor en Londres... carta anónima... se acusa de una

influencia indebida... Elinor está a punto de destruirla...
Llama entonces a Roger

La anciana señora Dacres está muy enferma... Las enfermeras la cuidan... habladurías. ~~La señora~~ La enfermera Chaplin... una enfermera del pueblo... La enfermera Hopkins... hablan unas con otras... Una fotografía de la señora D... Se la pide... La ha firmado Lewis... su marido se llamaba Roger Henry

La muerte de la anciana señora es un tanto repentina... ¿Es sospechosa la ausencia de morfina? Las enfermeras no están seguras... Muere sin haber hecho testamento

Los personajes también estaban decididos desde una etapa muy temprana; al margen de los nombres, no cambió ninguno de ellos. También desde el comienzo estaba definido el triángulo eterno:

Los parientes... en la casa
Mary Dane [Gerrard], hija del jardinero, actuaba como dama de compañía
Llega Evelyn, su sobrina... y Roger Dacres, sobrino de su marido
Ella es todo un personaje... Endurecida, con mucho mundo... Antagonismo entre Mary y ella

Roger se enamora de Mary... Eve le da una cantidad de dinero...
Mary vuelve a la vida... La enfermera Chaplin le aconseja que haga testamento

El doctor Lord... Un hombre joven y apuesto... ¿Se enamora de Elinor?

Las enfermeras... Moira O'Brien reside en la casa...
la enfermera Hopkins viene del pueblo, llega todas
las mañanas a echar una mano.
Cuando se marcha la enfermera C... Mary la acompaña...
Dice que su tía de Australia es enfermera en un hospital

¿La muerte de Mary? Está en la casa de campo... Elinor le pide que raya a la casa a almorzar, la invita a un almuerzo frío... Bocadillos... La enfermera se ofrece a prepararles una agradable taza de té (apomorfina en la cocina)... Los bocadillos... Mary tomará los de salmón, porque es católica... Se excita primero y luego se amodorra... A la enfermera Hopkins no le gusta el aspecto que tiene... Manda recado al médico... Es difícil de localizar... Envenenamiento por morfina

Uno de los defectos que presenta la trama de *Un triste ciprés* es que en ese almuerzo mortal el asesino no puede saber que Elinor Carlisle no tomará el té envenenado que tome Mary. La breve nota del Cuaderno 21, la que indica que «Mary tomará los de salmón, porque es católica», podría haber sido una solución inicial al problema que presentaba el tener garantías de que la víctima ingiriese el veneno, en un intento por limitar las posibilidades de elección de Mary entre los distintos bocadillos (suponiendo erróneamente que fuera éste el método de envenenamiento). Sin embargo, como el asesinato se produce en jueves (según el capítulo 7), Mary no tiene ninguna limitación a la hora de elegir lo que coma; la prohibición de comer carne sólo era efectiva los viernes. Llegado el momento, el asesino tampoco preparó los bocadillos presuntamente envenenados, de modo que no pudo orquestar ese aspecto de la escena. Parece que se trata de un problema muy preciso.

Pero existe otro más, que también es de carácter práctico. ¿Cómo iba a saber la enfermera Hopkins que Elinor y Mary iban a llegar de la casa de campo a la casa principal a tiempo para ese fatal almuerzo? ¿Cómo es que llevaba encima una jeringuilla hipodérmica con apomorfina? El plan original de envenenar a Mary en su propia casa de campo (la de Hopkins), según deduce Poirot en el último capítulo, tampoco da respuesta a esta cuestión, ya que ese planteamiento, en caso de incluir también a Elinor, sería tan improbable que resultaría sospechoso. Por desgracia, los cuadernos no dan ninguna indicación sobre si Christie consideró o no esta dificultad.

Los momentos que siguen al asesinato también se reflejan con exactitud en el Cuaderno 21, con muy pocas diferencias respecto de la novela concluida:

> La muerte de la anciana señora... sin dejar testamento... su fortuna pasa al pariente más cercano, que es Elinor
>
> E y Roger... Cierto entumecimiento... Ella dice que da igual cuál de los dos la tenga... Él vuelve a sentir frialdad entre ambos.
>
> R. y Mary... una incipiente historia de amor... Ella está contenta...
>
> El joven pretendiente de Mary, Edmund, está enfadado... Discuten
>
> Elinor los ve juntos... R. la está llamando por teléfono
>
> Elinor da a Mary mil libras esterlinas... Ella las acepta

Y por último...

> El doctor Lord acude a Poirot... insiste en que no fue ella... No puede ser
>
> Hopkins no tuvo nada que ver con los bocadillos... Se limitó a preparar el té que tomaron las dos... Un papel con restos de morfina en la cocina... Estaba abierta... Alguien pudo haber entrado mientras los demás estaban en la casa de campo

El caso de los anónimos
14 de junio de 1943

Escribe el dedo que se mueve, y una vez que ha escrito sigue moviéndose. Las rubayatas de Omar Jayam

Poco después de que Jerry Burton y su hermana se instalen en el idílico pueblo de Lymstock, una serie de cartas anónimas comienza a aterrorizar al vecindario, y más cuando culmina con la muerte de la esposa del abogado de la localidad. La esposa del vicario resuelve mandar a buscar a un experto en maldades..., que no es sino la señorita Marple.

Éste es un ejemplo más de una novela con narrador masculino. Aparte de las novelas que narra Hastings, otros siete títulos *(El asesinato de Roger Ackroyd, Muerte en la vicaría, El caso de los anónimos, La casa torcida, Noche eterna,* al igual que *El misterio de Pale Horse* y *Los relojes* están narrados en parte por personajes masculinos) tienen narradores de género masculino, mientras que sólo dos *(Asesinato en Mesopotamia* y, en su mayor parte, *El hombre del traje marrón)* son narrados por mujeres. Si bien no es ni mucho menos extraordinario que una escritora escriba desde el punto de vista del varón, es posible que en el caso de Christie esto viniera dado desde el primer momento, desde que creó la figura de Hastings, el cronista de Poirot, y se acostumbró a la idea de contar el relato desde ese punto de vista. Habría sido inconcebible que Poirot tuviese una amiga íntima con la que viviera y compartiera sus casos. No menos inconcebible, aunque por otros motivos, hubiera sido que los relatara su esposa, claro está. En *El caso de los anónimos* también es un tanto extraño que sea Jerry Burton quien narre la totalidad del relato sin decirnos nunca nada acerca de su persona o la de su hermana. Dejando a un lado el hecho de que fuera piloto y de que Joanna tenga una ajetreada vida social, no llegamos a saber nada de ellos.

La señorita Marple fue designada detective del caso desde el principio, por lo que su ausencia hasta el capítulo 10 (de la edición británica) es todavía más peculiar. Es casi una aparición estelar: menos de una docena de páginas. El ambiente, sin embargo, es propio del territorio de la señorita Marple, y Lymstock es el típico pueblo de Inglaterra que se relaciona en el acto con Agatha Christie. Aparte de St. Mary Mead, el número de pueblos semejantes en las novelas de Christie es de hecho sorprendentemente bajo, a pesar de la sensación habitual de que todas se desarrollan en esa clase de entorno.

El caso de los anónimos también tiene el desenlace más insólito de todas las novelas de Christie. Nos enteramos de quién es el asesino antes de que la señorita Marple nos dé la explicación. La estratagema que se emplea para cazar al asesino la conoce el lector cuando lo ve en un nuevo intento de asesinato. Eso no coincide con otros ardides por el estilo, por ejemplo en *Un cadáver en la biblioteca, Cartas sobre la mesa* y *Hacia cero,* en donde el lector no conoce la identidad de la víctima a la que se tiende una trampa.

Sólo hay quince páginas de los cuadernos dedicadas a *El caso de los anónimos* y, al margen de unas cuantas referencias de pasada en otras partes, la mayoría se encuentran en el Cuaderno 62. No parece que le supusiera grandes problemas técnicos, además de que la trama progresa con toda norma-

El caso de los anónimos no sólo se publicó casi un año antes en Estados Unidos, sino que además las ediciones norteamericana y británica son significativamente distintas, aunque esto no salió a la luz hasta mediados de los años cincuenta. Cuando Penguin publicó el título en 1953, una serie de cartas de diversas personas llamaron la atención de Edmund Cork sobre estas discrepancias. Había proporcionado a Penguin un ejemplar de la edición estadounidense para que se reimprimiese, pues el archivo del agente en el Reino Unido había sufrido graves deterioros durante la guerra. Cuando se contactó con el agente de Christie en Estados Unidos, en julio de 1953, en busca de una explicación de ciertas incongruencias, resultó difícil averiguar cómo se pudo producir el error. La explicación más probable, según ambos, es que los editores norteamericanos trabajaron a partir de un original utilizado por la revista que lo publicó por entregas, *Colliers Magazine*, que había hecho cortes y supresiones en el manuscrito. Es un fallo que desde entonces se ha perpetuado. Si bien el relato básico sigue siendo el mismo, muchos de los personajes menores han desaparecido de la edición estadounidense, y algunos pasajes, incluida la escena inicial, son sustancialmente distintos. Además de algunas referencias desconcertantes a personajes que (aparentemente) no existen, el efecto global es que la estadounidense es mucho más breve. Esa situación, y seguramente también la misma explicación, se puede aplicar a *Matar es fácil*.

lidad. Y se pliega a su sistema entonces habitual de asignar letras a las escenas. La primera vez que aparece la idea está fechada, aunque no con demasiada precisión, en 1940:

Ideas (1940)
Pluma envenenada... cartas en un pueblo... apuntan a una «soltera reprimida»... en realidad, todo es una argucia que ha ideado otro para desacreditarla (¿una madre con recursos?) La señorita Marple

Aunque la «soltera reprimida» como posible fuente de las cartas anónimas es algo que se comenta mucho en Lymstock, tal como sin duda esperaba el asesino, la idea de la «desacreditación» fue abandonada, pues tal vez también tenía demasiadas resonancias de *Matar es fácil,* entonces reciente, en la que el asesino tiene la esperanza de que los asesinatos desacrediten a su verdadero objetivo, una persona que tiene grandes motivos para liquidar a todas las víctimas.

Christie comenzó a trabajar en la novela al año siguiente, como se demuestra por una nota posterior; el planteamiento general de la novela sigue muy de cerca las notas del Cuaderno 62. En un característico despiste de Christie, recurre al delito menor de las cartas anónimas para camuflar el delito grave del asesinato. Es el mismo principio del camuflaje que adopta el asesino en *El misterio de la guía de ferrocarriles,* aunque en esa novela hay toda una serie de asesinatos que se emplea para camuflar uno en particular. El pueblo, los personajes y sus nombres, los sucesos y el primer asesinato aparecen en el libro igual que en el cuaderno:

Cartas anónimas... intencionadas... al final la mujer se suicida debido a la carta... ¿o es en realidad asesinada? (¿por su marido?)

Libros 1941 ¿La señorita M? ¿O relatado en primera persona?

La pluma envenenada... En todo el pueblo... Desgracia, etc. La mujer de un abogado (?) recibe una... se quita la vida... en realidad la ha matado su marido... y guarda una carta en su bolsillo, que habla de algo que no es cierto

Sospechosa de escribir las cartas... ¿La ~~hermana~~ del vicario? ¿La mujer? Directora de colegio... ¿~~La mujer~~ la hermana del médico? Una solterona corajuda... una criada...

La criada es la siguiente en ser asesinada porque vio algo o sabía algo

Descripción del pueblo... Un pueblo con mercado que ha conocido tiempos mejores... Alquilan un bungaló... Llegan las cartas... No es la hermana... Se pregunta si es algo que abunde... ¿Y si con un disparo a ciegas acertase en la diana?

Resumen de la gente que conocen

El doctor Thomas... su hermana... una mujer feroz y «de aspecto varonil»... el pequeño señor Pye... El vicario... su esposa... va a casa y encuentra a la señora Symmington de visita

En las notas para esta novela volvemos a ver el método por el cual Christie asigna letras a las escenas, aunque en este caso no se especifica ninguna reordenación precisa:

Progreso El caso de los anónimos Puntos

A. J[erry] descubre el libro de sermones con páginas recortadas [capítulo 9 v]

B. Megan va a casa [capítulo 7 ii]

C. La criada se entera de algo... escena entre Elise y ella H[olland]... Joanna escucha, vuelve y ¿se lo cuenta a J? ¿Volvió esa misma tarde? ¿Vuelve a pedir consejo a Partridge?

Es asesinada... intencionalmente [capítulo 7, aunque no exactamente como se describe aquí]

D. Té con la señorita Emily... un dragón grande y tosco la vigila [capítulo 7 iv]
E. ¿El vicario? Su esposa... vaga... ¿Desdén? Da en el clavo... La pobre Aimeé es muy desdichada [capítulo 5 i]
F. ¿La escuela? Alguien mecanografía... Entra J... descubre a Aimeé, que ha «oído» marcharse a alguien [capítulo 10 ii]
G. J se va a dormir «No hay h[umo] s[in] f[uego]»... Humo... Cortina de humo... La guerra... Un «trozo de papel» La enfermera se lo cuenta como a un niño... etc. [capítulo 8 i]
H. Rencoroso rumor sobre... Elsie ha de ser la n° 2 [capítulo 9 ii]
I. Las cartas enviadas por correo... la de Aimeé está escrita en el colegio... una de ellas es LA CARTA... cambiada... (¿los detuvo y los encontró en la calle?... S[ymmington] estaba allí) (E[mily] B[arton] en el colegio también) [capítulo 13 ii]

Como bien se ve, el orden cambió sustancialmente; el libro mutilado de los sermones (escena A) no se descubre sino hasta el capítulo 9... y las escenas se reparten a lo largo de todo el libro. La escena C es un giro ingenioso sobre el tema de la persona que «sabe algo» y que por ese motivo pasa a ser la siguiente víctima. Aquí, en vez de saber o ver algo peligroso para el asesino, la criada «sabe algo» porque no ha visto nada. El hecho de no ver nada cuando tendría que haber visto algo es lo que sella su destino.

El caso de los anónimos es otro título que Christie pensó en adaptar al teatro. El Cuaderno 45 consta de notas preliminares, en las que se incluye una lista de los personajes de la novela y algunos escenarios provisionales. En el fondo la novela es demasiado «móvil», tiene demasiadas escenas en la calle y en las casas de Lymstock. El potencial múltiple de las ambientaciones, como se apunta más abajo, generó problemas inmediatos a la hora de idear una dramatización aceptable de este título:

¿La escena?
¿Una casa en dos partes, una casa dividida?
El jardín lo usan ambos inquilinos
Sala en comisaría
Casa de Symmington

Sangre en la piscina

25 de noviembre de 1946

Detesto la hondonada que hay tras el bosquecillo,
las lindes del campo manchadas están de rojos brezos,
los rojizos bordes supuran con el horror callado
de la sangre, y el eco, si preguntas, responde: «Muerte».[1]

Tennyson, *Maud*

A Poirot no le hace ninguna gracia la escena que presencia en la piscina, el hombre tendido de mala manera y la mujer que empuña el revólver ante él. Deduce que se ha dispuesto así sólo para que él la vea, hasta que cae en la cuenta de que no es un montaje, sino que está viendo a un hombre que se muere…

Poirot cita el poema de Tennyson en el capítulo 18 y, aunque es bastante más sangriento que la novela, Henrietta entiende

[1] «La hondonada», en el original «the hollow», es el título original de la novela que se tradujo al español por *Sangre en la piscina.* (N. del T.)

el simbolismo relevante. Es interesante que el último verso del poema también aparezca en el Cuaderno 3, en una entrada fechada en octubre de 1972, cuando Christie planeaba la que había de ser su última novela.

El primer atisbo que tenemos de la trama de *Sangre en la piscina* se puede ver en un apunte de pasada en el Cuaderno 13 —«Poirot pide que lo lleven al campo... encuentra una casa con varios detalles fantásticos»—, oculto en medio de una lista de ideas de la A a la Z. El hecho en sí de que Poirot vaya «al campo» es la primera pista, aunque los detalles fantásticos son los elementos de la escena con que se encuentra cuado llega a la finca llamada The Hollow, el hombre moribundo y tendido en la piscina, la sangre que gotea en la piscina misma, la mujer ante él con un revólver en la mano y el resto de las personas que presencian el drama, una de las cuales sostiene un cesto de huevos y otra una cesta con dalias.

Descrito en la contracubierta de la edición original de un modo un tanto anodino, «un relato humano sobre seres humanos», *Sangre en la piscina* es casi un título de Mary Westmacott. Recuerda a una novela «normal» y no tiene demasiadas semejanzas con la detectivesca, además de que contiene menos pistas y labores de investigación que casi cualquier otro título de Poirot. En un artículo para el Ministerio de Información, en 1945, Christie escribió lo siguiente: «Naturalmente, los métodos que una pueda tener van cambiando. Con el paso de los años me han ido interesando más los preliminares del crimen. Las interrelaciones de los personajes, los resentimientos profundos que aún arden en ascuas, las insatisfacciones que no siempre afloran a la superficie pero que de pronto pueden dar lugar a un estallido de violencia». Éste es el modelo de *Sangre en la piscina,* un fin de semana de emociones dormidas y complejas que da pie a un asesinato. El dibujo de los personajes que intenta en esta novela es el más perspicaz que ha realizado hasta la fecha.

Cinco cerditos y *Un triste ciprés* le allanaron el camino, pero en *Sangre en la piscina* sus poderes de caracterización del personaje alcanzan su máxima expresión, cierto que en detrimento, por desgracia, de la trama detectivesca. *Cinco cerditos* es un ejemplo perfecto del maridaje de ambos ingredientes, mientras *Un triste ciprés* conserva una trama detectivesca clara, con sus pistas y sus coartadas; en cambio, en *Sangre en la piscina* la tarea de investigación es mínima y Poirot es casi un añadido.

Años más tarde, cuando Christie quiso adaptar *Sangre en la piscina* para el teatro, prescindió de Hércules Poirot. Y es difícil no estar de acuerdo con esta decisión. De todos los casos de Poirot, éste es en el que menos encaja. Es inconcebible que haya comprado una casa en el campo, cosa que no se menciona en ninguna otra ocasión. Además, éste es un caso en el que apenas hay pruebas físicas, y la trama depende casi por completo de los personajes. Cuando Christie señala en su *Autobiografía* que Poirot no encaja en la novela acierta totalmente. Fue seguramente la presión de sus editores lo que la llevó a insertarlo en un medio que le es ajeno; no había aparecido en una novela desde *Cinco cerditos,* tres años antes. No aparece hasta pasadas casi cien páginas, y es llamativo que sus giros en francés hayan desaparecido casi del todo. De la adaptación escénica también se cae el personaje de David Angkatell, que es completamente superfluo, y cuya ausencia en la novela tampoco habría tenido efectos adversos.

Las notas del Cuaderno 13 van precedidas por *La venganza de Nofret* y *Pleamares de la vida,* una secuencia que se refleja en el orden de publicación. El primer punto de interés en el Cuaderno 13 es el hecho de que se consideraran dos títulos alternos para *Sangre en la piscina.* Ambos reflejan ciertos elementos de la novela terminada. Los acontecimientos tienen lugar, en efecto, a lo largo de un trágico fin de semana, y los conmovedores recuerdos de otros tiempos más felices —motivo que recorre la novela— dominan la vida de muchos de los personajes:

Fin de semana trágico
Viaje de regreso

Elizabeth Savarnake [Henrietta]
Lucy Angkatell
Gwenda... su sobrina [Midge]
John Christow/Ridgeway
Gerda Ridgeway
Veronica Cray
Edward
Henry Angkatell

Lady Angkatell a primera hora de la mañana... Gwenda...
La pobre Gerda, etc. [capítulo i]

H. P. en la puerta de al lado

En *Sangre en la piscina* se detecta el eco de Greenway en las descripciones de Ainswick, la mansión familiar de los Angkatell, que domina tanto el libro como las vidas de muchos de los personajes. Se describe así en el capítulo 18: «La casa blanca y elegante, el gran magnolio a la entrada, enmarcado todo ello en un anfiteatro de colinas arboladas»; en el capítulo 6, «la última curva antes de atravesar el cancel y ascender por el bosque hasta que se veía el campo abierto en donde estaba la casa, grande, blanca y acogedora».

Nótese que prescindió del nombre de la sobrina, Gwenda, (tal vez por su semejanza con Gerda) en favor de Midge. Pero también es posible que exista una conexión con la Gwenda que aparece en *Un crimen dormido,* sobre todo a la vista de la nueva cronología de la redacción de esa novela (véase el capítulo 7). Y la alternativa que se consideró para el nombre del doctor John Christow, Ridgeway, había de ser el nombre de la enfermedad sobre la cual investiga.

Los elementos más sobresalientes de la trama se describen sucintamente en media docena de páginas del Cuaderno 13:

John en la mesa de su consulta... Cambio de marchas...
Molesto con G.
E. y su magnífica habilidad con los coches
E. en su estudio
Edward... nerviosismo, astucia; un ser inteligente

Puntos

Gerda con total claridad porque descubre la relación de John
Lady A... mera vaguedad
Edward... enamorado de Eliz.
Eliz. [Henrietta]... con gran inteligencia procura escudar a G
El trozo de arcilla que apunta a ella
Termina cuando Gerda pretende asesinar a Eliz.

Se comentan por encima más detalles prácticos en el Cuaderno 31:

Estricta cuestión de mecánica

G. toma los revólveres... dispara contra John... Pone el revólver entre la labor de punto... bolsa... o pone el revólver en la estola de zorro y el bolso junto al sofá. Lo encuentra Henrietta... lo vuelve a colocar en su sitio, en la colección

El inspector acude a ver a sir Henry... le pide el revólver. ¿Falta otro tal vez?

Sir H. se queda sin palabras... al final dice que sí

¿Estaba en una cartuchera?

Sí

Aparece la cartuchera en una carretera cerca de la casa de V... ¿en un arbusto?

Gerda saca dos revólveres... ~~le dispara con uno~~ pone la cartuchera en el zorro de V y le dispara... deja la bolsa de las labores y otra junto al cuerpo de John o bien sigue a John hasta la granja... deja la cartuchera... vuelve tras él a la piscina... le dispara... ¿vuelve a la casa y esconde el revólver?

¿Lo recupera durante la investigación? Gudgeon recoge el revólver de entre los huevos... Lo coloca en su estudio

Henrietta en efecto procura proteger a Gerda, aunque no recurre a la maniobra del trozo de arcilla. Tampoco se da un intento de incriminar a Veronica Cray colocando la pistola en su estola de piel, aunque en la adaptación teatral la pistola aparece en el bolso de Veronica. Con su acostumbrada fertilidad de invención, Christie esboza unas cuantas posibilidades para desechar el arma del crimen junto con la cartuchera, elementos —los dos revólveres, el revólver que le falta a sir Henry, Gudgeon y los huevos— que se subsumen en la novela.

Christie introduce, en el Cuaderno 32, una secuencia alfabética ya reordenada (aunque no aparezcan los puntos F, G o I, por la razón que sea), si bien no es exactamente la que se sigue en la novela. Nótese que aquí hace referencia al relato llamándolo «Echo», reflejo del verso final de la cita de Tennyson:

Final de Eco

H. P. en un asiento junto a la piscina... Los hombres del inspector llegan estrepitosamente

Grant acude a él... le toma el pelo

A. Hay que encontrar la pistola con que se ha disparado antes... la señora C no tiene tiempo de esconderla... Tiene que estar escondida cerca [capítulo 26]
B. Todos ellos tienen un motivo... Lady A y David... Edmund y Henrietta. P. dice la solución... lejos, no hacia, desde, no hacia. G[rant] dice a veces pienso que todos lo saben... P dice todos lo saben. [capítulo 26]
C. Lady A... sobre la verdad... se daría por satisfecha [capítulo 27]
H. Midge rompe el compromiso [capítulo 27]
D. P. en casa... El inspector... encuentran la pistola [capítulo 26]
E. Midge y Edward y gas [capítulo 28]
J. P y Henrietta encuentran la cartuchera de cuero [capítulo 29]

Pleamares de la vida
12 de noviembre de 1948

En los asuntos de los hombres hay un flujo
que lleva a la fortuna si aprovechas la pleamar...
Shakespeare, *Julio César*

Gordon Cloade es asesinado en una incursión aérea, y su joven y reciente esposa, Rosaleen, hereda una fortuna. Cuando una misteriosa muerte lleva a Hércules Poirot a Warmsley Vale, se da cuenta de que la familia Cloade, muy necesitada de dinero, tiene buenos motivos para matarla. Así pues, ¿por qué no fue Rosaleen la que murió?

Pleamares de la vida fue otra novela (como *El tren de las 4:50* e *Inocencia trágica)* cuyo título causó algunos problemas. La sugerencia original era *Marea creciente* o *Sube la marea,* hasta que se descubrió que la nueva novela de Taylor Caldwell se iba a titular *There is a Time [Hay una hora].*[2] Así probablemente se explique por qué en el transcurso de las treinta páginas de notas, esparcidas a lo largo de trece cuadernos, no aparece mencionado el título *Pleamares de la vida* (o su equivalente en Estados Unidos, *There is a Tide [Marea alta]).* En el cuerpo de la novela, la cita aparece en el libro II, capítulo 16. De hecho, la génesis del título y del libro mismo resulta mucho más compleja. En una carta fechada en septiembre de 1947, el agente de Christie hace referencia a la versión revisada de *Pleamares* y al «magnífico trabajo de alteración». Esta hipnótica alusión seguirá por fuerza siendo un misterio, ya que no existe en los cuadernos o en la correspondencia que se conserva nada que nos la aclare.

La trama de *Pleamares de la vida* es una de las más complejas de Christie. Para empezar, ninguna de las muertes es lo que parece en un principio. La primera, presuntamente un asesinato, es un accidente; la segunda, presuntamente un suicidio, es de hecho un suicidio (aunque los lectores de Christie más curtidos recelan de que sea un asesinato); la tercera, presuntamente un suicidio, es un asesinato. Esta combinación de explicaciones es única en toda la dilatada producción de Christie.

Por si fuera poco, tanto Frances como Rowley Cloade, independientemente el uno del otro, complican el «plan» del verdadero asesino por medio de varias tramas secundarias que son propias de ambos, cada una de las cuales termina con la muerte violenta de sus cómplices. Se da entonces una

---

[2] Los dos títulos que sugirió Christie eran *The Incoming Tide* o *There is as Tide,* muy similares a éste. (N. del T.)

gran confusión sobre la identidad del primer cadáver. ¿Es Enoch Arden? ¿Sigue vivo Robert Underhay? ¿Es el muerto el hombre que encontraron en el Jabalí Azul? Si no lo es, ¿de quién es ese cadáver? Este ardid de la trama lo comparte con brillantez *La muerte visita al dentista,* y con menos éxito se reitera en *El tren de las 4:50.*

Parte de esta complejidad se refleja en las notas, debido sobre todo al hecho de que se entrelazan durante gran parte del tiempo con las tomadas para *El truco de los espejos* y *Un crimen dormido.* En las notas, el título provisional de *Pleamares de la vida* oscila entre «Cúbranle la cara», que también fue en su día el título de *Un asesinato dormido,* y «Espejos», abreviatura de *El truco de los espejos.* Cada uno de ellos se emplea en tres ocasiones, pero en todos los casos con los nombres de los personajes y la trama de *Pleamares de la vida.* Vale la pena recordar que ninguno de los tres es muy específico; los tres podrían, con una mínima torsión, servir de título a cualquier escrito de Christie, mientras que otros como *Asesinato en el Orient Express* o *La muerte de lord Edgware* son precisos y no resultarían intercambiables.

En las páginas iniciales de los Cuadernos 19 y 30 hallamos la génesis de la situación familiar de los Cloade:

Cúbranle la cara

Personajes

Los Cloade

Nathaniel... abogado... malversa fondos [Jeremy]
Frances... Su esposa, hija de... lord Edward Hatherly y lady Angarethick... dice que toda su familia son unos malvados
Jeremy... ex piloto, un rebelde... osado [probablemente, el origen de David Hunter]

Jane Brown... muchacha de carácter, ¿prometida de Jeremy? [Lynn]
Susan Cloade... (¿o una viuda?) Fría, discriminadora, perspicaz [Adela o Katherine]

Rosaleen Hunter
Nathaniel Clode
Frances Clode... (esposa aristócrata)
Susan Ridgeway
Una Cloade... viuda de guerra... se dedica a criar perros de raza

Sin embargo, y como de costumbre, los nombres habían de cambiar. El ejemplo anterior, tomado del Cuaderno 30, es la única vez en que se utiliza el nombre de Rosaleen en las notas, y se usa con el apellido Hunter, no Cloade. A lo largo de los cuadernos se hace referencia a ella por medio del nombre de Lena, diminutivo de Rosaleen. La «viuda de guerra» de los Cloade que se dedica a criar perros podría haberse inspirado en la hija de la propia Christie, Rosalind, amante de los perros y criadora, cuyo primer marido, Hubert Prichard, murió en la guerra.

En el Cuaderno 13 se ilustra la frecuencia con que Christie adoptó la ordenación alfabética:

A. La señora Marchmont pide dinero a Lena... (¿lo obtiene?) [libro I, capítulo 5]
B. Frances pregunta... David la interrumpe... Su reacción...
Por el momento, él no tiene miedo
David y Lena miran por la ventana... ve a Lynn. ¿Lena también la ve?
Se marcha... entrevista con Lynn... luego con él y de nuevo con Lena [libro I, capítulo 6]
C. Hércules Poirot... Tía Kathie... guía espiritual [prólogo]

D. La granja... Lena y Rowley... Él la mira igual que la mira a ella... (¿planeando su muerte?) Ella se marcha... Llega un desconocido, pregunta el camino de... (?) Furrowtown... Pasa de largo... Su cara le resulta conocida a Rowley [libro I, capítulo 8]
E. Rowley va a White Hart... Beatrice, la camarera... Foto de L. y Edmund... Frances y Jeremy... foto... para conseguir la dirección de H. P [libro I, capítulos 11 y 12]
F. David lee la carta... prepara el equipaje... vamos a Londres... quédate allí, de esto me ocupo yo [libro I, capítulo 10]
G. David y E. A.... ¿chantaje velado? D. dice vámonos de aquí [libro I, capítulo 9]
H. ¿Dónde ha de entregarse el dinero? ¿En Londres? ¿En el metro? Poirot... ¿asiento?, etc. Bessie oye la conversación (David viaja a Londres... a ver a Lena en el metro... Rowley entre la muchedumbre) [no utilizado]
I. Rowley visita a Poirot... Lo impulsa a que vaya a Warmsley Heath [libro II, capítulo 1]
J. Muerte de E. A.... David es sospechoso... ¿detenido? El botón en la mano del muerto [libro II, capítulo 5]
K. Lena y la Iglesia [libro II, capítulo 6]
L. Poirot y Lynn... la gente siempre es igual, no suele cambiar [libro II, capítulo 12]

Aunque de todo esto la mayor parte aparece con ligeros cambios en la novela tal como se publicó, hay una serie de diferencias menores: la escena H no aparece en absoluto; Furrowtown, en la escena D, pasa a ser Furrowbank en el libro; no es un botón (escena J) lo que aparece en la sala, sino un encendedor con las iniciales DH; la escena C de la novela precede a la mayor parte de la acción. La religión de Rosaleen, aparte de ser un factor de peso en su personalidad, es también un importante mecanismo de la trama. Su pertenencia al catolicismo y su culpabilidad concomitante es un elemento que impregna toda su conversación con David. Si se vuelve a sus escenas a la luz de la solución, gran parte del diálogo adquiere un sentido distinto. Y es la escena de la iglesia la que proporciona a Poirot una de las pistas:

> Lena... deprimida... dice... he estado muy preocupada...
> desea ver al sacerdote... le pregunta... no va a confesar
>
> El sacerdote... Lena... (o bien un presbítero) Ve a confesar...
> estoy en pecado mortal
>
> Lena cobra conciencia... su carta... planea la muerte...
> perversidad... Quiero hacer las reparaciones que pueda hacer
>
> La muchacha y la iglesia c[atólica]... P la ve

Pleamares de la vida es otra novela de la que se rechazaron unas cuantas ideas intrigantes:

> Lena en Londres... D. la llama por teléfono... va a la
> estación... ve al jefe de estación... Sale corriendo del expreso
> cuando se pone en marcha... regresa a White Hart y entra
> por la ventana... Asesina a E. A. pero deja una pista, algo
> que a él se le ha pasado por alto (¿un encendedor?)...
> va a la cabina de teléfonos
> L. llama por teléfono a Anne 9.18
> D. " " " (te esperan en Londres)

Aquí vemos el planteamiento de la llamada telefónica falseada que sirve de coartada a Hunter. Pero no acuchilla a «E. A.» (Enoch Arden), ya que cuando llega lo encuentra muerto debido a una herida en la cabeza. En gran parte de las notas, entretanto, el malvado es Rowley:

> Rowley dispone el suicidio de L (en Londres) Ha ido a ver un toro, etc.
> ¿Desempeña Rowley el papel de Underhay en Londres... con Lena?

Aunque no sea posible acusarlo al final de la novela, Rowley sí tiene sobre su conciencia dos muertes. Sin embargo, desempeñar el papel de Underhay en Londres podría considerarse una complicación excesiva. Otra de las sugerencias fue que Rowley y Frances trabajasen de común acuerdo:

> Rowley... celoso de David... tiene planes... él y Frances acuerdan el chantaje... pero la idea de Rowley consiste en heredar... así que Lena ha de morir

De hecho, en la novela se da el caso de que Rowley y Frances trabajan con independencia, aunque sin la intención de matar a Rosaleen.

> Es posible que el botón del vestido de Lena se encuentre junto al cadáver de E. A. O bien se lo lleva Rowley. Se oye un disparo cuando Anne y R y D se acercan a la casa. Se sugiere que R podría haber puesto una bomba de relojería en un cartucho

Una bomba de relojería que falsee un disparo de arma de fuego, con lo cual se siembra la confusión sobre la hora de la muerte, es uno de los mecanismos de la trama en *Muerte en la vicaría,* pero Christie, aparte de esto, se sirvió en muy contadas ocasiones de la mecánica para lograr los efectos que perseguía *(El asesinato de Roger Ackroyd* es otra excepción notable), y es de agradecer que no empezase a hacerlo a estas alturas.

Aunque esté precedida por una serie de ideas descartadas —así, Nathaniel/Jeremy no recurre al chantaje y al asesinato—, la última línea de la nota siguiente sí refleja la realidad de la novela. El comandante Porter, en un retrato conmovedor, se muestra de acuerdo, a pesar de la pobreza, con incriminarse, aunque al final, en un fútil intento por recuperar el respeto que merece, se suicida:

> Cúbranle la cara
>
> Nathaniel ha malversado montones de dinero de los ahorradores... la esposa es Rose... taimada, como lo son en el campo... le tiene cariño, pero conoce su debilidad... Con gallardía, sigue en el barco que se va a pique. Dice al final: «Pues claro que siempre he sabido que era un malvado...» Toda la familia es bastante malvada... pero Rose es una buena persona... (¡amable!). Enoch tiene un carácter de firmeza, el único que ella ha encontrado... La conversación en el club le inspira a contratar a Enoch para sondear a Lena y ejercer el chantaje. Enoch la trata con seriedad... mata a Enoch... (a) trata de convencer a Lena sobre su culpabilidad... o bien (b) suicidio... luego va a ver a Porter... le identifica al muerto, Underhay... Porter, desesperado por la pobreza, está de acuerdo.

Lo que sigue, aun siendo un interesante giro de la trama, habría sido difícil de llevar a cabo:

> U. está vivo... lee la noticia de la investigación... llega a Doon... ve a Lena... ¿se enamora de ella?

Eso supondría que Underhay se enamorase de la mujer que se hace pasar por su difunta esposa, y, efectivamente, le roba su fortuna. Pero la más intrigante de las ideas que descartó Christie es la relativa al posible título del libro:

> Cúbranle los ojos... Mis ojos deslumbran... ella murió tan joven... estalla David. ¿Por qué?

Exacto: ¿por qué? ¿Por qué iba a exclamar David Hunter una cosa así? La cita «Cúbranle los ojos... Mis ojos deslumbran... ella murió tan joven» está tomada de *La duquesa de Malfi,* y hace referencia al asesinato de una mujer cometido por su hermano. Presumiblemente, David podría haberla empleado en caso de morir Rosaleen, su «hermana»... Así se entiende por qué pudo considerarse como posible título *Cúbranle la cara.* Pero tal vez fuese al revés, y Christie lo consideró un buen título, que sin duda lo es, con el cual estuvo deseosa de trabajar. Sea como sea, haciéndose eco de la escena crítica del capítulo 3 de *Un crimen dormido* (véase el capítulo 7), se puede considerar una confirmación más de que *Un crimen dormido* se escribió más tarde de lo que se suponía hasta ahora.

El misterio de Pale Horse
6 de noviembre de 1961

Y miré, y he aquí que vi un pálido caballo,
y quien lo montaba tenía por nombre Muerte.
Revelación 6:8

Aparece una lista de nombres en el cadáver de un sacerdote asesinado, pero ¿qué tienen en común todos ellos? ¿Puede producirse un asesinato por sugestión? ¿Practican realmente las ancianas de Much Deeping la magia negra?

Aunque escrita en 1960 y publicada al año siguiente, *El misterio de Pale Horse* tiene su inspiración muchos años antes. El señor P era un farmacéutico que casi cincuenta años antes instruyó a Agatha Christie en la preparación y dispensa de fármacos. Un día le mostró una sustancia de color oscuro que se sacó del bolsillo y le explicó que era *curare* y que la llevaba porque le producía una fuerte sensación de poder. Según escribe en su *Autobiografía:* «Me sorprendió que, a pesar de su apariencia de querubín, pudiera ser un hombre peligroso. Su recuerdo lo conservé durante tanto tiempo que me puse a escribir sobre aquello cuando concebí la idea inicial de *El misterio de Pale Horse*».

Se trata de uno de los títulos más potentes de sus últimos quince años de carrera; *El misterio de Pale Horse* tiene una trama espantosamente verosímil, en la que se emplea un veneno muy poco corriente y se transmite una auténtica sensación de amenaza, muy superior al elemento habitual del misterio en el que lo que importa es averiguar quién fue el autor de los hechos. Al principio da la impresión de que Agatha Christie hubiera cambiado por completo de camino en la literatura y de que estuviera escribiendo sobre magia negra, aunque, como sucede en muchos de sus títulos, lo que uno cree ver no es exactamente lo que hay.

En el Cuaderno 58 aparecen dos páginas de notas sobre el «vudú» justo antes de las notas para *El misterio de Pale Horse.* Expresiones como «pacto de sangre… el sacrificio de un cerdo… vértebras de serpiente mezcladas… el *asson,* o cascabeleo sacrificial… Legba, el dios que destruye la barrera... Abobo, una exclamación ritual» llaman poderosamente la atención. La aplicación de todas estas indagaciones se percibe en el capítulo 6 de la novela.

Aunque las notas están repartidas a lo largo de cinco cuadernos, la trama básica quedó establecida relativamente pronto, al igual que algunos de los personajes. El Cuaderno 38 contiene un esbozo de las páginas con que se abre la novela, aunque la mujer no está muerta, sino que muere poco después de que el padre Gorman le administre los sacramen-

Aunque el talio —el método del asesinato en *Pale Horse*— lo empleó muchos años antes Ngaio Marsh, una de las grandes contemporáneas de Christie, en su novela titulada *Telón de cierre*, fue el libro de Christie el que adquirió notoriedad en el Reino Unido en junio de 1972, cuando Graham Young fue condenado por el asesinato de dos compañeros de trabajo y el intento de asesinato de otros dos, para lo cual se sirvió de ese mismo veneno. Tanto la novela como Agatha Christie salieron a relucir durante el juicio. Aunque Young negó haber leído *El misterio de Pale Horse*, un periodista emprendedor contactó a Christie para conocer su reacción ante los hechos. Ella le explicó que lo había utilizado en la novela por ser algo insólito e interesante para un novelista de tramas detectivescas, pues es una sustancia insípida e inodora, además de difícil de detectar.

tos. Parece desde el primer momento que el talio había de ser el método del asesinato. Y la escena de la cafetería, con el importante incidente en el que se jalan el pelo, aparece en la novela exactamente igual que aquí:

El misterio del talio

Empezar por ejemplo con una lista de nombres
Sarah Montfort
Anthony West
La señora Evershed
Lilian Beckett...
Jaspar Handingly... Todos ellos muertos

Aparece muerta una mujer... una enfermera... el lugar, saqueado... dice que la lista... todos muertos

Todos están muertos
Comienza... en una cafetería... las chicas se pelean... una de ellas jala del pelo a la otra, le arranca un puñado de pelo...
¿Policía? La muchacha es una buena chica... se porta bien, dice que no le ha dolido mucho

La fórmula... agentes pagados... mujeres que hacen la ronda... reparto de frascos de medicamentos... etc. Pasan por varias casas del barrio... Informe sobre el servicio de la Seguridad Social

Luego trabajó la mecánica del «agente de la muerte», una buena descripción, así como algunos de los «clientes» potenciales. No siguió con la idea de recurrir a Poirot, sino que se contentó con la segunda posibilidad... la «sencilla», por así decirlo, sin formar parte de una serie:

Libro
¿Talio? ¿Serie de envenenamientos a lo largo de unos cuantos años? La caída del cabello, único síntoma en común
¿Poirot?
¿Sencillo?
Un «agente de la muerte»... Uno paga... la persona en cuestión muere... por causas naturales y variadas
La idea es como la de matar a un jurado (¿o Diez negritos?)
No hay relación aparente... pero sí que hay algo en común. ¿El qué?

La idea del Sindicato del Crimen organizado por (?) Osborne... Una personalidad extraña, dual... Una familia respetable... No es mala gente... Se marcha de casa, enfurecido, vuelve como el hijo pródigo... pero la

respetabilidad de la clase media no es suficiente para él...
Cuando muere el padre, adinerado... abre sucursales en
3 distritos con cargo a sus ayudantes... ya va a por otros...
¿Tiene en realidad una doble vida en el extranjero?

No está del todo claro si el doctor Corrigan, que aparece citado en el siguiente extracto, era un posible socio en el crimen, e iba a ser pariente de Ginger, mientras que Osborne fue el malvado de la trama desde el primer momento. Y el resumen que sigue refleja con bastante exactitud la novela tal como se publicó, aunque no en todos sus elementos..., el doctor C no está «en el enredo» (es el médico de la policía) y el nombre de Venables no figura en la lista original: ambos se incorporaron después y los nombres de las tres «brujas» iban a cambiar:

Ideas
(1) Ginger es Ginger Corrigan... ¿heredera de un dineral?
(a) Su hipotético asesino se halla en una fiesta de tono social... la esposa del hombre
(b) El dr. C.[orrigan] está en el lío... ¿Osborne y él? Objeto... poner en marcha una gran unidad de investigación en el extranjero
(2) Osborne... un personaje con doble vida... El padre fue un próspero farmacéutico, chapado a la antigua...
O bien se da el caso de que O. se escapó de pequeño... se dedicó al teatro... impostor

Idea aproximada de <u>cómo</u> se organiza la trama... ¿La organización?
Doble vida... un farmacéutico (la tienda)

Un rico... lisiado... colecciona plata... su nombre aparece «en la lista» (falsa)... su sobrina o sobrino será acusado falsamente.

Otros... 1° hombre de negocios... oficial... o se encuentran en el parque
2° extrañas hermanas... ritual
3° persona empleada para realizar investigaciones sobre las medicinas, etc. consumidas por las víctimas... Es un consumidor quien investiga... cambia un medicamento por talio

El jefe de la operación, ¿el doctor C? Osbourn [sic]
La manzana de adán del falso jefe... El señor Vuillaumy [Venables] Un rico excéntrico

Siguiente:
Samuel, abogado al que se le prohíbe la práctica de la abogacía
3 E[xtrañas] Her[manas]
Thelma French... Sybil White (o un nombre griego)... Alison Wilde... cocinera... la bruja del pueblo

¿Acude Osborne a la fiesta de tono social desde Bournemouth? Aborda... se encuentra con Mark... llama por teléfono al doctor Corrigan... ¿o a la policía? Vio al hombre... Lo describe... escena en la farmacia de Bournemouth

Una de las posibilidades intrigantes de esta novela fue la introducción de la señorita Marple en la trama. No es algo tan descabellado como podría parecer al principio. En la novela aparecen unas cuantas señoras de cierta edad en un pueblo pequeño, así como su vieja amiga de *El caso de los anónimos,* la señora Dane Calthrop, de modo que la señorita Marple se habría sentido seguramente a sus anchas. Christie acarició dos ideas relacionadas con ella, las dos muy viables, una como vecina de una de las víctimas, otra como tía abuela de Mark Easterbrook:

El misterio de Pale Horse, notas adicionales

Cerca de la señorita Marple vive uno de los «nombres»
¿Es «Mark» sobrino nieto de la señorita M? (hijo de Raymond)
Tres hermanas «extrañas»... viven en «Pale Horse», que antes fue una posada... dentro hay una foto enmarcada... antes era la Posada señal en el fin Mark (?)
la limpia... aparece el esqueleto montado a caballo...
la señorita M aporta la cita de las Revelaciones
Thelma Grey es la propietaria de Pale Horse... su familia vino de Irlanda... brujería... su tátara-tátara-tía fue quemada por bruja (¡seguramente todo son mentiras dice alguien!). Habla de la brujería y de lo que representa

Por último, en el Cuaderno 6 aparece una anotación inesperada:

El misterio de Pale Horse ¿Obra teatral?

Expreso 2 chicas... Sobresalto de Andrew

Y eso es todo: no existe nada más. Es difícil ver de qué modo pudo la novela pasar a ser una buena obra de teatro. Tal vez la conversación sobre *Macbeth* y sus tres brujas animase a Christie a considerar una posible adaptación, pero, dejando a un lado las dificultades puramente prácticas, no era un caso apto para una dramatización.

El espejo se rajó de lado a lado
12 de noviembre de 1962

Salió volando el hilo por los aires,
de lado a lado se quebró el espejo.
«Es ésta ya la maldición», gritó
la dama de Shalott.
Tennyson, *La dama de Shalott*

¿Qué fue lo que vio en su casa Marina Gregg, actriz de cine, residente en Gossington Hall, en el pueblo de St. Mary Mead, que la dejó «helada» antes de que allí se cometiera un asesinato? Siguen otros intentos de asesinato de Marina y se producen otras tres muertes antes de que la señorita Marple pueda explicarlo todo.

El espejo se rajó de parte a parte es la última novela de misterio ambientada en un pequeño pueblo. Christie comenzó a trabajar en este título a finales de 1961, y en enero del año siguiente ya la tenía avanzada. Sin embargo, cuando envió el manuscrito en abril de 1962 se cruzaron unas cuantas cartas de manifiesta preocupación entre su agente y sus editores, y en un momento determinado pareció incluso dudoso que el libro estuviera listo a tiempo para la campaña de Navidad. La mención muy al comienzo de la rubéola alemana en el primer borrador fue sometida a consideración por parecer que delataba la trama, aunque su omisión por completo también parecía injusta, de modo que se impuso una reescritura de la novela. La primera persona que leyó el manuscrito cuando se recibió en Collins no sólo acertó al predecir la identidad del asesino, sino que también adivinó el móvil mucho antes de que se cometiera el primer asesinato. Y después de su publicación el problema siguió en el aire al recibirse una carta de un enojado lector norteamericano que se quejó del móvil y de su falta de sensibilidad ante una tragedia acaecida en la vida de una famosa actriz, Gene Tierney. A pesar de una réplica de Edmund Cork para indicar que Agatha Christie no supo nada de esto hasta mucho después, esta acusación vuelve a surgir de vez en cuando.

Las primeras seis páginas del Cuaderno 39 contienen una considerable exuberancia de ideas para la trama. La primera página se titula «Libro de la señorita M», en un exceso de confianza, y en el transcurso de las páginas siguientes se esbozan los mecanismos de la trama de *Los relojes, Misterio en el Caribe* y *El espejo se rajó de lado a lado,* además de algunas notas que hacen eco de «El caso de la mujer del portero» (relato en el que el doctor Haydock la anima a desentrañar un «bonito» asesinato) y una idea breve —la muchacha y la mala caída— que es una escena descartada en el capítulo 2 de *El espejo se rajó de lado a lado:*

> El doctor Haydock... se hace viejo... la señorita M dice que ya no puede tejer ropa con las agujas de punto... el doctor H le sugiere que se dedique a otra cosa... Siempre le han interesado los asesinatos, por no decir que ya lleva desentrañados unos cuantos... Y procede a contarle un relato.
>
> En las viviendas protegidas... una muchacha que mira una casa sufre una mala caída... ¿la ha empujado el hombre que estaba con ella?
>
> El relato del doctor H... ¿Es el relato de Relojes? Mecanógrafa... ciega... el muerto
>
> La señorita M con Jenny en las Antillas... el comandante con cara de sapo... su parloteo... el ojo de cristal... parece que mira a otro sitio y no a donde está mirando

Por fin se centra en el «Asesinato en las viviendas de protección pública» (así es como lo denomina en todo momento) con la idea de que sea su próxima novela, cuya trama va trabajando en serio. Ésta es Agatha Christie, a sus setenta y un años, trabajando con plena creatividad a una edad en la que la mayoría de la gente se ha jubilado:

> Jessica Knight... M le pide que vaya a la farmacia (?) Se levanta, se pone la chaqueta y se va a dar un paseo. Las viviendas de protección pública... Entra en un país desconocido, oye retazos de conversaciones, casi sufre un accidente (?)
> El hombre y la muchacha... miran una casa... Ella tiene una caída... Heather Badcock

En el Cuaderno 4 se encuentra el germen de la idea que forma el principal mecanismo de la trama:

> La idea de la rubéola... la razón del asesinato... ha nacido un niño con graves defectos debido a una infección durante el embarazo... cuando el «admirador» tenía la firme resolución de no perderse un encuentro con su ídolo

Y en el Cuaderno 8 se desarrolla aún más, por medio de un esbozo aproximado de los primeros capítulos:

> Asesinato en las viviendas protegidas
> Capítulo I La señorita Marple y las viviendas protegidas... el paseo que da... cuando aquel lugar era todavía Protheroes... La casa de la señora Bantry... las mujeres jóvenes que le recuerdan a varios conocidos... Y a Hilda Glazebrook... una de aquellas mujeres fatigosas que no paraban de hablar. Patience Considine... Actriz, estrella del cine, la heroína que venera Hilda... un poco sobre la rubéola alemana... no tiene efectos graves... el aspecto de P... como si se hubiese quedado helada

La media docena de palabras que resultan motivo de litigio («un poco sobre la rubéola alemana») aparecen muy al principio de las notas, lo cual indica la intención que tenía Christie de entrar en un juego peligrosamente limpio con el lector. A la sazón, reescribió esta referencia y otras similares, y evitó toda mención de la rubéola alemana hasta muy al final de la novela.

El grueso de la trama que urdió para este título se halla en el Cuaderno 52, aunque a juzgar por la facilidad con que escribe la secuencia diríase que ya sabía adónde iba encaminada. En cuanto resolvió la ambientación de Gossington Hall y su nueva habitante, y una vez establecida la idea de la rubéola, el libro quedó esbozado a pedir de boca:

> La señorita M desentraña... Marina Gregg compra una casa antigua... La señora B está alojada cerca
>
> Su marido, Arthur Rossiter (?) un hombre inteligente y tranquilo... ¿el enigma?
>
> Heather Beasly (?) en una vivienda «protegida»... La señorita M... sale a pasear... tiene una caída... Heather la ayuda... taza de té... hablan, etc. ¿sobre Marina Gregg? Relato de H. cuando tuvo la rubéola, etc. El señor Beasley, ¿empleado de un banco? ¿Agente de seguros? ¿Agente inmobiliario? ¿Profesor de escuela?
>
> Encuentro entre M[arina] y H[eather]... el marido está allí (¿Relata la señora B todo esto más adelante a la señorita M?)
>
> Alguna bobada que ha dicho H (¿primera mención de la rubéola de G?)... Bien, M le responde, bien, pero hubo un momento o dos... Y ella dijo distraída y como si estuviera pensando en otra cosa, mecánicamente... lo ha dicho tantas

veces... pero con la mirada clavada sobre la cabeza de Heather... como si viese algo... algo terrible... ¿dónde?

Caja de la... escalera

Quién subía

La idea de mirar por encima del hombro y descubrir algo asombroso/aterrador/desconcertante aparece en unas cuantas de las novelas de Christie, y en cada caso aporta una situación verosímil y completamente distinta. El primer ejemplo está en *El misterioso caso de Styles,* seguido pocos años después por otro ejemplo en *El hombre del traje marrón.* Hay otros casos significativos en *Cita con la muerte* y en *La venganza de Nofret.* Dos años después de El *espejo se rajó de lado a lado,* nos plantea, a nosotros y a la señorita Marple, un rompecabezas similar cuando el comandante Palgrave ve algo inquietante por encima del hombro de la señorita Marple en *Misterio en el Caribe.* La respuesta a ese enigma es la solución más osada y más original al tema de la mirada por encima del hombro, a la vez que posiblemente se haya inspirado en la referencia a Nelson que se hace en el extracto siguiente.

Una de las cuestiones secundarias que se dan en *El espejo se rajó de lado a lado* es el hecho de que la señora Bantry relata todos los acontecimientos dramáticos de la recepción a la señorita Marple. ¿Por qué no halló Christie un pretexto para que la señorita Marple estuviera presente en la fiesta de carácter social? Es algo que se podría haber resuelto con facilidad y que habría ahorrado la necesidad de narrar los actos de Marina mediante el filtro de una tercera y a veces una cuarta persona. Pero es posible que ésta sea precisamente la razón por la que no lo hiciera. La señorita Marple habría visto demasiadas cosas y con demasiada facilidad. Tal como son las cosas, el tirón en el brazo y la administración del jarabe para dormir en el vaso en cuestión se glosa de pasada, aunque en realidad habría sido difícil de orquestar. Éste es también uno de los contados ejemplos que se dan del uso de un veneno ficticio en una aplicación rigurosa de la medicina.

En su mayor parte, los personajes que Christie enumeró originalmente (en algún caso variantes suyas) aparecieron en el libro publicado:

> <u>Ahora, los personajes</u>
> Kathleen Leila Carlyn [Margot Bence]... hija adoptiva de una familia de los bajos fondos... la madre escribió una carta... luego nace el hijo de su propia hija [de Marina]... acuerda lo pertinente a los hijos adoptivos... una niña y 2 chicos...
>
> ¿Se aloja Lara con Cherry? (una amiga íntima que ha encontrado o que trabaja donde sea, de peluquera o fotógrafa, mejor)
>
> Ella Schwarz [Zeilinsky]... secretaria enamorada de Jason
>
> El marido de Heather, Arthur
>
> Mary Bates, una viuda... Su marido ha muerto de manera un tanto peculiar (¿un accidente de tráfico?)
>
> Carlton Burrowes... invitado sorpresa... conoce a Marina desde tiempo atrás
>
> ¿Quién estaba en las escaleras o a punto de subir?
>
> La señora Sage... por encima de su cabeza... una mirada congelante... ¿ante qué o ante <u>quién</u>?
>
> A. Un cuadro colgado en la pared... ¿tema? ¡¡La muerte de Nelson!!
> B. Carlton Burrowes... Alfred Klein... un amigo
> C. El otro, el que le ha acompañado
> D. Una fotógrafa de Casa y jardín
> E. Ella Schwarz
> F. Arthur Badcock
> G. Mary Baine
> H. Un hombre muy anciano

Se presenta en esta novela otra coincidencia desafortunada, y absolutamente inverosímil. Ni siquiera el más afecto de los admiradores de Christie es capaz de aceptar que Arthur Badcock, a quien se retrata y se percibe como un hombre tedioso e insignificante, fuera en otro tiempo el marido de la famosa y glamurosa actriz, de Marina. En el capítulo 8, III, se le describe como «un cordel masticado. Agradable, pero húmedo». Ciertamente, el primer matrimonio de Marina, «un matrimonio temprano, que no contaba», se comenta en el capítulo 3, pero aceptar que el ex marido reside en el mismo pequeño pueblo en el que ella compra por casualidad una casa, que ninguno de los dos diga nada y que nadie más esté al tanto de ello es esperar demasiado de la indulgencia del lector. Es difícil explicar por qué se introdujo esta complicación. Christie conocía bien a sus lectores, y sabía que era mucho pedir que aceptasen esta revelación tan poco verosímil, que además forma parte de la solución; así, dado que Arthur tiene breves apariciones, y no del todo convincentes, considerarlo un posible asesino es una complicación excesiva. Por lo que respecto a la inverosimilitud, esta coincidencia está a la altura de la revelación de la paternidad de Miranda en *Las manzanas*, la identidad del primer marido de Louise Leidner en *Asesinato en Mesopotamia* y la de la madre de Stodart-West en *El tren de las 4:50.*

Se recupera... el encanto de siempre con Heather... Dormil...
se lo administra... H. lo deja (para hablar) M. deja el suyo...
para estirar las manos al darse la vuelta... derriba el vaso
de H... Tómese el mío... jugo de tomate por el contrario

La fotógrafa de *Casa y Jardín,* Margot Bence, es un personaje que tiene el eco de los hijos adoptivos en *Inocencia trágica,* cuatro años anterior. Y la viuda Mary Bates (posteriormente denominada Baine) no figura en el relato; Carlton Burrowes podría ser una versión preliminar de Ardwyck Fenn.

La mayor de las sorpresas es la inclusión en dicha lista de «la muerte de Nelson» (con dos señales de exclamación), por ser el motivo pintado en el crucial cuadro que hay en la escalera. En la novela es un cuadro de la Virgen con el Niño lo que hace que Marina se quede «helada» y lo que justifica que la teoría de la señorita Marple tenga validez. ¿Es posible que en esa fase de la planificación Christie aún no hubiera decidido la razón de su mirada desoladora, de lo que ve y propicia el desastre? Al contrario de lo que podría parecer, éste podría ser el caso, puesto que se consideran otras opciones de la «mirada congelante» y a la sazón se incluyen en la novela.

Por último, la señorita Marple explica:

La señorita M dice... he sido muy estúpida... el manual de medicina... lo cierra

El Encuentro... La señorita M quiere quedarse en las escaleras... La luz... «Ahora lo entiendo mejor»

¿Fue una sobredosis? Es muy fácil que suceda... o tal vez alguien se lo administró

Para Dermot... Es muy sencillo... Ha sobrevenido el desastre exclama... Fue Heather El desastre ha sobrevenido sobre ella como resultado directo de lo que hizo una vez... hace muchos años... sin mala intención, pero falta de consideración... pensando tan sólo en lo que el acto representaba para ella. Lo hizo porque fue a una función sólo por ver a Marina Gregg y conocerla, en un momento en que padecía la rubéola alemana

Noche eterna

30 de octubre de 1967

Cada noche y cada día
alguno a la tristeza nacía;
cada día y cada noche
nace alguno al derroche,
nace al dulce derroche,
nace a la eterna noche.

Blake, «Augurios de inocencia»

Michael Rogers, que está sin blanca, seduce a Ellie y se casa con ella, que es una heredera norteamericana que tiene una enorme fortuna. Construyen una casa de ensueño en el campo, pero su existencia de bienestar y de dicha se arruina con unos cuantos incidentes desagradables. Se produce un fatal accidente y poco a poco se revela una trama monstruosa.

En un informe fechado el 23 de mayo de 1967, el lector de Collins consideró *Noche eterna* «una novela de lectura prodigiosamente emocionante. El ambiente es ominoso desde el primer momento, y todos lo trucos secundarios, todos los ornamentos se organizan de manera que se resalta más ese efecto». Aparecen a lo largo del informe expresiones como «pasmoso truco de manos», «manipulado con gran convicción» o «la señora Christie, como siempre, ha sido sumamente inteligente».

En una entrevista que concedió al *Times* al mes siguiente de la publicación, Christie reconoció que «es bastante distinto de todo lo que he hecho hasta ahora... Es más serio, es realmente una tragedia. En algunas familias hay un niño que parece descarriarse... Por lo general dedico tres o cuatro meses a escribir un libro, pero *Noche eterna* lo escribí en seis semanas. Cuando una escribe así de rápido el resultado es más espontáneo. No me fue difícil ser Mike». Comenzó el borrador en Estados Unidos a finales de 1966, mientras acompañaba a sir Max, que estaba de gira dando conferencias.

Noche eterna es el último de los triunfos de Agatha Christie. Fue la gran novela que iba a escribir y es el mayor logro conseguido en sus últimos veinte años. Es asimismo un libro asombroso si se piensa que lo publicó una autora con 75 años de edad y al final de una dilatada, prolífica e ilustre carrera. Es asombroso por diversas razones: está escrito por una mujer de edad avanzada, perteneciente a la clase media alta, pero narrado con la voz de un joven de clase obrera; recicla su truco más famoso cuarenta años después de haberlo ideado; es completamente distinto a todo lo que escribió; por último, es un retorno al guión ideado a partir de varias muertes, como en *Diez negritos* y *La venganza de Nofret.* Al término de la novela los protagonistas han muerto: Ellie, Greta, la señora Lee, Santonix y Claudia Hardcastle, y Michael está entre rejas, en el mejor de los casos condenado a cadena perpetua.

La trama es una amalgama de al menos cuatro ideas anteriores. En primer lugar, puesto que el narrador, Michael Rogers, es el malvado de la narración, la comparación con *El asesinato de Roger Ackroyd* es inevitable. Conviene recordar que ya antes Agatha Christie había experimentado con la idea de que el narrador fuera el asesino: en 1924, en *El hombre del traje marrón.* En esta novela, sir Eustace Pedler narra parte de la trama mediante extractos de sus diarios antes de ser desenmascarado. El ardid dio plenos frutos en 1926 con *El asesinato de Roger Ackroyd,* un misterio situado en un pueblo y narrado por el médico de la localidad, al cual desenmascara Poirot y revela que es un chantajista y un asesino. Cuarenta años después aún le dio otra vuelta de tuerca en *Noche eterna.*

Mientras que *El asesinato de Roger Ackroyd* es una novela de misterio, *Noche eterna* no lo es en absoluto. Durante buena parte de sus páginas parece ser tan sólo una novela en la que abundan los detalles amenazantes, y únicamente en la conclusión se percibe que se trata de una novela de misterio cuya trama se ha urdido con sumo esmero. Es por tanto completamente distinta a todo lo que Agatha Christie había escrito antes, hasta tal extremo que nadie consideró que se tratara de una mera repetición del truco de *El asesinato de Roger Ackroyd*. Por todo esto, el impacto de esta novela resulta aún más impresionante. Nadie esperaba que repitiese el truco con que sorprendió cuarenta años atrás. Pero conviene recordar que Agatha Christie forjó su trayectoria haciendo lo que nadie esperaba.

En segundo lugar, la trama de *Noche eterna* es idéntica a la de *Muerte en el Nilo*. Dos amantes se unen para hacer un hueco a un malvado encantador en la vida de una adinerada heredera; el plan consiste en casarse con ella y posteriormente asesinarla. Los amantes fingen una violenta discusión y de ese modo aparecen ante los ojos de los demás como absolutamente enfrentados. Aunque la mecánica del asesinato en cada uno de los casos es totalmente distinta, las similitudes son demasiado obvias y no se pueden pasar por alto. Es improbable que sean mera coincidencia. En *Noche eterna* además se da un desarrollo inesperado de la trama cuando Michael comienza a tener sentimientos inesperados por la desdichada Ellie.

En tercer lugar, la mayor y más evidente de las similitudes es la que tiene con un relato de la señorita Marple, «El caso de la mujer del portero», que se publicó en enero de 1942. Ahí tenemos a una adinerada heredera, Louise Laxton, que se casa con el bravucón del pueblo y es asesinada exactamente de la misma forma que Ellie Rogers. (Existen dos versiones del relato; la segunda, una versión inédita, está algo

Es extraño que el informe del lector de Collins, cuando Christie les remitió *Noche eterna,* fuera entusiasta —«el truco más difícil se despliega con justicia ante el lector» y «el asesinato es bastante ingenioso»— y al mismo tiempo temiese que los críticos la despedazasen. Esta acogida adversa se habría debido a lo inesperado de todo el desarrollo. Finalmente sus temores resultaron infundados, puesto que la novela cosechó algunas de las mejores críticas que nunca había recibido Christie: «Una de las mejores cosas que ha escrito nunca la señora Christie» *(Sunday Times);* «Christie en la cúspide de su ingenio» *(Evening Standard);* «un ingenio malvado en el género de misterio» *(Scotsman);* «la [sorpresa] más devastadora que esta poderosa autora nos ha dado jamás» *(Guardian).*

más elaborada.) En múltiples sentidos, *Noche eterna* es una ampliación de «El caso de la mujer del portero», aunque se relate de tal manera que resulta completamente novedosa.

En cuarto lugar, en *El misterioso caso de Styles* también figura una pareja de cómplices que escenifican una discusión en público, convenciendo de ese modo a los oyentes, y a los lectores, de que se detestan. Al igual que las figuras equivalentes en *Noche eterna,* han manipulado la medicación que toma la víctima, lo cual les permite a los dos estar ausentes en el momento en que se comete el crimen.

La nota más temprana que se conserva, la que sigue, es de 1961 y aparece en una lista de ideas en la que se incluyen *Misterio en el Caribe, El espejo se rajó de lado a lado* y *Los relojes:*

Un hombre... se quiere casar con una mujer rica... quitársela de encima... contrata a alguien para que la amenace... sus

quejas... intercepta dulces, etc. le salva la vida varias veces...
al final se muere de miedo, cuando escapa de un
«fantasma» que la persigue tiene una caída

Aunque en este apunte hay varias insinuaciones que señalan claramente con fuerza a *Misterio en el Caribe* («le salva la vida varias veces»), la idea de casarse con una mujer rica y contratar a alguien para que la amenace está en la base de *Noche eterna.*

Al año siguiente se enumera junto con los títulos propuestos para 1963 y 1964, después de que entregó a Collins *El espejo se rajó de lado a lado.* Aún no se menciona el título que llegaría a tener, y las referencias que se hacen a lo largo de las notas remiten siempre al «Terreno de los Gitanos», el escenario de la leyenda que, a juzgar por la dedicatoria, parece haber aportado el germen del libro. Tampoco hay ninguna indicación en esta etapa inicial de cuál será el método narrativo, uno de los rasgos principales de la novela. Nótese asimismo que «Terreno de los Gitanos» se enumera como elemento X —tal vez indicio de que se proponía trabajar primero en esta trama, antes que en las otras dos— de un listado que sigue por Y y Z.

1962
Notas para 3 libros
Y. Los relojes (?)
Z. Misterio en el Caribe
X. Terreno de los Gitanos

X Terreno de los Gitanos
Un terreno y una carretera, un té en el pub... Relato sobre
los accidentes allí acaecidos... el marido planea matar a su
mujer... ¿un falso accidente de tráfico?

Dos años antes de la publicación encontramos una nueva fase de elaboración. De hecho, buena parte de este apunte inicial encontrará sitio en la novela. El gitano, el relato, el caballo, el «accidente» y la muerte, todos se emplean en *Noche eterna:*

La dedicatoria de *Noche eterna* dice así: «A Nora Prichard, a través de quien tuve conocimiento de la leyenda del *Terreno de los Gitanos*». Nora Prichard era la otra abuela de Mathew Prichard, su abuela paterna. Vivía efectivamente en el Terreno de los Gitanos, cerca de Pentre-Meyrich, en el valle de Glamorgan, en Gales, en donde muchos años antes hubo un campamento que fue desmantelado, razón por la cual el jefe de los gitanos maldijo aquellas tierras. Tras los numerosos accidentes de tráfico que se produjeron en los alrededores, ese relato posiblemente apócrifo fue adquiriendo partidarios.

1 de octubre de 1965
A. Terreno de los Gitanos
Un lugar donde se producen accidentes, etc. Una mujer que ve (¿una gitana?) su marido... pregunta por ahí... En realidad ya le han contado la historia... Finge que es la primera vez... Un tanto alterado... Un joven escéptico... Más fácilmente alterable por lo tanto.
La esposa está interesada... no nerviosa... un buen día la esposa ve la figura de un gitano... y sucesivamente va ideando cosas. La figura del gitano tal vez lleva un caballo por la brida (introducir el alfiler). El marido tiene un accidente... alguien lo ve por la ventana... Ella sufre heridas graves... shock... muere... En realidad por morfina

Una omisión clara en la novela es la referencia al marido en calidad de «joven escéptico»; no es ésta una descripción válida de Michael Rogers. Y, por descontado, no llega a estar presente en el «accidente» de Ellie. Nótese asimismo que en esta fase del trabajo en la trama sigue sin aparecer alguna mención a que el marido orqueste la muerte de su mujer, y menos a que lo haga el narrador.

El Cuaderno 28 añade un importante mecanismo de la trama o, dicho con más rigor, lo toma prestado de «El caso de la mujer del portero»:

> El asesinato del cianuro... cápsulas... el tranquilizante. Muere alguien (W)... cae por las escaleras... ¿trombosis? ¿Fallo cardiaco? Una ventana abierta. Se encuentra el cuerpo dos o tres horas después de la muerte. Y... da a su amigo una de las cápsulas; Z... muere... hay un vínculo aparente entre Z y W... esto es lo que confunde a todos

Originalmente, esta idea hubiera sido un tipo de libro distinto, pero, como bien se ve por lo que se reproduce a continuación, la cápsula de cianuro sí formó parte de *Noche eterna.* El apunte también contempla la importancia médica de que el cadáver esté al aire libre, o bien era preciso que no lo viera un médico hasta pasado un tiempo después de la muerte, para que los vapores del cianuro potásico se disiparan.

En octubre de 1966 la novela ya iba tomando la forma con que hoy la conocemos. Antes de decidirse por Greta, Christie sin embargo experimentó con otros personajes femeninos, aunque es difícil ver a cualquiera de ellos en el papel de Ellie Rogers, heredera de una fortuna de varios millones de libras:

> 1966 Oct. (en Estados Unidos) Proyectos
> Terreno de los Gitanos
> Aventurero... Jason... apuesto... ¿Australiano? ¿Americano? Su encuentro con la anciana señora Lee... el relato... El tramo de los accidentes, o Claire Holloway... da clases en un internado femenino o en un colegio universitario... su vieja amiga Anne... Marie... Claire... prima... Jason... o una chica *au pair*, Sidonie... su hermano o Hildegarde... punto clave...

¿están en el lío Hildegarde y J? ¿Han amañado el accidente? H es una chica tipo valquiria. Usar la idea del cianuro de potasio... cápsula

La idea del apuesto extranjero, Jason, se abandona en favor de Michael Rogers, un chico descarriado, originario de la clase obrera. Sólo podría hacer una conjetura en este punto: la ya anciana Christie se sintió a sus 75 años más cómoda al narrar la historia desde el punto de vista de un compatriota que desde el de un «aventurero extranjero». Y en cuanto adopta el cambio de nombre y pasa de Hildegarde a Greta hemos llegado al simil letal que se produce en el meollo de la novela. De hecho, a Greta se la compara con una valquiria varias veces en el transcurso de *Noche eterna.*

Pero algunas de estas ideas se descartaron, sin ir nunca más allá de las páginas de los cuadernos:

Terreno de los Gitanos... a la venta... se habla en el pub en que tendrá lugar la subasta. El subastador es desconocido para los lugareños... corren los rumores... se vende por muy poco... el subastador se queda atónito. Un viejo le dice Usted no es de aquí, aquí hay accidentes... es un sitio que da mala suerte... la anciana señora Lee

«No sé en nombre de quién actúa, pero le ha jugado usted una mala pasada... No le aporta nada con esto... habrá muerto dentro de un año» (Han pagado por persona interpuesta, deseosos de comprar el terreno a bajo costo)

¿Sufre el subastador un accidente cuando regresa? Un joven con unos quevedos como Ed(ward) Bolan... inteligente... ¿Construcción de un hotel, o de un bloque de pisos... con servicio de habitaciones, o un asilo de ancianos... O bien emplear para eso una casa antigua... Fleet House... una muchacha en la casa (tipo Mothercare)... una enfermera de hospital... encuentra a la anciana muerta... lejos de la casa

Hay unos cuantos problemas con los detalles de la trama de *Noche eterna,* sobre todo los relativos a los personajes de Claudia Hardcastle y la gitana, la señora Lee. Primero se nos lleva a creer que Claudia ha visitado El Capricho que está en la finca del llamado Terreno de los Gitanos por razones que no se especifican y que ha tomado una cápsula envenenada que se les cayó en un descuido a Michael y Greta cuando estaban manipulando las que toma Ellie (¿cuántas llegaron a fabricar?); ingiere la cápsula y posteriormente muere. Al mismo tiempo, Claudia se las ingenia para dejar caer un encendedor que es muy fácil de identificar. Esto resulta completamente inverosímil, incluso para los admiradores más indulgentes de Christie. Si hubiera conservado la idea inicial, en la que Ellie da la cápsula a una amiga (véase más arriba), la situación habría sido creíble.

Luego, el día en que muere Ellie, Greta ha planeado encontrarse con Claudia y pasar el día de compras (capítulo 17). Más adelante nos enteramos casi por puro accidente de que esto nunca llegó a suceder, porque los parientes de Claudia llegaron de improviso. En la biografía que publicó en 1984, Janet Morgan comenta que Collins pidió a Christie que aumentara el misterio sobre el autor del crimen realzando para ello el papel que desempeña una de las personas de confianza de Ellie. Esto podría explicar la improbable coincidencia que se da con la llegada de Cora el día de la muerte de Ellie. Pero también significa que el paradero de Greta no tiene explicación a la hora de la muerte, si bien esto no se menciona en ningún momento.

Asimismo, ¿cuándo es en efecto asesinada la señora Lee? ¿Y por qué llama la atención Michael sobre su de-

continúa en la página siguiente

saparición? Sabemos que la ha matado (al final del capítulo 23), de modo que seguramente lo hace por el interés que tiene en que no se sepa nada de la muerte. A decir verdad, ¿cuándo la mata exactamente? A los cuatro días de llegar a Nueva York recibe una carta del comandante Phillpot en la que le informa de que el cuerpo de la señora Lee ha aparecido en la cantera, y le dice que «llevaba varios días muerta». Si la carta de Phillpot llega cuatro días después que él, esto da a entender que se echó al correo el mismo día en que Michael llegó a Estados Unidos, lo cual a su vez sugiere que asesinó a la señora Lee justo antes de marcharse a Estados Unidos. Así pues, ¿dónde ha estado ella entre ese momento y el de su desaparición (en el capítulo 21)?

¿Qué explicación tiene la piedra con la nota que la envuelve y que dice: «Fue una mujer quien mató a su esposa» (en el capítulo 20)? La suposición es que se trata de otra parte de la trama (de lo contrario, ¿por qué había de mencionarse?), si bien parece que no tenga mayor sentido, ya que no vuelve a aparecer. Y si en realidad es una información apropiada, ¿significa que Greta es al fin y al cabo la mujer del capote rojo de la que habla la mujer de cara sonrosada en el capítulo 18 y en la investigación, en el capítulo 19? Ya se nos ha contado (en el capítulo 16) que posee un capote rojo.

La respuesta a la mayoría de estos problemas tal vez haya que buscarla en la insistencia que Collins puso en que

A la sazón llegamos a la idea definitiva y crucial que había de diferenciar *Noche eterna* de prácticamente todo lo demás que escribió Agatha Christie. Nótese que originalmente se propuso que el narrador fuera un arquitecto resuelto a construir un edificio, aunque en la novela el papel como arquitecto de Ellie es atribuido al enigmático Santonix:

se incrementase el elemento de misterio. Un mecanoscrito anterior, significativamente distinto, demuestra que todos estos desarrollos se añadieron con posterioridad, de puño y letra de la propia Christie. En ese borrador previo, la señora Lee no muere, sino que regresa a Market Chadwell tras pasar un tiempo con otro grupo de gitanos en otra parte del país; Ellie, por descuido, da a Claudia, que también padece la fiebre del heno, una de las cápsulas (ésa era la idea original de Christie) tomada de entre las demás antes de que Greta y Michael hayan introducido las cápsulas envenenadas; todas las referencias al capote rojo son adiciones manuscritas. Parece que se hayan insertado cuatro párrafos entre «Cuatro días después de mi llegada a Nueva York» y «Pareció que fuese una coincidencia imposible», en una página manuscrita, en el capítulo 22. Asimismo, aparece en forma de inserción manuscrita la línea que dice: «Quiero más que empujar a una anciana para que caiga en una cantera», ya al final del capítulo 23. No tengo ninguna duda de que todas estas enmiendas se hicieron para cumplir con la desatinada idea del editor, empeñado en que la novela fuera de misterio. Lejos de su propósito, introducen cabos sueltos en una trama que ya tenía una tensión hermética. La Reina de la Novela Detectivesca tendría que haberse fiado de su criterio y recurrir a sus propios mecanismos.

¿Idea? Narrada en primera persona... por un arquitecto...
«Tuve conocimiento del Terreno de los Gitanos gracias al bueno de Simon Barlow...» etc. Lo va a estudiar. La casa perfecta... conoce a una chica
¿Qué es lo que quieres?
Quiero treinta mil libras

¿Para qué?
Para construir una casa

Sin ese narrador que no merece la confianza del lector habríamos tenido una novela diferente, probablemente una novela indiferente. A fin de cuentas, la idea del triángulo eterno, en la que dos de los ángulos conspiran para matar al tercero, no es nueva ni en la literatura en general ni en la novela de detectives en particular, y mucho menos lo es en Agatha Christie. La originalidad radica en los trucos posteriores que pueda tejer la autora en torno a la idea. Y justo al final de su trayectoria Agatha Christie quiso desplegar todos los trucos de que fue capaz, sorprendiendo a todo el mundo... todavía una vez más. Si *Noche eterna* estuviera relatada en tercera persona, gran parte de su devastador impacto se habría diluido mucho.

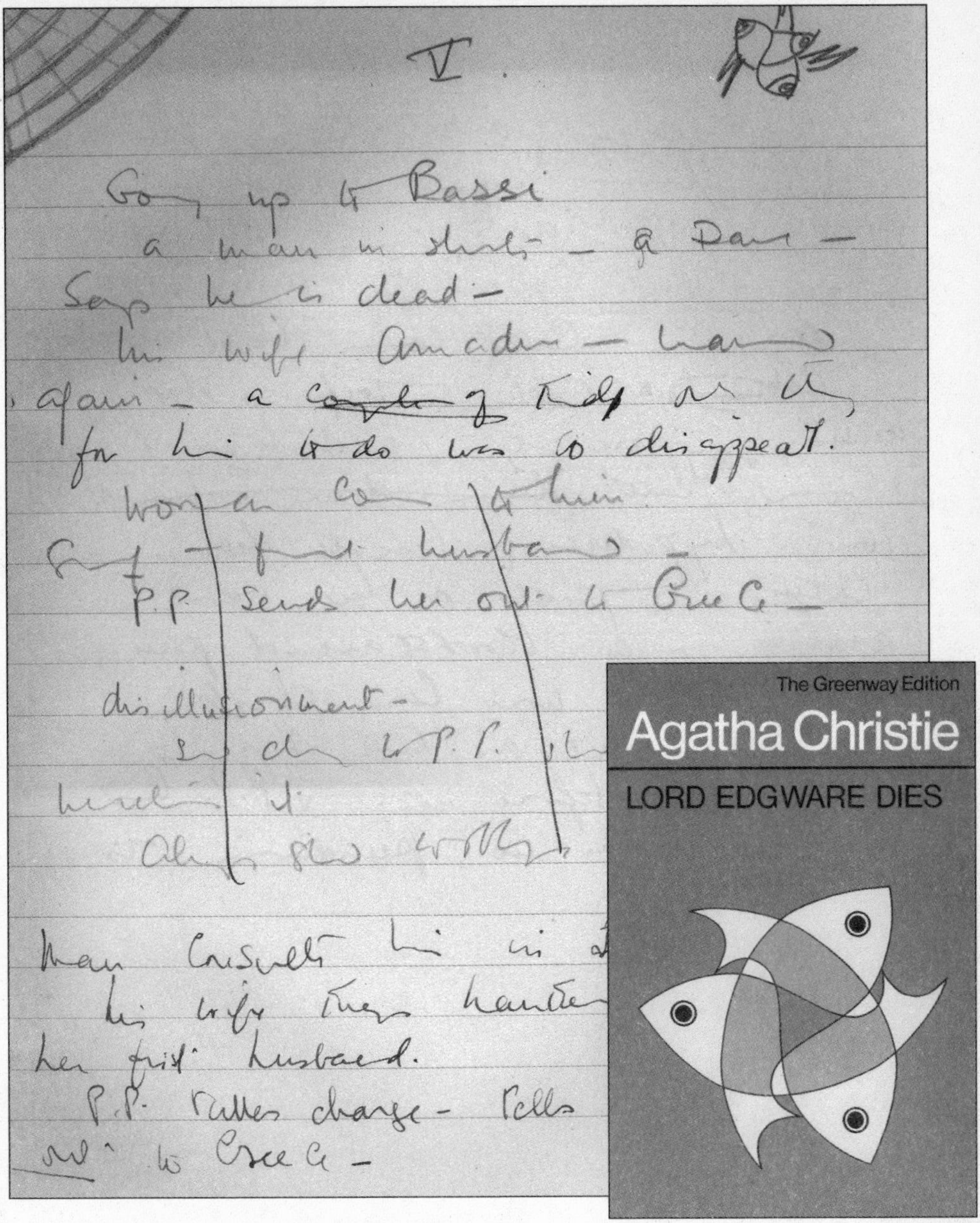

Esta página del Cuaderno 66 es uno de los muchos ejemplos de las notas de Agatha en las que aparece el dibujo de los tres peces entrelazados, como los traza Lois Hargreaves en «La casa en donde acecha la muerte» (Matrimonio de sabuesos). *Es el símbolo que posteriormente se empleó en el diseño de la cubierta de la edición completa, Edición Greenway, de los libros de Agatha, que empezó a publicarse a finales de los años sesenta y se prolongó a lo largo de los setenta.*

APÉNDICE

El canto del cisne – Dos últimos relatos

LA CAPTURA DE CERBERO

Para los estudiosos de la vida y la obra de Christie siempre ha sido un pequeño misterio por qué «La captura de Cerbero» no se publicó en la revista *The Strand* después de los otros once «Trabajos»; ya que a primera vista parece ser una omisión inexplicable. El descubrimiento de una versión del relato hasta la fecha desconocida y por supuesto inédita, con una ambientación y una trama completamente distintas, tal vez nos ayude a resolver este rompecabezas.

En «La captura de Cerbero», Poirot emprende una vez más la búsqueda de una persona desaparecida, y en este sentido su duodécimo «Trabajo» recuerda a otras misiones similares, como «La hidra de Lerna» y «El cinturón de Hipólita». Pero ahí termina toda similitud, ya que en esta tarea final sobreviene un aspecto sin precedentes: la persona a la que busca ha muerto.

Aunque en la serie del Club del Crimen, de Collins, finalmente se llegó a publicar *Los trabajos de Hércules* el 8 de septiembre de 1947, y aunque Christie añadió un prefacio introductorio en el que explicaba el criterio empleado en la empresa que acomete Poirot (véase el capítulo 11), sigue siendo desconcertante que no se publicara el duodécimo relato en *The Strand*. La revista había acogido de buena gana los relatos de Christie a lo largo de los años treinta y cuarenta, llegando a resaltar a menudo su nombre en la cubierta para atraer a más compradores. La propia Christie comenta explícitamente este relato en el prefacio a la edición de 1953, de Penguin, de *Los trabajos de Hércules,* cuando procede a explicar que en el proceso de escritura de este conjunto de relatos, «al llegar al último, con "La captura de Cerbero", cedí por completo a la desesperación». Lo dejó a un lado por espacio de seis meses, y «de pronto un buen día, mientras subía por las escaleras mecánicas del metro, se me ocurrió la idea. Pensando en ella con gran excitación, estuve subiendo y bajando por aquellas escaleras hasta un total de ocho veces». Sin embargo, tal como veremos, si bien ésta podría ser la verdad, dista bastante de ser toda la verdad...

¿Cuándo se escribió?

Pista nº 1

Los «Trabajos» del uno al once se publicaron por vez primera en el Reino Unido en la revista *The Strand,* empezando en noviembre de 1939 («El león de Nemea») hasta culminar en septiembre de 1940 («Las manzanas de las Hespérides»). El 12 de enero de 1940, Edmund Cork escribió a Christie con respecto al duodécimo relato, explicándole sin embargo que *The Strand* no lo iba a publicar (a esas alturas ya se habían publicado tres) y proponiéndole que pensara en escribir otro relato con el cual sustituirlo de cara a una eventual publicación en formato de libro. *The Strand* ya había efectuado un pago de 1.200 libras por los relatos escritos, y si decidieron no publicar uno, como es posible que en efecto indicasen a Edmund Cork, no tenían derecho a esperar uno en sustitución del mismo. El 12 de noviembre de 1940 (después de que fueron publicados los «Trabajos» en *The Strand* sin incluir «Cerbero»), Christie escribió a la redacción para solicitar la devolución del «relato de Cerbero» con el objeto de «hacer uno nuevo». Pero hasta el 23 de enero de 1947 (es decir, a comienzos del año en que se publicó el libro) no se remitió por fin la segunda versión.

Pista nº 2

El Cuaderno 44 contiene prácticamente todas las notas referentes a los doce relatos. A primera vista parece que se urdió la trama y se procedió a la redacción y revisión de todos ellos a la vez, ya que la mayoría de las notas concuerdan con los «Trabajos» terminados tal y como los conocemos. Pero un examen más a fondo, a la luz del descubrimiento de la versión alternativa del relato y de esta correspondencia, demuestra que se trata de un relato en potencia muy distinto. Las notas iniciales para la última media docena de relatos comienzan y en algunos casos terminan en una página impar del Cuaderno 44, dejando la página par en blanco, y siguen la secuencia del libro. Las notas tomadas con vistas a la primera versión de «Cerbero», hasta la fecha inédita, siguen este mismo patrón. En cambio, las notas de la versión recogida en el volumen están insertadas, con una tinta distinta y una caligrafía que difiere en algunos rasgos, en una página par, comprimidas fuera del lugar que les correspondería en la secuencia, entre las que tomó para preparar «Las yeguas de Diómedes» y «El ganado de Gerión». No es irracional suponer que cuando encontró la inspiración para rehacer el relato, Christie volvió a sus notas originales e insertó la nueva idea tan cerca como pudo de la idea original. Además, las notas posteriores están escritas a bolígrafo, mientras que las notas originales, como las correspondientes a todos los demás «Trabajos», están tomadas a lápiz.

¿Por qué no se publicó nunca?

Apenas puede caber la menor duda de que la situación política de la época y el retrato de Adolf Hitler en la sección III, apenas disimulado, fue la principal (y muy probablemente la única) razón del rechazo del relato. Es insólito en Christie que ya desde la primera página adquiera el relato un sesgo

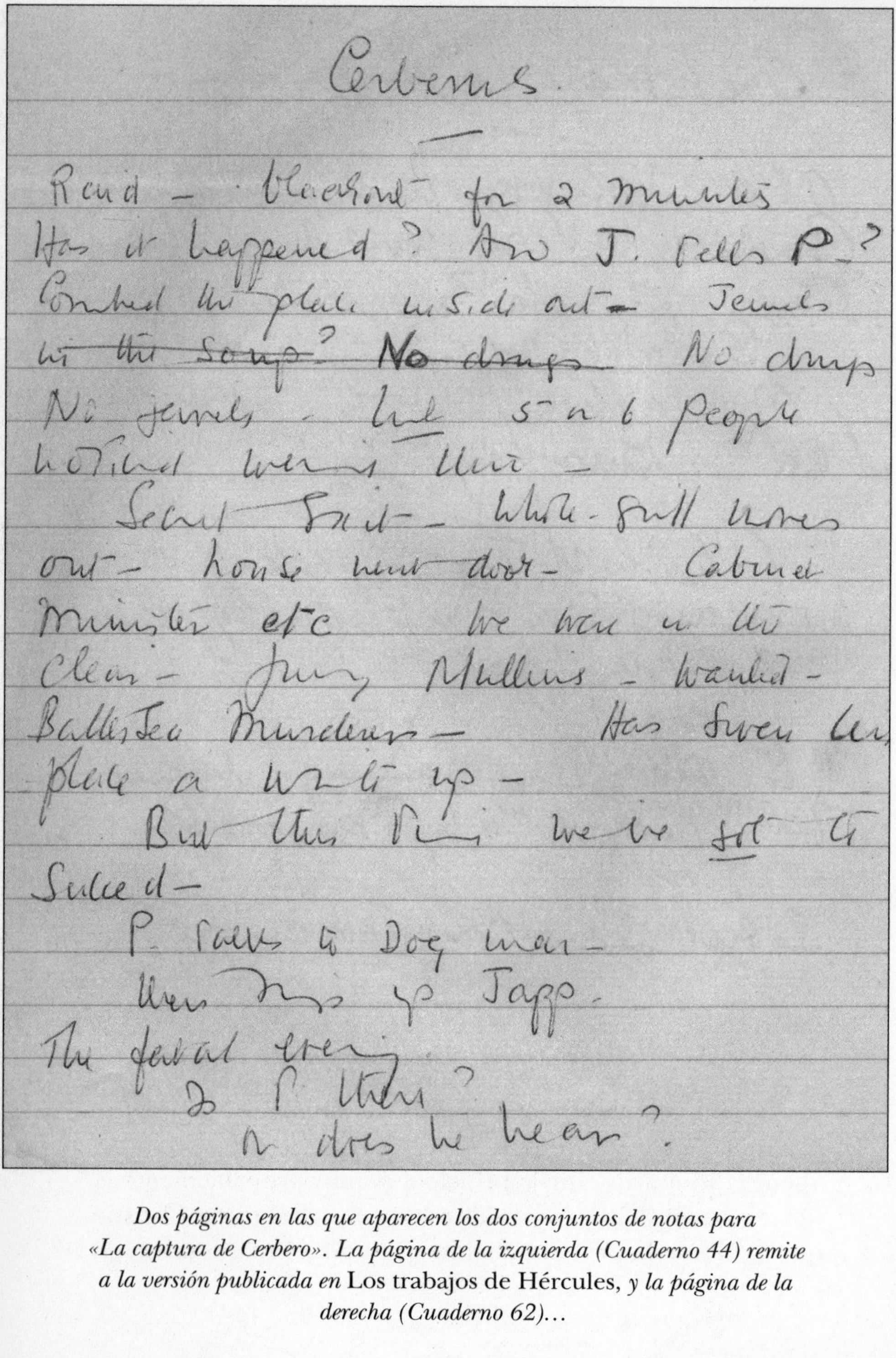
Cerberus.

Raid – blackout for 2 minutes
Has it happened? Are J. tells P.?
Combed the place inside out – Jewels
~~in the soup? No drugs~~ No drugs
No jewels – but 5 or 6 people
noticed were in there –
Secret Exit – While-still moves
out – house next door – Cabinet
Minister etc. We were in the
clear – Jimmy Mullins – wanted –
Battersea Murderer – Has given the
place a write up –
But this time we've got to
succeed –
P. talks to Dog man –
then rings up Japp.
The fatal evening.
Is P. there?
or does he hear?

Dos páginas en las que aparecen los dos conjuntos de notas para «La captura de Cerbero». La página de la izquierda (Cuaderno 44) remite a la versión publicada en Los trabajos de Hércules, *y la página de la derecha (Cuaderno 62)…*

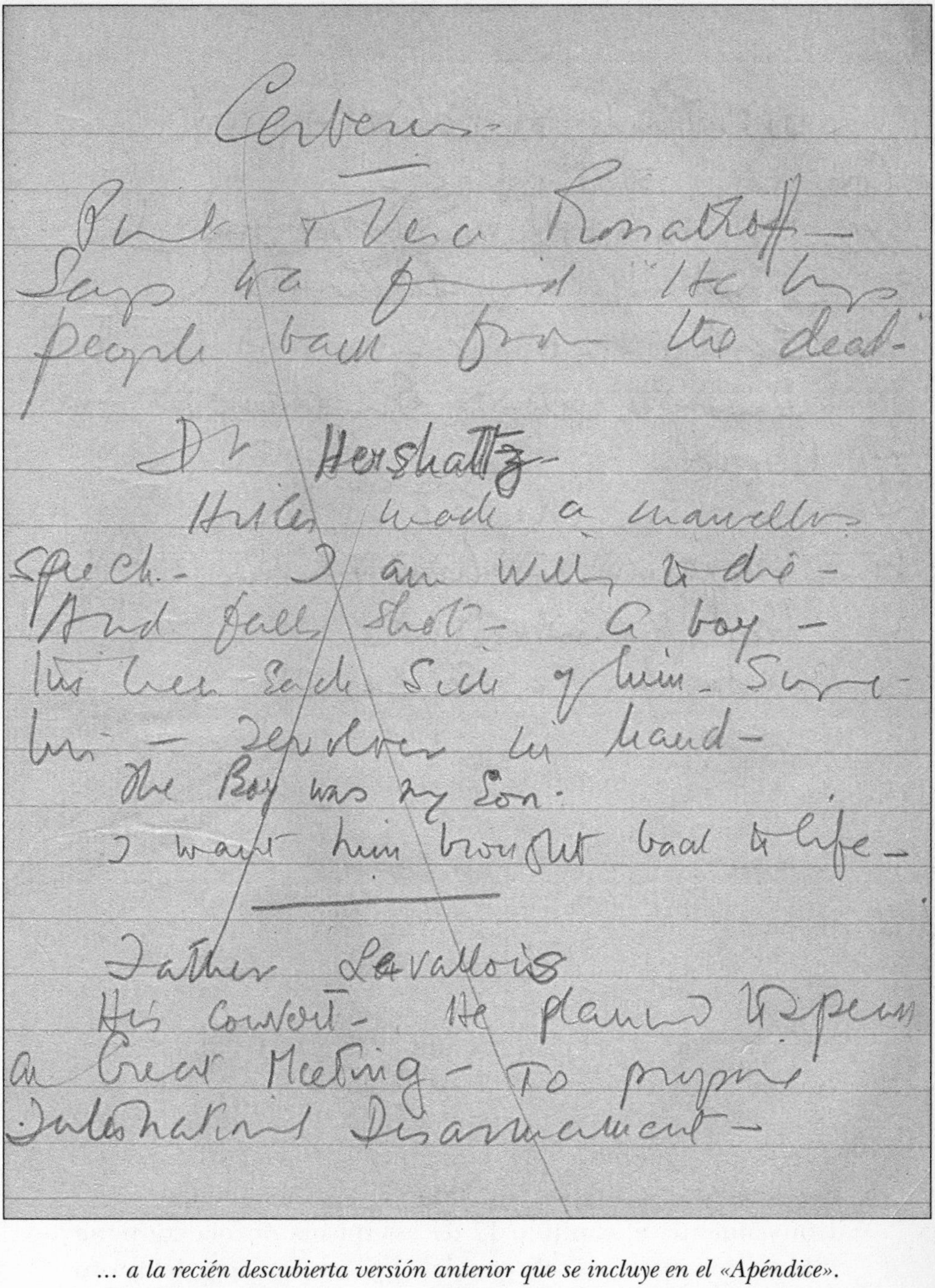

Cerberus –

Prince & Vera Rossakoff –
Says Vera found id "He brings
people back from the dead."

Dr Hershaltz –
Hitler made a marvellous
speech – I am willing to die –
And fall shot – A boy –
his men each side of him – Surround
him – Revolver in hand –
The Boy was my Son.
I want him brought back to life –

Father Lavallois
His convert – He planned to open
a great Meeting – To propose
International Disarmament –

… a la recién descubierta versión anterior que se incluye en el «Apéndice». Nótese la diferencia de la caligrafía entre una y otra: han pasado casi diez años.

llamativamente político, hablando no sólo de la guerra inminente, sino también de la guerra pasada: «El mundo se encontraba en un estado de gran intranquilidad, todas las naciones alerta, en tensión. En cualquier minuto podía sobrevenir el golpe fatal y precipitar a Europa una vez más a la guerra». Más avanzado el relato se nos habla de «August Hertzlein... [que] era el dictador de dictadores. Sus belicosas manifestaciones habían concentrado a la juventud de su país y a las juventudes de los países aliados. Era él quien había prendido fuego a la mecha de Europa central...». Y en el supuesto de que exista la menor duda, más adelante se le describe diciendo que tiene «la cabeza alargada como un pepino y un bigotillo negro».

Estos detalles se tuvieron que considerar demasiado próximos al estado real del mundo y a uno de sus pobladores en 1939, con lo que difícilmente pudo ser el relato una lectura escapista. Nunca se llegará a saber por qué decidió Christie escribir este relato, ya que hay pocos indicios en el resto de su obra de que tuviera alguna inclinación política en particular. Y es posible que el rechazo de *The Strand* le indignara más de lo que quiso admitir, ya que este mismo guión de un asesinato se utiliza en «Nueve, diez, una gallina gorda», un capítulo de *La muerte visita al dentista,* publicado al año siguiente, al tiempo que Poirot recuerda con afecto a la condesa Vera en «Trece, catorce, las doncellas pelan la pava», otro capítulo de esa misma novela. La redacción de la novela y del relato corto bien podría haber tenido lugar en un mismo tiempo.

En una entrevista para sus editores en Italia, Mondadori, concedida poco después de la publicación de *Pasajero a Frankfurt* en 1970, escribe que «nunca he tenido el menor interés por la política». Así pues, ¿por qué no rebajó sencillamente el tono del retrato y cambió el nombre del personaje? Irónicamente, el capítulo 17 de esa misma novela contiene más de una referencia de pasada a la idea principal del relato breve. ¿Es posible que treinta años después del rechazo sufrido, Agatha Christie desenterrara la idea para insertarla en un libro muy distinto de aquél? ¿Es posible, por si fuera poco, que mucho después de que *The Strand* dejara de publicarse fuese ella quien riera al último, y riera mejor?

«La captura de Cerbero» (versión inédita) en los cuadernos

Hay notas que remiten a la versión inédita del relato en los Cuadernos 44 y 62:

> Cerbero
> ¿Acude Poirot en busca de 2 amigos que supuestamente han muerto?
> ~~Lenin – Trotski – Stalin~~
> ~~Jorge II – la reina Anne –~~
> Es preciso que no se les dé nombre (como Max Carrados en el relato de la habitación)

> Poirot y Vera Rossakoff... dice a un amigo que «es capaz de devolver a los muertos a la vida»
>
> El doctor Hershaltz
>
> Hitler hizo un discurso maravilloso... Estoy deseoso de morir... y cae asesinado... un joven. Dos hombres, uno a cada lado... lo sorprenden revólver en mano. El joven era mi hijo... Quiero que se le devuelva a la vida.
>
> El padre Lavallois... su converso... tenía previsto tomar la palabra ante una gran congregación... proponer un tratado de desarme internacional. El doctor Karl Hansberg... compila estadísticas... carta de presentación... de las autoridades médicas de Berlín... El médico al frente se ha dejado atraer por la religión... Las enfermeras tratan de impedirlo... Herr Hitler... le entrega una tarjeta.

Si bien las similitudes con Hitler están bastante claras en el relato, no aparece una sola mención del nombre..., hasta que leemos el Cuaderno 62. Sin embargo, el detalle que refiere «le entrega una tarjeta», que aparece al final de las notas, es desconcertante; algunas de las demás referencias también son un tanto misteriosas. En caso de que, como parece prácticamente seguro, estas notas se escribieran en 1939, ¿por qué se enumera en una lista a Lenin, Trotski y Stalin? Lenin murió en 1924, pero Trotski vivió hasta 1940 y Stalin hasta 1953; las otras dos figuras históricas habían fallecido mucho antes. Por añadidura, ninguno de ellos podría considerarse amigo de ninguno de los demás. Todos los nombres aparecen tachados en el Cuaderno 44, pero su presencia sigue siendo del todo inexplicable.

La referencia a Max Carrados remite al detective creado por Ernest Bramah y al relato «El juego que se desarrolla a oscuras»; tanto el personaje como el relato se habían anticipado ya en la colección *Matrimonio de sabuesos,* con Tommy y Tuppence, en la que Tommy emula al detective ciego en el relato titulado «Jugando a la gallina ciega».

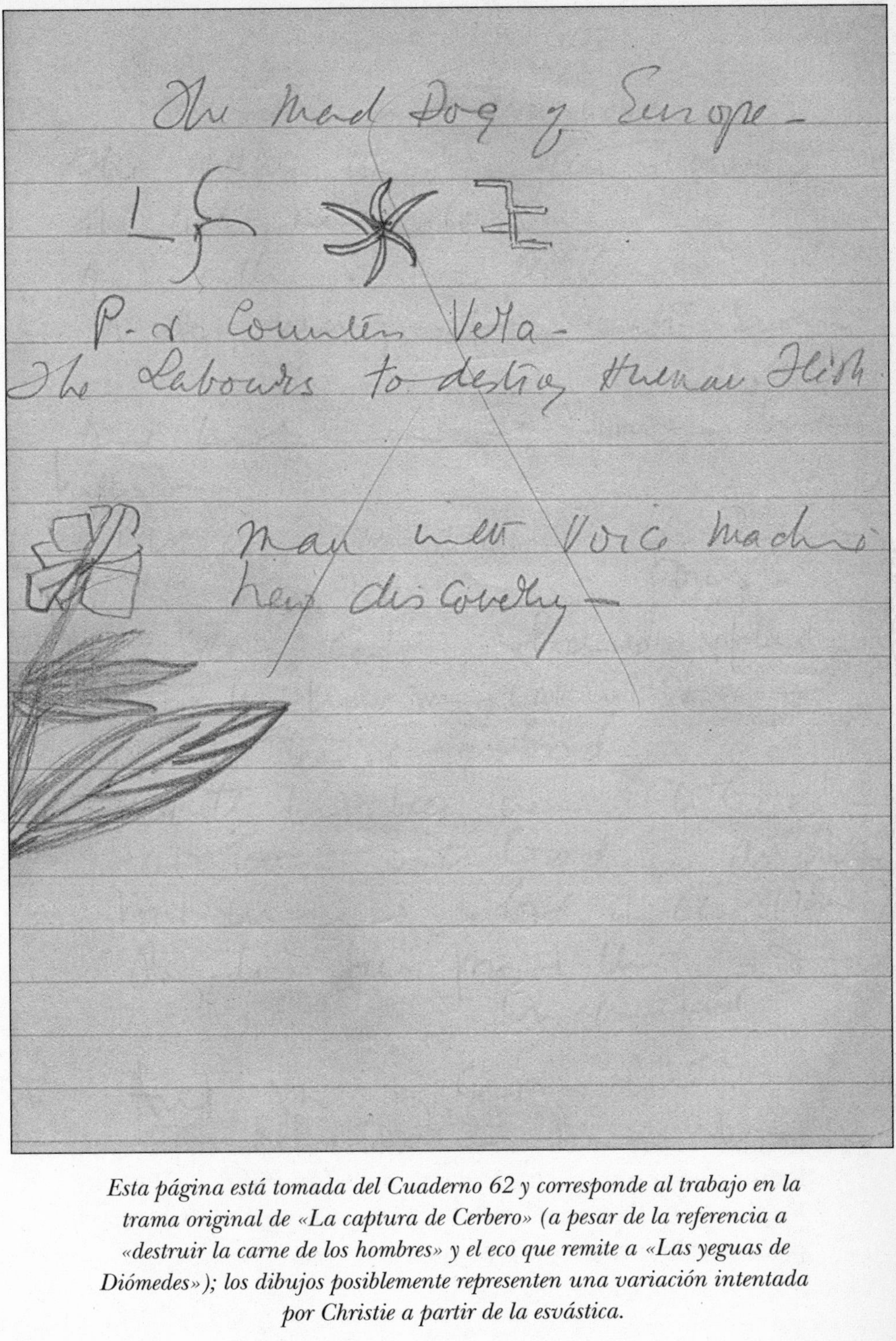
The Mad Dog of Europe –

P. & Countess Vera –
The Labours to destroy human flesh

man with Voice machine
new discovery –

Esta página está tomada del Cuaderno 62 y corresponde al trabajo en la trama original de «La captura de Cerbero» (a pesar de la referencia a «destruir la carne de los hombres» y el eco que remite a «Las yeguas de Diómedes»); los dibujos posiblemente representen una variación intentada por Christie a partir de la esvástica.

La captura de Cerbero

(Los trabajos de Hércules XII)

i

Hércules Poirot dio un sorbo a su aperitivo y miró hacia el lago de Ginebra.[1]

Suspiró.

Había pasado la mañana conversando con ciertos personajes de la diplomacia, todos ellos en un estado de gran agitación, y estaba fatigado. Y es que había sido incapaz de ofrecerles algún consuelo que remediara sus complicaciones y trastornos.

El mundo se encontraba en un estado de gran intranquilidad, todas las naciones alerta, en tensión. En cualquier minuto podía sobrevenir el golpe fatal y precipitar a Europa una vez más a la guerra.

Hércules Poirot suspiró. Demasiado bien se acordaba de 1914. No se hacía ninguna ilusión sobre la guerra. La guerra nunca resolvía nada. La paz que trajera por consecuencia era por lo común la paz tan sólo del agotamiento: no era una paz constructiva.

«Con que al menos —pensó con tristeza— apareciera un hombre capaz de encender el entusiasmo por la paz y de lograr que se propagara la llama por el mundo..., tal como los hombres han encendido el entusiasmo por la victoria y pasión de lo que se conquista por la fuerza...».

Reflexionó entonces con el sentido común de los latinos y concluyó que estas ideas no eran provechosas. De nada podían servir. Despertar el entusiasmo ajeno era una virtud que no se contaba entre las suyas, nunca lo estuvo. Su especialidad era lo cerebral, pensó con su consabida falta de modestia. Y los hombres dotados de un gran cerebro rara vez han sido grandes líderes o grandes oradores. Seguramente por ser tan astutos que pocas veces se inclinaban al engaño, y menos aún por sí mismos.

«Ah, en fin... Uno ha de ser un poco filósofo —se dijo Hércules Poirot—. Pero el diluvio aún no ha llegado. Entretanto..., el aperitivo está bueno, luce el sol, el lago está azul, la orquesta no toca del todo mal. ¿No es suficiente con eso?».

Pero tuvo la sensación de que no lo era.

«Hay una pequeña cosa —pensó con una repentina sonrisa— que sigue siendo necesaria para que sea completa la armonía del instante fugaz. Una mujer. *Une femme du monde..., chic,* elegante, simpática..., *spirituelle!*».[2]

Eran muchas las mujeres hermosas y elegantes que lo rodeaban, pero para Hércules Poirot eran todas ellas sutilmente insuficientes. Le gustaban las curvas más amplias, una clase de atractivo más exuberante, más vistoso.

Y cuando recorrían sus ojos con insatisfacción la terraza en que se encontraba, vio de repente lo que tanto había ansiado ver. Una mujer en una mesa cercana, plena de formas exuberantes, con una abundante cabellera coloreada por la *henna* y coronada por un casquete negro al que se adhería todo un batallón de plumas de ave de luminosos colores.

La mujer volvió la cabeza y detuvo la mirada relajadamente en Poirot, y sólo entonces abrió..., abrió la vívida boca pintada de escarlata. Se puso en pie sin hacer caso a su acompañante y, con la impulsividad irrefrenable de su naturaleza rusa, avanzó veloz hacia Hércules Poirot, un galeón que navegase a toda vela. Había extendido las manos y resonó su voz grave y melodiosa.

—¡Ah, pero sí que lo es! ¡Lo es! *Mon cher Hércules Poirot!* ¡Cuántos años, cuantísimos años..., no digamos cuántos han pasado! Eso nunca es de buen agüero.

Poirot se puso en pie e inclinó la cabeza con galantería sobre la mano que le tendía la condesa Vera Rossakoff. Es infortunio de los hombres menudos tener especial debilidad por las mujeres exuberantes y grandes de cuerpo. Poirot nunca había logrado superar la fatal fascinación que la condesa revestía para él. Ciertamente, la condesa ya estaba lejos de ser joven. Su maquillaje recordaba una puesta de sol, las pestañas empapadas de rímel. La mujer original que se encontraba bajo la capa de maquillaje había pasado mucho tiempo oculta al mundo. No obstante, para Hércules Poirot seguía representando lo suntuoso, lo deslumbrante. El burgués que en el fondo nunca había dejado de ser estaba embelesado por lo aristocrático. La fascinación de antaño se apoderó en el acto de él. Recordó la destreza con que había robado ella las joyas cuando se conocieron, y recordó el espléndido aplomo con que reconoció el delito cuando él se lo echó en cara.[3]

—*Madame, enchanté* —dijo, y sonó como si la frase fuera bastante más que un detalle de cortesía tópica.

La condesa tomó asiento a su mesa.

—¡Cómo! ¿Usted aquí, en Ginebra? —exclamó—. ¿Y por qué? ¿Ha venido a dar cazar a un infortunado delincuente? ¡Ah! De ser así, no tiene la menor posibilidad de vencerlo a usted. Está acabado. ¡Es usted el que siempre gana! ¡No hay nadie como usted, nadie en todo el mundo!

De haber sido Hércules Poirot un gato, se habría puesto a ronronear. En cambio, se alisó las guías de los bigotes.

—¿Y usted, madame? ¿Qué le trae por aquí?

Ella rió.

—No le tengo ningún miedo —dijo—. ¡Por una vez estoy del lado de los ángeles! Llevo la existencia más virtuosa que se pueda imaginar. Me esfuerzo cuanto puedo, pero todo el mundo es muy tedioso. ¿Nichevo?

El hombre que estaba sentado con la condesa se había levantado de la mesa y se había acercado; estaba de pie junto a ellos, sin saber qué hacer. La condesa lo miró.

—*Bon Dieu!* —exclamó—. Me había olvidado de usted. Permítame presentarlos. Herr Doktor Keiserbach..., éste, éste es el hombre más maravilloso que hay en el mundo, monsieur Hércules Poirot.

El hombre, alto y de barba castaña y ojos azules y penetrantes, dio un taconazo e hizo una inclinación.

—He oído hablar de usted, monsieur Poirot —dijo.

La condesa Vera ahogó la respuesta de cortesía que dio Poirot.

—¡Pero no puede usted saber hasta qué punto es maravilloso! —exclamó—. ¡Lo sabe todo! ¡Es capaz de hacer cualquier cosa! Los asesinos se ahorcan ellos solos para ahorrar tiempo en cuanto se enteran de que él les va siguiendo la pista. Es un genio, se lo aseguro. No fracasa jamás.

—No, no, madame. No diga eso.

—¡Pero si es verdad! No sea modesto. La modestia es una estupidez. —Se volvió hacia el otro—. Le aseguro que es capaz de obrar milagros. Es capaz de devolver los muertos a la vida.[4]

Algo dio un brinco, un destello sobrecogido, una sorpresa, en los ojos azules que protegían los lentes.

—Vaya... —dijo Herr Keiserbach.

—¡Ah, por cierto, madame! —intervino Hércules Poirot—. ¿Cómo está su hijo?

—¡El angelito! Está ya muy grande... Tiene unas anchas espaldas... ¡Es tan apuesto...! Se encuentra en Estados Unidos. Se dedica a la construcción. Puentes, bancos, hoteles, grandes almacenes, ferrocarriles... Todo eso que quieren tener en Estados Unidos cuanto antes.

—¿Es ingeniero, o es arquitecto? —murmuró Poirot con leve desconcierto.

—¿Y qué más da? —inquirió la condesa Rossakoff—. Es adorable. Anda muy ocupado con sus soportes de hierro y con una cosa que llaman tirantes. Son esa clase de cosas que nunca he entendido y que jamás me han importado. Pero nos adoramos.[5]

Herr Keiserbach pidió disculpas, pues tenía que marcharse.

—¿Se hospeda usted aquí, monsieur Poirot? —le preguntó—. Me alegro. Tal vez volvamos a vernos.

—¿Quiere tomar un aperitivo conmigo? —preguntó Poirot a la dama.

—Sí, sí, desde luego. Tomaremos juntos un vodka, será un gran placer.

A Hércules Poirot le pareció una idea excelente.[6]

ii

Fue en la velada del día siguiente cuando el doctor Keiserbach invitó a Hércules Poirot a sus aposentos.

Tomaron juntos un brandy excepcional y se permitieron al principio una conversación un tanto intermitente.

—Me produjo un gran interés, monsieur Poirot —dijo Keiserbach—, algo de lo que comentó ayer nuestra encantadora amiga cuando se refirió a usted.

—¿Sí? Dígame.

—Éstas son las palabras que empleó: «Es capaz de devolver los muertos a la vida».

Hércules Poirot se incorporó ligeramente en el sillón. Enarcó las cejas.

—¿Y eso le interesa? —preguntó

—Muchísimo.

—¿Por qué?

—Porque tengo la sensación de que esas palabras tal vez hayan sido un presagio.

—¿Me está pidiendo que devuelva los muertos a la vida? —dijo Hércules Poirot de manera cortante.

—Es posible. ¿Qué haría si se lo pidiera?

Hércules Poirot se encogió de hombros.

—A fin de cuentas —señaló—, la muerte es la muerte, monsieur.

—No, no siempre.

A Hércules Poirot se le tornaron los ojos más verdes y penetrantes.

—Pretende que devuelva yo a la vida a una persona que ha muerto —dijo—. ¿Es un hombre o una mujer?

—Un hombre.

—¿De quién se trata?

—No parece que le atemorice la tarea…

Poirot esbozó una tenue sonrisa.

—Usted no está mal de la cabeza —indicó—. Es usted un individuo cuerdo, perfectamente sano. Cuando se habla de devolver los muertos a la vida se trata de una frase que es susceptible de tener muchos sentidos. Puede ser objeto de un tratamiento figurado o simbólico.

—Dentro de nada entenderá a qué me refiero —replicó el otro—. Para empezar, no me llamo Keiserbach. Adopté ese nombre con la intención de pasar inadvertido. Mi nombre es demasiado conocido para todo el mundo. Mejor dicho, ha sido demasiado conocido a lo largo de todo el mes pasado. Me llamo Lutzmann.

Lo dijo con toda intención y sondeó a Poirot a fondo, con una mirada intensa.

—¿Lutzmann? —inquirió Poirot de manera cortante. Hizo una pausa y siguió en otro tono—. ¿Hans Lutzmann?

—Hans Lutzmann era mi hijo… —contestó el otro con voz seca, áspera.

iii

Si a lo largo del mes anterior se hubiese preguntado a cualquier ciudadano inglés quién era el responsable de la situación general de intranquilidad que se había adueñado de toda Europa, la respuesta habría sido invariable: Hertzlein.

Había que tener además en cuenta, desde luego, a Bondolini,[7] pero era August Hertzlein quien había cautivado por completo la imaginación del pueblo. Era el dictador de dictadores. Sus belicosas manifestaciones habían concentrado a la juventud de su país y a las juventudes de los países aliados. Era él quien había prendido fuego a la mecha de Europa central, era él quien la mantenía en llamas.

Cada vez que pronunciaba un discurso en público era capaz de embelesar a las multitudes y de imbuirlas de un frenético entusiasmo. Tenía una voz de extraña afinación, aguda, que parecía que poseyera poderes propios. Los que estaban al tanto de los entresijos explicaban con conocimiento de causa que Hertzlein en realidad no era la potencia suprema de los Imperios de Europa central. Citaban otros nombres: Golstamm, Von Emmen. Ésos, según se afirmaba, eran los cerebros que tenían poder ejecutivo. Hertzlein no era más que un mascarón de proa. No obstante, seguía siendo Hertzlein quien concentraba la atención del público.

Corrían algunos rumores cargados de esperanza. Hertzlein padecía un cáncer incurable. No le quedaban más de seis meses de vida. Hertzlein padecía una disfunción en una de las válvulas del corazón. Podía caerse muerto cualquier día. Hertzlein ya había sufrido un ataque y podía sufrir otro en el momento menos pensado. Hertzlein, tras perseguir con violencia a la Iglesia católica, se había convertido por obra de un famoso monje de Baviera, el padre Ludwig. No tardaría en tomar los hábitos e ingresar en un monasterio. Hertzlein se había enamorado de una judía rusa, la mujer de un médico. Iba a marcharse de los Imperios de Europa central para irse a vivir con ella a Suecia.

Y a pesar de todos los rumores Hertzlein no había tenido un ataque, no había muerto de cáncer, no había ingresado en un monasterio y no se había fugado con una judía rusa. Seguía lanzando sus enardecidas arengas en escenas de enorme entusiasmo popular, y en intervalos bien calculados había adherido diversos territorios a los Imperios de Europa central. A diario se entenebrecía la sombra de la guerra sobre Europa.

Desesperados, unos y otros reiteraban los esperanzados rumores con mayores esperanzas que nunca. O bien se preguntaban con rabia:

¿Por qué no lo asesina alguien? Si al menos nos lo quitásemos de en medio...

Llegó una semana de relativa paz en la que Hertzlein no hizo ninguna aparición en público, en la que las esperanzas que albergaba cada uno de los rumores se multiplicaron por diez.

Y entonces, un aciago jueves, Herr Hertzlein tomó la palabra en un mitin de proporciones gigantescas, convocado por los Hermanos de la Juventud.

Con posterioridad se dijo que apareció con el semblante en tensión, algo abatido, y que incluso habló con un tono de voz distinto, como si presagiara lo que iba a suceder, aunque lo cierto es que con posterioridad siempre hay gente que suele decir esa clase de cosas.

Su discurso comenzó a grandes rasgos como era su costumbre. La salvación llegaría por medio del sacrificio y gracias a la fuerza de las armas. Los hombres debían morir por la patria, pues de lo contrario serían indignos de vivir en ella. Las naciones democráticas estaban temerosas de que se declarara la guerra, pura cobardía, propia de quien no es digno de sobrevivir. Allá ellas: así terminarían por ser borradas del mapa por la gloriosa fuerza de la Juventud. Había que luchar, luchar sin descanso por la victoria, y para heredar la tierra.

Hertzlein, presa de su entusiasmo, dio unos pasos y salió de la protección antibalas tras la cual se resguardaba. Sonó en el acto un disparo... y el gran dictador se desplomó, con una bala atravesándole la cabeza.

En la tercera fila de los oyentes, el gentío hizo literalmente pedazos a un joven en cuya mano aún se hallaba la pistola humeante. Ese joven era un estudiante llamado Hans Lutzmann.

Durante unos cuantos días aumentaron las esperanzas que se albergaban en todo el mundo democrático. El Dictador había muerto. Tal vez entonces se hiciera real el reino de la paz. Esa esperanza se disipó casi en el acto. Y es que el difunto se había convertido en símbolo, en mártir, en santo. A los moderados a los que no logró convencer en vida los convenció después de muerto. Una ponderosa oleada de entusiasmo bélico barrió la totalidad de los Imperios de Europa central. Su jefe visible había sido asesinado, pero su espíritu seguiría guiándoles. Los Imperios de Centroeuropa estaban llamados a dominar el mundo y a borrar todo rastro de la democracia.

Desalentados, los partidarios de la paz comprendieron que la muerte de Hertzlein no había servido de nada. Antes bien, apresuró la llegada del día maligno. La acción de Lutzmann había sido completamente fútil.

iv

—*Hans Lutzmann era mi hijo...* —dijo con voz seca, carraspeando antes, el hombre de mediana edad.

—No le entiendo —replicó Poirot—. Su hijo mató a Hertzlein... —Y calló. El otro movía la cabeza con lentitud.

—Mi hijo no mató a Hertzlein —respondió el otro—. Él y yo no pensábamos de la misma forma. Le aseguro que él amaba a ese hombre. Le profesaba adoración. Creía firmemente en él. Jamás hubiera esgrimido una pistola contra él. Era un nazi[8] de los pies a la cabeza, infectado además por su entusiasmo juvenil.

—En tal caso, si no fue él..., ¿quién fue el que lo hizo?

—Eso es lo que yo deseo que usted averigüe —dijo el mayor de los Lutzmann.

—¿Tiene usted alguna idea...? —preguntó Hércules Poirot.

Lutzmann respondió con voz ronca.

—Es posible que me equivoque, desde luego.

—Dígame qué es lo que piensa —le instó Hércules Poirot con firmeza.

Keiserbach se inclinó hacia él.

v

El doctor Otto Schultz se ajustó mejor las gafas de armazón de carey. En su rostro delgado resplandecía el entusiasmo científico. Habló en un tono agradable, un tanto nasal.

—Supongo, señor Poirot, que con lo que me ha dicho usted, seré capaz de seguir adelante.

—¿Dispone usted del horario?

—Pues claro, desde luego. Tendré que trabajar con un gran esmero. Según veo yo las cosas, la perfección en el cronometraje es esencial para que nuestro plan triunfe.

Hércules Poirot le dedicó una mirada con la que manifestó su aprobación.

—Orden y método —dijo—. Ése es el placer que se obtiene al tratar con una mentalidad tan científica.

—Puede usted contar conmigo —replicó el doctor Schultz, y tras estrecharle la mano calurosamente se marchó.

vi

George, el valiosísimo criado de Poirot, entró sin hacer ruido en la sala.

—¿Espera recibir a otros caballeros, señor? —preguntó en voz baja, con deferencia.

—No, Georges, ése ha sido el último.

Hércules Poirot parecía fatigado. Había estado muy ocupado desde que regresó de Baviera la semana anterior. Se acomodó en el sillón y se cubrió los ojos con la mano.

—Cuando haya terminado todo esto —dijo—, me voy a tomar una larga temporada de descanso.

—Sí, señor. Creo que sería lo más aconsejable, señor.

—El último de los trabajos de Hércules —murmuró Poirot—. ¿Sabe usted, Georges, en qué consistió?

—Pues no sabría decírselo, señor, no lo creo. No soy de los que votan por el partido laborista, no es lo mío la defensa del trabajo.

—A los jóvenes que hoy ha visto por aquí —dijo Poirot— los he enviado en una misión especial... Han ido al lugar de los espíritus que ya no están. Y en ese trabajo no hay mano de obra que se pueda emplear. Hay que hacerlo todo con astucia.

—Parecían caballeros serios y competentes, señor, si me permite que lo diga.

—Los he escogido con gran cuidado —dijo Hércules Poirot. Suspiró y meneó la cabeza—. El mundo está enfermo, muy enfermo.

—Parece que se va a desencadenar la guerra por donde quiera que se mire —replicó George—. Todo el mundo está muy deprimido, señor. En cuanto al comercio, esto es lo peor que puede suceder. No podemos seguir así.

—Asistimos al Crepúsculo de los Dioses —murmuró Hércules Poirot.

vii

El doctor Schultz hizo una pausa y se detuvo ante una finca rodeada por una tapia alta. Se encontraba a unos quince kilómetros de Estrasburgo. Llamó al timbre de la reja. A lo lejos oyó aullar a un perro y le llegó el repiqueteo de una cadena. Apareció el portero y el doctor Otto Schultz le tendió su tarjeta de visita.

—Quisiera ver a Herr Doktor Weingartner.

—Por desgracia, monsieur, el doctor ha tenido que marcharse hace tan sólo una hora, cuando recibió un telegrama.

Schultz frunció el ceño.

—¿Puedo ver a su segundo al mando, a su hombre de confianza?

—¿Al doctor Neumann? Por supuesto.

El doctor Neumann era un joven de rostro plácido, con un semblante franco y señas de ingenio.

El doctor Schultz le mostró sus credenciales, una carta de presentación de uno de los alienistas más destacados de Berlín. Él mismo, le explicó, era el autor de una publicación en la que se ocupaba de ciertos aspectos de la demencia y de la degeneración mental.

Al otro se le iluminó la cara y repuso que conocía bien las publicaciones del doctor Schultz y que estaba sumamente interesado en sus teorías. Era una verdadera lástima, dijo, que el doctor Weingartner estuviera ausente.

Los dos comenzaron a hablar de asuntos profesionales, comparando la situación de Estados Unidos con la de Europa antes de entrar en los detalles técnicos. Hablaron de algunos pacientes concretos. Schultz relató algunos de sus recientes resultados en un nuevo tratamiento para sanar los casos de paranoia.

—De esa manera hemos curado a tres Hertzlein, a cuatro Bondolini, a cinco presidentes Roosevelt y a siete Supremas Deidades —dijo con una carcajada.

Neumann también rió.

Al cabo, los dos subieron las escaleras y visitaron las salas en las que se encontraban los pacientes del pequeño sanatorio para enfermos mentales. Tan sólo había doce internos.

—Comprenderá usted —dijo Schultz— que ante todo me interesan sus casos de paranoicos. Tengo entendido que recientemente han admitido ustedes el ingreso de un paciente que presenta algunos rasgos sumamente peculiares e interesantes.

viii

Poirot levantó los ojos del telegrama que tenía sobre la mesa para mirar a su visitante.

En el telegrama tan sólo constaba una dirección. Villa Eugenie, Estrasburgo. Y una nota adicional: «Cuidado con el perro». El visitante era un maloliente caballero de mediana edad, con la nariz enrojecida e hinchada, y sin afeitar, que hablaba con una voz grave, ronca, que parecía surgir de sus botas de aspecto nada agradable.[9]

—Fíese de mí, señor mío —dijo con aspereza—. Cualquier cosa que quiera hacer con un perro la puedo hacer yo.

—Eso es lo que tengo entendido. Pero sería necesario que viaje a Francia, a Alsacia en concreto.

El señor Higgs pareció interesado.

—¿De ahí vienen los pastores alsacianos? Es que yo nunca he salido de Inglaterra, no. A mí Inglaterra me basta y me sobra. Es lo que suelo decir.

—Le hará falta un pasaporte —dijo Hércules Poirot. Sacó un papel impreso—. Llene estos datos. Yo le ayudo.

Laboriosamente cumplieron con el impreso.

—Me tomé una foto, como usted me dijo —informó el señor Higgs—. No es que me agradara mucho la idea, todo hay que decirlo. Puede ser un peligro en mi oficio.

El oficio del señor Higgs no era otro que el de un ladrón de perros, aunque ese detalle se pasó por alto en la conversación.

—Su fotografía —dijo Poirot— debe ir firmada al dorso por un magistrado, un sacerdote o un funcionario público que certifique que usted es una persona apta para disponer de un pasaporte.

Una sonrisa asomó a los labios del señor Higgs.

—Eso sí que es raro, ya lo creo —replicó—. Muy raro. Que un señor juez tenga que decir que soy una persona apta para tener un pasaporte... No sé.

—En los momentos de desesperación —señaló Hércules Poirot— uno ha de servirse de medios desesperados.

—¿Se refiere a mí? —dijo el señor Higgs.

—A usted y a su colega.

Dos días después emprendieron el viaje a Francia. Poirot, el señor Higgs y un hombre joven y delgado, con un traje de cuadros y una camisa rosa intenso, que era un reconocido ladrón capaz de trepar por las paredes.

ix

No tenía Hércules Poirot por costumbre implicarse en persona en esta clase de actividades, pero esta vez decidió saltarse sus propias normas. Pasaba la una de la madrugada cuando, con un ligero temblor a pesar de llevar un buen abrigo, se encaramó a la tapia trabajosamente, con ayuda de sus dos adláteres.

El señor Higgs se dispuso a saltar desde la tapia al interior de la finca. Se oía el virulento ladrido de un perro, y de pronto apareció un animal enorme debajo de los árboles.[10]

—*Mon Dieu,* ¡pero si es un monstruo! —exclamó Hércules Poirot—. ¿Está usted seguro de...?

El señor Higgs dio unas palmadas en el bolsillo con un gesto de absoluta confianza.

—Usted no se apure, señor mío. Aquí llevo justo lo que hay que llevar. Cualquier perro, grande o pequeño, me seguiría hasta el infierno con tal de apropiárselo.

—En este caso —murmuró Hércules Poirot— tendrá que seguirlo a usted a la salida del infierno.

—Que viene a ser lo mismo —dijo el señor Higgs, y se dejó caer de lo alto de la tapia al interior del jardín. Lo oyeron hablar—. Toma, chucho. Toma, toma. Anda, mira a qué huele esto... Eso es... Ahora te vienes conmigo...

Se perdió su voz en la noche. En el jardín reinaba la paz y la oscuridad. El joven delgado ayudó a Poirot a saltar de la tapia.[11] Llegaron a la casa.

—Ésa es la ventana —señaló Poirot—, la segunda por la izquierda.

El joven asintió. Primero examinó la pared, sonrió satisfecho al ver una oportuna cañería de desagüe y con toda facilidad, sin esfuerzo aparente, desapareció trepando la pared.

En ese momento, y con gran suavidad, Poirot oyó el ruido tenue de una lima que rozaba los barrotes de la ventana.

Pasó el tiempo. Cayó algo a los pies de Poirot. Era el extremo de una escalerilla de cuerda. Alguien bajaba por la escalerilla. Un hombre de corta estatura, con la cabeza alargada como un pepino y un bigotillo negro.

Bajó despacio, con torpeza. Por fin llegó a tierra. Hércules Poirot se adelantó a recibirlo en un claro de luna.

—Herr Hertzlein, supongo —dijo con toda cortesía.

x

—¿Y cómo me encontró? —dijo Hertzlein.

Se hallaban en el compartimento de un tren nocturno, en segunda clase, rumbo a París.

Poirot, tal como tenía por costumbre, respondió meticulosamente.

—En Ginebra —dijo—, tuve conocimiento de un caballero que se apellida Lutzmann. Era su hijo el que presuntamente había disparado el arma con la que a usted lo mataron, debido a lo cual el joven Lutzmann fue despedazado por la muchedumbre. Su padre, sin embargo, siempre tuvo la total convicción de que su hijo no había disparado esa arma. Por lo tanto, da más bien la impresión de que disparó contra Herr Hertzlein uno de los dos hombres que se encontraban a uno y otro lado de Lutzmann, y que esa pistola se la pusieron a la fuerza en la mano, y que esos dos hombres se abalanzaron sobre él en el acto, gritando que era el asesino. Pero aún quedaba otro detalle. Lutzmann me aseguró que en esas reuniones en masa las primeras filas siempre las ocupan los más fervorosos partidarios del orador, es decir, personas de absoluta confianza.

»Se da el caso de que la administración del Imperio de Centroeuropa es sumamente buena. Cuenta con una organización tan perfecta que parecía increíble que se llegara a producir un desastre de semejante magnitud. Por si fuera poco, aún quedaban en el aire dos detalles significativos. Hertzlein, en el momento crítico, salió de la protección antibalas que lo resguardaba y su voz sonó aquella noche de manera diferente. Las apariencias no valen nada. Habría sido fácil que cualquiera lo suplantase en un estrado frente al público, pero la sutil entonación de una voz es algo mucho más difícil de imitar. Esa noche, la voz de Herr Hertzlein carecía de la potencia embriagadora que siempre había tenido. Fue algo en lo que apenas reparó alguien, ya que recibió el disparo a los pocos minutos de iniciar su discurso.

»Supongamos, así pues, que no era Herr Hertzlein quien tomó la palabra en aquel mitin, y que no fue por consiguiente Herr Hertzlein quien recibió el disparo. ¿Puede haber una teoría que explique plenamente esos dos sucesos tan extraordinarios?

»Me pareció que era posible. Entre todos los variados rumores que circulan en un momento de gran tensión, suele haber por lo común una base de verdad al menos en uno de ellos. Suponiendo que fuera cierto el rumor según el cual se había declarado que Hertzlein había caído últimamente bajo el influjo de ese ferviente predicador, el padre Ludwig...

»Me pareció posible, Excelencia —siguió diciendo Poirot, espaciando las palabras—, que siendo usted un hombre de grandes ideales, un visionario, pudiera haber comprendido de pronto que se abría a la humanidad entera un panorama completamente nuevo, un panorama de paz y de hermandad, y que hubiese comprendido de pronto que era usted el hombre destinado a guiar por esa senda los pasos de la humanidad.

Hertzlein asintió con violencia. Habló con su voz suave, algo ronca, apasionada.

—Está usted en lo cierto. Se me cayó la venda de los ojos. El padre Ludwig ha sido el medio por el cual he tenido la oportunidad de conocer mi verdadero destino. ¡La paz! La paz, eso es lo que necesita el mundo. Hemos de conducir a la juventud por el camino que lleva a una vida en hermandad. Los jóvenes del mundo han de unirse, han de planear una gran campaña por la paz. ¡Y yo seré quien los guíe! ¡Yo soy el medio designado por Dios para traer la paz al mundo!

Calló de pronto aquella voz entusiasmada. Hércules Poirot asintió para sus adentros, registrando con interés la emoción que en él se había despertado.

—Por desgracia, Excelencia —siguió diciendo con sequedad—, la enormidad del proyecto que se ha propuesto llevar a cabo no es del gusto de las autoridades ejecutivas de los Imperios de Europa central. Muy al contrario, les ha parecido un espanto.

—Porque saben que si yo me pongo al frente de algo, la gente me sigue sin dudarlo.

Exacto. Por eso lo secuestraron sin pensarlo dos veces. Pero entonces se encontraron ante un dilema. Si comunicaran que usted había muerto, se encontrarían en una difícil situación. Era demasiada la gente que estaba al tanto del secreto. Asimismo, estando usted muerto, las emociones belicosas que había despertado usted entre las muchedumbres podrían morir con usted. Dieron en cambio con un final espectacular a la situación. Se convenció a un individuo para que lo representase a usted en ese mitin gigantesco.

—Tal vez haya sido Schwartz. Algunas veces ocupaba mi sitio en las intervenciones públicas.

—Es posible, sí. Él mismo no tenía ni idea de la finalidad que habían planeado que cumpliera. Tan sólo creyó que debía leer un discurso porque se encontraba usted indispuesto. Se le dio la instrucción de salir en un momento determinado de la protección antibalas, para demostrar así que tenía plena confianza en los suyos. Nunca llegó a sospechar que corriese el menor peligro. Pero los dos miembros de las tropas de asalto que estaban en las primeras filas habían recibido órdenes bien claras. Uno disparó contra él y los dos se abalanzaron contra el joven que estaba entre ambos, exclamando a la vez que de su mano había salido el disparo asesino. Conocen bien cómo funciona la psicología de las masas.

»El resultado fue justo el que esperaban ellos. Un frenesí de patriotismo nacionalista y una total adhesión al programa de la fuerza por las armas.

—Pero sigue usted sin decirme cómo me ha encontrado —dijo Hertzlein.

Hércules Poirot sonrió.

—Eso ha sido fácil..., fácil al menos para una persona que posea mi capacidad mental, claro está. Partiendo del supuesto de que a usted no lo habían matado, y yo no pensé que pudieran matarlo, ya que algún día podría serles de utilidad estando con vida, en especial si lograran convencerlo a usted de que adoptase las posturas que había defendido antes, ¿adónde lo podían llevar? Lógicamente, fuera de los

Imperios de Europa central, pero no demasiado lejos, y sólo había un lugar en el que se le podía ocultar con la debida seguridad, en un manicomio, en un sanatorio para enfermos mentales, en el lugar en el que un hombre podría afirmar sin descanso, día y noche, que era Herr Hertzlein, pero de modo que esa afirmación resultase completamente natural. Los paranoicos siempre están convencidos de ser hombres de tremenda importancia. En todos los sanatorios psiquiátricos hay un Napoleón, un Hertzlein, un Julio César, y abundan los individuos que se creen el Buen Dios en persona.

»Llegué a la conclusión de que era probable que estuviera usted ingresado en una pequeña institución de Alsacia o de Lorena, en la que un paciente que hablase alemán sería perfectamente natural; pensé que lo más probable era que sólo una persona conociera el secreto, precisamente el director del sanatorio.

»Para descubrir su paradero contraté los servicios de cinco o seis médicos de probada buena fe. Éstos a su vez consiguieron cartas de presentación de un eminente siquiatra de Berlín. En cada una de las instituciones que visitaron se dio el caso de que el director, debido a una curiosa coincidencia, fue convocado por telegrama a una reunión una hora antes de que llegase el visitante. Uno de mis agentes, un médico joven, inteligente, norteamericano, recibió la orden de visitar Villa Eugenie, y cuando visitó a los pacientes paranoicos no tuvo mayor dificultad en reconocer nada más verlo que era usted a quien estábamos buscando. En cuanto a lo demás, ya lo conoce.

Hertzlein calló unos momentos. Luego tomó la palabra de nuevo con voz conmovedora, apasionada.

—Ha hecho usted algo de veras grandioso, no sé si lo sabe. Esto significa el comienzo de la paz, de la paz en Europa, de la paz en el mundo. Es mi destino conducir a la humanidad por la senda de la hermandad y de la paz.

—Así sea... —dijo Hércules Poirot en voz baja.

xi

Hércules Poirot estaba sentado en la terraza de un hotel de Ginebra. A su lado había un montón de periódicos. Los titulares eran de gran tamaño, negros, vistosos. La asombrosa noticia había corrido como un reguero de pólvora por el mundo entero.

HERTZLEIN NO HA MUERTO.

Los gobiernos de los Imperios Centrales fomentaron los rumores, emitieron anuncios, desmintieron los anuncios, negaron con violencia lo afirmado.

Y entonces, en la gran plaza pública de la capital, Hertzlein tomó la palabra ante una concurrida multitud, y en esa ocasión no cupo ninguna duda. La voz, el magnetismo, el poderío... Hizo lo que quiso con el público hasta el momento en que puso a todos los presentes a gritar con frenesí.

Se marcharon a sus casas gritando con voces estruendosas las nuevas consignas.

Paz... Amor... Hermandad... La Juventud ha de salvar al Mundo.

Poirot oyó a su lado un susurro de ropa cara y percibió el olor de un perfume exótico.

La condesa Vera Rossakoff se acomodó a su lado.

—¿Es verdad todo lo que se cuenta? —preguntó—. ¿Es posible que salga bien?

—¿Por qué no?

—¿Es posible que exista ese espíritu de hermandad en los corazones de los hombres?

—La fe puede mover montañas.

La condesa asintió con ademán pensativo.

—Sí, desde luego —dijo—. Pero es seguro —añadió con un gesto veloz— que no lo dejarán salirse con la suya. Seguro que lo matan. Esta vez lo matarán de verdad.

—Pero su leyenda —replicó Poirot—, esa nueva leyenda, seguirá viva mucho tiempo. La muerte nunca supone el fin.

—Pobre Hans Lutzmann —dijo Vera Rossakoff.

—Su muerte tampoco ha sido fútil.

—Ya veo que no teme a la muerte —dijo Vera Rossakoff—. ¡Pues yo sí la temo! Y no tengo ningunas ganas de hablar de la muerte. Alegrémonos, sentémonos al sol, tomemos un vodka.

—Con muchísimo gusto, madame. Tanto más ahora que tenemos esperanza en el corazón. Tengo también un regalo para usted —añadió— si se digna aceptarlo.

—¿Un regalo para mí? Qué encanto.

—Excúseme un momento.

Hércules Poirot se dirigió al hotel. Volvió a los pocos segundos. Trajo consigo un perro enorme, de una fealdad singular.

La condesa aplaudió.

—¡Qué monstruo! ¡Es adorable! A mí me gusta todo lo que sea grande, ¡y nunca había visto un perrazo como ése! ¿Es para mí?

—Si le complace y lo quiere aceptar...

—Me encantaría. —E hizo un chasquido con los dedos. El perro apoyó el hocico con toda confianza sobre su mano—. ¡Ya lo ve! ¡Conmigo es manso como un cordero! Es como aquellos perros tan grandes y tan fieros que teníamos en Rusia, en la casa de mi padre.

Poirot dio un paso atrás y ladeó la cabeza. En lo artístico estaba satisfecho. El perro fiero, la mujer exuberante... Sí, era una estampa perfecta.

—¿Cómo se llama? —preguntó la condesa.

Hércules Poirot respondió con un suspiro, aliviado como quien ve que ha concluido uno de sus trabajos.

—Llámele Cerbero.

Notas

1. Al contrario que en la versión recogida en el volumen, que se ambienta de manera inequívoca en Londres, la versión hasta ahora inédita, como tantos otros «Trabajos», tiene un claro sabor internacional. Desde la primera frase sabemos que nos hallamos en «el extranjero»; por tercera vez en los «Trabajos» estamos en Suiza (tal vez sea significativa su condición de país neutral). Poirot ya ha visitado el país en «La cierva de Cerinia» y «El jabalí de Erimanto».
2. Es un pensamiento improbable, casi único en Poirot.
3. Se trata de una referencia al primer encuentro de Poirot con Vera Rossakoff, que tiene lugar en «Doble pista», publicado en diciembre de 1923, cuando la desenmascaró y denunció que había robado ella las joyas. Con posterioridad se encuentran aún cuatro años después en *Los cuatro grandes.*
4. Ésta es una referencia a *Los cuatro grandes,* cuando Poirot arregla lo necesario para que regrese junto a la condesa el hijo pequeño que ella creía muerto desde tiempo atrás.
5. El pasaje sobre el hijo de la condesa es prácticamente idéntico, palabra por palabra, a la versión del relato que figura en el libro.
6. Parece cuando menos curioso que Poirot se muestre deseoso de tomar un vodka.
7. Aunque da la impresión de ser un personaje de opereta, es difícil no pensar de inmediato en Mussolini.
8. A pesar de la inevitable alegoría que traspasa todo el relato, ésta es la única referencia inequívoca a los nazis.
9. Al cuidador del perro se le llama «señor Higgs», y se le describe tachándolo de «maloliente» en las dos versiones del relato.
10. Es tal el sabor político del relato que el can que le da título prácticamente se olvida, y desempeña un papel mucho más reducido que el otro perro que aparece en el relato recogido en el volumen de los «Trabajos».
11. En el transcurso de este relato nos encontramos con un Poirot distinto del que tenemos por costumbre, un Poirot deseoso de gozar de la compañía de una mujer, que bebe vodka y ahora salta una tapia, aunque ésta sea una hazaña que ya había llevado a cabo en el undécimo «Trabajo», «Las manzanas de las

Hespérides». En efecto, el rastreo y la eventual detección de August Hertzlein recuerdan a un procedimiento similar, que en ese relato se centra en el cáliz de Cellini.

EL INCIDENTE DE LA PELOTA DEL PERRO

En este relato encontramos una ambientación reconocible y en múltiples sentidos característica de Christie: un pequeño pueblo, una dama ya entrada en años, adinerada, y sus parientes avariciosos. Resulta evidente de inmediato, ya desde el título, que tiene vínculos estrechos con una novela de 1937, *El testigo mudo.* Christie conserva la situación elemental, y es posible descubrir el germen de algunas ideas —la breve mención a las espiritistas apellidadas Pym, el crucial accidente en las escaleras— que amplió en segmentos más largos de la novela. A diferencia de otras ocasiones en las que reutilizaba una idea anterior o un relato breve («El misterio del cofre de Bagdad», por ejemplo), aquí nos presenta un asesino y una explicación diferentes.

El mecanismo de la trama por el cual Poirot recibe una petición de ayuda por parte de alguien que muere antes de que el detective pueda hablar con dicha persona ya se había utilizado en ocasiones anteriores. Ya en un texto tan temprano como es *Asesinato en el campo de golf* (1923) su corresponsal ha muerto cuando Poirot llega a Francia. Posteriormente se emplea en «¿Cómo crece tu jardín?» y en «El misterio de Cornualles».

¿Cuándo se escribió?

Todos los relatos en los que aparecen Poirot y Hastings, con la excepción de «Doble culpabilidad» (septiembre de

1928) y «El misterio del cofre de Bagdad» (enero de 1932), se publicaron entre 1923 y 1924. En la totalidad de relatos sobre Poirot que son posteriores a 1932 aparece Poirot solo. No se han conservado notas correspondientes a ninguno de esos relatos tempranos, y cuando Christie se refiere a ellos en los cuadernos es tan sólo con la intención de no olvidarse de la posibilidad de expandirlos o reutilizarlos. En múltiples aspectos, «El incidente de la pelota del perro» es muy similar en estilo, ambientación y tono a muchos otros relatos de comienzos de los años veinte y a los publicados en *Poirot investiga* y *Primeros casos de Poirot.* Sin embargo, si Christie lo escribió al comienzo de su trayectoria, habría que plantearse la pregunta de por qué lo dejó en reserva durante casi veinte años sin darlo a publicar. No figura en el registro de obras recibidas por su agente y puestas a la venta. Tengo la esperanza de demostrar que en realidad data de una fecha más avanzada.

En el Cuaderno 30 se incluye en una lista (la que sirve de fondo a la cubierta de este libro) que acaso nos ayude a establecer con mayor precisión la fecha de composición. La lista dice así:

<u>Ideas</u>

A. La pelota del perro
B. Muerte en el Nilo
C. ¿La estricnina se absorbe a través de la piel?
D. Doble coartada; por ejemplo, A y B asesinan a C, sólo que A es acusado del intento de asesinato de B al mismo tiempo.
E. Mujer decorativa. Hombre que regresa de África.
F. Elaborar El segundo gong
G. Mescalina
H. Hija ilegítima... ¿idea de la apomorfina?

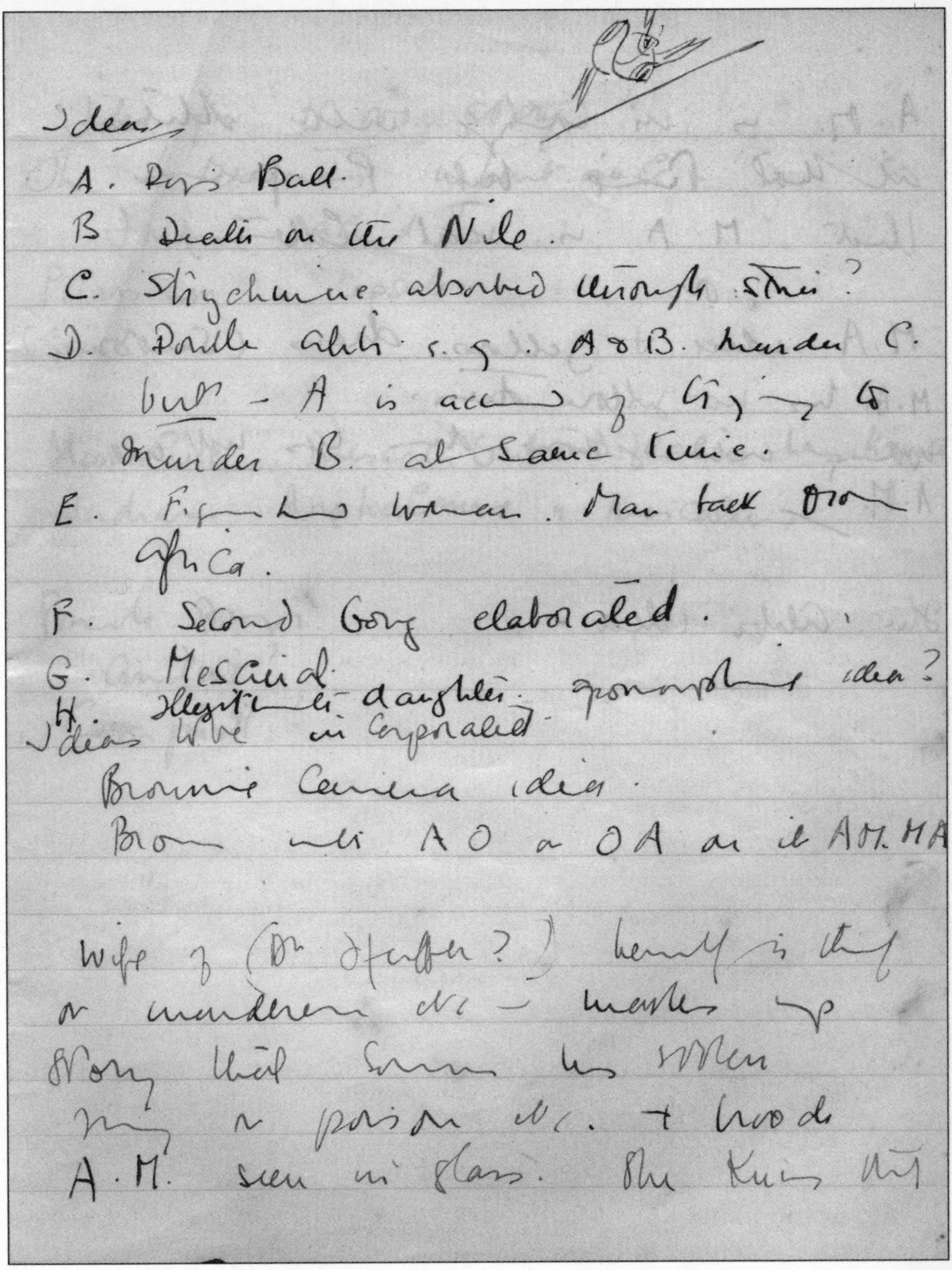

Ideas
A. Rose Ball.
B Death on the Nile.
C. Strychnine absorbed through skin?
D. Double alibi e.g. A & B. murder C.
but – A is accused of trying to
murder B. at same time.
E. Frightened woman. Man back from
Africa.
F. Second Gong elaborated.
G. Mescaline
H. Illegitimate daughter. gramophone idea?
Ideas Wife in Corporated.
Brownie Camera idea.
Brown with A O or O A or AM. MA
Wife of (Dr Steffer?) herself is thief
or murderer etc – makes up
story that someone has stolen
drug or poison etc. + hoods
A. M. seen in glass. She knows that

Esta página tomada del Cuaderno 30 se transcribe en parte en las páginas anterior y posterior. Nótese el logotipo de los tres peces entrelazados en la esquina superior derecha.

Ideas para incorporar
Brownie, idea de la cámara
Broche con las iniciales AO, u OA AM. MA

Si aplicamos algunos de los métodos del propio Poirot tal vez podamos precisar mejor la cronología.

Pista nº 1

Existen unos cuantos relatos que son reconocibles aquí de inmediato: *El testigo mudo* o «El incidente de la pelota del perro» (A), *Muerte en el Nilo* (B), *El truco de los espejos* (D) y *Un triste ciprés* (H). «El segundo gong» (F) se publicó por vez primera en junio de 1932, y tanto *El testigo mudo* como *Muerte en el Nilo* son de 1937, la primera de julio y la segunda de noviembre. Por eso es razonable suponer que la lista fue compuesta entre esas dos fechas, es decir, después de «El segundo gong», en junio de 1932, y antes de *El testigo mudo,* en julio de 1937.

Pista nº 2

Al contrario que el elemento F de la lista, «elaborar "El segundo gong"», no existe mención de la elaboración pendiente en relación con «La pelota del perro», lo cual refuerza la teoría de que no existía como relato breve.

Pista nº 3

En el Archivo Christie se conservan dos cartas de su agente, Edmund Cork. Una, fechada el 26 de junio de 1936, hace acuse de recibo de una versión revisada de *El testigo mudo;* otra, con fecha del 29 de abril de 1936, expresa su entusiasmo ante la noticia de que *Muerte en el Nilo* ya está terminada. Así nos encontramos con otros dos límites: posterior a junio de 1932 y anterior a abril de 1936. ¿Podemos afinar aún más? Me parece que sí.

Pista nº 4

No es irracional suponer que la redacción de *Muerte en el Nilo* y *El testigo mudo,* que se cuentan entre sus libros más largos, pudo llevarle más de un año, lo cual situaría nuestra fecha tope en abril de 1935. Así pues, las fechas con que contamos son ahora junio de 1932 y abril de 1935. Y si añadimos otros dos elementos conjeturales a la ecuación...

Pista nº 5

En la transformación de «El incidente de la pelota del perro» a *El testigo mudo,* la ambientación pasa de ser Little Hemel, en el condado de Kent, a Market Basing, en Berkshire:

> Plan General P. recibe una carta... él y H... escribe la respuesta... la rompe en pedazos... No, tenemos que ir... Market Basing... The Lamb

Market Basing es una localidad de la que se suele dar por supuesto que tiene parecidos muy marcados con Wallingford, en donde vivió Agatha Christie. Compró la casa en 1934, lo cual tal vez explique el cambio que dio al escenario de la novela. De esto tenemos pruebas en la referencia a The Lamb, uno de los pubs de Wallingford, en el Cuaderno 63. Se trata, justo es reconocerlo, de una conjetura, aunque, como seguramente diría Poirot: «A uno le da qué pensar, le da qué pensar con furia, ¿no es cierto?».

Pista nº 6

La señorita Matilda Wheeler escribe a Poirot el 12 de abril, miércoles, según la exposición de los hechos que hace Poirot: «Considere las fechas, Hastings» (sección v). El 12 de abril de 1933 fue miércoles.

¿Conclusión?
Podemos concluir que «El incidente de la pelota del perro» se escribió con toda probabilidad en 1933.

¿Por qué no se publicó nunca?

Agatha Christie ya era un nombre de marca. A mediados de los años treinta, con *Tragedia en tres actos* llegó a vender diez mil ejemplares de la edición en tapa dura sólo en el primer año, récord que ya era habitual con cada uno de sus nuevos títulos; era una de las primeras firmas cuyos libros se publicaban en ediciones de bolsillo; sus libros habían tenido adaptaciones al teatro y al cine. ¿Por qué no iba a aprovechar cualquier revista la posibilidad de publicar una pequeña joya como era un nuevo relato de Poirot, con la consabida garantía de que así incrementaría sus ventas? Pero esto sólo pudo suceder si se ofreció para su comercialización... Una vez más, volvemos a estar en el terreno de la especulación, aunque pienso que la razón por la que nunca se llegó a publicar es más elemental: no se publicó porque nunca se la ofreció a su agente. Y porque, a su vez, decidió convertir el relato en una novela. Consideremos las pruebas disponibles:

Pista nº 1
Su producción de relatos había disminuido, pasando de la multiplicidad de años anteriores —27 en 1923 y 34 en 1924— a tan sólo media docena en 1933 y siete al año siguiente. Tal como dijo cuando se negó a hacer alguna aportación a las novelas escritas en colaboración por los miembros del Detection Club, «la energía que se precisa para idear una serie se emplea con más provecho en escribir un par de libros». Es posible que tuviera ese mismo pensamiento acerca de este relato breve cuando decidió convertirlo en una nueva novela de Poirot.

Pista nº 2

La carta de Edmund Cork a la que se ha hecho antes referencia, que data del 26 de junio de 1936, es acuse de recibo de una versión revisada de *El testigo mudo.* Así, parece hacer referencia a los primeros cuatro capítulos, a un ambiente de pueblo inglés, que se sumaron para garantizar su comercialización por entregas en Estados Unidos (se publicó por entregas en el *Saturday Evening Post* entre noviembre y diciembre de 1936) y que respaldarían la idea de que era una ampliación de «El incidente de la pelota del perro». En la novela, Hastings comienza la narración en primera persona sólo al llegar al capítulo 5; hasta entonces, el relato se narra en tercera persona, desde un punto de vista omnisciente, y con la afirmación por parte de Hastings, cuando comienza su relato, de que no había sido testigo presencial de los acontecimientos, si bien los ha «consignado en el papel con toda exactitud». Las escenas con que se abren el relato breve y el capítulo 5 son idénticas, al margen del mes en que transcurren.

Pista nº 3

La teoría de que el relato no se llegó a proponer para que se comercializara podría explicar asimismo el error de bulto que hay en lo tocante a las fechas dentro del relato. En la sección I Poirot dice así: «No, la fecha tiene que ser el 12 de abril, sin lugar a dudas» [refiriéndose a la fecha en que la carta fue escrita], pero en la sección IV indica que es agosto el mes en que la señorita Wheeler escribió la carta. Un agente, o un editor, o ambos, sin duda habrían reparado en un error de esta magnitud, siendo además tan crucial en la trama.

Conclusión

En conclusión, es del todo posible que «El incidente de la pelota del perro» se escribiera en 1933 y que nunca se ofreciera para su publicación, si bien fue en cambio reelaborado y transformado en 1935-1936 hasta ser la novela *El testigo mudo.*

«El incidente de la pelota del perro» en los cuadernos

Al relato se hace referencia en dos de los cuadernos, aunque en el Cuaderno 30 se menciona sólo de pasada, como mera «idea A» de la lista antes reproducida. En el Cuaderno 66 hallamos más detalles que recuerdan más el relato que la novela:

La pelota del perro personajes

La señora Grant, típica señora de edad avanzada
La señorita Lawson, su dama de compañía, un loro
Mollie Davidson, la sobrina; se gana la vida en un salón de belleza
Su joven amigo, un bravucón
El periodista, Ted Weedon, que ha estado en la cárcel por un delito de falsificación... Ha falseado el nombre de su tío en su despacho de la City...
porque la chica le presionaba para que consiguiera dinero... una actriz
James Grant, mogijato, caballero respetable...
Con compromiso matrimonial con una enfermera, la señorita O'Gorman
Ellen
La cocinera

El nombre de la sobrina, Mollie Davidson, sigue siendo el mismo, así como su empleo, y ese nombre no aparece por ninguna parte en las notas tomadas para preparar *El tes-*

tigo mudo. El nombre del sobrino cambia ligeramente y es Graham, aunque el nombre de la víctima sí se altera de manera sustancial y pasa de ser la señora Grant a la señorita Wheeler. Ni el joven amigo de Mollie ni la novia de James Grant, la enfermera, aparecen en el relato, aunque la tendencia a la falsificación que es propia de Ted Weedon se transfiere a Charles Arundell, el sobrino rebautizado en la novela.

El incidente de la pelota del perro[1]

(Según las notas del capitán Arthur Hastings, Caballero de la Orden del Imperio Británico)

i

Siempre me acuerdo del caso de la señorita Matilda Wheeler con especial interés, lisa y llanamente por la forma tan curiosa que tuvo de resolverse, por sí solo como quien dice y a partir de la pura nada.

Recuerdo que era un día particularmente caluroso, un día de agosto en el que no corría ni una brizna de aire. Estaba sentado en los aposentos de mi amigo Poirot, deseoso por enésima vez de estar con él en el campo, y no en Londres. Acababa de llegar el correo. Recuerdo el sonido que hizo cada uno de los sobres cuando los abrió con sumo escrúpulo, como siempre hacía Poirot, ayudándose de un pequeño abrecartas. Llegaba entonces su comentario en un murmullo y la carta en cuestión iba a parar a la bandeja correspondiente. Era una manera de proceder ordenada y monótona.

Y de pronto sucedió algo distinto. Una pausa más dilatada, una carta que leyó no una, sino dos veces. Una carta que no fue archivada a la manera usual, sino que permaneció en la mano del destinatario. Miré a mi amigo. La carta estaba en ese momento en su rodilla. Miraba con ademán pensativo al otro lado de la sala.

—¿Alguna cosa de interés, Poirot? —pregunté.

—*Cela dépend.* Posiblemente a usted no se lo parezca. Es una carta de una dama de avanzada edad, Hastings, y no dice nada. No dice nada en absoluto.

—Pues qué provecho —comenté con sarcasmo.

—*N'est ce pas?* Así suelen ser las damas de avanzada edad, ya lo ve. ¡No hacen más que dar vueltas y más vueltas a la noria y nunca van al grano! Pero… véala con sus propios ojos. Me agradaría saber qué saca usted en claro.

Me lanzó la carta. La desdoblé e hice una leve mueca. Constaba de cuatro páginas de letra apretada, picuda, temblorosa, con abundantes alteraciones, tachaduras y subrayados.

—¿De veras debo leerla? —pregunté con voz quejumbrosa—. ¿De qué se trata?

—Pues ya se lo dije, en realidad no trata de nada.

Más bien desanimado por este comentario me embarqué de mala gana en la tarea. Reconozco que no leí la carta con demasiada atención. La caligrafía era difícil de descifrar y me contenté con intuir o hacer conjeturas a partir del contexto.

La autora me pareció que era una tal señorita Matilda Wheeler, residente en The Laburnums, en el pueblo de Little Hemel. Tras muchas dudas y aún más indecisiones, escribió, se había armado al fin de valor para escribir a monsieur Poirot. Largo y tendido pasaba entonces a especificar con toda exactitud cuándo y cómo tuvo conocimiento del nombre de monsieur Poirot. La cuestión que se traía entre manos, decía, era de tal envergadura que le resultaba sumamente difícil consultarla con alguno de los vecinos de Little Hemel, y por supuesto existía la posibilidad de que estuviera completamente en un error, de que estuviera atribuyendo una importancia ridícula y exagerada a una serie de incidentes que acaso fueran de lo más natural. De hecho, se había regañado ella misma sin compasión por haberse dejado envolver por meras imaginaciones suyas, pero desde que tuvo lugar el incidente de la pelota del perro se había sentido sumamente intranquila.

Albergaba en el fondo la esperanza de saber por el propio monsieur Poirot si no le parecía todo aquello una ilusión, un engaño en el que no sabía ni cómo había ido a dar. Asimismo, ¿tendría tal vez la amabilidad de hacerle saber a cuánto ascendería su cuenta? Era una cuestión, bien lo sabía ella, seguramente trivial y carente por completo de importancia, pero estaba delicada de salud y sus nervios ya no eran lo que habían sido, y una preocupación de esa índole le sentaba francamente mal, y cuanto más lo pensaba más se convencía de que estaba en lo cierto, aunque, como era natural, ni siquiera le pasaba por la cabeza decir algo.[2]

Más o menos en esa línea se expresaba la señora. Terminé por dejar la carta con un suspiro de exasperación.

—¿Por qué no es capaz la buena mujer de decir de una vez por todas de qué está hablando? ¡Hay que ver cuántas cartas hay que sólo contienen tonterías!

—*N'est ce pas?* Un lamentable fracaso en un penoso intento por poner orden y método en el proceso mental.

—¿Qué le parece que trata de decir? No es que me importe gran cosa, claro está. Alguna molestia que habrá causado alguien a su perro, seguramente. De todos modos, no vale la pena tomársela en serio.

—¿Le parece que no, mi buen amigo?

—Mi querido Poirot, no logro ver por qué le intriga tanto esta dichosa carta.

—No, ya veo que no se ha dado cuenta. Lo más interesante que contiene se le ha pasado por alto como si no estuviera en la carta.

—¿Qué es lo más interesante, si se puede saber?

—La fecha, *mon ami.*

Miré de nuevo el encabezado de la carta.

—El 12 de abril —dije lentamente.

—*C'est curieux, n'est ce pas?* Casi han pasado tres meses.[3]

—No me parece a mí que eso tenga la menor relevancia. Lo más probable es que haya querido decir el 12 de agosto.

—No, no, Hastings. Fíjese en el color que tiene la tinta. Esta carta se ha escrito hace bastante tiempo. No, la fecha tiene que ser el 12 de abril, sin lugar a dudas. En tal caso, ¿por qué no se envió entonces? Y si la remitente hubiera cambiado de opinión y decidió no enviarla, ¿por qué la conservó, por qué la envía ahora? —Se puso en pie—. *Mon ami...*, hace demasiado calor. En Londres uno se ahoga, ¿no le parece? Siendo así las cosas, ¿qué me dice de una pequeña expedición al campo? Para ser exactos, a Little Hemel, que según veo se encuentra en el condado de Kent.

«Nada más oportuno», me dije, de modo que al punto emprendimos nuestra visita de exploración.

ii

Little Hemel, descubrimos, era un pueblecito encantador, intacto del todo, de esa forma milagrosa en que pueden serlo aquellos pueblos que se encuentran a dos o tres millas de la carretera general. Había una casa de huéspedes llamada The George, y allí almorzamos; lamento decir que no fue un buen almuerzo, sino más bien corriente, como suele ser en las tabernas del campo.

Nos atendió un camarero de edad avanzada, un individuo que jadeaba al respirar y que nos trajo dos tazas de un dudoso líquido que llamó café, momento en el cual Poirot dio comienzo a su campaña.

—Una residencia llamada The Laburnums —dijo—. ¿La conoce? Es la casa de una tal señorita Wheeler.

—Así es, señor. Está inmediatamente después de pasar la iglesia. Es imposible que no la encuentre. Eran tres las señoritas Wheeler, tres damas chapadas a la antigua, que habían nacido y habían envejecido aquí mismo, en el pueblo. ¡Ay! Ahora ya ninguna vive, y la casa está en venta.

Movió la cabeza con un gesto de tristeza.

—¿Quiere decir que las señoritas Wheeler han muerto las tres? —inquirió Poirot.

—Sí, señor, así es. La señorita Amelia y la señorita Caroline hace doce años ya, y la señorita Matilda hace tan sólo un mes o dos. ¿Está pensando usted en comprar la casa, señor, si me permite la pregunta?

—Se me había ocurrido esa idea, así es —dijo Poirot sin que se notara la mendacidad—. Pero tengo entendido que se halla en muy mal estado.

—Es una casa anticuada, señor. No se ha modernizado nunca, como suelen decir ahora. Pero mal del todo no está, se lo digo yo. El techo y las cañerías se encuentran bastante bien. Nunca escatimó dinero en reparaciones la señorita Wheeler, se lo digo yo, y el jardín lo tenía siempre de foto.

—¿Era adinerada?

—¡Oh! Vivía muy desahogada, ya le digo. Era de una familia acomodada.

—Supongo que habrá dejado la casa en herencia a alguien que sepa darle uso, digo yo. Un sobrino, una sobrina, un pariente lejano...

—No, señor, se la dejó a su dama de compañía, la señorita Lawson. Pero a la señorita Lawson no le agrada la idea de vivir aquí, por eso la puso a la venta. Claro que no es buen momento para vender una casa, según suelen decir.

—Siempre que tiene uno que vender algo es mal momento —dijo Poirot con una sonrisa a la vez que pagaba la cuenta y añadía una generosa propina—. ¿Cuándo dijo que murió exactamente la señorita Matilda Wheeler?

—Pues a principios de mayo, señor... Gracias. ¿O fue a finales de abril? Llevaba algún tiempo delicada de salud.

—¿Tienen aquí un buen médico?

—Sí, señor, el doctor Lawrence. Ahora se va a marchar, pero aquí se le tiene en gran estima. Siempre ha sido educado y esmerado en el trato.

Poirot asintió y al poco íbamos caminando bajo el caluroso sol de agosto, por la calle, en dirección a la iglesia. Antes de llegar, sin embargo, pasamos por una casita anticuada, algo alejada de la calle, con una placa de latón en la cancela. Decía así: «Doctor Lawrence».

—Excelente —dijo Poirot—. Aquí haremos una visita. A estas horas es seguro que encontraremos al doctor en su domicilio.

—¡Mi querido Poirot! ¿Qué demonios le piensa decir? Mejor dicho, ¿adónde pretende llegar?

—A su primera pregunta, *mon ami,* la respuesta es bien sencilla...: me lo habré de inventar. Por fortuna, tengo una fértil imaginación. En cuanto a la segunda..., *eh bien,* después de haber conversado con el doctor a lo mejor se da el caso de que no voy a ninguna parte. Hasta entonces no lo sabremos.

iii

El doctor Lawrence resultó ser un hombre de unos sesenta años. Lo considero más bien de esos individuos carentes de ambiciones, sin especial brillantez mental, pero sólido y digno de toda confianza.

Poirot ha demostrado de largo ser todo un maestro en el arte de la mendacidad. En cinco minutos estábamos todos charlando de la manera más amistosa, pues de algún modo se dio por supuesto que habíamos sido viejos, queridos amigos de la señorita Matilda Wheeler.

—Su muerte me supuso una gran sorpresa. Tristísima —dijo Poirot—. Sufrió un ataque, ¿no es así?

—¡Oh! No, no, mi querido amigo. Atrofia ictérica del hígado. Se veía venir ya desde hacía tiempo. Tuvo un grave ataque de ictericia aguda hace un año. Pasó bastante bien todo el invierno, dejando a un lado los problemas estomacales. Luego, a finales de abril rebrotó la ictericia y se murió.

Una gran pérdida para todos nosotros… Era una de esas personas auténticamente chapadas a la antigua, sí, señor.

—¡Ah! Sí, ya lo creo —suspiró Poirot—. ¿Y su dama de compañía, la señorita Lawson…?

Calló un momento y con gran sorpresa para nosotros dos el médico respondió en el acto.

—Imagino lo que andan ustedes buscando, y no me importa en absoluto decirles que cuentan con todo mi apoyo. Pero si han venido con la esperanza de hallar cierta... digamos «influencia indebida», mi deber es avisarles que no servirá de nada. La señorita Wheeler era perfectamente capaz de hacer testamento… Y no sólo cuando lo hizo, sino también hasta el día mismo en que murió. De nada sirve albergar la esperanza de que pueda yo decir algo distinto, porque no podría.

—Pero entonces todo su apoyo…

—Todo mi apoyo se lo presto a James Graham y a la señorita Mollie. Siempre he tenido la poderosa sensación de que el dinero no debe dejarse a un desconocido, a alguien que no sea de la familia. Me atrevería a decir que es posible que en algún caso la señorita Lawson tuviera un claro ascendiente sobre la señorita Wheeler debido a esas pamplinas del espiritismo, pero dudo mucho, señores, que hubiese algo que se pueda presentar ante un juez. Con esa idea únicamente conseguirían incurrir en gastos formidables. Ahórrense todo contacto con la ley siempre que les sea posible, es lo que siempre digo yo. Y yo desde luego médicamente no puedo ayudarles. La señorita Wheeler estaba en plena posesión de sus facultades mentales.

Nos estrechó la mano y salimos a pleno sol.

—¡Vaya! —dije—. Ha sido muy inesperado.

—Ciertamente. Ya vamos sabiendo algo más sobre mi corresponsal epistolar. Al menos tiene dos parientes, el tal James Graham y una muchacha llamada Mollie. Tendrían que haber heredado su dinero, pero no ha sido así. Y ello se debe a un testamento redactado claramente hace no mucho tiempo, en aras del cual todo el dinero ha ido a parar a manos de la dama de compañía, la señorita Lawson. Además, esa significativa mención del espiritismo...

—¿De veras le parece significativa?

—Evidentemente. Una dama crédula... a la que los espíritus dicen que deje sus dineros a una persona en particular... suele obedecer a ciegas. Es natural que a uno se le ocurra una cosa así, al menos como simple posibilidad, ¿no es cierto?

iv

Habíamos llegado a The Laburnums. Era una casa de buen tamaño, de estilo georgiano, algo desalineada respecto a las demás casas y alejada de la calle. Tenía un amplio jardín en la parte posterior. A la entrada vimos un cartel con el consabido «En venta».

Poirot tocó el timbre. A su empeño recompensó un fiero ladrido desde el interior. Al punto abrió la puerta una atildada mujer de mediana edad que sujetaba por el collar a un terrier de pelo crespo como el alambre. Ladraba y daba gañidos sin parar.

—Buenas tardes —dijo Poirot—. La casa por lo que veo está en venta. Eso me comentó el señor James Graham.

—¡Oh! Sí, señor. ¿Le agradaría verla tal vez?

—Si tiene la bondad...

—No tenga miedo de Bob, señor. Ladra cuando alguien se acerca a la puerta, pero en el fondo es manso como un cordero.

En efecto, en cuanto estuvimos dentro el terrier brincó para lamernos las manos. Vimos la casa entera, patética como siempre lo son las casas vacías, con el cerco de los cuadros en las paredes y los suelos sin cubrir por ninguna alfombra. Descubrimos que la mujer estaba deseosa en exceso de acompañarnos, de hablar con los amigos de la familia, que es lo que supuso que éramos. Cuando mencionó a James Graham, Poirot creó esa impresión con una gran inteligencia.

Ellen, que así se llamaba nuestra guía, había tenido con toda claridad un gran apego por su difunta señora. Inició con la emotiva impulsividad de las personas de su clase una descripción de su enfermedad y de su muerte.

—Fue todo tan repentino... ¡Y cómo sufrió! ¡Pobre señora! Al final deliraba. Dijo toda clase de cosas, a cada cual más extraña. ¿Cuánto tiempo pudo durar aquello? En fin, yo creo que tuvieron que ser tres días enteros desde el momento en que se sintió indispuesta. Pero es que la pobrecita ya había tenido grandes padecimientos a lo largo de los años, unas veces más que otras. La ictericia del año pasado..., y la comida nunca le sentaba nada bien. Tomaba pastillas para hacer mejor la digestión después de casi todas las comidas. ¡Oh! Sí, sufría mucho, de una manera o de otra. Por ejemplo, padecía de insomnio. Por la noche solía levantarse y caminaba por toda la casa, como lo oye, puesto que tenía tan mala vista que ni siquiera hallaba solaz en la lectura.

Fue en ese momento cuando Poirot sacó la carta de su bolsillo. Se la mostró.

—¿Reconoce usted esto por casualidad? —preguntó.

La mujer la observó con detenimiento y se le escapó una exclamación de sorpresa.

—Vaya, pues... ¡claro que sí! ¿Y es usted el caballero a la que está dirigida?

Poirot asintió.

—Bien, dígame de qué manera llegó usted a echarla al correo para que me llegara —dijo.

—Verá, señor... Es que no sabía qué hacer, y... ésa es la verdad, se lo aseguro. Cuando se llevaron todos los muebles, la señorita Lawson me dio varios enseres y algunos objetos que habían sido de la señora. Y entre todos esos cachivaches había un secante con un marco de madreperla que siempre me había gustado mucho. Lo guardé en un cajón y sólo ayer me dio por sacarlo, y estaba colocando un nuevo papel secante en el marco cuando descubrí esa carta, que estaba metida dentro. Era de puño y letra de la señora, y me di cuenta de que había tenido la intención de echarla al correo y que allí la había guardado y seguramente se le olvidó, cosa que le pasaba últimamente muy a menudo, pobrecilla. Se podría decir que era bastante distraída. En fin, que no supe qué hacer. No me agradaba la idea de echarla al fuego y tampoco era capaz de animarme a abrirla, cosa que no hice. Tampoco me pareció que fuera cosa de la señorita Lawson, así que al final le puse un sello, fui a correos y la mandé.

Ellen calló un momento para recuperar el aliento y el terrier soltó un ladrido agudo, seco. Fue tan perentorio que por un momento distrajo a Poirot. Miró al perro, que estaba sentado sobre las patas traseras, con el hocico levantado hacia la repisa vacía de la chimenea de la sala de estar en que nos encontrábamos.

—Pero… ¿qué es lo que mira tan fijamente? —preguntó Poirot.

Ellen rió.

—Es su pelota, señor. Antes se colocaba en un jarrón ahí mismo, en la repisa, y sigue pensando que está ahí dentro, que tiene que estar ahí.

—Ya entiendo… —dijo Poirot—. Su pelota… —Y siguió pensativo durante unos momentos—. Dígame una cosa: ¿le comentó la señora alguna vez algo sobre el perro y su pelota? ¿Le llegó a hablar de algo relacionado con el perro y con la pelota, algo que la hubiera inquietado mucho?

—Pues es muy raro eso que me dice, señor. Nunca comentó nada de ninguna pelota, pero creo que algo sí pasaba con Bob, algo que tenía muy presente…, y lo digo porque intentó comunicar algo incluso cuando se estaba muriendo. «El perro —dijo—. El perro...». Y añadió algo sobre una imagen entreabierta... cosa que no me pareció que tuviera ni pies ni cabeza, pobrecilla, pero es que para entonces ya deliraba y no se enteraba de lo que estaba diciendo.

—Comprenderá usted que al no haberme llegado esta carta —dijo Poirot— cuando debiera haberme llegado es grande la intriga que siento acerca de muchas cosas, sobre todas las cuales no tengo ni la más remota idea. Hay unas cuantas preguntas que desearía hacerle si no tiene inconveniente.

A esas alturas, Ellen habría aceptado sin rechistar todo lo que Poirot hubiese querido decirle. Nos dirigimos hacia su salita de estar, en la que no sobraba por cierto el espacio, y, tras sosegar los ánimos de Bob dándole la pelota que tanto ansiaba, el perro se retiró debajo de una mesa a mordisquearla, con lo que Poirot dio comienzo a su interrogatorio.

—En primer lugar —dijo—, ¿debo deducir que los parientes más cercanos de la señorita Wheeler eran tan sólo dos?

—Así es, señor. Son el señor James..., el señor James Graham, a quien acaba usted de nombrar, y la señorita Davidson. Son primos hermanos, y eran sobrinos los dos de la señorita Wheeler. Las hermanas Wheeler eran cinco, dese cuenta, aunque sólo dos llegaron a casarse.

—¿Y la señorita Lawson no era de la familia?

—No, claro que no. No era más que una dama de compañía a la que se pagaba por sus servicios.

El desdén fue inconfundible en el tono de voz con que habló Ellen.

—¿No le tenía usted aprecio a la señorita Lawson, Ellen?

—Verá, señor... No era una de esas personas que caigan mal a nadie. No era ni lo uno ni lo otro, no, señor. Era más bien una de esas criaturas desdichadas, y encima estaba influida por todas esas farsantes del espiritismo. Se pasaban el rato sentadas a oscuras, como lo oye, las dos, ella y la señorita Wheeler y las dos señoritas Pym. Una sesión, lo llamaban ellas. Si es que estaban en eso hasta la noche misma en que se sintió indispuesta, se lo digo yo... Y si quiere que le diga lo que pienso, fueron esas pamplinas perversas las que llevaron a la señorita Wheeler a no dejar todo su dinero a sus parientes, a su familia.

—¿Cuándo hizo exactamente el testamento nuevo? Claro que eso a lo mejor no lo sabrá usted...

—¡Oh! Sí, sí que lo sé. Mandó a buscar al abogado cuando aún estaba en cama.

—¿En cama?

—Sí, señor... Fue por una caída que había tenido. Se cayó por las escaleras. Bob, ya lo ve, dejó la pelota en lo alto de las escaleras y ella la pisó, resbaló y cayó rodando. Por la noche fue. Ya le dije que se levantaba y se ponía a caminar por la casa.

—¿Y quién estaba en la casa en ese momento?

—El señor James y la señorita Mollie vinieron a pasar el fin de semana. Fue por Pascua, era la víspera del lunes, festivo. Estábamos la cocinera y yo y la señorita Lawson y el señor James y la señorita Mollie, y con todo el estrépito de la caída y los alaridos que dio, salimos todos corriendo a ver qué pasaba. Se hizo una brecha en la cabeza, de veras, y se lastimó la espalda. Tuvo que pasar casi una semana en cama. Sí, aún guardaba cama... fue el viernes siguiente cuando mandó llamar al señor Halliday. Y tuvo que venir el jardinero y hacer de testigo, porque no sé por qué razón no bastó con que estuviera yo presente, y fue porque ella se había acordado de mí en sus últimas voluntades, y por lo que se ve la cocinera sola no era suficiente.

—Ese lunes festivo fue el 10 de agosto[4] —dijo Poirot. Me miró con insistencia—. El viernes tuvo que ser el 14. ¿Y luego? ¿Se llegó a levantar la señorita Wheeler, hizo su vida normal?

—¡Oh! Sí, señor. Se levantó el sábado, y la señorita Mollie y el señor James volvieron a visitarla porque estaban preocupados por ella, ya lo ve. El señor James incluso vino el fin de semana siguiente.

—¿El fin de semana del 22?

—Sí, señor.

—¿Y cuándo cayó finalmente enferma la señorita Wheeler?

—Pues fue el 25, señor. El señor James se había marchado la víspera. Y la señorita Wheeler parecía encontrarse mejor que nunca... quitando sus indigestiones, cómo no, pero es que eso era una afección crónica en ella. Se encontró mal de repente después de la sesión de los espíritus, como lo oye. Tuvieron la sesión después de la cena, ¿sabe usted?, así que las señoritas Pym se fueron a su casa y la señorita Lawson y yo la llevamos a la cama y mandamos llamar al doctor Lawrence.

Poirot permaneció sentado unos momentos, frunciendo el ceño, antes de preguntar a Ellen por la dirección de la señorita Davidson y del señor Graham y también por la de la señorita Lawson.

Resultó que los tres se encontraban en Londres. James Graham era agregado en una empresa de tintes químicos,[5] la señorita Davidson trabajaba en un salón de belleza de Dover Street y la señorita Lawson había alquilado un departamento cerca de High Street, en Kensington.

Cuando nos marchábamos, Bob, el perro, subió veloz a lo alto de la escalera, se tendió y con gran cuidado empujó la pelota con el hocico para que cayera botando por las escaleras. Se quedó allí arriba, moviendo la cola, hasta que se le echó la pelota de nuevo.

«El incidente de la pelota del perro», murmuró Poirot para el cuello de su camisa.

v

Al cabo de unos minutos habíamos vuelto a salir a la luz del sol.

—Bueno —dije riéndome—, el incidente de la pelota del perro al final ha quedado en bien poca cosa. Ya sabemos exactamente lo que pasó. El perro dejó la pelota en lo alto de las escaleras y la anciana señora la pisó y resbaló. ¡Poco más se puede contar!

—Sí, Hastings. Como bien dice usted, el incidente no puede ser más sencillo. Lo que en cambio no sabemos, y lo que de veras me gustaría saber, lo que tengo intención de saber, es por qué razón perturbó tanto este suceso a la anciana señora.

—¿Le parece que hay algo raro en una cosa así?

—Considere las fechas, Hastings. El lunes por la noche, la caída. El miércoles me escribe la carta. El viernes cambia el testamento. Ahí tiene que haber algo curioso. Algo que, le aseguro, mucho me gustaría averiguar. Y a los diez días de todo esto la señorita Wheeler se muere. Si hubiera sido una muerte súbita, una de esas misteriosas muertes debidas a un «fallo cardiaco», le confieso que tendría grandes sospechas. Pero todo indica que fue una muerte absolutamente natural, debida a una enfermedad que venía de muy atrás. *Tout de même...* —Se sumió en muy profundos pensamientos. De pronto habló de forma inesperada—: Si usted quisiera de veras matar a alguien, Hastings, ¿por dónde empezaría?

—Bueno, verá... La verdad... No lo sé. No logro imaginarme...

—Uno siempre logra imaginarse. Piense, por ejemplo, en un prestamista particularmente repulsivo, piense que tiene en sus garras a una inocente jovencita.

—Sí —dije al cabo—. Supongo que siempre es posible que a uno le caiga un velo rojo sobre los ojos y se agarre a golpes con alguien.

Poirot suspiró.

—*Mais oui,* en su caso claro que sería de ese modo. Sólo que yo intento imaginar la mentalidad de una persona muy distinta. Un asesino que actuase a sangre fría, pero con cautela, razonablemente inteligente. ¿Qué es lo que intentaría en primer lugar? Bien, por un lado está el accidente. Un accidente bien orquestado y mejor escenificado... Eso es muy difícil que la policía se lo eche en cara a quien lo haya perpetrado. Pero tiene sus desventajas... Puede incapacitar a la víctima, puede no bastar para matarla. Por otra parte, cabe la posibilidad de que la víctima recele. Y un accidente no se puede repetir. ¿El suicidio? A menos que se pueda obtener de la víctima un oportuno escrito de significado ambiguo, el suicidio siempre es incierto. Luego, el asesinato. Lo que reconocemos por tal. En ese caso se precisa un chivo expiatorio o una coartada.

—Pero la señorita Wheeler no fue asesinada. La verdad, Poirot...

—Lo sé, lo sé. Pero ha muerto, Hastings. No lo olvide: ha muerto. Deja hecho testamento... y a los diez días muere. Y las únicas dos personas de la casa que estaban con ella (puesto que exceptúo a la cocinera) se benefician de su muerte.

—Me parece —le dije— que algo le ronda la cabeza.

—Es muy posible. Las coincidencias a fin de cuentas se producen de vez en cuando. Pero es que me escribió a mí, *mon ami,* me escribió a mí, y mientras no sepa por qué razón lo hizo no me quedaré tranquilo.

vi

Más o menos una semana después tuvimos tres entrevistas.

Desconozco qué fue lo que Poirot les dijo exactamente por escrito, pero lo cierto es que Mollie Davidson y James Graham acudieron juntos a la cita y no dieron desde luego ninguna muestra de resentimiento. La carta de la señorita Wheeler se encontraba sobre la mesa; era imposible no fijarse en ella. A juzgar por la conversación que se entabló, deduje que Poirot se había tomado libertades muy considerables en su manera de comunicarles el asunto que les incumbía.

—Hemos venido a verle en respuesta a su petición, pero lamento decirle que no entiendo en absoluto qué es lo que usted se propone, monsieur Poirot —dijo Graham con evidente irritación en el momento de dejar el sombrero y el bastón.

Era un individuo alto, que parecía mayor de lo que era, con los labios fruncidos y los ojos hundidos en las cuencas. La señorita Davidson era una muchacha hermosa y rubia, de unos veintinueve años. Parecía desconcertada, pero no resentida.

—Lo que me propongo es ayudarles —replicó Poirot—. ¡A ustedes les han arrancado una herencia que era suya! ¡Todo ha ido a parar a manos de alguien desconocido!

—Bueno... Lo hecho, hecho está —dijo Graham—. Me he asesorado en materia legal y parece que no hay nada que hacer. Y la verdad es que no entiendo que eso pueda importarle a usted, monsieur Poirot.

—James, me parece que eso no es justo con monsieur Poirot —intervino Mollie Davidson—. Es un hombre ocupado, y se está desviviendo por ayudarnos. Ojalá sepa cómo. Con todo y con eso, mucho me temo que no se puede hacer nada. Lo que sucede es que no podemos permitirnos el lujo de acudir a la ley.

—¿Permitirnos el lujo? ¿El lujo? ¡Si no tenemos dónde caernos muertos! —exclamó su primo con gran irritación.

—Ahí es donde intervengo yo —dijo Poirot—. Esta carta... —Dio unos golpecitos con la uña en el papel—. Esta carta me ha sugerido una idea posible. Su tía, según tengo entendido, había hecho un testamento original por el cual daba orden de que sus propiedades se dividieran entre ustedes dos.

De pronto, el 14 de abril hace otro testamento. Por cierto..., ¿tenían ustedes noticia de que existiera ese otro testamento?

Fue a Graham a quien le formuló la pregunta. Éste se puso colorado y vaciló antes de responder.

—Sí —dijo—. Yo estaba al corriente. Mi tía me habló de ello.

—¿Cómo? —exclamó la muchacha con asombro.

Poirot se giró hacia ella.

—¿Y usted no sabía nada de eso, mademoiselle?

—No, para mí fue una gran sorpresa. Y pensaba que para mi primo también lo había sido. ¿Cuándo te lo dijo la tía, James?

—El fin de semana siguiente... Después de Pascua.

—¿Y estando yo allí tú no me dijiste nada?

—No. Yo... En fin, es que me pareció mejor no decírtelo.

—¡Qué extraño de ti!

—¿Qué fue lo que le dijo su tía exactamente, señor Graham? —preguntó Poirot con su tono de voz más sedoso.

A Graham claramente le desagradó la pregunta. Respondió de una manera envarada.

—Dijo que le parecía justo cuando menos hacerme saber que había redactado un testamento nuevo por el cual se lo legaba todo a la señorita Lawson.

—¿Le dio alguna razón?

—No, ninguna.

—Creo que tendrías que habérmelo dicho —intervino de nuevo la señorita Davidson.

—A mí me pareció mejor no decir nada —replicó su primo con frialdad.

—*Eh bien* —dijo Poirot—. Todo esto es muy curioso. No dispongo de libertad para decirles qué es lo que me comunicó por medio de esta carta, pero sí les voy a dar un consejo: yo que ustedes solicitaría que se procediera a una exhumación.

Los dos se quedaron mirándole sin decir palabra por espacio de uno o dos minutos.

—¡Oh! No, no... —exclamó Mollie Davidson.

—Esto es un insulto —bramó Graham—. No pienso hacer, se lo aseguro, nada por el estilo. Su sola sugerencia es una ridiculez.

—¿Se niega?

—Por completo.

Poirot se volvió a la muchacha.

—¿Y usted, mademoiselle? ¿Se niega?

—Yo... Verá... No, yo no diría que me niego, pero es una idea que no me entusiasma.

—Pues yo sí que me niego. Me niego en redondo —dijo Graham con enojo manifiesto—. Vámonos, Mollie. Ya hemos oído más que suficiente de este charlatán.

Se precipitó en dirección a la puerta y trastabilló. Poirot se puso en pie al punto para ayudarle. En ese momento, una pelota de goma cayó de su bolsillo y rebotó en el suelo.

—¡Ah! —exclamó Poirot—. ¡La pelota!

Se puso colorado y pareció más incómodo incluso. Deduje que no era su intención que se viese la pelota.

—Vámonos, Mollie —gritó Graham, presa de una pasión incontenible.

La muchacha había recogido la pelota y se la dio a Poirot.

—No sabía que tuviera usted perro, monsieur Poirot —le dijo.

—Es que no tengo perro, mademoiselle —replicó Poirot.

La muchacha siguió a su primo fuera de la estancia. Poirot se volvió hacia mí.

—Deprisa, *mon ami* —dijo—. Visitemos a la dama de compañía, a la ahora acaudalada señorita Lawson. Me gustaría verla antes de que tenga tiempo de ponerse en guardia.

—Si no fuera porque James Graham estaba al tanto de que existía un testamento nuevo, yo me sentiría inclinado a sospechar de él. Yo diría que había tenido algo que ver en todo este asunto. Estuvo allí durante aquel último fin de semana. De todos modos, puesto que sabía que la muerte de la anciana señora no le iba a beneficiar... En fin, yo diría que eso lo deja completamente al margen.

—Puesto que sabía... —murmuró Poirot con gesto pensativo.

—En efecto, así es, él mismo lo ha reconocido —dije con impaciencia.

—Mademoiselle en cambio se mostró muy sorprendida de que lo supiera. Es extraño que a su debido tiempo él no le dijera nada. Es desafortunado. Sí, es sumamente desafortunado.

No llegué a saber por dónde iba exactamente Poirot, pero por su tono de voz sí supe que algo se traía entre manos. Fuera como fuese, no tardamos en llegar a Clanroyden Mansions.

vii

La señorita Lawson era casi exactamente como me la había imaginado. Una mujer de mediana edad, más bien robusta, con un rostro que denotaba ansiedad, aunque un tanto bobalicón. Llevaba el cabello sin arreglar y unos quevedos sobre el puente de la nariz. Su conversación constaba más bien de suspiros e inhalaciones de aire con la boca abierta y era claramente espasmódica.

—Me alegro mucho de que hayan venido —dijo—. Siéntense si son tan amables. ¿Necesita un cojín? ¡Ay, me temo que esa silla no es muy cómoda que digamos...! Y veo que la mesa le estorba un poco. Ya lo ve, nos falta un poco de espacio aquí. —Lo cual era innegable. Había en la estancia el doble de muebles de los que tendría que haber, y las paredes estaban prácticamente cubiertas de cuadros y fotografías—. Éste es un piso muy pequeño, desde luego. Pero es tan céntrico... Siempre he deseado tener un sitio de mi propiedad, aunque nunca soñé que llegaría el día... Cuánta bondad la de mi querida señorita Wheeler. No es que me sienta cómoda del todo con la situación, claro está. No, desde luego que no. Cosas de mi conciencia, monsieur Poirot. ¿No es así? Me lo suelo preguntar..., y la verdad es que no sé qué responderme. A veces pienso que la señorita Wheeler quiso que me quedara yo con el dinero, por lo cual todo está en orden. Y, en cambio, otras veces pienso que la familia es la familia, y la familia..., me siento fatal cuando pienso en Mollie Davidson. Fatal, se lo aseguro.

—¿Y cuando piensa en el señor James Graham?

La señorita se sonrojó y se incorporó en su silla.

—Eso es muy distinto. El señor Graham ha sido sumamente rudo... Ha sido insultante. Le puedo asegurar, monsieur Poirot, que nunca hubo influencia indebida. Yo no tengo idea de que haya habido nada así. Para mí fue todo una gran sorpresa.

—¿No le dijo la señorita Wheeler nada acerca de sus intenciones?

—No, desde luego que no. Fue una gran sorpresa.

—¿Y no le pareció necesario, de la forma que fuese, digamos que... abrirle los ojos a la señorita Wheeler en lo tocante a los defectos de su sobrino?

—¡Qué ideas se le ocurren, monsieur Poirot! ¡Desde luego que no! ¿Puedo preguntarle qué es lo que lo lleva a pensar de esa forma?

—Mademoiselle, yo suelo tener muchas ideas muy curiosas.

La señorita Lawson lo miró con perplejidad. Tenía un semblante, reflexioné, singularmente bobalicón. Por ejemplo, en la forma de dejar la boca abierta. Y, sin embargo, los ojos tras las lentes parecían destellar con más inteligencia de lo que uno hubiera sospechado.

Poirot tomó algo de su bolsillo.

—¿Lo reconoce, mademoiselle?

—Claro... ¡si es la pelota de Bob!

—No —dijo Poirot—. Es una pelota que he comprado en Woolworth's.

—Vaya, claro, es natural. Es en Woolworth's donde se compran las pelotas de Bob. Mi querido Bob...

—¿Le tiene usted cariño?

—¡Oh! Sí, desde luego. Es un perrillo encantador. Siempre dormía en mi habitación. Me gustaría habérmelo traído a Londres, pero los perros no suelen ser felices en la ciudad, ¿verdad que no, monsieur Poirot?

—Yo personalmente he visto algunos perros muy felices en Hyde Park —replicó mi amigo con gran seriedad.

—¡Oh! Sí, desde luego, en Hyde Park —dijo la señorita Lawson con vaguedad—. Pero es muy difícil que hagan todo el ejercicio debido y que lo hagan como corresponde. Seguro que es mucho más feliz allá con Ellen, en mi querida casa de Laburnums. ¡Ah! ¡Qué tragedia tan grande!

—¿Querría relatarme, mademoiselle, qué fue lo que sucedió durante aquella velada en que la señorita Wheeler se puso enferma?

—No sucedió nada que se saliera de lo habitual. A menos que... ¡Ah, claro! Tuvimos una sesión... Y hubo fenómenos inconfundibles, fenómenos inconfundibles. Seguro que se reirá usted, monsieur Poirot. Me da en la nariz que es usted de los escépticos. De todos modos... ¡Oh! Qué alegría se siente al oír las voces de quienes han pasado a mejor vida.

—No, le aseguro que no me reiré —dijo Poirot con amabilidad. Miraba con atención su semblante sonrojado, apasionado.

—Pues debo decirle que fue curioso, fue curiosísimo, qué quiere que le diga... Hubo una especie de halo... Una bruma luminosa, un resplandor... en torno a la cabeza de mi querida señorita Wheeler. Todas lo vimos con absoluta claridad.

—¿Una bruma luminosa? —preguntó Poirot al punto.

—Sí. De veras que fue notabilísimo. A la vista de lo ocurrido, tuve la impresión, monsieur Poirot, de que ya estaba marcada..., por así decir, marcada para el más allá.

—Sí —dijo Poirot—. Creo que en efecto lo estaba. Marcada para el más allá. ¿Y el doctor Lawrence? —añadió entonces de un modo que no me pudo parecer más incongruente—. ¿Tiene un buen sentido del olfato?

—Caramba, qué curioso que lo diga. «Tenga, doctor, vea cómo huele», le dije una vez, y le di un gran ramo de lirios del valle recién cortados. ¿Podrá usted creer que no detectó ningún olor? Nada de nada. Parece ser que desde que tuvo una gripe, hace ya tres años, ha perdido el olfato. O eso me dijo. En casa del herrero, pues ya se sabe. O eso se suele decir, vaya.

Poirot se había puesto en pie y rondaba por la estancia. Se detuvo y se quedó mirando una imagen que había colgada en la pared. Me coloqué a su lado.

Era un bordado de punto de cruz francamente feo, hecho con hilos de colores mortecinos, que representaba a un bulldog sentado en la escalera de entrada a una casa. Debajo, con unas letras torcidas, se leía el lema siguiente: «¡Toda la noche fuera y sin llave!».[6]

Poirot respiró hondo.

—¿Esta imagen estaba antes en The Laburnums?

—Sí. Estaba colgada sobre la repisa de la chimenea del salón. Mi querida señorita Wheeler la bordó cuando era jovencita.

—¡Ah! —dijo Poirot. Había cambiado por completo su tono de voz. Percibí algo que conocía muy bien. Se dirigió a la señorita Lawson.

—¿Recuerda usted el lunes festivo, el lunes de Pascua? ¿La noche en que la señorita Wheeler se cayó por las escaleras? *Eh bien,* el pequeño Bob... se había quedado fuera de la casa esa noche, ¿no es cierto? No entró en la casa a dormir.

—Pues... sí, monsieur Poirot, así es. ¿Cómo lo ha sabido? Sí, Bob a veces era un perro muy malo. Se le dejó salir a las nueve en punto, como de costumbre, pero no regresó. No se lo dije a la señorita Wheeler... No me pareció conveniente darle un motivo de preocupación. Es decir, se lo dije al día siguiente, cómo no. Se lo dije cuando ya había vuelto sin que le pasara nada. A las cinco de la mañana fue. Vino a ladrar debajo de mi ventana, así que bajé a abrirle la puerta para que entrase.

—¡Así que era eso! *Enfin!* —Extendió la mano—. Adiós, mademoiselle. ¡Ah! Una cosilla más. La señorita Wheeler tomaba comprimidos para hacer mejor la digestión. Los tomaba siempre después de las comidas, ¿verdad? ¿Y de qué marca eran?

—Eran los comprimidos «Para después de la cena, fabricados por el doctor Carlton». Son muy eficaces, monsieur Poirot.

—¡Eficaces! *Mon Dieu!* —murmuró Poirot cuando ya nos marchábamos—. No, Hastings. No me pregunte nada. Todavía no. Aún quedan dos asuntillos de los que ocuparse.

Desapareció en una farmacia cercana y volvió con un frasco envuelto en papel blanco.

viii

Lo desenvolvió cuando llegamos a casa. Era un frasco de comprimidos «Para después de la cena, fabricados por el doctor Carlton».

—Ya lo ve, Hastings. ¡Hay al menos cincuenta comprimidos en ese frasco! Es posible que haya aún más.

Se dirigió a la estantería y extrajo un volumen muy grueso. Estuvo diez minutos sin decir palabra, hasta que alzó los ojos y cerró el libro con gran estrépito.

—Pues así es, amigo mío: ahora puede preguntarme lo que quiera. Ahora ya lo sé todo.

—¿Murió envenenada?

—Sí, amigo mío. Envenenamiento por fósforo.

—¿Por fósforo?

—*Ah! Mais oui*... Ahí es donde intervino una inteligencia diabólica. La señorita Wheeler ya había padecido una ictericia grave. Los síntomas del envenenamiento por fósforo sólo habían de parecer otra recaída de esa misma afección. Escúcheme bien. Con mucha frecuencia, los síntomas de un envenenamiento por fósforo se retrasan entre una y seis horas. Aquí dice... —abrió de nuevo el libro— que «la respiración de la persona afectada puede ser fosforescente antes incluso de que se sienta indispuesta». Eso es lo que vio la señorita Lawson en la oscuridad, el aliento fosforescente de la señorita Wheeler, «una bruma luminosa», según dijo. Y permítame que le vuelva a leer: «Una vez se declara con todas las consecuencias la ictericia, el sistema del paciente puede considerarse no sólo bajo la influencia de la acción tóxica del fósforo, sino que padece asimismo de todos los accidentes que concurren con la retención de las secreciones biliares en la sangre, puesto que no hay desde ningún punto de vista una diferencia especial entre el envenenamiento por fósforo y determinadas complicaciones hepáticas, como es, por ejemplo, la atrofia ictérica».[7]

»¡Ah! ¡Fue planeado de maravilla, Hastings! Cerillas fabricadas en el extranjero, veneno para las alimañas... No es difícil conseguir el fósforo. Y basta con una dosis mínima para que sea mortal. La dosis medicinal es de cinco a quince miligramos. Ya con veinticinco miligramos puede ser mortal de necesidad. Lograr que uno de los comprimidos de fósforo se parezca a los que había en el frasco..., eso no comporta mayor dificultad. Se puede adquirir una máquina para fabricar los comprimidos, y la señorita Wheeler seguro que no los hubiera examinado con detenimiento. Un comprimido colocado al fondo del frasco... Cualquier día, el día menos pensado, la señorita Wheeler se lo habría tomado como si tal cosa, y la persona que lo hubiera colocado siempre tendría una coartada perfecta, porque a ella no se le vería por los alrededores de la casa en diez o doce días.

—¿A ella?

—A Mollie Davidson. ¡Ah! *Mon ami,* no vio usted qué ojos puso cuando cayó la pelota de mi bolsillo y dio un bote. Para el iracundo señor Graham la pelota no significaba nada, pero para ella… «No sabía que tuviera usted un perro, monsieur Poirot». ¿Por qué pensó en un perro? ¿Por qué no pensó en un niño? También a los niños les gustan las pelotas. Pero eso…, dice usted que eso no es prueba de nada. Que no es más que una apreciación de Hércules Poirot. Sí, desde luego, pero todo encaja en su sitio. El señor Graham monta en cólera ante la sola idea de la exhumación… y lo manifiesta. Ella en cambio muestra más cautela. Le da miedo causar la impresión de que la rechaza. ¿Y qué me dice de la sorpresa y la indignación que no logra contener cuando se entera de que su primo en todo momento estaba informado? Él lo sabía… y no se lo dijo. Su crimen ha sido en vano. ¿Recuerda que dije que fue muy desafortunado que él no se lo dijera? Desafortunado, ya lo creo, para la pobre señorita Wheeler. Supuso su sentencia de muerte. Todas las sabias precauciones que había tomado, por ejemplo cambiar el testamento, fueron en vano.

—¿Quiere decir que el testamento…? No, perdone, no lo entiendo.

—¿Por qué hizo un testamento nuevo? Por el incidente de la pelota del perro, *mon ami.*

»Imagine usted, Hastings, que su deseo es provocar la muerte de una anciana señora. Idea usted un sencillo accidente. La anciana hasta ahora tuvo un resbalón por culpa de la pelota del perro. La anciana suele dormir mal, se levanta, recorre la casa por la noche. Bien, usted coloca la pelota del perro en lo alto de las escaleras, y tal vez también coloca usted un cordel fino y fuerte. La anciana tropieza y cae de cabeza dando un alarido. Todos salen a ver qué sucede. Usted quita el cordel roto que había colocado mientras todos los demás se apiñan en torno a la anciana. Cuando acuden a ver cuál ha sido la causa de la caída, encuentran..., encuentran la pelota del perro en el mismo sitio en que la dejaba tantas veces el animal.

»Pero en este punto, Hastings, llegamos a otra cosa. Suponga usted que esa misma noche, con anterioridad, después de jugar con el perro, la anciana ha dejado la pelota en donde suele y el perro sale... y no vuelve. Eso es lo que sabe la anciana gracias a la señorita Lawson al día siguiente. Se da cuenta de que no pudo ser el perro el que dejó la pelota en lo alto de las escaleras. Sospecha la verdad..., pero sospecha de la persona errónea. Sospecha de su sobrino, de James Graham, cuya personalidad no es precisamente encantadora. ¿Y qué es lo que hace? Primero me escribe para sugerirme que investigue el asunto. Luego modifica su testamento y le dice a James Graham lo que ha hecho. Cuenta con que él se lo diga a Mollie, aunque es de James de quien ella sospecha. ¡Los dos han de saber que su muerte no les dejará nada! *C'est bien imaginé...*, para ser una anciana dama.

»Y justamente ése, *mon ami,* ése fue el sentido de las palabras que dijo al morir. Mi conocimiento del inglés no es gran cosa, pero sí suficiente para saber que es una puerta lo que se queda entreabierta, no una imagen. La anciana señora quiso comunicar a Ellen sus recelos. El perro... La imagen que había sobre el jarrón de la repisa, junto con el lema "Toda la noche fuera..." y la pelota en el jarrón. Ése es el único motivo que tiene para sospechar. Probablemente piensa que su enfermedad obedece a causas naturales, pero en el último instante tiene la intuición de que no es así. —Calló durante unos momentos—. ¡Ah! Si al menos hubiese echado la carta al correo... Yo podría haberla salvado. Ahora, en cambio...

Tomó una pluma y acercó un papel.

—¿Qué piensa hacer?

—Voy a escribir una crónica completa y explícita de todo lo ocurrido. Y se la voy a enviar a la señorita Mollie Davidson dándole a entender que se va a solicitar que se proceda a la exhumación.

—¿Y entonces?

—Si es inocente, nada —dijo Poirot con gravedad—. Si no es inocente..., veremos.

ix

Dos días después apareció en el periódico una noticia según la cual una tal señorita Mollie Davidson había fallecido debido a una sobredosis de jarabe para dormir. Me quedé espeluznado.[8] Poirot apenas cambió el gesto.

—Pero no, no. Todo se ha resuelto de manera muy feliz. Nada de feos escándalos, nada de juicios por asesinato. A la señorita Wheeler eso no le habría gustado nada. Habría querido mantener a salvo su intimidad. Por otra parte, no es conveniente dejar suelta a una asesina, ¿no le parece? De lo contrario, tarde o temprano se producirá otro asesinato. Un asesino siempre repite el crimen. No —siguió diciendo con aire soñador—, no. Todo se ha resuelto francamente bien. Ya sólo queda trabajar un poco más a fondo los sentimientos de la señorita Lawson, tarea que por cierto la señorita Davidson estaba llevando a cabo con bastante éxito, hasta que llegue al punto de entregar la mitad de su fortuna al señor James Graham, que a fin de cuentas es quien tiene derecho a quedarse con todo el dinero. Siempre y cuando se piense que se vio privado de la herencia por un malentendido, por un error de apreciación. —Sacó del bolsillo la pelota de caucho de brillantes colores—. ¿Se la enviamos a nuestro amigo Bob? ¿O la conservamos en la repisa? Es un recordatorio, *n'est ce pas, mon ami?*, de que nada es tan trivial que se pueda pasar por alto, nada. Por un lado, un asesinato; por el otro, nada más..., nada más que el incidente de la pelota del perro...

Notas

1. La misma formulación del título aparece más de una vez en el capítulo 9 de *Un testigo mudo* y también en la carta de la señorita Arundell, en el capítulo 5.
2. Esta carta es muy similar a la que envió la señorita Amelia Barrowby, otra señora de avanzada edad que vive en un pueblo pequeño y que es posteriormente envenenada, en «¿Cómo crece tu jardín?».
3. Si la carta fue escrita el 12 de abril y Poirot la recibe a comienzos de agosto, debiera decir: «Hace casi cuatro meses».
4. Debiera decir «abril».
5. Por extraño que sea, este empleo tan específico en el contexto de un misterio por envenenamiento nunca más se vuelve a mencionar.
6. Esta imagen (que cambia y se convierte en un jarrón, aunque el uso de las palabras sea muy similar en el capítulo 8 de la novela) se puede ver aún en Greenway House, y es posible que formara parte del origen de la inspiración para Christie. Fue durante toda su vida una gran amante de los perros y tuvo perros siempre.
7. Esta explicación científica aparece literalmente en el capítulo 23 de *Un testigo mudo.*
8. Se trata de un procedimiento cuando menos cuestionable, ya que Poirot decide tomarse la justicia por su cuenta, si bien es el mismo que se adopta en la novela.

Bibliografía selecta

De los muchos libros que se han escrito sobre Agatha Christie, los que siguen me han sido de gran ayuda:

Barnard, Robert: *A Talent to Deceive [Un talento para el engaño]* (1980)

Campbell, Mark: *The Pocket Essentials Guide to Agatha Christie [La guía de bolsillo esencial sobre Agatha Christie]* (2006)

Morgan, Janet: *Agatha Christie* (1984)

Osborne, Charles: *The Life and Crimes of Agatha Christie [Vida y asesinatos de Agatha Christie]* (1982)

Sanders, Dennis y Lovallo, Len: *The Agatha Christie Companion [Manual de Agatha Christie]* (1984)

Sova, Dawn B.: *Agatha Christie A to Z [Agatha Christie, de la A a la Z]* (1996)

Thompson, Laura: *Agatha Christie, An English Mystery [Agatha Christie, un misterio inglés]* (2007)

Toye, Randall: *The Agatha Christie Who's Who [Quién es quién en Agatha Christie]* (1980)

Índice de títulos

Suma de Letras es un sello editorial del Grupo Santillana

www.sumadeletras.com.mx

Argentina
Avda. Leandro N. Alem, 720
C 1001 AAP Buenos Aires
Tel. (54 114) 119 50 00
Fax (54 114) 912 74 40

Bolivia
Avda. Arce, 2333
La Paz
Tel. (591 2) 44 11 22
Fax (591 2) 44 22 08

Chile
Dr. Aníbal Ariztía, 1444
Providencia
Santiago de Chile
Tel. (56 2) 384 30 00
Fax (56 2) 384 30 60

Colombia
Calle 80, 10-23
Bogotá
Tel. (57 1) 635 12 00
Fax (57 1) 236 93 82

Costa Rica
La Uruca
Del Edificio de Aviación Civil 200 m al Oeste
San José de Costa Rica
Tel. (506) 22 20 42 42 y 25 20 05 05
Fax (506) 22 20 13 20

Ecuador
Avda. Eloy Alfaro, 33-3470 y Avda. 6 de Diciembre
Quito
Tel. (593 2) 244 66 56 y 244 21 54
Fax (593 2) 244 87 91

El Salvador
Siemens, 51
Zona Industrial Santa Elena
Antiguo Cuscatlan - La Libertad
Tel. (503) 2 505 89 y 2 289 89 20
Fax (503) 2 278 60 66

España
Torrelaguna, 60
28043 Madrid
Tel. (34 91) 744 90 60
Fax (34 91) 744 92 24

Estados Unidos
2023 N.W 84th Avenue
Doral, FL 33122
Tel. (1 305) 591 95 22 y 591 22 32
Fax (1 305) 591 74 73

Guatemala
7ª Avda. 11-11
Zona 9
Guatemala C.A.
Tel. (502) 24 29 43 00
Fax (502) 24 29 43 43

Honduras
Colonia Tepeyac Contigua a Banco Cuscatlan
Boulevard Juan Pablo, frente al Templo
Adventista 7º Día, Casa 1626
Tegucigalpa
Tel. (504) 239 98 84

México
Avda. Universidad, 767
Colonia del Valle
03100 México D.F.
Tel. (52 5) 554 20 75 30
Fax (52 5) 556 01 10 67

Panamá
Vía Transísmica, Urb. Industrial Orillac,
Calle Segunda, local 9
Ciudad de Panamá
Tel. (507) 261 29 95

Paraguay
Avda. Venezuela, 276,
entre Mariscal López y España
Asunción
Tel./fax (595 21) 213 294 y 214 983

Perú
Avda. Primavera, 2160
Surco
Lima 33
Tel. (51 1) 313 40 00
Fax. (51 1) 313 40 01

Puerto Rico
Avda. Roosevelt, 1506
Guaynabo 00968
Puerto Rico
Tel. (1 787) 781 98 00
Fax (1 787) 782 61 49

República Dominicana
Juan Sánchez Ramírez, 9
Gazcue
Santo Domingo R.D.
Tel. (1809) 682 13 82 y 221 08 70
Fax (1809) 689 10 22

Uruguay
Juan Manuel Blanes, 1132
11200 Montevideo
Tel. (598 2) 402 73 42 y 402 72 71
Fax (598 2) 401 51 86

Venezuela
Avda. Rómulo Gallegos
Edificio Zulia, 1º - Sector Monte Cristo
Boleita Norte
Caracas
Tel. (58 212) 235 30 33
Fax (58 212) 239 10 51

Este libro se terminó de imprimir en el mes de
Abril del 2010, en Impresos Vacha, S.A. de C.V.
Juan Hernández y Dávalos Núm. 47, Col. Algarín,
México, D.F., CP 06880, Del. Cuauhtémoc.